BESTSELLERWORLDBOOK 46

폭풍의 언덕

에밀리 브론테 지음 | 유혜경 옮김

소담출판사

유혜경

1960년생. 성심여자대학교 경영학과 졸업. 스페인 마드리드 국립언어학교 스페인어과 수료.
영국 옥스퍼드 Godmer House 영어 연수. 한국외국어대학교 동시통역대학원 졸업.
역서로 『내 일생의 단 한번』『사랑의 충동』『아침 7시, 그 남자의 불행』『위대한 이혼』 등이 있다.

sodampublishingcompany

BESTSELLERWORLDBOOK 46

폭풍의 언덕

펴낸날 | 1994년 2월 24일 초판 1쇄
2002년 3월 10일 초판 16쇄
2002년 8월 30일 중판 1쇄

지은이 | 에밀리 브론테
옮긴이 | 유혜경
펴낸이 | 이태권
펴낸곳 | 소담출판사
서울시 성북구 성북동 178-2 (우)136-020
전화 | 745-8566~7 팩스 | 747-3238
e-mail | sodam@dreamsodam.co.kr
등록번호 | 제2-42호(1979년 11월 14일)

ISBN 89-7381-046-4 00840
● 책 가격은 뒤표지에 있습니다

www.dreamsodam.co.kr

BESTSELLERWORLDBOOK 46

Wuthering Heights

Emily Brontë

그 피라미 같은 에드거가 온 힘을 다해서
80년 동안 사랑한다 해도
내가 사랑하는 하루만큼도
열정적으로 사랑할 수는 없을 거야.

Wuthering Heights

1

1801년.

나는 방금 이 집의 주인, 즉 이제부터 가까이 지내야 할 외로운 친구를 방문하고 돌아오는 길이다. 이곳은 정말 아름다운 고장이다! 이곳처럼 세상의 소음으로부터 완전히 벗어나 있는 곳은 영국 땅 어디에서도 찾아보기 힘들 것이다. 사람을 싫어하는 이들에겐 다시없는 곳이다. 히드클리프와 나는 이런 고독을 나누어 갖기에 좋은 친구인 것 같다.

멋진 친구! 내가 말을 타고 가까이 갔을 때 의심스럽다는 듯 눈썹 아래로 움츠러들던 그 깊은 눈, 그리고 내가 이름을 대자 고집스럽게 조끼 속으로 깊숙이 밀어넣던 손가락을 보고 내가 얼마나 그에 대해서 호감을 가졌는지 그는 아마 상상도 못했으리라.

"히드클리프 씨죠?" 하고 나는 물었다.

그는 말없이 고개만 끄덕였다.

"이번에 새로 세를 든 록우드라고 합니다. 제가 드러시크로스 저택에 세 들겠다고 고집을 부려서 언짢지는 않으셨나 해서 도착하자마자 찾아뵈었습니다. 어제 들었습니다만, 다른 생각이 있으시다고……."

"드러시크로스 저택은 내 소유요." 하고 그는 얼른 내 말을 막았다.

"내 힘이 닿는 한 누구도 나를 귀찮게 하도록 내버려두지 않을 거요. 어쩼든 좀 들어오시오!"

그 '들어오시오'라는 말을 이를 악물고 내뱉었으므로 나에게는 '꺼져버려!'라는 뜻으로 들렸다. 더군다나 그렇게 말하면서도 그는 기대고 선 대문을 열려고 하지 않았다. 상대편이 그렇게 행동하는 바람에 나는 오히려 집안으로 들어가 보고 싶어졌다. 그가 나보다도 더 무뚝뚝해 보여 흥미로웠던 것이다.

내가 탄 말이 머리로 대문을 자꾸 밀고 있는 것을 보고 그는 비로소 조끼에 꾹 찔렀던 손을 빼내 문을 열었다. 그리고 내키지 않는 태도로 앞서 걸어가다가 안뜰에 들어서자 버럭 소리를 질렀다.

"조지프, 록우드 씨의 말을 몰고 가. 그리고 포도주를 좀 갖다줘."

이렇게 한 사람에게 두 가지 일을 시키는 것을 보고 나는, '이 집에는 하인이 한 사람밖에 없나 보군. 그러니 자갈길에는 풀이 자라고, 생나무 울타리는 사람이 손질하는 대신 소가 뜯어먹을 수밖에……' 하고 생각했다.

조지프는 건강하고 근육이 단단해 보였지만, 중년이 아니라 노년이라고 하는 편이 알맞을 것 같은 인상으로 굉장히 늙어 보였다.

"오, 하느님!"

그는 내 말을 끌고 가며 짜증스러운 목소리로 중얼거렸다. 그리고 심술궂게 나를 쳐다보는 것을 보고, 가엾게도 이 늙은이는 위가 나빠 점심 때 먹은 음식을 잘 소화시켜 주십사고 하느님께 빌고 있는 것이지, 내가 갑자기 나타난 것이 귀찮아서는 아닐 거라고 좋게 생각했다.

'워더링 하이츠'란 히드클리프 소유의 저택 이름이다. '워더링'이란 말은 이 지방에서 쓰는 함축적이고 독특한 형용사로, 폭풍이 불 때 위치상이 집이 정면으로 그 바람을 받는다는 것을 뜻한다. 정말 이 집은 높은 지대에 있어서 사철 지독한 바람이 불어대는 모양이다. 집 옆에 있는 몇 그루의 전나무가 제대로 자라지도 못하고 심하게 휜 것이나, 앙상한 가시나무가 태양의 자비를 갈망하듯 가지를 모두 한쪽 방향으로 뻗고 있는 것으로 보아, 능성이 너머에서 불어오는 북풍이 얼마나 드센지 짐작할 수 있다. 다행히 이 집을 지은 건축가도 그 점을 감안하여 집을 튼튼하게 지은 모양이다. 좁은 창틀은 벽에 깊숙이 박혀 있고, 집의 네 귀퉁이는 울퉁불퉁한 큰 돌로 단단히 지탱되고 있었다.

현관에 들어서기 전 나는 발걸음을 멈추고 집 정면, 특히 현관 문 주변에 새겨진 수많은 기괴한 조각에 감탄했다. 현관 문 위에는, 깨어지고 부서진 사자 몸뚱이에 독수리 머리를 가진 괴물과 벌거숭이 사내 아이의 조각과 더불어 '1500년'이라는 연대와 '헤어턴 언쇼'라는 이름이 새겨져 있었다. 나는 그것에 관해 몇 마디 칭찬을 하고 무뚝뚝한 주인에게 이 저택의 내력에 대해 물어보려고 했으나, 문에 버티고 서 있는 그의 태도가 어서 들어오든지 아니면 나가버리든지 하라는 눈치인데다가, 나로서도 이 집의 내부를 보기도 전에 그의 성미를 돋울 생각은 없어 그만두기로 했다.

한 발을 안으로 들여놓자, 현관이나 복도 등의 통로도 없이 바로 거실이 나왔다. 이 지방에서는 이런 방을 '하우스'라고 불렀다. 대개 부엌과 응접실을 겸하고 있는 것이 보통인데, 워더링 하이츠에는 부엌이 안에 따로 있는 것 같았다. 사람들 말소리와 그릇 부딪치는 소리 따위가 훨씬 안쪽에서 들려왔기 때문이다. 큼직한 벽난로에는 음식을 조리한 흔적이라곤 없었고, 반짝이는 구리 냄비며 주석 국자 등도 눈에 띄지 않았다. 그러나 방 한쪽 귀퉁이에는 떡갈나무로 만든 커다란 조리대에 은주전자며 술잔 그리고 큰 주석 접시가 천장까지 닿을 정도로 차곡차곡 쌓인 채 난로의 불빛과 열기를 받아 눈부시게 빛나고 있었다. 천장은 도배가 되어 있지 않아 귀리빵, 쇠고기, 양고기, 돼지 다리 등이 얹힌 나무 선반이 가린 부분만 제외하면 지붕 밑의 골조가 훤하게 드러나 보였다. 벽난로 위에는 몇 정의 구식 총과 승마용 권총 두 자루 그리고 장식 삼아 화려하게 칠을 한 차통 세 개가 놓여 있었다. 바닥에는 매끄러운 흰 돌이 깔려 있고, 등받이가 높고 초록색 칠을 한 투박한 의자 외에 무거워 보이는 검은 의자 한두 개가 어둠 속에 웅크리고 있었다. 조리대 아래에는 커다란 밤색 포인터 암놈이 강아지들에게 둘러싸여 누워 있고, 다른 쪽 구석에서도 개들이 어슬렁거리며 다니고 있었다.

방과 그 안의 가구는 무뚝뚝한 얼굴에 반바지와 각반(脚絆)이 어울리는 억센 다리를 가진 소박한 북부 지방 농부의 것으로는 전혀 이상할 것이 없었다. 저녁 식사가 끝날 무렵 농부가 안락의자에 앉아서 거품이 이는 맥주 잔을 기울이는 모습은 이 근처 5, 6마일 이내의 어느 집에서나 볼 수 있었다.

그러나 히드클리프는 그의 저택이나 생활 양식과는 이상하게 어울리지 않았다. 얼굴은 집시처럼 검었으나 차림새와 태도는 신사다웠다. 신사래야 시골 유지 정도로, 차림새는 단정하다고 할 수 없었지만 워낙 체격이 우람하고 잘생겼기 때문에 결코 지저분해 보이지 않았고, 오히려 약간 침울해 보였다. 사람에 따라서는 그를 다소 야비하고 거만한 사람이라고 생각할지도 모르지만, 나는 결코 그런 사람이라고는 생각되지 않았다. 그가 무뚝뚝한 것은 지나치게 감정을 드러내는 것, 말하자면 서로 친절하게 군다든가 하는 것을 싫어하기 때문이라는 것을 나는 직감적으로 알 수 있었다. 그는 사랑이라든지 미움 같은 감정을 겉으로 드러내지 않을 사람이고, 또한 남이 자기를 사랑하건 미워하건 상관하지 않을 사람인 듯했다. 아니, 이것은 나의 속단일지 모른다.

히드클리프가 초면인 사람을 대할 때 손을 조끼 속에 집어넣는 데는 내 짐작과는 전혀 다른 이유가 있을지도 모른다. 오히려 나야말로 별난 성격을 타고났다고 할 수밖에 없다. 어머니께서는 아무래도 나는 원만한 가정을 꾸미고 살 체질이 못 된다고 늘 말씀하셨는데, 바로 지난 여름 나 자신이 그럴 위인이 못 된다는 사실을 확실히 입증할 만한 경험을 했었다.

날씨가 화창한 한 달 동안 바닷가에서 즐기던 나는 참으로 매력적인 아가씨와 사귈 기회를 가졌었다. 적어도 나에게 특별한 관심을 보이기 전까지 그녀는 내 눈에 정말 여신처럼 보였다. 나는 입으로는 결코 사랑한다는 말을 하지 않았으나, 만약 내 눈을 보았더라면 아무리 바보라도 내가 사랑에 빠져 제정신이 아니라는 것을 알아차렸을 것이다. 드디어 그녀도 나의 마음을 알게 되었고, 그래서 눈으로 회답해 왔는데, 이 세상에 그토록 달콤한 눈길은 다시없을 것이다. 그런데 나는 어떤 행동을 하였던가? 부끄러운 이야기지만, 나는 마치 달팽이처럼 움츠러들면서 그녀와 눈길이 마주칠 때마다 더욱더 싸늘하게 식어갔다. 결국 가엾게도 그 순진한 아가씨는 자신의 판단을 의심한 나머지 당황해하며 함께 온 어머니를 졸라서 그곳을 떠나버렸다. 이런 별난 성격 때문에 나는 일부러 냉정하게 군다는 말을 자주 듣는데, 그것이 얼마나 부당한 평가인가는 나만이 알고 있다.

　나는 집주인이 난롯가로 다가오자 그 반대쪽 끝에 앉아서, 가라앉은 침묵을 깨뜨리기 위하여 어미 개라도 쓰다듬어주려고 했다. 그런데 어미 개는 새끼들 곁을 떠나서 내 다리 뒤로 늑대처럼 기어 들어와서는 잇몸을 드러낸 채 물어뜯고 싶다는 듯 군침을 흘리더니, 내가 쓰다듬자마자 사납게 으르렁거리기 시작했다.

　"그 개는 가만히 내버려두는 게 좋을 거요."

　히드클리프도 으르렁거리듯 말했다. 그리고 발을 쾅 굴러 개가 더 이상 사납게 굴지 못하게 하였다.

　"그놈은 지금껏 귀여움을 받아본 적이 없소. 애완용이 아니니까."

　그러고는 옆문으로 성큼성큼 걸어가더니 조지프를 불렀다.

　조지프는 지하실 안에서 뭐라고 말을 했지만 올라오는 기색이 없었으므로 주인이 지하실로 내려갔다. 그래서 결국 나는 혼자 남아 그 사나운 암캐와 역시 사납게 생긴 털북숭이 셰퍼드 두 마리와 마주 보게 되었는데, 그놈들은 나의 일거일동을 심술궂은 표정으로 감시하고 있었다. 나는 그놈들의 사나운 이빨에 걸려들고 싶지 않아서 가만히 앉아 있었다. 그러나 무언의 모욕까지는 알아차리지 못하리라는 생각이 들어, 장난스럽게 그놈들을 향해서 눈을 깜박거리기도 하고 얼굴을 찡그려 보이기도 했다. 그런데 찡그린 내 얼굴이 비위에 거슬렸는지 그 암캐가 갑자기 펄쩍 뛰어올라 내 무릎으로 달려들었다. 나는 그놈을 냅다 떠다밀고 얼른 탁자로 앞을 가로막았다. 일이 그 지경에 이르자 대여섯 마리나 되는 덩치와 나이가 각각 다른 나머지 개들도 모두 어두운 구석에서 뛰어나왔다. 나의 발꿈치와 외투 자락이 목표인 모양이었다. 나는 부지깽이로 대군을 솜씨 있게 막아냈으나, 소동을 가라앉히기 위해서는 큰 소리로 그 집 식구들의 도움을 청하지 않을 수 없었다.

히드클리프와 하인은 짜증이 날 만큼 천천히 지하실 계단을 올라왔다. 난롯가에서는 개들이 물어뜯고 짖어대고 난리가 났는데도 이 두 사람은 다른 때보다 조금도 서두르는 기미가 없어 보였다. 다행히 부엌에 있던 사람 하나가 먼저 달려와 주었는데, 치맛자락을 치켜올리고 소매를 걷어붙인 건장한 체격의 아주머니는 뺨이 붉게 상기된 채 프라이팬을 휘두르며 내 쪽으로 달려왔다. 무기를 휘두르면서 아주머니가 몇 마디 꾸짖자, 소동은 거짓말처럼 가라앉았다. 그래서 주인이 나타났을 때에는 그녀만이 태풍 직후의 바다처럼 숨을 거칠게 몰아쉬고 있었다.

"도대체 어찌 된 거요?" 하며 집주인이 나를 흘겨보았는데, 나로서는 도저히 참기 힘든 차가운 눈길이었다. 나도 "나야말로 어떻게 된 일인지 모르겠소." 하고 투덜거렸다.

"이 집의 개들은 마귀의 꾐에 빠진 돼지보다도 더 고약한 것 같소. 차라리 손님을 호랑이떼에게 맡기시죠."

"저놈들은 얌전히 있는 사람에겐 달려들지 않아요." 하며 그는 포도주병을 내 앞에 놓고 탁자를 제자리에 바로 놓았다.

"집을 지키는 게 저 개들의 임무니까요. 한잔 하시겠소?"

"아니, 싫소."

"물린 곳은 없소?"

"만약 물렸더라면 나도 그놈들에게 본때를 보여주었을 거요."

나의 말에 히드클리프가 싱긋 웃었다.

"자, 그만하고 좀 들어요. 많이 놀라신 모양이구려. 이 집엔 찾아오는 사람이 아주 드물어서 주인이나 개나 손님을 대접할 줄 몰라요. 자, 건강을 위해서!"

나도 고개를 숙이고 축배를 들었다. 개들의 행패에 시무룩하니 부어서 앉아 있는 것도 멋쩍은 일이라는 생각이 들기 시작했고, 더군다나 주인이 놀라고 당황한 내 꼴을 재미있어 했으므로 더 이상 그 친구를 즐겁게 해줄 마음이 없었기 때문이다.

그도 아마 모처럼 세를 주기에 적합한 사람을 만났는데 기분을 상하게 하는 것은 어리석은 짓이라는 신중한 생각이 들었는지, 대명사나 조동사를 생략해 버리는 식의 무뚝뚝한 말씨가 좀 누그러졌으며, 내가 관심을 가지리라 생각되는 문제, 즉 내가 현재 세 든 곳의 장점과 단점에 대해 말해 주었다.

나는 그가 그 집에 대해서 매우 자세하게 알고 있다는 것을 깨달았다. 그래서 내일 다시 찾아와야겠다는 생각이 들었다. 그는 나의 잦은 방문을 싫어하는 눈치였으나 상관하지 않기로 했다. 그에 비하면 나도 꽤 사교적이라는 생각이 드니 놀라운 일이다.

2

어제는 오후가 되면서 안개가 끼더니 추워졌다. 히스와 진창을 뚫고 워더링 하이츠로 찾아가는 대신 서재의 난롯가에서 오후를 보낼까 하는 생각도 있었으나, 오찬을 끝내고―나는 보통 12시부터 1시 사이에 오찬을 들곤 한다. 마치 이 집에 딸린 비품처럼 집과 함께 맡게 된 가정부는 5시에 정찬을 했으면 좋겠다는 내 생각을 이해하지 못했고, 또 이해하려고도 하지 않았다―한가로운 시간을 보낼 양으로 계단을 올라가 방에 들어서던 나는 불을 꺼뜨린 가정부가 솥이랑 석탄 양동이를 늘어놓은 채 무릎을 꿇고 앉아 매운 연기를 피우고 있는 것을 보았다. 나는 재빨리 몸을 돌려 계단을 내려왔다. 모자를 쓰고 집을 나와 4마일을 걸어 히드클리프의 집 문 앞에 다다랐을 때, 마침 폭설을 알리는 솜 같은 눈송이가 휘날리기 시작했다.

그 황량한 언덕 위는 땅이 꺼멓게 얼어붙고 차가운 바람은 살을 엘 듯하였다. 문을 동여맨 쇠사슬을 풀 수 없어서 그냥 담을 뛰어넘은 나는 양쪽에 구스베리가 드문드문 늘어서 있는 자갈길을 달려가 현관 문을 두드렸다. 주먹이 얼얼하도록 세게 두드렸으나, 개만 짖어댈 뿐 사람은 그림자조차 보이지 않았다.

'나쁜 사람들 같으니!' 하고 나는 마음속으로 투덜거렸다. '이런 식으로 손님 대접을 하니 평생 사람 구경도 못하지. 나라면 대낮에 문을 닫아걸지는 않겠다. 어쨌든 들어가고 봐야지.'

이렇게 결심을 굳힌 나는 손잡이를 쥐고 사정없이 흔들어댔다.

그러자 얼굴을 잔뜩 찡그린 조지프가 헛간의 둥근 창문으로 얼굴을 내밀고 외쳤다.

"무슨 일로 그러시오? 주인 양반은 양 우리에 가셨으니 만나고 싶으면 헛간 뒤로 돌아가보슈."

"안에는 문을 열어줄 사람이 없나?"

나도 질세라 소리를 질렀다.

"아씨밖엔 없소. 아무리 두드려도 그분은 문을 열어주지 않을 거요."

"내가 왔다고 자네가 말씀 좀 드려줄 수 없겠나, 조지프?"

"천만에! 난 그러고 싶지 않소."

조지프는 내밀었던 머리를 도로 집어넣었다.

그런데 내가 또 한 번 문고리를 흔들려고 했을 때, 겉옷도 걸치지 않고 쇠스랑을 어깨에 멘 젊은이가 다가왔다. 그는 나에게 따라오라고 말했다. 우리는 세면장을 지나 석탄광, 펌프, 비둘기장이 있는 뒤꼍을 지나 드디어 어제의 그 따뜻하고 아늑한 넓은 방에 이르렀다. 석탄과 이탄, 장작을 잔뜩 지펴서 훨훨 타오르는 난롯불로 방안은 알맞게 따뜻했고, 저녁 식사가 푸짐하게 차려진 식탁 가까이엔 어제만 해도 있으리라곤 상상조차 못했던 존재, 즉 '아씨'가 있는 것을 보고 나는 매우 기뻤다. 나는 그녀가 자리를 권할 거라는 생각에 인사를 하고 기다렸으나, 그녀는 의자에 기대앉은 채 꼼짝하지 않고 나를 쳐다볼 뿐 말 한 마디 없었다.

"사나운 날씨로군요." 하고 내가 말했다.

"히드클리프 부인, 실례의 말씀입니다만 이 집 하인들의 게으름 때문에 저 문이 곤욕을 치르는군요. 하인을 부르느라 저도 매우 애를 먹었습니다."

그래도 그녀는 아무 말이 없었다. 나는 그녀를 지그시 쳐다보았다. 그녀 또한 나를 가만히 바라보고만 있었다. 어쨌든 그녀가 어찌나 차갑고 무관심한 눈초리로 뚫어지게 바라보는지 나는 매우 거북하고 불쾌했다.

"앉으시오. 주인은 곧 들어올 겁니다."

젊은이가 퉁명스럽게 말했다. 나는 그의 말대로 앉았다. 그리고 헛기침을 하고 그 영악한 어미 개를 불렀더니, 그래도 두 번째 대면이랍시고 제법 아는 체하며 꼬리를 흔들어댔다.

"그놈, 잘생겼군." 하고 나는 다시 말을 건넸다.

"히드클리프 부인, 이 녀석의 새끼를 나누어주실 생각은 없으신지요?"

"제 것이 아닌걸요."

귀엽게 생긴 안주인은 히드클리프보다 더 쌀쌀맞게 대답했다.

"그럼 부인이 귀여워하는 건 이것들인가요?"

나는 고양이 같은 것이 모여 있는, 구석진 데 놓인 쿠션을 돌아보며 물었다.

"이상한 귀염둥이도 다 있군요."

그녀는 빈정대듯이 대꾸했다. 불쾌하게도 그것은 죽은 토끼를 쌓아놓은 것이었다. 나는 다시 한 번 헛기침을 하고 벽난로 가까이 다가앉으며 오후가 되면서부터 사나워진 날씨 이야기를 꺼냈다.

"안 나오셨으면 좋았을 텐데 그랬죠?" 하고 그녀는 일어서더니 벽난로 위에 놓인 차통을 내리려 했다.

그녀가 그때까지 앉아 있던 자리는 어두컴컴한 곳이었다. 그래서 나는 그제야 비로소 그녀의 모습을 자세히 볼 수 있었다. 그녀는 날씬했고 처녀 티가 남아 있었다. 그처럼 훌륭한 몸매와 예쁘고 자그마한 얼굴을 나는 본 적이 없었다. 이목구비는 조그맣고 살결은 하얗고 부드러워 보였다. 아마빛에 가까운 금발 머리가 둥글게 말려 가는 목덜미에 늘어져 있었다. 그리고 눈은 표정만 다정했더라면 불가항력의 매력을 지녔을 것이다. 지나치게 다감한 나를 위해서는 다행스러운 일이나, 그 눈이 나타내고 있는 표정에는 눈매와는 달리 멸시와 절망의 빛이 어려 있었다.

손이 차통에 닿지 않기에 도와주려고 했더니, 그녀는 마치 돈을 세던 수전노가 다른 사람이 도와주려고 나섰을 때처럼 질겁하고 놀라서는 나를 돌아보며 쌀쌀맞게 말했다.

"도와주지 않아도 돼요. 혼자 힘으로도 할 수 있으니까요."

"실례했습니다."

나는 얼른 사과했다.

"차를 같이 마시자고 초대받으셨나요?"

그녀가 깔끔한 검은 옷 위에 앞치마를 두르고 주전자에 차를 넣으려는 순간 내게 물었다.

"아닙니다."

나는 약간 미소를 지으며 말했다.

"저를 초대해 주실 수 있는 분은 부인밖에 없습니다."

그녀는 차를 숟가락째 다시 제자리에 넣어버리고 새침하게 의자에 앉았다. 곧 울음을 터뜨리려는 어린아이처럼 이마를 잔뜩 찌푸린 채 붉은 아랫입술을 삐죽 내밀고 있었다.

그동안 젊은이는 초라한 웃옷을 걸치고 벽난로 앞에 꼿꼿이 서서 마치 무슨 원수 진 일이라도 있는 것처럼 나를 흘겨보았다. 나는 그가 하인인지 아닌지 매우 궁금했다. 천한 말투나 초라한 모습에서는 히드클리프 내외에게서 볼 수 있는 품위라곤 도무지 찾아볼 수가 없었다. 숱 많은 갈색 곱슬머리는 손질을 안 해서 헝클어져 있고, 두 뺨을 덮은 구레나룻은 곰의 털 같고, 손은 막일꾼의 그것처럼 시커멓게 그을려 있었다. 그러나 거리낌없는 그의 태도는 매우 거만하게 느껴졌고, 안주인을 대하는 태도 또한 하인답지 않았다. 그의 신분을 확인할 만한 증거가 없었으므로, 나는 그의 이상한 거동에 신경을 쓰지 않는 것이 상책이라고 생각했다. 5분쯤 후에 히드클리프가 들어와 나를 그 어색한 분위기에서 어느 정도 벗어나게 해주었다.

"약속대로 다시 찾아왔습니다. 그런데 날씨가 좋지 않아서 반시간쯤 폐를 끼쳐야겠군요."

나는 약간 수다스럽게 말했다.

"반시간이라고요? 눈이 한창 쏟아질 때 나가실 작정이오? 늪에 빠져 실종될 위험이 크다는 것을 모르시는군. 이런 밤에는 늪지대 지리에 밝은 사람들도 곧잘 길을 잃어버리죠. 더군다나 지금 같아서는 눈이 그리 쉽게 멎을 것 같지도 않은데."

히드클리프가 옷에 묻은 눈을 털어내면서 말했다.

"댁의 하인들 가운데 한 사람쯤은 길잡이로 나를 도와줄 수 있겠죠?"

"아니, 그럴 수는 없소."

"허, 이거 참! 그렇다면 내 눈짐작에 의지해서 갈 수밖에 없겠군요."

"흐흠!"

"차는 끓이는 거요?"

초라한 웃옷을 걸친 젊은이가 그 사나운 시선을 내게서 부인에게로 옮기며 물었다.

"저분에게도 차를 드릴 건가요?"

그녀가 히드클리프에게 물었다.

"준비해!"

히드클리프의 대답이 너무 거칠어서 나는 깜짝 놀랐다.

그 말투에는 그의 고약한 성격이 그대로 드러나 있었다. 그렇다면 나도 히드클리프를 좋은 친구라고 생각하고 싶지 않았다.

차가 준비되자 그는 나에게 "자아, 가까이 다가앉으시오." 하고 권했다. 젊은이까지 모두 식탁에 둘러앉았으나, 차를 마시는 동안 무거운 침묵만이 흘렀다.

나는 만약 이 우울한 분위기가 나 때문이라면 그것을 푸는 것 역시 내 의무라고 생각했다. 이 사람들이 항상 이렇게 싸운 것처럼 앉아 있을 리도 없거니와, 아무리 성미가 고약할지라도 평소에 이렇게 인상을 쓰면서 지낼 수는 없는 노릇이니 말이다.

"참 이상하죠." 하고 나는 차를 한 잔 마시고 또 한 잔을 따라 받으면서 말했다.

"습관이라는 것이 우리의 취미와 사상을 지배하니 말입니다. 사람들은 당신처럼 세상을 완전히 등지고 사는 사람에게 이런 행복이 있으리라곤 전혀 상상도 못할 겁니다. 그러나 제가 분명하게 말씀드릴 수 있는 것은 이렇게 가족에 둘러싸여, 그리고 귀여운 부인으로 하여금 집안과 마음을 다스리게 하는 당신이야말로……."

"귀여운 부인이라고요?" 하고 내 말을 가로막는 히드클리프의 얼굴엔 악마 같은 비웃음이 어려 있었다.

"그게 어디 있소? 나의 귀여운 부인이란 것이?"

"히드클리프 부인, 즉 당신의 부인 말입니다."

"아하, 비록 육신은 사라졌다 할지라도 내 아내의 영혼이 수호신이 되어 워더링 하이츠를 지켜주고 있다는 말씀인가 보구려."

실수한 것을 깨달은 나는 그 순간을 수습해 보려고 애썼다. 두 사람을 부부로 보기에는 나이 차이가 매우 많다는 것을 일찍 알아차렸어야 했다. 남자는 마흔 살쯤 되어 보였고—사랑 때문에 나이 어린 처녀와 결혼한다는 생각은 하기 어려울 뿐만 아니라, 그런 꿈은 노년의 위안으로나 간직할 나이였다—여자는 열일곱도 안 돼 보였다.

그 순간 이런 생각이 퍼뜩 떠올랐다.

'그럼 내 옆에 앉아 대접으로 차를 퍼 마시고, 손도 씻지 않은 채 빵을 뜯어 삼키는 이 젊은 녀석이 그녀의 남편인지도 모르지. 녀석은 분명 히드클리프의 아들이겠지. 그렇다면 이건 분명 생매장이로구나! 더 잘난 남자가 있다는 것을 몰랐으니까 저런 여자가 이런 촌뜨기에게 몸을 맡긴 거야. 불쌍한 일이다. 그녀가 나로 인해 사람을 잘못 택한 것을 후회하지 않도록 조심해야겠군.'

이런 생각은 나의 독단이라고 할지 모르지만, 사실은 그렇지 않았다. 내 곁에 앉은 친구는 같은 남자가 보아도 밉살스러울 정도인데, 나로 말하면 상당히 매력적이라는 것을 지금까지의 경험을 통해서 알고 있었다.

"당신이 말한 부인이란 내 며느리를 말하는 것이오." 하고 히드클리프가 나의 추측을 확인시켜 주었다. 그는 그런 말을 하면서 야릇한 시선을 그녀에게로 돌렸다. 그의 안면 근육이 보통 사람들과는 달리 속마음을 나타내지 못할 정도로 비뚤어진 것이 아니라면, 그것은 확실히 증오의 눈길이었다.

"아, 그렇군요. 이제야 알겠습니다. 당신이 바로 이 귀여운 부인의 남편 되시는군요." 하고 나는 내 옆에 앉은 젊은이를 쳐다보며 말했다. 그런데 이번의 실수는 전보다 더 큰 것이었다. 젊은이는 얼굴을 붉히며 당장이라도 죽일 듯이 두 주먹을 불끈 쥐었다. 그러나 그는 곧 진정한 듯 나에게 심한 욕지거리를 퍼붓는 것으로 분을 가라앉혔다. 나는 애써 그를 무시했다.

"손님의 추측은 불행히 또 빗나갔소." 하고 주인이 일깨워주었다.

"우리는 둘 다 손님이 말하는 귀여운 부인의 남편이 아니오. 저 애 남편은 죽었소. 내가 내 며느리라고 했으니까 당신이 그렇게 착각할 만도 하지요. 하긴 저 아이가 내 아들과 결혼한 것은 틀림없는 사실이니까."

"그럼 이 젊은이는?"

"그는 내 아들이 아니오."

히드클리프는 마치 자기를 그런 촌스러운 녀석의 아비라고 생각하는 것은 지나친 농담이라고 말하고 싶은 듯이 다시 미소를 지었다.

"내 이름은 헤어턴 언쇼요. 그 이름에 경의를 표하는 게 좋을 거요." 젊은이가 사납게 말했다.

"업신여긴 적은 없는데⋯⋯." 하고 대답하면서 나는 속으로 그가 자기 이름을 대면서 보인 위엄을 비웃었다.

그는 나를 오랫동안 노려보았으나, 나는 상관하지 않고 외면해 버렸다. 그의 따귀를 후려치지 않으면 웃음이라도 터뜨리고 싶어질 것 같아서였다. 나는 이 집안 사람들과는 도저히 분위기를 맞출 수 없다는 것을 느끼기 시작했다. 음울한 분위기가 두드러져서 따뜻하고 안락한 환경이 아무 소용이 없게 되어버렸다. 이 집을 세 번째로 방문하는 것은 잘 생각해 봐야 할 문제인 것 같았다.

식사가 다 끝나가는데도 누구 하나 사교적인 말 한 마디 하지 않았다. 나는 창가로 다가가 날씨를 살폈다. 다른 때보다 날이 일찍 저물어 밖에는 온통 어둠이 깔리고, 휘몰아치는 바람과 숨막힐 듯 내리는 눈발 속에 하늘과 땅이 맞닿아 있었다.

"이래서야 길잡이 없이는 집에 돌아가지 못하겠군요. 이미 길은 눈에 묻혀버렸을 테고, 설사 길이 보인다 해도 한 치 앞을 내다볼 수 없을 거요." 하고 나는 한숨을 쉬며 말했다.

"헤어턴, 양들을 헛간 안에 가둬두어라. 밤새 우리에 두었다가는 눈에 파묻히겠다. 그리고 널빤지로 문을 막아두어라." 하고 히드클리프가 말했다.

"저는 어떻게 하면 좋겠습니까?"

나는 걱정이 되어서 물었다. 그러나 아무도 내 말에 귀기울이지 않았다. 뒤를 보니 조지프는 개에게 줄 죽을 한 통 들고 들어오고, 젊은 부인은 차통을 제자리에 놓을 때 난로 위에서 떨어진 성냥뭉치를 심심풀이로 태우며 앉아 있었다.

조지프는 죽통을 내려놓고 유심히 방안을 둘러본 다음 갈라진 목소리로 투덜거렸다.

"나 원 참! 다들 일하러 나갔는데 혼자 장난이나 하고 있다니! 말해도 소용없지. 어미를 닮아서 악마가 우글대는 지옥에 떨어지기 전에는 저 버릇을 고치지 못할 거야."

처음엔 그것이 나에게 하는 욕지거리인 줄 알고 화가 머리끝까지 치민 나는 그 늙은 영감을 문 밖으로 걷어차 버리려고 몇 발 짝 다가갔다. 그러나 히드클리프 부인의 목소리가 내 발을 멈추게 했다.

"이 못된 거짓말쟁이 영감! 악마를 들먹일 때마다 자기 자신이 악마에게 끌려가는 건데도 무섭지 않아? 나를 가만히 내버려두는 편이 좋을 거야. 이걸 좀 봐, 조지프." 하며 그녀는 선반에서 길쭉하고 검은 책을 한 권 집어들었다.

"내 마술이 얼마나 늘었나 보여주지. 난 곧 마술에 통달할 거야. 붉은 암소가 죽은 것도 우연이 아니고, 영감의 신경통도 하느님의 뜻이라고만 생각할 수는 없어."

"오, 악마다, 악마야. 주여, 우리를 악에서 구해 주시옵소서!"

늙은이가 신음하듯 말했다.

"안 돼, 틀렸어! 당신은 이미 하느님에게 버림받았어. 빨리 꺼지지 않으면 혼내줄 거야. 전부 납이나 진흙으로 만들어버리겠어. 내가 정한 계율을 맨 먼저 어기는 사람은…… 어떤 벌을 받게 되는지 말하지 않아도 곧 알게 될 거야! 어서 가봐. 내가 영감을 지켜보고 있을 테니까."

귀여운 마녀가 그 아름다운 눈에 일부러 악의를 띠는 척하자, 조지프는 정말 무서워서 벌벌 떨면서 기도를 올리기도 하고 "오, 주여!"를 연발하며 서둘러 나가버렸다.

나는 그녀의 그런 행동이 너무 심심해서 장난을 한 것이라 생각했으며, 게다가 둘만 남았으므로 그녀의 관심을 나의 고민에 끌어들여 보려고 애썼다.

"부인." 하고 나는 진지하게 그녀를 불렀다.

"성가시게 해서 미안합니다만, 부인은 얼굴이 이렇듯 아름다우시니 마음 또한 아름다우실 것 같아 드리는 말씀입니다. 제가 집으로 돌아가는 길을 찾을 수 있도록 표지가 될 만한 것을 몇 가지 알려주십시오. 부인이 런던으로 가는 길을 모르는 것처럼 저도 집으로 돌아가는 길을 몰라서 부탁드리는 겁니다."

"오신 길로 해서 돌아가세요."

그녀는 촛불 앞에 그 길쭉한 책을 펴고 의자에 앉은 채 말했다.

"간단하기는 하지만, 그 이상 좋은 방법이 어디 있겠어요."

"그렇다면 내가 늪이나 눈 구덩이에 빠져 죽었다는 소식을 들어도 부인은 약간이라도 양심의 가책을 느끼지 않는다는 말인가요?"

"어째서 제가 양심의 가책을 느껴야 하죠? 바래다드릴 수 없어요. 나는 대문 밖으로 나갈 자유가 없으니까요."

"저 편하자고 이런 밤에 부인에게 문 밖까지 같이 나가달라고 청할 염치는 없습니다. 제 말은 길을 가르쳐달라는 것이지, 안내해 달라는 것이 아닙니다. 그렇게 할 수 없다면 히드클리프 씨에게 제게 길잡이를 하나 붙여주라고 부탁이라도 좀 해달라는 거지요."

"이 집에는 그분하고 헤어턴, 질라, 조지프 그리고 저뿐이에요. 그중에서 누가 안내해 주길 바라세요?"

"농장에 하인은 없나요?"

"없어요. 지금 말한 사람이 전부예요."

"그렇다면 자고 갈 수밖에 없겠군요."

"그건 이 집 주인과 상의해 보세요. 저는 아무 권한이 없어요."

"이 일을 교훈 삼아 앞으로는 경솔하게 이곳에 출입하지 않는 게 좋을 거요."

히드클리프의 차디찬 목소리가 부엌문 쪽에서 들려왔다.

"우리 집에 머문다고 해도, 손님을 위해 특별히 마련된 침대는 없으니 헤어턴이나 조지프와 함께 자야 할 거요."

"이 방의 의자 위에서 자도 좋소."

"아니, 그건 안 돼! 부자든 거지든 남은 남이오. 내가 지켜볼 수 없는 시간에는 누구라도 이 방에 들어오지 못하게 하고 있소."

이렇게까지 모욕을 당하자 나도 더 이상 참을 수가 없었다. 나는 히드클리프를 밀어젖히고 마당으로 뛰어나가다가, 지나치게 흥분한 나머지 헤어턴과 부딪치기까지 했다. 밖이 너무 어두워 나가는 길을 찾지 못하고 빙빙 돌다가, 나는 그 집안 사람들이 주고받는 말을 들을 수 있었다. 처음에는 헤어턴이 내 편을 드는 것 같았다.

"숲 있는 데까지만이라도 데려다주어야겠어요."

헤어턴이 나직하게 말했다.

"가려면 지옥까지라도 따라가! 그런데 말은 누가 돌볼 거야?" 하고 주인인지 무엇인지 되는 자가 소리쳤다.

"사람 목숨이 더 귀하죠. 하룻밤 말 시중을 못 들어도 누군가가 가야 해요."

뜻밖에도 젊은 부인이 걱정스럽게 말했다.

"당신 명령이라면 안 가! 저 사람을 위한다면 입 닥치고 있어." 하고 헤어턴이 소리쳤다.

"그런 말을 하면 저 사람이 죽은 다음 유령이 되어 당신을 괴롭히라고 빌 테야. 그리고 히드클리프 씨도 다시는 세 들 사람을 구하지 못하고 저 저택이 폐가가 되어버리라고 할 테야!"

젊은 부인도 지지 않고 날카롭게 대꾸했다.

"저것 봐, 저게 모두를 저주하는군!" 하고 조지프가 중얼거리는 소리를 듣고 나는 그의 곁으로 달려갔다.

조지프는 그들의 말소리가 들리는 곳에 앉아 초롱 아래에서 소젖을 짜고 있었는데, 나는 그 초롱을 낚아챈 다음 내일 아침에 돌려주겠다는 말을 던지고 가장 가까운 뒷문으로 달려갔다.

"주인님, 주인님, 저 사람이 초롱을 훔쳐갑니다요!"

영감이 고함을 치며 내 뒤를 쫓아왔다.

"이봐, 내셔! 자아, 개야! 쉭, 울프, 저놈을 잡아라, 저놈 잡아!"

영감이 작은 문을 열자마자 두 마리 털북숭이 개들이 내 목을 향해 덤벼들어 나를 넘어뜨리는 바람에 초롱불이 꺼졌다. 그때 히드클리프와 헤어턴의 웃음소리가 들렸다. 나의 분노와 굴욕감은 극에 달했다. 다행히 개들은 나를 산 채로 물어뜯기보다는 기지개를 켜고 하품을 하고 꼬리를 흔드는 데 더 관심이 있는 듯했다. 그래도 내가 움직이는 것은 용서할 것 같지 않았으므로 악랄한 주인이 나를 구해 주러 올 때까지 꼼짝없이 누워 있을 수밖에 없었다. 모자도 잃어버린 채 분노에 떨면서 나는 그 악당들에게 1분이라도 지체하면 신상에 좋지 않을 테니 서둘러 나를 보내달라고 호령했다. 그러고는 참을 수 없는 증오에 불타서 리어 왕이 무색할 정도로 복수의 절규를 두서없이 주워섬겼다.

너무 흥분한 탓인지 나는 코피를 많이 쏟았다. 그런데도 히드클리프는 여전히 웃고만 있어서 나를 더욱 격분케 했다. 그때 나 자신보다 훨씬 냉정하고 나를 박대하는 그 집주인보다는 조금이라도 인정 있는 어떤 사람이 나타나지 않았던들 그 일이 어떻게 끝났을는지 나도 장담할 수 없다. 그 사람은 바로 건장한 가정부 질라였는데, 그녀는 이 소동이 어찌 된 영문인지 알기 위해 뛰쳐나온 것이었다. 그녀는 누군가 내게 폭행을 가했다고 생각했는지 감히 주인에게 덤비지는 못하고 젊은 악당을 향해 퍼부어댔다.

"이봐요, 헤어턴 도련님. 다음엔 어떤 짓을 할 작정이세요? 다른 곳도 아닌 바로 우리 집 문간에서 살인을 하실 생각인가요? 이 집은 아무래도 내가 있을 곳이 아닌가 봐요. 저 불쌍한 사람을 보세요. 거의 숨이 넘어 갈 지경이라고요! 가만히 계세요, 가만히! 그렇게 떠들면 안 돼요."

이렇게 말하면서 그녀는 갑자기 얼음같이 차가운 물을 내 목에 휙 끼얹고는 부엌으로 나를 끌고 갔다. 히드클리프도 따라 들어왔으나, 얼굴에서 웃음기는 이미 사라지고 다시 전처럼 우울한 표정을 짓고 있었다.

나는 너무나도 고통스럽고 현기증이 나서 쓰러질 것 같았다. 그래서 하는 수 없이 워더링 하이츠에서 하룻밤 신세를 질 수밖에 없었다. 히드클리프는 나에게 브랜디를 한 잔 갖다주라고 질라에게 이르고는 자기 방으로 들어가 버렸다. 질라가 봉변당한 나를 위로하면서 술을 갖다주었으므로, 나는 다소나마 기운을 차릴 수 있었다. 질라는 그런 나를 침실로 안내했다.

3

질라는 앞장서서 2층으로 올라가면서 나에게 촛불을 가리고 소리를 내지 말라고 당부하였다. 주인이 지금 내가 들어갈 방에 대해 이상한 생각을 가지고 있기 때문에 부득이한 경우가 아니면 쓰지 못하게 한다는 것이었다. 그 이유를 물었지만, 그녀는 자기도 모른다고 대답했다. 이 집에 들어온 지

1, 2년밖에 되지 않지만 이 집에는 이상한 일이 자주 일어나서 이젠 호기심조차 일어나지 않는다고도 했다.

나 자신도 머리가 멍해서 호기심을 가질 사이도 없이 방문을 닫아걸고 방안을 살펴보았다. 가구라고는 의자와 옷장이 하나씩 그리고 큼직한 참나무 궤짝이 하나 있을 뿐이었다. 그 궤짝은 위쪽에 네모난 구멍이 뚫려 있어 마치 마차의 창문처럼 보였다. 다가가서 그 속을 들여다보니, 그것은 특이한 구식 침대로, 가족들이 각기 침실을 하나씩 차지할 필요가 없도록 편리하게 만들어져 있었다. 그 자체가 하나의 작은 밀실이었다. 안쪽 창문 틀에 달려 있는 선반은 탁자 구실을 하고 있었다.

나는 판자로 된 문짝을 밀고 촛불을 든 채 안으로 들어갔다. 그 문을 닫자, 히드클리프를 비롯한 이 집안 모든 사람의 눈길에서 벗어난 듯하

여 마음이 편안해졌다.

　내가 촛불을 놓은 선반 한구석에는 곰팡이가 핀 책이 몇 권 놓여 있고, 페인트칠을 한 선반은 온통 낙서투성이였다. 그 낙서는 대문자와 소문자로 각기 다른 필체로 반복해서 쓴 '캐서린 언쇼'라는 이름이었는데, 간혹 '캐서린 히드클리프', '캐서린 린턴'이라는 이름도 눈에 띄었다.

　나는 피곤한데다가 맥까지 풀려 머리를 창에 기대고 캐서린 언쇼, 히드클리프, 린턴이라는 철자를 계속 더듬다가 그만 잠이 들어버렸다. 그러나 5분도 채 못 되어 어둠 속에서 하얀 글자들이 유령처럼 환하게 빛나는 것을 보았다. 곧이어 방안은 캐서린이란 이름으로 꽉 차버렸다. 이 눈에 거슬리는 이름을 지워버리려고 몸을 벌떡 일으키니, 촛불 심지가 낡은 책 위로 기울어져서 쇠가죽 타는 냄새가 온 방에 가득 찼다.

　나는 심지를 잘라버리고 한기가 느껴지는 듯한 메스꺼움 때문에 갑자기 기분이 몹시 나빠져서 일어나 앉아 촛불에 약간 탄 책을 무릎 위에 펼쳐놓았다. 그것은 작은 활자로 인쇄된 성경이었는데, 곰팡내가 지독하게 났다. 속표지에는 '캐서린 언쇼 장서'라는 글씨와 25~6년 전의 날짜가 적혀 있었다. 나는 그 책을 덮고 다른 책을 한 권씩 자세히 살펴보았다. 캐서린의 장서는 잘 선정된 것이었고, 책이 많이 낡은 것으로 보아 늘 읽었다는 것을 알 수 있었다. 그러나 그 책들은 독서의 목적으로만 사용된 것은 아니었다. 어느 장이고 여백이란 여백에는 빽빽하게 펜글씨가 쓰여 있었다. 단편적인 문장도 있었고, 어떤 것은 아직 미숙한 어린아이의 글씨체이긴 하지만 제법 완숙한 일기 형태를 갖춘 것도 있었다.

　한 페이지의 위쪽 여백에서 서투르기는 하지만 밉지 않게 그려진 조지프의 모습을 발견하고 나는 무척 즐거워졌다. 나는 불현듯 캐서린이란 미지의 여자에 대한 호기심이 일어, 희미해져 가는 그녀의 글씨를 해독하기 시작했다.

지긋지긋한 일요일! 아버지가 살아 계신다면 얼마나 좋을까. 힌들리 오빠가 아버지 대신이라니 기가 막히다. 히드클리프에 대한 오빠의 행동은 너무 심해 H와 나는 반란을 일으킬 생각이다. 오늘 저녁 그와 같이 반란의 첫발을 내디딘 셈이다.

하루 종일 비가 억수같이 쏟아졌다. 우리는 교회에 갈 수 없었으므로, 조지프가 모두를 다락방에 모아놓고 예배를 주도해야 했다. 힌들리 오빠와 올케언니는 아래층에서 편안하게 난롯불을 쬐고 있는데―그들은 곧 죽어도 성경 같은 것은 읽지 않을 거야―히드클리프와 나 그리고 불쌍한 머슴 아이는 기도서를 가지고 올라가야 했다. 우리는 옥수수 자루 위에 한 줄로 나란히 앉은 채 신음 소리를 내며 덜덜 떨었다. 조지프도 추위에 견디지 못해 설교를 빨리 끝내주었으면 좋겠다고 생각했는데, 웬걸! 예배는 세 시간이나 계속되었다. 그런데도 오빠는 우리가 내려오는 것을 보고는 '아니, 벌써 끝났어?' 하는 표정이었다. 전에는 일요일 저녁에는 떠들지만 않으면 놀아도 괜찮았는데, 이젠 조금만 웃어도 구석으로 쫓겨난다.

"너희들은 이 집에 어른이 있다는 것을 모르니?" 하고 오빠는 폭군처럼 말했다. "내 비위를 거슬리는 놈은 누구든지 가만 안 둘 거야. 절대로 떠들면 안 돼! 오오, 네놈이었구나! 여보, 지나는 길에 그놈의 머리카락을 잡아당겨요. 녀석이 손가락을 튀기더라니까."

언니는 히드클리프의 머리카락을 힘껏 잡아당기고는 오빠에게로 가서 마치 어린아이들처럼 뽀뽀도 하고 몇 시간이고 노닥거리며 지껄여댔는데, 우리가 듣기에도 창피한 잡담이었다.

우리는 우리대로 조리대 아래 공간을 아늑하게 꾸며놓았다. 내가 막 앞치마를 이어 붙여서 커튼처럼 드리웠을 때, 조지프가 무슨 볼일이라도 있는지 마구간에서 돌아왔다.

그는 내가 만든 커튼을 찢어버리고 뺨을 때리면서 고함을 질렀다.

"주인 어른의 장례를 막 치르고, 아직 안식일도 지나지 않아 성경 말씀이 귓전에 남아 있는데 장난을 치다니! 부끄럽지도 않아? 바로 앉아, 이 못된 것들아. 읽어서 좋은 책들은 많아. 앉아서 너희들 영혼에 대해서나 생각하도록 해."

그는 우리에게 오래된 설교집을 던져주며 불빛에 겨우 책을 비춰볼 수 있을 정도로 벽난로에서 떨어져 앉게 했다. 나는 도저히 참을 수가 없었다. 그래서 좋은 책은 딱 질색이라고 하면서 낡은 책 표지를 떼어 개집 쪽으로 던져버렸다. 히드클리프도 자기 책을 같은 곳으로 걷어차 버리자, 곧 큰 소동이 벌어지고 말았다.

"힌들리 서방님!" 하고 우리의 목사인 조지프가 외쳤다.

"서방님, 이리 좀 빨리 오세요! 캐시 아가씨는 『구원의 갑옷』 뚜껑을 찢어버리고 히드클리프는 『멸망으로 이르는 넓은 길』을 발로 차버렸어요! 이런 짓을 하게 내버려두다니 소름 끼치는군요. 아이고, 주인 어른이 계셨다면 엄하게 혼을 내주실 텐데, 이젠 돌아가셨으니!"

힌들리 오빠가 난롯가의 낙원에서 달려와 한쪽은 목덜미를 잡고 다른 한쪽은 팔을 잡아 우리 둘을 부엌 안쪽으로 내동댕이쳤다. 그 방에 있으면 분명 악마가 와서 우리를 잡아갈 거라고 조지프가 위협하듯 말했다.

우리는 한쪽 구석에 떨어져 앉아 악마가 오기를 기다렸다. 나는 선반에서 이 책과 잉크병을 내려 불빛이 들어오도록 문을 약간 열고는 20분쯤 글을 쓰며 시간을 보냈다. 그러나 히드클리프는 답답하다면서 둘이서 젖 짜는 아주머니의 웃옷을 쓰고 들판으로 나가 뛰어다니자고 했다. 무척 재미있는 생각이다. 그렇게 되면 조지프가 들어와 보고 자기 예언대로 악마가 우리를 데려갔다고 생각할 테니까. 비를 맞더라도 여기보다 더 습기 차거나 춥지는 않겠지.

　나는 캐서린이 그 계획을 실천에 옮겼으리라 믿는다. 왜냐하면 다음 줄은 다른 문제에 관한 것이었기 때문이다. 이번에는 눈물겹도록 애처로운 내용이었다. '오빠가 나를 이토록 가슴 아프게 하리라곤 꿈에도 생각지 못했는데!'라고 쓰여 있었다. 그녀는 계속해서 다음과 같이 썼다.

　머리가 아파서 베개도 벨 수 없을 정도다. 그런데도 눈물은 멈추지 않는다. 불쌍한 히드클리프! 힌들리 오빠는 그를 거지라고 부르면서 다시는 우리와 같이 앉지도 못하게 하고 식사도 함께 하지 못하게 한다. 그리고 나에게 그와 놀지 말라고 하면서, 그 말을 지키지 않으면 이 집에서 그를 내쫓아 버리겠다고 했다. 오빠는 히드클리프를 너무 멋대로 내버려두었다고 아버지를 원망했는데, 어떻게 감히 아버지에게까지 그럴 수 있을까? 그리고 곧 히드클리프를 제 처지에 맞는 자리로 끌어내리겠다고 벼르니……

　나는 어느새 꾸벅꾸벅 졸기 시작했다. 내 눈은 그녀가 쓴 글씨에서 인쇄된 쪽으로 옮겨갔다. 붉은 잉크로 인쇄된 제목이 보였다. '일흔 번씩 일곱 번 및 일흔한 번째의 처음(마태복음 제18장 21~22절 참조). 기머튼 서프 교회에서 행한 제이브스 브랜더램 목사의 설교'라고 쓰여 있었다. 반쯤 잠든 상태에서 제이브스 브랜더램 목사가 이 제목으로 무슨 얘기를 했을까 생각하다가 그만 나도 모르게 침대에 누워 잠들어버렸다.

아아, 지독한 대접을 받은 탓일까? 그 밖에 무엇이 나로 하여금 그토록 무서운 밤을 보내게 할 수 있겠는가? 그 이후, 나는 그날 밤처럼 고통을 겪은 적이 없다.

깊이 잠들기도 전에 나는 꿈을 꾸기 시작했다. 꿈속에서 아침을 맞았다. 그래서 나는 조지프를 앞세우고 귀갓길에 나섰다. 길에는 눈이 몇 야드 높이로 쌓여 있었다. 눈을 헤치며 걸어가는데, 나의 동행은 내가 순례자의 지팡이를 가져오지 않았다고 계속 나무라며 나를 괴롭혔다. 조지프는 지팡이가 없으니 집에 돌아갈 수 없다면서 거드럭거리며 손잡이가 묵직한 자신의 지팡이를 흔들어 보였는데, 그것이 바로 순례자의 지팡이인 모양이었다.

나는 그 순간 내가 내 집에 들어가는데 그런 도구가 필요하다니, 이상한 생각이 들었다. 그러자 또 다른 생각이 떠올랐다. 우리는 집으로 돌아가는 것이 아니라, 유명한 제이브스 브랜더램 목사가 '일흔 번씩 일곱 번'이라는 성경 구절을 가지고 하는 설교를 들으러 가는 길인데, 조지프와 나 둘 중 하나가 '일흔한 번째의 처음'의 죄를 범해서 사람들 앞에 끌려나가 파문당하게 되어 있다는 것이다.

우리는 교회에 이르렀다. 산책할 때 실제로 두어 번 지나친 적이 있는 교회였다. 그 교회는 두 언덕 사이의 움푹 들어간 곳에 있었다. 들어간 곳이라고 해도 늪 가까이 있는 약간 높은 지대로, 늪에서 올라오는 이탄의 습기가 이곳에 묻혀 있는 시체를 보호하기에 적당한 곳이라는 소문이 있었다. 지붕만은 아직 온전했으나, 목사의 연봉이 겨우 20파운드밖에 안 되는데다 방이 두 개뿐인 사택도 벽이 허물어져 얼마 안 가 쓰러질 듯해, 이 교구를 맡으려는 목사는 한 사람도 없었다. 더욱이 최근에는 이곳 신도들이 목사가 굶어 죽는 꼴을 볼망정, 자기들 주머니에선 한 푼도 내놓을 생각을 하지 않는다는 소문이 떠돌고 있었다.

아무튼 내 꿈에서는 제이브스 목사가 열성적인 신도를 전부 모아놓고 설교를 했다. 그런데 그 설교라는 것이 490부분으로 나뉘어져 있었는데, 한 부분마다 한 가지 죄를 다루고, 그 하나하나가 보통 설교와 맞먹는 것이었다. 어디서 그토록 많은 죄를 모아왔는지 알 수가 없었다. 그는 자기 나름대로 매번 '일흔 번씩 일곱 번'이란 성경 구절을 해석하곤 했는데, 그에 의하면 신도들은 모두 죄목이 다른 죄를 저지르는 것 같았다. 모두가 그야말로 기묘한 성질의 죄들이어서 상상조차 할 수 없는 것들이었다.

아, 얼마나 지루했던지! 몇 번이나 몸을 뒤틀고, 하품을 하고, 졸다가 깨다가 했던가! 내가 내 몸을 꼬집고 찌르고 눈을 비비고 일어섰다 앉았다 안절부절못하다가, 설교가 끝나거든 알려달라고 조지프를 몇 번이나 쿡쿡 찔렀던가!

그러나 나는 그 설교를 끝까지 다 들을 수밖에 없었다. 드디어 그의 설교가 '일흔한 번째의 처음'에 이르렀다. 그때 어떤 영감이 불현듯 내 머리를 스쳐 지나갔다. 나는 벌떡 일어나서 제이브스 브랜더램을 가리키며, 그리스도 교인으로서 용서할 수 없는 죄를 저지른 죄인이라고 비난했다.

"목사님!" 하고 나는 큰 소리로 불렀다.

"사방이 막힌 이 교회에 앉아서, 나는 당신의 490가지 설교를 꾹 참고 들었소. 나는 일흔 번씩 일곱 번만큼 여길 박차고 나가려 했으나 당신은 일흔 번씩 일곱 번만큼이나 나를 무작정 주저앉혔소. 그러나 491번째는 너무 심합니다. 나와 같이 수난을 당한 사람들은 저자에 대항하시오! 끌어내어 혼을 내줍시다. 그래서 저자가 다시는 저 자리에 서지 못하도록 합시다!"

"바로 당신이구려!"

제이브스 브랜더램 목사가 외쳤다. 그리고 의자에 몸을 기댄 채 잠시 침묵을 지키더니 말을 이었다.

"일흔 번씩 일곱 번만큼이나 당신은 하품을 하면서 얼굴을 찡그렸소. 일흔 번씩 일곱 번만큼이나 나는 내 영혼에 물었소. 아아, 인간의 나약함이여, 용서하소서! 그러나 일흔한 번째의 처음이 되었소. 형제여, 저 사람에게 성경에 기록된 심판을 행합시다. 하느님의 사자는 그렇게 할 수 있소!"

목사의 말이 끝나자, 군중은 저마다 순례자의 지팡이를 휘두르며 내게로 몰려왔다. 나는 그들에게 대항할 무기가 없었으므로, 가장 가까이에서 아주 맹렬한 공격을 가해 오는 조지프와 맞붙어 그의 지팡이를 빼앗으려 애썼다. 그 소동 속에서 몇 개의 몽둥이가 날아오고, 나를 향해 날아오던 몽둥이가 다른 사람의 머리통을 치기도 했다. 순식간에 교회 안은 치고 받는 소리로 소란스러워졌다. 결국 모두 옆사람과 싸우는 꼴이 되었다. 가만히 있을 수가 없었던 제이브스 브랜더램 목사는 설교단을

강하게 두들겨댔다. 그 소리가 얼마나 요란했던지 천만다행히도 나는 잠에서 깨어났다.

대체 무엇이 그토록 요란한 소리를 냈을까? 그것은 바로 삭풍이 불 때마다 전나무 가지가 창문에 부딪치면서 마른 솔방울이 유리창을 두드리는 소리였다. 소리의 원인을 알아낸 나는 돌아누워 이내 잠들었다. 그런데 이번에는 전보다 더욱 기분 나쁜 꿈을 꾸었다.

이번에는 내가 참나무 침대에 누워 있었다. 내 귀에는 거센 바람 소리와 휘몰아치는 눈보라 소리가 선명하게 들렸다. 전나무 가지가 반복해서 때리는 소리도 들었으며, 또한 소리의 원인도 분명히 알고 있었다. 그러나 참을 수 없을 만큼 시끄러웠으므로, 가능하면 그 소리의 원인을 없애고 싶었다. 나는 일어나서 창문 걸쇠를 벗기려고 안간힘을 썼다. 걸쇠는 창틀에 용접되어 있었다. 그런 사실은 잠이 들기 전에 보아 이미 알았지만, 깜박 잊고 있었던 것이다.

"어떻게 해서라도 소리를 멎게 해야지." 하고 중얼거리며 주먹으로 유리창을 깨고 팔을 내밀어 그 성가신 나뭇가지를 잡으려고 했다. 그런데 손에 쥔 것은 나뭇가지가 아니라 얼음처럼 차가운 조그만 손이었다. 오싹 소름이 끼쳤다. 잡힌 손을 빼내려 애썼지만, 그 손이 내 손을 잡은 채 놓지 않았다. 그리고 가련하게 흐느끼는 소리가 들렸다.

"들어가게 해주세요. 들어가게 해주세요!"

"당신은 누구요?"

나는 그 손을 뿌리치려고 애쓰면서 물었다.

"캐서린 린턴이에요." 하고 상대는 떨리는 목소리로 대답했다.

왜 나는 '린턴'이라는 이름을 떠올렸을까? 그보다는 '언쇼'가 더 익숙한데…….

"제가 돌아왔어요. 벌판에서 길을 잃었었어요!"

그 소리와 함께 나는 유리창 밖에 희미하게 떠오른 어린아이의 얼굴을 보았다. 나는 공포에 질린 나머지 잔인해졌다. 아무리 뿌리치려 해도 소용없음을 알고는 아이의 손목을 깨진 유리창으로 끌어당겨 흘러내린 피로 이불이 흥건히 젖도록 유리에다 문질렀다. 그런데도 그 아이는 계속해서 "들어가게 해주세요."라고 울부짖으며 악착같이 내 손을 잡고 놓지 않았다. 나는 공포에 질려 거의 미쳐버릴 것 같았다. 하는 수 없이 내가 말했다.

"내가 어떻게 하면 좋겠니? 꼭 이 방에 들어와야 한다면 먼저 내 손을 놓아다오!"

그러자 그 손이 내 손을 놓았다. 나는 재빨리 깨진 구멍으로 내 손을 빼낸 다음 재빨리 책을 피라미드 모양으로 쌓아올려 구멍을 막고, 애원하는 구슬픈 소리를 듣지 않으려고 귀를 막았다.

그렇게 15분쯤 지난 후 귀를 막은 손을 떼자 여전히 슬픈 울음소리가 들렸다.

"어서 꺼져버려! 20년 동안 애원한다 해도 안 돼."

"맞아요. 꼭 20년이에요." 하고 그 소리는 탄식하듯 말했다.

"나는 20년 동안이나 집 없이 떠돌아다녔어요."

그러더니 밖에서 창문을 긁는 소리가 가늘게 들려오면서 책더미가 앞으로 쓰러질 듯이 들썩거렸다. 나는 벌떡 일어나려 했으나 전혀 몸을 움직일 수가 없어 미친 듯이 고함을 칠 수밖에 없었다.

나는 꿈에서만이 아니라 실제로도 소리를 지른 모양이었다. 누군가 황

급히 달려와 억세게 문을 열어젖혔던 것이다. 침대 위쪽의 사각 창틀을 통해 불빛이 들어왔다.

나는 그때까지도 무서움에 떨면서 이마의 식은땀을 닦고 있었다. 방에 들어온 사람은 주저하듯 혼자 중얼거리더니, 마침내 반쯤 속삭이는 소리로, 그러나 결코 대답은 기대하지 않는 투로 "여기 누가 있나?" 하고 물었다.

나는 내가 있다는 것을 밝히는 것이 상책이라고 생각했다. 왜냐하면 그것은 히드클리프의 음성이 분명했고, 내가 가만히 있어도 그가 들어와 샅샅이 뒤질 것이 분명했기 때문이다. 그래서 나는 궤짝 문을 열었다. 그때의 내 행동이 빚은 결과를 나는 도저히 잊지 못할 것이다.

히드클리프는 셔츠 차림으로 방문 앞에 서 있었다. 들고 있는 촛불에서 촛농이 손가락을 타고 녹아 내리고, 그의 낯빛은 등지고 선 벽만큼이나 차가웠다. 참나무 궤짝의 미닫이가 열리는 소리를 들은 그는 감전이라도 된 듯 놀라면서 손에 들었던 초가 몇 피트 밖으로 튀기듯 떨어졌는데도 너무 놀라서 그것을 얼른 집어들지 못했다.

"어제 댁을 방문한 사람이올시다, 주인 양반."

그가 겁쟁이임을 더 이상 드러내 보이지 않도록 하기 위해 나는 큰 소리로 말했다.

"가위에 눌려서 잠결에 그만 소리를 질렀었나 봅니다. 소란을 피워 미안합니다."

"이런 제기랄! 록우드 씨, 정말 당신 같은 사람은……." 하면서 주인은 초를 집어 의자 위에 놓았다. 도저히 그것을 조금 전처럼 들고 있을 수 없는 모양이었다.

"그런데 누가 당신을 이 방으로 안내했소?"

그는 손바닥에 손톱이 박힐 정도로 주먹을 불끈 쥔 채 턱이 떨리는 것을 가라앉히려고 이를 악물며 말을 이었다.

"도대체 누구요? 그 따위 것들은 당장 이 집에서 내쫓아야지!"

"댁의 하녀 질라입니다."

나는 마룻바닥으로 뛰어내려 서둘러 옷을 챙겨 입었다.

"당신이 하녀를 내쫓건 말건 나는 상관없습니다. 히드클리프 씨, 그녀는 쫓겨나야 마땅합니다. 아마 나를 이용해서 이 집에 유령이 나온다는 것을 다시 한 번 확인해 보려고 했던 것 같습니다. 정말 유령이 있더군요. 그러니 당신이 이 방을 폐쇄한 것도 이해할 만합니다. 이런 유령의 소굴에 재워주었다고 고마워할 사람은 없으니까요."

"대체 무슨 말을 하는 거요?"

히드클리프가 물었다.

"어쨌든 이 방에 들어왔으니, 오늘 밤은 여기서 지내시오. 하지만 제발 소름 끼치는 소릴랑 다신 지르지 마시오. 누군가 당신의 목이라도 친다면 모를까!"

"그 작은 유령이 창문으로 들어왔다면 아마 내 목을 졸랐을 겁니다. 이제 다시는 이 댁의 고귀하신 조상들의 박해를 받고 싶지는 않군요. 제이브스 브랜더럼 목사는 당신의 외가 쪽 친척인가요? 캐서린 린턴인가 언숀가 뭔가 하는 요망한 계집애는 분명 악마가 두고 간 아이일 거요. 그 애가 하는 말이 자기는 20년 동안이나 이 땅 위를 떠돌아다닌다고 합디다만, 내 생각엔 그런 벌을 받아 마땅한 죄를 지었을 것 같더군요."

그 순간, 나는 책의 낙서에서 보았던 히드클리프와 캐서린이라는 이름

사이의 관계가 생각났다. 까맣게 잊고 있다가 바로 그때 생각이 났던 것이다. 그리고 내가 경솔했다는 생각에 얼굴이 빨개졌다. 그래서 더 이상화는 내지 않고 재빨리 말을 이었다.

"사실은 간밤에……." 하다가 나는 다시 말을 끊었다. '그 오래된 책들을 읽고 있었지요.'라고 말하려던 참이었으나, 그랬다가는 책의 내용뿐만 아니라 낙서의 내용까지 알고 있다는 사실이 드러날 것 같아 얼른 고쳐서 말했다.

"창틀에 붙은 선반에 낙서해 놓은 이름을 한 자 한 자 반복해서 읽었답니다. 따분한 일이기는 했지만, 잠을 청해 볼 생각이었죠. 마치 숫자를 세는 것처럼……."

"도대체 그런 소리를 왜 내게 하는 거요?" 하고 히드클리프가 무섭게 소리쳤다.

"어떻게 감히 당신이 내 집에서 그럴 수 있소? 정말 돌았군!"

나는 그 말에 화를 내야 할지 변명을 계속해야 할지 알 수가 없었다. 그러나 그가 지나치게 흥분하고 있었으므로, 나는 불쌍한 생각이 들어서 꿈 이야기를 계속하기로 했다.

나는 실제로 '캐서린 린턴'이라는 이름을 들어본 적은 없지만 계속해서 읽다 보니, 스스로 상상을 억제할 수 없는 꿈속에서 그 이름이 실제 인물이 되어 나타난 것이라고 말했다.

내가 말하는 동안 히드클리프는 점점 침대 뒤로 뒷걸음치더니 아예 그 모습이 보이지 않게 되었다. 그러나 불규칙적인 숨소리로 미루어, 그가 억누를 수 없는 감정을 삭이느라 무척 애를 쓰고 있다는 것을 알 수 있었다. 그러한 마음의 갈등을 내가 눈치채고 있다는 것을 그에게 알리고 싶지 않아서 나는 일부러 소리 내어 방안을 서성거리고, 또 시계를 보며 밤이 꽤 길다고 혼잣말로 중얼거렸다.

"아직 3시도 안 됐잖아! 6시는 된 줄 알았더니. 여기서는 도대체 시간이 안 가는군. 어젯밤 8시쯤 잠자리에 든 것 같은데."

"우리는 겨울이면 항상 9시에 자고 4시면 일어나요."

히드클리프가 신음을 삼키며 말했다. 그림자의 움직임으로 미루어 짐작하건대 그는 눈물을 닦고 있는 것 같았다.

"록우드 씨." 하고 그는 말을 이었다.

"내 방으로 갑시다. 이렇게 이른 시간에 아래층으로 내려가면 방해가 될 뿐이니까요. 또 난 그 어린애 같은 비명 소리 때문에 완전히 잠이 달아나버렸고⋯⋯."

"나도 마찬가집니다. 날이 샐 때까지 정원이나 거닐다가 떠나겠습니다. 다시는 오지 않을 테니 걱정하지 마십시오. 나도 이젠 도시에서든 시골에서든 사람 사귀는 재미는 아예 단념했으니까요. 분별 있는 사람이라면 자기 자신을 벗삼아 지내는 것으로 만족해야겠죠."

"자기 자신이야말로 좋은 벗이지!" 하고 히드클리프가 중얼거렸다.

"등불을 들고 당신이 가고 싶은 곳으로 가시오. 나도 곧 갈 테니까. 그러나 뜰에는 개를 풀어놓았으니 나가지 마시오. 주노가 지키고 앉았으니까. 그리고⋯⋯ 아니, 결국 계단이나 복도에서 서성일 수밖에 없겠군. 어쨌든 이 방에서는 나가주시오. 2분 내로 나도 가리다."

그의 말대로 방에서 나오기는 했지만, 좁은 복도가 어디로 통하는지 알 수 없어 멍청히 서 있다가 본의 아니게 그 분별 있어 보이는 겉모습과는 달리 매우 미신적인 집주인의 일면을 목격하게 되었다.

그는 침대에 올라가 창문을 열고 참을 수 없는 격정의 눈물을 쏟으며 흐느꼈다.

"들어와요! 캐시, 들어와요! 오오! 한 번만, 한 번만 더 와주오! 내 사랑하는 그대! 이번만은 내 말을 좀 들어주오, 캐서린!"

그러나 유령은 유령 특유의 고집을 부리는지 나타날 기미가 좀처럼 보이지 않았다. 단지 눈보라만이 세차게 휘몰아쳐, 내가 들고 있는 촛불을 꺼뜨렸을 뿐이다.

그 울부짖음에는 뼈저린 슬픔이 어려 있어, 나는 그의 행동이 조금도 우습게 여겨지지 않았다. 나는 그것을 엿들은 나 자신에 대해 화가 나기도 하고, 바보 같은 꿈 이야기를 한 것이 후회스럽기도 하여 그자리를 떠났다. 왜 그런지 까닭은 알 수 없으나, 아무튼 내 꿈 이야기가 그를 괴롭힌 것만은 분명했기 때문이다.

조심스럽게 아래층으로 내려가니 부엌이 나왔다. 사그라져 가는 난롯불로 촛불을 다시 켤 수 있었다. 잿빛 얼룩고양이가 재 속에서 기어나와 투덜대는 듯한 울음소리로 나를 맞이할 뿐 주위는 무척 적막했다.

반원형으로 만들어진 두 개의 의자가 난롯가에 놓여 있었다. 그중 하나에 내가 드러눕자, 다른 쪽에는 고양이가 올라앉았다. 둘이 졸고 있으려니, 누군가 그 피난처에 침입해 왔다. 조지프였다. 그는 나무 사다리를 삐걱거리며 내려왔다. 아마 그가 거처하는 다락방으로 연결된 사다리 같아 보였다. 그는 사다리 사이로 희미하게 밝혀둔 촛불을 한번 쳐다보더니, 고양이를 의자에서 밀어내고 그자리에 앉아 9인치 정도 되는 파이프에 담배를 눌러 담기 시작했다. 그는 자기의 성스러운 이 밀실에 침입한 나의 행동을 매우 밉살스럽고 염치없는 짓이라고 생각하는 듯했다. 그는 아무 말 없이 팔짱을 낀 채 기분좋게 담배를 피웠고, 나는 그가 담배 피우는 데 거슬리지 않도록 조용히 있었다. 마지막 한 모금을 뿜어낸 다음, 그는 한숨을 푹 쉬고 일어서더니 들어오던 때와 다름없이 엄숙하게 나가 버렸다.

다음에는 좀더 가벼운 발소리가 들려왔다. 나는 이번에는 "안녕히 주무셨어요" 하고 인사하려다가 그만두고 입을 다물었다. 왜냐하면 헤어턴 언쇼가 눈을 쓸기 위해 삽이나 가래를 찾아 구석을 뒤지다가 손에 다른 물건이 잡힐 때마다 나직한 소리로 기도라도 하는 것처럼 욕지거리를 내뱉었기 때문이다. 그는 코를 벌름거리며 의자 뒤를 힐끗 넘겨보았으나, 나나 내 옆에 있는 고양이를 그냥 지나쳐버렸다.

그가 준비하는 것을 보고 나도 이제 나가도 되겠지 생각하고 불편한 잠자리에서 일어나 그를 따라나서려고 했다. 그런 나를 보고, 그는 들고 있던 삽 끝으로 안쪽 문을 가리키며 자리를 옮기려면 그쪽으로 나가야 한다고 조그만 소리로 가르쳐주었다.

그 문으로 나가니 바로 거실이었다. 질라는 커다란 풀무로 불을 피워 불꽃이 굴뚝으로 솟아오르게 하고 있었고, 젊은 부인은 난롯가에 무릎을 꿇고 앉아 그 불빛으로 책을 보고 있었다. 그녀는 손으로 눈언저리를 가려 뜨거운 열기를 막으며, 불똥이 튀게 한다고 하녀를 꾸짖거나 얼굴에 코를 비벼대는 개를 가끔 밀어낼 뿐 책을 읽는 데만 열중해 있었다. 놀랍게도 히드클리프도 함께 있었다. 그는 나를 등지고 난롯가에 서 있었는데, 가엾은 질라는 방금 야단을 맞았는지 일을 하다가도 이따금 앞치마 자락으로 눈물을 닦으며 분을 참지 못해 신음 소리를 내고 있었다.

"그리고 너, 이 쓸모없는 것아!"

내가 들어섰을 때 히드클리프는 며느리에게 고함을 지르던 참이었는데, 오리니 염소니 하는 악의 없는 말이긴 했지만 글에서는 보통 기호로 나타낼 뿐 잘 쓰지 않는 욕지거리를 마구 퍼부었다.

"또 쓸데없는 짓을 하고 있구나! 그래도 다른 것들은 제 밥값은 하는데, 넌 왜 거저 얻어먹으려는 게냐! 그 책일랑 집어치우고 일거리를 찾아봐. 죽을 때까지 내 눈앞에서 얼씬거리며 나를 괴롭히는 죄값을 치르란 말이다. 알아들었어? 이 나쁜 것아!"

"내가 안 치우면 강제로라도 치우게 만드실 테니까, 이 책은 치우겠어요." 하면서 젊은 부인은 책을 덮어 의자 위로 던져버렸다.

"그렇지만 누가 뭐래도 난 내가 하고 싶은 일이 아니면 절대로 안 해요!"

순간 히드클리프가 손을 번쩍 들었다. 그녀는 잽싸게 일어나 멀리 안전한 곳으로 피했다. 그 손끝의 매서운 맛을 잘 아는 것 같았다.

나는 고양이와 개의 싸움 따위는 구경할 마음이 없었으므로, 난롯불을 쬐려고 들어왔을 뿐 중단된 말다툼 따위에는 전혀 관심없다는 듯 성큼성큼 방안으로 들어갔다. 그래도 체면은 있는지 두 사람은 더 이상 다투지 않았다. 히드클리프는 다시 휘두르고 싶어지지 않도록 아예 두 손을 호주머니에 집어넣고, 며느리는 입을 씰룩거리며 멀리 떨어진 자리로 가서 자기가 말한 그대로 내가 떠날 때까지 꼼짝 않고 자리를 지키고 앉아 있었다.

잠시 후, 나는 아침 식사를 같이 하자는 것도 거절하고 먼동이 트자마자 얼른 밖으로 빠져나왔다. 대기는 상쾌했고, 마치 보이지 않는 얼음처럼 싸늘했다.

내가 뜰을 채 벗어나기도 전에 집주인이 불러 세웠다. 그는 늪지를 안내해 주겠다고 말했다. 그것은 매우 다행한 일이었다. 왜냐하면 벌판이 온통 물결치는 하얀 바다처럼 변해 버렸기 때문이다. 표면의 높낮이가 실제 지면의 높낮이와 똑같지 않았고, 수많은 웅덩이는 평지처럼 보였다. 채석장 자리의 흙더미도 어제 걸어오면서 기억해 둔 것과는 전혀 다르게 변해 있었다.

나는 길 한쪽에 6, 7야드 간격으로 반듯하게 세워놓은 돌이 벌판을 지나 일직선으로 늘어서 있는 것을 유심히 봐두었다. 그 돌들은 어두운 밤이나 지금처럼 눈이 내려 길 양편의 늪지와 길을 구분할 수 없게 되었을 때 표지가 되도록 식회로 하얗게 칠해서 있었다. 그러나 여기저기 드물게 희미한 점만 보일 뿐, 그 표지는 자취 없이 사라져버렸다. 내 딴은 구불구불한 길을 올바르게 가고 있다고 생각할 때에도 나의 안내자는 자주 좌우의 방향을 바로잡아 주곤 했다.

우리는 거의 아무 말도 하지 않았다. 그는 드러시크로스 저택 숲 입구에서 갑자기 서더니 거기서부터는 길을 잘못 들 염려가 없다고 말했다. 우리는 간단한 목례로써 작별을 고했다. 저택의 문지기 집은 아직 비어 있었으므로 남은 길은 나의 눈짐작만 믿고 걸어가야 했다. 정문에서 저택까지는 2마일 거리였으나, 나는 족히 4마일은 걸은 듯한 느낌이 들었다. 도중에 숲 속에서 길을 잃어 가슴까지 눈에 빠지곤 하였기 때문인데, 그 고생이란 경험해 본 사람이 아니면 짐작도 할 수 없을 것이다. 고생 끝에 집에 들어서니, 시계가 정오를 알렸다. 그러고 보면 1마일에 꼬박 한 시간씩 걸린 셈이다.

집으로 돌아오니 가정부와 그 밑에서 일하는 하인들이 우르르 몰려나와 나를 맞으며 소란스럽게 떠들어댔다. 그들은 내가 어젯밤 죽은 것으로 단정하고 내 시체나 찾으러 나설 궁리를 하고 있었던 것이다. 나는 그들에게 이렇게 무사히 돌아왔으니 제발 조용히 하라고 이른 다음, 심장까지 언 듯한 지친 몸을 이끌고 2층으로 올라갔다. 마른 옷으로 갈아입고 체온을 되찾기 위해 30~40분간 이리저리 거닐다가 고양이 새끼처럼 맥이 풀려 서재로 들어갔다. 얼마나 지쳤는지 하녀가 끓여 온 뜨거운 커피도, 따뜻한 난롯불조차도 귀찮게 느껴졌다.

4

인간이란 허황한 바람개비처럼 얼마나 변덕스러운 존재인가! 세상 사람들과의 모든 접촉을 끊기로 다짐하고, 그런 것이 가능한 장소를 찾아낸 행운에 감사하던 나였지만, 약한 인간인지라 어두워질 때까지 우울과 외로움과의 싸움을 계속하다가 결국 손을 들지 않을 수 없었다. 그래서 저녁상을 들여온 가정부 넬리에게 살림에 필요한 것을 알아본다는 핑계로 내가 식사하는 동안 곁에 있어달라고 부탁했다. 그녀가 정말로 말을 잘하는 사람이어서 내 기운을 돋워주거나, 아니면 그 반대여서 내가 잠들 수 있게 해주기를 바랐다.

"이 집에 굉장히 오래 사신 것 같은데, 16년이라고 했던가요?" 하고 나는 말을 꺼냈다.

"18년이랍니다. 돌아가신 아씨께서 시집 오실 때 따라왔으니까요."

"그랬군요."

그러고 나서 한동안 침묵이 흘렀다. 그녀는 자신의 신상에 관한 일 외에는 말하는 재주가 없는 모양이었다. 그런데 나로서는 그녀의 내력에는 별로 관심이 없었다.

그러나 그녀는 한쪽 무릎에 주먹을 얹고 그 불그레한 얼굴에 회상의 빛을 띠더니 한숨을 쉬며 말했다.

"그 후로 세상도 무척 많이 변했지요."

"당신은 변화를 많이 겪으셨겠지요?"

"그럼요. 그리고 여러 가지 어려움도 많았지요."

나는 얼른 화제를 집주인 쪽으로 돌려야겠다고 생각했다. '이제부터 시작하기 적당한 화제로군! 그리고 저 예쁘고 어린 과부의 내력도 알고 싶단 말이야. 이 지방 토박이일까? 아냐, 무뚝뚝한 이 지방 사람들과는 전혀 상관없는 타지방 사람일지 몰라.'

이런 생각을 하면서 나는 넬리에게 히드클리프가 이 집을 세주고 위치도 규모도 훨씬 안 좋은 워더링 하이츠에 살고 있는 이유를 물었다.

"그에게는 이 저택을 관리할 만한 돈이 없나 보죠?"

"천만에요. 그는 큰 부자랍니다! 재산이 얼마나 되는지 아무도 모르지만 아마도 해마다 늘어가고 있을 겁니다. 암, 그렇고말고요. 그 사람은 이 집보다 더 훌륭한 집에서 살 만한 부자지만 몹시 구두쇠거든요. 그래서 혹 드러시크로스 저택으로 옮겨 살 마음을 먹었다가도, 돈을 많이 내고 세를 들겠다는 사람이 나서면 그 기회를 그냥 놓칠 수가 없는가 봐요. 사람이란 혈혈단신이라도 돈 욕심은 버릴 수 없는 모양이지요?"

"아들이 있었던 것 같은데……."

"네, 하나 있긴 했지만 죽었답니다."

"그러면 그 젊은 부인은 죽은 아들의 미망인인가요?"

"네."

"그녀는 본래 어디 사람입니까?"

"아, 그분은 돌아가신 이 댁 주인 어른의 따님이지요. 결혼 전에는 캐서린 린턴이라고 했지요. 제가 아가씨를 키웠는데, 가엾게도! 저는 히드클리프 씨가 이 집으로 이사 오면 좋겠다고 생각했지요. 그렇게 되면 아가씨를 다시 모시고 살 수 있을 테니까요."

"뭐요? 캐서린 린턴이라고요?"

나는 깜짝 놀라서 소리쳤다. 그러나 잠시 생각해 보니, 그녀가 그 꿈에서 본 유령 캐서린이 아닌 것이 확실했다.

"그러면 이 집의 원래 주인이 린턴 씨였나요?"

"그렇답니다."

"그런데 헤어턴 언쇼는 또 누구요? 히드클리프 씨와 같이 살고 있는 사람 말이오. 두 사람은 친척인가요?"

"아니, 그분은 돌아가신 린턴 부인의 조카 되십니다."

"그렇다면 그 젊은 부인과는 사촌간이군요."

"그렇지요. 그녀는 자기 남편과도 사촌간이었답니다. 헤어턴은 외사촌, 남편은 고종사촌이었죠. 히드클리프 씨가 린턴 씨의 누이동생과 결혼했었거든요."

"워더링 하이츠 저택 현관 문에 '언쇼'라고 새겨져 있던 것 같은데, 오래된 집안인가요?"

"굉장히 오래된 집안이죠. 헤어턴은 그 집안의 마지막 자손이고, 우리 캐시 아가씨는 우리 집, 즉 린턴 집안의 마지막 자손입니다. 워더링 하이츠에 가셨었나요? 죄송합니다만, 아가씨는 잘 지내고 계시던가요?"

"그 젊은 부인 말이오? 매우 건강하고 아름다워 보였소. 하지만 결코 행복한 것 같지는 않더군요."

"가엾어라! 그럴 겁니다. 그 댁 주인은 어떻게 보셨어요?"

"매우 거친 사람이더군."

"거칠기로는 톱날 같고 단단하기론 차돌 같은 사람이지요. 그 사람하고는 가까이하지 않는 것이 나을 겁니다."

"그렇게 사나워지기까지는 인생의 풍상깨나 겪었을 것 같은데, 그 사람에 대해서 아십니까?"

"남의 둥지를 가로채는 뻐꾸기의 삶과 같죠. 그 사람이 어디서 태어났는지, 부모는 누군지, 어떻게 돈을 벌게 되었는지는 알 수 없지만 그 이외에는 모두 다 알고 있답니다. 그런데 헤어턴 도련님은 불쌍하게도 아직 털도 돋지 않은 참새 새끼처럼 쫓겨났지요! 온 동네에서 바로 당사자인 그 가엾은 도련님만 자기가 속은 줄 모르고 있답니다."

"그러면 넬리, 좋은 일 하는 셈치고 그 집안 사람들에 대한 얘기나 들려주시오. 이제 잠자리에 든다 해도 잠이 올 것 같지 않으니, 여기 앉아서 한 시간쯤 이야기나 해주셨으면 고맙겠소."

"네, 그러지요. 바느질감을 가지고 와서 들려드리지요. 그런데 감기에 걸리신 모양이지요? 오한이 나는 것 같은데, 죽이라도 한 그릇 드시고 감기를 몰아내야겠군요."

그 충실한 가정부는 서둘러 방을 나갔다. 나는 난롯불 가까이에 웅크리고 앉았다. 머리는 뜨거운데 머리를 제외한 온몸은 아직도 차가웠다. 게다가 뇌신경은 흥분되어 거의 바보가 된 것 같았다. 그 때문에 기분이 나쁘다기보다는 어제부터 오늘 사이에 일어난 사건이 내 몸에 심각한 영향을 끼치지나 않을지 다소 두려웠고, 사실 아직은 불안스러운 상태였다.

잠시 후, 넬리는 무럭무럭 김이 나는 죽 그릇과 반짇고리를 들고 들어왔다. 죽 그릇을 난로 위에 얹어놓고 의자를 당겨 앉는 품이 내가 제법 사교적이라서 매우 반가운 것 같았다.

이 집으로 와서 살기 전에는—내가 서두르지 않아도 그녀는 이야기를 시작했다—저는 계속 워더링 하이츠에 있었답니다. 저의 어머니가 헤어턴 도련님의 아버지인 힌들리 언쇼 서방님의 유모였기 때문에 항상 그 댁 아이들과 놀았지요. 저는 잔심부름도 하고 건초 만드는 일도 거들고, 밭에 나가 돌아다니다가 어떤 일이든 시키는 대로 하곤 했답니다.

어느 화창한 여름날 아침—곡식을 거둬들이기 시작할 때였다고 생각됩니다만—언쇼 어른께서 길 떠날 준비를 끝내고 아래층으로 내려오셨지요. 조지프에게 그날 할 일을 이르시고는 도련님과 아가씨와 저—그때 저는 두 분과 같이 죽을 먹고 있었지요—를 돌아보시더니, 도련님에게 말씀하셨습니다.

"얘야, 아빠는 오늘 리버풀에 가는데, 뭘 사다줄까? 갖고 싶은 걸 말해봐. 하지만 조그만 물건이어야 해. 60마일 길을 들고 오려면 힘드니까."

도련님은 바이올린을 갖고 싶다고 했지요. 그 다음에는 캐시 아가씨에게 물으셨답니다. 아가씨는 그때 여섯 살이었는데, 마구간에 있는 말을 전부 탈 수 있었기 때문에 채찍을 갖고 싶다고 하셨어요. 어른께서는 저까지도 잊지 않으셨습니다. 가끔 엄하시기는 해도 매우 다정한 분이셨으니까요. 저에게는 호주머니 가득 사과랑 배를 사다주겠다고 약속하시고, 도련님과 아가씨에게 작별 키스를 하고 떠나셨습니다.

저희들에게는 어른이 안 계시는 그 사흘이 너무나도 긴 시간처럼 느껴졌습니다. 어린 캐시 아가씨는 아버지가 언제 돌아오시느냐고 자꾸 물었습니다. 마님께서는 사흘째 되는 날 저녁때까지는 돌아오시리라 생각하고 저녁 식사를 몇 시간이나 늦추고 기다리셨지요. 그러나 영 돌아오실 기미가 보이지 않자, 결국 아이들은 대문까지 달려갔다 오는 데도 그만 지쳐버렸답니다. 드디어 날이 저물자 마님께서는 아이들을 재우려 했지만, 다들 자지 않고 기다리게 해달라고 졸랐습니다.

그날 밤 11시쯤 빗장이 슬며시 벗겨지며 어른께서 돌아오셨습니다. 어른께서는 의자에 털썩 주저앉으시며 피곤해 죽겠으니 모두들 물러가라고 하셨습니다. 영국 전체를 준다 해도 다시는 그런 여행을 하지 않겠다고 말씀하셨습니다.

"거기에다 마지막에 가서는 혼이 빠질 정도로 놀랐지!" 하시며 둘둘 말아 두 팔에 안고 있던 외투를 펼쳐 보였습니다.

"이것 좀 봐요, 여보! 지금까지 살면서 이렇게 혼난 적이 없소. 하지만 당신은 이것을 하느님이 주신 선물로 여겨야 하오. 마치 악마의 선물처럼 얼굴이 새까맣기는 하지만 말이오."

우리는 모두 그분 주위로 몰려들었습니다. 저도 캐시 아가씨 머리 너머로 들여다보니, 누더기를 걸친 머리카락이 까만 거지 같은 아이가 있었습니다. 걷고 말할 수 있을 만큼 컸고, 얼굴은 아가씨보다 더 나이 들어 보였습니다. 그런데 바닥에 내려놓으니, 그 아이는 주위를 둘러보며 아무도 알아듣지 못할 소리를 되풀이할 뿐이었습니다. 언쇼 마님께서는 너무나 화가 나서 그 아이를 창 밖으로 내던지실 기세였습니다. 돌보아야 할 자기 아이를 둘씩이나 두고 그런 떠돌이 아이를 데려올 생각을 어떻게 했느냐고 펄쩍뛰시더군요. 그 아이를 어떻게 할 작정이냐, 혹시 돌아버린 게 아니냐고 따지셨습니다.

언쇼 어른께서는 사유를 상세하게 설명하시려 했지만 지쳐서 거의 쓰러지실 정도였고, 마님이 마구 화를 냈기 때문에 제가 주워들은 이야기는 이것뿐이었습니다. 즉, 언쇼 어른께서는 집도 없이 굶어서 벙어리가 되다시피 한 아이를 리버풀 거리에서 만나셨답니다. 그래서 그 아이 부모를 찾아주려 애썼지만, 아무도 아는 사람이 없더랍니다. 그런데 여비도 빠듯하고 시간도 없었으므로 집으로 데려가는 편이 낫겠다는 생각이 드셨답니다. 일단 발견한 이상 그 아이를 버려두고 올 수는 없었다는 것이었어요.

결국 마님께서는 잔소리를 늘어놓다가 잠잠해지셨습니다. 어른께서는 저에게 그 아이를 씻기고 깨끗한 옷으로 갈아입혀 아이들과 같이 재우라고 하셨습니다.

힌들리 도련님과 캐시 아가씨는 소동이 가라앉을 때까지 가만히 있더니, 이내 조용해지자 약속하신 선물을 찾느라고 아버지의 호주머니를 뒤졌습니다. 도련님은 그때 열네 살의 소년이었지만, 외투 속에서 산산이 부서진 바이올린을 꺼내놓고는 울음을 터뜨렸고, 아가씨는 아가씨대로 아버지가 채찍을 잃어버리신 것을 알고 그 꼬마 녀석을 향해 이빨을 드러내고 침을 뱉는 바람에 언쇼 어른에게 호되게 맞기도 했답니다.

아이들은 그 아이와 같이 자는 것은 고사하고 방에 오지도 못하게 야단이었습니다. 저도 그들보다 철이 더 든 것도 아니어서 아침이 되면 어디로든 보내겠지 싶어 계단의 층계참에다 꼬마를 내버려두었습니다. 우연인지 아니면 목소리를 듣고 그랬는지, 그 아이가 언쇼 어른의 방으로 걸어갔던 모양입니다. 어른께서 나오다가 그 아이를 보시고는 어떻게 해서 그 아이가 그곳에 있는지에 대한 조사가 벌어졌습니다. 할 수 없이 저는 사실대로 고백했습니다. 그리고 비겁하고 인정머리 없는 짓을 한 벌로 저는 그 댁에서 쫓겨났답니다.

히드클리프는 이렇게 해서 그 댁에 들어오게 되었던 겁니다. 며칠 후 돌아와 보니 — 저는 아주 쫓겨났다고는 생각지 않았으니까요 — 그 아이는 히드클리프라는 이름으로 불리고 있었습니다. 그것은 어려서 죽은 도련님 이름이었는데, 그 후 내내 그 아이의 이름으로도 성으로도 쓰이게 되었습니다.

캐시 아가씨는 어느새 그 아이와 매우 친해졌지만, 힌들리 도련님은 무척 싫어했습니다. 솔직히 말하자면 저도 싫었습니다. 그래서 우리는 그 아이를 괴롭히고 사뭇 박대했습니다. 저는 그러한 행동이 결코 오래 갈 수 없다는 것을 깨달을 만한 분별력이 없는데다, 마님께서도 그 아이를 괴롭히는 것을 보고도 결코 그 아이의 편을 들어주시지 않았기 때문입니다.

히드클리프는 무뚝뚝하고 참을성 있는 아이 같았습니다. 아마 학대를 받다 보니 무감각해졌던가 봅니다. 그래서 힌들리 도련님이 때려도 눈 하나 까딱하지 않았고 눈물 한 방울 흘리지 않았으며, 제가 꼬집어도 마치 자기가 잘못해서 그런 일을 당하니 아무도 탓할 수 없다는 듯 숨을 들이쉬며 눈만 크게 뜰 뿐이었습니다. 언쇼 어른께서는 그 불쌍한 아이가 당신 아드님의 학대를 받고도 그렇게 참고 견디는 것을 보면 무척 화를 내셨습니다. 그분은 히드클리프를 이상하리만큼 귀여워하셔서 그의 말이라면 무조건 믿으셨고 — 사실 그는 말수가 적은 반면 거짓말은 별로 안 했습니다 — 지나치게 장난이 심하고 말괄량이인 캐시 아가씨보다 그를 훨씬 더 사랑하셨습니다.

그래서 집안 사람들은 처음부터 히드클리프를 싫어했습니다. 그로부터 2년이 채 못 되어 마님께서 돌아가시자 힌들리 도련님은 아버지를 자기 편이라기보다는 폭군으로, 히드클리프를 아버지의 사랑과 자기의 권위를 빼앗은 적으로 생각하기 시작했습니다. 저도 한동안은 힌들리 도련님을 동정하였습니다. 그러나 아이들이 홍역을 앓아 제가 그들의 간호를 맡으면서 한편으로 집안 살림도 돌보아야 할 처지가 되자 제 생각은 달라졌습니다. 히드클리프는 매우 위독했는데, 가장 심하게 아팠을 때에는 저를 항상 베갯머리에 붙잡아두었습니다. 아마 제가 하는 수 없이 자기를 간호하는 줄은 모르고 진심으로 자기에게 잘 대해 준다고 생각했나 봅니다. 그러나 그가 어느 아이보다 참을성 있는 환자였다는 것만은 분명합니다. 그와 다른 아이들과의 차이가 제 생각을 어느 정도 공평하게 만들어주었습니다. 아가씨와 도련님은 매우 속을 썩였으나, 그는 결코 얌전해서가 아니라 고집 때문이기는 해도, 불평 한 마디 없는 순한 양 같았으니까요.

히드클리프가 위험한 고비를 넘기자, 의사는 그것이 모두 제 덕이라며 저를 칭찬하셨습니다. 저는 그 칭찬에 기분이 좋아져서 그런 칭찬을 듣게 해준 히드클리프에 대해 마음이 조금 누그러졌습니다. 이로써 힌들리 도련님은 단 하나뿐이었던 자기 편마저 빼앗겼던 겁니다.

그런데도 저는 히드클리프를 좋아할 수 없었으며, 어른께서 쏟는 사랑에 대해 한 번도 고맙다는 표시를 하는 것을 본 적이 없는 그 무뚝뚝한 아이의 어떤 점이 좋아서 언쇼 어른께서 그처럼 사랑하시는지 이해할 수가 없었습니다. 그렇다고 그 아이가 언쇼 어른에게 불손했던 것은 아니고, 단지 그것을 표현하지 못할 뿐이었습니다. 그래도 그는 언쇼 어른의 마음을 움직일 수 있는 자기의 힘을 잘 알고 있었고, 자기가 입만 열면 온 집안이 모두 자기 뜻대로 움직인다는 사실을 알고 있었습니다.

어느 날 언쇼 어른께서 마을 장에서 망아지 두 마리를 사다가 사내 아이들에게 한 마리씩 나누어주었습니다. 히드클리프가 잘생긴 망아지를 차지했는데, 얼마 되지 않아 그 말이 절름발이가 되었습니다. 그러자 히드클리프가 힌들리 도련님에게 말했습니다.

"너 나하고 말을 바꾸자. 난 내 말이 싫어. 안 바꿔주면 네가 이번 주일에 나를 세 번이나 때린 사실을 너의 아버지께 이르고 어깨까지 시퍼렇게 멍든 내 팔을 보여드릴 테야."

힌들리 도련님은 혀를 내밀면서 그의 뺨을 갈겼습니다. 그러자 "당장 바꾸는 게 좋을걸." 하면서 히드클리프가 문 있는 데로 도망가며 소리쳤습니다.

"너는 바꿔줄 수밖에 없을 거야. 그리고 지금 때린 것까지 이르면 넌 나보다 더 많이 맞게 될 거야."

"저리 비켜, 개새끼야!"라고 소리치며 힌들리 도련님은 감자와 건초를 다는 데 쓰는 쇠저울을 가지고 위협했습니다. 그래도 히드클리프는 가만히 서서 대꾸했습니다.

"던질 테면 던져봐. 그러면 네가 아버지만 돌아가시면 곧 나를 이 집에서 쫓아내겠다고 한 말을 모두 이를 거야. 그렇게 되면 네 아버지는 당장 너를 내쫓으실걸."

참다못한 힌들리 도련님은 정말 그것을 던졌습니다. 히드클리프는 가슴을 맞고 쓰러졌지만 새파랗게 질려서 곧 비틀거리면서 일어섰습니다. 만약 제가 말리지 않았다면, 그는 아마 그 길로 언쇼 어른께 가서 도련님에게 당한 일을 일러바치고 복수를 했을 겁니다.

"그렇다면 내 망아지를 가져라, 이 집시놈아." 하고 힌들리 도련님이 말했습니다.

"그리고 그놈을 타다가 떨어져 목이나 부러져라, 이 거지 새끼야! 아버지를 꼬드겨서 재산을 전부 빼앗은 다음, 악마의 자식이라는 정체를 온전히 드러내겠지. 어서 그 말을 가져가라니까! 그리고 말발굽에 채여 머리나 깨져라."

히드클리프는 고삐를 풀어 자기 자리로 옮기기 위해 말 가까이 다가갔습니다. 그런데 그가 말 뒤로 돌아갔을 때였습니다. 도련님이 욕설을 그치고는 그를 쳐서 말 아래로 떨어뜨리더니 재빨리 도망치는 것이었습니다.

저는 그 아이가 얼마나 차근차근 자기가 마음먹었던 일을 해나가는지 보고 놀랐습니다. 히드클리프는 안장을 비롯하여 모든 것을 바꾸고 난 후, 건초 더미 위에 앉아서 심하게 얻어맞아 일어난 현기증을 가라앉힌 후에야 집안으로 들어가는 것이었습니다. 제가 상처는 말 때문에 생긴 것이라고 하자고 제안했을 때도 그는 순순히 따랐습니다. 일단 자기가 가지고 싶어하던 것을 가진 이상 그 외에는 아무래도 상관없었던 겁니다. 그런 일에 대해서 그는 좀처럼 불평하지 않았으므로, 저는 정말 그 아이가 복수심 따위는 품지 않는 줄 알았습니다. 그런데 나중에 들으시면 알게 되겠지만, 제가 감쪽같이 속았던 겁니다.

5

언쇼 어른의 몸은 갈수록 쇠약해지기 시작했습니다. 그분은 매우 활동적이고 건강하셨는데, 어느 날 기력을 잃으시더니 영 회복하지 못하시더군요. 그래서 난롯가에만 붙어 앉아 툭하면 짜증을 내셨습니다. 아무것도 아닌 일에 화를 내시고, 당신의 권위가 조금이라도 무시되었다 싶으면 펄펄 뛰셨습니다. 그런 일은 누군가가 히드클리프를 업신여기거나 구박할 때 특히 심했습니다. 히드클리프에 대한 언쇼 어른의 사랑은 특별한 것이었으니까요. 당신이 히드클리프를 사랑하기 때문에 모두가 그를 미워하고 업신여긴다고 생각한 것인지, 그 아이에게 한 마디라도 기분 나쁜 말을 하지 못하도록 몹시 경계하셨습니다.

그러나 그것이 히드클리프에게는 오히려 해로웠습니다. 왜냐하면 집안 식구들 중 약간 마음씨가 고운 사람들은 언쇼 어른의 기분을 상하게 하고 싶지 않아 어른의 기분을 맞추어드리려 했고, 그래서 그 아이는 더욱 거만하고 심술궂게 변했으니까요. 그러나 어떤 면에서 그것은 필요하기도 했습니다.

드디어 우리 교구의 부목사님께서 ─그 당시 이 고장에는 부목사님이 한 분 계셨는데, 그는 린턴 댁과 언쇼 댁의 아이들을 가르치고 작은 밭도 직접 갈아서 생계를 유지하고 계셨습니다—힌들리 도련님을 대학에 보내자고 권하여 어른께서도 동의하셨으나, 별로 마음이 내키지는 않았던가 봅니다. 왜냐하면 이렇게 말씀하셨으니까요. "힌들리는 쓸모없는 녀석이라 어디를 가도 잘되긴 글렀어."

저는 진심으로 집안이 화평하기를 바랐습니다. 언쇼 어른이 자신의 선행으로 인하여 고통을 당하신다 생각하니 마음이 아팠습니다. 저는 그분이 노쇠해지고 병이 생긴 것은 가정 불화 때문이라고 생각했고, 그분께서도 그렇게 생각하셨습니다. 그러나 사실 그의 불만은 점점 쇠약해져 가는 육신에서 비롯된 것이었습니다.

캐시 아가씨와 조지프라는 하인만 아니었더라도 우리는 그런대로 참고 견딜 만했습니다. 당신도 워더링 하이츠에서 만나셨겠지만, 조지프란 하인은 예나 지금이나 자기에게 이로운 말만 골라 주위 사람에게 저주를 일삼고 잘난 척만 하는 몹쓸 바리새인입니다. 그는 설교와 경건한 이야기를 잘하는 재주 때문에 언쇼 어른께 자주 커다란 감명을 주었습니다. 그래서 그는 언쇼 어른이 쇠약해짐에 따라 점차 기세가 등등해졌습니다. 그는 또한 언쇼 어른의 영혼 문제와 엄격한 자녀 교육 문제로 그분을 몹시 괴롭혔습니다. 얼마나 험악한 말을 했던지, 언쇼 어른이 힌들리 도련님을 하느님으로부터 버림받은 자식이라고 생각하게끔 만들었고, 밤마다 히드클리프와 캐시 아가씨에 대한 비난을 길게 늘어놓았습니다. 특히 캐시 아가씨 쪽을 더 나쁘게 말함으로써 어른의 비위를 맞추는 것을 잊지 않았습니다.

사실 캐시 아가씨에게는 여느 아이에게서 볼 수 없는 나쁜 버릇이 있어서, 하루에도 수십 번 저희들을 화나게 만들었습니다. 어찌나 극성맞은지 저희들은 아가씨가 아침에 침실에서 내려와 저녁에 잠자리에 들 때까지 한시도 마음을 놓을 수가 없었습니다. 언제나 기운이 넘쳐서, 잠시도 쉬지 않고 노래하고 웃고 자기와 같이 행동하지 않는 사람들을 괴롭혔습니다. 도저히 어찌 해볼 수 없는 말괄량이이기는 했지만, 그녀는 이 고장에서 가장 아름다운 눈과 가장 상냥한 웃음과 가장 맵시 있는 걸음걸이를 가진 소녀였습니다. 하여튼 캐시 아가씨의 행동에는 악의가 없었다고 생각됩니다. 왜냐하면 정말 화나게 만들어놓고도 늘 저희들 뒤를 졸졸 따라다니기 때문에 가엾은 생각이 들어 야단을 치지 못했습니다.

아가씨는 히드클리프를 무척 좋아했습니다. 그래서 아가씨에게 주는 가장 큰 벌은 히드클리프와 떼어놓는 일이었습니다. 히드클리프로 인해 가장 많이 야단을 맞는 사람도 바로 아가씨였습니다. 소꿉놀이를 할 때에는 어린 마님 노릇 하는 것을 즐겨 해서, 하인을 마음대로 부리고 친구에게도 명령했습니다.

그런데 언쇼 어른께서는 아이들의 장난을 이해하지 못하시고, 항상 엄격하고 무섭게만 대하셨습니다. 한편 아가씨는 아가씨대로 왜 아버지가 병약해지신 이후로 건강하셨을 때보다 더 화를 잘 내고 신경질적으로 변하셨는지 이해하지 못했지요. 아버지가 너무 자주 화를 내시니까 오히려 화를 돋우는 데 재미를 붙이게 되었고, 모두 함께 달려들어 야단을 치면 아가씨는 대담하고 건방진 표정으로 꼬박꼬박 말대꾸를 했습니다. 성경에서 빌려온 조지프의 저주를 웃음거리로 만들어 저를 놀리고, 언쇼 어른께서 가장 싫어하시는 짓만 골라서 했습니다. 즉 자신의 건방져 보이는 태도에 히드클리프가 더 잘 움직이며, 히드클리프는 아버지가 시키는 일은 비위에 맞을 때만 따르지만 자기 말에는 무조건 복종한다는 것을 자랑삼아 나타내 보였습니다.

온종일 온갖 미운 짓을 다 하다가도 밤이면 가끔씩 용서를 바라느라 얌전히 굴기도 하였습니다. 그럴 때 언쇼 어른께서는 이렇게 말씀하시곤 했지요.

"캐시, 난 너를 도저히 귀여워할 수가 없구나. 너는 오빠보다 더 나빠. 저기 가서 기도나 하면서 하느님께 용서를 빌어라. 너의 어머니와 내가 너 같은 아이를 키운 것을 후회할 날이 꼭 올 것 같구나."

처음에는 이 말을 듣고 울었지만, 몇 번 듣다 보니 무감각해졌는지 제가 죄송하다고 말씀드리고 용서를 빌라고 해도 아가씨는 도리어 깔깔거리며 웃었습니다.

그러나 마침내 언쇼 어른께서 험난한 이 세상을 떠날 시간이 왔습니다. 10월 어느 날 저녁, 그분은 난롯가에서 의자에 앉은 채 조용히 돌아가셨습니다. 집 밖에선 거센 바람이 불어대고 굴뚝 속에서도 사나운 폭풍 소리가 들려왔지만 춥지는 않았습니다. 우리는 모두 한 곳에 모여 있었습니다. 저는 난롯가에서 좀 떨어진 곳에서 뜨개질하고 있었고, 조지프는 식탁 옆에서 성경을 읽고 있었습니다. 그때는 하인들도 일이 끝나면 대개 거실에 앉아 있곤 했습니다. 캐시 아가씨는 몸이 불편한지 가만히 있었습니다. 그녀는 언쇼 어른의 무릎에 기대앉고, 히드클리프는 아가씨 무릎을 베고 바닥에 누워 있었습니다. 언쇼 어른께서는 어쩐 일인지 얌전하게 있는 아가씨를 보고 좋아하시며, 부드러운 머리카락을 쓰다듬으시면서 "캐시, 너는 왜 늘 이렇게 얌전하게 있지 못하니?" 하고 말씀하셨습니다. 그러자 아가씨가 언쇼 어른의 얼굴을 쳐다보며 물었습니다.

"아버지는 왜 항상 저에게 무섭게만 대하시죠?"

그러나 아버지가 화를 내시리라는 것을 알고는 곧 그 손에 입맞추며 편안히 주무시도록 노래를 불러드리겠다고 했습니다. 아가씨가 아주 낮은 목소리로 노래를 부르는 중에 어른께서는 아가씨 머리를 쓰다듬던 손을 내리고 고개를 가슴 위로 떨구셨습니다. 저는 언쇼 어른이 깨실까 봐 아가씨에게 잠자코 있으라고 말했습니다. 그렇게 우리 모두는 반시간 동안 아주 조용히 있었습니다. 성경을 다 읽은 조지프가 기도를 드린 후 잠자리에 드시도록 해야겠다면서 언쇼 어른을 깨우지 않았더라면, 우리는 더 오랫동안 그렇게 앉아 있었을 겁니다. 조지프는 언쇼 어른에게 다가가 어깨에 손을 얹었습니다. 그러나 언쇼 어른이 꼼짝도 하지 않으셨으므로, 조지프는 촛불을 들고 어른을 자세히 살펴보았습니다. 조지프가 촛불을 내려놓았을 때 저는 어떤 불길한 일이 생긴 것을 직감했습니다. 그래서 아이들을 양팔로 껴안고 속삭였습니다.

"2층으로 올라가서 주무세요. 오늘 밤은 둘이서만 기도드려요. 조지프는 할 일이 있으니까."

"먼저 아버지께 안녕히 주무시라고 인사드려야지." 하며 아가씨는 우리가 말릴 틈도 없이 두 팔을 어른의 목에 감았습니다. 불쌍하게도 아가씨는 곧 아버지가 돌아가신 것을 알아차리고는 소리를 질렀습니다.

"아버지가 돌아가셨어! 히드클리프, 아버지가 돌아가셨어."

그리고 둘은 듣는 이의 가슴을 찢는 듯한 애절한 소리로 흐느껴 울기 시작했습니다. 저도 그들과 같이 소리 내어 울었습니다. 그러나 조지프는 하늘에 올라가 성자가 되신 분을 두고 그렇게 소리를 내어 우느냐고 꾸짖었습니다. 그러고는 저에게 외투를 걸치고 기머튼에 가서 의사와 목사님을 모셔오라기에, 저는 그들을 왜 불러와야 하는지 알지 못한 채 비

바람을 뚫고 가서 의사인 케네스 선생님만 모시고 돌아왔습니다. 목사님은 아침에 오시겠다고 했기 때문이지요.

전후 설명은 조지프에게 맡기고 저는 아이들 방으로 뛰어 올라갔습니다. 자정이 넘었는데도 방문을 열어놓은 채 아이들은 잠자리에 들지 않았더군요. 그러나 울음도 그치고 조용해져서, 새삼 제가 위로할 필요가 없었습니다. 기특하게도 아이들은 서로를 위로하고 있었으니까요. 이 세상에 그 어떤 목사님이라 해도 그 아이들만큼 천국을 아름답게 그릴 수는 없을 것입니다. 두 아이들의 이야기를 흐느끼며 듣고 있다 보니, 저도 모르게 우리 모두가 편안한 천국에 가게 되면 얼마나 좋을까 하는 생각을 했습니다.

6

대학에 다니는 힌들리 도련님이 장례를 치르기 위해 집으로 돌아오셨는데, 부인을 데리고 왔지요. 우리도 놀라고 주위 사람들도 모두들 수군거렸습니다. 그 여자가 누구며, 어디 태생인지 전혀 말해 주지 않은 것은 아마 특별히 내세울 가문도, 돈도 없는 여자였기 때문이겠지요. 그렇지 않다면 도련님이 아버지께 결혼한 사실을 숨겼을 이유가 없을 테니 말입니다.

그 여자로 인해 집안에 풍파가 일어나는 일은 없었습니다. 장례 준비와 문상객을 제외하면 그 여자에게는 문지방을 넘어서는 순간부터 보는 것과 듣는 것, 모든 것이 기쁘게만 느껴졌던가 봅니다. 그런데 장례를 치르는 동안의 행동거지로 보아, 그녀는 좀 모자라는 것 같았습니다.

그녀는 아이들을 상복으로 갈아입혀야 하는 저를 끌고 자기 방으로 들어가서 벌벌 떨면서 두 손을 마주잡고 "모두들 아직도 있나?" 하고 계속 묻는 것이었습니다. 그러고는 상복 입은 사람들을 보면 무섭다면서 겁에 질려 벌벌 떨다가 우는 것이었습니다. 그래서 제가 왜 그러느냐고 물었더니, 이유는 모르겠지만 하여튼 죽는 것이 굉장히 두렵다는 것이었습니다. 저와 다를 바 없이 그녀 또한 좀처럼 죽을 것 같아 보이지는 않있는데 말입니다. 몸이 조금 가냘프기는 했지만 젊은데다가 혈색이 좋고 두 눈은 다이아몬드처럼 반짝반짝 빛났거든요. 다만 계단을 오를 때 숨차한다거나, 아무리 작은 소리라도 갑작스러운 소리에는 온몸을 떨며 놀란다거나, 가끔 심하게 기침을 하는 것은 저도 보아서 알고 있었습니다. 그러나 그게 무슨 병의 증후인지 전혀 알지 못했고, 또 별로 가엾지도 않았습니다. 록우드 씨, 이 고장 사람들은 대개 상대편에서 먼저 다가오지 않으면 타지방 사람과는 좀처럼 친해지지 않는답니다.

힌들리 도련님, 아니 힌들리 서방님은 객지에 나가 계시는 3년 동안 무척 많이 변하셨더군요. 몸도 전보다 더 마르고, 안색도 나빠지고, 말투나 옷차림도 매우 달라졌습니다. 도련님은 돌아오시던 바로 그날 조지프와 저에게 앞으로는 거실을 비우고 부엌 안쪽에 기거하라고 일렀습니다.

원래는 평소에 안 쓰던 작은 방을 벽지를 새로 바르고 바닥에 카펫을 깔아 두 분의 거실로 쓰려고 했었습니다. 그런데 그 부인이 흰 마룻바닥이며 활활 타오르는 커다란 난로, 양은 접시며 도자기, 개집 그리고 앉을 수도 있고 여기저기 돌아다닐 수도 있는 넓은 공간을 좋아한다고 하는 바람에 굳이 거실을 따로 마련할 필요가 없어 계획을 바꾸었던 겁니다.

그녀는 또한 식구들 중에 시누이가 있는 것을 알고 매우 좋아했습니다. 처음에는 호들갑을 떨며 시누이에게 입도 맞추고, 함께 뛰어다니기도 하고, 선물을 많이 주기도 했지만 그것은 그리 오래가지 못했습니다. 그래서 아내가 투정을 부리게 되자 서방님도 덩달아서 점점 난폭해졌습니다. 히드클리프가 싫다는 아내의 말에 그에 대한 어린 시절의 미움이 다시 되살아난 듯했습니다. 그는 히드클리프를 하인들과 함께 생활하도록 했고, 부목사님에게 글도 배우지 못하게 했습니다. 대신 밖에서 막일을 해야 한다고 일렀지요. 그래서 히드클리프는 하인들과 다름없이 밭에서 힘든 일을 하게 됐습니다.

히드클리프는 처음엔 이런 상황을 잘 견뎌냈습니다. 캐시 아가씨가 배운 것을 가르쳐주기도 하고, 밭에서 함께 일하며 놀기도 했으니까요. 이 두 사람은 야만인처럼 자유분방하게 자랄 것이 확실했습니다. 힌들리 서방님은 자기 눈에만 띄지 않으면 두 사람이 어떤 짓을 저지르건, 어떤 행동을 하건 전혀 상관하지 않으셨으니 말입니다. 더군다나 교회에 잘 나가는지도 살피지 않아서, 캐시 아가씨와 히드클리프가 교회에 나가지 않은 날 조지프와 부목사님이 그들을 잘 돌보지 않은 것을 나무라기라도 하면 히드클리프를 때리고 아가씨에게는 점심이나 저녁 중 한끼를 굶기는 벌을 주었습니다.

그러나 두 아이에게는 아침에 벌판으로 달려가서 온종일 거기서 지내는 것이 큰 기쁨이었으므로, 그 정도의 벌쯤은 대수롭지 않게 생각했습니다. 부목사님이 벌로 캐시 아가씨에게 아무리 많은 과제물을 암송하라고 숙제를 내주어도, 또 조지프가 팔이 아프도록 히드클리프를 때려도 이 둘이 다시 만나는 순간, 적어도 복수할 어떤 계획을 세우는 동안은 모든 것을 잊어버리는 것이었습니다. 저는 그들이 날이 갈수록 철부지 노릇을 하는 것을 보고 혼자 얼마나 속이 상했는지 모릅니다. 그러나 이 의지할 데 없는 아이들에게 제가 행사할 수 있는 조그마한 영향력이나마 잃게 될까 두려워 잔소리 한 마디 할 수가 없었습니다.

어느 일요일 저녁, 이런 일이 일어났습니다. 떠들었다거나 아니면 그와 비슷한 대수롭지 않은 일을 저지른 벌로 두 사람은 거실에서 쫓겨났습니다. 그런데 나중에 저녁을 먹으라고 이리저리 찾아보아도 그들의 모습은 눈에 띄지 않았습니다. 서방님은 머리끝까지 화가 나서 문을 전부 닫아걸고 그날 밤 무슨 일이 있어도 그들을 집안에 들여놓지 말라고 저희들에게 명령을 내리셨습니다. 온 식구가 모두 잠든 후에도 저는 걱정이 되어 잠을 이룰 수가 없었습니다. 그래서 비가 오는데도 창문을 열고 머리를 내민 채 그들을 기다렸습니다. 두 사람이 돌아오기만 하면 서방님의 분부를 어기고서라도 문을 열어줄 생각이었습니다.

잠시 후, 저는 길을 따라 걸어오는 발소리와 대문 앞에서 어른거리는 등불을 보았습니다. 저는 숄을 뒤집어쓰고 그들이 문을 두드리는 소리에 서방님이 깰까 봐 재빨리 뛰어나갔습니다. 그런데 돌아온 것은 히드클리프 혼자뿐이었습니다. 저는 깜짝 놀라 물었습니다.

"캐서린 아가씨는? 설마 사고가 난 건 아니지?"

"드러시크로스 저택에 있어." 하고 그가 대답했습니다.

"나도 그곳에서 자고 싶었지만, 무례한 그 집 사람들이 나보고는 자고 가라는 말을 안 하지 뭐야."

"쫓겨나야만 속이 시원하겠니? 도대체 어쩌자고 거기까지 어슬렁거리고 간 거야?"

"넬리, 빨리 젖은 옷이나 벗겨줘. 그러면 전부 얘기해 줄게."

서방님을 깨우지 않도록 조심시키고, 그가 옷을 벗는 동안 촛불을 들고 서 있으려니까 그가 말을 이었습니다.

"캐시와 나는 세탁장에서 빠져나가 이리저리 돌아다니다 불빛이 반짝이는 저택이 보이기에 가보기로 했지. 그 집에서도 어른들은 난롯가에서 옷이 타도록 불을 쬐며 먹고 마시며 노래하고 웃고 있는데, 아이들은 구석에 서서 떨면서 일요일 저녁을 보내고 있는지 확인하려고 말이야. 그 집에서도 그럴 거라고 생각해, 넬리? 설교집을 읽거나 하인 녀석의 교리문답에 대답하지 못한 벌로 사람 이름이 줄줄이 나오는 성경 한 구절을 암송하고 있다고 생각해?"

"꼭 그렇지는 않겠지. 그 댁 아이들은 분명 착할 테니까 너희들처럼 못된 짓을 하고 벌 같은 건 받지 않을 거야."

"모르는 소리 하지 마, 넬리. 당치 않은 소리야! 우리는 이 꼭대기에서부터 그 댁 정원까지 숨도 쉬지 않고 뛰어갔어. 그런데 캐서린은 신발이 벗겨져서 경주에서 지고 말았지. 아마 내일 넬리가 늪에 가서 캐서린의 신발을 찾아와야 할 거야. 우리는 뚫린 생울타리 구멍으로 기어 들어가서 길을 따라 올라가 응접실 창문 밑에 있는 화단에 자리잡았어. 응접실에서 불빛이 새어나왔어. 그 집은 덧문도 닫지 않고 커튼도 완전히 치지 않았어. 받침대 위에 올라서서 창틀에 매달려 들여다보았는데, 아아, 진짜 아름답더군! 빨간 융단이 깔려 있고 의자와 탁자에도 빨간 천이 씌워져 있는데다가 흰 천장엔 금테가 둘러져 있고, 그 한복판의 은빛 쇠사슬 끝에 매달린 촛대엔 유리 장식이 주렁주렁 드리워져 작은 촛불이 평화롭게 빛을 내고 있더란 말이야. 그 댁의 어른들은 안 계시고, 에드거가 누이동생과 둘이서 그 방을 전부 차지하고 있었어. 행복한 아이들이지? 우리 같으면 천당에라도 간 기분이었을 거야. 그런데 넬리가 착하다고 한 그 아이들이 어떤 짓을 하고 있었는지 알아? 이사벨라는 캐시보다 한 살 아래인 열한 살 정도 되었을 걸로 생각되는데, 방 저쪽 끝에서 뒹굴며 고함을 지르고 있었어. 마치 마귀 할멈이 빨갛게 달군 바늘로 찌르기나 하는 것처럼 비명을 지르고 있더라니까. 에드거는 에드거대로 난롯가에 서서 소리 없이 울고 있는데, 탁자 한가운데에 강아지가 한 마리 발발 떨면서 낑낑거리고 있었어. 자세히 들어보니, 그 강아지를 오누이가 두 동강이 날 정도로 서로 잡아당기고 있었던가 봐. 못난 것들! 그런 짓을 하다니! 그까짓 폭신한 털뭉치 같은 강아지를 서로 갖겠다고 힘껏 잡아당기고 싸우다가 이번에는 서로 안 가지겠다고 울고 있는 것이었어. 우리는 그 유치한 짓을 비웃어주었지. 경멸했어. 캐서린이 갖겠다는 것을 내가 달라고 한 적 있어? 우리 둘이 방 양쪽 끝에 갈라져서 고함을 치고 방바닥에 뒹굴면서 울고불고 떼쓰는 것을 본 적이 있느냐 말이야. 난 무슨 일이 있어도 이 집에서의 내 생활을 드러시크로스 저택의 에드거 린턴네 생활과는 안 바꿀 거야. 조지프 영감을 지붕 맨 꼭대기 창문으로 내던지고, 이 집 현관 문을 힌들리 녀석의 피로 물들일 수 있는 특권을 준다 해도 말이야."

"히드클리프! 너는 아직 캐시 아가씨가 왜 안 왔는지 말하지 않았어."

"둘이서 웃었다고 했지? 그런데 그 웃음소리를 그 애들이 듣고 잽싸게 문께로 뛰어오더군. 잠시 조용해졌나 했더니, '오오, 엄마! 오오, 아빠! 빨리 이리 좀 와보세요.'라고 고함치는 소리가 들렸어. 그들은 정말 그렇게 울부짖었어. 그들을 더 무섭게 해주려고 우리는 다시 웃음소리를 내고 창틀에서 내려왔어. 그때 누군가 빗장 벗기는 소리가 나기에 도망치는 것이 좋으리라 생각했지. 나는 캐시의 손을 잡고 빨리 가자고 재촉을 했는데, 갑자기 캐시가 넘어졌지 뭐야! '도망쳐, 히드클리프. 도망치라니까! 이 집 사람들이 풀어놓은 불독에게 물렸단 말이야!' 하고 캐시가 속삭였어. 정말 망할 놈의 개가 캐시의 발목을 물고늘어졌는데, 넬리, 그런데도 캐시는 비명을 지르지 않았어. 캐시는 설령 미친 소의 뿔에 받혔다 해도 울부짖는 따위의 짓은 창피해서 못할 거야. 하지만 나는 고함을 질렀어.

그러고는 돌멩이를 하나 집어들어 그놈의 아가리 속에 처넣고 힘껏 목구
멍 속으로 밀어넣으려고 했어. 그런데 망할 놈의 하인 녀석이 등불을 들
고 나와서 '꽉 물어라, 스컬커! 꽉 물어!'라고 외치는 거야. 하지만 개가
물고 있는 캐시를 보더니 말투가 달라지더군. 개는 검붉은 혓바닥을 한
자나 늘어뜨리고, 축 늘어진 입술에서는 피가 섞인 침을 흘리고 있었어.
하인이 캐시를 안고 들어가기에 나는 빌어먹을 것들, 하고 욕을 하면서
따라 들어갔지. '뭔가, 로버트?' 하고 문간에서 린턴 영감이 소리치더군.
'스컬커가 어떤 계집애를 물었습니다요, 나리.'라면서 하인은 나를 붙잡
더니 '그리고 사내애도 하나 있는데, 악당 중의 악당같이 생겼습니다요.
분명 강도놈들이 창문으로 애들을 들여보낸 다음 식구들이 자면 문을 열
게 해서 우리를 전부 죽이려고 했을 겁니다. 주인 어른, 총을 치우지 마
십시오!'라고 말하는 거였어. 그러자 '암, 치우지 않고말고.' 하고 바보
같은 영감이 말했어. '이놈들이 어제 소작료 받은 것을 알고 한탕 하려고
한 거야. 데리고 들어와. 환영회를 열어주어야겠다. 존, 문단속을 잘 하거
라. 제니는 스컬커에게 물을 좀 주고. 치안 판사님 댁을, 그것도 안식일
에 넘보다니! 못된 놈들 같으니! 여보, 이리 와봐요! 겁낼 것 없어요. 조
그만 녀석이니까…… 그런데 인상이 고약한 것을 보니 악당이 분명해.
얼굴에 나타난 본성이 행동으로 나타나기 전에 아예 교수형에 처하는 편
이 이 고장의 안전을 위해 좋을 거야.'라면서 영감이 나를 샹들리에 아래
로 끌어다 세웠지. 린턴 영감의 마누라는 콧등에 안경을 얹고 겁에 질려
떨고 있더군. 겁쟁이 아이들도 살며시 다가왔는데, 이사벨라가 이렇게
종알거리는 거였어. '무서워요! 아빠, 그 애를 지하실에 가둬요. 내가 기
르던 꿩을 훔쳐간 점쟁이 아들과 아주 비슷해요.' 캐시는 그 말을 듣고

웃어버렸어. 에드거 린턴이 자세히 살펴보더니 겨우 캐시를 알아보더군. 따로 만날 기회는 없었지만 교회에서 우리를 보아 알고 있었던 모양이야. '언쇼 댁 따님이에요. 그런데 저렇게 스컬커가 물었으니…… 보세요, 발에서 피가 흘러요.' 하고 그는 자기 어머니에게 속삭였어. '언쇼 댁 아가씨라고? 그럴 리가 있나?'라며 마나님이 소리쳤어. '언쇼 댁 아가씨가 집시와 함께 쏘다니다니! 그러고 보니 상복을 입었군. 그런데 평생 다리 병신이 될지도 모르는데!' 린턴 영감이 캐서린 쪽으로 몸을 돌리면서 외치더군. '오빠란 사람이 무심도 하지! 그 사람이 누이동생을 아예 이교도처럼 자라게 내버려두고 있다는 말을 부목사님에게 듣긴 했지만. 그런데 이 녀석은 누구야? 이쩌서 이런 친구를 사귀었을까? 아하, 알았다! 이놈이 바로 세상을 떠난 언쇼 씨가 리버풀에서 주웠다는 그 아이로군. 인도나 미국 아니면 스페인 사람이 버리고 간 아이겠지.' '하여튼 지독한 애로군요.' 하고 마나님이 말했어. '점잖은 집안에는 어울리지 않아요! 저애 말투 들어보셨어요? 여보, 우리 아이들이 배울까 겁나요.' 나는 화가 나서 욕을 퍼붓기 시작했어. 그랬더니 하인더러 나를 끌어내라고 하더군. 나는 캐시와 함께 있겠다고 버텼지만, 하인놈은 나를 질질 끌고 나가 내 손에 등불을 들려주면서, 순순히 말을 듣지 않으면 힌들리에게 나의 이런 행동을 일러바칠 테니 당장 돌아가라고 고함을 지르고는 문을 쾅 닫아버리고 들어갔어. 한쪽에 커튼을 쳐놓지 않았길래 나는 다시 안을 훔쳐보기로 했어. 캐서린이 돌아가고 싶어하는데 그놈들이 보내주지 않으면 큰 유리창을 부숴버리고 말 작정이었어. 캐시는 소파에 얌전히 앉아 있더군. 마나님은 우리가 뒤집어쓰고 간 젖 짜는 아줌마의 회색 겉옷을 벗기고 고개를 설레설레 저어가며 타이르는 중이었어. 캐시는 나와는 달리 취급했던 거야. 잠시 후 하녀가 더운물을 한 대야 받아와서 캐시의 발을 씻겨주더군. 그런 다음 그들은 캐시의 아름다운 머리를 빗겨주고, 커다란 슬리퍼를 신겨서 의자째 난롯가로 밀고 갔어. 캐시가 강아지와 스컬커에게 과자를 나눠주고 스컬커의 코를 만지기도 하면서 매우 즐거워하는 것을 보고 나는 와버렸어. 캐시의 매력적인 얼굴에 반했는지 그 집 식구들의 멍청한 푸른 눈에도 생기가 좀 돌더군. 그들은 전부 넋이 나간 것 같았어. 캐시는 그들과 비교도 안 될 만큼 매력적이거든. 이 세상 누구보다도 매력적이란 말이야. 그렇지, 넬리?"

"이번 일은 네가 생각하는 것보다 훨씬 문제가 커질 거야." 하고 저는 그에게 이불을 덮어주고 불을 껐습니다.

"네겐 당해 낼 도리가 없구나, 히드클리프. 두고 봐라, 힌들리 서방님은 지독한 방법을 쓸 테니까."

저의 이 말은 바로 적중했습니다. 이 모든 사실을 알게 된 서방님은 펄펄 뛰셨습니다. 그런데다 린턴 씨가 이튿날 아침 직접 찾아오셔서 젊은 주인에게 집안 다스리는 방법에 대해 한참 설교를 하셨으므로, 정말로 감독을 톡톡히 할 마음이 생긴 거지요. 히드클리프를 때리지는 않았지만, 그날 이후로 캐시 아가씨께 한 마디라도 말을 걸면 내쫓아 버리겠다고 했지요. 올케도 시누이가 오게 되면 힘이 아니라 꾀로 적절히 감독하기로 했습니다. 힘으로는 절대 캐시 아가씨를 당해 낼 수 없다는 것을 잘 알고 있었으니까요.

7

캐시 아가씨는 크리스마스 때까지 거의 5주일을 드러시크로스 저택에서 지냈습니다. 그동안 다쳤던 상처도 아물었고 행동도 많이 얌전해졌습니다. 우리 집 안주인은 자주 문병을 가서 좋은 옷과 칭찬의 말로 아가씨의 자존심을 세워주었고, 그녀도 기꺼이 따랐습니다.

그리하여 아가씨가 집에 돌아왔을 때는, 모자도 쓰지 않고 달려와 우리 모두를 숨도 못 쉬게 꽉 껴안아주던 말괄량이가 아니라 기품 있는 숙녀로 변해 있었습니다. 예쁘고 까만 망아지에서 내린 캐시 아가씨는 깃털이 달린 수달피 모자 밑으로 갈색의 곱슬머리를 늘어뜨리고 치렁거리는 부인용 모직 승마복 옷자락을 두 손으로 살짝 들어올리며 조심스럽게 걸어 들어왔습니다.

힌들리 서방님은 말에서 내리는 누이동생을 도와주면서 기쁜 목소리로 소리쳤습니다.

"야, 캐시! 아주 미인이 됐구나! 못 알아보겠는데. 이젠 제법 숙녀 티가 나는걸? 이사벨라 린턴 따위와는 비교도 안 돼. 그렇지, 여보?"

"이사벨라는 바탕이 없잖아요." 하고 그의 아내가 맞장구를 쳤습니다.

"하지만 다시 말괄량이가 되지 않도록 조심해야지요. 넬리, 캐시 아가씨 옷 벗는 것을 도와드려요. 잠깐, 아가씨 머리가 망가지겠어요. 모자를 벗겨드릴게요."

승마복을 벗자 체크 무늬로 된 멋진 비단 윗옷과 하얀 바지, 반들반들한 구두가 드러났습니다. 개들이 반가워서 뛰어나왔을 때 아가씨도 기쁜 듯 눈을 반짝거렸지만, 개들이 매달리면 옷이 더러워질까 봐 쓰다듬어주지는 않았습니다.

캐시 아가씨는 저에게도 살며시 키스했습니다. 저는 크리스마스 케이크를 만드느라고 온통 밀가루투성이였으므로 껴안을 수 없었지요. 그러고 나서 주위를 살피더니 히드클리프를 찾는 것 같았습니다. 서방님 내외는 두 사람의 재회를 걱정스럽게 바라보고 있었습니다. 그들의 태도로 두 사람을 갈라놓는 일이 어느 정도 가능한지 가늠할 수 있으리라 여겼기 때문입니다.

히드클리프는 눈에 띄지 않았습니다. 캐시 아가씨가 집을 비우기 전에도 히드클리프는 남에게 관심을 두지 않았고 남의 관심을 받아보지도 못했지만, 그 후로는 더욱더 심해졌습니다. 저말고는 그 아이에게 일주일에 한 번쯤은 씻으라고 말해 줄 만한 관심조차 두는 사람이 없었으니까요. 그 또래 아이들은 원래 비누로 세수하는 것을 좋아하지 않는 법이지요. 그러니 석 달 동안이나 흙먼지 속에서 입고 뒹굴던 옷이며 빗질 한 번 하지 않은 숱 많은 머리는 말할 것도 없고, 얼굴과 손에도 더러운 때가 끼어 있었습니다. 예상과는 다르게, 헝클어진 머리를 한 자기 단짝이 아니라 훤하고 예쁜 숙녀가 되어 돌아온 캐시 아가씨를 보고 그가 긴 의자 뒤에 숨어버린 것은 당연한 일이었습니다.

"히드클리프는 집에 없나요?"라고 물으며 장갑을 벗는 아가씨의 손은 그동안 아무 일도 하지 않고 집안에만 있어서 눈부시게 하얬습니다.

힌들리 서방님은 히드클리프가 난처해하는 꼴이 재미있고, 또 그가 가까이하기에 꺼림칙할 만큼 지저분한 부랑아 같은 모습으로 아가씨 앞에 나타날 생각을 하니 기분이 좋아서 소리쳤습니다.

"히드클리프, 나와도 좋아! 너도 캐서린 아가씨에게 인사드려라."

캐시 아가씨는 숨어 있는 친구의 모습이 보이자, 달려가서 그를 껴안고 단숨에 일곱 번인가 여덟 번쯤 뺨에 키스를 퍼부었습니다. 그러더니 그녀는 키스를 멈추고 물러서서 깔깔거리며 말했습니다.

"어머나, 어쩌면 이렇게 우습고 이상해 보일까? 그렇지만 이렇게 느끼는 것도 다 내가 그동안 에드거나 이사벨라하고만 지냈기 때문일 거야. 히드클리프, 너 설마 나를 잊은 건 아니겠지?"

캐시 아가씨가 그렇게 묻는 데는 이유가 있었습니다. 히드클리프는 수치심과 자존심으로 인해 얼굴이 험악하게 일그러진 채 꼿꼿하게 서 있었던 것입니다.

"악수해라, 히드클리프. 가끔 악수쯤은 허락해 줄 테니까."

힌들리 서방님이 큰 인심이라도 쓰듯 말했습니다.

"싫어! 놀림감이 되는 건 싫어! 참을 수 없어!"

그는 그자리를 빠져나가려 했지만 캐시 아가씨가 히드클리프를 붙잡았습니다.

"너를 놀릴 생각은 없었어. 다만 웃음을 참을 수 없었을 뿐이야. 히드클리프, 악수쯤은 해야지. 왜 화가 났니? 네 모습이 이상해 보여서 그랬을 뿐이야. 세수하고 머리를 빗어보렴, 괜찮아질 테니. 그렇지만 지금은 너무 더러워!"

캐시 아가씨는 마주잡은 그의 더러운 손가락과 자기 옷을 조심스럽게 쳐다보았습니다. 그의 손이 옷에 닿아서 더러워질까 봐 두려웠던 겁니다.

"일부러 나를 만질 필요는 없어!"

히드클리프가 손을 빼내며 말했습니다.

"난 마음 내키는 대로 그냥 이렇게 살 테야. 난 더러운 게 좋아. 그러니까 앞으로도 일부러 더럽게 하고 다닐 거야."

그렇게 말하고 그는 밖으로 뛰쳐나갔습니다. 서방님 내외는 재미있어 했지만, 캐서린 아가씨는 몹시 난처해했습니다. 그가 어째서 그토록 화가 났는지 그 이유를 도무지 알 수가 없었던 것입니다.

아가씨의 시중을 들고 나서 저는 케이크를 오븐에 넣고 크리스마스 이브답게 불을 활활 지펴 집안과 부엌을 따스하게 한 다음, 편히 앉아 크리스마스 캐럴이나 부르며 조용히 즐기려 했습니다. 조지프는 제가 부르는 찬송가가 너무 명랑해서 유행가 같다고 놀렸지만, 저는 상관하지 않았습니다.

조지프는 기도한다고 자기 방으로 올라가고, 서방님 내외는 캐시 아가씨에게 친절하게 대해 준 답례로 린턴 댁 아이들에게 선물하려고 미리 사다놓은 여러 가지 장난감을 보여주며 그녀의 환심을 사고 있었습니다. 워더링 하이츠에서 크리스마스 아침을 같이 보내자고 그 댁 아이들을 초대했더니, 린턴 부인은 조건부로 그 초대에 응했던 겁니다. 즉 자기의 사랑스런 아이들과 그 '입버릇 나쁜 망나니'와는 절대 어울리지 못하게 해달라는 것이었습니다.

이런 사정으로 저는 혼자 부엌에 남게 되었습니다. 저는 음식이 익을 때 풍기는 구수한 냄새를 맡으면서 반짝거리는 부엌 세간들이며 호랑가시나무로 장식한 번쩍이는 시계, 식후에 술을 마실 수 있도록 쟁반 위에 가지런히 준비해 둔 은잔, 그중에서도 제가 특별히 신경 써서 쓸고 닦은 마룻바닥을 흐뭇하게 바라보았습니다. 마음속으로 그것을 하나하나 찬미하다가, 생전에 언쇼 어른께서 이렇게 깨끗이 청소되어 있는 것을 보시고는 칭찬해 주시면서 1실링짜리 하나를 손에 쥐어주시곤 하던 일이 생각났습니다. 그러다가 다시 그분이 히드클리프를 사랑하시던 일이며 당신이 돌아가신 다음에 그가 푸대접을 받지 않을까 걱정하시던 일, 그리고 불쌍한 아이의 현재의 처지가 생각나서 노래를 하다 갑자기 울고 싶어졌습니다. 그러나 그의 불행에 눈물을 흘리기보다는 그가 조금이라도 푸대접을 덜 받을 수 있도록 노력하는 편이 더 현명하리라는 생각을 했습니다.

그래서 그를 찾으러 뜰로 나갔습니다. 그는 얼마 떨어지지 않은 마구간에서 평소와 다름없이 어린 망아지의 매끄러운 털을 쓸어주고, 다른 말들에게는 먹이를 주고 있었습니다.

"서둘러, 히드클리프. 부엌은 따뜻한데, 조지프는 2층에 올라가고 없어. 일을 빨리 끝내면 캐시 아가씨가 나오기 전에 말쑥하게 옷을 입혀주마. 그러면 너희 둘이 난로를 독차지하고 앉아서 잠들기 전까지 이야기해도 될 거야."

그러나 그는 묵묵히 일만 하고 뒤도 돌아다보지 않았습니다.

"빨리 와. 올 거지? 두 사람 몫의 케이크도 충분히 있어. 옷 입는 데만도 30분 정도는 걸릴 거야."

"……."

그의 대답을 기다렸지만 반응을 보이지 않아, 저는 그냥 안으로 들어왔습니다. 아가씨는 오빠 내외와 같이 저녁 식사를 했습니다. 조지프와 저는 한쪽에서 잔소리를 하면 다른 쪽에서는 무뚝뚝하게 받아넘기는 식으로 화목하지 못한 식사를 함께 하고 있었습니다. 히드클리프 몫의 케이크와 치즈는 밤이 이슥하도록 식탁 위에 놓여진 채 주인을 기다리고 있었습니다. 그는 9시까지 일손을 놓지 않고 버티더니, 힘없이 자기 방으로 들어갔습니다.

캐시 아가씨는 늦도록 자지 않고 새로 사귄 친구들 맞을 준비를 하다가 히드클리프 생각이 났는지 부엌으로 왔습니다. 그러나 그가 보이지 않자 무슨 일이냐고 묻고는 곧 안으로 들어갔습니다.

다음날 아침, 히드클리프는 일찍 일어났습니다. 그러나 그날은 일요일이었기 때문에 기분이 언짢은 채로 벌판으로 나갔다가 집안 사람들이 교회에 갈 때가 되어서야 다시 나타났습니다. 먹지도 않고 생각에 잠겨 있다 보니 기분이 좀 가라앉았는지, 그는 오랫동안 저를 따라다니더니 용기를 내어 불현듯 이렇게 말했습니다.

"넬리, 날 좀 깨끗하게 단장해 줘. 착해지고 싶어."

"잘 생각했다, 히드클리프. 아가씨는 너 때문에 슬퍼하고 계셔. 어쩌면 집에 돌아오지 말 걸 그랬다고 후회하고 계실지도 몰라. 모두가 너보다 아가씨를 더 생각한다고 질투하는 거지?"

그는 질투한다는 말은 이해하지 못했으나, 슬퍼하고 있다는 말은 분명히 알아들은 모양이었습니다.

"캐시가 슬프다고 했어?"

그는 매우 심각한 표정으로 물었습니다.

"오늘 아침에도 네가 집에 없다니까 아가씨는 울었어."

"나도 어젯밤 울었어. 울 사람은 캐시가 아니라 나야."

"그랬을 거야. 너는 자존심 때문에 고픈 배를 안고 그대로 잠자리에 들었으니까. 괜히 자존심만 강한 사람들은 스스로 슬픔을 만들어내는 법이지. 하여튼 네가 화낸 것을 후회하고 있다면, 아가씨한테 사과해야 한다. 알겠니? 네가 먼저 아가씨께 키스하고 말을 걸어야 해. 무슨 말을 해야 할지는 알고 있지? 진심으로 말해야 해. 나는 식사 준비를 해야 하지만, 시간이 나는 대로 너를 훌륭하게 꾸며주마. 네 옆에 서면 에드거 도련님도 허수아비처럼 보일 정도로 말이야. 너는 나이는 어리지만 키도 더 크고 어깨도 두 배는 넓으니까, 눈 깜짝할 사이에 에드거 도련님 정도는 때려눕힐 수 있을 거야. 그렇지?"

순간 히드클리프의 표정이 밝아졌습니다. 그러나 곧 다시 어두워지며 고개를 떨구었습니다.

"하지만 넬리, 내가 아무리 그놈을 때려눕힌다 해도, 그 때문에 그놈이 못생겨지고 내가 잘나지는 건 아니잖아. 나도 그놈처럼 금발 머리에 살결도 희고, 옷도 잘 입고, 행실도 점잖아졌으면 좋겠어. 그리고 그만큼 부자가 될 수 있으면 더 좋겠고."

"그리고 사소한 일에도 엄마나 찾고, 촌뜨기가 주먹만 내밀어도 벌벌 떨거나 하고, 빗방울만 뿌려도 온종일 집안에 틀어박혀 있는 아이가 되고 싶단 말이지? 오오, 히드클리프. 너 마음이 아주 약해졌구나! 거울 앞에 서 보렴. 그러면 네가 어떻게 해야 할지 가르쳐주지. 네 눈과 눈 사이에 있는 두 개의 주름이 보이지? 활처럼 둥글지 않고 가운데가 내려온 짙은 눈썹 아래 숨어서 반짝거리는, 깊숙이 파묻힌 두 개의 까만 눈이 보이지? 그 침울한 주름을 펴고 당당하게 눈을 떠. 그 악마의 눈을 아무것도 의심하지 않고, 확실한 원수가 아니면 모두를 친구로 대하는 순진한 천사의 눈으로 바꾸도록 애써보라고. 발길에 채여도 마땅하다는 것을 알고 있으면서도 자기를 찬 사람뿐 아니라 온 세상 사람을 모두 원망하는 사나운 들개 같은 표정일랑 아예 짓지 말고."

"그러니까 에드거 린턴같이 크고 푸른 눈과 넓은 이마를 가지려고 애쓰란 말인데, 나도 노력하고 있지만 그게 생각처럼 쉽지 않단 말이야."

"애야, 마음씨가 착하면 얼굴도 아름다워지는 법이란다. 마음이 악하면 제아무리 잘생긴 얼굴도 험악해 보이지. 자, 이제 세수도 하고 빗질도 끝내고 찡그린 얼굴도 펴봐. 어때, 네가 봐도 잘났다고 생각되지 않니? 암, 잘나고말고. 변장한 왕자님 같구나. 너의 아버지는 중국의 황제였고 너의 어머니는 인도의 여왕님, 두 분의 일주일 수입만으로도 워더링 하이츠와 드러시크로스 저택을 전부 살 수 있을 만큼 부자였는지 누가 알아? 너는 못된 뱃사람들에게 유괴당해서 영국으로 끌려왔는지도 모르지. 내가 만약 네 경우라면 자신의 태생이 귀하다고 여길 거야. 그리고 그런 자신의 신분을 생각하며 하찮은 농부의 천대쯤은 능히 참아낼 용기와 위엄을 가질 거야."

제가 그런 수다를 떠는 동안, 히드클리프는 찡그린 얼굴을 펴고 매우 즐거운 표정이 되었습니다. 그런데 마침 안뜰로 들어서는 마차 소리가 들려와 우리의 이야기는 중단되었습니다. 히드클리프는 창가로 달려가고, 저는 문 쪽으로 뛰어갔습니다. 린턴 댁 남매가 외투와 모피에 파묻혀 마차에서 내리고, 언쇼 집안의 남매도 각각 말에서 내리고 있었습니다. 겨울에는 말을 타고 교회에 가는 경우가 많았던 것입니다. 캐시 아가씨는 린턴 남매의 손을 하나씩 잡고 집안으로 들어와 따뜻한 벽난로 앞으로 안내했습니다. 얼어서 시퍼렇게 된 두 아이의 얼굴에 곧 붉은빛이 감돌았습니다.

저는 히드클리프에게 어서 상냥한 표정을 지으라고 재촉했고, 그도 순순히 제 말을 들었습니다. 그러나 공교롭게도 그가 부엌 쪽에서 문을 열었을 때 힌들리 서방님이 반대쪽에서 문을 여는 바람에 두 사람이 맞닥뜨리고 말았습니다. 서방님은 히드클리프의 단정하고 유쾌한 얼굴을 보고 화가 났는지, 아니면 린턴 부인과의 약속을 지키기 위해서였는지 그를 홱 밀어젖히고 조지프에게 소리쳤습니다.

"이놈을 방에 들어오지 못하도록 해. 식사가 끝날 때까지 다락방에 가두이두게. 이놈은 잠시라도 보는 이가 없으면 파이를 손가락으로 쑤시고 과일을 훔칠 테니까 말이야."

"아니에요, 서방님."

저는 끼어들지 않을 수 없었습니다.

"그 아이는 아무것도 건드리지 않을 겁니다. 그리고 그 아이도 우리와 다름없이 맛있는 음식을 먹을 권리가 있다고 생각하는데요."

"꺼져버려, 이 거지 새끼야! 너 같은 것이 멋은 부려 뭘 해. 그 멋있는 곱슬머리를 잡아당겨 볼까? 얼마나 길게 늘어지나 보게."

"잡아당기지 않아도 긴데요, 뭐."

에드거 도련님이 문간에서 들여다보며 끼어들었습니다.

"머리카락이 저래가지고 머리가 안 아픈지 모르겠어요. 꼭 망아지 갈기 같군요."

그는 모욕하려고 그런 말을 한 게 아니었지만, 히드클리프는 성격이 격한데다가 연적으로 적대시하고 있던 사람의 입에서 나온 그 무례한 말을 듣고 참을 수가 없었습니다. 그는 손에 잡히는 대로 사과 소스가 담긴 그릇을 집어들어 에드거 도련님에게 던져버렸습니다. 힌들리 서방님은 재빨리 말썽꾸러기를 자기 방으로 끌고 갔습니다. 그는 화를 가라앉히기 위해 난폭한 매질을 했던가 봅니다. 잠시 후 얼굴이 시뻘개져서 숨을 헐떡거리며 나왔으니까요. 저는 에드거 도련님이 쓸데없는 참견을 했기 때문이라고 생각하며 그의 코와 입을 다소 신경질적으로 닦아주었습니다. 이사벨라 아가씨가 집으로 돌아가자고 조르며 울기 시작하자, 캐시 아가씨는 속상해서 어쩔 줄 몰라하며 서 있었습니다.

"그 애한테 말을 걸지 말았어야 했어!"

캐시 아가씨가 에드거 도련님에게 말했습니다.

"그 애는 몹시 기분이 나빴고, 그래서 크리스마스도 이렇게 엉망이 되어버렸어. 히드클리프는 매를 맞을 테지. 나는 그 애가 매 맞는 것이 싫어. 즐겁게 식사하기는 다 틀렸어. 에드거, 왜 히드클리프에게 말을 시켰지?"

"말을 시킨 게 아니야."

소년은 흐느끼면서 제 손을 뿌리치고 손수건을 꺼내 남은 사과 소스를 닦았습니다.

"그놈하고는 한 마디도 안 하기로 엄마와 약속했기 때문에 난 말을 시키지 않았단 말이야."

"그럼 그만 울어."

캐시 아가씨가 경멸하는 투로 말했습니다.

"너를 죽인 건 아니잖아. 더 이상 소란 피우지 마. 오빠가 온다. 조용히 해. 쉿, 이사벨라, 왜 우니? 누가 널 때리기라도 했니?"

"자아, 모두 제자리에 앉지!"

그때 힌들리 서방님이 바삐 들어오며 소리쳤습니다.

"저 개 같은 놈을 두들겨줬더니 몸이 개운한걸. 에드거, 다음엔 주먹으로 본때를 보여줘. 그러면 식욕이 날 테니까."

아이들은 맛있는 음식을 보자 곧 조용해졌습니다. 마차를 타고 오느라고 시장했던 참이었고, 다친 사람이 있는 것도 아니었기 때문에 금방 마음이 풀렸지요. 서방님은 고기를 썰어 접시마다 가득 담아주고 안주인은 우스갯소리로 아이들을 즐겁게 해주었습니다. 저는 캐시 아가씨 뒤에서 시중을 들면서, 그녀가 눈물 한 방울 흘리지 않고 태연하게 앞에 놓인 거위 요리의 날갯살을 썰기 시작하는 것을 보고 마음이 아팠습니다. '매정한 것 같으니! 소꿉동무의 아픔을 조금도 헤아리지 않는군. 저렇게 인정머리 없는 줄은 미처 몰랐는걸.' 하고 저는 생각했습니다.

그 순간, 캐시 아가씨가 고기 한 조각을 입으로 가져가다 말고 내려놓더니 두 눈이 붉어지면서 눈물을 주르륵 흘렸습니다. 그러고는 포크를 마룻바닥에 떨어뜨리더니, 재빨리 그것을 집는 척하며 테이블 밑으로 들어가 눈물을 닦았습니다. 저는 곧 조금 전의 생각을 후회했습니다. 그녀는 기회를 보아 히드클리프를 찾아가 보고 싶은 생각에 바늘방석에 앉은 기분이었던 것입니다. 아무도 눈치채지 못하게 음식을 갖다주려고 찾아헤매다 알았습니다만, 서방님은 히드클리프를 다락방에 가두었더군요.

저녁때 우리는 춤을 추며 놀았습니다. 캐시 아가씨는 이사벨라 아가씨의 파트너가 없으니 히드클리프를 풀어달라고 간청했지만 소용이 없었습니다. 그래서 제가 이사벨라 아가씨의 파트너가 되었습니다. 춤에 열중하다 보니 우울한 생각은 모두 잊어버렸습니다. 트럼펫, 트롬본, 클라리넷, 바순, 호른, 첼로에다 가수까지 곁들여 총 열다섯 명이나 되는 기머튼 악단이 도착하자 파티는 활기를 띠었습니다. 그들은 크리스마스에 명문가를 순회하면서 기부금을 받곤 했는데, 우리는 그들의 연주를 듣는 것이 무엇보다 즐거웠습니다. 악대가 의례적인 캐럴을 연주한 후, 우리는 가곡과 합창곡을 청해 들었습니다. 우리 집 안주인이 음악을 좋아해서 그날은 마음껏 들을 수 있었습니다.

캐시 아가씨도 음악을 좋아했습니다. 그런데 그녀가 계단 꼭대기에서 음악을 들으면 더욱더 아름답게 들린다면서 캄캄한 곳으로 올라가기에 저도 따라갔습니다. 사람이 꽤 많아서인지 우리 두 사람이 사라진 것도 모르고 아래에서 거실 문을 닫아버렸습니다. 아가씨는 계단 꼭대기까지 가서도 멈추지 않고 자꾸 올라가더니, 히드클리프가 갇혀 있는 다락방에 까지 올라가 그를 불렀습니다. 히드클리프는 고집스럽게도 한동안 대답하지 않았으나, 아가씨가 끈질기게 말을 걸자 드디어 판자 벽 너머로나마 이야기를 나눌 수 있게 되었습니다.

저는 그들의 대화를 방해하지 않고 내버려두었다가, 노래가 끝나고 악사들이 가벼운 음식을 들 때쯤 다시 올라가 보았습니다. 그런데 캐시 아가씨는 안 보이고 다락방 안에서 두 사람의 목소리가 들려왔습니다. 아가씨는 원숭이처럼 이쪽 방의 창문을 통해 지붕을 타고 넘어가 그가 있는 다락방의 창문으로 들어갔던 것인데, 저는 그녀를 달래서 다시 끌어내는 데 무척 애를 먹었습니다.

그녀는 히드클리프를 부엌으로 데리고 가달라고 저를 졸랐습니다. 조지프는, 그가 즐겨 쓰는 말을 빌리면 '악마의 노래'라는 악단의 연주 소리를 피해 이웃집으로 가고 부엌엔 아무도 없었습니다.

저는 그들의 음모를 도울 생각이 추호도 없다고 말했지만, 죄수가 어제 점심부터 굶었기 때문에 이번만은 서방님을 속이는 것을 눈감아주기로 했습니다. 우리는 살며시 아래로 내려와서 히드클리프를 난롯가에 앉히고 맛있는 음식을 잔뜩 주었습니다. 그러나 그는 몸이 아파서 많이 먹지 못했으므로, 마음먹고 대접하려던 저의 의도는 아무 소용이 없게 되었습니다.

히드클리프는 무릎 위에 두 팔을 세우고 손으로 턱을 괴고 앉아 조용히 생각에 잠겨 있었습니다. 제가 무슨 생각을 하느냐고 묻자, 그는 이를 악물고 대답했습니다.

"힌들리 녀석한테 어떻게 복수할까 생각하는 중이야. 아무리 시간이 걸리더라도 괜찮아, 복수만 할 수 있으면. 그런데 먼저 저놈이 죽지나 않을까 걱정이야!"

"그런 소리 하지 마, 히드클리프. 악한 사람을 벌하는 것은 하느님께서 하실 일이야. 인간은 용서하는 법을 배워야 해."

"아니, 하느님이 벌주시는 것만으로는 내 맘이 풀리질 않아. 무슨 좋은 방법이 없을까? 혼자서 곰곰이 생각해 봐야겠어. 그런 생각을 하고 있으면 몸이 아픈 것도 잊게 되거든."

참, 록우드 씨에게 이런 이야기가 재미있으실 리 없다는 것을 깜빡 잊었군요. 그런데 이토록 오래 수다를 떨다니, 저도 참 한심스럽네요. 죽은 이미 식어버리고, 졸고 계시는 분한테…… 히드클리프의 내력이래야 대여섯 마디면 충분한 것을.

넬리는 하던 얘기를 중단하고 일어나서 바느질감을 치우기 시작했다.

나는 난롯가에서 도저히 일어날 수 없을 정도로 기운이 없었으나 전혀 졸고 있지는 않았다.

"그냥 있어요, 넬리. 30분만 더 앉았다 가요. 차분하게 이야기를 들려주어서 정말 좋았어요. 바로 내가 원하는 식으로 말이오. 그러니 그런 식으로 얘기를 끝내주어야겠소. 당신이 말하는 사람들은 모두 흥미로운 인물이오."

"시계가 열한 번을 치는데요."

"괜찮아요. 나는 12시 전에는 잠을 자본 적이 없으니까. 아침 10시까지 누워 있는 사람들에게는 새벽 1, 2시는 아직 초저녁이란 말이오."

"10시까지 누워 계시면 안 됩니다, 록우드 씨. 그러면 아침의 가장 상큼한 시간이 다 지나가 버리니까요. 10시까지 하루 일과의 반을 처리하지 못한 사람은 나머지 반도 제대로 보낼 수 없는 법이지요."

"하여튼 넬리, 다시 앉아요. 나는 내일 오후까지 이 난로 앞에 앉아 있을 거니까. 아무래도 감기가 쉽게 나을 것 같지 않소."

"할 수 없군요. 그럼 그 후 한 3년 동안의 이야기는 건너뛰고, 그동안 안주인은……."

"아니, 아니, 그러지 말아요. 이런 기분을 이해하실는지? 가령 혼자 있을 때 눈앞 카펫 위에서 어미 고양이가 새끼 고양이를 핥아주다가 귀 하나를 빠뜨린 것을 알지 못하고 계속 다른 곳만 핥고 있다고 생각해 봐요. 그럴 때, 그 모습을 유심히 바라보고 있던 사람의 기분은 몹시 찜찜하거든요."

"어지간히도 심심하신가 보군요."

"천만에! 반대로 지독하게 초조한 기분이지. 지금 내 기분이 그러니까,

얘기를 상세하게 들려주시오. 같은 거미라도 보통 가정집에 줄을 치면 반갑지 않지만 감옥에서 줄을 치면 거기 갇혀 있는 사람들에게는 반가운 것처럼, 나로서는 도시 사람들은 흥미가 없지만 이 고장 사람들 얘기는 매우 흥미롭소. 그러나 내가 이렇게 깊은 관심을 갖는 것은 방관자이기 때문만은 아니오. 이곳 사람들은 내가 생각했던 것보다 더욱더 성실하게 자신의 길을 걷고 있으며, 피상적인 변화나 외적 변화에 결코 관심을 갖지 않는 것 같소. 나는 여태까지 단 일년이라도 지속되는 사랑은 있을 수 없다고 믿어왔지만, 이곳에는 죽을 때까지 변치 않는 사랑 얘기가 있을 것 같소. 그것은 이런 경우에 비유할 수 있지요. 굶주린 사람에게 한 가지 음식만 준다면 왕성한 식욕으로 맛있게 먹지만, 그와 달리 프랑스 요리사가 온갖 솜씨를 다해 음식을 한 상 차려준다면 그는 전체에서 그만한 즐거움을 얻기는 하겠지만 음식 하나하나는 별로 기억에 남지 않을 거란 말이오."

"아니에요. 이곳 사람들도 알고 보면 평범하고 상식적인 사람들이에요."

넬리는 내 말에 약간 당황한 듯 말했다.

"실례지만, 바로 당신이 내 말에 대한 산 증거가 되는 셈이지요. 당신은 약간의 시골 티만 벗는다면 당신이 속해 있는 계급의 사람들과는 전혀 다른 것 같아요. 내 생각에 당신은 보통 하인들보다 훨씬 더 아는 것이 많아 보여요. 잡다한 일에 마음을 어지럽힌 적이 없었기 때문에 자연스럽게 사고력이 키워진 모양이지요."

"솔직히 말해 저도 제 자신이 성실하고 어느 정도 분별력이 있다고 생각합니다만, 그것은 일년 내내 시골에 살면서 항상 같은 얼굴만 대하고

늘 같은 일만 해왔기 때문이 아니라 엄한 교육을 받았기 때문이지요. 그뿐만 아니라 록우드 씨, 저는 당신이 생각하시는 것 이상으로 책을 많이 읽었답니다. 이 서재에 꽂혀 있는 책은 거의 다 봤지요. 그리스어나 라틴어, 프랑스어로 된 책은 겨우 읽을 정도이긴 하지만 이 정도라면 가난뱅이의 딸치고는 유식한 편이죠. 하여튼 이렇게 잡담하는 것처럼 이야기를 계속하라시면 그대로 계속하는 편이 낫겠군요. 그러면 3년을 건너뛰지 말고 바로 이듬해 여름으로 넘어가겠어요. 1778년, 그러니까 지금으로부터 23년 전인가요?"

8

화창한 6월 어느 날 아침, 제가 맨 처음 키운 귀여운 아기이자 유서 깊은 언쇼 가의 마지막 후손이 태어났습니다. 저희는 집에서 꽤 떨어진 들에서 긴초를 만드느라 분주했는데, 항상 아침 식사를 갖다주던 계집아이가 보통 때보다 한 시간이나 일찍 목장을 가로질러 좁은 길을 뛰어오면서 외쳤습니다.

"정말 아기가 탐스러워요!"

계집아이는 숨을 헐떡이면서 말했습니다.

"이 세상에 그렇게 잘생긴 아기는 없을 거예요. 하지만 케네스 선생님 말씀이 아씨는 희망이 없대요. 오래전부터 폐병을 앓고 계셨다나 봐요. 케네스 선생님이 서방님하고 얘기하시는 것을 들었는데, 아마 겨울을 넘기지 못할 거래요. 넬리, 어서 집으로 가야 해요. 넬리가 아기를 키우게 될 거래요. 우유에 설탕을 타서 먹이고 밤낮으로 아기를 돌봐야 한대요. 내가 넬리라면 좋겠어요. 아씨가 돌아가시면 아기를 독차지할 테니까 말이에요."

"그래, 아씨는 정말 위험한 거냐?" 하고 저는 갈퀴를 내던지고 모자의 끈을 묶으면서 물었습니다.

"그런가 봐요. 그런데 겉으로 보기엔 괜찮으신 것 같아요. 아씨는 아기가 자라서 어른이 될 때까지 살 거라고 말씀하셨어요. 너무 좋아서 머리가 이상해지셨나 봐요. 정말 아기가 예쁘긴 해요. 나 같으면 절대로 죽지 않을 거예요. 케네스 선생님이 뭐라고 하시든 아기를 보기만 해도 다 나을 것 같아요. 케네스 선생님은 나빠요. 아처 할머니가 천사 같은 아기를 안고 내려와 거실에 계시는 주인님께 보여주자 주인님의 얼굴이 환하게 밝아졌죠. 그런데 그 순간 케네스 선생님이 나서서 '이보게, 힌들리. 자네 아내가 살아서 이 아기를 낳아준 것도 기적일세. 처음 그녀를 보았을 때 오래 살지 못하리라고 예상했었지. 아마 이번 겨울을 넘기기 힘들걸세. 그러나 너무 슬퍼하지 말고 조급하게 생각하지 말게. 다 하늘의 뜻이니까. 그리고 저렇게 나약한 여자를 선택한 자네에게도 책임은 있으니까!'라고 말했어요."

"그러니까 서방님은 뭐라고 하시던?"

"아마 욕을 하셨던 것 같아요. 하지만 나는 그런 일은 아무래도 상관없어요. 아기가 보고 싶어 정신이 없었거든요."

계집아이는 신이 나서 아기에 대해 이야기했습니다. 서방님에게는 가슴 아픈 일이었습니다만, 저도 계집아이 못지않게 아기가 보고 싶어 서둘러 집으로 돌아왔습니다. 서방님의 가슴은 아내와 자기 자신이라는 두 개의 우상만으로 가득 차 있었습니다. 양쪽을 다 지극히 사랑하고 있었지만 특히 아내라면 끔찍이 여기는 편이었는데, 그런 아내의 죽음을 어떻게 감당해 낼지 걱정이었습니다.

워더링 하이츠로 돌아와 보니, 서방님이 문가에 서 계셨습니다. 그래서 저는 그 곁을 지나 집안으로 들어가면서 물었습니다.

"아기는 어때요?"

"넬리, 금방이라도 뛰어다닐 것 같아."

서방님은 명랑한 웃음을 지으며 말했습니다. 저는 용기를 내어 물었습니다.

"아씨는요? 케네스 선생님 말씀이 아씨는……."

"돌팔이 같으니!"

서방님은 얼굴을 붉히며 제 말을 가로막았습니다.

"프랜시스의 상태는 양호해. 다음주쯤이면 좋아질 거야. 2층에 올라갈건가? 말없이 가만히 있겠다고 약속한다면 내가 올라가겠다고 아내에게 전해 줘. 도대체 입을 다물려고 하지 않기에 내려와버린 거야. 그리고 절대로 안정해야 한다고 의사 선생님이 말씀하더라고 전해 줘."

저는 서방님의 말씀을 산모에게 전했습니다. 그러자 그녀는 들뜬 표정으로 명랑하게 대답했습니다.

"나는 별로 말도 안 했는데 그이는 두 번이나 울면서 나갔어. 어쨌든 말 안 하겠다고 전해 줘. 하지만 웃는 것까지는 나도 어쩔 수 없어."

가엾은 분이셨어요! 일주일 후 숨을 거둘 때까지 그녀의 명랑한 기분은 변하지 않았고, 서방님도 아내의 상태가 계속 좋아진다고 완강하게, 아니 거의 미친 듯이 고집했습니다. 케네스 선생님이 환자가 그 정도가 되면 약도 듣지 않으니 치료하느라 더 이상 돈을 들일 필요가 없겠다고 말했을 때에도 서방님은 여전히 받아들이지 않았습니다.

"돈을 들일 필요가 없다는 것쯤은 나도 알고 있어요. 아내는 멀쩡하니까. 앞으로는 당신에게 치료를 받지 않을 생각이오. 원래 폐병이 아니었소. 열병이었는데 이제는 다 나아서 맥박도 나처럼 정상인데다가 열도 내렸어요."

그는 같은 이야기를 아내에게도 했는데, 아내는 남편의 말을 믿는 눈치였습니다. 그러던 어느 날 밤, 아씨가 서방님의 어깨에 몸을 기대고 다음날이면 일어날 수 있을 것 같다는 말을 하는 순간 기침이, 아주 가벼운 기침이 끓어 올라왔습니다. 그리고 서방님이 안아 올리자 아씨는 그 목에 두 팔을 감았는데, 곧 안색이 변하면서 눈을 감고 말았습니다.

그 계집애가 예상한 것처럼 아기는 전적으로 제 손에 맡겨졌습니다. 서방님은 아기에 관한 한, 건강하고 울지만 않으면 만족해하셨습니다. 그러나 서방님 자신은 점점 실의에 빠졌습니다. 그의 슬픔은 울어서 풀릴 종류의 것이 아니었습니다. 그는 울지도 않고 기도를 드리지도 않았습니다. 대신 욕하고 싸우고 하느님과 사람들을 저주하면서 끝없는 방탕에 빠져버렸습니다.

하인들도 그의 난폭한 행동을 견디지 못하고 하나 둘 나가버리고 나중에는 조지프와 저만 남게 되었습니다. 저는 제가 맡은 아기를 도저히 나 몰라라 할 수가 없었을 뿐만 아니라, 전에도 말씀드린 것처럼 서방님과는 젖을 나눠 먹은 사이이기 때문에 그의 행실을 다른 사람보다는 너그럽게 보아주었던 거지요. 조지프는 소작인과 일꾼들을 들볶는 재미로 남아 있었습니다. 고약한 일들이 벌어지는 곳에 남아 잔소리나 하는 것을 사명으로 아는 위인이었으니까요.

서방님의 못된 행실과 나쁜 친구들은 캐서린 아가씨와 히드클리프에게 좋은 본보기가 되었습니다. 히드클리프를 대하는 서방님의 태도는, 성자라도 악마로 변하게 할 정도였습니다. 그리고 히드클리프의 악마적인 성격은 그때 이미 나타났으며, 구제할 수 없을 만큼 타락해 가는 서방님의 모습을 보고 기뻐하면서 날로 더 음흉하고 영악스러워져 가는 것이 눈에 보이기 시작했습니다.

그때의 지옥 같은 집안 사정은 말로 다 할 수 없을 정도였습니다. 끝내 부목사님도 발길을 끊으시고, 점잖은 집안 사람은 아무도 가까이하려 하지 않았습니다. 다만 에드거 린턴 도련님만이 캐시 아가씨를 찾아올 뿐이었습니다. 열다섯 살이 된 아가씨는 이 고장의 여왕으로 군림했지만, 친구도 없는 지독한 고집쟁이로 변해 버렸습니다.

사실 말이지, 저도 어린 시절 이후로는 아가씨를 좋아하지 않았습니다. 그래서 그 오만한 태도를 꺾어보려고 자주 화나게 만들어도 보았지만, 그래도 아가씨는 저를 싫어하지 않았습니다. 그녀는 옛정에 놀라우리만큼 충실해서, 히드클리프까지도 전과 다름없이 그녀의 애정을 차지하고 있었습니다. 에드거 도련님은 그 뛰어난 장점을 가지고도 히드클리프만큼 아가씨의 마음을 사로잡지는 못했습니다.

지금은 돌아가셨지만, 에드거 도련님은 나중에 저의 주인님이 되었습니다. 난로 위에 걸린 초상화가 바로 그분입니다. 전에는 내외분의 초상화가 나란히 걸려 있었는데, 아씨의 것은 떼어버렸답니다. 그렇지만 않았다면 어떻게 생긴 분인지 그림으로나마 보실 수 있을 텐데. 저건 잘 보이세요?

넬리가 촛불을 쳐들어주어, 나는 워더링 하이츠에서 본 젊은 여자와 매우 닮았으면서도 더 애수에 잠긴 듯한 부드러운 표정의 얼굴을 볼 수 있었다. 아름다운 초상화였다. 관자놀이께에서 살짝 곱실거리는 긴 금발 머리와 크고 진지한 두 눈이 무척 우아했다. 이런 남자로 인하여 캐서린 언쇼가 그녀의 옛 애인을 잊었다고 해서 놀랄 일은 아니며, 그가 이런 모습에 어울리는 마음을 가졌다면, 내가 상상하는 캐서린 언쇼와 같은 여자를 어떻게 좋아할 수 있었는지 매우 의심스러운 일이었다.

"정말 아름다운 초상화군요. 실물과 꼭 닮았나요?"

"물론이죠. 활기에 차 있을 때엔 더 훌륭하셨습니다. 저것은 그분의 보통 때 모습이지요. 항상 기운이 없으셨으니까요."

린턴 댁에서 5주일을 지낸 후로 캐서린 아가씨는 계속 그 댁 식구들과 왕래했습니다. 그녀는 그분들과 같이 있을 때엔 자기의 거친 면을 드러내지 않았고, 모두가 한결같이 예의 바른 그 댁에서 무례하게 행동하는 것을 창피하게 여길 줄도 알아서, 교묘하게 처신한 결과 자기도 모르게 린턴 부부를 속인 셈이 되었습니다. 그뿐 아니라 이사벨라 아가씨를 탄복케 했고, 그녀 오빠의 마음을 사로잡았습니다. 야심으로 가득 찬 캐시 아가씨는, 반드시 누구를 속이려는 나쁜 생각을 가진 것은 아니었지만 자기도 모르게 이중 인격을 지니게 되었습니다. 모두가 히드클리프를 '천한 악마'니 '짐승만도 못한 놈'이니 욕하는 곳에서는 히드클리프와 같은 행동을 안 하도록 애썼지만, 집에 돌아와서는 얌전한 척해 봤자 웃음거리밖에 되지 않았고, 그래 봐야 유익할 것도 없고 칭찬을 받는 것도 아니었으므로 얌전해지겠다는 생각도, 거친 성품을 고쳐보겠다는 생각도 하지 않는 것 같았습니다.

에드거 도련님은 당당하게 워더링 하이츠를 방문할 용기를 좀처럼 내지 못했습니다. 힌들리 서방님에 대한 소문을 듣고는 겁을 먹고 마주치기를 꺼려해서였겠지요. 그러나 그분은 항상 우리 집에서는 최고의 대접을 받았습니다. 서방님도 그의 방문 목적을 알고 있었기 때문에 기분 상하지 않게 해드리려고 했고, 의젓하게 행동할 수 없을 때엔 오히려 자리를 피했습니다.

캐서린 아가씨는 에드거 도련님이 집으로 찾아오는 것을 별로 좋아하지 않는 것 같았습니다. 에드거 도련님과 히드클리프가 만나는 것이 싫었기 때문이지요. 히드클리프가 에드거 도련님 앞에서 그의 욕을 하면 그가 없을 때처럼 맞장구를 칠 수도 없었고, 도련님이 히드클리프에 대해서 증오와 반감을 나타내면 소꿉친구에 대한 멸시를 자기와는 전혀 상관없다는 듯 모르는 척할 수도 없었으니까요.

저는 아가씨가 어쩔 줄 몰라하거나 남에게 털어놓지 못하는 그런 고민을 겪는 것을 보고 여러 번 비웃어주었지만, 한사코 저에게는 감추려하더군요. 제가 무척 짓궂다고 여기실지 모르지만, 아가씨가 얼마나 거만한지 조금이라도 겸손해지기 전에는 도저히 가엾게 생각할 수가 없었습니다. 그러나 그녀는 드디어 항복하고 저에게 모든 사실을 고백하기에 이르렀습니다. 의논할 만한 상대가 달리 없었으니까요.

어느 날 오후, 힌들리 서방님이 외출하자 히드클리프는 그 틈을 타서 일을 쉬기로 했습니다. 그때 그는 열여섯 살이었는데, 얼굴이 못생긴 것도 아니고 머리가 나쁜 것도 아니면서―지금은 그의 얼굴에서 그런 흔적을 찾아볼 수 없지만―성질이나 모습이 매우 고약한 것처럼 보이려고 애썼습니다. 무엇보다도 그 무렵의 그는 이미 어린 시절에 받은 교육의 혜택을 잊어버렸던 겁니다. 아침 일찍부터 저녁 늦게까지 계속되는 고된 일이 지식에 대한 호기심이나 책과 학문에 대한 애정을 앗아가버렸던 것입니다. 언쇼 어른의 귀여움을 받으며 자랐던 어린 시절의 우월감도 모조리 사라졌습니다.

한동안은 학문에 있어 캐서린 아가씨에게 지지 않으려고 노력했는데, 점차 말이 없어지는 대신 가슴에 사무치는 한을 품고 멀리하기 시작하더니 결국에는 완전히 포기하고 말았습니다. 하는 수 없이 이전의 수준에 머물 수밖에 없다는 것을 깨달은 후로는 누가 뭐래도 그는 한 발짝도 나아지려고 노력하지 않았습니다.

정신적인 타락과 더불어 외모도 추해져서 걸음걸이도 단정치 못하고 얼굴도 바보스러워졌습니다. 원래 내성적인 성격이 천치에 가깝도록 비사교적인 우울증으로 바뀌어, 몇 안 되는 친구들에게마저 사랑받기보다는 미움을 받는 것에 미묘한 쾌감을 느끼고 있는 것 같았습니다.

히드클리프가 한가한 시간이면 캐서린 아가씨는 전과 다름없이 그와 함께 다녔습니다. 그러나 이미 그는 애정을 말로 표현할 줄 모르게 되었고, 아가씨가 다소곳하게 포옹이라도 할라치면 의아해하면서 몸을 피하는 품이, 그런 식으로 애정 표시를 해도 고마울 것 없다는 식이었습니다.

아까 말씀드린 그날, 히드클리프는 일을 쉬겠다는 말을 하려고 집으로 돌아왔습니다. 그때 저는 아가씨가 옷을 갈아입는 것을 도와드리고 있었습니다. 아가씨는 그가 일을 쉴 줄은 짐작조차 하지 못하고 온 집안을 독차지하게 되었다고 생각하고는, 오빠가 없다는 사실을 에드거 도련님께 알린 다음 그분을 방문을 기다리고 있었던 것입니다. 그때 히드클리프가 들어와 캐시 아가씨에게 대뜸 물었습니다.

"캐시, 오늘 오후에 바쁘니?"

"아니."

"너 어디 가니?"

"비가 오는데 가기는 어딜 가."

"그런데 왜 비단 옷을 입었지? 혹시 찾아올 손님이 있는 건 아니겠지?"

"찾아올 사람 없어." 하고 아가씨가 더듬거리며 말했습니다.

"하지만 히드클리프, 너는 지금 밭에서 일할 시간이야. 점심 시간이 이미 한 시간이나 지났어. 밭에 나간 줄 알았는데……."

"그 밉살스런 힌들리 녀석 안 보는 날이 드물거든. 오늘은 일을 그만하고 너와 함께 있을 생각이야."

"그래, 하지만 조지프가 오빠에게 모두 일러바칠 텐데 일하러 나가는 게 낫지 않겠니?"

"조지프 영감은 페니스톤 절벽 저편에서 석회를 싣고 있어. 밤이 되어야 일이 끝날 텐데, 알 리가 없지."

이렇게 말하면서 그는 천천히 난롯가에 와서 앉았습니다. 아가씨는 잠시 미간을 찌푸린 채 생각에 잠겼습니다. 방문하는 손님을 위해서도 이 상황을 현명하게 처리할 필요가 있었습니다.

"사실은 오후에 이사벨라와 에드거가 오기로 했어……." 하고 아가씨는 잠시 말을 중단하더니 다시 이었습니다.

"비가 오니까 안 올지도 모르지만."

"바쁘다고 돌아가라고 해, 캐시. 그 가소롭고 바보 같은 네 친구들 때문에 나를 내쫓진 마. 나는 불만스러운 때가 한두 번이 아니야. 도대체 그것들은…… 그만두자."

"그 애들이 어쨌다는 거야?"

아가씨가 곤란한 표정으로 그를 쳐다보면서 외쳤습니다. 그리고 머리를 만져주던 제 손을 홱 뿌리쳤습니다.

"넬리! 그렇게 마구 빗질하면 머리가 풀어지잖아. 그만 하고 나가봐. 무엇 때문에 불만스럽다는 거지, 히드클리프?"

"아무것도 아니야. 그렇지만 저 벽에 걸린 달력을 좀 봐."

히드클리프가 창문 근처에 걸린 달력을 가리키며 말했습니다.

"십자표는 네가 린턴네 오누이와 같이 보낸 날이고, 동그라미는 나와 같이 보낸 날이야. 알겠어? 나는 매일 표시했단 말이야."

"그래, 아주 대단하구나. 그런 것에까지 마음쓸 줄도 알고. 그래서 어쨌다는 거야?"

아가씨는 냉정하게 대꾸했습니다.

"내가 늘 너를 지켜보고 있다는 것을 알려주는 거지."

"그럼 내가 항상 너와 같이 있어야 한단 말이니? 너는 말주변이 없어서, 벙어리 아니면 어린애 같잖아."

아가씨는 몹시 짜증스러워하면서 따졌습니다.

"너는 지금까지 한번도 내가 말이 없다거나 나를 상대하기 싫다고 불평한 적이 없었어, 캐시!"

"아는 것도 없고 말주변도 없는 사람과 상대가 되겠니?"

아가씨가 쏘아붙이자 히드클리프는 벌떡 일어났습니다. 그러나 그에게는 더 이상 자기 감정을 드러낼 시간이 없었습니다. 자갈길을 달려오는 말발굽 소리가 들렸으니까요.

잠시 후 에드거 도련님이 가만히 노크하고 들어오셨는데, 뜻밖의 초대를 받은 기쁨으로 그의 얼굴은 환하게 빛나고 있었습니다.

두 사람이 들어오고 나가는 틈에 아가씨는 분명 그 두 사람의 차이점

을 깨달았을 겁니다. 그것은 마치 황량한 산중의 탄광지를 벗어나 아름
답고 비옥한 평야에 들어서는 것과도 같았습니다. 에드거 도련님의 목소
리며 인사는 히드클리프와는 정반대였습니다. 도련님의 목소리는 낮고
상냥했으며, 말씨도 이 고장 사람들처럼 무뚝뚝하지 않고 부드러웠지요.

"제가 너무 빨리 왔나 보군."

에드거 도련님은 저를 흘끗 곁눈질하며 말했습니다. 저는 그때 접시를
닦고 식기장 서랍을 정돈하고 있었습니다.

"아니에요."

아가씨는 대답하면서 내 쪽을 쳐다보았습니다.

"넬리, 거기서 뭘 하고 있지?"

"일을 하고 있지요, 아가씨."

에드거 도련님이 혼자 찾아오셨을 땐 두 사람과 항상 함께 있으라는
힌들리 서방님의 각별한 지시가 있던 터라 저는 담담하게 대답했습니다.

아가씨는 제 뒤에 와서 화가 난 듯 투덜거렸습니다.

"행주를 가지고 나가 있어. 손님이 계실 때 그 앞에서 쓸고 닦으면서
수선을 떠는 건 실례야."

"서방님이 안 계시니까 마침 쓸고 닦기 좋은 기회지요."

저는 큰 소리로 대꾸했습니다.

"서방님이 계실 때 이런 일을 하느라고 수선 피우면 싫어하시거든요.
에드거 도련님께서는 이해해 주실 거예요."

"내가 있는 데서 수선 피우는 것은 나도 싫어."

아가씨가 손님이 대꾸할 틈도 주지 않고 재빨리 외쳤습니다. 히드클리
프와 말다툼한 뒤라 아직 마음이 진정되지 않은 듯했습니다.

"미안해요, 아가씨."

저는 아가씨에게 사과한 후 다시 열심히 제 일을 계속했습니다.

그랬더니 아가씨는 도련님께서 보시지 않는 줄 알고 행주를 빼앗더니 제 팔을 매우 아프게 비틀어 꼬집었습니다. 전에도 말씀드린 바와 같이 저는 아가씨를 좋아하지 않았기 때문에 가끔 그 콧대를 꺾어주는 데 재미를 느끼고 있었습니다. 더군다나 몹시 아팠기 때문에 무릎을 꿇고 있던 저는 벌떡 일어서며 큰 소리로 외쳤습니다.

"아가씨 정말 너무해요! 나도 더 이상 못 참겠어요."

"난 손도 안 댔어, 이 거짓말쟁이야!" 하고 소리치며 아가씨는 화가 나서 귀밑까지 빨개져서는 또다시 꼬집으려고 손가락을 꼼지락거렸습니다. 자기의 감정을 감추는 데 익숙하지 않은 아가씨는 화가 나면 금방 얼굴이 빨개졌습니다.

"그럼 이건 뭐예요?"

저는 명백한 증거로 퍼렇게 멍들기 시작하는 팔을 보여주었습니다. 아가씨는 발을 구르며 잠시 망설이더니 치밀어 오르는 말괄량이 기질을 억누르지 못하고 제 뺨을 세차게 갈겼습니다. 얼마나 아픈지 눈물이 핑 돌더군요.

"캐서린……."

에드거 도련님은 자기의 우상이 저지른 거짓말과 폭행을 목격하고는 깜짝 놀라 할말을 잃었습니다.

"이 방에서 당장 나가, 넬리!"

아가씨가 몸을 심하게 떨면서 계속 소리쳤습니다.

힌들리 서방님의 아들인 헤어턴은 어디에나 저를 따라다녔는데, 마침

제 옆에 앉아 있다가 제가 우는 걸 보더니 따라 울기 시작했습니다. 아기는 울음으로 '못된 캐시 고모'에게 항의했는데, 그로 인해 아가씨의 분풀이는 이 운수 사나운 아기에게로 향했습니다. 아가씨는 아기의 어깨를 붙잡고 얼굴이 파랗게 질리도록 마구 흔들어댔습니다. 그러자 에드거 도련님이 얼떨결에 아기를 구하려고 그녀의 손을 잡았습니다. 그러자 아가씨는 결코 장난이라고는 생각할 수 없을 만큼 세게 놀란 젊은이의 뺨을 후려갈겼습니다.

도련님은 깜짝 놀라서 물러나고, 저는 아기를 안고 부엌으로 가면서 말소리가 들리도록 방문을 열어놓았습니다. 두 사람의 싸움이 어떻게 해결되는지 알고 싶었기 때문입니다.

모욕을 당한 손님은 파랗게 질려 입술을 파르르 떨면서 모자를 집으러 갔습니다.

'그래, 잘한다. 아가씨의 본성을 조금이라도 알게 되어 다행이야.' 하고 저는 마음속으로 생각했습니다.

"에드거, 어디 가는 거야!"

아가씨가 문 쪽으로 다가서며 물었습니다. 도련님은 그녀를 비켜서 나가려고 했습니다.

"가지 마!"

"아니, 가겠어."

도련님이 애써 차분한 목소리로 대답했습니다.

"안 돼." 하면서 아가씨는 도련님을 가로막았습니다.

"지금은 못 가, 에드거. 이렇게 가버리면 나는 밤새도록 괴로워할 거야. 너 때문에 괴로워하고 싶진 않아."

"너한테 뺨을 맞았는데도 이대로 앉아 있어야 할까?"

에드거 도련님의 물음에 아가씨는 잠자코 있었습니다.

"난 네가 무섭고, 또 나 자신이 부끄러워졌어. 다시는 찾아오지 않을 거야."

아가씨는 이슬이 맺힌 두 눈을 연신 깜빡거렸습니다.

"그리고 너는 거짓말을 했어!"

"그게 아니야! 일부러 그런 건 아니었어. 갈 테면 가. 가라니까. 그럼 나는……"

아가씨는 의자에 털썩 주저앉아 목놓아 울기 시작했습니다. 에드거 도련님은 결심을 굽히지 않고 앞마당까지 나갔는데, 그만 거기서 망설이는 것이었습니다.

저는 그의 결심을 부추기려고 큰 소리로 외쳤습니다.

"아가씨 변덕은 정말 유별나지요. 그렇게 버릇없는 사람은 세상에 없을 겁니다. 댁으로 돌아가시는 게 좋을 거예요. 안 그러면 짜증을 내면서 저희들을 볶아댈 뿐이니까요."

그 마음 약한 청년은 창문으로 살며시 안을 들여다보았습니다. 마치 죽이다 만 생쥐나 잡아먹다 만 새를 두고 떠나지 못하는 고양이처럼요.

'아, 어쩔 수 없구나. 운명이야. 악운을 재촉하는구나.' 하고 저는 생각했습니다.

과연 그렇게 되고 말았습니다. 그는 휙 돌아서서 서둘러 집안으로 들어가더니 문을 닫아버렸습니다. 얼마 후, 힌들러 서방님이 몹시 취해 돌아오셨으므로, 곧 온 집안이 수라장이 될 거라고—취하면 항상 그랬으니까요—알리러 들어간 저는, 두 사람이 싸우고 나서 오히려 더 가까워졌다는 것을 알았습니다. 젊은 남녀 사이의 수줍음은 사라지고 친구라는 가면도 벗어던진 두 사람은 어엿한 애인 사이가 되어 있더군요.

　서방님이 돌아오셨다는 말을 듣자, 에드거 도련님은 서둘러 말을 몰고 돌아가고 아가씨는 자기 방으로 올라갔습니다. 저는 헤어턴을 숨기고, 서방님의 엽총에서 총알을 빼놓았습니다. 서방님은 만취하면 곧잘 엽총으로 장난을 했는데, 그럴 때 누구든지 그의 비위를 거스르거나 지나치게 신경을 건드리는 사람은 목숨이 위태로웠으므로 총알을 미리 빼놓았던 것입니다. 그래야만 만약에 총을 쏘는 실수를 하더라도 위험하지 않을 테니까요.

9

　서방님은 무서운 저주의 말들을 퍼부어대면서 들어오다가 제가 아기를 부엌 식기장 속에 숨기는 것을 보았습니다. 헤어턴은 아버지가 야수처럼 애정을 퍼붓는 것도, 미친 듯이 분노를 터뜨리는 것도 모두 겁을 내었습니다. 애정이 생길 경우에는 숨이 막힐 정도로 꼭 끌어안고 키스를 퍼부었지만, 화가 날 때는 난로 속이나 벽에 내던지려 하기 일쑤였기 때문입니다. 그래서 가엾은 아기는 제가 어디에 숨기든 숨을 죽인 채 가만히 있었습니다.

　"자아, 이번에야말로 찾아냈다!"

　서방님은 소리치며 개 끌 듯 저의 목덜미를 잡아당겼습니다.

　"분명 너희들은 저 아이를 죽이려 했지. 아이가 늘 안 보이던 까닭을 이제야 알았어. 악마의 도움을 받아서라도 네 입에 부엌칼을 처넣겠다. 넬리, 웃을 일이 아니야. 난 지금 케네스를 블랙호스 늪 속에 거꾸로 처박고 오는 길이야. 하나나 둘이나 그게 그거니까, 너희들도 죽여버리겠어. 죽여야 직성이 풀릴 것 같단 말이야!"

　"서방님, 하지만 저는 부엌칼을 그다지 좋아하지 않는데요. 청어구이를 썰던 칼이거든요. 정 죽이고 싶으면 총으로 쏴주시는 편이 좋겠어요."

"못된 것 같으니라고! 집안의 질서를 세우겠다는데 못하게 하는 법은 이 나라에 없지. 그런데 이 집안은 엉망이야! 자, 빨리 입을 벌려라."

그는 칼을 들고 칼끝을 저의 이 사이로 밀어넣었지만, 저는 그 정도 광태쯤은 별로 무서워하지 않았습니다. 그래서 침을 탁 뱉고는 맛이 고약해서 도저히 먹을 수 없다고 말했습니다.

"아하!" 하면서 그는 저를 놓아주었습니다.

"그 발칙한 꼬마 녀석은 헤어턴이 아니었구나. 미안하다, 넬리. 그 녀석이 내 아들이었다면 산 채로 껍질을 벗겨 마땅하지. 달려나와 아비를 반기지도 않고 오히려 마귀라도 본 것처럼 비명을 지르다니. 사람 새끼 같지도 않은 놈아, 이리 나와! 인심 좋아 항상 속고만 사는 아비를 업신여기면 어떻게 되는지 맛을 보여주마. 자, 이 녀석의 머리를 짧게 깎으면 더 영악해 보이겠지? 난 무엇이건 영악스러운 것이 좋단 말이야. 가위 좀 가져와. 쉿, 아가, 그만 울어. 옳지, 그래야 내 아들이지. 뚝 그치고 눈물을 닦아라. 옳지, 됐다. 키스해라. 뭐? 싫다고! 키스해, 헤어턴. 제기랄, 키스하라니까! 멍청하게도 이런 괴물을 키우다니. 이놈의 모가지를 부러뜨릴까 보다."

불쌍한 헤어턴은 아버지의 품에서 벗어나려고 발버둥을 치며 울부짖었습니다. 그러다가 아버지가 2층으로 끌고 가서 난간 위에 올려놓았을 때엔 거의 자지러졌습니다. 저는 아기가 놀라 경기를 일으키겠다고 소리를 지르며 달려갔습니다.

제가 서둘러 달려가 보니, 서방님은 난간 위에 엎드려 아래층에서 나는 소리에 귀를 기울이느라 손에 잡은 것이 무엇인지 거의 의식하지 못하는 상태였습니다. 그는 누군가 계단 아래에서 다가오는 소리를 듣고는

"거기 누군가?" 하고 물었습니다. 저는 그것이 분명 히드클리프의 발소리인 것 같아 가까이 오지 말라는 신호를 보내려고 했습니다. 그런데 제가 잠시 헤어턴에게서 눈을 뗀 순간, 불안한 자세로 안고 있던 아버지의 품에서 빠져나온 아기가 밑으로 떨어지고 말았습니다.

그 순간 눈앞이 캄캄했으나, 우리는 곧 아기가 안전하다는 것을 알았습니다. 마침 히드클리프가 그 아래를 지나가다가, 떨어지는 아기를 얼떨결에 받았던 것입니다. 히드클리프는 아기를 세워놓고는 이런 엄청난 사고를 일으킨 사람이 누군가 하고 올려다보았습니다. 5실링에 팔아치운 복권이 이튿날 5천 파운드에 당첨됐다는 것을 알게 된 구두쇠라도 서방님을 쳐다보는 그의 표정만큼 넋이 나가진 않았을 겁니다. 그것은 마치 자기 자신이 자신의 복수를 방해하는 도구가 되었다는 데 대해 뼈저리게 억울해하는 표정이었습니다. 만약 깜깜했더라면 그는 헤어턴의 머리를 계단에 내던져 박살내어서라도 자신의 실수를 보상하려 했을 겁니다. 그러나 우리는 그가 아기를 구한 것을 보고 만 것입니다. 저는 곧 아래층으로 내려가서 소중한 저의 아기를 꼭 껴안았습니다. 그제야 술이 깬 서방님은 멋쩍은 얼굴로 천천히 내려왔습니다.

"자네 잘못일세, 넬리! 아이를 보이지 않는 곳에 숨겨두었어야 하는 건데. 아니면 내 손에서 아이를 빼앗았어야지. 어디 다친 데는 없나?"

"뭐라고요?"

저는 화가 나서 외쳤습니다.

"죽지 않았으면 바보가 됐겠지요. 오오, 어째서 아기 엄마가 무덤에서 일어나 아빠가 아기를 어떻게 다루는지 안 보러오나 몰라. 서방님은 이 교도만도 못해요. 아기를 이런 식으로 다루다니!"

그러자 서방님이 아기를 만지려 했습니다. 아기는 제게 안겼을 때 비로소 울음을 그쳤는데, 아버지의 손이 닿자마자 다시 전보다 더 자지러지게 울면서 경련이라도 일으킬 것처럼 버둥거렸습니다.

"건드리지 마세요! 아기는 아빠를 싫어한단 말이에요. 모두가 서방님을 싫어하지요. 정말이에요. 이 집안도, 서방님 꼴도 참 볼 만하군요!"

"머지않아 더 좋아질 거야, 넬리."

서방님이 다시 원래의 냉혹함을 되찾으며 웃었습니다.

"당장 그놈을 데리고 꺼져. 내 눈에 띄지 않는 곳으로 말이야. 오늘 밤엔 죽이지 않겠다. 이 집에 불이라도 지르기 전에는 말이야. 그러나 그것도 내 마음 내키는 대로지."

그러면서 서방님은 식기장에서 브랜디를 꺼내 술잔에 따랐습니다.

"제발 이러지 마세요! 힌들리 서방님, 제 말 좀 들으세요. 서방님 자신에게는 아깝지 않은 목숨일지라도 이 가엾은 아이를 위해서 그러시면 안 돼요."

"누가 키워도 나보다는 나을 거야."

"자신의 영혼을 소중히 여기세요."라면서 저는 그분의 손에서 술잔을 뺏으려 했습니다.

"그런 소리 마! 반대로 내 영혼을 지옥으로 보내서 내 영혼을 만든 신을 처벌했으면 좋겠어. 자, 내 영혼의 완전한 파멸을 위해서 건배!"

서방님은 독설가처럼 소리쳤습니다. 그는 귀찮다는 듯 우리에게 나가라고 했습니다. 그러고는 입에 담기도, 생각하기도 싫은 지독한 욕설을 퍼부었습니다.

"저놈이 술독에 빠져 죽지 않는 게 이상해."

힌들리 서방님이 문을 닫고 나가자, 히드클리프가 서방님의 욕지거리를 흉내내어 내뱉듯 말했습니다.

"저놈은 술독에 빠져서도 잘도 견뎌낸단 말이야. 케네스 선생 말이 자기가 아끼는 암말을 걸고 맹세컨대, 저놈은 기머튼 마을의 어느 누구보다도 오래 살아서 백발이 성성한 죄인으로 무덤에 들어갈 거라고 하더군. 운 좋게 사고라도 나지 않는다면 말이야."

저는 아기를 재우기 위해 부엌으로 들어갔습니다. 히드클리프는 헛간으로 간 줄 알았는데, 나중에 보니 난로에서 멀리 떨어진 벽 쪽에 놓인 의자 위에 조용히 누워 있었습니다. 등받이가 높은 의자에 가려서 보이지 않았던 것입니다. 저는 헤어턴을 무릎 위에 앉히고 흔들면서 자장가를 흥얼거리기 시작했습니다.

깊은 밤에 아기가 웁니다
땅 속의 어머니가 그 소리를 듣고……

그때 캐시 아가씨가 자기 방에서 이 소동에 귀를 기울이고 있다가 아래로 내려와 빠끔히 들여다보며 속삭였습니다.

"넬리, 혼자 있어?"

"그래요, 아가씨."

그녀는 들어와서 난롯가로 다가왔습니다. 저는 하고 싶은 말이 있는가 보다 싶어 그녀를 바라보았습니다. 아가씨의 얼굴에는 불안하고 걱정스러운 기색이 어려 있었습니다. 무슨 말을 하려는 듯 입술을 반쯤 벌리고 숨을 들이쉬었으나, 말이 아닌 한숨만이 새어나올 뿐이었습니다. 저는 조금 전에 그녀가 내게 한 행동을 잊지 않고 있었으므로, 쳐다보지도 않고 자장가만 불렀습니다.

"히드클리프는 어디 있지?"

아가씨가 노래 중간에 끼어들며 물었습니다.

"마구간에서 일하고 있을 거예요."

히드클리프는 잠이 들었는지 제 말에 아무런 기척이 없었습니다. 잠시 무거운 침묵이 흘렀는데, 그 사이 아가씨의 뺨을 타고 눈물이 한두 방울 흘러내려 바닥에 떨어졌습니다.

'자기의 부끄러운 행동을 뉘우치고 있는 것일까.' 하고 저는 생각했습니다. 그렇다면 전에 없던 일이지요. '하고 싶은 말이 있으면 하겠지. 내가 물어볼 것까지는 없어!'

아가씨는 자기 자신 외에는 어떤 일에도 관심이 없었습니다.

"오오. 넬리! 나는 참 불행해!"

그녀는 울먹이며 소리쳤습니다.

"그거 안됐군요. 아가씨는 정말 성미가 까다로워요. 친구가 그렇게 많고 걱정거리라곤 없는데, 만족하시지 못하다니!"

"넬리, 비밀을 지켜주겠어?"

그녀가 제 옆에 무릎을 꿇고 앉아서, 물불을 가릴 수 없을 정도로 치미는 화조차도 가시게 하는 그런 매력적인 눈초리로 저를 바라보며 물었습니다.

"지킬 만한 비밀인가요?"

저는 화가 좀 가라앉은 목소리로 물었습니다.

"그럼. 너무 마음이 괴로워서 꼭 털어놓아야겠어! 어떻게 해야 할지 말해 줘. 오늘 에드거 린턴이 청혼하기에 나는 대답을 해버렸어. 그런데 승낙했는지 거절했는지 말하기 전에, 내가 어느 쪽을 택해야 옳은 건지 말해 줘."

"아가씨도 참! 제가 그걸 어떻게 알겠어요? 분명한 것은 오늘 오후 아가씨가 그분 앞에서 한 짓을 생각한다면 청혼을 거절하는 편이 현명하리라 생각되는군요. 그런 꼴을 보고도 청혼한 것을 보면, 에드거 도련님은 형편없이 미련하거나 아니면 모험심이 강한 바보일 테니까요!"

"그런 식으로 말하면 난 아무 말도 안 하겠어."

아가씨가 뽀로통하게 대꾸했습니다.

"난 승낙했단 말이야, 넬리. 내가 잘했는지 잘못했는지 말해 봐!"

"승낙했다고요? 그러면 그 문제에 대해 이러니저러니 말해서 뭘 해요? 벌써 그렇게 말해 버렸으니 번복할 순 없잖아요?"

"하지만 내가 승낙한 것이 잘한 것인지 아닌지 말해 봐. 어서!"

그녀는 짜증스러운 투로 말하면서, 두 손을 마주 비비고 얼굴을 찡그렸습니다.

"그 질문에 똑바로 대답하려면 우선 여러 가지를 생각해야 해요."

저는 점잖게 말했습니다.

"우선 아가씨는 에드거 도련님을 사랑하시나요?"

"사랑하지 않고 어떻게 승낙해? 물론 사랑하지."

그 다음에 저는 여러 가지 질문을 연달아 던졌습니다.

"왜 그분을 사랑하지요, 아가씨?"

"그게 무슨 소리야? 사랑하는 데 이유가 있어야 하나?"

"꼭 대답하셔야 해요."

"글쎄, 헤어튼은 잘생겼고 같이 있으면 즐겁기 때문이겠지."

"그걸로는 부족해요."

"그리고 그이는 젊고 명랑해."

"아직도 부족해요."

"그리고 나를 아주 많이 사랑해."

"그 점은 중요하지 않아요."

"또 시부모님이 물려준 유산으로 풍요롭게 살 수 있을 거야. 난 이 마을에서 가장 고귀한 부인이 되고 싶거든. 그렇게 되면 그런 훌륭한 남편이 자랑스러울 거야."

"못쓰겠군요, 이 아가씨. 그럼 아가씨는 그분을 얼마나 사랑하시나요?"

"참 바보 같은 질문이군, 넬리."

"천만에요. 어서 대답이나 해보세요."

"그이의 발밑의 땅과 머리 위의 하늘을 사랑하고, 그이의 손에 닿는 모든 것과 그이가 한 말 전부를 사랑하지. 그이의 표정과 일거수일투족을 통틀어 모두 사랑해. 그 정도면 됐어?"

"그런데 도련님이 왜 그토록 좋아지게 됐을까요?"

"지금 놀리고 있는 거야? 그렇다면 너무해. 나는 진심이란 말이야."

아가씨는 얼굴을 찡그리더니 난로 쪽으로 몸을 돌렸습니다.

"놀리다니, 그렇지 않아요, 아가씨. 아가씨는 그분이 잘생기고, 젊고, 명랑하고, 부자인데다 아가씨를 사랑하니까 그분을 사랑한다고 하셨지요. 그러나 마지막 이유는 의미가 없어요. 그것 없이도 아가씨는 그분을 사랑하실 테고, 그 조건이 갖춰져 있더라도 처음 네 가지 매력이 없었다면 그분을 사랑하지 않았을 테니까요."

"그렇지, 그렇고말고. 다만 가엾게 여길 뿐이겠지. 그이가 못생긴 촌뜨기였다면 난 싫어했을 거야."

"그러나 세상에는 그분 외에도 잘생기고 돈 많은 젊은이가 많아요. 어쩌면 그분보다 더 잘생기고 더 부자인 사람이 있을지도 모르지요. 어째서 그런 분을 사랑하지 않나요?"

"그런 사람이 있다 하더라도 만날 길이 없잖아! 에드거만한 남자를 아직 만나보지 못한걸."

"만나게 될지도 모르지요. 또 그분이라고 언제까지 잘생기고 젊지만은 않을 테고, 죽을 때까지 부자로 있으리란 법도 없죠."

"현재 그렇다는 거지. 나는 지금이 중요해."

"그렇다면 할 수 없죠. 그렇게 현재가 중요하다면 에드거 도련님과 결혼하세요."

"난 넬리의 허락을 받으려는 게 아니야. 나는 반드시 그이와 결혼할 거야. 그런데 넬리는 아직 내가 결정을 잘한 건지 못한 건지 말해 주지 않았잖아."

"잘했어요. 현재만 보고 결혼하는 것이 옳다고 한다면 분명 잘했어요. 그런데 무엇 때문에 아가씨가 불행하다는 거죠? 서방님도 기뻐하실 테고, 린턴 씨 댁에서도 반대하지 않으실 텐데요. 이 어둡고 재미없는 집에서 나가 부유하고 지체 있는 가문으로 들어가실 테고, 아가씨와 에드거 도련님은 서로 사랑하고…… 모든 일이 순조로워 보이는데, 어디에 문제가 있다는 거예요?"

"여기, 그리고 여기도!" 하면서 캐서린 아가씨는 한 손으로는 이마를, 다른 손으로는 가슴을 가리켰습니다.

"어느 쪽이건 영혼이 깃든 곳에 말이야. 내 영혼과 가슴으로 내가 잘 못했다는 것을 느끼고 있어!"

"참으로 알 수 없는 말이군요. 전 도무지 이해할 수가 없어요."

"그게 내 비밀이야. 나를 놀리지 않는다면 말해 줄게. 뭐라고 딱 꼬집어 말할 수는 없지만 그 느낌만은 설명할 수 있어."

캐시 아가씨는 다시 제 곁에 앉았습니다. 얼굴은 슬픈 빛을 띠었고 깍지 낀 두 손은 떨리고 있었습니다.

"넬리는 이상한 꿈 꾼 적 없어?"

그녀가 잠시 생각에 잠겨 있다가 불쑥 물었습니다.

"가끔 꾸지요."

"나도 그래. 난 언제까지나 머릿속에 남아서 내 생각까지 바꾸어버리는 꿈을 꾼 적이 있어. 마치 물에 떨어뜨린 포도주처럼 내 속에 퍼져서 결국엔 내 마음의 색깔까지 바꿔놓지. 그런 꿈의 한 가지를 이제부터 이야기할게. 내가 무슨 말을 하더라도 도중에 웃으면 안 돼. 알았지?"

"그만둬요, 아가씨! 유령이라든지 도깨비까지 들먹이지 않더라도 우리는 지금 끔찍하게 살고 있어요. 자, 힘을 내고 아가씨다워지세요. 저 어린 헤어턴 도련님을 봐요. 무서운 꿈 따위는 꾸지 않아요. 자면서 웃는 모습이 어쩌면 저렇게 귀여울까!"

"정말 그래. 그렇지만 저 애의 아버지는 누구에게도 인간 대접을 못 받고 혼자서 욕만 퍼붓고 있으니! 넬리도 기억하겠지만, 그런 오빠에게도 이 애처럼 통통하고 천진난만한 시절이 있었잖아. 하여튼 내 꿈 이야기를 좀 들어봐. 그리 길지도 않아. 오늘 밤은 도저히 기분이 좋아질 것 같지가 않단 말야."

"그런 이야긴 듣고 싶지 않아요. 안 들을래요!"

그 무렵 저는 꿈에 대해서 어떤 미신을 가지고 있었는데, 그건 지금도 마찬가집니다. 게다가 캐시 아가씨의 얼굴에 전에 없이 어두운 그늘이 드리워져 있었으므로, 무언가 불안한 미래를 예견하게 되는 이야기를 듣게 될까 두려웠던 것입니다.

아가씨는 기분이 상해서 입을 다물었지만, 잠시 후 다시 다른 이야기를 하는 것처럼 돌려서 말을 꺼냈습니다.

"넬리, 난 말이야, 천국에 간다면 아주 불행해질 거라고 생각해."

"아가씬 천국과 어울리지 않으니까요. 죄 많은 사람은 천국에 가면 불행한 법이죠."

"그게 아니라니까. 난 언젠가 천국에 간 꿈을 꾸었어."

"꿈 이야기는 이제 그만 하세요, 아가씨. 자러 갈래요."

그러자 아가씨는 웃으며 일어서려는 저를 못 가게 붙잡더군요.

"별것 아니야. 단지 천국은 내가 갈 곳이 아니라는 말을 하고 싶었어. 내가 지상으로 돌아오고 싶어서 엉엉 울었더니 화가 난 천사들이 나를 워더링 하이츠의 히스 숲 한복판에 내던져버렸어. 난 너무 기뻐서 울다가 잠에서 깼어. 이것이 내 비밀에 대한 설명이야. 천국에 가고 싶지 않은 것과 마찬가지로 에드거 린턴과의 결혼도 그래. 저쪽 방의 악당이 히드클리프를 저렇게 천한 인간으로 만들지만 않았더라면, 에드거와의 결혼은 생각지도 않았을 거야. 그러나 지금의 히드클리프와 결혼한다는 것은 내 품위를 떨어뜨리는 일이야. 내가 얼마나 히드클리프를 사랑하고 있는지 그는 모를 거야. 그가 잘나서가 아니라, 나 자신과 너무나 닮았기 때문이야. 우리의 영혼이 뭘로 만들어졌는지 모르지만, 그의 영혼과 나의 영혼은 완전히 일치해. 하지만 린턴의 영혼과는 달라. 달빛이 번갯불과 다른 것처럼."

아가씨의 말이 채 끝나기도 전에 저는 히드클리프가 주위에 있다는 것을 알아차렸습니다. 무언가가 움직이는 기척이 나서 고개를 돌려보니 그가 긴 의자에서 일어나 슬그머니 나가고 있었습니다.

히드클리프는 자기와 결혼한다면 품위가 떨어질 거라는 캐시 아가씨의 말을 듣고는 다음 말은 듣지도 않고 나가버린 겁니다. 그러나 아가씨는 바닥에 앉아 있었기 때문에 긴 의자에 그가 누워 있었다는 것도, 이야기를 듣다가 나가버린 것도 몰랐습니다. 흠칫 놀란 저는 '쉿!' 하고 아가씨에게 조용히 하라고 했습니다.

"왜 그래?"

아가씨가 불안한 듯 주위를 살펴보며 물었습니다.

"조지프가 왔어요. 히드클리프도 같이 들어오겠지요. 이미 문간에 와 있지나 않았는지 모르겠어요."

저는 마침 집으로 들어오는 조지프의 마차 소리를 듣고 말했습니다.

"어머나! 문간에서 엿듣지는 않았겠지? 헤어턴은 내가 볼 테니 저녁 식사나 준비해. 그리고 저녁 준비가 끝나면 나와 같이 먹어. 히드클리프가 우리 이야기를 못 들었다고 생각하고 싶어. 못 들었겠지? 그는 사랑이 뭔지도 몰라."

"모를 리가 없죠. 히드클리프가 아가씨를 사랑한다면, 그 사람만큼 불행한 사람도 없을 거예요. 아가씨가 에드거 도련님의 부인이 되는 순간 그는 친구도 연인도 모두 잃는 것이니까요. 히드클리프와의 이별을 어떻게 견디어낼 것인지 상상해 보셨어요? 그가 이 세상에서 외톨이가 되어 어떻게 살아갈 것인지도요. 왜냐하면……."

"그가 외톨이가 되다니! 우리가 헤어지다니!"

아가씨가 어이없다는 듯이 외쳤습니다.

"도대체 누가 우리를 갈라놓는단 말이야? 우리를 갈라놓는 사람은 비참한 운명에 놓일 거야. 넬리, 내가 살아 있는 한 누구를 위해서도 나는 그를 버리지 않아! 린턴 가문 사람들이 모조리 죽어버린다 해도 우린 헤어질 수 없어. 오오, 아냐, 그런 대가를 치러가며 린턴 부인이 되기는 싫어. 히드클리프는 앞으로도 예전과 다름없이 내게 소중한 사람이야. 에드거는 적대감을 버려야 해. 적어도 그것을 참고 견뎌주어야 해. 히드클리프에 대한 나의 진심을 알면 에드거도 반드시 그렇게 할 거야. 넬리는 나를 나 자신밖에 모르는 계집애라고 생각하겠지만, 내가 히드클리프와 결혼하면 둘 다 거지가 되고 마는 거야. 안 그래? 그렇지만 린턴과 결혼하면, 히드클리프를 천대하는 오빠에게서 벗어나 자립할 수 있도록 도와줄 수 있어."

"아니, 남편의 돈으로 말인가요?"

저는 놀라서 말했습니다.

"아가씨가 생각하는 것처럼 그분이 무골호인은 아닐걸요. 제가 이래라저래라 할 입장은 못 되지만, 그것은 아가씨가 린턴 씨와 결혼하려는 이유 중에서 가장 나쁘다고 생각해요."

"아니야!" 하고 아가씨는 완강하게 부인했습니다.

"그게 가장 큰 이유야. 다른 이유는 일시적으로 내 기분을 만족시킬 뿐이야. 그 점은 에드거 쪽도 마찬가질 거고. 그러나 방금 말한 그 이유는 에드거나 나의 감정을 온몸으로 느끼고 있는 사람을 위해서야. 표현을 잘 못하겠는데, 누구나 이런 생각을 갖고 있잖아. 자기를 넘어선 자기 자신이 있고, 또 있어야 한다는 것을 말이야. 나라는 존재가 전적으로 나 자신을 위해서만 존재한다면 이 세상에 태어난 보람이 있겠어? 이 세상에서 나의 가장 커다란 슬픔은 바로 히드클리프의 슬픔이기도 해. 처음부터 나는 우리 둘의 불행을 조용히 지켜보며 뼈저리게 느껴왔어. 내가 살아가는 가장 큰 보람은 바로 히드클리프야. 모든 것이 다 사라진다 해도 그만 살아남는다면 나는 계속 존재할 수 있어. 그렇지만 그 사람이 사라져버리면 우주 전체가 모두 차갑게 변하고 말 것이고, 나는 이 우주와는 상관도 없고 그 일부도 아니라는 기분이 들 거야. 린턴에 대한 나의 사랑은 숲의 나뭇잎 같은 것이지. 겨울이 오면 그 모습이 변하듯이 세월이 흐르면 자연히 변하게 되리라는 걸 나도 알아. 하지만 히드클리프에 대한 사랑은 땅 속의 천년 묵은 바위와 같아서, 눈에 보이지는 않지만 없어서는 안 될 기쁨의 근원이야. 넬리, 내가 곧 히드클리프야. 그 사람은 영원히 내 마음속에 살아 있는 거야. 그러니까 우리가 헤어진다는 얘기는 두 번 다시 하지 말아줘. 그런 일은 있을 수 없으니까. 그리고…….”

아가씨는 거기서 말을 멈추고 저의 무릎에 얼굴을 파묻었습니다. 저는 아가씨를 휙 밀어냈습니다. 더 이상 그런 말 같지도 않은 이야기를 참고 들을 수 없었으니까요.

“아가씨의 그 돼먹지 않은 소리 중에 알아들은 것이 있다면, 아가씨는 결혼으로 짊어져야 할 의무가 무엇인지 모르는 사람이거나, 아니면 악랄하고 절조 없는 여자라는 것뿐이에요. 이젠 더 이상 제게 비밀을 털어놓지 마세요. 지켜준다는 약속을 할 수 없으니까요.”

"넬리, 지켜줄 거지?"

"아니, 약속 못하겠어요."

아가씨는 더 조르려고 했지만 조지프가 들어오는 바람에 우리의 대화는 끊어졌습니다. 그녀는 구석으로 자리를 옮겨 제가 저녁을 준비하는 동안 헤어턴을 돌보아주었습니다.

식사 준비가 끝나자, 조지프와 저는 힌들리 서방님의 저녁상을 누가 갖다줄 것인가를 놓고 실랑이를 벌였습니다. 우리는 힌들리 서방님 혼자 있는 곳에 가는 것을 매우 두려워했기 때문입니다. 그러나 음식이 싸늘하게 식을 때까지 결판이 나지 않았습니다. 그러다가 우리는 서방님이 시장한 나머지 가져오라고 할 때까지 내버려두기로 합의를 보았습니다.

"시간이 이렇게 되도록 그 녀석은 아직 밭에서 돌아오지 않았군. 뭘 꾸물대고 있는 거야? 몹쓸 녀석 같으니라고!"

조지프는 주위를 둘러보며 히드클리프를 찾았습니다.

"내가 불러올게요. 아마 헛간에 있을 거예요."

저는 밖으로 나가 히드클리프를 불러보았지만 대답이 없었습니다. 되돌아온 저는 아가씨에게 아까 그녀가 한 말을 분명 히드클리프가 다 들었을 거라고 조용히 일러주었습니다. 그리고 아가씨가 히드클리프에 대한 오빠의 처사에 대해 불평했을 때 히드클리프가 슬며시 일어나서 나가더라는 것도 말해 주었지요. 그랬더니 아가씨는 놀라 벌떡 일어서며 헤어턴을 의자에 팽개치고는 직접 그를 찾으러 뛰어나갔습니다. 자기가 왜 그렇게 놀라는지, 또 자기의 말이 그에게 얼마나 큰 충격을 주었는지 생각할 겨를도 없이 말입니다.

아가씨가 꽤 오랫동안 돌아오지 않자, 조지프는 더 이상 기다릴 필요없이 식사를 하자고 하더군요. 그들이 자기의 긴 축복 기도가 싫어서 피한 것이라고 억측하면서 '나쁜 짓만 골라 하는 못된 것들'이라고 욕을 퍼부었습니다. 그날 저녁은 으레 하던 15분 가량의 식전 기도에다 두 사람을 위한 특별 기도까지 덧붙이려던 판이었는데, 마침 뛰어 들어온 아가씨가 조지프에게 빨리 큰길 쪽으로 가보라고 조르는 바람에 중단되었습니다.

"히드클리프에게 꼭 할말이 있어. 잠자러 올라가기 전에 꼭 해야 할말이 있단 말야. 대문도 열려 있고, 양 우리 끝까지 가서 목이 터져라 불러보았지만 대답이 없어. 아주 먼 곳으로 가버렸나 봐."

조지프는 처음엔 싫다고 했지만, 아가씨가 워낙 불안해했기 때문에 할 수 없이 투덜거리며 모자를 쓰고 나갔습니다. 그동안 아가씨는 부엌을 서성거리며 횡설수설 말했습니다.

"어디로 갔을까? 도대체 어딜 간 거야, 넬리? 내가 뭐라고 말했었지? 잊어버렸어. 오늘 낮부터 내가 짜증을 부려서 히드클리프는 화가 나 있었어. 이봐, 내가 그를 슬프게 할 만한 무슨 말을 했었지? 말해 봐! 꼭 돌아와야 할 텐데!"

"별일도 아닌 걸 가지고 뭘 그리 걱정이세요!" 하고 저는 큰소리쳤지만, 사실 저 역시 마음속으로는 무척 불안했습니다.

"히드클리프는 벌판으로 산책을 나갔거나, 우리와 말하기조차 싫어서 건초장 움막에 드러누워 있거나 할 거예요. 틀림없이 거기 숨어 있을 거예요. 제가 찾아낼 테니 두고 봐요!"

저는 밖으로 나가 히드클리프를 찾아보았습니다. 그러나 그의 모습은 보이지 않았습니다. 조지프 역시 헛걸음만 하고 돌아왔습니다.

"그놈이 대문을 열어놓는 바람에 아가씨의 망아지가 보리를 두 이랑이나 짓밟고 목장 쪽으로 달아났단 말이야. 내일이면 주인 양반이 난리를 치시겠군. 그런 쓸데없는 건달을 당장 쫓아내지 않고 집에 두시다니, 대단하시지. 암, 대단하고말고! 당장 아시게 될 텐데, 가만 두시지 않을 걸."

"히드클리프를 찾았어? 내가 시킨 대로 찾으러 갔었냐고?"

아가씨가 말을 가로챘습니다.

"그런 놈을 찾기보다는 아가씨 조랑말이나 찾는 게 나을 거요. 하지만 이 밤중에는 말이고 사람이고 보이지가 않아요. 게다가 히드클리프는 내 휘파람 소리 정도로 돌아올 위인이 아니오. 아가씨가 부른다면 몰라도."

무척이나 어두운 밤이었어요. 시커먼 구름으로 보아 금방이라도 천둥이 칠 것 같았습니다. 비가 쏟아지면 틀림없이 제 발로 걸어 돌아올 것이므로, 저는 모두 앉아서 기다리자고 했습니다.

그러나 아가씨는 가만히 앉아 있지 못했습니다. 몹시 불안해하면서 줄곧 현관 앞을 서성거렸습니다. 그러다가 나중에는 길 가까운 담 옆에 붙어 서서, 천둥이 치고 굵은 빗방울이 떨어지기 시작했는데도 히드클리프를 부르다가 엉엉 소리 내어 울기 시작했습니다. 처절한 울음이었지요.

밤이 깊었지만 우리는 잠을 이룰 수가 없었습니다. 폭풍우는 무서운 기세로 워더링 하이츠의 언덕으로 불어닥쳤습니다. 천둥이 치고 바람도 점점 거세졌습니다. 집 모퉁이의 나무가 번개에 맞아 쪼개지는 바람에 큰 가지가 지붕 위로 떨어지면서 굴뚝 한쪽을 무너뜨려, 자갈이며 검댕이가 부엌 아궁이 속으로 떨어져 내렸습니다.

우리는 벼락이 떨어진 줄만 알고 너무 놀랐습니다. 조지프는 털썩 무륳을 꿇고, 노아(아담의 자손으로, 하느님이 인류의 타락에 노하여 세상을 홍수로 멸망시킬 때 구원받았던 사람)와 롯(소돔의 불바다에서 구원받은 사람)을 기억해 주시어 그 옛날처럼 사악한 자는 벌을 주시더라도 의로운 자는 구원해 주십사 하고 기도를 드렸습니다. 저로서도 그것은 하느님의 심판이라는 생각이 들더군요.

이 경우 요나는 힌들리 서방님에게 해당되는 것 같아서, 저는 그가 아직 살아 있는지 확인하기 위해 그의 방문 손잡이를 흔들어보았습니다. 안에서 또렷한 대꾸가 들려왔지만 여느 때와 같이 무서운 소리여서, 조지프는 더욱더 요란스럽게 자기와 같은 의인과 주인과 같은 죄인을 확실히 구별해 달라고 소리쳐 기도했습니다.

미친 듯이 휘몰아치던 폭풍우는 20분 만에 가라앉았습니다. 그러나 캐시 아가씨는 모자도 숄도 걸치지 않은 채 고집스레 밖에서 버티고 있었던 터라 머리고 옷이고 모두 흠뻑 젖었습니다. 한참 후 그녀는 안으로 들어오더니 옷도 갈아입지 않은 채 의자 깊숙이 기대앉아 등받이 쪽으로 고개를 돌리고는 두 손으로 얼굴을 가렸습니다.

저는 그녀의 어깨에 손을 얹으며 말했습니다.

"이봐요, 아가씨. 설마 죽고 싶다는 생각을 하고 있는 건 아니겠죠? 지금 몇 신 줄 아세요? 2시 30분이에요. 이제 그만 주무세요. 더 이상 기다려봤자 소용없어요. 그는 아마도 기머튼에서 잘 거예요. 이렇게 늦게까지 우리가 자지 않고 기다리고 있으리라고는 생각도 못하겠지요. 힌들리 서방님이 문을 열어줄까 봐 오지 않는 걸지도 모르고요."

"아니, 아니야. 기머튼에는 가지 않았을 거야." 하고 조지프가 말했습니다.

"늪에 빠져버렸을 거야. 하느님의 심판이 분명해. 아가씨도 조용해요. 다음은 아가씨 차례일 거요. 오! 하느님, 감사합니다. 선택받고 구원받은 사람에게는 모든 일이 잘되리라 하셨지. 성경에 기록된 대로야."

그러고는 성경 몇 구절을 인용하면서 일일이 그 장과 절을 밝히는 것이었습니다.

저는 고집 센 아가씨를 달래 젖은 옷을 벗으라고 했지만 아무리 말해도 듣지 않았으므로 조지프와 아가씨를 남겨둔 채 어린 헤어턴과 함께 잠자리에 들었습니다. 아기는 세상 모르고 깊이 잠들어 있었습니다. 한동안 성경을 읽던 조지프가 사다리를 기어 올라가는 소리를 듣고 저도 어느새 잠에 빠졌습니다.

다음날, 보통 때보다 좀 늦게 아래층으로 내려가자 문틈으로 들어오는 햇빛 속에서 아가씨가 아직도 벽난로 앞에 앉아 있는 것이 보였습니다. 거실 문도 열려 있었습니다. 닫지 않은 창으로 햇빛이 쏟아져 들어오고 있었습니다. 힌들리 서방님은 진즉 일어나 부엌 난롯가에 서 있었는데, 핼쑥하고 피곤해 보이는 얼굴이었습니다.

"캐시, 어디 아프냐? 꼭 물에 빠진 강아지처럼 처량해 보이는구나."

제가 부엌으로 들어갔을 때 서방님이 아가씨에게 물어보았습니다.

"비를 맞아서 추운 것뿐이에요."

아가씨가 마지못해 대답했습니다.

"아가씨는 정말 큰일이에요. 엊저녁에 소나기를 흠뻑 맞은 채 그대로 앉아 밤을 샜지 뭐예요. 아무리 제가 뭐라고 해도 꼼짝도 안 했어요."

저는 서방님이 술이 어느 정도 깬 것을 알고 말했습니다. 힌들리 서방님은 놀라서 우리 두 사람을 번갈아 노려보았습니다.

"밤을 새웠다고? 무슨 일로 안 자고 있었지? 설마 천둥이 무서워서 그랬던 건 아니겠고……."

아가씨와 저는 히드클리프가 집을 나간 사실을 숨기고 싶었습니다. 그래서 저는 아가씨가 무슨 이유로 자지 않았는지 모르겠다고 대답했고, 아가씨도 잠자코 있었습니다.

싱그럽고 상쾌한 아침이었습니다. 창문을 열자 정원에서 상큼한 향내가 들어왔습니다. 그러나 캐서린 아가씨는 짜증스럽게 말했습니다.

"넬리, 문을 닫아줘. 얼어죽을 것 같아."

그러고는 이를 딱딱 부딪치며 꺼져가는 불 앞으로 다가와 몸을 움츠렸습니다. 서방님이 그런 아가씨의 손목을 잡더니 말했습니다.

"열이 있구나. 그래서 잠을 못 잤나 보군. 젠장, 더 이상은 집안에 환자가 생겨서 나를 속상하게 하는 일이 없었으면 좋겠어. 도대체 왜 비를 맞고 쏘다닌 거냐?"

아가씨와 제가 대답할 말을 찾지 못해 우물쭈물하고 있는데, 기회를 엿보던 조지프가 얄밉게 혀를 놀렸습니다.

"사내들 뒤꽁무니를 쫓아다니느라 그런 거지. 나리, 제가 나리라면 귀한 집 아이건 천한 집 아이건 문을 닫아걸고 아무도 얼씬거리지 못하게 할 겁니다. 나리께서 집을 비우는 날이면 린턴인가 뭔가 하는 도둑고양이가 몰래 이 집에 오곤 한다니까요. 넬리는 어떻게 하는 줄 아세요? 부엌에 앉아서 망을 보고 있다가, 나리께서 이쪽 문으로 들어오시면 린턴 녀석을 저쪽 문으로 내보낸답니다. 그러고 나면 우리의 고귀하신 아가씨께선 밀회를 즐기러 나갑니다요. 밤 12시가 지나도록 더럽고 몹쓸 집시 녀석 히드클리프와 들판을 쏘다니니, 참 훌륭한 행실이지요. 내가 못 본

126

줄 알겠지만 천만의 말씀! 린턴이 왔다 가는 것도 봤지. 그리고 나리의 말발굽 소리가 들리면 저 망할 놈의 넬리가 잽싸게 달려가 알리는 것도 똑똑히 봤지요.”

“닥쳐, 남의 말이나 몰래 엿듣는 멍청아!”

아가씨가 화가 나서 조지프를 야단쳤습니다.

“내 앞에서 함부로 입 놀리지 마. 린턴은 어제 우연히 들른 거야. 내가 그이더러 돌아가라고 했어요, 오빠. 오빠가 술에 취해 있어서 그를 만나고 싶어하지 않을 거라고 생각했어요.”

“거짓말!”

서방님이 대꾸했습니다.

“넌 바보야. 린턴 일은 덮어두고 솔직히 말해 봐. 넌 어젯밤 히드클리프와 같이 있었지? 그렇다고 해서 그놈을 어쩌자는 건 아냐. 아직도 난 그놈을 싫어하지만, 바로 어제 그놈이 내 은인이 되었으니 목이야 비틀 수 있겠니? 그런 일이 없도록 지금 당장 그놈을 쫓아내려고 그러는 거야. 그 녀석이 없어지면 이번에는 너희들이 조심해야 할 거다. 내 화가 너희들에게 쏠릴 테니까.”

“어젯밤엔 히드클리프의 얼굴도 보지 못했어요.”

아가씨가 슬프게 흐느끼며 말했습니다.

“정 그를 내쫓겠다면 저도 같이 나가겠어요. 그렇지만 이미 때는 늦은 것 같네요. 그가 나가버렸거든요.”

아가씨는 그렇게 말하더니 슬픔을 이기지 못해 울음을 터뜨렸습니다. 그래서 그 다음 말들은 잘 알아들을 수가 없었습니다.

서방님은 동생에게 경멸에 찬 욕설을 퍼부으면서 당장 아가씨 방에서 가만있지 않으면 혼을 내주겠다고 화를 냈습니다. 저는 억지로 아가씨를 방으로 끌고 들어갔습니다. 아가씨가 어찌나 슬퍼하는지 혹 정신이 어떻게 된 건 아닐까 더럭 겁이 나서 저는 조지프에게 의사를 불러오라고 했습니다.

과연 아가씨는 정신착란 초기였습니다. 아가씨를 진찰하고 나서 케네스 선생이 말했습니다.

"이거 큰일났군. 열병에 걸렸어!"

그는 아가씨의 피를 뽑고 나서 우유와 미음만 먹이고, 환자가 아래층으로 투신하지 않도록 잘 감시하라고 이르고는 급히 돌아갔습니다. 우리 마을에는 집들이 대개 2, 3마일씩 떨어져 있어서 의사도 언제나 바빴거든요.

저 자신도 별로 친절한 간병인이라고는 할 수 없었지만, 조지프나 서방님은 매우 불친절했습니다. 그래도 아가씨는 병을 이겨냈습니다. 그동안 린턴 댁 부인이 여러 번 찾아와서 모든 일을 처리해 주시고, 저희들을 꾸짖으면서 가르쳐주셨습니다. 그리고 아가씨가 회복기에 접어들자, 드러시크로스 저택으로 데리고 가겠다고 고집하셨습니다. 그 점에 대해 저희들은 매우 감사해했지만, 가엾게도 부인은 자신이 베푼 친절로 인해 화를 입게 되었습니다. 노(老) 부부가 함께 열병을 얻어서 며칠 간격을 두고 두 분 다 돌아가셨으니까요.

아가씨는 전보다 거만해지고 신경질적이 되어 워더링 하이츠로 돌아오셨습니다. 그리고 폭풍우가 불던 그날 밤 이후, 히드클리프에게서는 아무런 소식이 없었습니다.

그러던 어느 날, 어찌나 아가씨가 저를 괴롭히는지 저는 그만 히드클리프가 나가버린 것도 모두 아가씨 때문이라고 말해 버렸습니다. 그로부터 몇 달 동안 아가씨는 저를 단순한 하녀로만 대했을 뿐 일체 저에게 말을 시키지 않았습니다. 조지프 역시 저와 같은 처지였지만, 아직도 아가씨를 어린아이 취급하여 마음 내키는 대로 말하고 설교하곤 했습니다. 그러나 아가씨는 이제 자기도 어른이요 이 집의 안주인이라고 생각했고, 최근에는 병까지 앓았으니 극진한 대우를 받는 것이 마땅하다고 생각하고 있었습니다. 더구나 의사 선생님이 환자의 비위를 건드리지 말라고 당부하셨으므로, 아가씨는 누구든 자기에게 맞서서 대항하는 일은 자기를 죽이는 것이나 마찬가지라고 여기고 있었습니다.

케네스 선생님의 말도 있고, 또 화를 낼 때 일으키는 그 무서운 발작이 두려워서 힌들리 서방님도 아가씨 마음대로 하도록 내버려두고, 될 수 있는 대로 그 불 같은 성질을 건드리지 않으려고 애썼습니다. 아니, 오히려 아가씨 비위를 맞추기에 급급한 느낌마저 들었는데, 그것은 애정 때문이 아니라 명예 때문이었습니다. 그는 누이동생이 린턴 집안과 인연을 맺어 자기 집안의 명예가 회복되기를 바랐으므로, 자기 일에 간섭하지 않는 한 아무리 저희들을 노예처럼 짓밟아도 상관하지 않았습니다.

에드거 린턴은, 대개의 남자들이 과거에도 그러했고 앞으로도 그렇겠지만, 사랑에 거의 혼이 나간 상태였습니다. 아버지가 돌아가신 지 3년 만에 아가씨의 손을 잡고 기머튼 교회로 들어가던 날, 자기가 이 세상에서 가장 행복한 남자라고 믿고 있었으니까요.

저의 희망과는 달리, 저는 캐서린 아가씨를 따라 이곳 드러시크로스 저택으로 옮기게 되었습니다. 헤어턴이 다섯 살에 접어들어 막 글을 깨치기 시작했을 때였습니다. 아기와 헤어지는 건 슬펐지만, 아가씨의 눈물이 우리의 눈물보다 더 효과적이었습니다. 아무리 간청해도 제가 안 가겠다고 버티자, 아가씨는 남편과 오빠에게 눈물로 호소했습니다. 그녀의 남편은 저에게 급료를 많이 주겠다고 했고, 서방님은 저보고 짐을 싸라고 명령했습니다. 안주인이 없어졌으니 이제는 이 집안에 여자가 필요없고, 헤어턴은 부목사님이 맡아서 가르치면 된다는 것이었습니다.

  결국 저는 명령에 따를 수밖에 없었습니다. 저는 서방님께 쓸 만한 사람들을 몽땅 쫓아내고 나면 파멸을 재촉할 뿐이라고 말해 주고, 헤어턴에게 작별을 알렸습니다. 그 후로 그 아이와 저는 남이 되어버렸습니다. 그와 저는 이 세상의 그 누구보다도 더 가까운 사이였는데 말입니다.

  여기까지 이야기하고 나서 넬리는 무심코 벽난로 위에 걸린 시계를 쳐다보았다. 시계 바늘이 1시 30분을 가리키고 있는 것을 보곤 깜짝 놀라더니, 그녀는 1초도 더 있으려고 하지 않았다. 사실 나도 그 이야기의 속편을 후일로 미루고 싶었던 참이었다. 그녀도 자러 가고, 그 후 한두 시간 명상에 잠겨 있으니, 머리도 무겁고 팔다리가 쑤셔서 더 이상 버틸 수가 없었다.

10

은둔 생활로 들어서는 첫걸음치고는 굉장한 것이었다. 4주일을 병석에 누워 괴로워하게 되었으니! 아, 이 황량한 바람과 음산한 북부 지방의 하늘, 험한 길과 꾸물거리는 시골 의사, 좀처럼 볼 수 없는 사람의 얼굴! 무엇보다도 참을 수 없는 것은 내년 봄까지는 아예 바깥출입을 삼가라는 의사 케네스의 협박조의 말이다.

히드클리프가 조금 전에 문병을 왔었다. 일주일 전에는 계절의 마지막을 장식한다는 들꿩 한 쌍을 보내왔었다. 나쁜 녀석! 내가 이렇게 몸져눕게 된 데 자기는 전혀 책임이 없다고 생각하는가 보다. 그래서 나는 그런 사실을 그에게 말해 주려 했다. 그러나 한 시간 이상을 내 베갯머리에 앉아 다른 사람처럼 알약이나 물약, 고약이나 거머리 얘기 따위를 지루하게 늘어놓지 않는 고마운 사람에게 화를 낼 수는 없었다.

지금은 아주 편안한 시간이다. 책 읽을 기운은 없지만, 어떤 재미있는 일이라도 생기면 좋겠다. 넬리더러 올라와서 이야기를 마저 해달라고 해도 나쁘진 않겠지. 맞아, 이야기의 주인공이 도망간 후로 전혀 소식이 없고, 여주인공은 다른 남자와 결혼을 해버렸지. 초인종을 눌러야지. 넬리도 내가 쾌활하게 이야기할 수 있는 것을 보면 좋아할 거야.

"약을 드시려면 한 20분 정도 더 있어야 해요."

"제발 그 약 소리는 그만둬요. 내가 원하는 건……."

"의사 선생님께서 가루약은 안 드셔도 된다고 말씀하셨어요."

"그거 잘됐군! 이리 가까이 와서 내 말 좀 들어봐요. 그 쓴 물약일랑 그만 치우고 주머니에서 뜨개질감이나 꺼내요. 옳지! 이제 지난번에 하다 만 히드클리프 씨의 내력이나 계속 들려줘요. 그래, 그가 대륙으로 건너가 공부를 마치고 신사가 되어 돌아왔던가요? 아니면 대학에서 장학생이라도 되었던가요? 미국으로 건너가 피 흘려 싸운 대가로 훈장이라도 받았나요? 아니면 손쉽게 영국에서 노상 강도짓을 해서 돈을 벌었던가요?"

"물론 그런 일들을 조금씩은 다 해보았을 겁니다, 록우드 씨. 하지만 반드시 그렇다고 말할 수도 없죠. 전에도 말씀드렸지만, 저는 그가 무엇을 해서 돈을 벌었는지, 또 야만인처럼 무식하던 사람이 어떻게 해서 교양을 쌓았는지 모릅니다. 하여튼 괜찮으시면 제 나름대로 이야기를 계속하지요. 지루하지 않고 재미있다면 말입니다. 오늘 아침엔 기분이 좀 나아지셨나요?"

"아주 좋아요."

"잘됐군요."

저는 캐서린 아가씨를 모시고 드러시크로스 저택에서 생활하게 되었습니다 생각한 것과는 달리 아가씨는 매우 얌전해졌습니다. 에드거 서방님을 무척 사랑하는 것 같았고, 시누이에게도 살뜰한 정을 쏟았습니다. 그들도 아가씨의 마음을 편하게 해주려고 무척 애를 썼습니다. 가시나무가 인동덩굴로 인해 휘는 것이 아니라 인동덩굴이 가시나무를 휘감은 격이었지요. 서로가 양보하는 것이 아니라 한쪽이 꼿꼿이 서 있으면 다른 쪽이 양보했습니다. 반대하는 사람도 없고 냉대하는 사람도 없는데 고약하게 굴거나 화낼 사람이 어디 있겠습니까?

에드거 서방님은 아씨의 기분을 상하게 할까 봐 상당히 조심하고 계셨습니다. 아내에게는 내색하지 않았지만, 어쩌다 제 대답이 좀 퉁명스럽다든지 다른 하인들이 그녀의 거만함에 화가 난 얼굴을 하면, 당신 자신의 일로는 한 번도 지어본 적이 없는 불쾌한 표정을 지으며 곤란해하셨습니다. 그분은 몇 번인가 저에게 버릇없다고 꾸짖으시면서, 아내가 화를 내는 것을 보면 칼로 가슴을 도려내는 것처럼 아프다고 말씀하셨습니다. 마음씨 착한 서방님을 속상하게 해드리지 않으려고 저는 화나는 일이 있을 때마다 참으려고 애썼습니다.

반년 동안은 불행의 불씨가 될 만한 일 없이 평화로운 시간이었습니다. 그러나 아씨는 가끔 우울한 시간을 보낼 때가 있었습니다. 그럴 때면 서방님은 도량 넓은 침묵으로 감싸주었습니다. 전에는 우울한 적이 거의 없었는데, 병을 앓고 나서 성격이 변했기 때문이라고 생각했지요. 아씨가 쾌활해지면 그분도 덩달아 쾌활해지셨답니다. 참으로 두 분은 돈독한 행복을 누리셨습니다.

그러나 그 행복도 끝이 나버렸습니다. 그렇습니다. 결국 인간이란 자기 본위로 생각하지 않을 수 없는 존재인가 봅니다. 온화하고 관대한 사람이 횡포한 사람보다 좀더 정당하게 이기적일 뿐입니다. 그러므로 두 사람이 서로 자기 이익을 먼저 생각해 주지 않는다는 생각을 갖게 되면 행복도 끝이 나고 맙니다.

9월의 어느 아늑한 저녁, 저는 과수원에서 주운 과일을 담은 무거운 바구니를 들고 집으로 가고 있었습니다. 어둠이 깔리고 높다란 담장 너머로 달이 떠 있어 여기저기 튀어나온 건물의 모서리마다 희미한 그림자를 던지고 있었습니다. 저는 부엌문 앞 계단에 바구니를 내려놓고 상큼한 밤공기를 들이마시며 잠시 쉬고 있었습니다. 현관을 등진 채 달을 바라보고 있는데, 뒤에서 누군가가 저를 부르는 소리가 들려왔습니다.

"넬리, 혹시 넬리 아니오?"

낯선 목소리였습니다만, 제 이름을 부르는 말투가 어딘지 귀에 익었습니다. 부엌문은 닫혀 있고 계단 쪽으로 다가오는 사람의 그림자도 보지 못했으므로 저는 누굴까 궁금해하며 돌아보았습니다. 현관에서 움직이는 사람의 그림자가 보였습니다. 가까이 가보니, 검은 옷에 얼굴과 머리가 검고 키가 큰 사람이 서 있었습니다. 그는 한쪽에 기대 선 채 문을 열려는 듯이 걸쇠에 손을 대고 있었습니다.

'도대체 누굴까?' 하고 저는 생각했습니다. '힌들리 서방님일까? 아니야, 목소리가 전혀 다른걸.'

"이곳에서 한 시간이나 기다리고 있었어요."

그는 뚫어지게 바라보고만 있는 저에게 말했습니다.

"그런데 주위가 쥐 죽은 듯 조용하더군. 그래서 도저히 들어갈 수가 없었지. 나를 모르겠나? 난 낯선 사람이 아닐세."

그의 모습이 달빛에 드러났습니다. 뺨은 검은 구레나룻으로 반쯤 덮여 있고, 눈썹은 험상궂고, 두 눈은 깊숙이 박혀 야릇하게 빛나고 있더군요. 저는 그 눈을 기억해 냈습니다.

"아니!"

저는 그가 이 세상 사람인지 아닌지 의심스러워 외쳤습니다. 그리고 너무 놀란 나머지 두 손을 쳐들었습니다.

"히드클리프, 돌아왔군! 정말 당신이 히드클리프요?"

"맞아요, 히드클리프!"

그는 대답하면서 내게로 향했던 눈길을 돌려 창문을 흘끗 바라보았습니다. 창문은 달빛을 받아 유난히 반짝이고 있었지만, 안에서는 불빛이 새어나오지 않았습니다.

"다들 집에 있나? 그녀는 어디 있소? 넬리, 당신은 내가 반갑지 않은가 보군! 그렇게 놀랄 것까진 없네. 그녀는 이곳에 없나? 말 좀 해봐. 그녀와 잠깐 얘기나 나누었으면 좋겠는데……. 가서 기머튼에서 온 어떤 사람이 만나고 싶다고 전해 주게."

"아씨는 어떻게 생각하실까요? 뭐가 뭔지 알 수가 없군요. 아씨도 깜짝 놀라실 거예요. 분명 히드클리프죠? 그런데 많이도 변했군요! 아니, 전혀 알아볼 수가 없어. 군대에라도 갔었나요?"

"어서 가서 내 말이나 전해 주게."

그는 초조한 듯 재촉했습니다. 그가 걸쇠를 벗겨주기에 저는 안으로 들어갔습니다. 그러나 아씨 내외분이 계시는 거실까지 선뜻 들어설 용기가 나지 않았습니다. 드디어 저는 촛불을 켠다는 핑계를 대기로 마음먹고 문을 열었습니다.

아씨 내외분은 창가에 나란히 앉아 있었는데, 창문이 건물 외벽에 닿도록 활짝 열려 있어, 야생의 수목이 우거진 숲 너머로 기머튼 골짜기를 휘어감고 있는 안개가 보였습니다. 이미 보셔서 아시겠지만, 교회 앞을 지나면 늪지에서 흘러나오는 개천이 구불구불한 그 골짜기를 따라 흐르는 개울과 합쳐진답니다. 워더링 하이츠는 그 은빛 안개 위로 솟아 있었지만, 우리가 살던 집은 그 너머 약간 낮은 곳에 있었기 때문에 보이지 않았습니다.

두 분도, 창 밖의 풍경도 모두 너무 평화로워 보였습니다. 저는 주저하면서 전갈을 미루다가, 결국 촛불을 어찌할 것인가 여쭤보고는 히드클리프의 말을 전하지도 못한 채 그냥 나와버렸습니다. 그러나 곧 제가 어리석다는 생각이 들어 다시 들어가서 말했습니다.

"기머튼에서 오신 분이 아씨를 만나고 싶어합니다."

"무슨 일로?"

"물어보지 않았는데요."

"그럼 커튼을 닫아줘, 넬리. 그리고 차를 가져와. 금방 돌아올게."

아씨가 밖으로 나가자, 에드거 서방님이 지나가는 말로 누구냐고 물었습니다.

"뜻밖의 분이세요. 히드클리프라고, 기억하실는지 모르지만 워더링 하이츠에 살았던 사람이에요."

"뭐라고? 그 집시 하인 녀석 말인가? 왜 아씨께 사실대로 말씀드리지 않았지?"

서방님은 무척 놀라시더군요.

"쉿! 그 사람을 그렇게 부르시면 안 돼요. 아씨가 들으면 무척 서운해하실 거예요. 그가 사라졌을 때, 아씨가 얼마나 슬퍼하셨다고요. 그가 돌아온 것을 알면 매우 기뻐하실 겁니다."

에드거 서방님은 건너편 창가로 가서 창문을 열고 밖을 내다보시더군요. 두 사람이 창 아래에 서 있었는지 대뜸 큰 소리로 외쳤습니다.

"여보, 거기 서 있지 말고 안으로 모시고 들어와요! 특별한 손님이라면 말이오."

곧 아씨가 숨가쁘게 2층으로 뛰어 올라왔는데, 너무 좋아서 어쩔 줄 몰라했습니다.

"아아, 여보, 여보!"

숨이 턱까지 차오른 아씨가 두 팔을 서방님 목에 감으며 말했습니다.

"오오, 여보! 히드클리프가 돌아왔어요. 히드클리프가요!"

"그래, 그래."

서방님은 무뚝뚝하게 대꾸했습니다.

"그렇다고 내 목을 조르진 마오. 히드클리프가 당신에게 그토록 귀한 존재인 줄은 정말 몰랐는데?"

"참, 당신은 그를 좋아하지 않았었지요."

아씨가 흥분을 다소 누그러뜨리며 말했습니다.

"하지만 저를 위해서 지금부터라도 당신은 그와 친하게 지내셔야 해요. 올라오라고 할까요?"

"이리로? 거실로 말이오?"

"아니면 어디로요?"

서방님은 화가 났는지 그에게 알맞은 곳은 부엌일 것이라고 말했습니다. 캐서린 아씨는 까다로운 남편을 노여움 반, 비웃음 반의 장난스러운 표정으로 쳐다보며 말했습니다.

"안 돼요. 나는 부엌에서 그를 맞이하고 싶진 않아요. 넬리, 여기 탁자를 두 개 갖다줘요. 하나는 고귀하신 주인님과 이사벨라 아가씨를 위해서, 다른 하나는 천한 히드클리프와 나를 위해서 말이야. 그럼 되겠지요,

여보? 아니면 다른 방에 불을 켜도록 할까요? 그렇다면 분부를 내리셔야죠. 나는 내려가서 손님을 모셔와야겠어요. 너무 기뻐서 정말이지 꿈만 같아요!"

아씨가 다시 내려가려 하자 서방님이 붙잡으며 저에게 일렀습니다.

"넬리가 내려가서 올라오라고 전해 주게. 그리고 캐서린, 기뻐하는 것은 좋으나 이성을 잃지는 마오. 도망갔던 하인을 마치 친오빠가 돌아오기나 한 것처럼 반기는 당신의 모습을 온 집안 식구들에게 보여줄 필요는 없으니까."

제가 아래로 내려가 보니, 히드클리프는 당연히 들어오라는 권유를 받으리라고 생각한 듯 현관에서 기다리고 있었습니다. 잠자코 따라 올라온 그를 거실로 안내했더니, 그 사이 두 분은 심한 언쟁을 벌였는지 얼굴이 벌겋게 상기되어 있었습니다. 그러나 히드클리프가 나타나자 아씨의 얼굴은 또다시 흥분되어 달아올랐습니다. 얼른 뛰어나와 그의 손을 잡고 남편에게로 데리고 간 아씨는 망설이는 서방님의 손을 잡아 히드클리프의 손에 쥐어주었습니다.

난롯불과 촛불에 환하게 드러난 히드클리프의 모습에 저는 무척 놀랐습니다. 그는 키가 훤칠하고 균형이 잡힌 몸을 하고 있었습니다. 그에 반해 그 옆에 선 에드거 서방님은 소년처럼 나약해 보였습니다. 히드클리프의 꼿꼿한 자세는 군대에라도 다녀오지 않았나 하는 생각이 들 정도로 절도 있었습니다. 표정도 훨씬 의젓하고 이목구비가 뚜렷해서, 옛날의 비천한 흔적은 찾아볼 수조차 없이 지성적으로 보였습니다. 음울한 눈썹과 까맣게 타오르는 두 눈에는 아직도 미개인과 같은 난폭함이 엿보였지만 두드러질 정도는 아니었고, 점잖다기보다는 좀 경직된 느낌이기는 하나 위엄조차 있어 보였습니다. 그래서인지 그와 제가 서로를 부르는 호칭이 달라졌음에도 전혀 어색하지 않았습니다.

에드거 서방님의 놀라움은 저보다 더하면 더했지 덜하지는 않았습니다. 그는 조금 전 하인 녀석이라고 불렀던 사람에게 어떻게 말을 걸어야 할지 잠시 말문이 막힌 듯했습니다. 히드클리프는 서방님의 가냘픈 손을 놓고 그가 입을 열 때까지 무표정한 얼굴로 바라보고만 있었습니다.

"앉으시오."

드디어 서방님이 먼저 말문을 여셨습니다.

"아내는 옛날을 생각하여 내가 당신을 정중히 맞아주기를 바라는 모양입니다. 물론 아내가 기뻐하면 저도 흐뭇합니다."

"저도 그렇습니다." 하고 히드클리프가 말했습니다.

"제가 한몫 낄 수 있는 일이면 더욱 그렇습니다. 기꺼이 한두 시간 폐를 끼치겠습니다."

히드클리프는 아씨의 맞은편 자리에 앉았는데, 시종 그의 얼굴만을 바라보고 있는 아씨의 얼굴에는 눈길을 다른 데로 돌리면 그가 사라지기라도 할까 봐 두려워하는 표정이 역력했습니다. 히드클리프는 아씨를 자주 바라보지는 않았습니다. 이따금 슬쩍 훔쳐볼 뿐이었지만, 그때마다 여자의 눈에 깃든 감출 수 없는 반가움을 느끼며 점점 자신감을 갖는 듯했습니다.

두 사람은 재회의 기쁨에 사로잡혀 스스럼이 없었지만, 서방님은 그렇지 못했습니다. 불쾌함 때문에 점점 얼굴빛이 창백해지더니, 아내가 히드클리프에게 다가가서 그의 손을 잡고 미친 듯이 웃어댔을 때 그 불쾌감은 극에 달했습니다.

"내일이면 이것이 꿈이라는 생각이 들지도 몰라!"

아씨가 외쳤습니다.

"당신을 만지고, 말도 걸어보았다는 것이 믿어지지 않을 거예요. 하지만 무정한 히드클리프! 당신은 이렇게 환영받을 자격이 없어요. 3년 동안이나 소식도 없이 내 생각은 전혀 하지 않았을 테니……."

"당신이 나를 생각한 것 이상으로 그동안 당신 생각을 했소. 캐시, 나는 얼마 전에 당신이 결혼했다는 소식을 들었소. 그래서 저 아래 뜰에서 기다리는 동안 이런 작정을 했었소. 깜짝 놀라거나 반가워하는 척하거나 간에 그저 당신 얼굴이나 한번 본 다음, 힌들리에게 복수를 하고 법의 심판을 받기 전에 스스로 목숨을 버리려 했소. 그런데 이렇게 당신의 환대를 받고 보니 그런 생각이 모조리 가셔버렸소. 다음에 만나더라도 이 마음 변치 말아요. 아니, 다시는 나를 내쫓지 않겠지. 정말 당신은 내게 미안하게 생각했었소? 암, 그래야지. 그때 당신의 그 마지막 한마디를 들은 후로 나는 비참한 삶을 살아왔소. 그러나 단지 당신만을 생각하고 살아왔으니, 나를 용서해 주어야 하오."

그때 서방님이 애써 평소의 어조로 예의를 지키며 말했습니다.

"캐서린, 차가 식겠구려."

아씨는 초인종을 눌러 이사벨라 아가씨를 불렀습니다. 저는 그분들에게 의자를 권해 드리고 방을 나왔습니다. 차 대접은 10분도 채 안 걸렸습니다. 아씨의 잔에는 숫제 차를 따르지도 않는 품이 흥분 때문에 마실 수가 없었나 봅니다. 서방님 또한 한 모금도 마시지 않더군요. 손님은 그 날 밤에는 한 시간 이상 머물지 않고 돌아갔습니다. 그가 돌아갈 적에 제가 기머튼으로 가느냐고 물었더니, 이렇게 대답하더군요.

"아니, 워더링 하이츠로 가지. 오늘 아침 찾아갔을 때 힌들리가 나를 초대했거든."

힌들리 서방님이 그를 초대하다니! 그리고 그가 힌들리 서방님을 방문하다니! 그가 돌아간 후, 저는 그의 말을 곰곰이 되새겨보았습니다. '그는 위선자가 되어서 양의 탈을 쓰고 행패를 부리려고 돌아온 것일까?' 아무리 생각해 보아도 저는 그가 다른 곳으로 가버리는 편이 나을 것 같았습니다.

한밤중에 캐서린 아씨가 살그머니 제 방으로 들어와 침대 옆에 앉아서 머리카락을 잡아당기는 바람에 저는 단잠에서 깨어났습니다.

"넬리, 난 도저히 잠을 잘 수가 없어. 난 누가 나와 함께 이 기쁨을 느껴주었으면 좋겠어. 에드거는 자기에게 흥미없는 일에 내가 열중한다고 화가 나서 입도 열려고 하지 않고, 기껏 한다는 소리가 바보 같은 불평이라니까. 졸려 죽겠는데 내가 말을 건다고 나더러 잔인한 이기주의자라는 거야. 하찮은 일에 늘 기분이 나쁘다느니 뭐니 한다니까! 내가 히드클리프에 대해 몇 마디 칭찬을 했더니, 두통이 나는지 질투가 나는지 괴로워하기에 내버려두고 나와버렸어."

아씨가 불만에 가득 찬 소리로 말했습니다.

"서방님 앞에서 히드클리프 칭찬을 하다니, 대체 무슨 짓이에요? 원래 두 분은 서로를 좋아하지 않았잖아요. 히드클리프도 서방님 칭찬은 듣기 싫어할 겁니다. 사람의 마음이란 그런 거예요. 두 분 사이에 싸움을 붙일 생각이 아니라면, 다시는 서방님 앞에서 그 사람 이야기는 꺼내지도 마세요."

"그게 바로 자기 약점을 드러내는 거지 뭐야?"

아씨가 고집스럽게 말했습니다.

"나는 적어도 남을 시기하지는 않아. 이사벨라의 금발이 아름답고 살결이 희다 해서, 또 태도가 우아하고 온 집안 식구가 그녀를 좋아한다고 해서 기분 나쁜 적은 없었어. 가끔 우리 두 사람이 다툴 때면 넬리는 항상 이사벨라 편을 들었지? 그러면 나는 너그러운 어머니처럼 양보하고, 마음이 풀리도록 비위까지 맞추어주었잖아. 우리가 정답게 지내는 것을 에드거가 좋아하니까, 그렇게 했던 거야. 그러나 남매가 너무나 똑같아. 응석받이 어린아이처럼 세상일이 자기들 뜻대로 되는 줄 안다니까. 하는 수 없이 두 사람 비위를 맞추고는 있지만, 따끔한 맛을 보여주는 것도 좋은 방법이라는 생각이 들이."

"잘못 아셨어요, 아씨. 그분들이 아씨 비위를 맞추고 계신 겁니다. 달리 어쩔 수 없으니까요. 두 분께서는 무엇이나 아씨가 원하는 대로 해주시는데, 아씨도 그분들의 일시적인 기분 정도는 받아주실 만하지요. 하지만 언제고 서로의 이익이 반대되는 중요한 사건이 일어나면, 그때 가서는 아씨가 못났다고 경멸하는 그분들도 아씨만큼 똑똑해질 수가 있답니다."

"그러면 그때는 목숨을 걸고 싸우는 거지. 하지만 그렇게 되지는 않을 거야. 에드거의 사랑을 믿으니까. 내가 그 어떤 몹쓸 짓을 한다고 해도 그는 결코 나를 탓하지 않을 거야."

저는 그런 점을 생각해서라도 서방님을 좀더 소중히 여기라고 타일렀습니다.

"그건 그래. 하지만 사소한 일에 어린아이처럼 투덜거릴 필요는 없잖아. 이제 히드클리프도 모든 사람의 존경을 받을 만하게 변했고, 설령 내

142

가 이 고장에서 제일가는 신사와도 교제할 수 있게 되었다고 말했다고 해서 신경질을 낼 게 아니라, 그러기 전에 자기가 먼저 나를 위해 기뻐해야 마땅하잖아. 하여튼 에드거도 그와 친해지면 좋아하게 될 거야. 히드클리프가 에드거를 싫어할 만한 충분한 이유가 있다는 것을 감안하면, 아까 그의 태도야말로 훌륭했지!"

"보기에는 사람이 많이 달라졌더군요. 훌륭한 그리스도 교인이 된 것 같아요. 원수에게조차도 사랑의 손을 내미니 말입니다. 그가 워더링 하이츠에 머무는 것을 어떻게 생각하세요?"

"그 얘기는 나도 들었어. 나도 넬리만큼이나 그 이유가 궁금했거든. 사실은 넬리가 아직 그곳에서 지내고 있는 줄 알고 내 소식을 듣기 위해서 찾아갔대. 그런데 조지프가 일러바치는 바람에 오빠가 나와서, 지금까지 무슨 일을 하면서 어떻게 살아왔는지 꼬치꼬치 묻더래. 그러더니 들어오라고 하더라는 거야. 방안에서는 마침 사람들이 카드놀이를 하고 있어서, 자기도 한몫 끼었다지 뭐야. 그런데 오빠가 돈을 무척 많이 잃은 데다가 그이의 주머니에 돈이 많은 걸 알고 밤에 또다시 오라기에 승낙을 했대. 오빠는 아무 생각 없이 기분에 따라 무작정 친구로 삼거든. 몇 년 전까지만 해도 그처럼 싫어했던 사람이라 조심할 만도 한데, 그런 생각은 전혀 하지 않는다니까. 그러나 히드클리프가 오빠와 다시 인연을 맺으려는 것은, 이 저택까지 걸어서 올 수 있는 곳에 자리를 잡고 싶은 생각과 우리가 같이 살던 집에 대한 추억 때문이래. 또 기머튼에 사는 것보다 내게 더 자주 자기를 볼 수 있는 기회를 주기 위해서래. 워더링 하이츠에서 살게 되면 방값을 충분히 낼 거라더군. 오빠는 욕심이 많으니까 당장 받아들일 거야. 오른손으로 잡은 것을 왼손으로 날려보내면서도 욕심은 그대로거든."

"워더링 하이츠는 젊은 남자가 살기엔 알맞은 집이지요. 그렇지만 그 결과가 어떨지 두렵지 않으세요, 아가씨?"

"히드클리프를 위해서는 걱정될 게 없지. 그 영리한 머리로 위험을 피할 테니까. 힌들리 오빠가 조금 걱정되긴 하지만 도덕적으로 더 이상 타락할 것도 없는 상태고, 육체적인 위험은 내가 중간에서 막고 있잖아. 오늘 밤 일로 해서 나는 하느님과도 화해했어. 여태까지 하느님의 뜻에 화가 나서 반항했었거든. 나는 그동안 견디지 못할 괴로움에 빠져 있었어, 넬리. 얼마나 커다란 괴로움이었는지를 저이가 안다면, 오랜만에 밝아진 내 마음을 부질없는 짜증으로 다시 어둡게 만든 것을 후회하게 될 거야. 나 혼자 참고 견딘 것도 모두 다 그이를 위해서였어. 내 고통을 말로 표현했다면, 그이도 나 못지않게 그 괴로움이 덜어지길 원했을 거야. 어쨌든 모두 지난 일이야. 그이가 바보 같은 짓을 해도 난 보복하지 않겠어. 이제부터는 어떤 일이라도 참겠어. 아무리 천한 인간이 내 뺨을 때린다 해도 나는 다른 쪽 뺨을 내밀 뿐 아니라, 화나게 한 데 대해서 용서를 빌 거야. 그 증거로 나는 이제 곧 에드거와 화해할 거야. 잘 자, 넬리. 난 천사가 되었어."

아씨는 자기 만족에 빠져서 나가버렸습니다.

이튿날 아침, 아씨가 결심을 성공적으로 실행에 옮긴 결과가 나타났습니다. 서방님은 불평을 거두었을 뿐만 아니라—아내가 너무 명랑했기 때문에 아직 마음이 내키지는 않는 듯했지만—오후에 캐서린 아씨가 이사벨라 아가씨를 데리고 친정에 간다는데도 말리지 않으셨습니다. 아씨 또한 살뜰한 애정으로 이에 보답했으므로 며칠 동안은 집안이 낙원 같았고, 서방님과 더불어 하인들까지도 계속해서 은혜의 덕을 보았습니다.

히드클리프는 드러시크로스 저택을 방문할 때 처음에는 조심하는 눈치더군요. 서방님이 자기의 방문을 얼마나 견디어내는가를 알아보려는 것 같았습니다. 아씨 역시 그를 맞이할 때 지나치게 반가운 표정을 짓지 않는 것이 옳다는 것을 깨달았습니다. 이렇게 하여 그는 서서히 드러시크로스 저택을 방문할 수 있는 손님으로서의 권리를 굳혀갔습니다. 아직도 다분히 남아 있는 소년 시절의 비사교성이 격렬한 감정 표현을 억누르는 역할을 했으므로 서방님의 걱정이 다소 덜어졌을 뿐만 아니라, 새로운 사건으로 인해 근심은 당분간 다른 곳으로 쏠렸습니다.

서방님의 새로운 근심은, 뜻밖에도 누이동생이 이 반갑지 않은 손님에게 갑자기 억누를 수 없는 연정을 품게 된 데서 온 것이었습니다. 그때 이사벨라 아가씨는 열여덟 살의 꽃다운 처녀였는데, 신경도 예민하고 감정도 섬세하여 화가 나면 억누를 줄 몰랐지만, 하는 행동을 보면 아직 철부지였습니다. 서방님은 누이동생을 매우 사랑하고 계셨으므로, 이 터무니없는 사랑에 무척 놀라셨습니다. 별볼 일 없는 사나이와 결혼해서 가문을 더럽힌다거나, 당신에게 상속할 아드님이 없을 경우 그 사나이의 손으로 재산이 넘어갈지도 모른다는 사실을 감안하더라도, 사려 깊은 그분은 히드클리프의 본성을 잘 알고 계셨습니다. 그의 겉모습은 달라졌지만, 속마음은 바꿀 수도 없거니와 바뀌지도 않았다는 것을 알고 계셨던 것입니다. 그래서 그분은 직감적으로 누이동생을 히드클리프에게 맡겨서는 안 되겠다고 생각하셨습니다. 누이동생의 애정이 상대방과는 상관없이 혼자 애태우는 짝사랑이라는 것을 알았다면 아마 더욱더 격렬히 반대하셨겠지만, 아가씨가 사랑에 빠졌다는 것을 알아차린 순간 그분은 그것이 히드클리프의 교묘한 책략이라고 단정지었던 겁니다.

그 얼마 전부터 우리는 이사벨라 아가씨가 누군가를 애타게 그리워하고 있다는 것을 느낄 수 있었습니다. 침울하니 말이 없다가 괜히 짜증을 내기도 하고, 사사건건 올케에게 대들어 참을성 없는 캐시 아씨의 성미에 불을 지르기 일쑤였습니다. 그래도 우리는 그것이 건강이 좋지 않아서 그러려니 생각하고 어느 정도는 모른 척했습니다. 사실 아가씨는 눈에 띄게 체중이 줄고 얼굴이 수척해졌으니까요.

그런데 어느 날은 유별나게 심술을 부리며 아침 식사도 거르고 하인들이 자기 말을 잘 듣지 않는다는 둥, 올케가 자기를 구속한다는 둥, 오빠도 자기를 무시한다는 둥, 집안 식구들이 자기를 괴롭히려고 문을 열어놓은 채 난롯불을 꺼버려서 감기가 들었다는 둥 별의별 말도 안 되는 불평을 다 늘어놓았습니다. 아씨는 시누이를 자리에 눕게 하고 실컷 호통을 친 다음, 의사를 불러오겠다고 엄포를 놓았습니다. 의사란 말이 나오자, 아가씨는 당장 자기는 아픈 데가 없으며 단지 올케가 너무 심하게 굴어서 마음이 편치 않은 거라고 했습니다.

"그게 무슨 말이에요, 이 버르장머리 없는 아가씨야!"

캐서린 아씨는 이 당치도 않은 말에 기가 막히다는 표정으로 외쳤습니다.

"정신이 나갔나 보군. 언제 내가 심하게 굴었어요?"

"어제요."

이사벨라 아가씨는 훌쩍이기 시작했습니다.

"그리고 지금도요."

"어제라고? 어제 언제요?"

"들에 산책 나갔을 적에요. 나보고는 마음대로 돌아다니라고 해놓고 언니는 히드클리프 씨와 같이 산책했잖아요."

"그래서 내가 심하다는 거예요?" 하고 아씨는 웃으며 말했습니다.

"아가씨가 옆에 있어서 방해가 된다는 뜻이 아니었어요. 아가씨가 함께 있건 없건 상관없어요. 단지 나는 히드클리프의 이야기가 아가씨에게는 재미없으리라 여겼을 뿐이에요."

"거짓말! 내가 같이 있고 싶어하는 것을 알면서도 일부러 떼어놓은 거지 뭐."라며 이사벨라 아가씨는 울음을 터뜨렸습니다.

"제정신이 아닌가 봐."

캐서린 아씨는 어이없다는 듯 저를 바라보며 말했습니다.

"아가씨, 우리 두 사람이 한 얘기를 한 마디도 빼지 않고 그대로 해줄게요. 대체 무슨 재미가 있는지 어디 한번 말해 보세요."

"얘기 같은 건 아무래도 좋아. 난 단지 같이 있고 싶었는데……."

"그래서요?"

올케는 시누이가 말끝을 맺지 못하고 망설이자 다그쳤습니다.

"그분하고 말예요. 항상 그렇게 따돌림당하고 싶지 않단 말이에요."

이사벨라 아가씨는 더욱 격해져서 말을 이었습니다.

"언니는 『이솝우화』에 나오는 말구유를 차지하고 앉은 심술궂은 개처럼 제가 사랑받는 게 배가 아픈 거죠?"

"그런 버릇없는 말이 어디 있어요!"

캐서린 아씨가 기가 막힌 듯 소리쳤습니다.

"어리석기도 하지! 아가씨가 히드클리프를 좋은 사람으로 생각하고 그의 사랑을 원하다니! 아무래도 내 귀가 잘못됐나 봐요."

"천만에요, 잘못 들은 게 아니에요."

사랑에 넋이 나간 아가씨가 말했습니다.

"언니가 오빠를 사랑하는 것보다도 더 난 그분을 사랑해요. 그리고 그분도 언니만 가만히 있다면 나를 사랑하게 될 거예요."

"나는 이 세상을 다 준다 해도 아가씨 신세는 되고 싶지 않군요."

캐서린 아씨는 힘주어 말하면서 점잖게 타일렀습니다.

"넬리, 아가씨에게 그것이 미친 짓이라는 걸 납득시켜 줘요. 히드클리프가 어떤 사람인지 말해 줘요. 교육도 받지 못하고 교양도 갖추지 않은 야만인, 가시금작화와 현무암으로 뒤덮인 메마른 황야 같은 인간이라는 것을 말이야. 아가씨에게 그 사람을 사랑하라고 말할 바엔 차라리 추운 겨울날 어린 카나리아를 숲 속으로 몰아내는 것이 나을 거예요. 아가씨가 그런 사랑을 원하게 된 것은 가엾게도 그의 인간성을 잘 모르기 때문이에요. 그 냉혹한 겉모습과는 달리 마음속에는 깊은 자비심과 애정이 숨어 있다고는 절대로 생각하지 말아요. 그는 다듬어지지 않은 금강석도 아니고 진주를 품고 있는 조개도 아닌, 거칠고 사나운 늑대 같은 사나이예요. 나는 그 사람에게 '이러저러한 사람을 괴롭히는 것은 너그럽지 못하고 잔인한 일이니까 내버려두라'고 말하지 않고 이렇게 말하지요. '그 사람을 괴롭히는 것은 내가 싫으니까 그러지 말라'고. 아가씨가 귀찮은 생각이 드는 날, 그는 참새알 뭉개듯 아가씨를 짓밟아버릴 거예요. 난 그 사람이 린턴 집안 사람을 사랑할 수 없다는 걸 잘 알아요. 그렇지만 아가씨의 재산이 탐나서 결혼을 할 수도 있는 사람이에요. 욕심이야말로 그 사람에게 붙어다니는 죄예요. 이것이 바로 내가 알고 있는 그의 본모습이에요. 그런데 나는 그의 친구거든요. 그가 정말 아가씨를 사로잡을 마음만 먹는다면, 아가씨가 그 계략에 말려들도록 입을 다물고 내버려둘 정도로 친한 친구지요."

그러자 이사벨라 아가씨가 분한 듯이 올케를 노려보았습니다.

"어쩌면! 어쩌면! 언니처럼 악독한 친구는 원수 여럿보다 더 나빠요."

"내 말을 믿을 수 없나 보군요. 아가씨는 내가 고약한 이기심에서 그런 말을 하는 줄 아시는군요."

"언니를 쳐다보고만 있어도 소름이 끼쳐요."

"좋아요. 아가씨 마음이 정 그렇다면 어디 마음대로 해봐요. 나도 말릴 만큼은 말렸으니까요. 아가씨 심술에는 두손들었어요."

올케가 나가버리자, 이사벨라 아가씨는 더욱더 흐느껴 울었습니다.

"언니의 이기심 때문에 내가 피해를 입다니! 아아, 모든 사람이 나를 방해할 뿐이야. 하지만 언니 말은 거짓말일 거야. 히드클리프 씨는 악마 같은 사람이 아니야. 훌륭하고 진실한 분이야."

"그분 생각은 잊어버리세요, 아가씨."

저는 아가씨의 신경을 건드리지 않도록 조심하면서 말을 이었습니다.

"그분은 불길한 징조를 알리는 새 같은 사람이에요. 아가씨의 배필감이 못 됩니다. 아씨 말씀이 좀 지나쳤지만, 없는 말을 만드신 건 아니라고 생각됩니다. 아씨께선 저보다도, 그 누구보다도 그분에 대해 잘 알고 계십니다. 정직한 사람은 자신의 행적을 숨기지 않는답니다. 그분은 3년 동안 어떻게 살았을까요? 무슨 일을 해서 돈을 벌었을까요? 자기가 미워하는 사람이 사는 워더링 하이츠에는 왜 머물고 계실까요? 그분이 돌아오신 후로 힌들리 서방님은 점점 더 나빠지고 있다고 하더군요. 두 사람은 밤새워 노름만 한답니다. 힌들리 서방님은 토지를 저당잡히고 돈을 꾸어서, 하는 일이라곤 노름하고 술 마시는 것뿐이랍니다. 바로 일주일 전에 기머튼에서 조지프를 만나 이런 얘기를 들었어요. '넬리, 이제 조금만 있으면 우리는 검시관의 조사를 받게 될 걸세. 우리 집안 식구 중 한 사람이 송아지라도 죽일 듯이 자기 몸을 찌르려고 발버둥치는데, 다른 사람이 말리다가 하마터면 손가락이 잘릴 뻔했다네. 죽는다고 날뛴 것은 서방님이었는데, 하마터면 하느님의 심판을 받을 뻔했지. 그 양반은 바울, 베드로, 요한, 마태, 그 밖의 어떤 재판관도 무서워하지 않고 그런 거룩한 분들 앞에 그 뻔뻔스러운 얼굴을 내밀고 싶어한다니까. 그리고 히드클리프 녀석! 굉장한 놈이야. 악마의 농담도 아무렇지도 않게 웃으며 받아넘길 놈이지. 그래, 드러시크로스 저택에 가서는 우리 집에서 보내는 훌륭한 생활에 대해서 전혀 말 안 하던가? 내용인즉 이렇다네. 해질 무렵 일어나서 주사위를 던지고, 브랜디를 마시고, 덧문을 내리고 이튿날 대낮까지 촛불을 켜고 계신다 이 말씀이야. 그러다가 그 멍청한 서방님이 욕지거리를 하면서 자기 방으로 돌아가는데, 그 욕지거리란 점잖은 사람은 차마 들을 수 없을 정도지! 한편 악당 쪽에서는 돈을 세고, 식사하고, 한숨 자고 난 다음 이웃집 아씨와 수작이나 걸려고 나가신다 이 말씀이야. 물론 캐서린 아씨껜 돌아가신 아버님의 아들이 멸망의 대로를 달려가는데 자기는 앞질러 가서 출입문을 활짝 열어놓고 기다리는 형편이라고 말하겠지.' 이사벨라 아가씨, 조지프는 고약스럽기는 하지만 거짓말은 안 합니다. 그 영감의 말이 사실이라면, 아가씨는 그런 남편을 바라시지는 않겠지요?"

"넬리도 다른 사람들과 한패로군. 난 그런 중상모략 따윈 듣고 싶지도 않아. 이 세상에 행복이란 없다고 나를 설득하려 하다니, 고약한 심보야!"

그냥 내버려두었더라면 이사벨라 아가씨가 그런 망상을 버렸을지 아니면 영원히 가슴에 품고 키워갔을지 알 수 없습니다만, 아가씨에겐 이런저런 생각을 할 시간적인 여유가 없었습니다.

이튿날 이웃 마을에서 치안판사 회의가 있었는데, 에드거 서방님께서 반드시 참석하셔야만 했습니다. 히드클리프는 주인님이 안 계신다는 것을 미리 알고 평상시보다 조금 일찍 찾아왔습니다. 캐서린 아씨와 이사벨라 아가씨는 서로에게 적의를 품은 채 냉담하게 서재에 앉아 있었습니다. 이사벨라 아가씨는 순간적인 감정을 못 참아 비밀스러운 연정을 실토한 경솔함을 자책하며 조신하게 있었고, 캐서린 아씨 쪽에서는 아무리 생각해도 시누이가 괘씸해서 견딜 수가 없었습니다.

아씨는 히드클리프가 창 밑으로 지나가는 것을 보고 미소를 지으셨습니다. 저는 난로를 청소하면서 그 야릇한 미소를 보았습니다. 이사벨라 아가씨는 생각에 잠겨 있었는지 책에 정신이 팔렸는지 문이 열릴 때까지 꼼짝하지 않고 있었습니다. 문이 열렸을 때는 이미 늦어서 몸을 피할 수가 없었죠. 할 수만 있다면 자리를 피하고 싶었겠지만 말입니다.

"들어와요. 마침 잘 오셨어요!"

캐서린 아씨가 명랑하게 말하면서 의자를 끌어당겨 히드클리프에게 권했습니다.

"마침 두 사람의 냉랭한 감정을 녹여줄 제삼자가 필요하던 참인데, 당신이야말로 참으로 이런 일에 적당한 사람이에요. 히드클리프, 나보다 더 당신에게 빠져버린 어떤 사람을 소개하겠어요. 당신은 기분이 좋으시겠지요. 아니, 넬리는 아니니까 그쪽은 보지 마세요. 내 귀여운 시누이는 당신의 멋진 모습과 아름다운 마음씨를 떠올리면서 가슴을 태우고 있답니다. 그러니 당신 마음먹기에 따라 제 남편의 매부가 될 수도 있어요. 아니, 안 돼요. 아가씨, 도망가면 안 돼!"

캐서린 아씨는 화가 나서 벌떡 일어나 나가려는 이사벨라 아가씨를 장난스럽게 붙잡으며 말을 이었습니다.

"히드클리프, 우리는 당신 때문에 마치 고양이처럼 싸운답니다. 그런데 아가씨의 헌신적인 사랑과 칭찬에는 나도 당하지 못하겠군요. 뿐만 아니라 앞으로 내 연적이 되겠다고 하시는 아가씨께선 내가 방해하지 않고 비켜주기만 한다면 사랑의 화살로 당신의 영혼을 맞추어, 당신의 머리에서 나의 영상 따위는 영원히 지워버리겠다는군요."

"언니!"

이사벨라 아가씨는 애써 체면을 차려서 붙들린 손을 뿌리치려고 하지도 않고 말했습니다.

"농담이라도 언니가 내 욕을 하는 대신 있는 그대로 말해 주어 고마워요. 히드클리프 씨, 제발 당신의 친구분께 저를 놓아주라고 말해 주세요. 언니는 저와 당신이 아직 가까운 사이가 아니라는 것을 잊고 있어요. 언니가 재미있어하는 것이 제겐 너무나도 고통스러워요."

히드클리프는 묵묵히 자리에 앉은 채 상대방이 자기에게 어떤 감정을 품고 있든지 전혀 상관할 바 없다는 표정이었으므로, 아가씨는 자기를 괴롭히는 올케를 향해서 작은 소리로 놓아달라고 애원했습니다.

"절대로 안 돼요."

캐서린 아씨가 큰 소리로 외쳤습니다.

"말구유를 차지하고 앉은 개라는 말을 더 이상 듣고 싶지 않아요. 아가씨는 이곳에 앉아 있어야 해요. 히드클리프, 이 기쁜 소식을 듣고도 왜 기뻐하시지 않나요? 아가씨가 단언하는 바에 의하면, 나에 대한 남편의 사랑도 당신에 대한 아가씨의 사랑에 비하면 아무것도 아니랍니다. 분명히 그런 말을 했어요. 그렇지, 넬리? 그리고 내가 아가씨와 당신이 함께 있는 것을 시기해서 아가씨를 당신 곁에서 떼어놓았다고, 그저께 산책 갔다 온 후로 지금까지 단식하고 있답니다."

"그 말은 틀린 것 같소."

히드클리프는 의자를 돌려 두 사람을 향해 앉았습니다.

"지금 그 아가씨는 내 곁에서 달아나고 싶어하니까 말이오."

그러고 나서 히드클리프는 징그럽고 보기 싫지만 호기심에 끌려 들여다보게 되는 인도에서 온 지네라도 쳐다보듯이 문제의 장본인인 이사벨라 아가씨를 유심히 쳐다보았습니다. 가엾은 아가씨는 그런 시선을 견딜 수 없어 얼굴이 하얗게 질려버렸죠. 그러다가 얼굴이 빨개지는가 싶더니, 속눈썹에 이슬이 맺히며 억세게 붙잡고 있는 올케의 손에서 빠져나오려고 가느다란 손가락에 힘을 주었습니다. 그러나 도저히 빠져나올 수 없음을 깨닫고는 뾰족한 손톱을 이용하여 아씨의 손에 초승달 모양의 흉터를 만들었습니다.

"꼭 암호랑이 같군!"

아씨가 시누이의 손을 놓고 아픈 듯 손을 흔들며 말했습니다.

"나가요, 제발! 그 암여우 같은 얼굴을 보이지 말란 말이야! 사모하는 분 앞에서 손톱을 보이다니 멍청하기도 하지. 저분이 어떻게 생각하겠어요? 보세요, 히드클리프. 이게 바로 앞으로 당신을 혼내 줄 무기라고요.

눈을 할퀴지 않도록 조심해야 할 거예요.”

이사벨라 아가씨가 나가고 문이 닫히자, 히드클리프가 사납게 말했습니다.

“만일 손톱으로 나를 위협한다면 그 손톱을 뽑아버리고 말겠소. 그런데 캐시, 저 아가씨를 그렇게 괴롭히는 이유가 뭐요? 당신이 한 말이 사실이오?”

“사실이에요. 당신을 처음 본 순간부터 아가씨는 애타게 당신을 사모해 왔어요. 오늘 아침에도 당신 칭찬을 하느라 침이 마를 지경이라, 그 들뜬 기분을 진정시켜 줄 생각으로 당신의 결점을 낱낱이 들추어냈더니 나에게 악담을 퍼붓는 거예요. 하지만 신경 쓸 것 없어요. 긴빙진 버릇을 고쳐주려고 했을 뿐이니까. 히드클리프, 나는 시누이를 사랑하니까 당신에게 잡아먹히도록 내버려둘 수는 없어요.”

“나도 저런 여잔 싫어하니까 그런 일은 없을 거요. 내가 만약 저 메스꺼운 밀랍 인형 같은 얼굴과 같이 산다면 별의별 이상한 소문이 다 날 거요. 날마다 하루 걸러 한 번씩은 그 하얀 얼굴에 무지갯빛 멍이 들고 파란 눈에 핏발이 서는 것쯤은 다반사일 거요. 그 파란 눈은 보기 싫게도 에드거 녀석을 닮았단 말이야.”

“보기 좋잖아요. 비둘기 같고 천사 같은 눈이에요.”

“……저 아가씨가 에드거의 상속인인가?”

짧은 침묵 끝에 히드클리프가 물었습니다.

“그런 생각을 하면 속상해요. 아이를 반 다스쯤 낳아서 시누이의 권리를 없애버릴까 봐요. 당신은 주위 사람들 재산을 너무 탐내는 버릇이 있어요. 하지만 이번에는 그 주위 사람의 재산이란 게 곧 나의 재산이라는 것을 기억하세요."

"그것이 내 소유가 됐다 해도 결국 당신 것임에 틀림없지. 그러나 이 사벨라 린턴이 바보일지는 몰라도 미친 것은 아니니까, 당신 말대로 그 일은 이쯤 해둡시다."

그리하여 그 문제는 두 사람의 화제 밖으로 밀려났습니다. 캐서린 아 씨는 그 문제에 대해 벌써 잊어버렸지만 히드클리프는 그날 내내 그 문 제에 대해서 생각했을 겁니다. 아씨가 방을 비울 때면, 그는 혼자 싱글거 리며 웃다가 생각에 잠기곤 했으니까요.

저는 그의 일거수일투족을 감시하기로 마음먹었습니다. 저의 마음은 항상 아씨보다는 서방님 편이었으니까요. 왜냐하면 서방님은 친절하고 진실되고 명예를 존중하시기 때문입니다. 아씨는 그분과 정반대라고까지 는 할 수 없어도 행동이 너무 방자해서 원칙이 없었고, 그 기분에는 더 욱 공감할 수가 없었습니다. 저는 말썽 없이 워더링 하이츠와 드러시크 로스 저택을 히드클리프의 손아귀에서 빼앗아 그가 돌아오기 전의 상태 로 돌릴 만한 사건이 일어나기를 원했습니다. 그의 방문은 저에게는 끝 없는 악몽과 같았습니다. 분명 서방님께서도 저와 같은 기분이었을 겁니 다. 그가 워더링 하이츠에 산다는 것은 이루 형용할 수 없는 불안감을 불러일으키는 일이었습니다. 하느님께서 길 잃은 양을 악의 길에서 방황 하게 내버려두시자, 사나운 짐승 한 마리가 도사리고 앉아 그 양을 집어 삼킬 기회만 엿보고 있는 듯한 느낌이 들었기 때문입니다.

11

가끔 혼자서 이런 일들에 대해 골똘히 생각하다가, 저는 갑자기 벌떡 일어나 워더링 하이츠가 어떻게 되어가고 있는지 궁금해서 가보려고 외출 준비를 하곤 했습니다. 힌들리 서방님의 행실에 대해서 세상 사람들이 뭐라고 하는지 알려주는 것이 제 의무라고 마음속으로 다짐하곤 했지요. 하지만 이제는 그의 못된 버릇이 굳어져 구제할 길이 없을 것 같고, 제 말을 과연 옳게 받아들일지 불안해서 음산한 그 집에 들어갈 마음이 이내 사라져버렸습니다.

한 번은 기머튼까지 나갔던 길에 낯익은 그 집 대문 앞을 지난 적이 있었습니다. 저는 왼쪽 벌판으로 갈라지는 길목에 돌이 세워져 있는 곳까지 갔습니다. 기둥 모양의 그 거친 돌에는 북쪽으로는 W.H.(워더링 하이츠의 약자), 동쪽으로는 G.(기머튼의 약자), 서남쪽으로는 T.C.(드러시크로스의 약자)라는 글자가 새겨져 있었습니다. 드러시크로스 저택과 워더링 하이츠 그리고 마을로 가는 길을 표시하는 이정표였습니다. 그런데 웬일인지 문득 어린 시절이 떠올라 가슴이 벅차올랐습니다. 그곳은 20년 전 힌들리 서방님과 제가 즐겁게 놀던 곳이었습니다.

저는 비바람에 닳은 돌기둥을 살펴보았습니다. 거기에는 전과 다름없이 달팽이 껍질이며 자갈이 잔뜩 남아 있었습니다. 우리는 그런 것들을 그보다 빨리 썩어 없어지는 것과 함께 곧잘 그곳에 숨겨두곤 했지요. 시든 풀밭 위에 앉아 있던 어릴 적 소꿉동무의 모습이 떠올랐습니다. 까만 머리를 숙이고 납작한 돌멩이로 흙을 파던 그 조그만 손 말입니다. 그래서 저도 모르게 '불쌍한 힌들리 도련님!'이라고 중얼거리다가 깜짝 놀랐습니다. 그 순간, 제 눈에는 저를 똑바로 쳐다보는 어린 힌들리 도련님의 모습이 보였으니까요. 눈 깜짝할 사이에 환상은 사라져버렸지만, 저는 워더링 하이츠에 가보고 싶은 충동을 억누를 수가 없었습니다. 미신 같은 충동이 그 생각을 행동으로 옮기도록 저를 재촉했습니다. 혹시 그가 죽었다면! 아니, 곧 죽게 된다면! 그 환상이 죽음의 징조라면! 워더링 하이츠가 가까워질수록 가슴이 두근거리더니 드디어 집이 보이자 팔다리가 몹시 떨렸습니다

곱슬머리에 갈색 눈을 가진 남자아이가 상기된 얼굴을 문살에 대고 서 있는 것을 보았을 때, '조금 전에 본 그 환영이 나를 앞질러 가서 대문에서 내다보고 있구나!'라는 생각이 들었습니다. 그러나 다시 생각해보니, 그것은 바로 헤어턴, 제가 워더링 하이츠를 떠나온 뒤 별로 달라지지 않은, 제가 키우던 아기였습니다.

"귀여운 아가야!"

저는 조금 전의 어리석은 두려움을 떨쳐버리고 말했습니다.

"아가야, 넬리란다. 너의 유모 넬리라니까."

헤어턴 도련님은 제 팔이 닿지 않을 정도로 물러서서는 큼직한 돌멩이를 하나 집어들었습니다.

"아가, 나는 너의 아버지를 보러 왔어."

그러나 아이의 하는 짓으로 미루어보아, 비록 넬리라는 이름을 기억하고 있다 하더라도 그 넬리가 바로 저라는 것은 모르는 눈치였습니다.

헤어턴 도련님은 팔을 들어 돌멩이를 던지려고 했습니다. 그래서 저는 달래려고 도련님에게 다가갔지만, 돌멩이는 제 모자에 맞고는 바닥으로 떨어졌습니다. 그리고 그 어린것의 입에서 뜻을 아는지 모르는지 익숙하게 욕설이 쏟아져 나오고, 얼굴은 무섭도록 악의에 찬 표정으로 일그러졌습니다. 그것을 보고 화가 나기보다는 오히려 슬퍼졌던 제 기분을 이해하시겠어요? 울고 싶은 심정으로 주머니에서 오렌지 한 개를 꺼내 도련님에게 내밀었습니다. 그는 잠시 망설이더니, 그것을 휙 낚아챘습니다. 제가 보여주기만 하고 주지는 않을 것이라고 생각했던 모양입니다. 저는 오렌지를 한 개 더 꺼내 그의 손이 닿지 않게 쳐들어 보였습니다.

"우리 아기, 누가 그런 훌륭한 말을 가르쳐주었을까? 부목사님이신가?" 하고 저는 물었습니다.

"빌어먹을 놈의 부목사! 너도 똑같아. 어서 그거나 줘."

"어디서 그런 말을 배웠는지 가르쳐주면 줄게. 누가 가르쳐주었지?"

"누구긴 누구야, 아빠지."

"그럼 아빠한테서 뭘 배우지?"

헤어턴 도련님은 묻는 말에는 대답하지 않고 오렌지를 잡으려고 껑충 뛰어올랐습니다. 저는 오렌지를 좀더 높이 쳐들었습니다.

"아빠가 뭘 가르쳐주었냐니까?"

"아무것도 가르쳐주지 않아. 아빠 곁에 얼쩡거리지 말라고만 해. 아빠도 날 못 당해. 내가 막 욕을 해주거든."

"아하, 그럼 악마가 아빠에게 욕하라고 가르쳐주었니?"

"으응, 아니야."

도련님은 고개를 저었습니다.

"그럼 누구지?"

"히드클리프 아저씨야."

저는 히드클리프가 좋으냐고 물었습니다. 도련님은 "응." 하고 얼른 대답했습니다. 그를 좋아하는 까닭을 캐묻자, 도련님은 이렇게 말하는 것이었습니다.

"몰라. 아빠가 내게 뭐라고 하면 그 아저씨가 아빠를 혼내주거든. 아저씨는 나더러 하고 싶은 대로 해도 좋다고 했어."

"그러면 부목사님이 글을 가르쳐주시지 않는단 말이야?"

"응. 그런 자식은 문지방을 넘어서기만 하면 이빨을 뽑아서 목구멍에 처넣겠대. 아저씨가 그랬어!"

저는 오렌지를 도련님 손에 쥐어주고, 아버지께 가서 넬리 딘이라는 여자가 말씀드릴 일이 있어 대문 앞에서 기다리고 있다고 말하라고 일렀습니다. 도련님은 집안으로 들어갔습니다. 그러나 얼마 후 힌들리 서방님 대신 히드클리프가 나타났습니다. 저는 유령이라도 본 듯 겁에 질려, 곧장 이정표가 있는 곳까지 단숨에 달려 내려왔습니다.

그런 일과 이사벨라 아가씨는 상관이 없습니다. 단지 그 일이 있은 후 저는 더욱더 경계를 철저히 하기로 마음먹게 되었고, 비록 아씨의 비위를 건드려 집안이 시끄러워진다고 해도 그런 나쁜 영향이 드러시크로스 저택에까지 미치는 것은 막아야겠다고 다짐했습니다.

다음 번에 히드클리프가 찾아왔을 때, 이사벨라 아가씨는 마침 마당에서 비둘기에게 모이를 주고 있었습니다. 사흘 동안이나 올케와는 말 한

마디 나누지 않았지만, 짜증 섞인 불평 또한 늘어놓지 않았으므로 저희
들은 퍽 다행으로 생각했습니다.

히드클리프는 그때까지 이사벨라 아가씨에게 불필요한 인사 같은 것
은 한 적이 없었습니다. 그런데 그날은 아가씨를 보자마자 우선 집 쪽을
조심스레 살피는 것이었습니다. 저는 그때 부엌 창문 옆에 서 있었는데,
그가 볼까 봐 얼른 몸을 숨겼습니다.

그는 아가씨에게 다가가더니 무슨 말을 건넸습니다. 아가씨는 당황해
서 자리를 피하려고 하는 듯했는데, 그가 앞을 가로막고 아가씨의 팔을
잡았습니다. 대답하기 곤란한 질문을 했는지 아가씨는 얼굴을 돌렸습니
다. 그는 다시 집 쪽을 흘끗 보더니, 아무도 보는 사람이 없다고 여겼는
지 뻔뻔스럽게도 이사벨라 아가씨를 껴안으려 했습니다.

"유다 같은 놈! 배신자! 위선자에다 교활한 사기꾼 같으니!" 하고 저는
소리를 질렀습니다.

"누구 말이야, 넬리?"

바로 옆에서 캐서린 아씨의 목소리가 들렸습니다. 창 밖의 두 사람을
감시하는 데 열중하여 아씨가 들어온 것도 몰랐던 것입니다. 저는 화가
나서 대답했습니다.

"저기 저 뱀 같은 아씨의 몹쓸 친구 말이에요! 아, 우리를 본 것 같아
요. 아씨에겐 이사벨라 아가씨를 싫어한다고 해놓고 저런 허튼 수작을
하다니, 무슨 핑계를 둘러댈지 궁금하군요."

캐서린 아씨는 시누이가 히드클리프의 손을 뿌리치고 정원으로 뛰어
가는 것을 보았습니다.

잠시 후 히드클리프가 문을 열고 들어왔습니다. 저는 화풀이 삼아 몇

마디 할 작정이었지만, 아씨는 입 다물고 있으라고 야단치면서, 만약 건 방진 혀를 놀린다면 저를 쫓아내겠다고 엄포를 놓았습니다.

"모르는 사람이 들으면 넬리가 이 집 주인인 줄 알겠어. 분수를 알아 야지! 그리고 히드클리프, 이런 소동을 일으키다니 대체 어떻게 된 거예요? 이사벨라에겐 손을 대지 말라고 했지요? 에드거가 문을 닫아걸고 당신을 얼씬도 못하게 하기를 바라지 않는다면 내 말을 들으세요."

"그 녀석이 그렇게 하도록 내가 가만있을 줄 아나?"

그 흉악한 녀석이 대꾸했습니다.

"얌전히 가만있으라고 해! 그 녀석을 천당으로 보내버리고 싶은 마음이 나날이 간절해져서 미칠 것 같으니까!"

그러자 캐서린 아씨가 안쪽 문을 닫으며 말했습니다.

"쉿! 나를 괴롭히지 말아요. 왜 당신은 내 부탁을 들어주지 않나요? 아가씨가 계획적으로 당신에게 접근하던가요?"

"그게 당신과 무슨 상관이오? 그녀가 원한다면 난 키스할 수도 있지만, 당신에겐 그걸 막을 권리가 없소."

"난 질투하는 것이 아니에요. 당신을 진심으로 걱정하는 거예요. 그렇게 찡그리고 노려보지 말고 당신이 아가씨를 좋아한다면 결혼하도록 하세요. 그런데 당신, 아가씨를 정말 좋아하나요? 솔직하게 말해 주세요."

"……."

"그것 봐요, 대답 못하잖아요. 아가씨를 좋아하지 않는다는 걸 난 알고 있어요."

"그리고 서방님께서 누이동생이 당신 같은 사람과 결혼하는 것을 허락하시겠어요?" 하고 제가 끼어들며 물었습니다.

"내가 승낙하도록 만들 수 있어."

캐서린 아씨가 잘라서 말했습니다.

"그럴 필요 없어. 그 녀석의 허락 없이도 언제든지 결혼할 수 있으니까. 그런데 말이 났으니 말이지, 캐서린 당신에게도 몇 마디 해두어야겠소. 당신이 나를 얼마나 무시했었는지 뚜렷이 기억하고 있으니 조심해요. 알아듣겠소? 내가 그 사실을 모를 거라고 생각한다면 당신은 바보요. 그리고 다정한 말 몇 마디로 내 마음을 진정시킬 수 있다고 착각했다면 당신은 천치요. 내가 복수하지 않고 그대로 참고 넘어가리라 생각한다면 큰 오산이라는 걸 이제 곧 보여주겠소. 그건 그렇고, 이사벨라의 비밀을 내게 알려주어서 정말 고맙소. 나는 그 짐을 최대한 이용할 생각이오. 날 방해하지 마오."

"당신, 전엔 이렇지 않았는데!"

캐서린 아씨가 놀란 표정으로 외쳤습니다.

"내가 당신을 무시했고, 그래서 복수를 하겠다는 말이군요! 어떻게 그런 생각을 할 수 있죠? 배은망덕한 사람 같으니! 내가 당신을 무시했었나요?"

"당신에게 복수하려는 건 아니야."

히드클리프가 다소 누그러진 어조로 말했습니다.

"그럴 생각은 없소. 폭군이 노예들을 학대해도 노예들은 폭군에게 직접 복수하지는 않는 법이오. 그 아래 있는 것들을 짓밟지. 당신은 재미삼아 나를 죽도록 괴롭혀도 괜찮소. 그 대신 내가 그런 식으로 약한 자를 짓밟는 재미를 좀 보게 내버려두고, 나를 욕하지 말아달란 말이오. 내 궁전을 뭉개버리고 대신 오두막을 지어주고는 착한 일 했다고 흡족해하지 말란 말이오. 당신이 정말로 내가 이사벨라와 결혼하기를 원한다면, 나는 차라리 내 목을 베고 말겠소."

"오, 내가 질투하지 않는 것이 잘못된 건가요? 좋아요. 다시는 당신에게 결혼하라고 하지 않겠어요. 어차피 지옥으로 떨어지게 돼 있는 영혼을 일부러 악마에게 갖다바치는 것만큼이나 어리석은 짓이니까. 당신은 악마처럼 불행을 만들어내는 데 재미를 느끼고 있군요. 당신 자신이 그걸 입증하고 있어요. 뜻하지 않은 당신의 출현으로 인한 남편의 불만도 가시고 나도 점점 좋아지기 시작했는데, 우리가 화목해지니까 당신은 조바심이 나서 싸움을 붙이려고 마음먹었나 보군요. 실컷 남편과 싸워보세요. 그리고 그의 누이동생을 놀려봐요. 그것이 나에 대한 가장 효과적인 복수가 될 테니까요."

이야기는 여기서 끊겼습니다. 캐서린 아씨는 난롯가에 앉아 얼굴이 상기된 채 분한 듯 떨고 있었습니다. 지금까지 그녀를 지탱하고 있던 활기는 점점 걷잡을 수 없게 되어, 가라앉힐 수도 조종할 수도 없었습니다. 히드클리프는 팔짱을 끼고 난롯가에 서서 간계를 꾸미는 데 정신을 쏟고 있었습니다. 그런 두 사람을 남겨두고 저는 서방님을 찾으러 나갔습니다. 그분은 무슨 일로 아씨가 아래층에서 그렇게 오래 있는지 궁금해하고 계시더군요.

"넬리, 아씨를 보았나?"

서방님은 제가 들어가자 물었습니다.

"네, 부엌에…… 그런데 히드클리프 씨 때문에 매우 불쾌해하고 계십니다. 정말이지, 이제 그분의 방문을 제재해야 할 때가 왔나 봅니다. 너무 친절하게 대하시면 안 됩니다. 그 결과가 이렇게 되었으니……."

그러고 나서 저는 정원에서 있었던 일이며 그 뒤에 일어났던 말다툼을 전부 사실대로 말씀드렸습니다. 사실대로 이야기하는 것이 아씨에게도 과히 불리할 것은 없으리라고 생각했기 때문입니다. 후에 아씨가 지나치게 히드클리프를 옹호하고 나서서 스스로 불리하게 만들었다면 모르겠습니다만.

서방님은 제 말을 끝까지 들으려 하지 않았습니다. 그분의 첫마디로 봐서 아씨에게도 책임이 없지 않다고 생각하는 눈치였습니다.

"참을 수 없군! 아내가 그런 녀석을 친구라고 하면서 나에게도 함께 어울리기를 강요하니 우스운 노릇이야. 가서 하인 두 명만 불러와요, 넬리. 이 이상 아내가 그런 비열한 녀석과 말다툼을 하도록 내버려두지 않겠어. 지금까지 나도 참을 만큼 참았으니까."

서방님은 하인들을 아래층 복도에서 기다리게 한 다음, 저와 함께 부엌으로 갔습니다. 부엌에 있던 두 사람은 다시 말다툼을 하고 있었습니다. 캐서린 아씨는 한층 더 흥분해서 펄펄 뛰고 있고, 히드클리프는 창가 쪽에서 머리를 숙이고 있는 것으로 보아 아씨의 격한 욕설에 다소 질려 있는 듯했습니다. 서방님을 먼저 발견한 히드클리프가 아씨를 향해 입 다물라는 시늉을 하자, 아씨도 그 뜻을 눈치채고 얼른 말을 끊었습니다.

"대체 어찌 된 일이오?"

서방님이 아씨에게 먼저 물으셨습니다.

"저런 사람이 상스럽게 대드는데도 상대하고 있다니, 당신의 예절 관념은 유별나군. 저 사람의 말버릇이 으레 그러니까, 별스럽지 않게 생각하는 모양이구려. 당신이 그렇다고, 나도 그런 대화에 익숙해질 수 있다고 믿는 거요?"

"당신, 우리 얘길 엿듣고 있었군요?"

아씨가 서방님이 화내시는 것을 무시하고 경멸하듯 일부러 화를 돋우는 말투로 물었습니다. 히드클리프는 서방님의 말에 불끈하여 눈을 치뗬지만, 아씨의 말에는 웃음을 띠었습니다. 서방님의 주의를 끌려고 일부러 그런 것 같았는데, 사실 뜻대로 되었습니다.

"내가 지금까지 참아온 것은……." 하고 서방님은 나직이 입을 열었습니다.

"당신의 비천하고 타락한 인품을 몰라서가 아니오. 그렇게 된 책임이 당신에게만 있는 것은 아니라고 생각했기 때문이오. 그리고 캐서린이 당신과 교제를 계속하고 싶어하기에 나도 눈감아주었던 것이오. 어리석게도……. 당신은 가장 훌륭한 인격을 갖춘 사람까지도 타락시킬 수 있는 사람이오. 그러니 더욱 나쁜 결과를 방지하기 위해서도 앞으로는 당신이 이 집에 출입하는 것을 금하겠소. 지금 당장 떠나시오. 3분 이상 꾸물거리면 어쩔 수 없이 강제로 끌어낼 수밖에 없소."

히드클리프는 그렇게 말하는 서방님을 위아래로 훑어보며 비웃는 듯한 눈초리로 바라보았습니다.

"캐시, 당신의 새끼 양이 황소처럼 위협을 하는구려! 내 주먹 한 대면 머리통이 박살날 것 같은데……. 린턴 씨, 당신은 때려눕힐 가치조차 없으니 참으로 유감이오."

서방님은 복도 쪽을 흘끗 돌아보며 저에게 하인들을 데려오라는 신호를 보냈습니다. 직접 상대하실 생각은 없으셨지요. 저는 서방님의 명령에 따랐습니다. 그러나 캐서린 아씨가 미심쩍은 표정을 짓더니, 제가 하인들을 부르려고 하자 얼른 저를 잡아당기고는 문을 쾅 닫은 다음 잠가

버렸습니다

"대단하시군요, 참으로."

아씨는 남편의 놀라고 화난 시선에 답하듯 말했습니다.

"저 사람을 때려눕힐 용기가 없다면 차라리 사과를 하든가 얻어맞으세요. 그러면 힘도 없으면서 허세만 부리는 그 버릇이 고쳐지겠지요. 두 분께 베푼 친절에 대해서 훌륭하게 보답하는군요! 한쪽의 나약한 성질과 다른 쪽의 사나운 성질을 두루 너그럽게 보아 넘겼더니, 이제 와선 양쪽 다 어리석기 짝이 없게도 배은망덕하다니. 에드거, 나는 당신과 당신의 재산을 지켜주고 있었던 거예요. 그런데 당신은 나를 그처럼 나쁘게 생각하다니, 히드클리프가 당신이 기절할 때까지 때려줬으면 좋겠어요!"

서방님을 기절시키는 데는 두들겨 팰 필요도 없었습니다. 서방님은 몸을 부들부들 떨더니 얼굴이 파랗게 질렸습니다. 고통과 굴욕감이 그를 완전히 짓눌렀던 것입니다. 그는 의자 등받이에 몸을 기댄 채 얼굴을 두 손으로 감쌌습니다.

"오오, 맙소사! 옛날 같으면 이런 기회에 기사가 되셨을 텐데!" 하고 아씨가 외쳤습니다.

"우리가 졌어요! 우리가 졌다고요! 왕이 생쥐 나라에 군대를 보내지 않는 것과 마찬가지로, 히드클리프는 당신에게 손가락 하나 대지 않을 거예요. 기운 내세요. 무서울 것 없다고요. 당신 같은 남자는 새끼 양이 아니라 젖비린내 나는 토끼예요."

"캐시, 젖비린내 나는 겁쟁이를 남편으로 둔 것을 축하하오. 당신의 취미에 경의를 표하겠소. 거품을 물고 벌벌 떠는 저놈이 바로 당신이 나를 버리고 선택한 사내란 말이오? 저놈을 주먹으로 칠 것까지는 없고 발

로 걸어차서 분을 좀 풀어볼 마음은 있소. 저 사람 지금 울고 있는 거요,
아니면 무서워서 기절하기 직전인 거요?"

히드클리프가 가까이 가서 서방님이 기대고 있는 의자를 밀어버렸습니
다. 그런데 그는 가까이 가지 말았어야 했습니다. 서방님이 벌떡 일어
나더니, 약한 사람 같으면 뒤로 자빠질 만큼 세게 그의 턱을 쳤으니까요.
그가 숨이 막혀 잠시 넋이 나간 동안 서방님은 뒷문으로 빠져나갔습니
다.

"그것 봐요. 당신, 이제 다시는 여기 오지 못할 거예요!"

캐서린 아씨가 소리쳤습니다.

"어서 가보세요. 그이가 양손에 권총을 들고 하인 대여섯을 거느리고
다시 올 테니까. 만약 우리 이야기를 엿들었다면 당신을 절대로 용서하
지 않을 거예요. 당신은 내게 너무했어요, 히드클리프. 자, 가세요. 어서
요. 차라리 남편이 쫓겨간다면 좋겠어요."

"내가 그 녀석에게 목구멍에 불이 나도록 얻어맞고 곱게 물러갈 줄 아
나?"

그가 으르렁거렸습니다.

"천만에, 난 안 가. 저놈의 갈비뼈를 썩은 개암 뭉개듯 뭉개버리기 전
엔 절대로 이 집 문을 나서지 않겠어! 지금 저 녀석을 때려눕히지 못하
면 언젠가는 죽여버리게 될 테니, 남편이 살아 있길 원한다면 당장 불러
와!"

"서방님은 오시지 않을 거예요."

저는 거짓말을 꾸며댔습니다.

"마부와 두 정원사가 왔어요. 설마 그 사람들이 당신을 큰길로 끌어낼

때까지 기다릴 생각은 아니겠지요? 모두 몽둥이를 들었어요. 분명 서방님은 거실 창문에서 지시한 대로 하고 있는지 지켜보고 계실 거예요.”

정원사와 마부가 온 건 사실이었습니다. 그러나 서방님께서도 같이 오셨습니다. 그들은 이미 안뜰로 들어섰습니다. 히드클리프는 가만히 생각해 보더니, 세 사람의 졸개를 상대로 한 싸움을 하지 않기로 작정한 것 같았습니다. 그래서 그들이 부지깽이를 들고 안쪽 문의 자물쇠를 부수고 들어왔을 때에는 히드클리프는 벌써 도망쳐버린 후였습니다.

아씨는 몹시 흥분해서 저더러 2층으로 따라오라고 하셨습니다. 아씨는 이 소동이 일어나는 데 제가 한몫 했다는 것을 모르고 있었으며, 저로서도 그녀가 모르고 넘어가기를 간절히 바랐습니다.

“넬리, 난 미쳐버릴 것만 같아!”

아씨는 소파에 몸을 던지며 말했습니다.

“쇠망치가 사정없이 내 머리를 두들기는 것 같아. 이사벨라더러 당분간 내 앞에 나타나지 말라고 해. 이 소동이 다 이사벨라 때문이니까. 누구든지 지금 화를 돋우면 난 미쳐버리고 말 거야. 그리고 넬리, 오늘 밤 에드거를 만나거든 내가 중병에 걸린 것 같다고 말해 줘. 정말 아프기라도 했으면 좋으련만. 그이는 나를 몹시 놀라게 하고 괴롭혔으니까, 나도 그이를 놀라게 해주고 싶어. 게다가 그이는 험담이나 불평을 또 한바탕 늘어놓을 테고, 그렇게 되면 분명히 나도 가만있지 않을 테니 결과가 어떻게 될지 몰라. 이 문제에 있어서는 내가 아무 책임이 없다는 걸 넬리도 알고 있지? 어째서 그이는 남의 말을 엿들을 생각을 했을까? 넬리가 나간 후에 히드클리프는 말도 안 되는 소리를 했지만, 나는 곧 이사벨라 이야기는 못하게 할 수 있었어. 그러면 아무 일도 없었을 텐데. 그런데 이제는 모든 것이 틀려버렸는걸. 이 모든 일이 자기에 대한 험담을 엿듣고 싶어하는 바보 같은 그이의 갈망 때문이야. 만일 우리의 대화를 엿듣지 않았다면 그이에게는 아무 일도 없었을 텐데. 정말이지, 자기를 위해서 내가 목이 쉬도록 히드클리프를 꾸짖고 있는데, 영문도 모르고 그렇게 불쾌한 말투로 내게 시비를 걸었을 때에는 두 사람이 어떻게 되든 난 알 바 아니라는 생각이 들었지. 게다가 어떻게 끝장이 나든 우리는 모두 기약 없이 뿔뿔이 흩어져버리게 될 거라는 생각이 드니 더욱더 그럴 수밖에. 좋아, 만약 히드클리프와 친구로 지낼 수 없고 그이가 그렇게 비열하게 질투한다면 난 애를 태우다 죽어서 그 사람들의 가슴을 아프게 해주겠어. 다급해지면 그렇게 하는 것이 만사를 빨리 해결할 수 있는 방법일지 몰라. 그렇지만 그 방법은 맨 나중으로 아껴두겠어. 그런 식으로 남편에게 기습을 가하는 건 싫으니까. 그이는 지금까지 나를 화나게 하는 것이 두려워서 조심해 왔지. 넬리는 그이가 그 방침을 버릴 때 일어날지도 모를 위험과, 불이 붙으면 미칠 것 같은 내 심정을 그이에게 각인시켜 주어야 해. 그렇게 무심한 표정일랑 거두고 좀더 나를 위해 걱정하는 얼굴을 지어줬으면 좋겠어."

아무렇지 않게 듣고만 있는 저의 태도가 틀림없이 아씨의 울화를 돋우었을 겁니다. 왜냐하면 아씨의 말은 진심이었으니까요. 그러나 저는 자기의 감정을 이용할 수 있는 사람이라면, 감정이 폭발하기 전에 의지의 힘으로 어느 정도 자제할 수 있으리라 믿었습니다. 그리고 저는 아씨의 비위를 맞추기 위해 서방님을 놀라게 해서 근심을 끼쳐드리고 싶은 마음은 추호도 없었습니다. 그래서 거실로 오는 서방님을 보고도 아무 말도 전하지 않고 나와버렸지만, 그 후 내외의 싸움이 다시 시작됐는지 궁금해서 엿듣지 않을 수 없었습니다.

서방님이 먼저 말을 꺼냈습니다.

"가만히 앉아 있어요, 캐서린."

서방님의 목소리에는 노여움 대신 슬픔과 침울함이 스며 있었습니다.

"곧 나가겠소. 싸우러 온 것도 아니고 화해하러 온 것도 아니오. 단지 오늘 이후에도 그 사람과 교제를 계속할 건지 듣고 싶소."

"오오, 제발!"

아씨가 발을 구르며 서방님의 말을 가로막았습니다.

"제발 이제 그 이야기는 그만둬요! 당신의 차가운 피는 결코 뜨거워질 수 없군요. 당신의 혈관에는 얼음물이 가득 차 있지만 내 피는 펄펄 끓어요. 찬 것을 보기만 해도 핏줄이 꿈틀거린다고요."

"묻는 말에나 어서 대답해요. 반드시 대답을 들어야겠소. 당신의 끓는 피에 놀랄 내가 아니오. 당신은 마음만 먹으면 누구보다도 냉철해질 수 있는 사람이라는 것을 난 아오. 히드클리프를 버리겠소, 아니면 나를 버리겠소? 나의 편인 동시에 그의 편일 수는 없는 법, 당신이 어느 쪽을 택할 것인지 나는 꼭 알아야겠소."

서방님께서도 완강하게 버텼습니다.

"난 혼자 있고 싶어요!" 하고 캐서린 아씨는 버럭 화를 내며 소리쳤습니다.

"나가주세요! 어서요! 난 서 있을 힘도 없단 말이에요. 여보, 제발 나를 가만히 두라니까요."

아씨는 초인종이 깨지도록 흔들어댔지만, 저는 천천히 들어갔습니다. 아씨는 성인이라도 참을 수 없을 만큼 분별 없이 신경질적으로 화를 냈습니다. 아씨는 소파에 누워서 팔걸이에 머리를 내리치며 이를 갈고 있었습니다. 서방님은 후회와 두려움에 찬 얼굴로 아내를 쳐다보고 있었고요. 그분은 저에게 물을 좀 가져오라고 하시더군요. 아씨는 숨이 막혀서 말도 못할 지경이었습니다. 물을 한 잔 가득 가져갔지만 마시려 하지 않기에, 저는 그것을 아씨 얼굴에 뿌렸습니다. 잠깐 사이에 아씨의 몸은 뻣뻣하게 굳어지고 두 뺨은 창백해서 마치 죽은 사람 같았습니다. 서방님은 잔뜩 겁에 질렸습니다.

"별일 없을 테니 걱정 마세요."

저는 조용히 말했습니다. 저 역시 내심 걱정되지 않는 것은 아니었지만, 서방님이 양보하는 것이 싫었거든요.

"입술에 피가 묻었어."

서방님이 부들부들 떨면서 말했습니다.

"괜찮아요." 하고 저는 냉정하게 말했습니다. 그리고 서방님이 들어오시기 전부터 아씨는 광란의 발작을 일으키기로 계획하고 있었다는 말을 했습니다. 그런데 경솔하게도 목소리가 컸던지, 아씨가 그 소리를 듣고 벌떡 일어났습니다. 머리카락은 어깨 위에 늘어지고, 두 눈은 번쩍였으며, 목과 팔의 근육이 묘하게 뒤틀려 있더군요. 저는 적어도 갈비뼈 몇 대는 부러지는 줄 알았는데, 아씨는 잠시 주위를 살피더니 서둘러 나가버렸습니다. 서방님이 따라가 보라고 하시기에 저는 아씨의 방까지 따라갔지만, 안에서 문을 잠가버리는 바람에 들어갈 수가 없었습니다.

그런데 이튿날 아침, 식사 시간이 되어도 아씨가 내려올 기미를 보이지 않자 저는 음식을 갖다드릴까 물어보려고 올라갔습니다. 아씨는 한마디로 '그만두라'고 거절했습니다.

점심때에도, 차 마시는 시간에도 같은 문답이 오가고, 그 다음날 아침
에도 마찬가지였습니다. 서방님은 서방님대로 서재에 틀어박힌 채 아내
의 상태에 대해 절대로 묻지 않았습니다. 이사벨라 아가씨와 서방님은
한 시간 정도 이야기를 나누었는데, 서방님은 히드클리프가 접근해 왔을
때 무서웠다는 말을 누이동생에게 듣고 싶어 애썼으나, 아가씨가 교묘하
게 답변을 피하는 바람에 별다른 성과 없이 이야기를 마칠 수밖에 없었
습니다. 다만 앞으로도 아가씨가 정신없이 그 몹쓸 사나이의 말에 부응
하는 미친 짓을 한다면, 남매간의 인연을 사정없이 끊어버릴 것이라고
엄포를 놓았습니다.

12

이사벨라 아가씨는 말없이 눈물을 글썽이며 정원을 하염없이 거닐고, 서방님은 그동안 펴보지도 않던 책 속에 파묻혀 있었습니다. 혹시 아내가 스스로 잘못을 뉘우치고 용서를 빌며 화해를 청해 오리라는 막연한 기대에 지쳐가는 듯했습니다. 그런데 캐서린 아씨 쪽에서는, 남편이 식사 때마다 아내의 자리가 비어 있는 것이 마음 아파 목이 메이면서도 오로지 자존심 때문에 자기 발 아래 엎드려 용서를 빌지 못할 뿐이라고 생각하며 끈질기게 단식을 계속하고 있었습니다. 저는 저대로 드러시크로스 저택에서 분별 있는 사람은 바로 저 혼자뿐이라고 확신하고 집안 일만 열심히 하고 있었습니다. 저는 굳이 아가씨를 위로하거나 캐서린 아씨를 타이르지 않았고, 또 아씨의 목소리를 듣지 못하니 그 이름만이라도 듣고 싶어 조바심 내는 서방님의 한숨도 모르는 척 외면했습니다. 본인들끼리 알아서 해결할 문제라고 생각한 거죠. 사실 지루하도록 더디기는 했으나, 그런 화해의 징조가 조금씩 보이기 시작했습니다.

사흘째 되던 날, 아씨는 닫아걸었던 문을 열고 물을 가져오라고 하셨죠. 그러고는 죽을 것만 같다는 말을 했습니다. 물론 서방님의 귀에 들어가기를 바라고 한 말로 미루어 짐작되지만, 저는 모르는 척 차와 빵을 갖다드렸습니다. 아씨는 단숨에 먹고 마시더니, 다시 베개를 베고 누워 두 주먹을 불끈 쥐며 신음하듯 부르짖었습니다.

"아아, 죽고 싶어! 아무도 나를 걱정해 주는 사람이 없어. 차라리 먹지 말 걸."

그러고 나서 한참 후에는 이렇게 중얼거리더군요.

"아니야, 죽지 않을 테야…… 그이가 좋아하라고…… 그이는 나를 조금도 사랑하지 않아…… 내가 죽어도 보고 싶어하지도 않을 거야!"

"시키실 일 없으세요, 아씨?"

저는 아씨의 무서운 표정과 이상해진 태도를 보면서도 겉으로는 여전히 냉정한 척 물었습니다.

"그 무정한 사람은 뭘 하고 있지? 기절이라도 했나? 아니면 죽기라도 했나?"

아씨는 여윈 얼굴 위로 흘러내린 곱슬머리를 쓸어올리며 물었습니다.

"어느 쪽도 아니에요. 서방님에 대해서라면 걱정 마세요. 지나치게 공부에만 몰두하고 계시기는 하지만, 건강도 좋으신 편이에요. 달리 말상대가 없으니 하루종일 책 속에만 파묻혀 지내십니다."

아씨의 건강이 어느 정도인지 알았더라면 그렇게까지 심하게 말하진 않았을 것입니다. 그러나 저는 아씨가 아픈 척 연극을 꾸미고 있다고 생각했습니다.

"책 속에 파묻히다니!"

아씨가 한심하다는 듯 소리쳤습니다.

"내가 죽어가고 있는데, 무덤으로 들어가려 하는데 그럴 수 있어? 내가 얼마나 쇠약해졌는지 알고나 있는 건가?"

아씨는 맞은편 벽에 걸린 거울에 비친 자신의 모습을 노려보면서 말을 이었습니다.

"저것이 캐서린 린턴이란 말인가? 아마 그이는 내가 심술이 나서 연극을 꾸미고 있는 줄 아나 봐. 가서 그이에게 내가 정말로 위독하다고 알려줄 수 없겠어? 넬리, 지금이라도 늦지 않았다면, 그이가 마음먹기에 따라 나는 두 가지 중 한 가지를 택할 거야. 당장 굶어 죽거나—그이에게 인정이 없다면 그다지 가책을 받지는 않겠지만—건강이 회복되면 이 고장을 떠나겠어. 지금 넬리가 한 말 정말이지? 그이는 정말 내가 살든지 죽든지 관심이 없는 거지?"

"아니에요, 아씨. 서방님께서는 아씨가 굶어 돌아가실 거라고는 생각조차 안 하세요."

"넬리, 내가 굶어 죽을 것 같다고 전해 주지 않을래? 그이가 알아듣도록 말야."

"안 돼요, 아씨! 아씨는 오늘 저녁 맛있게 드신 것을 잊으셨군요. 내일이면 기운을 되찾으실 거예요."

그러자 아씨는 재빨리 제 말을 막았습니다.

"내가 죽은 다음 그이도 따라 죽을 것이 확실하다면 난 당장 자살이라도 하겠어. 사흘 밤을 한숨도 못 자고 괴로워했어. 귀신에 홀린 것 같아, 넬리! 이제는 넬리마저 나를 싫어하는 것 같군! 이상도 하지! 모든 사람들이 나만은 사랑하지 않을 수 없을 거라고 생각했었는데, 불과 몇 시간만에 모든 사람이 내 원수가 되어버렸어. 정말이야. 이 집에 사는 사람들 모두의 냉정한 얼굴에 파묻혀 죽음을 맞다니, 얼마나 외로울까? 이사벨라는 겁나고 싫어서 이 방에 들어오지도 않을 테고, 그이는 시종 엄숙하게 바라보고 서 있다가 이 집에 평화가 다시 찾아온 데 대해 하느님께 감사 기도를 드리고 다시 책을 보겠지. 조금이라도 인정이 있는 사람이라면, 내가 죽어간다는데 책만 읽고 있겠어?"

제가 그런 생각을 하게 만들긴 했지만, 남편이 철학자처럼 책만 읽고 있다는 말에 그녀는 참을 수가 없었던 모양입니다. 아씨는 열에 들떠 미친 듯 엎치락뒤치락하더니 이빨로 베개를 물어뜯었습니다. 그러다가 불덩어리처럼 뜨거워진 몸을 일으켜 창문을 열라고 했습니다. 그러나 북풍이 세차게 불어서 저는 그 말을 못 들은 척했습니다.

아씨의 얼굴을 스치는 표정과 심정의 변화에 저는 가슴이 덜컥 내려앉아 그녀가 전에 열병을 앓았던 일과, 아씨를 자극하지 말라던 의사의 당부가 생각나더군요. 조금 전까지 펄펄 뛰었던 아씨는 이제는 한쪽 팔을 괴고 앉아 하녀가 명령을 거역한 것도 잊어버리고 방금 물어 뜯어놓은 베개 속에서 깃털을 꺼내어 종류별로 홑이불 위에 늘어놓으며 어린애 같은 장난에 빠져 있었습니다. 그녀의 생각은 이미 다른 세계에 가 있었던 것입니다.

"이것은 칠면조 털이야. 그리고 이건 들오리, 이건 비둘기 털이지. 아아, 비둘기 털을 베개 속에 넣었었군. 그러니 죽지 않을 수밖에. 잘 때는 이걸 방바닥에 던져버려야지. 여기 있는 것은 들꿩 털이야. 한눈에도 알 수 있어. 이건 도요새 털. 귀여운 새지. 벌판 한가운데서 우리 머리 위를 날아다니고 있었지. 구름이 무겁게 내려앉아 비가 올 것 같으면 둥지로 돌아가고 싶어했지. 이 털은 히스 숲에서 주운 거야. 쏘아 죽인 건 아니야. 겨울에 둥지를 보니까 죽은 놈이 많았어. 히드클리프가 그 위에 덫을 놓았기 때문에 어미 새가 무서워서 내려앉지 못했던 거야. 그 일이 있은 후 난 히드클리프에게 다시는 도요새를 쏘지 않겠다는 다짐을 받았고, 그도 쏘지 않았어. 그래, 여기도 있군! 그렇다면 히드클리프가 내 도요새를 쏜 걸까, 넬리? 그중에 빨간 털이 있어? 어디 좀 보여줘."

"어린애 같은 짓 좀 그만 하세요."

저는 아씨의 베개를 잡아당겨 찢긴 구멍이 보이지 않도록 엎어놓았습니다. 아씨가 그 속에 든 깃털을 한 줌씩 꺼내고 있었기 때문입니다.

"누워서 눈을 감으세요. 아씨는 엉뚱한 생각을 하고 계세요. 온통 난장판이군요. 깃털이 눈처럼 흩날리고."

저는 여기저기 흩어진 깃털을 주워 모았습니다.

"넬리, 넬리가 노파로 보여. 백발이 성성하고 등이 휘고 말이야. 이 침대는 페니스톤 바위산에 있는 요정의 동굴이고, 넬리는 어린 암소를 쏘려고 화살촉을 모으고 있어. 내가 가까이 가면 양털을 줍는 척하면서 말이야. 앞으로 50년 후의 넬리 모습이지. 지금 그렇다는 게 아니야. 난 정신이 나가진 않았어. 그렇지 않다면 정말로 넬리는 쪼글쪼글한 할멈이고 난 페니스톤 바위 아래에 있다고 생각했을 거야. 하지만 난 확실히 알고 있어. 지금은 밤이고, 탁자 위에 촛불이 두 개 있고, 그 불빛이 검은 장롱에 비쳐 반짝이고 있잖아."

"검은 장롱? 그런 게 어딨어요. 아씨는 헛소리를 하고 있는 거예요."

"언제나처럼 벽 쪽에 있잖아. 참 이상하지. 거기 어떤 얼굴이 보여!"

"이 방에는 전이나 지금이나 장롱이라곤 없어요."

저는 제자리로 돌아가 아씨가 잘 보이도록 커튼을 걷어 묶었습니다.

"저 얼굴이 보이지 않아?"

아씨는 열심히 거울을 들여다보았습니다. 그것이 바로 아씨 자신의 얼굴이라고 아무리 말해도 못 알아듣기에 저는 숄로 거울을 덮어버렸습니다. 그래도 아씨는 걱정스러운 표정으로 우겼습니다.

"아직도 그 뒤에 앉아 있어. 그리고 움직이네. 누굴까? 넬리가 나가버린 다음에는 나타나지 않았으면 좋겠는데! 오오, 넬리. 이 방에 유령이 있어! 혼자 있는 것이 두려워!"

저는 아씨의 손을 잡고 진정하라고 말했습니다. 계속 몸부림을 치는 바람에 온몸에 경련이 이는데도 거울에서 시선을 떼지 않았으니까요.

"이 방엔 아무도 없어요. 저건 바로 아씨 자신이에요. 조금 전까지도 알고 계셨으면서!"

"나 자신이라고?"

아씨는 신음하듯 말했습니다.

"시계가 12시를 가리키는군! 아이, 무서워!"

아씨는 손가락으로 이불 자락을 움켜쥐고 그것으로 얼굴을 가렸습니다. 서방님을 부를 생각으로 가만히 문 쪽으로 가던 저는 아씨의 찢어지는 듯한 비명에 놀라서 돌아보았습니다. 숄이 거울에서 미끄러져 바닥에 떨어졌더군요.

"왜 그러세요? 지금 보니 서방님보다 아씨가 더 겁이 많군요. 정신 차리세요. 아씨, 저건 거울이란 말이에요. 거울에 아씨 모습이 비친 거예요. 보세요, 아씨 곁에 저도 있잖아요."

아씨는 몸을 떨면서 어찌할 바를 모르고 저를 꼭 붙잡고 있더니, 차츰 공포의 표정이 사라지고 창백하던 얼굴은 이내 부끄러움으로 빨개졌습니다.

"나는 여기가 워더링 하이츠인 줄 알았어. 워더링 하이츠의 내 방에 누워 있는 줄 알았지. 몸이 허약해지니까 정신까지 혼란스러워서 나도 모르게 소리를 질렀나 봐. 아무 말도 하지 말고 내 옆에 있어줘. 난 잠들기가 무서워. 나쁜 꿈에 시달리니까."

아씨가 한숨을 내쉬며 말했습니다.

"한숨잠 푹 자고 나면 좋아질 거예요, 아씨. 이렇게 혼나셨으니 다시는 단식할 생각 마세요."

"아아, 워더링 하이츠의 내 침대에 누워 있다면 얼마나 좋을까!"

두 손을 마주잡고 아씨는 고통스러운 듯이 말을 이었습니다.

"저 바람이 워더링 하이츠 창가의 전나무를 뒤흔들던 바람이라면! 바람을 만질 수 있게 해줘. 황야를 불어 내리는 바람, 그 바람을 한 번만 마실 수 있게 해줘."

아씨를 진정시키기 위해 저는 잠깐 창문을 열었습니다. 휙, 찬바람이 불어 들어왔습니다. 저는 문을 닫고 자리로 돌아왔습니다. 아씨는 얼굴을 눈물로 흠뻑 적신 채 누워 있었지요. 지칠 대로 지쳐 기운이 다 빠졌기 때문에 불 같은 성미의 아씨도 칭얼거리는 어린애와 결코 다르지 않았습니다.

"내가 이 방에 틀어박혀 있은 지 얼마나 되었지?"

갑자기 생기를 띠면서 아씨가 물었습니다.

"그때가 월요일 아침이었는데 지금이 목요일 밤, 아니, 정확히 말해서 금요일 아침이라고 해야겠어요."

"뭐라고? 아직 일주일도 안 지났어? 그렇게밖에 안 지났나?"

"냉수만 마시면서 참 오래도 버티셨네요."

"하여튼 시간이 많이 지난 것 같아."

아씨는 이상하다는 듯 중얼거렸습니다.

"분명히 더 오래됐을 거야. 그 두 사람이 싸우고 난 후 난 거실에 있었지. 그런데 그이가 어찌나 나를 화나게 하는지 나는 될 대로 되라며 이 방으로 뛰어 들어왔던 기억이 나. 방문을 닫아걸었더니, 온 세상이 캄캄해지면서 나는 그만 방바닥에 쓰러져버렸지. 누군가 나를 계속 괴롭히면 틀림없이 발작을 일으키거나 미쳐버릴 것 같았는데, 그런 상태를 그이에게 잘 설명할 수가 없었어. 머리나 혀가 내 마음대로 움직이지 않았으니, 아마 그이는 내 고통을 짐작조차 못할 거야. 그저 그이의 목소리가 들리지 않는 곳으로 도망쳐야겠다는 생각뿐이었어. 겨우 눈이 다시 보이고 귀가 들리기 시작했을 때엔 이미 날이 새고 있었지. 저 책상 다리에 머리를 기대고 뿌옇게 동이 터오는 광경을 네모난 창문을 통해 바라보면서, 나는 워더링 하이츠의 참나무 판자로 꾸민 침대 속에 있는 것 같은 착각에 빠졌어. 그러자 그것이 무엇 때문인지 잘 생각나지는 않지만, 어떤 큰 슬픔 때문에 가슴이 몹시 아파왔어. 그 까닭을 알아내려고 애써 생각하는 중이었는데, 이상하게도 지난 7년이란 세월이 백지가 되어버리잖아. 도대체 있었던 일 같지가 않았어. 난 어린아이였고 아버지의 장례를 치른 지 얼마 안 되었어. 히드클리프와 같이 놀아선 안 된다는 오빠의 말을 듣고 슬퍼하고 있었어. 난 처음으로 혼자가 되었지. 하룻밤을 눈물로 새우다가 잠깐 잠들었다 깨어 판자 문을 열려고 손을 내밀었더니, 탁자가 손에 닿았어. 그 손으로 카펫을 쓸어내리다 보니, 갑자기 기억이 되살아나 그때까지의 괴로움이 발작적인 절망으로 변하고 말았어. 왜 그토록 미친 듯이 절망했는지 모르겠어. 별다른 이유라곤 없으니 아마 일시적인 정신 착란이었나 봐. 그렇지만 워더링 하이츠와 어렸을 때 사귄 사람들 그리고 내 전부라고도 할 수 있는 히드클리프와 헤어져 어느새 린턴 부인이 되고, 드러시크로스 저택의 안주인이 된 후 줄곧 예전에 내가 속해 있던 세계에서 추방되어 떠돌이가 되었던 걸 생각해 봐. 내가 깊은 구렁텅이에 빠진 듯한 기분이 들었던 걸 넬리도 조금은 이해할 수 있을 거야. 넬리, 내가 이렇게 된 데엔 넬리도 한몫 했으니, 고개를 저어 봐야 소용없어. 넬리가 시켜서 그이가 나를 가만 놓아두는 거야. 오오, 속에서 불이 날 것 같아. 밖으로 나가고 싶어! 다시 억세고 자유분방하던 소녀 시절로 돌아가서, 아무리 야단을 맞아도 화내는 일 없이 오히려 비웃어줄 수 있었으면 좋겠어! 왜 내가 이렇게 변했을까? 몇 마디 말에 왜 내 피가 끓어오를까? 저 히스 언덕에 가보기만 해도 예전의 내가 될 수 있을 텐데. 창문을 다시 활짝 열어봐. 활짝! 빨리."

"안 돼요. 감기에 걸리면 큰일나요."

그러자 아씨가 심술궂게 말했습니다.

"내게 소생할 기회를 주지 않을 작정이군. 하지만 내게도 그 정도의 힘은 있어. 넬리가 안 열면 내가 열겠어."

그러고는 미처 제가 말릴 틈도 없이 침대에서 내려와 매우 불안한 걸음걸이로 창가로 걸어가더니 창문을 열고 살을 에는 듯한 바람이 부는 창 밖으로 몸을 내밀었습니다. 저는 있는 힘껏 말렸지만, 열에 들뜬 아씨의 힘을 도저히 당해 낼 수 없음을 깨달았습니다. 아씨는 제정신이 아니었던 것입니다. 달도 뜨지 않고, 지상의 모든 것은 밤안개에 휩싸여 있었습니다. 어느 집이고 불빛이라곤 보이지 않았습니다. 모두 불을 끈 지 오래되었지요. 워더링 하이츠의 불빛도 보이지 않았는데, 아씨는 자꾸만 그 불빛이 보인다는 것이었습니다.

"저것 좀 봐!"

아씨는 열에 들떠 외쳤습니다.

"촛불이 켜져 있고 그 앞에 나무가 흔들리고 있는 게 내 방이야. 조지 프의 다락방에도 촛불이 켜져 있네. 조지프는 언제나 늦도록 깨어 있어. 내가 집에 들어오면 대문을 잠그려고 기다리고 있는 거야. 그런데 조금 더 기다리게 해야겠어. 길도 험하고, 마음도 슬퍼지니까. 가는 길에 기머 튼 교회를 지나야 해. 우리는 둘이서 가끔 유령에게 도전하여 무덤 한가 운데 혼자 가서 유령 불러내기 시합을 했었지. 하지만 히드클리프, 지금 내가 당신에게 그때처럼 해보자고 부탁하면 당신은 나올 수 있겠어? 당 신이 한다면 나도 같이 하지. 나 혼자 거기 누워 있지는 않을 거야. 열두 자 깊이로 나를 묻고 교회를 그 위에 옮겨놓는다고 해도 당신이 없다면 도저히 편히 잠들지 못할 거야."

아씨는 잠깐 묘한 미소를 머금더니 말을 이었습니다.

"그는 아마 내가 자기를 찾아가길 바라나 봐. 그렇다면 길을 찾아봐요. 교회 묘지로 난 길말고 딴 길을. 뭘 꾸물대죠? 불평하지 말아요. 당신은 항상 내 뒤를 따라다녔잖아요!"

제정신이 아닌 아씨를 탓해 봤자 소용없는 일임을 아는 저는 아씨를 붙잡고 선 채 몸에 걸칠 만한 것을 찾고 있었습니다. 그런데 그때 문이 덜거덕거리며 서방님이 들어오셨습니다. 마침 복도를 지나가다가 말소리 를 들으시고 이토록 늦은 시간에 무슨 일인가 알아보러 들어오신 거였습 니다.

"오오, 서방님!"

저는 눈앞의 광경과 방안의 싸늘한 분위기에 놀라서 소리치려는 서방님에게 말했습니다.

"아씨는 가엾게도 병이 나셨습니다. 제 힘으로는 어쩔 수가 없군요. 도저히 방법이 없으니, 제발 잠자리에 드시도록 서방님께서 타일러주세요. 노여웠던 일은 잊어버리세요. 아씨는 원래 자기 고집대로만 사시는 분이니까요."

"캐서린이 아프다고?" 하며 서방님은 우리 곁으로 다가오셨습니다.

"넬리, 창문을 닫아요. 여보! 어째서……."

서방님은 말을 잇지 못했습니다. 무섭도록 야윈 아내의 모습에 놀란 나머지 말문이 막혀서 아씨와 저를 번갈아 바라볼 뿐이었습니다.

"아씨는 이 방에서 꼼짝도 않은 채 아무것도 드시지 않고 말씀도 안 하셨답니다. 그동안 이 방에 아무도 못 들어오게 하시는 바람에 아씨의 상태를 말씀드릴 수 없었어요. 하지만 심하지는 않아요."

제 생각에도 어색한 변명이었습니다. 서방님께서도 얼굴을 찌푸렸습니다.

"대단치 않다니, 넬리? 아씨가 이렇게 되도록 내게 알리지 않은 이유를 좀더 확실하게 말해 보게."

서방님은 엄하게 꾸짖으셨습니다. 그러고는 아씨를 품에 안고 연민에 찬 시선으로 쳐다보았습니다. 처음에 아씨는 서방님을 못 알아보시더군요. 그러나 완전히 정신이 나간 것은 아니어서, 밖의 어둠을 응시하던 눈을 돌려 천천히 서방님께 시선을 집중하더니, 드디어 자기를 안고 있는 사람이 누구인지 알아보셨습니다.

"아아! 당신이군요, 에드거!"

아씨가 분노로 부들부들 떨며 말했습니다.

"당신은 필요없는 때엔 곧잘 나타나다가도 정작 필요할 땐 나타나지 않더군요! 이제 우리는 커다란 슬픔을 겪게 될 거예요. 저는 그것을 알아요. 하지만 아무리 슬퍼해도 저기 있는 좁은 내 집, 봄이 오기 전에 가야할 안식처를 찾아가는 나를 막지는 못해요. 그곳은 교회 지붕 아래에 있는 가족 묘지가 아니라, 넓은 하늘 아래 묘비가 하나 있는 그런 무덤이에요. 당신은 가족 묘지로 가시든 내게 오시든 마음대로 하세요!"

"캐서린, 도대체 무슨 말을 하는 거요? 이제 우리가 남남이란 말이오? 당신은 저 망할 놈의 히드클리프를 사랑……."

"쉿!"

아씨가 서방님의 말을 막았습니다.

"더 이상 아무 말도 하지 마세요. 그 이름을 입 밖에 내면 나는 창문으로 뛰어내려 죽어버리고 말겠어요. 지금 당신이 붙잡고 있는 이 육신은 가질 수 있을지 모르지만, 내 영혼만은 당신의 손이 닿을 수 없는 저 언덕 위에 가 있을 거예요. 난 당신이 필요없어요. 서재로 가서 책이나 읽으세요. 당신은 내게서 얻던 낙을 모두 잃어도 위안받을 길이 따로 있으니, 다행이군요."

"아씨는 지금 제정신이 아니에요. 밤새도록 헛소리만 하셨어요. 하지만 안정을 취하고 잘 드시면 곧 회복되실 거예요. 앞으로도 아씨의 기분을 상하게 하지 않도록 신경 써야 할 것 같아요."

아씨의 말이 끝나자마자 제가 끼어들었습니다.

"이젠 자네의 충고 따위는 듣지 않겠네. 자네는 아씨의 성질을 잘 알고 있으면서도 기분을 상하게 만들었지. 그리고 지난 사흘간 아씨의 상태에 대해 내게 한 마디도 얘기해 주지 않았어. 매정하게도! 몇 달을 앓은 사람도 이렇게 쇠약해질 순 없을 거야!"

아씨의 고약한 심술 때문에 책망을 듣는 것이 너무 억울하다는 생각
이 들어 저는 변명을 하기 시작했습니다.

"아씨가 고집이 세고 자기 멋대로라는 것은 알고 있었습니다만, 서방
님께서 아씨의 사나운 성미를 북돋우시는 줄은 미처 몰랐습니다. 아씨의
비위를 맞추기 위해서 히드클리프의 못된 짓을 눈감아주어야 한다는 것
도 깨닫지 못했어요. 충실한 하인의 의무를 다하여 서방님께 말씀드린
것뿐인데, 그에 대한 대가가 고작 부당한 꾸지람이라니! 앞으로도 조심
해야 한다는 것을 이번에 알았어요."

그러자 서방님이 단호한 어투로 말했습니다.

"다음에 또다시 터무니없는 말을 꾸며댄다면 이 집에서 내보내겠네,
넬리."

"그렇다면 서방님, 서방님은 그 일에 대해서 아무 말도 듣고 싶지 않
다는 말씀이시군요. 히드클리프가 아가씨를 유혹하러 오는 것이나, 서방
님이 안 계시는 틈을 이용하여 서방님에게 불리한 말을 아씨의 귀에 속
삭이는 건 서방님의 허락을 받은 짓인가요?"

아씨는 정신이 혼란스러운 상황에서도 우리의 대화를 모두 들었는지
길길이 뛰면서 소리쳤습니다.

"아아! 넬리는 배신자였군! 내 숨은 적이었어. 이 마녀 같은 계집! 이
손 놔요. 저것을 가만 놔두지 않겠어! 큰 소리로 자기가 한 말을 취소하
게끔 만들어놓을 거야."

두 눈에 미친 듯한 분노의 빛을 담은 채 아씨는 서방님의 품에서 빠져
나오려고 발버둥을 쳤습니다. 저는 더 이상 그곳에 있고 싶지 않아서 의

사를 부르러 가기 위해 그 방에서 얼른 나왔습니다.

뜰을 지나 큰길로 나서는데, 말고삐를 매는 고리가 박힌 벽에 무언가 허연 물체가 불규칙적으로 움직이는 것이 보였습니다. 아무래도 바람 탓은 아닌 것 같았습니다. 바쁜 중에도 걸음을 멈추고 그것을 살펴보았습니다. 그것은 이사벨라 아가씨의 사냥개인 퍼니였는데, 손수건으로 목이 졸린 채 매달려 거의 숨을 거두기 직전이었습니다.

저는 재빨리 손수건을 풀고 뜰에 뉘었습니다. 아가씨가 침실로 가실 때 그놈이 따라가는 것을 보았는데 어째서 그곳으로 나왔으며, 어떤 못된 인간이 그렇게 만들어놓았는지 도저히 알 수 없었습니다. 그때 멀리서 계속 말발굽 소리가 들리는 것 같았습니다. 새벽 2시에 말발굽 소리가 들린다는 것이 이상하긴 했지만, 여러 가지 일로 머리가 복잡해서 그 이상은 생각하고 싶지 않았습니다.

다행히 케네스 선생은 마을의 환자를 돌본 후 집으로 들어서려는 참이었습니다. 아씨의 증세를 말씀드리자, 그분은 곧 저를 따라오셨습니다. 그분은 꾸밈이 없고 솔직한 분이었습니다. 그는 서슴없이 전보다 더욱더 충실하게 자기의 지시를 따르지 않는다면, 아씨가 두 번째 발작에서 회복되기는 힘들 거라고 말했습니다.

"넬리, 이번에는 특별한 이유가 있다고 생각하지 않을 수 없는데, 집에서 무슨 일이라도 있었나? 묘한 소문이 돌더군. 캐서린처럼 건강하고 쾌활한 여자는 쉽게 병이 나지 않는 법이고, 또 병이 나서도 안 되지. 열병을 이겨내는 건 쉬운 일이 아니야. 그래, 어떻게 시작되었나?"

"선생님은 언쇼 일가의 격한 성격을 잘 아시잖아요. 그중에서도 아씨가 제일 심하지요. 그러니까, 발단은 말다툼이었어요. 감정이 격해지자 발작을 일으키시더군요. 화가 나서 펄펄 뛰더니 문을 잠그고 들어앉아 버리시더군요. 그 후로 음식을 거부하시고, 이제는 헛소리를 하다가 몽상에 잠기곤 하십니다. 주위 사람을 알아보시기는 하는데 머릿속은 온통 이상한 생각이나 환상으로 가득 찬 것 같아요."

"린턴 씨가 매우 걱정하겠구먼."

"걱정하는 정도가 아니라, 무슨 일이라도 생기면 상심이 이만저만 아닐 거예요. 필요 이상으로 그분을 놀라게 하지는 말아주세요."

저는 서방님이 염려스러워 케네스 선생에게 부탁했습니다.

"그렇게 조심하라고 일렀는데 내 말을 명심하지 않았으니 그가 책임을 져야지. 요즘도 히드클리프와 가까이 지내는가?"

"자주 찾아오긴 하는데, 서방님이 좋아해서가 아니라 아씨의 소꿉동무로서 오는 거죠. 하지만 이제는 드나들지 못하게 되었답니다. 주제를 모르고 이사벨라 아가씨를 탐내는 바람에 그렇게 되었지요. 다시는 드러시크로스 저택에 드나들지 못할 거예요."

"아가씨가 퇴짜를 놓았나?"

"거기에 대해선 잘 모르겠어요."

그 문제에 대해 더 얘기하고 싶지 않았으므로 저는 간단히 대꾸했습니다.

"이사벨라 아가씨는 보통내기가 아닐세."

케네스 선생이 머리를 좌우로 저으며 말했습니다.

"그 아가씨는 혼자 비밀을 지키고 있어. 어리석기도 하지! 믿을 만한 사람에게 들었는데, 어젯밤—아주 멋진 밤이었지—그댁 아가씨와 히드클리프 둘이서 드러시크로스 저택 뒤 숲에서 두 시간 이상 얼쩡거렸다는군. 그런데 히드클리프가 그녀더러 집으로 돌아가지 말고 자기하고 같이 도망가자고 하니까, 아가씨가 다음에 만날 때 준비를 해가지고 나오기로 하고 그를 돌려보냈다는 거야. 다음이라는 게 언제인지는 모르겠는데, 린턴 씨한테 정신 바짝 차리고 감시하라고 이르게!"

그 말에 저는 새로운 근심에 싸였습니다. 저는 케네스 선생을 앞질러 뛰다시피 집으로 돌아왔습니다. 사냥개는 여전히 뜰에서 낑낑거리고 있었습니다. 제가 잠시 걸음을 멈추고 문을 열어주었는데, 강아지는 집 쪽으로 들어가지 않고 풀밭을 이리저리 냄새 맡으며 돌아다니다가 큰길로 나가려 했습니다. 그래서 저는 그 개를 데리고 들어왔습니다.

저는 우선 이사벨라 아가씨의 방으로 올라가 보았습니다. 저의 걱정은 괜한 것이 아니었습니다. 방이 비어 있더군요. 제가 몇 시간만 빨랐더라면 아씨의 병세를 알려서 아가씨의 무모한 행동을 막을 수도 있었을 텐데……. 그러나 어쩌겠습니까? 당장 쫓아간다면 혹 두 사람을 붙잡을 수 있을지 모르지만, 그때로선 그럴 수가 없었습니다. 왜냐하면 아무것도 모르는 식구들을 깨워서 소동을 일으킬 수도 없었거니와, 눈앞의 근심에 젖어 새로운 걱정거리를 감당할 여유가 없는 서방님께 차마 그 사실을 알릴 수가 없었던 것입니다. 저는 일이 되어가는 대로 내버려두기로 마음먹었습니다. 그때 케네스 선생이 도착했습니다. 저는 착잡한 표정으로 그분을 아씨에게로 안내했습니다.

아씨는 고통스러운 표정으로 잠들어 있었습니다. 다행히도 서방님이 펄펄 뛰는 아씨를 달래 진정시킨 모양이었습니다. 서방님은 베갯머리에 앉아 아씨의 얼굴을 지켜보고 있었습니다.

케네스 선생은 진찰을 해보고 나서, 절대 안정을 유지한다면 회복할 수 있으리라는 희망적인 말을 해주었습니다. 그리고 제게는 따로, 무서운 일은 죽음이 아니라 정신이 나간 상태로 평생을 지내는 것이라고 말했습니다.

그날 밤, 저는 거의 잠을 자지 못했습니다. 서방님도 마찬가지였습니다. 우리는 아예 잠자리에 들지도 않았습니다. 하인들도 모두 보통 때보다 훨씬 일찍 일어나 조용히 걸어다니면서 제각기 일을 하다가, 마주치면 소곤거리면서 이야기를 주고받았습니다. 이사벨라 아가씨 외에는 모두가 일어나서 움직였습니다. 그래서 다들 아가씨가 그때까지 자고 있다고 생각했습니다. 서방님 역시 누이동생이 일어났는지 물었는데, 아마도 올케에 대해 무관심한 것이 불쾌하게 생각되었던가 봅니다.

저는 아가씨를 불러오라고 하실까 봐 조마조마했으나, 다행히 그녀의 가출을 최초로 알리는 괴로움에서 벗어날 수 있었습니다. 아침 일찍 기머튼까지 심부름을 갔다온 철없는 하녀 하나가 숨을 헐떡이며 2층으로 올라와 방으로 뛰어들며 소리쳤습니다.

"아이구, 큰일났네, 큰일났어! 다음엔 또 어떤 일이 일어날까? 서방님, 이사벨라 아가씨께서……."

"조용히 하지 못해!"

저는 호들갑스러운 그녀의 행동에 화가 나서 소리쳤습니다.

"조용조용 말해 보아라, 메리. 아가씨가 어디 편찮으시냐?"

차분한 목소리로 서방님이 물으셨습니다.

"그게 아니라 가버리셨어요. 가버리셨다니까요! 히드클리프 씨가 아가씨를 데리고 도망갔대요."

숨이 차서 헐떡이며 하녀가 말했습니다.

"그럴 리가 있나?"

서방님은 당황해서 벌떡 일어나며 부르짖었습니다.

"그럴 리가 없어. 어떻게 그런 일이 있을 수 있지? 넬리, 가서 확인해 보게. 그럴 리가…… 믿을 수 없어."

그렇게 말하면서 서방님은 하녀를 문 있는 데로 끌고 가서 그런 소리를 어디서 들었는지 말하라고 재촉하셨습니다.

"저…… 길에서 우리 집에 우유를 배달하는 아이를 만났거든요. 그런데 그 애가 우리 집에 소동이 일어나지 않았느냐고 묻더군요. 저는 아씨가 편찮으신 것을 말하는 줄 알고 그렇다고 했지요. 그러니까 '누가 잡으러 쫓아갔겠지?' 그러잖아요. 저는 눈이 휘둥그래졌죠. 제가 아무것도 모르는 것을 알고 그 아이가 얘기해 주더군요. 지난 밤 자정이 좀 지나 기머튼에서 2마일쯤 떨어진 대장간에 어떤 남자와 여자가 들러 말의 편자를 박았답니다. 대장간집 딸이 일어나 누군가 하고 내다보았더니 두 사람이더래요. 남자가 — 분명히 히드클리프 씨였답니다. 사실 그를 알아보지 못하는 사람은 없지요 — 자기 아버지의 손에 1파운드짜리 금화 한 개를 쥐어주는 것을 보았답니다. 여자는 망토로 얼굴을 가리고 있었는데, 물을 한 잔 달라고 해서 마시다가 망토가 벗겨지는 바람에 얼굴을 자세히 보았답니다. 대장간집 딸은 자기 아버지에게는 아무 말도 하지 않았으나, 오늘 아침 기머튼에 소문을 쫙 퍼뜨렸답니다."

저는 달려가서 형식상 이사벨라 아가씨의 방을 들여다보고 돌아와 하녀의 말이 사실임을 확인했습니다. 서방님은 침대 옆의 자리에 도로 앉아계셨는데, 제가 돌아오자 눈을 들어 제 표정이 뜻하는 바를 짐작하고는 어떻게 하라는 분부 한 마디 없이 눈길을 떨구었습니다.

"쫓아가서 아가씨를 데리고 올 방법을 궁리해 볼까요? 어떻게 할까요?"

답답한 마음에 제가 물었습니다.

"그 애는 제 발로 걸어나간 거야."

서방님은 힘없이 말했습니다.

"누구나 가고 싶은 데로 갈 권리가 있지. 이제부터 아가씨 이야기는 하지 말도록. 앞으로 이사벨라는 내 동생이 아니야. 내가 그 애를 버린 것이 아니라, 그 애가 나를 버린 거야."

아가씨의 가출에 대해 서방님이 하신 말씀은 그것이 전부였습니다. 다만 그곳이 어디건 아가씨가 있는 곳을 알게 되면 그녀의 물건을 모두 보내주라고 저에게 일렀을 뿐입니다.

그 후로 집안 식구 누구도 이사벨라 아가씨에 대해 묻지도 않았고, 그 이름을 들먹이지도 않았습니다.

13

  달아난 두 사람은 두 달 동안 소식이 없었습니다. 그 사이 캐서린 아씨는 악성 뇌척수막염이란 병을 이겨냈습니다. 외아들을 간호하는 어머니라 할지라도 서방님처럼 아씨의 병구완에 헌신적이진 못할 것입니다. 환자가 신경이 곤두서서 아무리 짜증을 내도 서방님은 밤낮으로 환자 곁에 지키고 앉아 끈기 있게 전부 받아주었습니다. 그리고 아무리 애써 죽을 목숨을 살려낸다 해도 앞으로 계속 걱정거리가 될 뿐이라고 케네스 선생이 말했지만—사실 폐인 하나를 구하기 위해서 서방님의 건강과 체력을 희생하는 격이었지만—아씨의 목숨이 위험한 고비를 넘겼다고 들었을 때, 그분은 진심으로 감사하고 기뻐했습니다. 또한 서방님은 몇 시간이고 계속 환자 곁에서 건강이 회복되는 것을 지켜보면서, 정신도 차츰 안정을 되찾아 머지않아 옛날의 캐서린으로 돌아가리라는, 지나치게 희망적인 생각을 가져보기도 하셨습니다.
  캐서린 아씨가 처음으로 그 방에서 나온 것은 다음해 3월 초였습니다. 그날 아침 서방님은 황금빛 크로커스를 한줌 베갯머리에 갖다놓았는데, 아씨는 잠에서 깨어 그것을 보시더니 눈을 반짝이며 꽃을 주워 모았습니다. 아씨가 그처럼 기뻐하는 표정은 실로 오랜만에 보는 것이었습니다.

"워더링 하이츠에서 제일 먼저 피는 꽃이 바로 이 꽃이에요."

아씨가 들뜬 목소리로 외쳤습니다.

"이 꽃을 보니 눈을 녹이는 부드러운 바람이며 따스한 햇빛, 거의 다 녹은 눈이 생각나는군요. 여보, 이제는 남풍이 불고 눈도 거의 다 녹았겠죠?"

"이 근처의 눈은 거의 다 녹아버렸다오. 온 벌판에 눈 덮인 곳은 두 군데뿐이오. 하늘은 푸르고 종달새는 지저귀고, 시냇물은 넘쳐흐르고 있소. 여보, 작년 이맘때는 당신을 이 집으로 데려오는 것이 소망이었는데, 지금은 저 언덕 위로 1, 2마일쯤 함께 올라가고 싶소. 봄바람이 어찌나 상쾌한지 당신 병이 깨끗이 나을 것 같은 생각이 드는구려."

"이젠 더 이상 거기에 갈 수 없을 거예요. 한 번은 몰라도. 당신은 나를 그곳에 두고 떠날 거고, 나는 영원히 거기 남아 있게 되겠죠. 내년 봄, 당신은 내가 다시 이 집 지붕 아래 있기를 원하게 될 거예요. 그땐 오늘 일을 돌이켜보며 행복했었다고 생각하실 거고……"

서방님은 아씨의 머리를 사랑스럽게 쓰다듬으며 정다운 말로 기운을 북돋워주려 했지만, 아씨는 물끄러미 꽃을 바라보면서 속눈썹에 맺혔던 눈물이 넘쳐 뺨으로 흘러내려도 닦지 않았습니다.

우리는 아씨의 건강이 많이 좋아졌다고 생각했습니다. 그래서 아씨가 우울해하시는 것은 너무 오래도록 병실에만 갇혀 있었기 때문이라고 단정하고, 장소를 바꾸면 기분도 어느 정도 나아지겠거니 생각했습니다. 서방님은 저더러 몇 달 동안 사용하지 않은 거실에 불을 피우고, 양지바른 창가에 안락의자를 갖다놓으라고 일렀습니다. 그러고 나서 아씨를 안고 내려왔습니다. 아씨는 알맞은 온기를 즐기면서 한참을 앉아 있었는데, 우리가 예상한 대로 주위의 물건들을 보고는 생기를 되찾았습니다. 주위의 물건이래야 다 낯익은 것들이지만, 지긋지긋하던 병실처럼 우울한 일을 생각나게 하는 것이라곤 없었으니까요. 저녁 무렵엔 몹시 피곤해 보였지만, 아씨는 아무리 권해도 병실로 들어가려 하지 않았습니다. 그래서 저는 다른 방이 마련될 때까지는 거실 소파에 잠자리를 마련해 드릴 수밖에 없었습니다.

아씨가 힘겹게 층계를 오르내리는 수고를 덜기 위해서 우리는 이 방, 지금 록우드 씨가 누워 계시고 또 거실과 같은 층에 있는 이 방을 꾸며 놓았습니다. 얼마 안 되어 아씨는 서방님 팔에 기대어 이 방 저 방으로 돌아다닐 정도로 기운을 되찾았습니다. 그만큼 정성스러운 간호를 받았으니 완쾌하리라 믿었습니다. 아씨가 완쾌하기를 바라는 데는 또 다른 이유가 있었는데, 그것은 그녀의 몸에서 또 하나의 생명이 자라고 있었기 때문입니다. 우리는 곧 서방님도 명랑해지고, 서방님 뒤를 이을 아기가 태어남으로써 가산이 남의 손에 넘어가는 일도 없으리라는 희망을 품었습니다.

집을 나간 지 두 달 만에 이사벨라 아가씨가 서방님에게 짧은 편지를 보내, 히드클리프와의 결혼 사실을 알려왔더라는 말씀을 드려야겠군요. 편지 내용은 메마르고 냉랭했지만, 끝에 가서 사과 비슷한 말과 함께 자기의 가출에 화가 났다면 너그러이 용서해 달라는 간청의 말이 적혀 있었습니다. 그리고 또 그 당시 자기로서는 어쩔 도리가 없었으며, 일단 지난 일은 이제 와서 돌이킬 수 없는 것이라고도 했습니다.

서방님은 그 편지에 답장을 쓰지 않으신 것으로 생각됩니다. 그런데 그 후 2주일쯤 지나서 저도 굉장히 긴 내용의 편지 한 통을 받았는데, 결혼한 지 얼마 안 된 새색시의 글이라고 하기에는 좀 이상한 편지였습니다. 그 편지를 읽어드리겠습니다. 아직도 간직하고 있으니까요. 생전에 소중한 사람이었다면 그 유품 또한 소중한 법이거든요.

　그리운 넬리.

　나는 어젯밤 워더링 하이츠로 돌아와서야 캐서린 언니가 몹시 앓고 있다는 소식을 들었어. 언니에겐 편지 보낼 형편이 못 될 것 같고, 오빠는 무척 화가 나셨는지, 아니면 걱정이 많아서인지 내 편지에는 답장도 주시지 않아. 그러나 나로서는 누구에게라도 꼭 편지를 보내야겠기에 넬리에게 쓰는 거야.

　다시 한 번 그 얼굴을 볼 수 있다면 이 세상이라도 내놓고 싶은 심정이라고 오빠에게 말씀드려 줘. 떠나온 지 하루 만에 내 마음은 다시 드러시크로스 저택으로 돌아가버렸어. 지금 이 순간에도 내 마음은 그곳에 있으며, 오빠 내외분이 보고 싶을 뿐이야! 하지만 마음대로 할 수가 없어 ― 이 말에 밑줄이 그어져 있었습니다 ―. 그러니까 나를 기다리지 마. 또 오빠나 언니가 어떻게 생각해도 좋아. 다만 내가 돌아가지 못하는 것은 마음이 약하거나 그리운 마음이 부족해서라고 생각하지는 말아줘.

　여기서부터는 넬리한테만 하는 얘기야. 넬리에게 물어볼 말이 두 가지 있어. 첫 번째 질문은, 워더링 하이츠에 살 때 넬리는 어떤 방법으로 인간적인 감정 교류를 유지했는지? 이 집 사람들의 기분을 나는 통 이해할 수가 없어.

　두 번째 질문은, 내가 많은 흥미를 가지고 있는 것인데, 히드클리프 씨는 과연 인간일까 하는 거야. 이런 질문을 하게 된 까닭은 말하지 않겠어. 그러나 내가 결혼한 상대에 대해 무엇이든지 알고 있거든 제발 말해줘. 나를 만나러 올 때 말이야. 넬리, 가능한 한 빨리 와줘. 되도록 에드거 오빠의 편지를 받아가지고.

지금부터 내가 새로운 보금자리라고 생각했던 워더링 하이츠에서 어떤 영접을 받았는지 털어놓겠어. 물질적인 위안이 없다는 따위의 문제를 가지고 불평하는 것은 차라리 자신을 즐겁게 해주는 일인 것 같아. 그런 것들은 그것이 아쉽던 순간만 지나면 잊어버리잖아. 내 불행이 그런 것 때문이라면, 그리고 모든 것이 사실이 아닌 꿈이라면 나는 기뻐서 춤이라도 추겠어.

우리가 워더링 하이츠의 늪지로 들어섰을 때 해가 드러시크로스 저택 너머로 졌으니까, 아마 6시쯤이었을 거야. 히드클리프가 숲과 정원 그리고 집 전체를 자세히 살피느라고 반시간을 지체하는 바람에 집 앞 자갈길에서 말을 내렸을 때는 어두웠지. 당신의 옛 동료인 조지프가 촛불을 밝혀 들고 나와서 우리를 맞았어. 그런데 이 영감의 예절은 고약한 그의 명성을 더욱 높여줄 만했어. 그는 촛불을 내 얼굴 높이까지 쳐들고 고약하게 흘겨보더니, 아랫입술을 삐쭉 내밀고는 돌아서 버렸어. 그리고는 말을 마구간으로 끌고 가더니, 다시 나타나서 대문을 잠그더군. 마치 나는 옛 성에라도 들어간 기분이었어.

히드클리프는 조지프와 이야기하느라고 뒤에 처지고, 나는 부엌으로 들어갔어. 더럽고 지저분한 굴 속 같더군. 그전에 넬리가 살림하던 때와는 전혀 다르니까, 아마 지금은 알아볼 수도 없을 거야. 난롯가에 악당 같은 꼬마아이가 서 있었는데, 옷은 더러웠지만 단단한 몸매에 눈언저리가 캐서린 언니와 닮은 데가 있더군.

'이 아이가 에드거 오빠의 처조카로군.' 하고 나는 생각했어. '그러고 보니 내게도 조카뻘이 되는군. 악수를 하고, 그렇지, 키스도 해야겠고, 처음부터 잘 사귀어두는 것이 좋겠다.'

나는 다가가서 그 통통한 손을 잡으며 말했어.

"안녕하세요, 꼬마 도련님?"

그러자 그 아이는 내가 통 알아듣지 못할 말로 뭐라고 대꾸했어.

"우리 친구 할래, 헤어턴?"

나는 두 번째로 말을 걸어보았어. 욕지거리와 '꺼지지' 않으면 드로틀 러를 풀어놓겠다는 협박이 나의 참을성 있는 시도에 대한 대답이었어.

"쉭! 드로틀러!"

그 작은 악당은 구석에 있던 개집에서 잡종 불독 한 마리를 끌어내며 작은 소리로 부추겼어. 그러더니 "어서 나가지 못해!" 하고 자못 위세를 부리며 말했어.

목숨이 위태로우니 순종할 수밖에 없었지. 나는 밖으로 나와 다른 사람들이 나타나길 기다렸어. 히드클리프는 어디로 갔는지 보이지 않기에 마구간에서 일하고 있는 조지프에게 같이 집으로 들어가자고 부탁했지. 그랬더니 그는 혼자 뭐라고 투덜거린 후 콧등을 찡그리며 대꾸했어.

"그렇게 입 안에서 웅얼거리니 무슨 말을 하는지 어찌 알아듣겠소?"

"나와 같이 집으로 들어가자고요!"

내가 소리쳤지. 귀가 먹었나 보다 생각했기 때문인데, 사실 너무 무례 해서 기분 나쁘기도 했거든.

"지금은 못 가겠소! 일이 바빠서 말이오."라면서 그는 하던 일을 계속 했어. 그러면서도 뾰족한 턱을 치켜들고 아주 멸시하는 눈초리로 내 옷

차림과 얼굴을 훑어보았어. 아마 화려한 옷차림에 비해 얼굴은 무척 처량맞아 보였을 거야.

나는 뜰을 돌아 샛문으로 나가 또 하나의 출입구를 찾아냈어. 이번에는 제발 친절한 하인이 나타나길 바라면서 노크를 했지. 한참 후 키가 크고 마른 남자가 문을 열어주었어. 그는 행색은 초라하기 짝이 없더군. 어깨까지 늘어진 텁수룩한 머리카락이 얼굴을 가렸는데, 그 사람의 눈 역시 캐서린 언니를 닮았더군. 그러나 언니 같은 아름다움은 찾아볼 길 없고, 마치 유령 같았지.

"누구쇼? 무슨 일로 왔소?"

그는 험상궂은 표정으로 물었어.

"이사벨라 린턴이라고…… 한 번 뵌 적이 있어요. 지금은 히드클리프 씨와 결혼해서 그이가 저를 이곳으로 데리고 왔습니다. 당신의 허락이 있으신 것으로 생각합니다만……."

"그러면 그놈이 돌아왔나!"

굶주린 이리처럼 눈을 번뜩이면서 그가 물었어.

"네, 우리는 방금 돌아왔는데, 그이는 저를 부엌문 옆에 두고 나갔답니다. 그래서 집안으로 들어가려 했더니, 어린 아드님이 그곳을 지키고 있다가 불독을 시켜 쫓아내는 바람에 겁을 먹고 이리로 왔어요."

"그 악마 같은 녀석이 약속은 잘도 지키는군!"

내가 앞으로 살게 될 집의 주인은 으르렁대듯 말하며 히드클리프를 찾는지 내 등뒤 어둠 속을 살폈어. 그러더니 혼자서 마구 욕설을 퍼부으면서 악마 같은 녀석이 자기를 속이면 혼내주겠다고 위협하기도 했어.

나는 그 문을 두드린 것을 후회하면서 그의 욕설이 끝나기 전에 조용히 빠져나오려고 했어. 하지만 미처 빠져나오기도 전에 그가 나에게 들어오라고 하더니 문을 닫아걸었어. 하는 수 없이 나는 안으로 들어갔지. 벽난로에는 불이 활활 타오르고 있었는데, 방바닥에는 뿌옇게 먼지가 쌓였더군. 어릴 적에 내 눈길을 끌던 눈부신 양은 접시 역시 녹이 슬고 먼지가 앉아 우중충해 보였어.

나는 하녀를 불러서 침실로 안내해 달라고 부탁했어. 그러나 언쇼 씨는 아무 대꾸도 안 했어. 그는 내가 옆에 있다는 것조차 잊은 듯 호주머니에 손을 넣고 방안을 서성거렸어. 그는 골똘히 무슨 생각에 잠겨 있었고, 또 아예 사람을 귀찮아하는 것 같아서 나는 다시는 그에게 말도 건네지 않았어.

혼자 있는 것보다 더한 외로움이 느껴지는 그 불쾌한 난롯가에 앉아 있노라니 눈앞이 캄캄해졌어. 넬리도 내 심정 짐작할 수 있겠지? 더구나 4마일만 가면 즐거운 나의 집이 있고, 거기에는 이 세상에서 내가 가장 사랑하는 사람들이 살고 있는데, 그 거리가 대서양만큼이나 멀게 느껴져 더욱 착잡한 심정이 되었어.

나는 나 자신에게 물었어. 어디에서 위안을 찾아야 하는가 하고. 그런데 ─ 오빠나 언니에게는 말하지 마 ─ 무엇보다도 가장 슬픈 일은 히드클리프에게 맞서서 내 편이 되어줄 수 있는 사람, 아니 편들어주는 사람조차 없다는 사실이야.

나는 어떤 면에서는 워더링 하이츠를 피난처로 생각했어. 이상하게 들릴지 모르겠지만, 이 집에 들어와 살면 적어도 그이와 단둘이 살게 될 걱정은 하지 않아도 되니까 말이야. 하지만 그이는 사람들이 자기를 방해하지 않으리라는 것을 잘 알고 있었던 거야.

시간이 흘러 9시가 되었는데도 언쇼 씨는 말 한 마디 없이 고개를 푹 숙인 채 서성이면서 간간이 신음인지 욕설인지 알 수 없는 이상한 소리를 내뱉을 뿐이었어.

나는 혹시 집안에서 여자 목소리라도 들리지 않을까 싶어 귀를 기울이다가 미칠 듯한 회한과 불길한 예감을 견딜 수 없어 한숨 섞인 울음을 토해 내고 말았어. 얼마나 크게 울부짖었는지 모르지만, 언쇼 씨가 규칙적인 걸음을 멈추고 새삼스레 놀란 눈으로 나를 쳐다보더군.

그가 내게 주의를 기울인 순간을 놓칠세라 나는 말했어.

"먼 길을 오느라 피곤해서 먼저 잠자리에 들었으면 합니다. 하녀는 어디 있지요?"

"하녀 따위는 없소. 자기 일은 자기가 해야 하오."

"그럼 저는 어디서 자야 하나요?"

나는 흐느끼며 물었어. 피곤하고 속상해서 체면 따위는 차릴 여유가 없었거든.

"조지프가 히드클리프의 방으로 안내해 줄 거요. 저 문을 열어보시오. 거기 영감이 있을 테니."

시키는 대로 문을 열려니까, 그가 돌연 나를 붙잡고 묘한 어조로 이렇게 말하는 거였어.

"방에 들어가면 꼭 문을 잠그고 빗장을 걸도록 하시오. 잊지 말고 그래야만 하오."

"왜 그래야 하죠, 언쇼 씨?"

나는 너무나 의아해서 물었어.

"히드클리프와 단둘이 일부러 문까지 잠그고 들어앉아 있다는 것은 생각조차 하기 싫거든. 이걸 봐요."

그는 조끼에서 이상하게 생긴 권총을 꺼내 내게 보여주었는데, 총신에 용수철을 장치한 쌍날칼이 붙어 있었어.

"자포자기한 놈에게 이것은 대단한 유혹이 아닐 수 없소. 나는 밤마다 이걸 가지고 올라가서 그놈의 방문을 열어젖히고 싶은 마음을 억누를 수가 없소. 일단 방문을 열었다 하면 그놈은 마지막이오. 해치우기 바로 직전까지도 그래서는 안 되겠다는 생각이 들지 모르지만, 내게는 결국 그놈을 죽여버리고 내 인생도 망쳐버리게 하는 악령이라도 붙은 것 같소. 당신은 사랑하는 남자를 위해서 그 악령과 대항해서 싸울 생각이겠지만, 그때가 오면 하늘의 천사가 다 달려들어도 그놈을 구하지 못할 거요."

나는 그 흉기를 자세히 살펴보았어. 순간 섬뜩한 생각이 들더군. 내가 저런 무기를 손에 넣는다면 얼마나 든든할까? 나는 그의 손에서 그것을 빼앗아 칼날을 만져보았어. 순간적으로 내 얼굴에 스치는 표정을 보고 그는 깜짝 놀란 것 같더군. 두려움보다는 오히려 그것을 탐내는 표정이었으니까. 그는 재빨리 권총을 도로 빼앗아 칼을 접고 주머니에 감춰버렸어.

"그놈에게 일러바쳐도 괜찮소. 그놈에게 주의를 시키고 당신은 그놈을 위해서 나를 감시하도록 하시오. 우리 관계를 알 테니, 내가 그놈의 목숨을 노린다고 해도 그다지 놀랄 일은 아닐 거요."

그는 너무나 태연하게 말했어. 그래서 내가 물었지.

"그가 당신에게 무슨 나쁜 짓을 했기에 이토록 증오하는 거죠? 그보다는 그에게 이 집에서 나가라고 하는 편이 더 현명하지 않을까요?"

"천만에! 이 집에서 나가겠다고 하는 날이 바로 그놈이 죽는 날이야.

그러니 그놈더러 나가자고 조르면 당신은 살인자나 마찬가지인 셈이오. 만약 그랬다가는 나는 복수의 기회조차 가져보지 못하고 무일푼이 되어야 하오. 헤어턴 역시 거지가 될 거고. 두고 보시오. 나는 다시 찾고야 말거요. 그놈이 가진 돈을 전부 뺏고, 나중엔 그놈의 피까지도 빨아먹은 다음에 지옥으로 보내버리겠소! 그놈이 가면 지옥도 열 배는 더 캄캄해질 거요."

넬리, 그분은 미친 사람 같았어. 적어도 어젯밤 같은 경우에는 말이야. 옆에 있자니 어찌나 떨리는지 차라리 아예 상스럽고 무뚝뚝한 조지프 영감이 그리울 정도였다니까!

그분이 다시 생각에 잠겨 방안을 서성이기에 나는 재빨리 부엌으로 도망쳤어. 조지프 영감이 허리를 구부린 채 난로 위에 놓여 있는 큰 냄비 속을 들여다보고 있더군. 그 옆 의자 위에는 오트밀이 담긴 나무 대접이 놓여 있었어. 저녁 준비를 하는 것 같았어. 시장하던 참이라 그거라도 먹어야겠다고 생각하고 내가 말했어.

"죽은 제가 만들게요!"

나는 죽 그릇을 영감의 손이 닿지 않는 곳으로 옮기고, 모자와 승마복을 벗었어!

"언쇼 씨께서 자기 일은 자기가 하라고 하시니 죽은 제가 끓이는 게 좋을 것 같군요. 당신네들에게 상전 노릇을 했다가는 굶어 죽기 딱 알맞아요."

"아이고!"

조지프는 줄무늬 양말 위로 드러난 다리를 쓰다듬으며 투덜거렸어.

"겨우 두 주인님에게 익숙해졌다 했더니, 또 새로 명령하는 분이 생기는군. 안주인을 한 분 더 모셔야 한다면, 나도 이 집에서 나갈 때가 된 거야. 이 정든 집에서 나갈 날이 오리라는 생각은 해본 적도 없지만, 아무래도 그때가 다가온 모양이야!"

그런 불평에도 상관하지 않고 나는 서둘러 작업을 시작했는데, 그러다 보니 부엌일이 한낱 재미였던 시절이 생각나서 한숨이 절로 나왔지. 그러나 그런 옛날 생각은 얼른 몰아내지 않을 수 없었어. 지난날의 행복을 회상하는 것은 고통스러운 일이었거든. 행복하던 시절이 생각나면 생각날수록 죽을 젓는 손놀림이 빨라졌어. 조지프 영감은 내가 요리하는 것을 보고 더욱 화를 내면서 마구 고함을 쳤어.

"저것 봐, 헤어턴. 너 오늘 밤에 죽은 다 먹었다. 내 주먹만큼이나 큰 덩어리뿐이겠는걸. 저것 봐, 또! 그럴 바에야 대접이고 뭐고 몽땅 쓸어넣지. 이제 위에 앉은 것만 걷어내면 되겠는데. 게다가 쿵쾅거리는 소리까지 내고. 그런데도 냄비 밑바닥이 빠지지 않으니 다행이군."

그릇에 담고 보니, 내가 보기에도 엉망인 음식이었어. 하여튼 네 사람 몫은 되겠군. 그런데 헤어턴이 방금 짠 우유가 담긴 1갤런들이 주전자를 통째 들이켜는 거야. 나는 우유를 잔에 따라 마시라고 하면서 입에 댄 더러운 우유는 마실 수 없다고 했어. 그런 내 깔끔한 성미가 비위에 거슬렸는지 조지프 영감은 몇 번이나 나를 보고, "이 아이는 당신보다 조금도 못한 것 없고, 몸에 병이라곤 없어요." 하면서 어쩌면 그렇게 잘난 체하느냐는 거야. 그런데 어린 망나니는 계속 주전자 꼭지를 빨아대더니, 놀리듯이 내게 얼굴을 찡그려 보이면서 주전자 속에 침을 뱉는 거였어. 나는 도저히 참을 수가 없었어.

"다른 곳에서 식사하고 싶은데, 객실은 없나요?"

"객실이라!"

조지프가 비웃듯이 말했어.

"객실이라! 없지, 객실 따위는 없다고. 우리하고 같이 먹기 싫다면 서방님과 같이 먹을 수밖에. 그리고 서방님과 같이 먹기 싫으면 당연히 우리하고 같이 먹는 거고."

"그러면 2층에서 먹겠어요. 데려다줘요."

나는 죽 그릇을 쟁반에 담고 직접 가서 우유를 좀 가져왔지. 조지프는 투덜거리면서 앞장섰어. 지붕 밑 다락방으로 올라가면서 영감은 이따금 지나치는 방마다 문을 열고 안을 들여다보더군.

"여기 방이 하나 있군."

그가 마침내 돌쩌귀가 삐걱거리는 판자문을 밀어젖히며 말했어.

"이만하면 죽 한 그릇은 먹을 만하지. 저기 저 구석에 보리 자루가 있기는 하지만 제법 깨끗한 편이고, 멋진 비단 치마가 더러워질까 걱정되면 손수건이라도 깔고 앉든지."

그 '방'이란 골방 같은 곳으로, 엿기름과 곡식 냄새가 코를 찌르는 것은 물론 그런 것들이 담긴 부대가 사방에 널려 있었어.

"아니, 이것 봐요!"

나는 화가 나서 조지프에게 소리쳤어.

"여기선 잘 수가 없잖아요. 침실로 데려다달란 말이에요."

"침실?"

영감은 다시 비웃듯이 되풀이해서 말했어.

"침실은 저거 하나뿐인데. 저건 내 침실이오."

영감이 가리킨 방은 커튼도 없이 사방 벽이 휑하니 비어 있고, 한쪽

구석에 남색 이불이 놓인, 커다랗고 나지막한 침대가 있을 뿐 먼저 방과
비슷했어.

"당신 침실에 내가 무슨 용건이 있겠어요? 설마 히드클리프 씨가 다락
방에 거처하는 건 아니겠죠?" 하고 나는 비꼬았어.

"아, 당신이 찾는 곳이 히드클리프 방이었소?"

그는 마치 새로운 사실을 알게 된 것처럼 소리를 지르는 거였어.

"진작 그렇게 말했으면 이런 수선을 피우지 않아도 됐을 거 아니오.
그런데 그 방은 안 돼. 그 방만은 볼 수 없소. 항상 잠가놓고 아무도 못
들어가게 하니까."

"꽤 훌륭한 집이군요, 조지프 영감."

나는 다시 비꼬지 않을 수 없었어.

"게다가 식구들은 친절하고. 내가 이 집 사람들과 인연을 맺다니, 미
쳐도 보통 미친 것이 아니었나 봐. 이제 와서 후회해 봤자 소용없는 일
이지. 그리고 서 있지 말고 제발 어디서든 좀 쉬게 해줘요."

조지프는 간청하는 내 말을 무시하고 투덜거리며 계단을 내려가서 다
른 방 앞에서 걸음을 멈추었어. 그 방의 가구가 고급스럽고, 또 그 방 앞
에 멈춘 사실로 미루어 나는 그것이 제일 좋은 방이라고 짐작했어. 방안
에는 품질이 꽤 좋아 보이는 카펫이 깔려 있었지만 먼지가 앉아서 무늬
가 보이지 않았고, 벽난로에는 오려서 만든 종이 장식이 갈가리 찢어진
채 지저분하게 늘어져 있었어. 멋진 참나무 침대 머리맡에는 상당히 비
싼 천으로 만든, 현대식의 폭넓은 진홍색 커튼이 드리워져 있더군. 그런
데 굉장히 험하게 사용했는지 꽃줄 모양으로 늘어진 휘장은 고리에서 떨
어져 있고, 그 고리가 걸려 있는 쇠막대기는 한쪽이 휘어 휘장이 바닥에

끌리고 있었어. 의자도 거의 망가져서 못쓰게 되었고, 판자 벽은 전부 흠 투성이였어.

그럼에도 불구하고 그 방을 사용하기로 마음을 먹었는데, 눈치없는 조 지프가 말했어.

"이건 힌들리 서방님 방이오."

내 저녁 식사는 이미 차갑게 식어버렸고 식욕도 떨어져버렸으며, 또 더 이상 참을 수가 없었으므로 나는 쉴 만한 장소를 당장 마련해 달라고 고집했지. 그랬더니 그 하느님을 자주 찾는 늙은이가 이렇게 말하는 거였어.

"주여, 축복하시고 용서하소서! 도대체 어디로 가겠다는 거요? 이 못 나고 귀찮은 양반! 헤어턴의 방을 제외하고 다 가보았단 말이오. 이 집에 는 더 이상 거처할 만한 방이 없어."

나는 화가 나서 참을 수가 없었어. 그래서 음식을 쟁반째 마룻바닥에 던져버리고, 계단 꼭대기에 주저앉아 울음을 터뜨렸어.

"저런! 잘한다, 잘해. 서방님이 깨진 그릇 조각에 걸려 넘어지기라도 하는 날엔 혼깨나 날 테니 각오하고 있어야 할 거요. 몹쓸 사람 같으니 라고! 화가 난다고 하느님께서 주신 귀한 음식을 내던져버리다니…… 앞 으로 크리스마스 때까지는 굶어야겠군. 그러나 그 성질도 얼마 못 갈 거 요. 그렇게 훌륭한 행실을 히드클리프가 그냥 보고만 있을 줄 아시오? 이렇게 화내는 꼴을 그가 봤으면 좋겠소. 제발 그랬으면 좋겠어."

이렇게 야단을 치고 영감은 촛불을 들고 자기 방으로 가버리고, 나 혼 자 어둠 속에 남았지. 그런 어리석은 행동을 하고 나자 굉장히 후회가 됐어. 나는 분노와 자존심을 누르고, 분통을 터뜨린 뒷일을 처리하려 했어. 그때 마침 드로틀러라는 구원병이 나타났어. 알고 보니 그 개는 늙은 스컬커의 새끼였어. 새끼였을 때는 우리 집에서 길렀는데 아버지가 힌들 리 씨에게 준 거지. 나를 기억하고 있을 리 없는데도 그놈은 인사하듯 코를 내게 문지르더니 곧 죽을 열심히 핥아먹었어. 그동안 나는 계단을 한 칸씩 더듬으며 깨진 사기 그릇 조각을 줍고 난간에 쏟은 우유를 손수 건으로 훔쳤어.

우리의 작업이 끝나자 복도에서 언쇼 씨의 발소리가 들렸어. 그러자 내 조수는 꼬리를 감추며 벽에 붙어 서 있고, 나는 제일 가까운 방안으로 살며시 들어갔어. 그런데 피신하려던 드로틀러의 노력은 실패했나 봐. 허둥대며 아래층으로 도망치는 소리와 함께 꼬리를 끄는 가련한 비명소리가 길게 들렸으니 말이야. 나는 운이 좋았어. 언쇼 씨는 나를 지나쳐 자기 방으로 들어가서는 문을 닫았거든.

잠시 후, 조지프가 헤어턴을 재우려고 데리고 올라왔어. 내가 피해 들어간 곳은 헤어턴의 방이었어. 영감은 나를 보자 말했어.

"지금 생각해 보니, 이 집에 아가씨와 그 거만한 성질을 함께 받아줄 만한 방이 하나 있소. 그 방은 비어 있으니, 혼자 독차지하고 앉아서 악마하고 같이 지내구려."

나는 그의 말에 따라 거처할 방을 정하고 난롯가에 있는 의자에 몸을 의지한 채 졸다가 잠들어버렸어. 잠은 깊고도 달콤했지만 별로 길지 못했어. 히드클리프가 나를 깨웠거든. 그이는 들어오자마자 내게 상냥한 어투로 뭘 하고 있느냐고 물었어. 나는 밤이 깊도록 잠을 이룰 수 없었던 이유를 말해 주었지. 즉, 우리 방의 열쇠가 그의 주머니 속에 있기 때문이라고. 했더니, 그 '우리'라는 단어가 그의 신경을 매우 건드렸는지 그는 그 방은 절대로 '우리 방'이 아니며 앞으로도 영원히 '우리 방'이 될 수 없다고 굉장히 화를 냈어. 그리고 그이는……. 나는 그이가 한 말을 되풀이하거나 그의 행동을 이야기하진 않겠어. 그이는 내가 정떨어져서 진저리를 치도록 하는 데 그렇게 교묘하고 끈질길 수가 없어. 나는 때로 두려움도 잊고 경탄할 때가 있어. 그러나 확실한 것은 호랑이나 독사라도 그이보다는 무섭지 않다는 거야.

그이는 캐서린 언니가 병이 났다는 소식을 전하면서, 그것이 에드거 오빠 때문이라고 비난했어. 그리고 자기가 오빠를 손아귀에 넣을 때까지는 내가 대신 고통을 받아야 한다고 했어.

나는 그이가 정말로 미워. 그건 비참한 일이지. 나는 바보였어!

넬리, 집에 있는 누구에게도 이런 말을 하면 절대로 안 돼. 나는 넬리가 오기를 매일매일 기다리겠어. 제발 나를 실망시키지 말아줘. 넬리, 부탁이야!

— 이사벨라

14

이 편지를 읽고 난 후 저는 얼른 서방님께로 가서 이사벨라 아가씨가 워더링 하이츠에 도착하셨는데 아씨의 병환을 걱정하고 있으며 오빠를 무척 만나보고 싶어한다고, 그리고 될 수 있는 대로 빨리 저를 통해서 오빠가 용서하신다는 소식을 전해 주기를 바란다고 전했습니다.

"용서라니!"

서방님은 당치도 않다는 듯이 말했습니다.

"내가 용서할 일이 있어야 용서를 하지. 넬리, 이사벨라를 만나고 싶거든 오늘 오후에 워더링 하이츠로 찾아가서 이렇게 전해요. 나는 화를 내고 있는 게 아니라 여동생을 잃은 것을 서운해하고 있다고 말이오. 그 애가 행복해질 것 같지 않으니 더욱 그런 생각이 들어. 하지만 우리 둘은 영원히 헤어졌으니까, 내가 그 애를 만나러 간다는 것은 생각조차 할 수 없어. 진심으로 그 애가 나를 도와주고 싶다면 남편으로 맞은 그 악당이 이 고장을 떠나도록 설득하라고 전해 주게."

"아가씨에게 몇 자 적어 보내지 않으시겠어요?"

저는 애원하듯 물었습니다.

"아니, 그건 소용없는 일이야. 내가 히드클리프의 가족과 편지를 주고

받는다는 것은 히드클리프가 내게 편지를 쓰는 것 이상으로 힘든 일이야. 절대 있을 수 없는 일이지."

에드거 서방님의 냉정한 말씀에 저는 매우 실망했습니다. 그래서 워더링 하이츠로 가는 동안 줄곧 어떻게 하면 서방님 말씀을 좀더 따뜻하게 전할까, 그리고 누이동생을 위로하는 글 몇 줄마저 적지 않겠다는 이유를 어떻게 맘 상하지 않게 전할까 고심했습니다.

이사벨라 아가씨─결혼을 했으니 아씨라고 해야겠네요─는 아침부터 제가 오는 것을 기다리고 있었는지 자갈길을 올라가면서 보니 창 밖을 내다보고 있더군요. 고개 숙여 인사를 했지만, 남의 눈이 무서운지 몸을 피하더군요. 저는 노크도 하지 않고 집안으로 들어갔습니다. 전에는 퍽 밝았던 집안 분위기가 그렇게 삭막하고 을씨년스러울 수가 없었습니다. 정말이지, 제가 만약 아씨 처지라면 적어도 난로쯤은 청소하고 탁자도 닦았을 겁니다. 그러나 그녀는 이미 주위에 만연된 게으름에 물들어 있더군요. 예쁜 얼굴은 창백하고 기운이 없어 보였고, 머리칼도 흐트러진 채로 몇 가닥은 흘러내리고 몇 가닥은 아무렇게나 둘둘 감아 올린 채였습니다.

힌들리 서방님은 보이지 않고, 히드클리프가 탁자 앞에 앉아서 지갑 속의 서류를 뒤적이고 있었습니다. 제가 들어가자, 일어서서 제법 다정하게 어떻게 지냈느냐고 묻고 자리를 권하더군요. 그 집에서 점잖게 보이는 것은 히드클리프 한 사람뿐이었습니다. 환경이 두 사람의 지위를 바꾸어놓았더군요. 아마 사정을 모르는 사람이 보면 남편은 타고난 신사요, 아내는 마구 굴러먹은 천한 여자라고 생각했을 겁니다.

아씨는 무척이나 저를 반기며, 기다리던 편지를 받으려고 한 손을 내밀었습니다. 저는 고개를 떨구었습니다. 그러나 아씨는 그 뜻을 알아채지 못하고, 모자를 벗어놓으려고 선반 있는 데로 가는 저를 따라오며 오빠의 답장을 빨리 달라고 귓속말로 졸랐습니다. 그러자 히드클리프가 아가씨의 행동이 의미하는 바를 눈치채고 말했습니다.

"이사벨라에게 전할 물건이라도 있으면 주도록 하게. 분명히 있을 테지만. 그런 것을 비밀로 할 것까지는 없네. 우리 둘 사이에 비밀이란 없으니까."

저는 사실대로 이야기하는 것이 나을 것 같아 얼른 대답했습니다.

"전할 거라뇨? 그런 건 없습니다. 에드거 서방님께서는 아씨에게 당분간 오라버니의 편지나 방문은 바라지 말라고 이르셨어요. 하지만 아씨를 사랑하고 계시며, 비록 속을 썩였지만 아씨를 용서하고 행복을 빈다고 말씀하셨어요. 그러나 왕래를 계속하는 것은 부질없는 일이니, 앞으로는 양가의 관계를 끊어야 한다고 생각하고 계십니다."

이사벨라 아씨는 입술을 파르르 떨며 창가의 제자리로 돌아갔습니다. 히드클리프는 제게로 다가와 캐서린 아씨에 대해 묻기 시작했습니다. 저는 적당하다고 생각되는 범위 내에서 그녀의 병세에 대해 이야기해 주었는데, 그는 끈질기게 캐물은 끝에 발병의 원인을 대강 알아냈습니다.

저는 모든 것을 아씨가 자초했으니 비난받아 마땅하다며, 마지막으로 에드거 서방님이 하는 식으로 그도 앞으로는 좋은 일이건 나쁜 일이건 린턴 집안 일에 관여하지 않기를 바란다고 말했습니다.

"우리 아씨께서는 이제 점점 나아지고 계세요. 결코 전과 같아질 수는 없으나 목숨만은 건지셨죠. 정말로 우리 아씨를 위한다면 다시는 아씨를 만나지 말아야 해요. 아니, 이 고장에서 멀리 떠나는 게 좋을 겁니다. 미런이 없도록 말씀드리겠는데, 지금의 캐서린 린턴은 저기 있는 히드클리프 부인이 전과 달라진 것과 마찬가지로 당신의 옛 친구인 캐서린 언쇼와는 다른 사람이에요. 모습도 많이 달라졌지만, 성격은 더욱 달라졌지요. 그런 형편이라 어쩔 수 없이 아씨의 반려가 되어줄 수밖에 없는 우리 서방님도 앞으로는 다만 아씨에 대한 추억에 의지하여, 그리고 인정과 의무감에 의지하여 애정을 지속해 나가실 거예요."

"물론 그럴 테지."

히드클리프는 애써 냉정한 척하면서 말했습니다.

"그 녀석이라면 보통의 인정과 의무감밖에 의지할 것이 없을 테지. 그러나 내가 캐서린을 그 녀석의 의무감과 인정에만 맡겨둘 것 같은가? 넬리, 내가 캐서린과 만날 수 있도록 도와주게. 자네가 승낙하건 안 하건 나는 그녀를 만나볼 생각일세."

"히드클리프 씨, 그건 안 됩니다."

저는 단호하게 대답했습니다.

"절대로 제가 중간에 나서서 만나게 해드릴 수는 없습니다. 다시 한번 두 분이 싸우시는 날엔 캐서린 아씨는 정말 큰일을 치르실 겁니다."

"자네만 도와준다면 그런 위험은 피할 수 있을 걸세. 만일 그런 일이 생길 우려가 있다면, 즉 그 녀석이 캐서린을 조금이라도 더 괴롭게 만드는 원인이 된다면, 설령 내가 극단적인 행동을 한다 해도 잘못된 일은 아니라고 생각하네. 그 녀석이 없어지면 캐서린이 몹시 슬퍼할까? 내가 주저하는 이유는 그 점이 두려워서라네. 그게 그 녀석과 나의 감정의 차이란 말일세. 입장을 바꾸어 내가 만약 그 녀석이라면, 아무리 그에 대한 증오심으로 견디기 어렵다 해도 그 몸에는 절대로 손대지 않을 걸세. 믿을 수 없는가 보군. 마음대로 생각해도 좋아. 캐서린이 녀석을 조금이라도 생각하는 한 난 놈을 그녀 옆에서 쫓아버리지는 않겠지만, 일단 녀석의 관심이 사라지면 그놈의 심장을 찢어 그 피를 마셔버리겠어! 하지만 그때까지는 무슨 일이 있더라도 그 녀석의 머리카락 하나 건드리지 않겠네. 자네가 믿지 않는다면 아직 나라는 인간을 잘 모르는 걸세."

"하지만……."

저는 그의 말을 중단시켰습니다.

"아씨가 당신을 거의 잊은 지금에 와서 새삼스럽게 아씨의 기억 속으로 파고들어, 완쾌되실 희망마저 송두리째 빼앗아버리면 가슴 아픈 일 아니겠어요?"

"그녀가 나를 잊었다고 생각하나?"

그가 다시 물었습니다.

"오오, 넬리! 그렇지 않다는 것을 당신은 알지? 그녀가 에드거 녀석을 한 번 생각한다면 나는 천 번쯤 생각한다는 것을 자네도 잘 알고 있지 않나. 그러나 내 평생 가장 비참했던 시기엔 나도 캐서린의 마음속에서 내가 잊혀진 게 아닌가 생각했었지. 작년에 이곳으로 돌아올 때만 해도 그런 걱정이 머리에서 떠나지 않더군. 하지만 이제는 그녀에게 직접 듣기 전엔 다시는 그런 무서운 생각은 하지 않을 걸세. 그렇게 되는 날엔 에드거고 힌들리고, 내가 바라던 꿈이고 모두 사라지고 마는 거지. 내 앞날에 남는 것은 죽음과 지옥이라는 두 단어뿐, 그녀를 잃은 후의 인생이란 어둠뿐일 걸세. 그러나 한때는 그녀가 나의 사랑보다 에드거 린턴의 사랑을 더 소중히 여긴다고 생각했던 적이 있었어. 그 피라미 같은 에드거가 온 힘을 다해서 80년 동안 사랑한다 해도 내가 사랑하는 하루만큼도 열정적으로 사랑할 수는 없을 거야. 그리고 캐서린도 나만큼 속이 깊은 사람이야. 에드거가 캐서린을 송두리째 독점한다는 것은 저 바닷물을 말구유에 담을 수 있는 것과 같은 이치야. 제기랄! 캐서린도 그 녀석 따위는 자기가 기르는 말이나 개만큼도 생각하지 않는단 말일세. 그 녀석은 나만큼 사랑받을 자격이 없거든. 자격이 없는 놈을 어떻게 사랑하겠나?"

"오빠 내외는 다른 어떤 부부 못지않게 사랑하고 있어요."

갑자기 이사벨라 아씨가 당차게 말했습니다.

"누구도 그런 식으로 말할 권리는 없어요. 오빠를 욕하면 가만히 듣고만 있지 않겠어요."

"네 오빠는 너를 끔찍이도 생각하지! 그래서 깜짝 놀랄 만큼 재빨리 너를 이 사나운 셰파에 내던졌지."

히드클리프가 비웃듯이 말했습니다.

"오빠는 제가 어떻게 생활하고 있는지 모르고 계세요. 내가 말하지 않았으니까요."

"그렇더라도 소식은 전하고 있는 모양이군. 편지를 보냈지?"

"결혼했다는 소식을 전하려고요. 당신도 내용을 보셨잖아요?"

"그 후로는 안 보냈단 말인가?"

"네."

"이사벨라 아씨께선 예전보다 무척 야위셨어요."

제가 한마디 거들었습니다.

"그 어느 분의 사랑이 부족한 것이 분명한데, 그게 누군지 짐작은 가지만 말씀드리진 않겠어요."

"나는 이사벨라 자신의 탓이라고 생각되는데. 이사벨라는 보잘것없는 여자로 변해 버렸어. 나를 기쁘게 해주는 일에 너무 일찍 지쳐버렸거든. 넬리는 믿지 않겠지만, 바로 우리가 결혼하던 날 아침부터 집으로 돌아가겠다고 울어댔지. 하지만 너무 깔끔하지 않은 편이 이 집에 더 잘 어울릴 걸세. 나로서는 저 사람이 밖으로 나돌아다니면서 내 체면을 깎는 일이 없도록 조심할 작정일세."

"글쎄요. 이사벨라 아씨는 누군가가 돌봐주고 시중을 받는 데 습관이 되어 있는 분이라는 사실을 알아주셨으면 싶군요. 모든 사람에게 시중을 받으며 귀하게 자라신 외동딸이니까요. 하녀를 따로 두어서 시중을 들게 하고, 당신도 좀 다정하게 대해 드리세요. 당신이 린턴 서방님을 어떻게 생각하시든 이사벨라 아씨는 당신의 사랑을 받을 자격이 있어요. 그정도 도 안 해주면 아늑하고 편안한 집과 다정한 가족을 버리고 오신 분이 어떻게 이런 삭막한 집에서 당신과 만족하며 사시겠어요?"

"저 사람은 잘못 생각하고 가족을 버린 거야. 나를 옛날 이야기에 나오는 주인공쯤으로 생각했는지, 내가 기사답게 몸과 마음을 바쳐서 자기에게 헌신해 주기를 바란단 말일세. 도무지 정신이 바로 된 사람 같지 않다니까. 나라는 인간에 대해서 헛된 공상을 가지고 있으니 말일세. 요즘에야 겨우 나라는 사람에 대해 알기 시작한 모양이더군. 내 비위를 거슬리게 하던 그 싱거운 웃음이나 찡그린 얼굴을 보이지 않는 것을 보면. 그리고 자기의 얼빠진 망상에 대해 내가 무슨 생각을 하는지 말해 주었을 때, 내 말이 진심이라는 것을 전혀 알아차리지 못하던 그 무신경도 좀 사라진 것 같고. 골똘히 생각한 끝에 자기 따위는 내 염두에도 없다는 사실을 알게 된 거지. 그 점을 이해시키긴 좀 힘들 거라 생각했는데.

하지만 아직까지 충분히 이해하진 못했다네. 왜냐하면 오늘 아침에는 제법 똑똑한 척 이렇게 말하지 않겠나. '드디어 내가 당신을 싫어하게 만드는 데 성공하셨군요.' 하고 말일세. 그야말로 헤라클레스의 노력에 필적할 만하지."

말을 마친 히드클리프는 다시 이사벨라 아씨를 향해 물었습니다.

"여보, 당신 말 믿어도 되오? 정말 당신은 나를 미워하고 있소? 반나절을 혼자 내버려두어도 다시는 응석을 부리며 내 품에 파고들지 않을 거요?"

"……"

이사벨라 아씨는 당황해하며 아무 말도 하지 못했습니다.

"저 사람은 자네 앞에서는 내가 다정한 척이라도 해주길 바랄 거네. 이런 사실을 알게 되면 자존심이 상할 테니까. 하지만 저쪽에서 나에게 몸이 달았다는 것이 알려져도 나는 상관없어. 그 점에 대해서는 내가 거짓말을 한 적이 없으니까 조금이라도 내가 애정을 빙자했다고 비난할 수는 없을 걸세. 드러시크로스 저택을 떠나던 날, 저 사람이 본 최초의 나의 행동은 저 사람이 기르던 개의 목을 매다는 것이었다네. 저 사람이 풀어주라고 애원했을 때, 나는 '너의 식구 중 단 한 사람만 빼놓고는 전부 이렇게 목을 매달아 죽여버리고 싶다'고 대답했지. 그랬더니 단 한 사람이 바로 자기인 줄 알았던 모양이더군. 내가 아무리 잔인한 짓을 해도 보통으로 생각하는 것을 보면 이 사람도 내심 그런 짓을 즐기는 모양이야. 그저 귀한 자기 몸 하나만 다치지 않는다면 말일세. 그런데 저런 어리석은 노예 근성을 가진 계집이 나의 사랑을 받을 수 있다고 여기다니, 참으로 어리석고 어이없는 일 아니겠나? 넬리, 가서 자네 주인에게 전해 주게. 내 평생에 저렇게 비열한 계집은 처음 본다고 말일세. 저런 사람은 린턴 집안의 수치야. 얼마나 더 참고 견딜지 시험해 보느라고 별의별 심한 짓을 다 하다가도 내가 그 손길을 늦추는 것은, 순전히 더 좋은 방법이 생각나지 않아서란 말일세. 그러나 나는 법의 한계만은 엄격히 지킬 테니까 자네 주인은 오빠로서, 또 치안판사로서 안심하라고 전해 주게. 나는 지금까지 저 사람이 이혼을 제기하고 나설 권리를 주지 않았어. 설사 내가 이혼해 준다 해도 저 사람은 고마워하지도 않을 거고. 나갈 테면 나가라지. 곯려주는 것도 재미있지만, 지겹게 붙어다니는 것을 생각하면 귀찮을 때가 더 많으니까."

저는 더 이상 듣고 있을 수가 없어 그의 말을 가로막았습니다.

"히드클리프 씨. 그건 미친 사람이나 할 법한 소리예요. 아마 아씨께서도 당신이 미쳤다고 생각하실 겁니다. 그렇기 때문에 지금까지는 참고 견디셨을지 모르지만, 나가도 좋다고 하신 이상 분명히 기쁜 마음으로 나가실 겁니다. 아씨, 아씨가 자진해서 저분하고 함께 살기를 원하실 만큼 정신이 나가지는 않으셨지요?"

"말조심해, 넬리."

이사벨라 아씨는 분노로 입술을 깨물며 말했습니다. 그 표정으로 미루어보건대 아내로 하여금 자기를 미워하게 만들려던 히드클리프의 노력은 완전히 성공한 것 같았습니다.

"저이 말은 모두 거짓말이야. 저이는 거짓말쟁이에다 악마야. 결코 인간이 아니라고. 저이는 전에도 그런 말을 했었어. 그래서 나가려고 한 적도 있었지만, 다시는 안 그럴 거야. 단지 넬리, 오빠나 언니에겐 저이가 지껄인 파렴치한 말을 한 마디도 전하지 않겠다고 약속해 줘. 저이가 뭐

라고 떠들어대든 저이의 본심은 오빠의 화를 돋우어서 자포자기하게 만
드는 거야. 나와 결혼한 것도 오빠를 자기 손아귀에 넣으려는 의도에서
였다고 말했는걸. 내가 죽었으면 죽었지, 절대로 오빠를 괴롭히게 놔두
지 않을 거야. 나는 오직 저이가 침착성을 잃고 나를 죽여주기를 기다릴
뿐이야. 이제 남은 유일한 기쁨은 내가 죽거나 저이가 죽는 꼴을 보거나
둘 중 하나야."

"자아, 이제 그쯤 해두지."

히드클리프가 말했습니다.

"넬리, 혹시 법정에 증인으로 출두하거든 저 사람이 지금 한 말을 기
억해 둬. 그리고 저 표정도 자세히 봐둬. 이젠 제법 나와 어울리는 짝이
되어가는군. 이사벨라, 이제는 자기 몸도 제대로 지켜나갈 것 같지 않군.
그러니 어쩌겠나. 기쁜 일은 못 되지만 법률상의 보호자로서 내가 그대
를 돌봐야지. 2층에 올라가 있어. 넬리와 단둘이 할말이 있으니깐!"

히드클리프의 말이 떨어지자마자 이사벨라 아씨는 멍한 표정으로 걸
음을 옮겼습니다.

"그쪽말고 2층이라니까. 2층은 이쪽으로 가야지, 이 멍청아!"

히드클리프는 아내를 붙잡아 문 밖으로 거칠게 밀어내고 뒤돌아서면
서 투덜댔습니다.

"인정사정 볼 것 없어. 벌레가 꿈틀거릴수록 더 짓밟아주고 싶어진단
말이야. 마치 치통을 앓을 때 아프면 아플수록 더 힘껏 이를 악물게 되
는 것처럼."

"인정이 뭔지 알기나 해요?"

저는 서둘러 모자를 쓰며 말했습니다.

"지금까지 인정이라는 것을 느껴본 적이나 있어요?"

"아직 가지 마. 자, 이리 좀 와보게, 넬리. 말로 안 되면 힘으로라도 캐서린을 만나려는 내 결심을 도와주도록 만들겠네. 해를 입히고 싶지는 않네. 소란을 피우고 린턴 씨를 화나게 하거나 모욕하고 싶지도 않아. 어젯밤 나는 여섯 시간 동안이나 그 집 뜰에 서 있었다네. 오늘 밤 또 갈 걸세. 안으로 들어갈 수 있는 기회가 생길 때까지 나는 매일 밤 그곳에 갈 생각이네. 만약 에드거 린턴에게 들키면, 나는 당장 그놈을 때려눕히고 말 거야. 하인들이 대항하면 이 권총으로 쫓아버릴 테고. 하지만 하인이건 주인이건 충돌하지 않는 것이 좋겠지? 자네라면 힘들이지 않고 그렇게 해줄 수 있을 걸세. 내가 신호를 보낼 테니까, 캐서린 방에 아무도 없을 때 나를 몰래 들여보내 주고, 내가 나올 때까지 망만 보면 돼. 양심의 가책을 받을 이유는 없지. 불행한 일을 미리 막자는 것뿐이니까."

저는 제가 모시고 있는 분을 배신할 수 없어 일언지하에 거절했습니다. 그리고 자신의 욕심을 채우려고 겨우 안정을 찾아가고 있는 캐서린 아씨를 뒤흔들어 놓는 것은 잔인하고도 이기적인 행위라고 말렸습니다.

"아씨는 작은 일에도 깜짝깜짝 놀라십니다. 신경이 매우 날카로워져서 당신이 불쑥 찾아가신다면 분명히 충격을 받으실 거예요. 자꾸 고집 부리면 당신의 계획을 서방님께 알리겠어요!"

"그렇다면 하는 수 없지. 날 도와주지 않으면 자넨 내일 아침까지 워더링 하이츠에서 나가지 못할 걸세. 캐서린이 나를 만나서는 안 되다니, 말도 안 돼. 그녀가 충격을 받는 것은 나도 바라지 않아. 그러니 자네가 그녀에게 미리 말해 주게. 내가 가도 괜찮으냐고 물어보란 말이야. 자네는 그녀가 내 이름도 입에 담지 않고 내 소식 또한 궁금해하지 않는다고 하지만, 그 집에서 내 말을 하는 것이 금지되어 있다면 대체 누구에게 내 애길 하겠나? 캐서린은 자네들이 모두 남편 편이라고 생각하고 있을 거야. 오오, 분명히 캐서린은 자네들 틈에서 하루하루가 지옥 같을 걸세. 나는 백 마디 말보다 무거운 침묵에서 그녀의 마음을 더 잘 알 수 있네. 이따금 그녀가 안절부절못하고 초조해한다고 했지? 그런데도 안정을 찾았다는 건가? 그런 끔찍한 고독 속에서 안정할 수 있는 사람이 어디 있겠나? 더군다나 그 맥빠진 야비한 녀석이 단지 의무감과 인정 때문에 건성으로 간호하니 더할 수밖에. 의무감과 인정이라! 그런 시원찮은 간호로 그녀를 회복시킬 수 있다고 믿는 것은 참나무를 화분에 심고 무성해지기를 바라는 것과 마찬가지지. 당장 결론을 내리기로 하지. 자네가 이곳에 남고 나 혼자 린턴과 그 하인 녀석들을 때려눕히고 캐서린에게로 갈까, 아니면 지금까지처럼 자네가 내 편이 되어서 내 부탁을 들어주겠나? 자, 결정하게. 만약 자네가 끝내 고집을 부린다면 잠시도 주저할 필요가 없으니까."

저는 달래기도 하고 불평도 하고 안 된다고 확실하게 거절도 했습니다만, 결국 그는 저를 굴복시켜 승낙을 받아내고 말았습니다. 저는 그의 편지를 캐서린 아씨께 전해 드리고, 아씨가 승낙하면 다음에는 에드거 서방님이 집에 없는 시간을 알려주기로 약속했지요. 그 사이 마음놓고 찾아와서 혼자 들어올 수 있도록 말이에요. 저는 자리를 피하고, 다른 하인들도 마찬가지로 방해가 안 되도록 외출을 시키기로 했죠. 그것이 잘한 일일까요, 잘못한 일일까요? 도저히 어쩔 수 없긴 했지만, 그것은 분명 잘못한 일입니다. 저는 히드클리프의 부탁을 들어줌으로써 새로운 사건을 미연에 방지했다고 생각했습니다. 그리고 또 그것이 계기가 되어 아씨의 병이 나아질 거라고 생각했던 거지요.

그러고 나니 제가 말을 옮긴 다음 에드거 서방님이 내리실 엄한 꾸중이 생각났습니다. 그래서 저는 신뢰에 대한 배반이라고 비난을 받을 만한 일이라면 이번이 마지막이라고 몇 번씩 다짐함으로써 이 문제에 대한 불안을 가라앉히려고 했습니다. 그런데도 드러시크로스 저택으로 돌아오는 발걸음은 갈 때보다 더욱 무거웠습니다. 그리고 편지를 캐서린 아씨께 전하기로 결심하기까지 꽤 큰 갈등을 겪었습니다.

아, 케네스 선생이 오셨나 보군요. 제가 내려가서 얼마나 차도가 있으신지 말씀드리겠습니다. 제 이야기는 이 고장 사투리를 빌리자면 '지리따분한 이야기'지만 하루 아침 나절의 심심풀이는 될 거예요.

'정말 지리따분하군.' 하고 나는 그 마음 좋은 가정부가 의사를 맞으러 내려가자 생각했다. 그것은 반드시 내 취향에 맞는 이야기라고는 할 수 없었다. 그러나 상관없다. 쓴 약초와 같은 넬리의 이야기에서 몸에 좋은 약재만 추려내면 되니까. 우선 워더링 하이츠에서 본 캐서린 히드클리프의 빛나는 두 눈에 숨은 매력을 경계해야겠다. 그 젊은 과부에게 홀딱 빠진다면, 또한 딸이 어머니의 복사판이라도 되는 날엔 내 모양이 우습게 될 테니까.

15

또 한 주일이 지났다. 내 건강도 매우 좋아졌고, 봄도 그만큼 가까워졌
다. 넬리가 가사를 돌보는 중에 틈틈이 들러서 내 이웃의 내력을 전부
들려주었다. 이야기를 약간 줄이기는 하겠지만, 될 수 있는 한 그녀가 말
한 대로 옮길 생각이다. 그녀는 이야기 솜씨가 뛰어나서 내가 더 실감나
게 다듬을 필요가 없을 것 같기 때문이다.

제가 워더링 하이츠에 다녀온 날 밤, 저는 히드클리프가 집 앞에 와
있다는 것을 이미 알고 있었습니다. 그러나 그의 편지는 아직 전하지 않
았고, 다시 협박을 받지 않기 위해서 밖으로 나가는 것을 피했습니다.
저는 편지를 받고 캐서린 아씨가 어떤 반응을 보일지 알 수 없었기 때
문에 서방님이 외출하기 전에는 그 편지를 전하지 않으리라 마음먹고 있
었습니다. 그러다 보니 사흘이 지나도록 전하지 못했습니다. 나흘째 되
던 날은 일요일이었습니다. 저는 식구들이 전부 교회에 간 후, 아씨의 방
으로 편지를 가지고 갈 수 있었습니다. 교회에서 예배를 보는 동안에는
대개 문을 잠가두지만, 그날은 날씨가 매우 따뜻해서 문을 전부 활짝 열
어놓았습니다. 그리고 누가 찾아올는지 알고 있었으므로, 하인더러 아씨

222

께서 오렌지를 매우 드시고 싶어하시니, 마을로 재빨리 뛰어가서 값은 내일 치르기로 하고 오렌지를 몇 개 사오라고 일렀습니다. 그를 보내놓고 저는 2층으로 올라갔습니다.

캐서린 아씨는 헐렁한 옷을 입고 얇은 숄을 어깨에 걸친 채 여느 때와 다름없이 창문을 열어놓은 채 창가에 앉아 있었습니다. 제가 히드클리프에게도 말한 바와 같이 그녀의 모습은 달라졌습니다. 처음 병이 났을 때에는 아름다운 긴 머리를 뒤로 묶었지만, 이제는 자연스럽게 관자놀이와 목에서 굽실거리도록 빗어 내리기만 했습니다. 그러나 조용히 있을 때 그녀에게는 이 세상의 것이라 할 수 없는 매력이 있었습니다. 그 빛나던 눈에서는 꿈꾸듯 우울한 부드러움이 감돌고 있었습니다. 그 눈은 멀리, 이 세상 밖을 응시하는 듯하였습니다. 건강이 회복되어 가자 여윈 기색은 가셨지만, 창백한 얼굴과 정신 상태에서 비롯된 특이한 표정은 그렇게 될 수밖에 없었던 원인을 애처롭게 암시하고 있어 사람의 마음을 더욱 끄는 것이었습니다. 그래서인지 저뿐 아니라 그녀를 보는 사람은 누구나 회복되기보다는 죽을 날이 가까웠다고 단정하게 되었습니다.

창턱에는 책이 한 권 펼쳐져 있었는데, 불어오는 바람에 가끔 책장이 팔락였습니다. 그 책은 에드거 서방님이 놓아두신 것입니다. 아씨는 독서뿐 아니라 어떤 일에도 관심을 가지려 하지 않았지만, 서방님은 예전에 아내가 즐기던 일에 관심을 돌려보려고 오랫동안 애쓰시곤 했습니다. 아씨도 서방님의 의도를 알고 있어서, 기분이 괜찮을 때엔 묵묵히 남편의 노력을 받아들였습니다. 단지 가끔 지친 듯한 한숨을 쉬면서 그것이 헛수고임을 알리다가, 마지막엔 서글픈 미소를 지으며 키스로 남편을 말리는 것이었습니다. 그러나 기분이 언짢을 때는, 토라져서 돌아앉거나 화난 듯이 남편을 밀쳐내기도 했습니다. 그럴 때면 서방님은 아씨를 혼자 있게 해주었습니다. 자신의 노력이 아무 소용이 없다는 것을 잘 알고 있었으니까요.

기머튼 교회의 종은 아직도 울리고 있었습니다. 넘실거리며 부드럽게 흐르는 골짜기의 물소리도 상큼하게 들렸습니다. 그 물소리는 여름철 나뭇잎이 무성해질 때면 나뭇잎을 흔드는 바람소리 때문에 들리지 않습니다. 그러나 워더링 하이츠에서는 해빙기나 우기가 지나고 조용한 날이면 항상 물소리가 들렸습니다. 그 물소리에 귀를 기울이면서 캐서린 아씨는 워더링 하이츠를 떠올리고 있었을 것입니다. 만약 아씨가 무엇인가 생각하거나 귀를 기울일 수 있었다면 말입니다. 그러나 조금 전에 말씀드렸듯이 아씨의 멍하고 아득한 표정은 이 세상의 모든 것이 귀에 들리지도, 눈에 보이지도 않는다는 의미 같았습니다.

"아씨, 편지예요."

저는 아씨의 무릎 위에 놓인 손에 살그머니 편지를 쥐어주었습니다.

"지금 빨리 읽어보셔야 해요. 답장을 기다리고 있으니까요. 봉투를 뜯어드릴까요?"

"그래."

아씨는 편지에 눈길도 주지 않고 대답했습니다. 편지는 매우 간단한 내용이었습니다.

"자, 읽어보세요."

저는 아씨의 무릎 위에 편지를 놓았지만 아씨가 손을 움츠리는 바람에 편지가 바닥에 떨어졌습니다. 저는 편지를 다시 무릎 위에 올려놓아주고 아씨가 편지를 읽을 마음이 생길 때까지 기다렸습니다. 그러나 영

그럴 기색이 보이지 않아서, 참다못한 제가 다시 입을 열었습니다.

"제가 읽어드릴까요? 아씨, 이건 히드클리프 씨가 보낸 편지랍니다."

히드클리프란 말에 아씨는 깜짝 놀라 애써 기억을 더듬는 듯하더니, 어지러운 생각을 가다듬느라 고심하는 눈치였습니다. 잠시 후 편지를 들여다보던 아씨가 한숨을 내쉬었습니다. 그러나 저는 그녀가 편지의 내용을 파악하지 못했다는 것을 알았습니다. 제가 답변을 달라고 말해도, 히드클리프의 이름을 가리키며 슬프고 의심스러운 눈빛으로 저를 물끄러미 바라보기만 했으니까요.

"그분이 아씨를 만나보고 싶어하세요."

저는 설명할 필요가 있다고 생각되어서 말했습니다.

"그분은 지금쯤 정원에서 아가씨의 답장을 기다리고 계실 거예요."

그 순간 창 밖을 내다보니 양지 쪽 풀밭에 누워 있던 큰 개가 귀를 치켜세우고 방문객을 향해 짖으려고 하다가 이내 귀를 내리고는 꼬리를 흔드는 모습이 보였습니다.

캐서린 아씨는 몸을 앞으로 굽히고 숨을 죽이면서 귀를 기울였습니다.

잠시 후, 현관을 들어서는 발소리가 들려왔습니다. 활짝 열어젖힌 창문을 보고 참을 수가 없었던지 히드클리프가 집안으로 들어온 것입니다. 아마 제가 약속을 지키지 않는 줄 알고 마음대로 하기로 결심한 모양이었습니다.

아씨가 긴장된 얼굴로 방문 쪽을 바라보더군요. 그가 제대로 방을 찾아오지 못하자 아씨는 제게 모시고 오라는 눈짓을 보냈지만, 제가 미처 문 앞까지 가기도 전에 그가 방으로 들어섰습니다. 그는 성큼 아씨 곁으로 다가서더니, 아씨를 두 팔로 껴안았습니다. 히드클리프는 5분 정도 아무 말이 없었고, 아씨를 껴안은 팔을 풀지도 않았습니다. 그 사이 두 사람은 쉬지 않고 키스를 퍼부었습니다. 키스를 먼저 한 건 아씨였는데, 저는 히드클리프가 가눌 길 없는 괴로움에 차마 아씨의 얼굴을 똑바로 쳐다보지 못하는 것을 분명히 보았습니다. 아씨를 본 순간, 그 역시 아씨가 끝내 회복될 가망이 없다는 것을 짐작했을 겁니다.

"오오, 캐시! 오오, 나의 생명! 나는 어쩐란 말이오."

그의 입에서 튀어나온 이 첫마디는 그의 절망을 여실히 드러내는 탄식이었습니다. 그때 그는 아씨를 뚫어지게 바라보았는데, 그 시선이 어찌나 강렬한지 눈에 눈물이 괼 것 같았습니다. 그러나 그 눈은 고뇌로 이글거릴 뿐 눈물을 흘리지는 않았습니다.

"뭐라고요?"

순간 아씨가 몸을 뒤로 젖히며 말했습니다. 그리고 갑자기 얼굴을 찌푸리며 남자의 눈을 마주 바라보았습니다. 그녀의 기분은 끊임없이 변하는 바람개비와도 같았습니다.

"당신과 에드거는 내 가슴에 못을 박았어요, 히드클리프. 그러면서도 당신네들은 동정받을 사람은 바로 자기들이라는 듯 내게 와서 우는 소리를 하는군요. 나는 당신이 가엾지 않아요, 결코! 당신들은 나의 괴로움을 즐기는 사람들이에요. 당신네들은 건강하기도 하군요! 내가 죽은 뒤에도 당신들은 오래오래 살겠죠?"

히드클리프는 아씨를 껴안으려고 한쪽 무릎을 꿇고 앉았다가 일어서려 했지만 그녀는 그의 머리를 붙잡아 다시 앉히고는 분한 듯이 말을 이었습니다.

"이렇게 당신을 안은 채 같이 죽어버렸으면 좋겠어요! 당신의 괴로움

같은 건 내가 알 바 아니에요. 내가 괴로우면 당신도 그만큼 괴로워야 해요. 당신은 나를 잊어버리겠죠? 내가 땅에 묻힌 후에도 당신은 행복하겠죠? '저것이 캐서린 언쇼의 무덤이야. 예전에 나는 그녀를 사랑했고, 그녀를 잃었을 때에는 슬퍼하기도 했지만 다 지난 얘기야. 그 후 나는 여러 사람을 사랑했고, 그 여자보다는 우리 아이들이 더 소중하지. 내가 죽게 되면 그녀 곁으로 가게 되어 좋기보다는 아이들을 두고 가는 것이 더 슬플 거야!'라고 말하겠지요."

"나를 들볶아 당신처럼 미쳐버리게 할 셈이오?"

히드클리프가 붙잡혔던 머리를 빼고 이를 갈며 외쳤습니다.

이런 두 사람의 모습은 냉정한 제삼자의 눈에는 이상하고 괴상망측해 보였습니다. 육신이 떠나면서 캐서린 아씨의 성질도 함께 따라가지 않는다면, 천국도 그녀에게는 귀양길로밖에 여겨지지 않을 것 같았습니다. 아씨의 그 창백한 뺨과 핏기 잃은 입술과 번뜩이는 눈에는 어떤 무서운 집념이 깃들어 있었습니다. 그리고 손에는 움켜쥐고 있던 남자의 머리카락이 한줌 남아 있었습니다.

"당신은 죽어가면서도 나에게 그런 말을 하다니, 악마라도 깃든 모양이오."

그가 험상궂은 표정으로 말을 이었습니다.

"당신이 한 말이 모두 내 머릿속에 박혀서 당신이 죽은 후에도 영원히 각인되리라는 것을 모르겠소? 캐서린, 내가 나 자신의 존재를 못 잊듯 당신을 잊지 못한다는 것을 잘 알고 있잖소. 정말 당신은 지독한 이기주의자요. 당신이 저승에서 편히 쉬고 있을 동안에도 나는 이 지옥 같은 곳에서 발버둥치고 있을 텐데, 그래도 만족하지 못하다니 말이오."

"내가 편히 쉰다고요?"

아씨는 거칠고 고르지 못한 심장 박동으로 자기의 몸이 쇠약함을 알아차리고 신음하듯 말했습니다. 지나치게 흥분한 나머지 눈으로도 귀로도 느낄 수 있을 만큼 가슴이 격렬하게 뛰고 있었던 것입니다. 아씨는 더 이상 말을 잇지 못하더니 한동안 가만히 있었습니다. 그리고 마음을 진정시킨 후에 한층 상냥한 어조로 이렇게 말했습니다.

"히드클리프, 당신이 나보다 더 괴로워하기를 원하는 것은 아니에요. 나는 오직 우리가 다시는 헤어지지 않기를 바랄 뿐이에요. 내가 한 말이 앞으로 조금이라도 당신을 괴롭힌다면, 그와 똑같은 고통을 나도 지하에서 당하고 있으려니 생각하고 제발 용서해 줘요. 이리 와서 다시 앉아봐요. 당신은 지금까지 한 번도 나를 괴롭힌 적이 없어요. 이리 와요, 제발!"

히드클리프는 아씨가 앉은 의자 뒤로 가서, 흥분으로 파랗게 질린 자기 얼굴이 그녀에게 보이지 않을 정도로만 허리를 굽혔습니다. 아씨는 그를 보려고 몸을 돌렸지만, 그는 한사코 얼굴을 보이지 않으려고 갑자기 난롯가로 걸어가 우리에게 등을 돌린 채 묵묵히 서 있었습니다. 아씨는 의아한 눈초리로 그를 쳐다보았습니다. 그의 동작 하나하나가 그녀에게는 새로운 감정을 불러일으키는 듯했습니다. 잠시 말없이 바라보고 있더니, 아씨는 실망한 듯 제게 말했습니다.

"오오, 넬리! 저이는 저승에 가는 나를 붙잡기 위해 잠시라도 노여움을 풀지 않는군. 저이가 나를 사랑한다는 건 바로 저런 식이야. 그렇지만 상관없어. 저이는 나의 히드클리프가 아니니까. 나는 나의 히드클리프를 사랑하고 저승에도 데리고 갈 거야. 그이는 내 마음속에 있으니까."

아씨는 생각에 잠긴 표정으로 말을 이었습니다.

"나를 가장 괴롭히는 것은 망가져버린 육신이라는 감옥이야. 이젠 정말 이 속에 갇혀 있기가 지긋지긋해. 하루빨리 저 빛나는 세계에서 살고 싶어. 눈물이 고인 흐릿한 눈으로 그곳을 바라보면서 가슴 아프게 그리워할 것이 아니라, 그 세계와 더불어 그 안에 살고 싶어. 넬리, 당신은 건강하니까 나보다 더 행복하고 운이 좋다고 생각하겠지. 그래서 나를 불쌍하게 여기겠지. 하지만 곧 달라질 거야. 내가 넬리를 불쌍히 여길 날이 올 거야. 나는 당신네들과는 비교할 수도 없을 만큼 멀고 높은 곳에 있을 거야."

그러고는 의자의 팔걸이에 몸을 기대며 혼잣말처럼 말을 이었습니다.

"내 옆에 오고 싶어하는 줄 알았는데……. 사랑하는 히드클리프, 이제 그만 화 풀고 이리 좀 와요."

그 간절한 하소연에 남자는 돌아서서 절망적인 눈으로 여자를 바라보았습니다. 마침내 크게 뜬 눈물 젖은 눈이 아씨를 무섭게 쏘아보고 가슴은 경련을 일으키듯 물결치고 있었습니다. 순간 떨어져 섰던 두 사람이 어떻게 하나가 되었는지 잘 보지 못했지만, 아씨가 몸을 던지자 그가 덥석 안았는데, 얼마나 힘껏 껴안았던지 아씨가 살아서는 도저히 그 팔에서 풀려날 것 같지 않았습니다. 사실 제 눈에는 아씨가 곧 의식을 잃을 것처럼 위태로워 보였습니다.

히드클리프는 주위에 있는 의자에 털썩 주저앉아, 아씨가 기절하셨나 보려고 급히 달려가는 저를 거칠게 뿌리치고는 미친 개처럼 이를 악물고 거품을 물면서 아씨에게 손도 못 대게 했습니다. 저는 그가 저와 같은 인간처럼 보이지가 않았습니다. 그에게 말을 걸어보았자 알아들을 것 같지 않았으므로, 저는 어찌할 바를 모르고 멍하니 서 있었습니다.

이윽고 아씨가 손을 들어 남자의 목을 끌어안고 그의 뺨에 자신의 뺨을 갖다댔습니다. 그러자 히드클리프는 또다시 미친 듯이 아씨를 껴안으며 말했습니다.

"당신이 이제까지 얼마나 잔인하고 위선에 차 있었는가를 지금에서야 알겠군. 왜 나를 멀리했지? 캐시, 왜 자신의 마음을 속였소? 나로선 당신을 위로할 말이 없어. 당신은 이런 꼴을 당해 마땅해. 당신은 당신 스스로 자신을 죽였어. 당신은 나를 사랑했어. 그런데 어째서 나를 버렸지? 어째서! 대답해 봐. 에드거에 대한 감정 때문이었나? 빈곤이나 타락이나 죽음이나, 그리고 하느님이나 악마가 우리에게 내릴 수 있는 그 어떤 재앙도 우리 두 사람을 갈라놓을 수 없었어. 당신 가슴에 못을 박은 것은 내가 아니라 바로 당신 자신이었고, 동시에 내 가슴에도 못을 박았어. 내 몸이 건강하다는 것이 나는 더 원망스러워. 내가 살고 싶어하는 줄 알아? 무슨 재미로? 만약에 당신이 죽는다면…… 오오, 당신 같으면 자신의 영혼보다 소중한 사람을 무덤 속에 두고도 잘살 수 있나?"

"그만! 그만 해요."

아씨는 흐느껴 울었습니다.

"설사 내가 잘못을 했다 해도 그것 때문에 나는 죽어가고 있잖아요. 이것으로 됐잖아요! 당신도 나를 버리고 달아났어요. 그렇지만 나는 당신을 나무라지 않겠어요. 당신을 용서할게요. 그러니 당신도 나를 용서해 줘요."

"용서하는 것도, 당신 눈을 보는 것도, 그 여윈 손을 만지는 것도 괴로운 일이야. 다시 한 번 키스해 줘. 그러나 그 눈을 내게 보이지 마. 당신이 나에게 저지른 일은 용서해 주지. 나는 나를 죽인 자를 사랑할 수는 있어도, 당신을 죽인 자는 도저히 용서 못해."

두 사람의 얼굴은 서로의 얼굴에 가려지고 두 사람의 눈물은 서로의 눈물에 씻겨졌습니다. 히드클리프 같은 사람도 눈물을 흘릴 줄 아는 인간이더군요.

두 사람을 바라보고 있는 저는 매우 걱정이 되었습니다. 왜냐하면 오후 시간이 어느새 지나가고, 심부름을 보냈던 하인도 돌아오고, 골짜기로 기우는 저녁놀 속에서 기머튼 교회 밖으로 쏟아져 나오는 사람들이 보였으니까요.

"예배가 끝났군요. 30분만 있으면 서방님께서 돌아오실 거예요."

저는 두 사람에게 그 사실을 알렸습니다.

얼마 후, 하인들이 무리지어 앞마당을 지나 부엌 쪽으로 올라오는 것이 보였습니다. 서방님도 곧 뒤따라왔습니다. 손수 대문을 열고 천천히 걸어 올라오는 것이, 여름날처럼 바람이 부드럽게 부는 아름다운 오후를 즐기고 있는 듯했습니다.

"서방님이 돌아오셨어요!"

저는 다급하게 외쳤습니다.

"제발 빨리 나가주세요. 앞쪽 계단으로 내려가면 아무도 만나지 않을 거예요. 빨리요. 그리고 서방님께서 완전히 집안으로 들어오실 때까지 숲에 숨어 계세요."

"캐시, 그만 가봐야겠어."

히드클리프가 아씨의 팔을 풀면서 말했습니다.

"그렇지만 내가 살아 있는 한 당신이 잠들기 전에 다시 한 번 만나러 오리다. 이 창문에서 5야드 이내에 있겠소."

"가면 안 돼요."

아씨가 있는 힘을 다해서 히드클리프의 팔을 붙잡았습니다.

"난 당신을 보내지 않을 거예요."

"한 시간 동안만이야."

"단 1분이라도 안 돼요."

"정말 가야 해. 당신 남편이 곧 올라올 거야."

다급해진 침입자는 일어서서 아씨를 떼어놓으려고 했으나, 아씨는 숨을 헐떡이면서 더욱 힘주어 필사적으로 매달렸습니다.

"안 돼요, 히드클리프! 제발 가지 말아요. 이제 마지막이란 말이에요! 에드거도 우리를 방해하지는 못해요. 히드클리프, 나는 곧 죽어요. 죽는단 말이에요!"

히드클리프는 어쩔 수 없이 의자에 털썩 주저앉았습니다.

"빌어먹을 녀석, 돌아왔군. 쉿, 조용히 해요. 캐서린, 여기 있을게. 만약 저놈의 총에 맞아 죽더라도 나는 감사 기도를 올리겠어."

두 사람은 다시 꼭 껴안았습니다. 서방님이 계단을 올라오는 소리가 들렸습니다. 저는 이마에 식은땀이 솟고 완전히 겁에 질려버렸습니다.

"아씨의 헛소리에 귀를 기울이실 작정이세요?"

저는 흥분해서 소리를 질렀습니다.

"아씨는 지금 자기가 무슨 말을 하고 있는지도 몰라요. 제정신이 아니란 말이에요. 일어나요. 지금이라도 빠져나갈 수 있어요. 이번 일이야말로 당신이 한 짓 가운데 가장 못된 짓이에요. 우리 모두를 망쳐놓았어요. 에드거 서방님도, 캐서린 아씨도 그리고 저까지도요."

저는 두 손을 비틀며 마구 소리를 질렀습니다. 그 소리를 듣고 서방님이 급히 계단을 뛰어 올라오셨습니다. 제가 분통을 터뜨리고 있는데, 마침 아씨가 팔을 축 늘어뜨리고 고개를 앞으로 떨구는 것이 보였습니다.

'기절한 게 아니라 돌아가신 거야. 잘됐지. 살아서 주위 사람들에게 화근이 되기보다는 죽는 편이 훨씬 낫지.'

순간 저는 말도 안 되는 생각을 했습니다.

히드클리프를 발견한 서방님은 노여움과 분노로 새파랗게 질려 이 불청객에게 달려들었습니다. 어떻게 하려고 했는지는 모르겠지만, 히드클리프는 죽은 듯이 늘어진 아씨를 서방님 팔에 안겨주었습니다.

"이것 봐요! 당신이 악마가 아니라면 먼저 캐서린을 살려놓고 나서 할 말이 있으면 하시오!"

그러고는 거실로 나가버렸습니다. 서방님과 저는 무진 애를 쓴 끝에 겨우 아씨의 의식을 회복시켰습니다. 그러나 아씨는 갈피를 잡을 수 없을 만큼 정신이 혼란스러워져, 신음만 내뱉을 뿐 아무도 알아보지 못했습니다.

서방님은 아씨 걱정 때문에 그녀의 지겨운 남자 친구를 잊어버렸지만, 저는 틈나는 대로 그에게 가서, 아씨는 좀 나아졌으며 오늘 밤의 경과는 내일 아침에 알려줄 테니 어서 가달라고 부탁했습니다.

"알았네. 하지만 넬리, 내일 낙엽송 아래 있을 테니 약속을 꼭 지켜주어야 하네. 꼭 명심하게. 그렇지 않으면 에드거가 있건 없건 나는 또 집 안으로 들어오겠네."

그는 반쯤 열린 문을 통해서 캐서린 아씨의 방을 슬쩍 들여다보곤, 제 말이 틀림없다는 것을 확인한 다음에야 그 불길한 모습을 감추었습니다.

16

 그날 밤 자정 무렵, 록우드 씨가 워더링 하이츠에서 보았던 캐서린 아씨가 탄생하셨습니다. 일곱 달 만에 태어난 아주 허약한 아기였습니다. 그리고 아씨는 히드클리프가 없는 것을 안타깝게 여기거나 남편을 알아볼 만한 의식도 되찾지 못한 채 두 시간 후에 세상을 떠났습니다. 아씨를 잃고 낙심하시는 서방님의 모습은 너무나 애처로워 차마 볼 수가 없었습니다. 아씨를 잃은 슬픔이 얼마나 큰 것이었는지는 그 후에 나타난 변화로 알 수 있었습니다.

 제가 보기에 더욱 큰 문제는, 서방님에게 아들이 없다는 것이었습니다. 허약하기 짝이 없는 아기를 볼 때마다 저는 그것이 걱정이었습니다. 그리고 돌아가신 영감마님께서 손녀딸 대신 당신의 따님에게 재산을 물려주신 것을—당연한 일이지만—마음속으로 원망했습니다.

 불쌍하게도 아기는 집안 식구들로부터 환영을 받지 못했습니다. 태어나서 한동안은 누구도 마음을 써준 사람이 없었으니까요. 나중에는 우리의 무관심했던 실수를 보상했습니다만, 하여튼 아기는 태어날 때부터 외로웠습니다.

 이튿날 아침, 부드럽고 따뜻한 햇살이 고요한 방안으로 살며시 들어와 침대와 함께 그 위에 누워 있는 사람을 감쌌습니다. 서방님은 베개에 얼굴을 파묻은 채 눈을 감고 계셨습니다. 젊고 잘생긴 얼굴은 그 옆에 누워 있는 아씨의 얼굴과 다름없이 거의 죽은 사람처럼 보였습니다. 그러나 서방님의 얼굴에는 피로에 지친 뒤의 평화가 깃들어 있는 데 반하여 아씨의 얼굴에는 완전한 평화가 깃들어 있었습니다. 아씨의 이마는 매끈하고, 살짝 다문 입술에는 엷은 미소가 어려 있었습니다. 하늘의 천사인들 아씨의 얼굴보다 더 아름다울까요. 저는 아씨가 누리는 무한한 정적을 함께 느낄 수 있었습니다. 저는 성스러운 기분으로 그 거룩한 안식에 묻힌 안온한 얼굴을 쳐다보았습니다. 저는 저도 모르게 몇 시간 전 아씨가 하신 말들을 다시금 새겨보았습니다. '우리가 상상할 수 없을 만큼 멀고 높은 곳으로 가셨어! 아직 이 땅위에 계시든 천국에 가셨든 아씨의 영혼은 하느님과 함께 영원하실 거야!'

특이하게도 저는 미친 듯이 울부짖는 사람들만 옆에 없다면 죽은 사람이 있는 방에서 밤샘을 할 때 대개 행복을 느낀답니다. 이승의 괴로움도, 저승의 괴로움도 깨뜨릴 수 없는 안식을 보면서 무한하고 어둠이 없는 내세, 그들이 들어선 영겁의 세계, 생명은 영원하고 사랑은 무한하며 기쁨은 완전한 그런 세계에 대한 약속을 느낄 수 있기 때문입니다.

그 순간, 저는 서방님의 사랑조차도 이기적이라는 것을 알았습니다. 아씨의 그런 복된 해방을 몹시 슬퍼하셨으니까요. 하기는 그토록 자유분방하게 멋대로 살아온 아씨 같은 사람이 평화로운 안식처에 들어갈 수 있을까 의심하실 분도 있을 겁니다. 냉철하게 따지자면 의심스럽겠지만, 아씨의 주검 앞에서만은 의심할 여지가 없었어요. 주검 자체가 지니는 평온이 아씨의 영혼도 안식을 얻을 수 있다고 말하는 것 같았습니다.

록우드 씨, 그런 분들도 저승에 가면 행복을 느낄 수 있을까요? 저는 그 점이 매우 궁금해요.

나는 넬리의 이 질문이 어딘지 이단적인 것 같아서 가만히 듣고만 있었다. 그녀는 이야기를 계속했다.

캐서린 린턴의 일생을 돌이켜볼 때, 그녀가 저 세상에서 행복하리라 생각하기는 어렵지만, 그건 하느님께 맡기도록 하지요.

서방님이 잠드신 것 같아서 저는 해가 떠오르자마자 방에서 나와 맑고 신선한 밖으로 나갔습니다. 하인들은 제가 밤샘을 했기 때문에 졸음을 쫓기 위해 나간 줄 알았겠지만, 사실은 히드클리프를 만나러 가는 길이었습니다. 그가 밤새도록 낙엽송 숲에 있었다면 기머튼으로 달려간 심부름꾼의 말발굽 소리는 들었을지 몰라도 저택 안에서 일어난 일은 모르고 있을 테니까요. 만약 그가 좀더 드러시크로스 저택 가까이 있었다면, 등불이 왔다갔다하고 문이 자주 여닫히는 것으로 미루어 심상치 않은 일이 벌어졌다는 것을 알아차렸을지도 모릅니다.

저는 그를 찾고 있었지만, 한편으로는 만나는 것이 두려웠습니다. 그 끔찍한 사실을 어차피 알려야 한다면 한시라도 빨리 말해 버리고 싶었지만, 어떻게 말을 꺼내야 할지 막막했던 것입니다.

그는 몇 야드 더 깊숙이 들어간 숲 속에 있었습니다. 모자도 쓰지 않고 움트는 나뭇가지에 맺힌 이슬이 온몸에 떨어져 머리가 축축하게 젖은 채 물푸레나무 고목에 기대어 있더군요. 그는 그자리에서 한참을 서 있었던가 봅니다. 왜냐하면 거기서 3피트도 안 떨어진 곳에서 한 쌍의 검은 지빠귀새가 둥지를 짓느라고 분주하게 오락가락하고 있었는데, 가까이 서 있는 그를 나무토막만큼도 두려워하지 않고 있었으니 말입니다. 제가 가까이 가자 새들은 날아가 버렸습니다.

"캐서린이 죽었군! 그런 소식을 듣기 위해 자넬 기다린 것이 아니었는데. 손수건일랑 치우게. 내 앞에서 눈물을 보이지 말란 말이야. 캐서린은 자네 눈물 따윈 바라지도 않을 테니까!"

저는 아씨뿐만 아니라 그를 위해서도 눈물을 흘렸습니다. 우리는 가끔 자기 자신에게나 타인에게나 동정심을 느끼지 못하는 인간이 불쌍할 때가 있습니다. 저는 그의 얼굴을 보자마자 그가 벌써 아씨의 죽음을 알고 있다는 것을 느꼈습니다. 그리고 그가 입술을 달싹거리며 땅을 내려다보고 있었으므로, 저는 어리석게도 그가 마음을 가라앉히고 기도를 하고 있다고 생각했습니다.

"그래요, 돌아가셨어요!"

저는 흐느낌을 참으며 뺨으로 흘러내리는 눈물을 닦았습니다.

"천국에 가셨을 거예요. 우리가 옳은 가르침을 따라 악을 멀리하고 선을 좇는다면, 천국에서 아씨를 반드시 만나게 되겠지요."

"그렇다면 캐서린이 옳은 가르침을 따랐단 말인가?"

히드클리프가 비웃듯이 물었습니다.

"그녀가 성자처럼 죽었단 말인가? 솔직히 얘기해 주게. 어떻게……"

그는 아씨의 이름을 말하려고 애썼지만, 끝내 입 밖에 내지 못하고 말았습니다. 입술을 깨물고 묵묵히 마음의 고통과 싸우면서도 조금도 굽히지 않는 사나운 눈매는 저의 동정을 거부했습니다.

"그녀가 어떻게 죽었느sis 말이야!"

그는 한참 후에 말을 이었지만, 드디어 그의 강인한 성격에도 불구하고 나무에 기대지 않을 수 없었습니다. 마음의 쓰라린 고통으로 인해 자기도 모르게 손끝까지 떨고 있었기 때문입니다.

'가엾어라. 당신도 역시 다른 사람들과 다를 바 없는 인간이었군. 그런데 왜 그것을 숨기려 했지? 자존심으로 하느님을 속일 수는 없지. 하느님을 시험하려 들면, 결국 그의 채찍을 맞아 무릎을 꿇게 되는 거야.' 하고 저는 마음속으로 말했습니다.

"아씨는 어린 양처럼 편안히 숨을 거두셨어요. 한숨을 들이쉬고는 어린애가 잠깐 깨었다 다시 잠들 때처럼 기지개를 켰지요. 그리고 5분 후, 심장이 한 번 힘없이 뛰더니 그만 멎어버렸답니다."

"……나에 대한 말은 없었나?"

그는 잠시 망설이다가 물었습니다. 그 질문에 대한 대답이 참고 들을 수 없는 이야기가 아닐까 두려워하는 것 같았습니다.

"아씨께선 다시는 깨어나지 못하셨어요. 당신이 나간 후에 아무도 알아보지 못했지요. 지금 아씨의 얼굴에는 평화로운 미소가 어려 있어요. 마지막 순간에 즐거웠던 어린 시절을 생각했던가 봐요. 평안한 가운데 임종하셨으니, 저승에서도 그렇게 평안하게 깨어나셨으면 좋겠군요!"

"제발 고통 속에서 깨어나라!"

그는 발을 쾅 구르더니, 갑자기 억누를 길 없는 격정으로 신음 소리를 내면서 무섭도록 거칠게 외쳤습니다.

"뭐야, 결국 끝까지 거짓말을 했구나! 그녀는 어디로 갔지? 거기는 어디야…… 천국은 아니야…… 또 없어지지도 않았고……. 그런데 어디 있는 거지? 오오, 너는 내 고통 따위는 상관없다고 말했어! 그렇다면 나도 내 혀가 굳을 때까지 되풀이할 한 가지 기도가 있지……. 캐서린 언쇼, 내가 살아서 고통스러워하는 한 너에게도 평화는 없을지어다! 내가 너를 죽였다고 말했어……. 그렇다면 유령이 되어 나를 찾아다오! 죽은 사람은 자신을 죽인 사람 앞에 유령이 되어 나타난다지? 나는 유령이 땅 위를 떠돌아다닌다는 것을 알고 있어. 나와 같이 있어다오……. 어떤 모습으로라도 좋다. 차라리 나를 미치게 해다오! 다만 네가 없는 이 지옥 같은 곳에 나를 홀로 두고 가진 말아다오! 오오, 하느님! 너무하십니다. 나의 생명인 캐서린 없이 나는 살 수 없어요. 나의 영혼인 캐서린 없이는 살 수 없단 말입니다!"

히드클리프는 옹이가 진 나무 밑동에 머리를 찧으며 마치 창과 칼에 찔려 죽어가는 야수처럼 두 눈을 부릅뜨고 몸부림쳤습니다. 나무 껍질에 핏방울이 튀고, 그의 이마에도 피가 흐르고 있었습니다. 아마 그는 지난밤에도 여러 번 제가 본 그런 장면을 연출했었던가 봅니다. 그것을 보니 동정심보다는 무서움이 앞섰습니다. 그러나 저는 그를 그대로 둔 채 돌아설 수가 없었습니다. 이윽고 정신을 차린 그는 저더러 꺼지라고 버럭 고함을 질렀습니다. 그래서 저는 재빨리 와버렸습니다. 제 힘으로는 도저히 어떻게 할 수 없는 상태였으니까요!

아씨의 장례식은 돌아가신 다음주 금요일에 치르기로 했습니다. 그때까지 아씨의 관은 뚜껑을 덮지 않은 채 꽃과 향기로운 나뭇잎을 뿌려 넓은 거실에 그대로 놓아두었습니다. 서방님께서는 밤이나 낮이나 주무시지도 않고 그곳에 앉아 계셨습니다. 그리고 저만 아는 일이지만, 히드클리프 또한 밖에서 드러시크로스 저택을 지켜보고 있었습니다.

그에게 직접 들은 얘기는 아니지만, 그는 기회만 있으면 집안으로 들어올 생각임이 분명했습니다. 그래서 화요일 밤, 서방님께서 지친 나머지 두 시간쯤 자리를 비우신 사이에 그의 끈기에 감동한 저는 그가 숭배하는 우상의 변해 가는 모습에나마 마지막 작별을 고할 기회를 주려고 일부러 창문을 열어놓았습니다.

그는 조심스럽게, 그러나 재빨리 그 기회를 이용하였습니다. 어찌나 조심스러웠는지 전혀 소리를 내지 않아 그가 어느 틈에 들어왔는지조차 모를 정도였습니다. 시신의 얼굴을 덮은 천이 헝클어지고, 거실 바닥에 은실로 묶은 머리카락이 떨어져 있지 않았더라면 저도 사실 그가 왔다갔다는 것을 몰랐을 겁니다. 아씨의 목에 걸린 로켓(사진, 기념품, 머리카락 따위를 넣어 목걸이에 다는 여성용 장신구)에서 꺼낸 것이 분명했습니다. 히드클리프는 로켓을 열어 아씨의 머리카락을 꺼내고 대신 자기의 까만 머리카락을 넣어두었던 것입니다. 저는 양쪽을 모아 한데 꼬아서 넣어주었지요.

물론 힌들리 서방님께도 누이동생의 죽음을 알렸지만, 아무 연락도 없이 오시지 않았습니다. 그래서 문상객이라고는 서방님 외에 모두 소작인과 하인뿐이었습니다. 이사벨라 아씨에게는 알리지도 않았습니다.

마을 사람들도 놀랐지만, 캐서린 아씨의 무덤은 교회 안에 있는 린턴가의 조각된 묘비 아래도 아니고, 그렇다고 교회 밖에 있는 언쇼 가의 묘지도 아니었습니다. 아씨는 교회 묘지 한구석의 푸른 언덕배기에 묻혔습니다. 묘지의 담이 낮아서 벌판에 무성한 히스와 월귤나무가 담을 넘어 기어들고, 토탄 더미로 거의 묻혀 보이지 않을 정도였습니다. 지금은 그녀의 남편도 그곳에 묻혀 있지만, 초라한 비석과 바닥에 깔린 수수한 묘비만이 밑에 무덤이 있다는 것을 나타내고 있을 뿐입니다.

17

한 달쯤 계속되던 화창한 날씨가 막바지에 이르던 그 금요일, 날이 저물자 갑자기 날씨가 나빠졌습니다. 바람이 남풍에서 북서풍으로 변하더니, 처음에는 비가 오기 시작하다가 나중에는 진눈깨비와 눈으로 변했습니다. 그 다음날 아침에는 여름에 들어선 지 3주일이 지났다고는 도저히 믿을 수 없을 정도로 추웠습니다. 앵초와 크로커스는 겨울에 불어오는 것 같은 눈보라에 묻혀버리고, 종달새도 숨죽였으며, 철 이른 나무의 여린 잎은 까맣게 시들어버렸습니다.

그날 아침은 지루하고 썰렁하고 음산했습니다. 서방님은 방에서 나오지 않았고, 저는 텅 빈 거실을 육아실 삼아 독점하고는 울기만 하는 아기를 안고 흔들어주면서 커튼이 없는 창문에 가만히 날아와 쌓이는 눈송이를 쳐다보고 있었습니다.

바로 그때 문이 열리면서 누군가 숨이 넘어갈 정도로 웃으며 들어왔습니다. 순간 저는 놀랐다기보다 화가 났습니다. 틀림없이 하녀일 거라고 생각했기 때문에 저는 소리를 버럭 질렀습니다.

"무슨 짓이야! 어쩌자고 그렇게 까부는 거냐? 서방님께서 들으시면 뭐라고 하시겠니?"

"미안해!"

그 소리는 분명 귀에 익은 목소리였습니다.

"하지만 에드거 오빠는 주무시잖아. 그리고 난 웃음이 나와서 견딜 수가 없어."

그렇게 갑자기 뛰어든 사람은 다름 아닌 이사벨라 아씨였습니다. 그녀는 난롯가로 다가와서 옆구리를 움켜쥐고는 말을 이었습니다.

"워더링 하이츠에서부터 계속 뛰어왔거든! 뛰어오는 동안 몇 번이나 넘어졌는지 몰라. 넬리, 놀라지 마! 좀 진정되면 얘기해 줄 테니까. 그전에 나를 기머튼까지 데려다줄 마차를 한 대 불러주고, 하인더러 내 옷장에서 옷가지 몇 벌만 챙기라고 해줘!"

그녀는 웃고 있었지만, 그녀의 모습은 웃고 있을 상황이 분명 아니었습니다. 머리는 눈비를 맞아 온통 젖어버렸고, 얇은 비단으로 만든 소매가 짧은 웃옷은 젖어서 몸에 달라붙고, 발에는 슬리퍼를 신었을 뿐이었습니다. 게다가 한쪽 귀밑에 상처가 나 있었는데, 추위에 얼어서 피는 더이상 흐르지 않았습니다. 그 밖에도 하얀 얼굴에는 군데군데 손톱자국이나 있고 멍이 들어 있었으며, 몸은 지쳐서 추스르지도 못할 지경이었습니다. 그러니 그녀를 차분하게 살펴본 후에도 처음 보았을 때의 놀라움이 가시지 않는 것은 당연했습니다.

"아이고, 아씨!"

저는 너무 놀라 할말을 잊고 있다가 그제야 외쳤습니다.

"젖은 옷을 몽땅 벗고 마른 옷으로 갈아입으실 때까지는 어떤 말씀도 듣지 않겠어요. 아무래도 오늘 밤 기머튼에 가시기는 틀렸으니, 마차도 부를 필요가 없겠네요."

"아니, 나는 가야 해. 걸어가든 마차를 타고 가든 말이야. 하지만 옷을 갈아입는 것에는 나도 찬성이야. 그리고…… 아, 이 목에 흐르는 피 좀 봐! 점점 쑤셔오는군."

이사벨라 아씨는 자기가 원하는 대로 해주기 전에는 몸에 손도 대지 못하게 했습니다. 결국 제가 마부에게 마차를 준비하라고 이르고, 하녀가 필요한 옷을 챙기기 시작한 후에야 상처를 치료하고 옷을 갈아입었습니다.

아씨는 난롯가의 안락의자에 앉아 차를 마시며 그동안 드러시크로스 저택에서 있었던 일에 대해 이미 알고 있는 것처럼 말했습니다.

"넬리, 나를 마주 보고 앉아봐. 불쌍한 캐서린 언니의 아기는 저리 뉘어놓고. 그 아기는 보기도 싫어! 내가 들어오면서 멍청하게 웃었다고 해서 올케의 죽음을 슬퍼하지 않는다고 생각하지 마. 나도 얘기 듣고 몹시 울었어. 난 다른 누구보다도 더 가슴 아픈 이유가 있으니까. 넬리도 알다시피 우리는 화해도 하지 않고 헤어졌잖아. 그래서 더 괴로워. 그건 그렇다 치더라도 그 사내, 그 짐승 같은 사내에겐 동정심이 일지 않아. 내가 지니고 있는 그의 물건이라고는 이것뿐이야."

그러더니 아씨는 가운뎃손가락의 금반지를 빼서 바닥에 내동댕이쳤습니다.

"이것을 없애버려야지! 넬리, 거기 부지깽이 좀 줘봐."

그녀는 저에게서 부지깽이를 받아들더니 반지를 두들겨댔습니다. 그러더니 금반지를 난로 속으로 던졌습니다.

"어때, 이제 그이가 나를 다시 데려가려면 새것을 또 하나 사야 할걸. 그이는 오빠를 괴롭히기 위해서라도 나를 찾아올 거야. 그런 생각이 그 몹쓸 머릿속에 떠오르기 전에 나는 떠나야겠어. 더군다나 오빠는 그에게 친절하게 대한 적이 없잖아? 나는 오빠의 도움을 청하지도 않을 것이고, 더 이상 오빠에게 누를 끼치지도 않을래. 지금은 하는 수 없이 이리로 도망쳐왔지만, 만약 오빠가 이 방에 계시다는 것을 알았다면 나는 부엌에서 얼굴을 씻고 몸을 녹인 다음 필요한 물건을 갖다달라고 해서 어디고 저 지긋지긋한 사람의 탈을 쓴 악마의 손이 닿지 않는 곳으로 떠나버렸을 거야! 아아, 그이가 얼마나 화를 낼지! 만약 내가 붙잡혔다면 어떻게 됐을까? 언쇼 씨가 힘으로 그를 당해 내지 못하는 게 유감이야. 그분이 히드클리프를 때려눕힐 수만 있다면, 나는 그가 맞아 죽는 꼴을 보기 선에는 도망치지 않았을 텐데!"

"아씨, 말 좀 천천히 하세요."

저는 중간에 말을 가로챘습니다.

"상처에서 또 피가 나잖아요. 차를 마시면서 숨 좀 돌리세요. 그리고 그만 웃으시고요. 유감스럽게도 이 집에서 웃음은 금물이에요. 또 아씨도 웃으실 처지가 아니고요."

"맞는 말이야."

아씨가 힘없이 대답했습니다.

"저 애 좀 봐! 잘도 자는군. 넬리, 한 시간 동안만 조용히 있다 갈게."

"아씨, 그전에 저랑 잠시 얘기 좀 해요."

그러고는 무엇 때문에 그렇게 흉한 모습으로 워더링 하이츠에서 도망치게 되었는지, 그리고 드러시크로스 저택에 머물지 않으려면 어디로 갈 작정인지 물었습니다.

"오빠를 위로하고 아기를 돌보려면 당연히 이곳에 머물러야 하고, 또

나도 그러고 싶어. 이 집이야말로 영원한 안식처니까. 하지만 히드클리
프는 내가 여기에서 살도록 내버려두지 않을 거야. 내가 보기 좋게 살이
오르고 재미있게 사는 꼴을 보고 있기만 할 것 같아? 우리 남매가 행복
하게 사는 것을 보면 분명히 그 행복을 방해할 마음을 먹을 거야. 내 목
소리를 듣거나 내 모습을 보는 것조차 끔찍하게 생각할 만큼 나를 싫어
한다는 것을 알고 나니 이젠 안심이 돼. 그이 앞에 내가 나타나기만 해
도 얼굴 표정이 일그러지며 증오의 빛을 띠거든. 그건 한편으로는 그를
미워할 만한 충분한 이유가 내게 있다는 것을 그가 알고 있기 때문이고,
다른 한편으로는 본래 나를 싫어하기 때문이야. 내가 감쪽같이 자취를
감추어도 그가 나를 찾아 천지를 헤매지는 않으리라는 걸 확신할 수 있
어. 그만큼 그이는 나를 미워해. 그러니 나는 도망가야 해. 나는 처음엔
그의 손에 죽는 것이 낫다고 생각했지만, 지금은 아니야. 오히려 그가 자
살이라도 했으면 좋겠어. 그이가 나의 사랑을 완전히 시들게 했기 때문
에 오히려 나는 마음이 홀가분해졌어. 하지만 내가 그이를 얼마나 사랑
했었는지 기억할 수 있고, 아직도 내가 그이를 사랑할 수 있으리라는 막
연한 생각이 들기도 해. 만약…… 아니, 아니야! 만약에 그이가 나를 매
우 사랑했다 하더라도 그의 악마적인 본성은 어떻게든 드러났을 거야.
캐서린 언니는 그이를 잘 알고 있으면서도 그렇게 높이 평가했으니 취미
도 별나지. 악마 같으니라고! 제발 이 세상에서, 그리고 내 기억에서 사
라져주었으면!"

"쉬잇, 그런 말 마세요! 그분도 사람이에요. 힘들겠지만, 좀더 너그럽
게 생각하세요. 세상에는 그보다 훨씬 더 악한 사람도 있어요."

"그이는 사람이 아니야. 그리고 내게 너그러운 마음을 요구할 권리도

없어. 난 그에게 마음을 바쳤는데, 그이는 그것을 이용하고, 비참하게 짓밟은 다음 나에게 다시 던져주었어. 사랑이란 마음으로 느끼는 거야, 넬리. 그런데 그 마음을 죽여버렸기 때문에 나도 그를 동정할 힘을 잃었단 말이야. 지금부터 죽는 날까지 그이가 캐서린 언니 생각에 피눈물을 흘리며 신음한다 해도 가엾게 여기지 않을 거야. 그래, 절대로 가엾게 여기지 않아!"

이사벨라 아씨는 울기 시작했습니다. 그러나 곧 눈물을 닦고 계속해서 말했습니다. 그녀가 들려준 얘기를 그대로 말씀해 드릴게요.

넬리, 무엇 때문에 결국 도망쳐 나오게 되었는지 물었지? 그럴 수밖에 없었어. 내가 그의 분노를 그 악의 한계 이상으로 돋우는 데 성공했기 때문이야. 벌겋게 달아오른 핀셋으로 신경을 끄집어내는 것은 머리를 두 들겨주는 것 이상으로 냉정해야 되더군. 화를 이기지 못한 그는 평소 자랑하던 악마 같은 침착성을 잃고 살인이라도 할 듯이 폭력을 휘둘렀지. 나는 그를 화나게 했다는 데 대해 희열을 느꼈어. 그 희열이 나의 보존 본능을 일깨워주었지. 그래서 도망친 거야. 내가 만약 그의 손아귀에 다시 들어간다면, 그땐 어떤 복수를 하든 가만히 있을 거야.

어제 사실 언쇼 씨는 장례식에 참석하려고 했어. 그래서 술도 안 마셨거든. 너무 취하지 않을 생각이었지. 아침 6시에 잠자리에 들고 낮 12시쯤 술에 취한 채 일어나지 않으려고 말이야. 그래서 잠이 깨었을 때에는 자살이라도 할 것처럼 풀이 죽어서, 교회에 간다는 것은 생각도 못할 형편이었어. 그는 우울한 얼굴로 난롯가에 앉아서, 진인가 브랜디인가를 큰 잔에 따라 마시고 있었지.

히드클리프―그 이름을 부르기만 해도 몸서리가 쳐질 정도야―와 나는 지난 일요일부터 오늘까지 한 집에 있으면서도 남처럼 지냈어. 천사가 먹여 살렸는지 아니면 지옥에 있는 그와 같은 악마가 도왔는지 알 수 없으나, 거의 일주일 동안 그는 식구들과 같이 식사를 하지 않았어. 그는 새벽녘에 집에 돌아와 자기 방으로 들어가선 문을 잠가버리는 거였어. 누가 자기하고 함께 있고 싶어하는 사람이라도 있는 것처럼 말이야! 거기서 그는 감리교 신자처럼 열심히 기도를 드렸는데, 그가 찾는 신이란 것이 싸늘하게 식어버린 캐서린 언니였어. 그리고 어쩌다 하느님에게 기도를 드려도, 묘하게 자기의 아버지인 악마와 하느님을 혼동하고 있더라니까! 이렇게 귀중한 기도가 끝나면―대개 목이 쉬고 목소리가 목에 걸려 안 나올 때까지 그치지 않았는데―다시 밖으로 나가는 거야. 그러고는 이곳으로 직행했어! 어째서 오빠가 하인들을 시켜 그를 가두지 않았는지 모르겠어. 그러나 나는 언니 일로 슬프기는 했지만 그 지겨운 억압에서 해방된 그 기간이 휴일 같은 기분이 들었어.

나는 이제 조지프의 긴 잔소리도 눈물을 흘리지 않고 들을 수 있게 되었고, 전과는 달리 놀란 도둑걸음으로 집안을 조심스럽게 다니지 않아도 될 정도로 기운을 회복했지. 넬리도 내가 조지프의 잔소리 정도로 눈물을 흘릴 거라곤 생각지 않겠지? 하지만 그 조지프 영감과 헤어턴은 달갑지 않은 상대임에 틀림없어. 작은 도련님과 그의 충실한 후원자인 저 밉살스런 늙은이보다는 차라리 언쇼 씨와 마주앉아서 그의 쌍소리를 듣는 것이 훨씬 낫지.

히드클리프가 집에 있을 땐 할 수 없이 부엌으로 쫓겨가서 달갑지 않은 두 사람과 어울리든지, 아니면 눅눅한 빈 방에서 굶주릴 수밖에 없었어. 그런데 이번 주처럼 그가 집에 없을 때면, 나는 난롯가 한쪽에 탁자와 의자를 갖다놓고 언쇼 씨가 무슨 짓을 하든 내버려두었어. 그분도 내가 하는 일에 간섭하지 않거든. 누가 자기를 건드리지만 않으면, 그분은 대개 조용히 지내는 편이야. 요즘 들어 더욱 음울해지고 기분이 착 가라앉았지만 화는 덜 내지. 조지프가 단언하는 바에 의하면, 그는 분명 사람이 달라졌다는 거야. 주님께서 그분의 마음을 어루만져서 성령의 불로 구원을 받았다는 거지. 나는 그 변화가 무엇으로 인해 일어났는지 궁금하지만, 그건 내 일이 아니니까 상관할 바 없어.

어젯밤 나는 은신처에 앉아서 12시가 다 되도록 옛날 책을 읽고 있었어. 밖에는 눈보라가 치고, 자꾸만 교회 묘지와 언니의 무덤이 생각나서 위층으로 자리 올라가기가 무서웠지. 그 서글픈 묘지의 광경이 자꾸 눈앞에 나타나 펼쳐놓은 책장에서 도저히 눈을 뗄 수가 없을 정도였어. 언쇼 씨는 맞은편에 앉아서 한 손으로 턱을 괴고 있었는데, 아마 나와 같은 생각을 하고 있었을 거야. 취하기 전에 술잔을 놓더니, 두어 시간 동안 말 한 마디 없이 움직이지도 않았어. 윙윙거리는 바람이 가끔 창문을 흔들고 내가 이따금 촛불의 심지를 자를 때마다 나는 가위 소리가 들릴 뿐 집안은 쥐 죽은 듯 조용했어. 헤어턴과 조지프는 아마 정신없이 자고 있었을 거야. 나는 매우 슬펐어. 그래서 책을 읽으면서 한숨을 쉬었지. 이 세상의 기쁨은 전부 사라지고, 다시는 돌아오지 않을 것만 같았기 때문이었어. 슬픈 침묵은 부엌 쪽에서 난 빗장 소리 때문에 깨졌지. 히드클리프가 밤샘을 하다가 다른 때보다 일찍 돌아온 거야. 예기치 않은 폭풍우 때문이었나 봐.

문은 잠겨 있었어. 다른 문으로 들어오려고 앞쪽으로 돌아가는 발소리가 들리더군. 나도 모르게 억누르고 있던 감정을 입 밖으로 터뜨리며 벌떡 일어났더니, 문 쪽을 노려보고 있던 언쇼 씨가 나를 돌아보며 말했어.

"저놈을 5분 동안만 밖에 세워두어야지. 반대하진 않겠지요?"

"좋아요. 밤새도록 세워두셔도 좋아요! 어서 자물쇠를 잠그고 빗장을 지러버리세요."

언쇼 씨는 그이가 미처 앞문으로 돌아오기 전에 문을 잠가버렸어. 그런 다음 내 맞은편으로 의자를 끌고 와서, 탁자 위에 몸을 기댄 채 증오로 불타오르는 눈으로 동의를 구하는 것처럼 내 눈을 들여다보는 거야. 그 모습에서는 살기마저 느껴졌어. 그래서 전적으로 나의 동감을 얻지는 못했지만, 말이라도 들어주리라고 생각했는지 이렇게 말하는 거야.

"당신이나 나나 밖에 있는 저 녀석에게 갚아야 할 빚이 있어! 우리가 겁쟁이만 아니라면 힘을 합쳐서 빚을 갚을 수 있소. 당신도 오빠처럼 겁쟁이오? 끝까지 참기만 하고 반격을 시도해 볼 생각은 없소?"

"저도 이제 참는 데 지쳤어요."라고 대답했지. 그리고 이렇게 말했지.

"반드시 복수하겠어요. 하지만 배반과 폭력은 양끝이 다 뾰족한 창과도 같아서, 그것을 쓰는 사람이 상대방보다 더 크게 다치는 법이에요."

"배반과 폭력에는 배반과 폭력으로 맞서야 하오. 히드클리프 부인, 나는 당신에게 뭘 하라는 게 아니고, 그저 가만히 앉아서 아무 말 없이 있기만 하라는 거요. 그건 할 수 있겠지요? 당신도 저 악마의 최후를 보는 것이 나만큼이나 기쁠 테니까. 당신이 미리 손을 쓰지 않으면 저놈이 당신을 죽일 테고, 나도 파멸하게 될 거요. 망할 녀석 같으니! 벌써 이 집의 주인이나 된 것처럼 문을 두드리는군! 아무 말 안 하겠다고 약속하시오. 그러면 저 시계가 1시를 가리키기 전에 당신은 자유의 몸이 될 거요!"

그는 내가 전에 넬리에게 보낸 편지에서 얘기했던 그 무기를 품에서 꺼내더니 촛불을 끄려고 했어. 그러나 나는 그것을 빼앗고 그의 팔을 붙잡았지.

"나는 가만히 있을 수 없어요. 저이에게 손을 대서는 안 돼요. 문이나 잠근 채 조용히 있도록 하세요!"

"안 돼! 나는 벌써 결심했으니까! 기어코 처치하고 말 거요."

자포자기한 그 사람이 외쳤어.

"당신이야 어떻게 생각하든 나는 당신에게는 자유를, 그리고 내 아들에게는 정당한 권리를 찾아주려는 거요. 그러니 당신은 나를 방해하려고 머리를 썩을 필요가 없어요. 캐서린도 가버렸겠다, 이제는 내가 내 목을 찔러 죽는대도 울어줄 사람도, 안타까워할 사람도 없단 말이오. 끝장을 낼 때가 온 거요!"

그것은 마치 곰과 맞붙는 것과 같고, 미치광이와 시비하는 것과도 같은 일이었어. 오직 한 가지 내가 할 수 있는 일은, 창가로 달려가서 그가 노리는 히드클리프에게 위험을 알려주는 것뿐이었어.

"오늘 밤은 어디 다른 곳에서 자고 오는 것이 좋겠어요!"

나는 다소 의기양양하게 소리쳤어.

"기어코 들어오신다면, 언쇼 씨가 당신을 총으로 쏴 죽일 거예요."

"문이나 열어, 이……."

그는 입에 담기도 창피한 그 점잖은 말을 내게 퍼붓더군.

"나는 상관 안 하겠어요. 총에 맞아 죽고 싶으면 어서 마음대로 들어와 봐요. 내 할 일은 다 했으니까."

이렇게 말하고 나는 창문을 닫고 내 자리로 돌아와 버렸어. 그이가 처한 위험에 대해 걱정하는 척이라도 할 만한 위선조차도 내겐 없었거든. 언쇼 씨가 내게 마구 욕설을 퍼부었어. 내가 아직도 그 악마를 사랑하고 있다면서, 내가 드러낸 비굴함에 분노했지. 그런데 나는 양심의 가책을 받지 않고 마음속으로 이런 생각을 했어. 만약 히드클리프가 그를 죽여서 그 불행한 삶을 끝내게 해주면 그를 위해서 얼마나 다행한 일이며, 또한 그가 히드클리프를 죽여서 그에게 어울리는 곳으로 보내버린다면 나를 위해서 그 얼마나 다행한 일인가 하고 말이야. 그런 생각을 하면서 앉아 있는데, 히드클리프가 창문을 부수고는 그 검은 얼굴을 불쑥 내밀었어. 그런데 창문이 너무 작아서 그의 어깨가 들어오지는 못했어. 나는 안심하고 미소를 지었지. 그의 머리와 옷은 온통 눈을 하얗게 뒤집어썼고, 추위와 분노로 인해 드러낸 식인종 같은 날카로운 이빨은 어둠 속에서도 하얗게 빛나고 있더군.

"이사벨라, 들어가게 해줘. 안 그러면 나중에 후회할 거야!"

조지프의 말을 빌리자면, 그는 그야말로 으르렁거렸지.

"나는 당신이 죽는 것을 보고 있을 수만은 없어요. 언쇼 씨가 칼이 달린 총을 가지고 망을 보고 있단 말이에요."

"그럼 부엌문으로 들어가게 해줘."

"언쇼 씨가 이미 거기에 가 있는걸요. 이까짓 눈보라도 참지 못하다니, 당신의 사랑도 별로 대단한 게 아니군요. 히드클리프, 나 같으면 충성스런 개처럼 캐서린 언니의 무덤 위에 누워서 죽었을 거예요. 지금 세상은 분명 살 만한 곳이 못 돼요. 캐서린 언니야말로 당신 삶의 유일한 기쁨일 거라고 생각하고 있었는데, 언니가 죽은 지금 당신이 살아남길 바라다니, 이해할 수 없군요."

그때 언쇼 씨가 달려왔어.

"그놈 거기 있소? 이 구멍으로 팔을 내밀 수만 있다면 놈을 쏠 텐데!"
언쇼 씨는 안타까워하며 말했어.

넬리, 나를 매우 고약한 여자라고 생각할지 모르지만 사정을 잘 알지
도 못하면서 그렇게 속단하지 말아줘. 비록 내가 증오하는 사람의 목숨
일지라도 그를 죽이려는 시도를 돕거나 교사하거나, 또 그런 일에 찬성
할 마음은 없어. 그러면서도 그이가 이 세상에서 사라져버리기를 바란
건 사실이야. 그래서 그가 언쇼 씨에게 손을 뻗어 손에서 무기를 빼앗았
을 땐 몹시 실망했어. 또 내가 퍼부은 독설에 대한 보복이 무서워 떨고
있었지.

총알이 튀고 총에 달린 칼이 뒤로 접히면서 언쇼 씨의 손목에 꽂히고
말았어. 그 칼을 히드클리프가 힘껏 잡아당기는 바람에 살이 주욱 찢어
졌지. 피가 뚝뚝 떨어지는 칼을 히드클리프는 자기 호주머니 속에 집어
넣었어. 그러고는 돌을 주워 창문과 창문 사이의 벽을 부수고 뛰어 들어
왔어. 언쇼 씨는 심한 통증과 함께 동맥인가 대정맥에서 솟는 선혈로 인
해 기절해 버렸지. 히드클리프는 그런 사람을 발로 차고 짓밟으며 한 손
으로는 조지프를 부르러 가려는 나를 붙잡고 있었지. 그는 초인적인 자
제력을 발휘해서 상대의 목숨을 완전히 끊어버리지는 않았어. 숨이 차서
더 이상 계속할 수 없게 되자, 축 늘어진 언쇼 씨의 웃옷 소매를 찢어 거
칠기 짝이 없이 상처를 동여맸는데, 그러면서도 발로 차던 때처럼 큰 소
리로 계속 침을 뱉어가며 욕설을 퍼부었지. 몸이 자유로워지자 나는 얼
른 조지프를 찾으러 갔는데, 그 늙은이는 다급한 내 말뜻을 대강 알아차
리고는 한 번에 두 계단씩 뛰어 내려오면서 숨을 몰아쉬었어.

"도대체 무슨 일이야? 어쩌면 좋아!"

"무슨 일은 무슨 일이야!"

히드클리프가 버럭 소리를 질렀어.

"주인 영감이 돌아버렸어. 앞으로 한 달을 더 산다면, 저놈을 정신병원에 가둬버려야지. 대체 어쩌자고 문을 잠그고 나를 못 들어오게 했지? 이 늙은 개 같은 바보야! 그렇게 서서 우물거리지 말고, 이리 와서 피나 좀 닦아. 나는 그럴 마음이 없단 말이야. 그리고 촛불을 조심해. 녀석의 피는 반 이상이 알코올이니까."

"그래서 당신은 서방님을 죽이려 했단 말이오?"

조지프는 두려운 표정으로 손을 치켜들고 천장을 올려다보며 울부짖었어.

"이런 변을 보았나! 오오, 하느님……."

히드클리프는 영감을 밀어붙여 피가 흐르는 한복판에 무릎을 꿇고 앉게 한 다음 수건을 던져주었어. 그러나 영감은 피를 닦아낼 생각은 하지 않고 두 손을 모으고 기도를 시작했는데, 그 기도문이 하도 웃겨서 나는 그만 웃음을 터뜨렸어. 난 무슨 일을 당해도 놀라지 않게 되어 있었거든. 더러 교수대 앞에 선 흉악범이 그렇듯 나도 자포자기하는 심정이었어.

"그렇지, 너를 잊고 있었구나."

폭군이 말했어.

"너도 같이 무릎을 꿇고 피를 닦아내. 너도 이놈하고 한패지? 독사 같은 년! 어서 닦으라니까! 네년에게 딱 맞는 일이야."

그이는 있는 힘을 다해 나를 흔들어대더니 조지프 영감 옆에 나를 내동댕이쳤어. 영감은 기도를 착실히 끝내고 일어서더니, 곧장 드러시크로스 저택으로 가겠다고 야단이었어. 린턴 씨는 치안판사니까 부인이 쉰 번 넘게 돌아가셨다 해도 이런 일은 조사해야 한다고.

조지프가 계속 고집을 부리자, 히드클리프는 내가 사건의 경위를 설명해 주는 것이 나으리라 생각했나 봐. 그가 물으면 대답하는 식으로 내키지 않는 설명을 하고 있는 동안, 영감은 치미는 분노를 억누르지 못하고 내 옆에 서 있었어. 히드클리프가 먼저 달려든 게 아니라는 것을 영감에게 납득시키기는 매우 힘들었어. 꼬치꼬치 묻는 말에 억지로 짜내는 식의 대답을 했으니 그럴 만도 하지. 그러나 언쇼 씨가 아직 살아 있다는 것이 확실해지자, 조지프는 얼른 정신이 들도록 술을 한 모금 먹였지. 그 덕으로 그의 주인은 곧 꿈틀거리면서 의식을 되찾았어.

히드클리프는 상대방이 의식을 잃고 있는 동안 어떤 대접을 받았는지 모르고 있다는 것을 알고, 지독하게 술주정을 했다고 언쇼 씨를 몰아세우면서 더는 나무라지 않을 테니 가서 자라고 타이르더군. 그러고는 제법 그럴싸한 충고를 하더니, 다행히 나가버렸어. 그래서 언쇼 씨는 난롯가에 드러눕고, 나는 그렇게 쉽게 빠져나오게 된 것을 다행으로 여기면서 내 방으로 올라갔어.

오늘 오전에 내려와 보니—12시 30분 전쯤이었는데—언쇼 씨는 매우 불편한 듯 난롯가에 앉아 있었고, 그에게 붙어다니는 악귀 같은 히드클리프도 초췌하고 성난 얼굴로 벽난로에 기대어 있더군. 음식이 다 식어버릴 때까지 기다려도 두 사람 다 식사를 할 것 같지 않기에 나 혼자 먹기 시작했어. 마음대로 실컷 먹으면서 가끔 말없는 두 사람을 쳐다보니, 일종의 만족감과 우월감마저 느껴지고 마음이 가라앉으면서 평안해지더군.

식사를 마치고 나는 전에 없이 대담하게 언쇼 씨 뒤를 돌아 그이 옆에 주저앉았지. 히드클리프는 내 쪽은 쳐다보지도 않았어. 그래서 나는 그의 얼굴을 마음놓고 찬찬히 바라보았어. 한때는 사내답다고 여긴 적이 있었으나, 그 순간은 참으로 독살스럽게 보였어. 그의 이마에는 수심이 가득 차 있고 뱀 같은 눈은 수면 부족 때문에 빛을 잃었으며, 속눈썹이 젖은 것으로 보아 울고 있는 것 같았어. 차가운 냉소가 사라진 입술은 더할 수 없이 슬픈 표정으로 굳어 있었어. 그가 아닌 다른 사람이었다면 그렇게 뼈아픈 슬픔 앞에 마음이 아팠겠지만, 그의 경우에는 오히려 통쾌하더군. 그래서 쓰러진 적에게 침을 뱉는 것은 부끄러운 일이기는 하지만, 그 좋은 기회를 놓칠세라 그에게 창을 던지지 않을 수 없었어. 악을 악으로 되갚는 쾌감을 맛볼 수 있는 것은 그가 약해져 있을 때뿐이니까."

"저런, 아씨!"
저는 이사벨라 아씨의 말을 가로막았습니다.
"평생 성경책 한 번 읽지 않으신 분 같군요. 하느님께서 원수에게 벌을 내리시면 그것으로 만족하셔야지요. 거기다가 사람의 벌까지 더한다는 것은 비겁하고 주제넘는 짓이에요."
이사벨라 아씨의 이야기는 계속되었습니다.

나도 다른 경우라면 그렇게 생각했을 거야, 넬리. 하지만 히드클리프에 관한 한, 내가 한몫 끼지 않고는 그의 어떤 불행에도 만족할 수 없어. 내가 그에게 고통을 줄 수 있고 내가 그렇게 했다는 것을 그가 알게 할 수만 있다면, 그가 지금보다 고통을 덜 당해도 상관없어. 아, 난 그에게 갚아야 할 빚이 너무 많아. 눈에는 눈, 이에는 이로 내가 당한 괴로움을 모두 갚은 후에야 그를 용서할 수 있을 것 같아. 그가 먼저 나를 괴롭혔으니 당연히 그가 먼저 용서를 빌어야 해. 그렇게 되면 나도 다소 너그러워질 수 있을 거야. 하지만 내가 복수할 날이 올 것 같지 않으니, 그를 용서할 수도 없겠지.

잠시 생각에 잠겨 있는 내게 언쇼 씨가 물을 달라고 했어. 나는 물 한 잔을 갖다주고, 몸은 좀 어떠냐고 물었어.

"내가 원하는 만큼 아프지는 않지만 팔만 빼고 온몸이 마치 유령들과 한바탕 싸움이라도 한 것처럼 쑤셔요!"

"그럴 거예요. 캐서린 언니는 오빠인 당신의 몸에 대한 어떤 위해도 자신이 막아준다고 곧잘 뽐냈지요. 자기가 화낼까 봐 무서워서 당신을 해치려는 사람이 없다면서. 정말이지, 죽은 사람이 무덤에서 일어나 나오지 않는 게 다행이에요. 그럴 수만 있다면 어젯밤 언니는 끔찍한 장면을 보았을 테니까요. 가슴과 어깨에 전부 멍이 들었네요?"

"잘 모르겠는데…… 내가 기절했을 때 저 녀석이 나를 때리기라도 했나 보군."

"당신을 짓밟고 발로 찬 다음 바닥에 내던졌답니다."

나는 귓속말로 알려줬지.

"그리고 저이는 당신을 물어뜯어 죽이고 싶어서 입에서 군침까지 흘렸지요. 저이는 사람이 아니라 악마에 가까워요."

언쇼 씨도 나처럼 우리 공동의 적인 히드클리프의 얼굴을 바라보더군. 그 순간 히드클리프는 고뇌에 잠겨 주위에서 일어나는 일에는 관심이 없는 것 같았어. 그런데 점차 얼굴이 시커멓게 변하면서 마음의 괴로움이 더욱 선명하게 드러나더군.

"아, 하느님이 내가 숨을 거두는 순간에라도 저자의 목을 졸라 죽일 힘을 허락하신다면, 기꺼이 지옥으로 갈 텐데."

언쇼 씨는 중얼거리면서 일어나려고 몸부림치다가, 도저히 그런 싸움은 해볼 형편이 못 된다는 것을 깨닫고는 절망적으로 도로 주저앉았어.

"안 돼요. 저이는 이미 당신의 누이동생을 죽였어요."

나는 큰 소리로 말했어.

"우리 집에서는 히드클리프만 아니었다면 캐서린 언니는 아직 살아 있었을 거라고 믿고 있대요. 결국 저이에게 사랑받기보다는 미움을 받는 편이 나은 모양이에요. 우리가 얼마나 행복했었는지, 저 사람이 다시 나타나기 전 캐서린 언니가 얼마나 행복했었는지를 생각하면, 저 사람이 돌아오던 날이 저주스럽기만 해요."

아마 히드클리프는 그 말이 옳다는 것을 말을 한 나 자신보다 더 확실히 깨달았나 봐. 눈물을 비처럼 재 위에 뿌리며 한숨을 내쉬는 것으로 보아 그는 제정신을 차린 모양이더군.

나는 그를 정면으로 마주 보며 비웃었지. 지옥의 흐린 창문 같은 눈이 잠시 나를 향해 번뜩였으나, 다른 때 같으면 그 눈을 통해 보이던 악마가 이때엔 눈물에 젖어 희미했으므로 나는 겁도 없이 다시 한 번 소리 내어 비웃어주었지.

"일어나 내 눈앞에서 꺼져버려!"

슬픔에 빠져 있던 사람이 말했어. 그의 말을 정확하게 알아들을 수는 없었으나, 적어도 그런 뜻인 것 같았어.

"미안하지만, 나도 캐서린 언니를 사랑했거든요. 그런 언니의 하나뿐인 오빠를 간호할 사람이 필요해요. 언니를 대신해서 내가 돌보는 거예요. 언니도 땅속에서 내게 고마워할 거예요."

"일어나, 이 병신 같은 것아! 밟아 죽이기 전에 어서!"

그가 소리 지르며 다가오려 했기 때문에 나는 얼른 뒤로 물러섰어.

"그렇지만……."

나는 언제라도 도망칠 준비를 하고 말을 이었어.

"만일 불쌍한 캐서린 언니가 당신을 믿고 히드클리프 부인이라는 별스럽고 부끄럽고 천한 이름을 얻었다면, 얼마 안 가서 언니도 나와 마찬가지 신세가 되었을 거예요. 당신의 지긋지긋한 행동을 가만히 참고 있을 언니가 아니니까. 분명 당신을 미워하고 싫어했겠죠."

히드클리프와 나 사이에는 소파의 등받이와 언쇼 씨가 가로놓여 있었으므로, 그는 나에게 달려드는 대신 식탁에서 칼을 집어 나를 향해 던졌어. 그것이 귀밑을 지나 벽에 박히는 바람에 나는 하고 싶은 말을 끝맺지 못했어. 하지만 나는 문 쪽으로 도망치면서 그에게 한마디 더 했지. 그가 던진 칼보다 내가 한 말이 더 깊숙이 그의 가슴을 찔렀을 거야.

내가 마지막으로 본 것은 미친 듯이 달려오는 그를 언쇼 씨가 붙잡는 바람에 두 사람이 뒤엉켜 난롯가에 넘어지는 모습이었어.

도망치는 길에 부엌을 지나면서 나는 조지프에게 서둘러 서방님에게 가보라고 이르고는 지옥에서 빠져나온 혼령처럼 이리 뛰고 저리 뛰면서 가파른 벼랑길을 날다시피 뛰어 내려왔어. 그러고는 구불거리는 길을 벗어나 곧장 들판을 가로질러 드러시크로스 저택을 향해 마구 뛰어온 거야. 단 하룻밤이라도 또다시 워더링 하이츠의 지붕 아래서 지내는 것보다는 차라리 지옥에서 영원히 사는 편이 나을 거야.

이사벨라 아씨는 말을 마치고 차를 한 모금 마셨습니다. 그리고 일어
나서 모자와 제가 가져온 숄을 씌워달라고 하더니, 조금만 더 있다 가라
는 저의 간청도 뿌리치고 의자 위에 올라서서 오빠 내외의 초상화에 키
스했습니다 그러고는 저에게도 인사한 다음, 주인을 다시 만나 기뻐 날
뛰는 강아지 퍼니의 전송을 받으면서 마차가 있는 곳으로 내려갔습니다.

그렇게 떠나버린 후 이사벨라 아씨는 다시 이 고장으로 돌아오지 않
았지만, 모든 일이 좀 안정된 후에는 남매간에 정기적으로 편지가 오고
갔습니다. 아씨는 런던 근처의 남쪽 지방에 정착했던 모양입니다. 그리
고 도망간 지 몇 달 후 그곳에서 아들을 낳았지요. 히드클리프의 손아귀
에서 벗어날 때까지 아씨 자신도 임신 사실을 몰랐었던 것 같습니다.

아씨는 아기의 이름을 린턴이라 지었는데, 아씨 말에 의하면 태어날
때부터 병약하고 까다로운 아기였답니다.

어느 날 히드클리프 씨를 마을에서 만났는데, 저에게 아씨가 사는 곳
을 묻더군요. 저는 알려주지 않았지요. 그는 별로 중요한 일은 아니라면
서, 다만 아내가 친정 오빠의 집에 오는 것만은 조심해야 한다는 것이었
습니다. 자기가 데리고 사는 한이 있더라도 오빠의 집에 살게 할 수는
없다는 것이었습니다.

저는 아무 말도 하지 않았으나, 다른 하인을 통해서 들었는지 히드클
리프는 이사벨라 아씨가 있는 곳이며 아기를 낳았다는 사실을 알고 있었
습니다. 그러나 더 이상 아씨를 괴롭히지는 않았습니다. 그것도 그가 아
내를 싫어했기 때문이니까, 이사벨라 아씨로서는 남편의 구박을 도리어

감사하게 생각했을지도 모르죠. 그는 저를 만나면 아기에 대한 소식을 묻곤 했습니다. 아기 이름을 듣고는 씁쓸한 표정으로 웃으면서 이렇게 말했습니다.

"내 아들까지도 미워하길 바라는가 보군."

"당신이 아예 아기에 대해서 아무것도 모르시기를 바랄 겁니다."

"하지만 마음이 내키면 나는 내 아들을 찾을 거야. 그 점은 기억해 두는 편이 좋을 걸세."

다행인지 불행인지, 그런 일이 오기 전에 이사벨라 아씨는 돌아가셨습니다. 캐서린 아씨가 돌아가신 지 13년쯤 후였는데, 그때 린턴은 열 두 살 정도 되었을 때였지요.

이사벨라 아씨가 갑자기 다녀간 다음날까지도 저는 그 사실을 에드거 서방님께 알려드릴 기회가 없었습니다. 그분은 통 말이 없으셨는데, 아무것도 이야기하고 싶지 않은 상태인 것 같았습니다. 제가 그 소식을 전해 드렸을 때, 그분은 누이동생이 도망친 사실을 잘된 일로 생각하시는 것 같았습니다. 유순한 그 성품으로 보아서는 믿기지 않을 정도로 지독하게 히드클리프를 증오하셨거든요.

그에 대한 반감은 깊고 날카로워서 그의 모습이 눈에 띄거나 목소리가 들릴 만한 근처에는 아예 가지도 않을 정도였습니다.

그런 증오의 감정과 캐서린 아씨를 잃은 슬픔이 겹쳐 그분은 완전히 세상과 인연을 끊다시피 지내셨습니다. 치안판사 일도 내던지고 교회에 나가는 것조차 그만두셨으며, 어떤 때에는 마을 사람들까지 피했습니다. 정원과 동산 안에서만 지내는 은둔 생활을 하시다가 홀로 벌판을 거닐거나, 대개 저녁 시간이나 아무도 나다니기 전인 이른 아침에 아내의 무덤에 다녀오는 것이 전부였습니다.

그러나 서방님은 그런 불행한 나날을 오래 보내지는 않았습니다. 시간이 흐르면서 체념과, 평범한 기쁨보다는 더욱더 감미로운 우수가 그분 주위를 감쌌습니다. 그는 열렬하고 따뜻한 애정과 천국을 갈망하는 마음으로 아내에 대한 추억을 되새기고 있었습니다. 그분은 아내가 천국에 갔다는 것을 의심하지 않았으니까요.

그리고 서방님에게는 다행스럽게도 사랑스러운 위안거리가 이 세상에 남아 있었습니다. 전에도 말씀드렸듯이 처음 며칠 동안은 아씨가 남긴 분신에 관심이 없으신 것 같더니, 얼어붙은 마음도 4월의 눈처럼 녹아 아기가 걸음마를 배우고 말을 배우기 시작하자 서방님의 마음은 온통 아기에게로 향했습니다. 아기의 이름은 엄마의 이름과 같은 캐서린이라고 지었는데, 서방님은 늘 캐시라고 부르셨습니다. 아기 엄마인 캐서린 아씨에게는 생전에 한 번도 캐시라고 부르지 않았었는데, 아마 히드클리프가 그렇게 부르기 때문에 꺼리셨던 것 같습니다.

아기는 언제나 캐시라고 불렸는데, 그렇게 해서 엄마와 구별되면서도 한편으론 엄마를 연상시켰습니다. 아기에 대한 서방님의 각별한 애정은 당신의 따님이기 때문이라기보다는 아기 엄마와의 관계에서 우러난 것이었습니다.

저는 항상 그분과 힌들리 서방님을 비교해 보면서, 어째서 비슷한 환경에 처해 있으면서도 두 분의 행실은 그처럼 판이한지 이해하기가 힘들었습니다. 두 분 다 아내를 아끼는 남편이고 아이를 사랑하는 아버지인데, 그런 두 사람이 그것이 좋은 길이건 나쁜 일이건 어째서 같은 길을 가지 않는지 의아스러웠습니다. 제가 생각하기에 힌들리 서방님은 겉모습은 생각이 확실한 사람 같아 보이나 속마음은 불행하게도 악하고 나약한 사람인 것 같았습니다. 배가 난파했을 때 선장이 자기 자리를 버리면 선원들도 배를 구할 생각은 안 하고 혼란에 빠져 배에 미련을 두지 않는 것과 같은 이치죠. 반대로 에드거 서방님은 충실하고 믿음직한 인간의 참된 모습을 보여주셨습니다. 그가 하느님을 의지하기 때문에 하느님도 그를 위로하신 거겠죠.

힌들리 서방님의 최후는 예상했던 대로였습니다. 누이동생이 죽은 지 6개월도 못 되어 아씨의 뒤를 따라갔습니다. 이 댁에선 돌아가시기 전의 그분의 상태에 대해 한 마디도 듣지 못했으므로, 제가 알고 있는 것은 모두 장례식 준비를 돕기 위해 워더링 하이츠에 갔을 때 들은 애기뿐입니다. 케네스 선생이 그 소식을 알리려고 왔더군요.

어느 날 아침 케네스 선생이 말을 타고 마당으로 들어서며 저를 불렀습니다. 너무 이른 시간이었으므로 저는 좋지 못한 소식임을 곧 알 수 있었습니다.

"이제 자네와 내가 문상을 가야 할 차례야. 누가 죽었는지 아나?"

"누가 죽었나요?"

저는 놀라서 물었죠.

"어디 알아맞혀 보게!"

그가 말에서 내려 고삐를 옆의 고리에 매면서 말했습니다.

"그리고 그 앞치마 자락을 잡고 울 준비를 하게."

"히드클리프 씨는 아니겠지요?"

"아니, 그 친구를 위해서도 눈물을 흘릴 건가?"

케네스 선생은 놀라 물었습니다.

"아닐세, 히드클리프는 건강한 젊은이야. 오늘은 더 건강해 보이더군. 방금 만났지. 아내가 집을 나간 후 몸이 더 좋아졌더군."

"그럼 누군가요, 케네스 선생님?"

저는 궁금해서 다시 물었습니다.

"힌들리 언쇼일세! 자네 소꿉친구 힌들리 말이야. 그리고 나에게는 나쁜 친구였지. 요즘 들어서는 지나치게 난폭해져서 아예 만나지도 않았지만. 그것 보게, 눈물을 흘릴 거라고 했지? 그만 울고 힘을 내게! 그 친구 잔뜩 취해 가지고 자기 신세답게 죽었다네. 불쌍한 친구지. 나도 슬프다네. 나에게도 나쁜 짓을 많이 했지만, 역시 사람이란 옛 친구를 그리워하게 되나 보군. 그 친구 이제 겨우 20대 후반 아닌가. 그런데 누가 자네와 동갑이라고 믿겠나?"

솔직하게 말해서 저에게는 이 소식이 캐서린 아씨가 죽었을 때보다 더 큰 충격이었습니다. 여러 가지 옛날 일이 머릿속에서 맴돌았습니다. 저는 현관에 앉아 혈육이라도 잃은 것처럼 목놓아 울었습니다.

과연 서방님이 편안히 돌아가셨을까 하는 의문이 도무지 제 머릿속에서 떠나지 않았으므로, 저는 허락을 받고 워더링 하이츠에 가서 장례식 준비를 돕기로 작정했습니다. 서방님은 몹시 언짢은 기색이었지만, 저는 돌아가신 분의 외로운 처지를 잘 설명하면서 간청했습니다. 그리고 저의 옛 친구이며 같은 젖을 먹고 자란 남매 같은 사이이니, 서방님과 똑같이 저의 시중을 받을 권리가 있다고도 말씀드렸습니다. 그뿐 아니라, 그분의 아들 헤어턴은 가까운 친척이 없으니 에드거 서방님이 처조카인 그 아이의 보호자가 되어야 하며, 유산 문제 등의 집안일도 돌보아주어야 한다고 일깨워드렸습니다.

서방님은 그런 일을 맡을 처지가 아니었기 때문에 당신의 고문 변호사에게 말해 보라고 하시며, 결국 저의 부탁을 들어주셨습니다. 그분의 변호사는 언쇼 가의 변호사이기도 했으므로, 저는 마을에 들러 함께 갈 것을 청했습니다. 그는 고개를 가로저으며 히드클리프를 자극하지 말고 내버려두라고 하였습니다. 사실을 밝혀보았댔자 결국 헤어턴은 거지나 다름없는 처지라는 사실이 드러날 뿐이라는 것이었습니다.

"그 애의 아버지는 빚을 남기고 죽었다네. 재산은 모두 저당잡혀 있으니, 그 아이에게 남은 유일한 길은 채권자의 마음에 동정심을 일으켜서 되도록 그가 관대해지도록 만드는 것뿐이라네."

하는 수 없이 혼자 워더링 하이츠에 도착한 저는, 장례식 준비를 도와주기 위해서 왔다고 말했습니다. 몹시 쩔쩔매고 있었던 듯, 조지프는 저의 방문을 무척 반가워했습니다. 히드클리프도 저까지 도울 필요는 없으나, 원한다면 머물면서 장례 절차를 돌보아도 좋다고 했습니다.

"사실은 저 바보 같은 놈의 시체는 장례식 같은 것도 없이 길거리에 내다버려야 하는 건데. 어제 오후 내가 한 10분쯤 집을 비웠더니, 그 사이 이 집의 문 두 개를 다 닫아걸고 나를 못 들어오게 한 다음 일부러 밤새껏 술타령을 하다가 죽은 거라네! 말이 코를 고는 듯한 소리가 나기에 오늘 아침 문을 부수고 들어가 보았더니, 저기 소파 위에 누워 있더군. 죽인다고 덤벼도 일어날 성싶지 않더군. 케네스를 불러왔지만, 녀석은 이미 시체가 된 후였어. 딱딱하게 굳어 있더라니까. 그러니 녀석의 일로 더 이상 야단법석을 떨어봤자 소용없다는 것은 자네도 인정하겠지."

조지프 영감도 그 말을 인정했지만, 이렇게 투덜대더군요.

"저 양반이 의사를 부르러 갔어야 하는 건데! 자기보다야 내가 환자를 더 잘 간호했을 텐데. 내가 의사를 부르러 갔을 때만 해도 서방님은 절대로 돌아가실 것 같지 않았어."

저는 장례식을 성대하게 치러야 한다고 우겼습니다. 히드클리프는 제 마음대로 해도 좋다고 하면서, 다만 모든 비용이 자기 호주머니에서 나간다는 것만은 명심하라고 말했습니다. 그는 냉담하고 무관심한 태도를 취했습니다. 굳이 말하자면, 어려운 일을 성공적으로 해치웠다는 데 대한 냉혹한 만족감이 깃든 표정이라고 할까요. 실제로도 저는 그가 만족해하는 얼굴을 한 번 보았습니다. 그것은 사람들이 관을 집안에서 밖으로 옮기는 바로 그때였습니다. 그에게는 조객 노릇을 할 만한 위선은 있어서 헤어턴과 같이 관을 따라 나가기 바로 전에, 그 불쌍한 아이를 탁자 위에 올려놓고 매우 즐거운 듯이 속삭였습니다.

"자, 사랑스런 내 아가야. 이제부터 너는 내 거야. 강한 바람을 맞으면서도 나무가 구부러지지 않고 곧게 자랄 수 있는지 어디 두고 보자꾸나!"

어린아이는 그의 말을 듣고 재미있어하면서 히드클리프의 턱수염을 만지작거리기도 하고 뺨을 어루만지기도 했지만, 저는 그 말뜻을 알아채고 날카롭게 쏘아붙였습니다.

"도련님은 저와 같이 드러시크로스 저택으로 돌아가야 해요. 도련님이 당신 것이라니, 그게 말이 됩니까!"

"에드거 린턴이 데려오라고 하던가?"

그가 따지듯이 묻더군요.

"물론이죠. 서방님께서는 당연히 헤어턴 도련님을 데리고 와야 한다고 하셨어요."

"지금은 그 문제로 싸우고 싶지 않네. 그러나 나는 어린아이를 하나 키워보고 싶다네. 그러니 자네 주인에게 가서, 이 아이를 데려가고 싶으면 나도 내 자식을 데려와야겠다고 전해 주게. 헤어턴을 순순히 보내지도 않겠지만, 내 자식만은 꼭 데려오겠다고 말일세."

그런 말을 듣고 보니 어쩔 도리가 없었습니다.

저는 장례식을 마친 후 그 일에 대해 서방님과 의논했습니다. 처음부터 별로 관심이 없었던 서방님은 더 이상 간섭하려고 하지 않았습니다. 설사 관심이 있었다 해도 별다른 방법이 없었을지도 모르지만요.

어제의 나그네가 드디어 워더링 하이츠의 주인이 되었습니다. 히드클리프는 확실한 소유권을 가지고 있었으며, 변호사에게 증명하기를—변호사가 그 사실을 에드거 서방님에게도 증명했습니다—힌들리 서방님은 노름 밑천을 마련하기 위해 자기 소유의 땅을 모조리 저당잡혔는데, 자기가 바로 그 저당권자라는 것이었습니다.

그리하여 지금쯤 이 고장에서 제일가는 신사로 행세할 헤어턴은 하는 수 없이 자기 아버지의 원수에게 얹혀 사는 신세로 전락하여, 품삯도 받지 못하는 하인 노릇을 하고 있답니다. 그의 편을 들어줄 사람도 없고, 또 자신이 억울한 일을 당했다는 것조차 알지 못하기 때문에 권리를 되찾을 수가 없었던 거죠.

18

그 음울한 시기가 지난 후 12년간이 제 생애에서 가장 행복한 시절이었어요. 어린 아가씨의 잔병치레 정도가 그동안 겪은 가장 힘든 일이었죠. 그런 병이야 어린아이라면 빈부에 상관없이 누구나 겪는 것이지요.

어린 아가씨는 낙엽송처럼 무럭무럭 자라서, 린턴 부인의 무덤 위에 또다시 히스꽃이 만발하기 전에 걸음마도 하고 말도 하게 되었습니다. 이 아기는 우울한 집안에 빛을 가져오는 존재로, 언쇼 가 특유의 검은 눈과 함께 린턴 가 특유의 흰 살결에 오밀조밀한 얼굴, 금발의 곱슬머리를 가지고 있어 무척 귀여웠습니다. 성격은 명랑하면서도 거칠지 않았고 다정다감한 마음씨가 어머니를 연상케 했지만, 그러면서도 어머니를 닮지는 않았습니다. 왜냐하면 아가씨는 비둘기처럼 부드럽고 온순했으며, 상냥한 목소리와 애수에 젖은 표정을 지니고 있었으니까요.

화를 내도 결코 사납지 않고, 애정 표현도 깊고 부드러웠으며, 앞뒤 가리지 못할 만큼 격하지도 않았습니다. 그러나 이런 장점과 더불어 결점을 지니고 있는 것도 사실이었습니다. 건방진 점 그리고 성격이야 좋건 나쁘건 귀엽게 자란 아이들에게 흔한 고집이 그것이었습니다.

아가씨는 서방님이 어쩌다가 눈짓으로라도 나무라는 기색을 보이면 몹시 슬픈 일이라도 당한 것처럼 야단이 났습니다. 사실 서방님은 따님에게 엄하게 한 적이 한 번도 없었는데도 말입니다.

서방님은 아가씨의 교육을 도맡고 그것을 낙으로 삼고 있었습니다. 다행스럽게도 아가씨는 이해가 빠르고 열심이어서 아버지에게 가르치는 보람을 안겨드렸습니다.

열세 살이 되기까지 아가씨는 혼자서는 숲 밖으로 나간 일이 없었습니다. 어쩌다가 에드거 서방님이 1, 2마일 밖으로 데리고 나가기도 했지만, 다른 사람 손에 따님을 맡기는 일은 없었습니다. 기머튼이란 마을도 아가씨에게는 생소한 곳이었고, 자기 집 이외에 가까이 가보거나 들어가본 건물이라고는 교회뿐이었습니다. 워더링 하이츠와 히드클리프의 존재조차 전혀 알지 못했습니다. 그야말로 완전히 세상과 단절된 생활이었지만, 충분히 만족하고 있었습니다. 그러나 가끔 창 밖을 내다보며 이런 말을 하곤 했습니다.

"넬리, 난 얼마나 더 있어야 저 산꼭대기까지 올라갈 수 있을까? 산 너머 저쪽에는 뭐가 있을까? 바다가 있을까?"

"아니에요, 캐시 아가씨. 그 너머에도 저런 산이 또 있고 또 있지요."

아가씨는 또 이렇게 묻기도 했습니다.

"저 황금빛 바위들은 그 밑에 가서 보면 어떤 모양일까?"

아가씨는 페니스톤 바위산의 절벽에 무엇보다도 관심을 가졌습니다. 특히 석양이 그 바위와 산꼭대기에만 비치고 그 외에 눈에 보이는 모든 것에 그늘이 드리워질 때는 더욱 마음이 끌리는 것 같았습니다.

저는 그 바위산은 벌거벗은 돌덩어리여서 나무 한 그루 자랄 흙조차 없다고 말해 주었습니다.

"이쪽은 이미 어두워지기 시작했는데, 왜 저 바위는 계속 환하게 빛나는 거야?"

아가씨가 또 물었지요.

"저 바위는 여기보다 훨씬 더 높은 곳에 있기 때문이지요. 저긴 너무 높고 험해서 올라갈 수 없어요. 겨울에는 항상 여기보다 빨리 서리가 내리지요. 한여름에도 저 바위의 북동쪽 어두운 골짜기에는 눈이 있어요."

"아, 그럼 넬리는 저길 가보았군!"

아가씨가 기뻐하며 소리쳤습니다.

"그러면 나도 어른이 되면 갈 수 있겠네. 아빠도 저기 가보신 적이 있을까?"

"아버님은 이렇게 말씀하실 겁니다. 일부러 찾아갈 곳이 못 된다고요. 아버님과 함께 거니는 저 벌판이 훨씬 더 좋아요. 그리고 드러시크로스 저택의 숲이 세상에서 제일 아름답지요."

"하지만 나는 숲은 가봐서 알지만 저긴 모르거든."

아가씨는 혼자 중얼거렸습니다.

"저 꼭대기에 서서 주위를 둘러보면 재미있겠어. 내 망아지 미니가 언젠가는 나를 데리고 가주겠지."

하녀 하나가 그곳에 선녀굴이 있다는 이야기를 해서 아가씨의 머릿속은 온통 그곳에 가보고 싶다는 생각으로 가득 차 있었습니다. 그래서 아가씨는 아버지를 졸라 나중에 더 크면 보내주겠다는 약속을 받아내고야 말았습니다. 그 후로 아가씨는 나이를 달수로 세면서 "이제 페니스톤 바위산에 갈 만큼 컸나요?" 하고 입버릇처럼 물었습니다.

바위산으로 가는 길은 워더링 하이츠 바로 옆으로 나 있었습니다. 서

방님은 차마 그 옆을 지날 용기가 나지 않았으므로, 항상 똑같은 대답을
했습니다.

"아직 멀었어. 아직 안 돼."

이사벨라 아씨가 남편에게서 도망친 후로 12년쯤 살았다는 말씀을 드
렸었지요. 린턴 가 사람들은 모두 체질이 허약했습니다. 이 고장 사람답
지 않게 남매가 다 건강하지 못했습니다. 이사벨라 아씨가 무슨 병으로
돌아가셨는지 정확히는 모르겠지만, 아마 남매가 똑같은 병으로 돌아가
시지 않았나 생각됩니다. 초기에는 대단치 않다가 점점 고질이 되어 말
기에는 급속히 생명을 단축시키는 열병 같은 것이었지요.

이사벨라 아씨는 넉 달을 병으로 고생한 끝에, 아무래도 나을 것 같지
않으니 되도록 속히 와달라고 오빠에게 편지로 간청했습니다. 정리할 일
도 많고, 또 오빠에게 마지막 작별을 고하고 아들을 무사히 오빠의 손에
넘겨주고 싶었겠지요. 자신이 죽은 후에 아들이 오빠와 함께 살기를 원
했던 겁니다. 아씨는 히드클리프가 아이를 돌보거나 교육시키는 일을 맡
을 의사가 없음을 알았던 거죠. 서방님께서는 조금도 망설임 없이 누이
동생의 청을 받아들였습니다. 보통 일 때문에 집을 떠나는 걸 싫어하는
분이었으나, 그때만은 날아갈 듯이 달려가셨습니다. 안 계시는 동안 캐
서린 아가씨를 각별히 보살피라고 부탁하시면서, 비록 저와 함께라도 밖
으로는 나가지 말라고 신신당부하셨습니다. 서방님은 아가씨가 혼자서
나갈 수도 있다는 것은 생각조차 못했던 것입니다.

서방님은 3주일 동안 집을 떠나 있었습니다. 처음 하루 이틀은, 아가
씨는 놀지도 않고 책을 읽으며 주로 서재에서 지냈습니다. 그렇게 처음
에는 전혀 말썽을 부리지 않았지만, 차츰 답답하고 짜증이 나는 것 같았

습니다. 그런데 저는 바쁘기도 하고 나이도 먹었으므로 아래위로 오르내리면서 아가씨를 즐겁게 해줄 수가 없어서, 아가씨 혼자 놀 수 있는 방법을 생각해 냈습니다. 저는 아가씨를 때로는 걸어서, 때로는 망아지를 타고 집 주위를 뱅글뱅글 도는 여행을 떠나보내곤 했습니다. 그리고 여행에서 돌아와 엮어내는 사실 반 공상 반의 여행담을 인내심을 갖고 들어주었습니다.

때는 한여름이었습니다. 아가씨는 이 혼자만의 산책을 매우 즐겼으므로, 아침을 먹고 나가면 차 마실 시간—오후 3~4시쯤—이 되도록 돌아오지 않는 때가 종종 있었습니다. 그리고 저녁에는 공상적인 모험담을 열심히 들려주었습니다. 저는 아가씨가 울타리 밖으로 나가리란 걱정은 안 했습니다. 대문은 항상 잠겨 있었고, 혹시 문이 활짝 열려 있다 해도 아가씨 혼자 밖으로 나가는 일은 없으리라 믿었지요.

그러나 불행하게도 제 생각이 잘못이었다는 것이 드러났습니다. 어느 날 아침 8시쯤 캐서린 아가씨가 저에게 와서, 그날은 아라비아 상인이 되어 대상을 이끌고 사막을 횡단할 계획이니 사람과 짐승을 위해서 식량을 넉넉히 마련해 달라고 말했습니다. 짐승이란 말 한 마리와 낙타 세 마리인데, 낙타는 큰 사냥개 한 마리와 포인터 두 마리로 대신했습니다. 저는 맛있는 것을 잔뜩 준비해서 바구니에 넣어 안장 한쪽에 매달아주었습니다. 아가씨는 챙이 없는 모자와 망사 베일로 뜨거운 햇빛을 가리고, 빨리 달리지 말고 일찍 돌아오라는 제 충고 따위는 귓전으로 흘리며 요정처럼 경쾌하게 말에 올라앉아 탄성을 지르며 달아나버렸습니다.

이 말괄량이 아가씨는 차 마실 시간이 되어도 돌아오지 않았습니다. 일행 중 편안한 것을 좋아하는 늙은 사냥개만 돌아왔을 뿐, 캐시 아가씨와 망아지와 포인터 두 마리는 어디에도 보이지 않았습니다. 저는 이곳 저곳에 사람을 내보내 찾다 못해 결국 직접 아가씨를 찾으러 나섰습니다. 일꾼 하나가 마당과 경계를 이루고 있는 숲의 울타리를 고치고 있기에 아가씨를 보았느냐고 물었습니다.

"아침에 봤어요. 저에게 개암나무 채찍을 하나 꺾어달라고 하더니 저기 저 울타리의 제일 낮은 곳으로 말을 몰고 뛰어넘어 가버렸습니다."

이 말을 들은 제 마음이 어떠했겠는지 짐작하시겠지요. 순간 아가씨가 페니스톤 바위산으로 갔으리란 생각이 들더군요.

"그 사실을 왜 이제야 알려주는 거야! 이 일을 어떻게 하지?"

저는 일꾼을 나무라고는 손질하고 있던 울타리 틈으로 빠져나가 곧장 큰길로 나섰습니다. 저는 마치 경기라도 하듯이 몇 마일을 달리고 달려서 드디어 워더링 하이츠가 보이는 모퉁이까지 갔습니다. 그러나 어디에도 아가씨의 모습은 보이지 않았습니다. 그 바위산은 워더링 하이츠에서도 1마일 반쯤 떨어진 곳에 있었으므로, 저는 바위산에 닿기 전에 해가 지지 않을까 걱정되기 시작했습니다.

'혹시 아가씨가 저 바위에 오르다가 미끄러져서 큰 사고라도 당했으면 어쩐다지?' 하는 불길한 생각이 들었습니다. 그래서 워더링 하이츠 옆을 지나다 아가씨가 데리고 간 포인터 중에서 제일 사나운 찰리란 놈이, 머리는 부어오르고 귀에서는 피를 흘리면서 창문 아래 누워 있는 것을 발견했을 때는 놀랍기보다는 반갑고 한시름 놓이는 심정이었습니다.

저는 쪽문을 열고 현관으로 달려가 요란스럽게 문을 두드렸지요. 전에 기머튼에 살던, 저와 안면 있는 여자가 문을 열어주더군요. 이 여자는 언쇼 씨가 돌아가신 후 그 집 하녀로 일하고 있었습니다.

"아아, 어린 아가씨를 찾으러 오셨군요! 걱정 마세요, 여기서 잘 놀고 계시니까. 주인님인 줄 알았는데, 아니어서 다행입니다."

"그럼 그분은 집에 안 계신가요?"

급히 달려온데다 놀라기도 했으므로 저는 몹시 숨이 차서 헐떡이며 말했습니다.

"예, 안 계세요. 주인님도 안 계시고 조지프도 나갔어요. 한두 시간 안엔 오실 것 같지 않으니, 들어와서 잠깐 쉬었다 가세요."

들어가 보니 길 잃은 저의 어린 양 캐시 아가씨가 아가씨의 어머니가 옛날 어렸을 때 쓰던 작은 의자에 앉아 다리를 흔들거리며 놀고 있었습니다. 모자는 벽에 걸려 있고, 아가씨는 더없이 명랑한 표정으로 헤어턴에게—이제는 열여덟 살의 건장한 청년이 되어 있는—웃으면서 뭐라고 종알거리고 있었습니다. 헤어턴은 아가씨의 입에서 막힘 없이 쏟아져 나오는 이야기와 질문의 의미는 거의 알아듣지 못하면서도 상당한 호기심과 놀라움으로 아가씨를 뚫어져라 쳐다보고 있었습니다.

"잘하는군요, 아가씨!"

반가움을 감춘 채 저는 성난 얼굴로 말했습니다.

"이제 아버님이 돌아오실 때까지 말 타실 생각은 꿈도 꾸지 마세요. 다시는 문지방도 못 넘게 할 테니 명심하세요. 말괄량이 같으니라고!"

"어머, 넬리!"

아가씨는 명랑하게 소리 지르며 깡충 뛰어내려 제게 달려왔습니다.

"오늘 밤엔 재미있는 얘기를 해줄게. 용케 찾아왔네? 넬리도 전에 여기 와본 적 있어?"

"빨리 모자나 쓰세요, 집으로 돌아가게. 난 아가씨 때문에 얼마나 놀랐는지 몰라요. 아가씨는 정말 못된 짓을 했어요. 입을 삐죽거리고 울어도 소용없어요. 아가씨를 찾느라고 제가 얼마나 헤매고 다니면서 고생했는지, 울어도 화가 풀리지 않을 거예요. 아버님께서 제게 아가씨를 내보내지 말라고 얼마나 당부하셨는지 잘 아시잖아요. 그런데 그렇게 살며시 빠져나가다니. 아가씨가 깜찍한 여우라는 것을 알았으니까, 앞으로는 아무도 아가씨를 안 믿을 거예요."

"내가 뭘 어쨌다고 그래?"

아가씨는 훌쩍거리다가 금방 울음을 그치고 말했습니다.

"아빠는 나한테 아무 말씀도 하시지 않았어. 그러니까 아빠는 나를 혼내시 않으실 거야. 넬리, 아빠 넬리처럼 그렇게 까다롭지 않단 말이야!"

"그만, 그만 해요! 리본을 매어드릴게요. 자, 이제 우리 화내지 말아요. 저런 창피하게! 열세 살이나 된 아가씨가 어린애처럼!"

이렇게 소리 지른 것은, 아가씨가 모자를 벗어던지고 벽난로 쪽으로 도망갔기 때문입니다.

"그만 하세요, 넬리."

그 집 하녀가 끼어들었습니다.

"귀여운 아가씨를 나무라지 마세요. 당신이 걱정할까 봐 길을 재촉하시는 것을 저희들이 못 가시게 말린 겁니다. 헤어턴이 같이 가겠다고 하고, 저도 그러는 편이 좋겠다고 생각했지요. 산길은 험하거든요."

그런 말이 오가는 동안 헤어턴은 호주머니에 손을 찌른 채 어색하게 서 있었습니다. 제가 나타난 것을 달가워하지 않는 눈치더군요.

"얼마나 오래 기다리면 되겠어요?"

저는 하녀의 변명을 무시하고 제 말만 했습니다.

"조금만 있으면 어두워질 거예요. 망아지는 어디 있지요, 아가씨? 그리고 피닉스는요? 서두르지 않으면 저 혼자 갈 테니 마음대로 하세요."

"망아지는 마당에 있고, 피닉스는 저기 가둬두었어. 물렸거든. 그리고 찰리도 물렸어. 전부 얘기해 주려고 했었는데, 넬리가 화를 내니까 말하지 않을래."

저는 모자를 집어든 다음 씌워주려고 아가씨에게 다가갔습니다. 그랬더니 그 집 사람들이 자기 편인 것을 알고 아가씨는 이리저리 피해 다니기 시작했습니다. 제가 쫓아가자 가구 뒤로, 위층과 아래층으로 생쥐처럼 뛰어다니면서 쫓아다니는 저를 놀려댔습니다. 헤어턴과 하녀가 웃으니까 덩달아 웃으며 더욱 기고만장해지기에, 드디어 저는 몹시 화가 나서 외쳤습니다.

"이봐요, 캐시 아가씨. 이 집이 누구 집인지 안다면 얼른 나가고 싶어질 거예요."

"여기는 헤어턴 아버지의 집이지?"

아가씨가 헤어턴을 쳐다보며 물었습니다.

"아니."

헤어턴은 눈길을 떨구고 부끄러운 듯 얼굴이 빨개졌습니다.

아가씨의 눈은 헤어턴의 눈과 꼭 닮았지만, 그는 똑바로 쳐다보는 아가씨의 눈길을 마주 보지 못했습니다.

"그럼 누구 집이야?"

아가씨가 따지듯 다시 물었습니다.

헤어턴은 이번에는 또 다른 감정으로 얼굴을 더욱 붉히더니, 뭐라고 중얼거리며 아가씨의 시선을 외면했습니다.

"넬리, 헤어턴은 이 저택 주인의 아들이 아니야?"

아가씨가 이번에는 저에게 물었습니다.

"헤어턴이 '우리 집'이니 '우리 식구'니 하기에 이 집 주인의 아들인 줄 알았지. 그리고 이 사람은 나를 보고 아가씨라고 부르지 않았어. 하인이라면 당연히 그렇게 불렀어야 하는데 말이야. 안 그래?"

철없는 아가씨의 말에 헤어턴의 얼굴은 먹구름처럼 어두워졌습니다. 저는 조용히 아가씨를 달래 겨우 떠날 채비를 하는 데 성공했습니다.

"그럼 내 말을 준비해 줘."

아가씨는 마치 자기 집에서 어린 마부에게 하듯이 그 미지의 친척에게 명령했습니다.

"그리고 나와 같이 가자. 마귀 사냥꾼이 늪에서 솟아오르는 것도 보고 싶고, 네가 말한 그 요정에 대한 이야기도 듣고 싶어. 얼른! 뭐 하는 거야? 내 말을 준비하라는데."

"네까짓 것의 하인이 되기 전에 네가 뒈지는 꼴을 보겠다!"

헤어턴이 덤벼들 듯이 외쳤습니다.

"내가 어떻게 되는 꼴을 보겠다고?"

캐서린 아가씨가 깜짝 놀라며 물었습니다.

"뒈지는 꼴 말이야, 이 건방진 계집애야!"

"거 봐요, 아가씨! 좋은 친구를 알게 되어 좋겠군요."

저는 헤이튼이 들으라고 일부러 큰 소리로 말했습니다.

"어린 아가씨께 그 무슨 말버릇이람! 아가씨, 제발 저 청년하고는 두 번 다시 말하지 마세요."

"하지만 넬리."

아가씨가 놀라서 눈이 휘둥그래지며 소리쳤습니다.

"어째서 저 사람이 내게 그런 말을 하지? 나쁜 녀석 같으니, 우리 아빠에게 네가 말한 것을 전부 다 이를 테니 두고 봐!"

그러나 헤어턴은 그런 협박엔 끄떡도 하지 않았습니다. 아가씨는 분해서 눈물까지 흘렸습니다.

"어서 내 망아지를 데려와요. 그리고 당장 내 개를 풀어줘요!"

아가씨가 하녀를 향해 큰 소리로 외쳤습니다.

"가만히 계세요, 아가씨. 얌전하셔서 나쁠 건 없으니까요. 저기 저 헤어턴 도련님은 비록 이 댁 주인의 아드님은 아니지만, 아가씨의 사촌이 되세요. 그리고 저는 아가씨의 시중을 들라고 고용된 사람도 아니고요."

"저 사람이 내 사촌이라고?"

캐시 아가씨가 말도 안 된다는 듯이 소리쳤습니다.

"네, 정말이에요."

"오오, 넬리! 저런 말을 하도록 가만히 두지 말고 뭐라고 좀 해줘!"

아가씨는 몹시 당황해하며 말했습니다.

"아빠는 내 사촌을 데리러 런던에 가셨잖아. 내 사촌은 신사의 아들이야. 흑흑······."

아가씨는 말을 잇지 못하고 소리 내어 울었습니다. 그런 못된 녀석과 친척이라는 생각을 하니 분통이 터졌던 겁니다.

"조용히 하세요!"

저는 귓속말로 타일렀습니다.

"사촌이란 여럿일 수도 있고, 그중엔 별의별 사람이 다 있는 거예요. 이런 사촌이 있다고 해서 품위가 떨어지거나 하는 것은 아니에요. 마음이 안 맞고 나쁜 사람들이라면 어울릴 필요가 없어요."

"저 사람은…… 저 사람은 내 사촌이 아니야, 넬리."

아가씨는 생각할수록 슬픔이 새로워지는지 그 생각을 떨쳐버리려는 듯 제 품에 몸을 던졌습니다. 저는 아가씨와 하녀, 두 사람 때문에 매우 난처해졌습니다. 틀림없이 런던의 사촌이 이곳으로 온다는 아가씨의 말이 히드클리프 씨에게 전해질 것이고, 아가씨는 서방님이 돌아오시자마자 버릇없이 마구 자라난 그 젊은이가 자기 친척이라는 하녀의 말을 확인하려 들 것이 분명하니까요.

헤어턴은 하인으로 오인받은 불쾌감을 가라앉히고 보니 아가씨가 슬퍼하는 것이 마음에 걸렸던 모양입니다. 그는 망아지를 문 쪽으로 끌어다놓고 아가씨를 달래려고 개집에서 강아지 한 마리를 가져다가 그녀의 품에 안겨주면서, 자기가 악의로 한 말은 아니니까 그만 울라고 달랬습니다. 아가씨는 잠시 울음을 그치고 두려움과 증오에 찬 눈초리로 그를 살피더니 다시 울기 시작했습니다.

아가씨가 그 불쌍한 사촌을 그토록 싫어하는 것을 보고 저는 웃음을 참을 수가 없었습니다. 헤어턴은 체격도 훌륭하고 얼굴도 잘생겼으며 근육이 단단한 젊은이였으나, 입고 있는 옷은 밭에서 일하거나 벌판에서 토끼와 다른 짐승을 쫓아다니기에 알맞은 차림이었습니다. 그렇지만 그 바탕은 아버지보다 훨씬 낫다는 것을 그 인상에서 느낄 수 있었습니다. 마치 좋은 점은 잘 드러나지 않고 나쁜 점은 그대로 드러나, 무성한 잡초 속에 쓸 만한 풀이 숨겨져 있는 격이었습니다. 그러나 환경만 좋았다면 풍성한 수확을 거둘 수 있는 비옥한 토질임이 분명했습니다.

히드클리프 씨는 육체적으로 그를 학대하지는 않았던 것 같습니다. 젊은이 특유의 무서움을 모르는 기질 때문에 학대하고 싶은 마음이 생기지 않았던 거지요. 히드클리프 씨는 헤어턴에게는 학대하고 싶은 마음을 불러일으키는 소심한 나약성이 전혀 없다고 판단했던 겁니다. 그래서 그는 헤어턴을 야수처럼 키우겠다는 쪽으로 생각을 돌렸습니다. 읽기나 쓰기조차도 가르치지 않았고, 자기를 괴롭히지 않는 한 그 어떤 나쁜 짓도 나무라지 않는 대신, 한 발짝도 선으로 인도하는 법도 없고 악을 멀리하도록 단 한 마디의 충고도 안 했습니다.

그리고 제가 들은 바에 의하면, 조지프도 이 젊은이의 퇴보에 한몫 끼어서, 그가 이 오래된 집안의 종손이라는 이유만으로 소견 좁은 편애로 덮어놓고 어린애 다루듯 비위를 맞추고 귀여워하기만 했다는 겁니다. 그리고 캐서린과 히드클리프가 어렸을 때, 영감 말을 빌리자면, 소위 그들의 '못된 수작' 때문에 힌들리 서방님이 화가 나서 술에서 위안을 찾지 않을 수 없게 만들었다고 두 아이를 꾸짖던 버릇대로, 이번에는 헤어턴의 모든 잘못을 그의 재산을 가로챈 히드클리프의 책임이라고 비난하였습니다.

조지프는 헤어턴이 욕지거리를 해도 나무라지 않았고, 아무리 버릇없는 행동을 해도 바로잡아 주지 않았습니다. 조지프는 헤어턴이 극도로 나빠지는 것을 보는 것이 유쾌했나 봅니다. 그는 헤어턴이 파멸하고, 영혼이 멸망의 구렁텅이에 빠졌다는 것을 인정하면서도, 그렇게 된 데 대해서 히드클리프가 책임져야 한다고 비난했습니다. 헤어턴을 파멸시킨 벌이 히드클리프에게 내려질 것이라 생각하니 조지프는 안심이 되었던 것입니다.

조지프는 헤어턴의 머릿속에 가문과 혈통에 대한 자부심을 불어넣고,

가능하면 그와 현재의 워더링 하이츠 주인과의 사이에 증오심을 불러일으키려고 했습니다. 그러나 히드클리프에 대한 그의 두려움은 미신에 가까울 지경이라서, 기껏해야 입 속으로만 비꼬거나 남몰래 욕하는 정도였습니다.

제가 그 당시 워더링 하이츠의 생활에 대해 잘 알고 있다고 할 수는 없습니다. 직접 보지 못했으므로, 제가 하는 말은 대부분 소문에 의한 거지요. 마을 사람들은 히드클리프 씨가 무척 인색하고 소작인에게 매우 가혹한 지주라고 말했습니다. 그러나 집안은 하녀의 손길이 닿아서인지 예전의 아늑한 모습을 되찾았고, 힌들리 서방님이 살아 계실 때 흔히 벌어지던 난폭한 장면은 다시는 재연되지 않았습니다. 이 집 주인은 지독하게 침울하여, 좋은 사람이건 나쁜 사람이건 아무와도 사이좋게 지내는 법이 없었습니다. 그건 지금도 마찬가지입니다만.

이야기가 잠깐 다른 데로 흘렀군요. 캐시 아가씨는 화해의 표시로 헤어턴이 준 강아지를 거절하고, 자기가 데리고 온 개 찰리와 피닉스를 내놓으라고 했습니다. 잠시 후 두 마리 개가 절뚝거리며 머리를 떨구고 걸어왔습니다. 그래서 우리 모두는 몹시 풀이 죽어 집으로 돌아왔습니다.

아가씨는 그날 있었던 일에 대해 자세히 말하려고 하지 않았습니다. 예상했던 대로 그녀의 목적지는 페니스톤 바위산이었습니다. 울타리를 넘은 아가씨는 별다른 일 없이 워더링 하이츠의 대문까지 갔는데, 마침 헤어턴이 개를 데리고 나왔고 그놈들이 아가씨 일행에게 덤벼들었답니다. 그래서 맹렬한 싸움이 벌어져 쌍방의 주인이 겨우 떼어놓았는데, 그것을 계기로 두 사람은 서로 인사를 했답니다. 아가씨는 헤어턴에게 자기는 누구며 어디로 가는 중인지를 말했고, 길을 안내해 달라고 청한 끝에 용케 그를 꾀어 동행하도록 만들었답니다. 헤어턴은 신기한 선녀굴과 그 밖에 여기저기 괴상한 곳에 대한 이야기를 들려주었답니다.

저는 아가씨의 기분을 상하게 했기 때문에 아가씨가 본 여러 가지 재미있는 것에 대한 이야기는 듣지 못했습니다. 그러나 아가씨의 말을 종합해 보면, 처음에는 헤어턴이 마음에 들었던 모양입니다. 나중에 아가씨가 하인 취급을 하는 바람에 그의 기분을 상하게 했고, 히드클리프의 하녀가 그를 사촌이라고 하는 통에 그만 그녀의 기분이 상해 버렸던 것이죠. 게다가 헤어턴이 한 욕설이 아가씨 가슴에 사무쳤던 것입니다. 집에서는 모든 사람에게 '사랑'이며 '귀염둥이'며 '여왕'이며 '천사'이던 그녀가 처음 보는 사람에게 지독한 모욕을 당했으니 그럴 만도 하지요. 아가씨는 그걸 이해하지 못했지만, 저는 서방님에게 슬픔을 호소하지 않겠다는 아가씨의 약속을 받아내는 데 여간 애를 먹지 않았습니다.

저는 서방님께서 워더링 하이츠의 식구들을 얼마나 싫어하시는지, 그리고 아가씨가 그곳에 다녀왔다는 것을 아시면 얼마나 노하실 것인지 설명해 주었습니다. 그리고 제가 분부를 게을리했다는 것이 드러나면, 서방님께서는 몹시 화를 내면서 저를 쫓아내실지도 모른다는 점을 특히 강조했습니다. 캐시 아가씨에게는 제가 나간다는 것은 생각만 해도 견딜 수 없는 일이었으므로, 아버지께 절대 말씀드리지 않겠다고 맹세했습니다. 그리고 저를 위해서 그 맹세를 지켜주었습니다. 어쨌든 그녀는 사랑스러운 아가씨임이 분명했습니다.

19

서방님께서 돌아오실 날짜를 알리는 편지가 배달되었습니다. 편지에
는 검은 테두리가 둘러져 있었지요. 이사벨라 아씨가 돌아가셨던 겁니다.
서방님은 캐시 아가씨에게 상복을 입히고, 어린 조카를 위해서 거처할
방을 마련할 것이며, 그 밖에 여러 가지 준비를 하라고 당부하셨더군요.

캐시 아가씨는 아버지가 오신다는 소식을 듣고 기뻐 날뛰었습니다. 그
리고 '진짜' 사촌이 지니고 있을 여러 가지 장점을 상상하며 무척 기뻐
했습니다.

두 사람이 도착한다는 날 저녁때가 되었습니다. 이른 아침부터 아가씨
는 자신의 주변을 정리하느라 바삐 움직이더니, 새로 만든 상복을 입
고 — 가엾게도 고모의 죽음이 별로 슬프지 않았던 모양이에요 — 아빠를
맞이하러 함께 밖으로 나가보자고 저를 사뭇 귀찮게 졸랐습니다.

"린턴은 나보다 여섯 달 늦게 태어났대."

아가씨가 나무 그늘 아래 포근한 잔디 위를 한가롭게 거닐면서 재잘
거렸습니다.

"그 애와 같이 놀면 얼마나 재미있을까? 고모가 그 애의 멋진 머리카
락을 아빠에게 보냈었는데, 내 머리카락보다 더 빛깔이 옅었어. 더 노르

스름하고 나처럼 부드러웠어. 나는 그것을 조그만 유리 상자 속에 잘 보관해 두었지. 이따금 그 머리카락의 주인을 만난다면 얼마나 좋을까 하고 생각했었어. 아이, 좋아라! 자, 넬리. 우리 뛰어가, 빨리 뛰어가."

아가씨는 제가 천천히 대문으로 갈 때까지 몇 번이고 뛰어갔다가는 돌아오고, 다시 뛰어가곤 하였습니다. 그러다 길 옆 언덕의 풀밭에 앉아 침착하게 기다려보기도 했는데, 그것은 어림없는 일이었습니다. 잠시도 가만히 있지 못했으니까요.

"어서 빨리 돌아오셨으면!" 하고 아가씨가 외쳤습니다.

"어? 저기에 먼지가 나는데……. 아빠가 오시나 봐. 아, 아니네. 아빠 언제 오실까? 넬레, 우리 조금만 더 가볼까? 반 마일만 더, 넬리. 꼭 반 마일만 더, 응? 그런다고 해. 저쪽 자작나무 숲까지만."

저는 냉정하게 거절했습니다. 드디어 아가씨의 인내심이 바닥을 드러낼 즈음, 멀리서 마차가 달려오는 것이 보였습니다. 아가씨는 창으로 내다보는 아버지의 얼굴을 보고 소리를 지르며 두 팔을 흔들었습니다. 서방님도 아가씨 못지않게 반가운 표정으로 마차에서 내렸습니다. 한참 동안 그들은 다른 사람을 생각할 여유가 없었습니다.

두 분이 얼싸안고 있는 동안, 저는 마차 안을 살피며 린턴 도련님을 찾았습니다. 그는 혼자 겨울을 만난 듯 속이 털로 된 따뜻한 외투에 싸여 구석에서 깊은 잠에 빠져 있었습니다. 계집애처럼 얼굴이 창백하고 연약한 소년으로, 서방님의 아들이라고 해도 믿을 만큼 서방님을 쏙 빼닮았더군요. 그러나 서방님에게서는 볼 수 없는 병적인 까다로움을 지니고 있었습니다. 서방님은 린턴 도련님을 유심히 보고 있는 저에게 악수를 청하며, 긴 여행으로 무척 피곤할 테니 그 아이를 그대로 놔두라고 했습니다. 캐시 아가씨는 린턴 도련님을 보고 싶어했지만 아버지가 부르자 함께 동산을 걸어 올라갔습니다. 저는 하인들에게 알리기 위해 한발 앞서 달려갔습니다.

"자, 캐시."

서방님은 계단 아래에서 걸음을 멈추고 아가씨에게 말했습니다.

"네 사촌은 너처럼 건강하지도 못하고 쾌활하지도 않아. 바로 얼마 전에 어머니를 잃었잖아. 그러니 지금 너와 같이 뛰어놀 수 있을 거라고 생각해서는 안 돼. 그리고 너무 말을 많이 걸어서 귀찮게 해도 못써요. 오늘 밤만이라도 그 아이를 가만히 내버려두는 거야. 알았지?"

"네, 아빠. 하지만 빨리 봤으면 좋겠어요. 그 앤 아직 한 번도 밖을 내다보지 않았거든요."

잠시 후 서방님은 자던 조카를 깨운 다음 마차에서 내려주었습니다.

"린턴, 얘가 바로 너의 사촌 캐시란다."

서방님은 두 아이의 손을 마주 잡게 했습니다.

"캐시는 너를 좋아한단다. 그러니 오늘 밤에 울거나 해서 이 아이까지 슬프게 하지 않도록 조심해라. 자, 이제 좀 명랑해져야지. 여행도 끝났으니, 이제 네가 할 일이라고는 편히 쉬면서 재미있게 놀기만 하면 돼."

"잠을 더 자고 싶어요."

소년은 캐서린 아가씨의 인사도 제대로 받지 못하고 쏟아지려는 눈물을 손가락으로 닦았습니다.

"자, 그만, 착하기도 하지."

저는 달래면서 그를 안으로 데리고 들어갔습니다.

"도련님이 울면 아가씨까지 울게 돼요. 보세요, 아가씨가 도련님 때문에 울려고 하잖아요!"

캐시 아가씨가 사촌 때문에 슬퍼하는지 어떤지는 알 수 없지만, 그녀 역시 사촌과 마찬가지로 슬픈 표정을 지으며 서방님에게로 갔습니다. 세 사람은 함께 서재로 들어갔습니다. 그곳에는 차가 준비되어 있었습니다.

저는 린턴 도련님의 모자와 외투를 벗기고, 식탁 옆에 있는 의자에 앉혔습니다. 그러나 자리에 앉자마자 그는 다시 울기 시작했습니다. 서방님께서 왜 그러느냐고 물었습니다.

"저는 지금 의자에 앉아 있을 수가 없어요."

소년이 훌쩍거리며 말했습니다.

"그러면 소파에 앉으렴. 넬리가 차를 갖다줄 테니."

서방님은 참을성 있게 대답했습니다.

까다롭고 병약한 그 아이를 데리고 오느라 서방님이 여행 중 고생을 많이 했으리라 짐작되었습니다. 린턴 도련님은 천천히 몸을 끌듯 소파로 가서 드러누워버렸습니다. 캐시 아가씨는 자기 찻잔을 들고 그의 옆으로 갔습니다. 처음에는 가만히 앉아 있었지만, 그런 자세는 오래가지 못했습니다. 그녀는 전부터 바라던 대로 어린 사촌을 자기의 애완물로 삼으려고 했습니다. 그리하여 그의 머리를 쓰다듬기도 하고 뺨에 키스를 하기도 하고, 어린애를 대하듯이 자기 찻잔에 차를 따라 권하기도 했습니다. 그렇게 해주자 소년은 좋아했습니다. 그는 아기나 마찬가지였으니까요. 그는 눈물을 닦고 엷은 미소를 지었습니다.

"저만하면 됐어."

잠시 두 아이를 지켜보던 서방님이 말했습니다.

"잘됐어. 우리가 저 아이와 함께 살 수만 있다면 말일세, 넬리. 또래 아이와 놀다 보면 곧 새로운 기운을 얻게 되고 건강해지겠지."

'저희들이 린턴 도련님을 데리고 있을 수만 있다면요!' 하고 저도 마음속으로 중얼거렸습니다. 그리고 그런 약골이 어떻게 워더링 하이츠에서 살아갈 것인지 걱정되었습니다. 히드클리프와 헤어턴 틈에 끼어 살 텐데, 그들이 무슨 놀이 상대가 되고 본보기가 되겠습니까?

우리의 불안은 제가 예상했던 것보다 훨씬 빨리 현실로 다가왔습니다. 저는 차를 마시고 난 다음, 아이들을 2층으로 데리고 가서 린턴 도련님이 잠든 것을 보고—그는 잠이 들 때까지 저를 놓지 않았습니다—내려왔지요. 아래층 탁자 옆에 서서 서방님의 침실용 촛대에 막 불을 붙이려고 하는데, 하녀가 부엌에서 나오더니 히드클리프의 하인 조지프가 서방님께 드릴 말씀이 있다고 찾아와 문간에서 기다린다고 알려주었습니다.

"무슨 일로 왔는지 내가 먼저 알아봐야겠어."

저는 당황해서 말했습니다.

"이렇게 늦은 시간에 찾아와 귀찮게 하다니. 방금 긴 여행에서 돌아오신 참이라 서방님께서는 만나려 하시지 않을 텐데……."

그 사이 벌써 조지프는 부엌을 통해 안으로 들어왔습니다. 그는 나들 이옷을 걸치고 대단히 엄숙하고 경건한 얼굴로 한 손엔 모자를 들고 또 한 손엔 짧은 지팡이를 든 채 매트에 구두를 닦고 있었습니다.

"안녕하세요, 조지프. 무슨 일로 오셨어요?"

저는 냉랭한 목소리로 인사를 건넸습니다.

"린턴 씨에게 드릴 말씀이 있어."

그는 저 따위는 상대도 안 한다는 듯이 손을 내저으며 대답했습니다.

"서방님은 잠자리에 드셨어요. 특별히 중요한 이야기가 아니라면 오늘 밤엔 만나지 않으실 거예요. 그러니 무슨 용건인지 내게 말해 보세요."

"어느 방에 계신가?"

조지프 영감은 닫힌 방문을 쭉 살펴보았습니다. 저는 조지프가 제가 중간에 끼어드는 것을 거절할 생각이라는 것을 알아차리고, 내키지 않는 걸음으로 서재로 가서 이 때아닌 손님의 방문을 알리면서 내일 만나기로 하고 돌려보내시라고 권했습니다.

서방님이 미처 뭐라고 말할 새도 없이 조지프가 제 뒤를 따라 들어왔습니다. 그는 지팡이 손잡이에 두 손을 얹은 채 탁자 건너편에 버티고 서서 큰 소리로 말하기 시작했습니다.

"히드클리프 씨가 아들을 데려오라고 해서 왔습니다. 저는 도련님을 꼭 데리고 돌아가야만 합니다."

서방님은 잠시 말이 없었습니다. 몹시 우울한 기색이 얼굴을 어둡게 덮었습니다. 이사벨라 아가씨의 희망과 걱정, 아들에 대한 간절한 바람 그리고 아들을 오빠에게 맡기고 싶어하던 심정과 또 아이를 건네준 다음의 일이 걱정되어 마음속으로 어떻게 하면 이 요구를 피할 수 있을까 궁리하는 눈치였습니다. 그러나 묘안이 떠오르지 않는 모양이었습니다. 아이를 이쪽에서 키우겠다는 뜻을 조금이라도 보이기만 하면 상대방은 더욱더 강경하게 나올 테니, 단념할 수밖에 없었습니다.

"히드클리프 씨에게 전해 주게."

서방님은 침착하게 말했습니다.

"내일 린턴을 보내주겠다고 말일세. 이미 잠자리에 든데다 워낙 피곤해서 지금은 거기까지 갈 수 없을 걸세. 그리고 린턴의 어머니 이사벨라는 그 아이를 내게 맡기고 싶어했고, 지금 같아서는 그 아이의 건강이 매우 걱정된다는 말도 아울러 전해 주기 바라네.”

“안 됩니다!”

조지프가 지팡이로 바닥을 치며 단호하게 말했습니다.

“그건 말이 안 돼요. 주인님은 그 아이 어머니나 외삼촌 따위는 대수롭지 않게 생각합니다. 자기 자식을 찾겠다는 것뿐이니, 나는 지금 아이를 데려가야 합니다. 아시겠습니까!”

조지프는 빚을 받으러 온 사람처럼 너무도 당당하게 서방님을 다그쳤습니다.

“오늘 밤엔 안 돼!”

서방님도 강경하게 맞섰습니다.

“당장 달려가서 내가 한 말을 자네 주인에게 전하기나 하게. 넬리, 이 사람을 배웅해 드려요.”

그러고는 잔뜩 화가 난 늙은이의 팔을 잡아 복도로 쫓아내고는 문을 닫아버렸습니다.

“어디 두고 봅시다.”

조지프는 느릿느릿 내려가면서 소리쳤습니다.

“내일 아침엔 히드클리프 씨가 직접 찾아올 테니, 밀어낼 수 있으면 밀어내 보시오!”

20

조지프의 협박이 현실로 나타나는 소란을 미리 막기 위해 서방님은 저에게 아침 일찍 도련님을 캐서린 아가씨의 망아지에 태워 워더링 하이츠에 데려다주고 오라고 이른 다음 이렇게 말했습니다.

"이제 좋든 싫든 우리는 그 애의 운명에 간섭할 수 없으니, 캐시에게는 그 애가 어디로 갔는지 말하지 말게. 어차피 서로 왕래할 처지도 못 되니 가까운 곳에 산다는 것을 모르는 편이 나을 걸세. 괜히 마음을 잡지 못하고 워더링 하이츠로 찾아가든지 하면 안 될 테니까. 그저 그 애 아버지가 갑자기 사람을 보내서 하는 수 없이 보냈다고만 말해 두게."

새벽 5시에 잠자리에서 일으켜 다시 길을 떠나야 한다는 제 말에 린턴 도련님은 깜짝 놀랐습니다. 그러나 저는 도련님을 안심시키기 위해서 이렇게 말했습니다. 즉, 아버지와 얼마 동안 함께 지내야 하는데, 아버지가 얼마나 도련님을 보고 싶어하는지 여독이 풀릴 때까지 기다릴 수 없다고 하셔서 지금 떠나야 한다고 말입니다.

"아버지라니?"

도련님은 무척 당황해서 외쳤습니다.

"엄마는 한 번도 아버지가 계시다는 말씀을 하지 않았어. 그분은 어디 사시는데? 난 외삼촌과 함께 이곳에서 살고 싶은데……."

"아버지는 이곳에서 얼마 떨어지지 않은 곳에 사세요. 바로 저 언덕 너머예요."

저는 워더링 하이츠 쪽을 가리키며 말을 이었습니다.

"여기서 별로 멀지 않으니까, 기운을 차리게 되면 걸어올 수도 있어요. 아버지를 만난다는데 기쁘지 않으세요? 처음엔 낯설겠지만, 어머니를 사랑한 것처럼 아버지도 사랑하도록 애써보세요. 그러면 아버지도 도련님을 사랑하실 테니까."

"하지만 왜 엄마는 지금까지 아버지에 대해서 한 마디도 말씀해 주시지 않았을까?"

린턴 도련님이 물었습니다.

"그리고 왜 엄마와 아버지는 다른 사람들처럼 함께 살지 않았을까?"

저는 어떻게 대답해야 좋을지 망설이다가 말했습니다.

"아버지는 일 때문에 이곳에 사실 수밖에 없었고, 어머니는 건강이 안 좋아 그곳에서 요양을 하셔야 했어요."

"엄마는 외삼촌에 대해서는 가끔 이야기했기 때문에 나는 옛날부터 외삼촌이 좋았어. 어떻게 아빠를 사랑하지? 난 아빠를 잘 모르는데."

"아이들이란 누구나 부모님을 사랑하는 법이에요. 아마 어머니는 아버지 이야기를 자주 하면 도련님이 아버지를 만나고 싶어할 거라고 생각하셨나 보죠. 자, 서두릅시다. 이렇게 좋은 날씨에는 아침 일찍 말을 타는 게 한 시간 더 자는 것보다 훨씬 더 몸에 좋지요."

"그 애도 나랑 함께 가는 거야?"

도련님이 뜬금없이 물었습니다.

"어제 만난 그 여자 애 말이야."

"오늘은 함께 안 가요."

"외삼촌은?"

"외삼촌도 안 가세요. 제가 모시고 갈 거예요."

린턴 도련님은 다시 침대 위에 벌렁 누워 잠시 생각에 잠기더니 말했습니다.

"외삼촌이 안 가시면 나도 안 갈래! 날 어디로 데려갈지 알 게 뭐야."

저는 아버지를 만나기 싫어하면 못쓴다고 타일렀습니다. 그래도 도련님은 옷을 갈아입는 것조차 완강히 거부했으므로, 서방님의 도움을 청하지 않을 수 없었습니다. 잠시 동안 다니러 갈 뿐이라든지, 외삼촌과 캐시 아가씨가 찾아갈 것이라든지 하는 몇 가지 이루어지기 힘든 다짐을 받고서야 그 가엾은 소년은 자리에서 일어났습니다.

워더링 하이츠로 가면서도 저는 내내 그런 약속을 되풀이하지 않으면 안 되었습니다. 히스 향기가 배어 있는 맑은 공기와 밝은 햇빛, 망아지 미니의 부드러운 말발굽 소리에 소년의 침울했던 기분도 이내 풀어졌습니다. 그래서 한층 더 흥미를 가지고 워더링 하이츠와 그곳에 사는 사람들에 대해서 활발하게 묻기 시작했습니다.

"워더링 하이츠도 드러시크로스 저택처럼 좋은 곳이야?"

도련님이 골짜기 쪽으로 아쉬운 눈길을 던지면서 물었습니다. 골짜기에서는 옅은 안개가 피어올랐는데, 그것은 푸른 하늘에 새털 같은 구름이 되어 퍼지고 있었습니다.

"그곳은 여기처럼 숲이 울창하지도 않고 이만큼 넓지도 않지만, 주위의 아름다운 경치를 바라볼 수 있지요. 그리고 공기가 더 신선하고 건조

해서 도련님 건강에도 좋을 겁니다. 처음에는 건물이 낡고 어둡다는 생각이 들겠지만, 이 근방에서는 두 번째 가는 좋은 집이지요. 벌판을 거니는 기분도 괜찮을 거예요. 그리고 캐시 아가씨의 사촌이자 도련님에게도 친척이 되는 헤어턴 언쇼가 좋은 곳들을 빠짐없이 보여줄 거예요. 날씨가 좋은 날엔 책을 들고 나가서 푸른 골짜기를 서재 삼아 공부할 수도 있지요. 그리고 가끔 산책하다가 외삼촌도 뵙게 될 거예요. 언덕 위로 자주 산책을 나가시니까요."

"우리 아버지는 어떻게 생긴 분이야?"

린턴 도련님이 무척 궁금하다는 듯 물었습니다.

"외삼촌만큼 젊고 잘생겼어?"

"나이는 비슷하지만, 머리와 눈이 검고 더 엄해 보이죠. 키도 몸집도 더 크시답니다. 아마 처음에는 외삼촌만큼 부드럽고 친절해 보이지 않을 거예요. 성격이 다르시니까요. 하지만 아버님에게는 마음을 터놓고 진심으로 대하셔야 해요. 그러면 자연히 아버님께서도 도련님을 외삼촌보다도 더 사랑하시게 될 거예요. 도련님은 그분의 아드님이니까요."

"머리와 눈이 검다고!"

린턴 도련님은 생각에 잠기는 듯했습니다.

"난 도저히 상상할 수가 없어. 그렇다면 나는 아버지를 닮지 않았어?"

"네, 별로 닮지 않으셨어요."

저는 린턴 도련님의 흰 얼굴과 가냘픈 몸매, 크고 생각에 잠긴 듯한 눈을 서글픈 마음으로 바라보면서 마음속으로는 히드클리프 씨와 전혀 닮은 데가 없다고 생각했습니다. 린턴 도련님의 눈은 어머니의 눈과 매우 흡사한데, 다만 병적인 과민성 때문에 순간적으로 반짝일 때를 제외하고는 어머니의 눈에 넘치던 총기 같은 것은 찾아볼 수 없었습니다.

"아버지가 엄마와 나를 한 번도 보러 오지 않았다는 것은 아무리 생각해도 이상해!"

그가 중얼거렸습니다.

"아버지가 나를 본 적이 있을까? 있다면 틀림없이 내가 갓난아기 때였을 거야. 난 아버지에 대해서 아무것도 생각나는 일이 없으니까 말이야."

"린턴 도련님, 3백 마일이라면 아주 먼 거리예요. 그리고 10년은 어른들에게는 도련님이 생각하는 것처럼 그렇게 긴 세월이 아니거든요. 아마 아버님은 여름만 되면 간다고 벼르다가 적당한 시기를 놓치셨을 거예요. 그러다 보니 너무 늦어버렸겠죠. 그 문제에 대해서 캐물어 아버님을 괴롭히지 마세요. 공연히 귀찮게만 해드릴 뿐이니까요."

도련님은 그 후로 워더링 하이츠 대문에 이를 때까지 줄곧 혼자 생각에 잠겨 있었습니다. 저는 도련님의 표정을 살폈습니다. 그는 조각된 현관과 나지막한 창문, 띄엄띄엄 흩어져 있는 구스베리 덤불과 바람에 휜 전나무를 열심히 살피더니 고개를 저었습니다. 이제부터 자기가 살게 될 집의 외관이 전혀 맘에 들지 않던 거죠. 그러나 소년에게도 즉시 불평을 하지 않을 만큼의 분별력은 있었습니다. 집의 내부가 빈약한 외관을 보완해 줄지도 모른다는 생각 때문이었겠지요.

도련님이 말에서 내리기 전에 제가 가서 문을 열었습니다. 그곳 식구들은 막 아침 식사를 끝낸 듯 하녀가 식탁을 치우고 있었습니다. 조지프는 히드클리프 곁에 서서 다리를 저는 말에 대해서 이야기하고 있었고, 헤어턴은 건초장에 나갈 채비를 하고 있었습니다.

"여어, 넬리!"

히드클리프가 저를 보고 반갑게 소리쳤습니다.

"내가 직접 가서 아들놈을 데려와야 하나 보다 했더니 자네가 데려왔군. 어디 쓸 만한가 좀 볼까."

그러고는 벌떡 일어나서 성큼성큼 문 쪽으로 걸어왔습니다. 헤어턴과 조지프도 호기심으로 입을 벌린 채 따라왔습니다. 가엾은 린턴 도련님은 세 사람의 얼굴을 겁먹은 눈으로 훑어보았습니다.

"저런!"

조지프는 얼굴을 찡그리며 린턴 도련님을 찬찬히 살펴보더니 심각한 목소리로 말했습니다.

"주인님, 린턴 씨가 바꿔치기했나 봅니다. 저 애는 그분의 따님 같은데요."

히드클리프는 린턴 도련님이 어쩔 줄 몰라 벌벌 떨 지경이 되도록 뚫어지게 노려보더니, 경멸하듯이 웃었습니다.

"제기랄! 참으로 예쁘고 사랑스럽군! 저 녀석은 달팽이와 쉬어빠진 우유만 먹고 자랐나? 빌어먹을! 생각했던 것보다 훨씬 더 신통치 않아. 하긴 별로 기대했던 것도 아니지만!"

저는 어쩔 줄 몰라 벌벌 떠는 도련님에게 말에서 내려 집으로 들어가라고 일렀습니다. 도련님은 자기 아버지의 말뜻을 제대로 알아듣지 못했으므로, 그 말이 자기를 두고 한 말인지도 잘 모르는 눈치였습니다. 아니, 무섭게 생기고 비웃기만 하는 낯선 사람이 자기 아버지라는 것도 정확히 알지 못했습니다. 그래서 점점 더 겁을 먹고 저에게 바싹 달라붙었습니다. 히드클리프가 자리를 내주며 가까이 오라고 해도 제 어깨에 얼굴을 파묻고 울기만 했습니다.

"쯧쯧!"

히드클리프는 혀를 차더니 한 손을 뻗어 자기 무릎 사이로 아들을 끌어당긴 다음 턱을 받쳐 얼굴을 처들게 했습니다.

"바보처럼 왜 울지? 너를 해치려는 게 아냐. 린턴, 그게 네 이름이었지? 너는 그야말로 네 어미 자식이로구나! 나를 닮은 구석이 어디 하나라도 있니, 이 울보야?"

그는 아들의 모자를 벗기고 탐스러운 노란 곱슬머리를 쓸어 넘기더니 가는 팔과 작은 손을 만져보았습니다. 그러는 동안 린턴 도련님은 울음을 그치고 커다란 눈을 들어 아버지를 바라보았습니다.

"너 나를 아니?"

"몰라요."

히드클리프의 물음에 도련님은 두려운 눈으로 바라보며 대답했습니다.

"내 얘기를 들은 적은 있겠지?"

"없어요."

도련님이 다시 대답했습니다.

"없다니! 아버지에 대한 자식으로서의 정을 깨우쳐주지 않았다니, 네 어미도 참으로 고약하구나! 그렇다면 내가 말해 주지. 너는 내 아들이다. 네 아버지가 어떤 사람이라는 것을 네게 말해 주지 않았다니, 네 어미는 몹쓸 년이구나. 기겁을 하고 얼굴 붉히지 않아도 돼. 얼굴을 붉히는 걸 보면 너도 피가 하얗지는 않은 모양이구나. 린턴, 훌륭한 사람이 되어야 해. 그러면 나도 너를 위해 힘쓰마. 넬리, 피곤하거든 앉게나. 그렇지 않으면 돌아가든지. 자네는 여기서 보고 들은 것을 드러시크로스의 바보 같은 녀석에게 보고하겠지. 자네가 옆에서 서성거리는 동안은 이 녀석이 안정하지 못할 것 같아."

"그럼 히드클리프 씨, 아드님에게 친절히 대해 주시기 바랍니다. 도련님은 이 넓은 세상에서 당신의 유일한 혈육이라는 것을 명심하셔야 합니다. 아시겠지요?"

"매우 친절하게 대해 줄 테니 염려 말게."

그가 웃으며 말했습니다.

"다만 다른 사람은 저 아이에게 친절히 대해서는 안 되네. 나는 아들의 애정을 독점하고 싶으니 말일세. 조지프, 이 아이에게 아침을 갖다주게. 헤어턴, 이 엉덩이에 뿔난 놈아, 넌 일이나 하러 가."

두 사람이 나가자 그는 말을 이었습니다.

"내 아들은 장차 자네가 사는 저택의 주인이 될 걸세. 그러니 에드거의 상속인으로 확정되기까지는 저 애가 죽는 것을 바라지 않네. 더구나 저 녀석은 내 아들이거든. 내 후손이 저들의 토지의 당당한 주인이 되는 것을 보고 싶네. 내가 이런 울보를 참고 받아들이는 것도 그런 생각 때문일세. 저 녀석 자체는 물론, 녀석 때문에 되살아나는 추억도 질색일세. 그러나 아까 말한 그런 희망이 있으니 괜찮아. 그러니 저 녀석은 안전할 테고, 자네 주인이 자기 딸 돌보는 정도로 조심스럽게 돌보겠네. 나는 아들을 위해서 2층에 있는 방 하나를 멋지게 꾸며놓았다네. 또한 가정교사도 물색해서, 20마일이나 되는 곳에서 일주일에 세 번씩 오도록 해놓았지. 헤어턴에게도 저 애에게 복종하라고 일러두었다네. 내 아들의 우수하고 신사다운 기질을 잘 계발해서 식구들 위에 군림할 수 있도록 모든 준비를 갖춰놓았단 말일세. 그런데 이 녀석이 그렇게 수고할 만한 가치가 없다는 사실이 매우 섭섭하군. 만약 내가 이 세상에서 무슨 축복이 있기를 바랐었다면 그건 내 아들이 자랑할 만한 녀석이었으면 하는 거였는데 창백한 얼굴에 울보라니, 실망도 이만저만이 아니야!"

히드클리프가 말하는 동안, 조지프는 우유죽이 담긴 대접을 들고 와 린턴 도련님 앞에 놓았습니다. 소년은 못마땅한 얼굴로 그 변변치 못한 음식을 젓더니 먹을 수 없다고 말했습니다. 저는 이 늙은 하인 영감도 주인의 본을 받아 도련님을 멸시하고 있다는 것을 알아차렸습니다. 그러나 히드클리프가 하인들에게 아들을 존경하라고 분명히 일러두었기 때문에 경멸하는 마음은 가슴속에 접어둘 수밖에 없는 것 같았습니다.

"먹을 수 없다고?"

조지프 영감이 도련님의 얼굴을 쳐다보며 주인에게 들리지 않도록 나지막한 목소리로 되물었습니다.

"하지만 헤어턴 도련님은 어렸을 때 이것만 드셨거든. 헤어턴 도련님이 먹을 만한 것이라면 도련님도 먹을 만할 텐데."

"난 안 먹을래! 저리 가져가."

린턴 도련님은 딱 잘라 말했습니다. 조지프는 화가 나서 음식을 들고 우리 쪽으로 가져왔습니다.

"이 음식이 어디 잘못된 것이라도 있습니까?"

그는 음식을 히드클리프 코밑에 들이대며 물었습니다.

"잘못되긴 뭐가 잘못돼?"

"그런데 저기 저 귀공자께선 이런 것은 못 잡수시겠답니다. 하긴 그도 그럴 법하군요! 저 도련님의 어머니 또한 그랬으니까요. 아씨가 드실 빵을 만들 밀가루를 만지기에는 저희들이 너무 더럽다는 생각을 항상 하셨거든요."

"저 애 엄마 이야기는 꺼내지도 말게."

히드클리프가 버럭 화를 내며 말했습니다.

"저 녀석이 먹을 수 있는 것을 갖다주면 그만 아닌가. 넬리, 저 애가 먹을 만한 음식이 뭔가?"

제가 따끈한 우유나 차가 좋을 거라고 말하자, 히드클리프는 가정부에게 그런 것을 준비하라고 분부했습니다.

'됐어. 아버지의 이기심 때문에라도 저 아이는 편안히 지낼 수 있겠지.' 하고 저는 생각했습니다. 그는 아들의 체질이 허약하다는 것도, 또 그에 알맞는 대우가 필요하다는 것도 알고 있었으니까요. 서방님께는 히드클리프의 기분이 그런 방향으로 돌아간다고 말씀드려서 위로해 드려야겠다고 생각했습니다.

더 이상 지체할 이유가 없었기 때문에 저는 린턴 도련님이 순하게 생긴 개가 다가오는 것을 조심스럽게 막아내고 있는 틈을 타서 살그머니 빠져나왔습니다. 그러나 그는 그런 일을 모를 만큼 방심하진 않았습니다. 제가 문을 닫자 이내 울음을 터뜨리며 미친 듯이 되풀이하여 소리치는 것이었습니다.

"나를 두고 가지 마! 난 여기 안 있을래! 여가 안 있을래!"

잠시 후 문을 잠그는 소리가 들렸습니다. 그들이 도련님을 밖으로 나오지 못하게 한 거죠. 저는 망아지에 올라타고 길을 재촉했습니다. 그리하여 저의 짧았던 보호자 역할은 그날로 막을 내렸습니다.

21

그날 우리는 캐시 아가씨 때문에 무척 혼이 났습니다. 아가씨는 사촌과 같이 놀려고 들뜬 기분으로 아침 일찍 일어났다가, 린턴이 떠났다는 이야기를 듣고 얼마나 심하게 우는지 린턴은 곧 돌아올 거라면서 서방님이 직접 달래야 했습니다. 서방님은 '데리고 올 수만 있다면'이라는 단서를 붙였는데, 그럴 가망은 전혀 없었지요.

그 말로 아가씨는 겨우 진정되었지만, 그보다 세월이 더 좋은 약이더군요. 아가씨는 그 후로도 이따금 린턴이 언제 돌아오느냐고 묻곤 했지만, 그동안 그의 얼굴이 기억에서 희미하게 사라져 만나도 기억해 내지 못할 정도가 되어버렸습니다. 저는 볼일이 있어 기머튼에 갔다가 우연히 워더링 하이츠의 가정부를 만나기라도 하면 언제나 린턴 도련님의 안부를 묻곤 했습니다. 도련님 역시 캐서린 아가씨와 다름없이 밖에 나오지 않기 때문에 전혀 만날 수가 없었으니까요.

저는 그 가정부를 통해서 그가 여전히 건강이 좋지 못하고, 집안에서 짐스러운 존재임을 알게 되었습니다. 그녀는 또 히드클리프가 비록 겉으로 감정을 드러내지 않으려고 노력하고 있지만 점점 더 도련님을 싫어하는 것 같다고 했습니다. 그는 아들의 목소리조차 듣기 싫어해서 한 방에서 단 몇 분도 함께 앉아 있지 못한다는 것이었습니다.

두 사람은 서로 이야기를 주고받는 일이 거의 없다고 했습니다. 린턴 도련님은 공부를 하다가 저녁 시간에는 거실이라 부르는 작은 방에서 보내거나, 아니면 온종일 누워 지낸다는 것이었습니다. 그리고 감기에 걸렸거나 아니면 어떤 다른 병을 앓고 있는지 항상 기침을 한다는 것이었습니다.

"그리고 그렇게 여린 아이는 처음 봤어요."

가정부는 덧붙여 말했습니다.

"또 그렇게 자기 몸을 아끼는 아이도 처음 봐요. 밤에 어쩌다가 늦게까지 창문을 열어놓는 날에는 큰일이 나요. '아이, 바람을 쐬니까 얼어 죽을 것 같아!'라며 잔소리를 하고, 한여름에도 난롯불이 있어야 하죠. 조지프가 담배를 피우면 독하다고 투덜거리고, 사탕이나 맛있는 과자가 떨어지면 짜증을 내면서 항상 '우유, 우유' 하고 우유만 찾으니……. 겨울이면 다른 사람이야 어찌 되든 상관없이 자기만 털 달린 외투 속에 파묻혀 난롯가의 의자에 앉아 있고 토스트와 물, 또는 다른 음료를 벽난로 위에 갖다놓아야 한답니다. 헤어턴 도련님이 가엾게 여기고 놀아주려고 다가갔다가는—헤어턴 도련님은 좀 사납기는 해도 마음이 악하지는 않아요—반드시 하나는 욕지거리를 하고 다른 하나는 울면서 헤어지게 마련이지요. 만약 자기 아들만 아니었다면, 주인님은 헤어턴을 시켜서 도련님을 실컷 때려주어야 속이 시원했을 거예요. 그리고 도련님이 자기 몸을 얼마나 위하는지 반만이라도 아신다면, 주인님은 그를 집에서 쫓아내셨을 거예요. 하지만 주인님은 그런 충동에 빠지지 않으려고 도련님 방엔 들어가는 법이 없고, 자기 눈앞에서 도련님이 그런 모습을 보일라

치면 얼른 2층으로 올려보낸답니다."

이 이야기를 듣고 저는 린턴 도련님은 원래부터 그렇지 않았는데 주위에 정성을 다해 보살펴주는 사람이 없기 때문에 자연히 이기적이고 짜증 많은 소년이 되어버린 거라고 생각했어요. 따라서 저는 그의 기구한 운명이 불쌍하기도 하고, 우리와 같이 살았으면 좋았을 텐데 하는 생각을 하기는 했지만, 그에 대한 관심은 시간이 지날수록 점점 줄어들었습니다.

서방님은 자주 저에게 도련님의 소식을 알아오라고 채근했습니다. 몹시 걱정이 되어서 어떤 위험이 닥치더라도 조카를 만나보고 싶었던 모양입니다.

한번은 저더러 도련님이 마을에 나오는 일이 있는지 알아오라고 했습니다. 그 가정부의 말에 의하면 린턴 도련님은 딱 두 번 아버지를 따라 말을 타고 마을에 나온 적이 있는데, 두 번 모두 외출 후 3, 4일 동안은 지쳐서 꼼짝도 못하더라는 것이었습니다.

제 기억이 분명하다면, 그 가정부는 도련님이 오고 나서 2년 후에 그만두었습니다. 그 뒤에 들어온 가정부는 제가 모르는 여자인데 지금도 그 댁에 살고 있습니다.

세월이 흘러 어느덧 캐시 아가씨는 열여섯 살이 되었습니다. 아가씨의 생일은 바로 돌아가신 아씨의 기일이기도 하기 때문에 항상 축하다운 축하를 받아본 적이 없었습니다. 그날이 되면 서방님은 여느 날과 마찬가지로 서재에서 혼자 지내다가, 어두워지면 기머튼 교회에 있는 아씨의 묘지로 가서 자정까지 그곳에 머물다가 오는 것이었습니다. 그래서 아가씨는 마음대로 혼자 놀도록 내버려두곤 했습니다.

그 해 3월 20일은 화창한 봄날이었습니다. 서방님이 서재에 드신 다음 아가씨는 나들이옷을 입고 내려와 저에게 들로 산책을 나가자고 하더군요. 한 시간 이내에 돌아온다면 가도 좋다는 서방님의 허락이 떨어졌다면서요.

"그러니까 넬리, 어서 서둘러!"

아가씨는 들떠서 저를 재촉했습니다.

"꼭 가보고 싶은 곳이 있어. 뇌조(雷鳥) 무리가 사는 곳인데, 그것들이 둥지를 다 지었는지 보고 싶어."

"거긴 꽤 멀잖아요. 뇌조는 집에서 가까운 들판에는 집을 짓지 않으니까요."

"아니야, 그렇지 않아. 나는 아빠랑 뇌조의 둥지 가까이까지 갔다온 적이 있는걸."

더 이상 그 문제에 대해서는 말하지 않고 저는 모자를 쓰고 상쾌한 기분으로 집을 나섰습니다. 아가씨는 마치 어린 사냥개처럼 제 앞으로 뛰어갔다가는 제 옆으로 돌아오고, 다시 달려가곤 했습니다. 처음에는 저도 사방에서 지저귀는 종달새 소리에 귀를 기울이기도 하고, 달콤하고 따스한 햇살을 즐기기도 했습니다. 그리고 곱슬거리는 금발을 바람에 나부끼며 금세 피어난 들장미처럼 붉게 물든 부드러운 뺨과 기쁨으로 초롱초롱 빛나는 티없이 맑은 두 눈, 나의 사랑이요 보람인 아가씨를 보는 것도 저에게는 기쁨이었습니다. 그 무렵 아가씨는 행복한 천사처럼 보였습니다. 그런데 그것으로 만족하지 못했다는 것은 안타까운 일이었습니다.

"그런데 그 뇌조가 어디 있는 거예요, 아가씨? 이젠 나타날 만도 한데요. 우리 집 울타리를 벗어난 지 꽤 오래됐어요."

"아이, 조금만 더 가면 돼. 조금만 더 가면 된단 말이야, 넬리. 언덕에 올라 저 둑을 지나 저쪽에 갈 때까지는 새들이 푸드덕거리며 달아나는 둥지를 꼭 찾을 테야."

그러나 오르고 지나야 할 언덕과 둑이 너무 많아서 드디어 저는 지치기 시작했습니다. 그래서 그만 집으로 돌아가자고 했습니다. 아가씨가 저를 훨씬 앞질러 가고 있었기 때문에 저는 소리를 질렀지만, 아가씨는 못 들었는지 듣고도 못 들은 척하는 건지 계속 뛰어가기만 해서 저도 하는 수 없이 계속 따라갔습니다. 마침내 아가씨의 모습은 골짜기 속으로 사라져버렸습니다. 다시 그 모습이 나타났을 때는 이미 드러시크로스 저택보다는 오히려 워더링 하이츠에 2마일쯤 더 가까운 곳에 가 있었습니다. 그리고 두 사람이 아가씨를 붙잡는 것이 보였는데, 그중 한 사람은 분명히 히드클리프였습니다.

캐시 아가씨는 뇌조의 둥지를 훔쳤거나, 아니면 적어도 그것을 찾고 있는 현장을 들켰던 겁니다. 워더링 하이츠는 히드클리프의 소유지였으므로 그는 '밀렵자'를 야단치고 있는 중이었습니다.

"나는 한 마리도 잡지 않았을 뿐만 아니라 보지도 못했어요."

제가 가까스로 그곳에 이르렀을 때 아가씨는 두 손을 벌려 보이면서 설명하고 있더군요.

"나는 새를 잡을 생각은 없었어요. 아빠가 이곳에 올라오면 뇌조가 많다고 해서, 알이 보고 싶었을 뿐이에요."

히드클리프는 상대가 누구인지 알고 있었고, 따라서 용서할 수 없다는 듯 짓궂게 웃으며 저를 힐끗 보더니 아빠가 누구냐고 물었습니다. 아가씨는 "드러시크로스 저택에 사는 린턴 씨예요."라고 대답했습니다.

"당신은 내가 누군지 모르는가 보죠? 아신다면 그렇게 말씀하실 리가 없으니까요."

"아가씨는 아가씨 아빠가 매우 훌륭하고 존경받는 분이라고 여기나 보지?"

히드클리프가 비웃듯이 물었습니다.

"그런데 당신은 누구세요?"

캐서린 아가씨는 호기심에 찬 눈초리로 상대방을 뚫어지게 쳐다보며 물었습니다.

"저 사람은 전에 만난 적이 있어요. 당신의 아드님인가요?"

아가씨는 또 다른 한 사람, 헤어턴을 가리켰는데, 그는 몇 해 사이 덩치가 커지고 힘만 세어 보였을 뿐 전과 다름없이 촌스럽고 거칠어 보였습니다.

"아가씨, 산책 나온 지 세 시간이 되어가요. 서둘러 돌아가야겠어요."

저는 히드클리프를 외면하며 말했습니다.

"아니, 저 애는 내 아들이 아니야."

히드클리프가 저를 무시하고 대답했습니다.

"하지만 내게는 아들이 하나 있는데, 아가씨도 전에 본 적이 있을 거야. 넬리는 가자고 서두르지만, 두 사람 다 잠시 쉬어가는 것이 좋을 것 같군. 이 히스 언덕을 돌면 바로 우리 집이 나오지. 좀 쉬었다 가면 더 빨리 돌아갈 수 있을 거야."

저는 아가씨에게 무슨 일이 있어도 그 제의를 받아들여서는 안 되며, 당치도 않은 일이라고 귀에 대고 속삭였습니다.

"왜?"

아가씨가 큰 소리로 물었습니다.

"난 너무 뛰었더니 지쳤어. 그리고 풀밭은 이슬에 젖어서 앉을 수도 없고. 넬리, 우리 가보자. 더군다나 저분은 내가 저분의 아드님을 본 적이 있다고 하는데, 아마 잘못 아셨을 거야. 하지만 저분이 어디 사는지는 짐작이 가. 내가 페니스톤 바위산에 갔다오는 길에 들렀던 그 농가에 살지요?"

아가씨가 히드클리프에게 동의를 구하듯 물었습니다.

"맞았어. 이봐, 넬리. 당신은 가만히 있어. 우리 집에 들러 그 녀석을 만난다면 이 아가씨는 좋아할 거야. 헤어턴, 아가씨와 같이 먼저 가거라. 넬리는 나와 같이 가고."

"안 돼요, 아가씨. 가시면 안 돼요."

저는 소리치며 팔을 붙들고 있는 히드클리프의 손을 뿌리치려고 애썼습니다. 그러나 아가씨는 재빨리 언덕을 뛰어 내려가 이미 워더링 하이츠 앞에 가 있었습니다. 헤어턴은 아가씨와 동행하지 않고 길 옆으로 비켜서더니 어디론가 가버렸습니다.

"히드클리프 씨, 너무해요. 이래서 좋을 것이 하나도 없다는 걸 당신도 알고 있잖아요. 이제 아가씨는 린턴 도련님을 만날 거고, 그러면 집에 돌아가자마자 서방님께 모두 얘기하실 거예요. 아마 저는 몹시 꾸중을 듣게 되겠죠."

"나는 저 아이와 린턴을 만나게 해주고 싶었던 걸세. 그놈은 요 며칠 사이에 좀 좋아졌거든. 그 애는 사람을 만날 만큼 기분이 좋을 때가 드물단 말이야. 자, 어서 가서 저 아이에게 이곳에 왔던 일을 비밀로 하라고 일러두게. 그렇게 되면 곤란할 것도 없지 않은가?"

"그렇지만 내가 옆에 있으면서 아가씨를 워더링 하이츠에 들어가게 내버려두었다는 것을 나중에라도 아시게 되면 서방님께서 무척 화를 내실 테니 하는 말이죠. 그리고 저는 당신이 아가씨를 애써 집으로 끌어들이는 데는 뭔가 꿍꿍이속이 있다는 걸 알고 있어요."

"아니, 난 지극히 정직해. 자네에게 내 생각을 이야기해 주지. 사촌 남매가 서로 사랑하여 결혼하도록 하는 거야. 자네 주인에 대해서도 너그러운 마음으로 추진하는 일이야. 저 아이는 재산을 상속할 가망이 없지만, 내 희망대로만 한다면 당장 린턴과 같이 공동 상속인이 되도록 해줄 계획이 서 있네."

"혹시… 린턴 도련님이 잘못된다면……."

저는 히드클리프의 눈치를 살피며 조심스럽게 말했습니다.

"건강 상태가 도무지 좋아 보이지 않으니까요. 그럴 경우, 캐서린 아가씨가 상속인이 되겠지요."

"아니, 그렇지 않아. 유언에는 그런 조항이 없네. 그러니 그 아이의 재산은 자연히 내게 되는 거지. 하지만 말썽이 나지 않도록 하기 위해 나는 그 두 사람이 결혼하기를 바라고, 그것을 실현시키기로 마음먹었네."

"그런데 저는 다시는 아가씨와 같이 워더링 하이츠 앞에서 얼씬거리지 않을 겁니다."

대문 앞에 다다르자 캐시 아가씨 혼자 우리를 기다리고 있었습니다. 히드클리프는 저에게 가만히 있으라고 했습니다. 그러고는 앞장서서 집으로 올라가더니 얼른 문을 열었습니다.

아가씨는 히드클리프를 어떻게 생각해야 할지 모르겠다는 듯 몇 번이

나 그를 바라보았습니다. 그는 아가씨와 눈이 마주치자 미소를 지었고, 목소리는 부드러워졌습니다. 그래서 저는 어리석게도 아가씨의 어머니에 대한 추억이 아가씨를 해치려는 마음을 사라지게 한 것이 아닐까 하고 생각했습니다.

린턴 도련님은 난로 앞에 서 있더군요. 모자를 쓰고 있는 것을 보니 산책을 하고 온 모양으로, 조지프에게 마른 신발을 가져오라고 고함을 치고 있는 중이었습니다. 열여섯 살이 되려면 아직 몇 달이 모자라지만 나이에 비해 키가 크더군요. 얼굴은 전과 다름없이 예뻤고, 눈빛과 안색은 제가 염려했던 것보다도 훨씬 밝아 보였습니다. 건강에 좋은 공기와 따스한 햇볕 때문에 일시적으로 밝아진 것인지는 모르겠지만요.

"자아, 저 애가 누군지 알아보겠니?"

히드클리프가 캐시 아가씨에게 물었습니다.

"당신의 아드님인가요?"

아가씨가 믿을 수 없다는 표정으로 두 사람을 번갈아 바라보면서 물었습니다.

"그래. 그런데 저 애를 처음 만나는 거냐? 잘 생각해 봐! 이런! 기억력이 나쁘군. 린턴, 네가 그토록 만나고 싶다고 졸라대던 네 사촌을 못 알아보겠니?"

"뭐, 린턴이라고!"

아가씨는 린턴이라는 이름을 듣고 기쁨과 놀라움이 가득한 표정으로 외쳤습니다.

"저 애가 린턴이에요? 나보다 키가 더 크군요! 네가 진짜 린턴이니?"

소년은 앞으로 나서며 고개를 끄덕이더군요. 아가씨는 그에게 열정적으로 키스했습니다. 그러고 나서 두 사람은 세월이 바꿔놓은 서로의 모습을 뚫어지게 바라보았습니다. 캐서린 아가씨는 자랄 대로 다 자라 완전히 숙녀 티가 났습니다. 몸매는 통통하면서도 날씬하고 강철같이 탄력이 있어, 전체적인 모습에서 건강과 활력이 넘쳤습니다. 그에 비해 린턴 도련님은 기운이라곤 없어 보이고 몸집도 몹시 왜소해 보였지만 그런 결점을 감싸주는 우아함이 깃들어 있어서 보기 흉할 정도는 아니었습니다.

사촌과 다정한 말을 주고받은 뒤, 캐서린 아가씨는 히드클리프에게 다가갔습니다. 그는 문간에 서서 집 안팎에 세심하게 주의를 기울이고 있었는데, 문 밖을 살피고 있는 것처럼 보였지만 실은 안쪽을 유심히 보고 있었습니다.

"그러면 당신은 저의 고모부가 되시네요!"

아가씨가 히드클리프의 뺨에 키스하려고 발돋움하면서 외쳤습니다.

"처음에는 좀 무서웠지만 이젠 좋아졌어요. 왜 린턴과 함께 우리 집에 놀러오지 않으세요? 이렇게 가까운 곳에 살면서 오랫동안 왕래가 없었다니, 이상해요. 왜 그러셨지요?"

"네가 태어나기 전에는 지나칠 정도로 자주 방문했었지."

그가 말했습니다.

"이런! 그만! 키스를 하고 싶거든 린턴에게나 해라. 내게 해봤자 소용없으니까."

"넬리는 나빠!"

캐서린 아가씨는 주체할 수 없는 포옹을 이번에는 저에게 퍼부으며 말했습니다.

"심술궂은 넬리, 나를 이곳에 못 들어오게 막으려고 하다니! 하지만 앞으로 매일 아침 이곳에 올 테야. 그래도 괜찮지요, 고모부? 그리고 가끔 아빠도 모시고 올 테야. 고모부는 우리가 오면 반가워하실 거지요?"

"암, 그렇고말고!"

히드클리프는 아침마다 오겠다는 두 사람에 대한 깊은 혐오감으로 얼굴이 찌푸려지는 것을 애써 참으면서 대꾸했습니다.

"하지만 잠깐."

그는 아가씨를 쳐다보며 말을 이었습니다.

"말이 나왔으니 네게 일러두는 게 좋겠구나. 너의 아버지는 내게 안 좋은 감정을 갖고 계시단다. 우리는 전에 그리스도 교인답지 않게 심하게 싸운 적이 있거든. 그래서 네가 이 집으로 사촌을 만나러 온다고 하면 네 아버지는 절대 반대하실 거야. 그러니 아버지께 그런 말씀을 드리면 못써. 앞으로 네 사촌을 만날 마음이 없다면 다른 문제다만. 그러니 오고 싶으면 와도 좋지만, 네 아버지에겐 말하면 안 돼."

"두 분이 왜 싸우셨어요?"

아가씨가 풀이 죽어서 침울한 목소리로 물었습니다.

"너의 아버지는 내가 너무 가난해서 네 고모의 배필이 될 수 없다고 반대했었거든. 그런데 내가 우겨서 고모와 결혼하자 서운하게 생각했지. 자존심이 상했던 거야. 그리고 여태 그 일을 용서하지 않는 거란다."

"그건 잘못이에요! 언제고 제가 아빠한테 말씀드리겠어요. 그렇지만 린턴과 나는 두 분의 싸움과 아무 상관이 없어요. 그럼 내가 이리 올 게 아니라 린턴이 우리 집으로 찾아오면 되겠네요."

"너무 멀어서 나는 갈 수 없어."

린턴이 중얼거렸습니다.

"4마일이나 걸었다간 나는 죽게 될 거야. 캐서린, 그러지 말고 네가 가끔 와줘. 매일은 아니더라도 일주일에 한두 번씩."

히드클리프는 아들에게 차디찬 멸시의 눈초리를 보냈습니다.

"넬리, 내가 헛수고하는 것 아닌지 모르겠군."

히드클리프가 저를 향해 중얼거렸습니다.

"캐서린이 저 녀석의 못난 점에 눈을 뜨면 상대도 하지 않을 거야. 그런데 저놈이 헤어턴이었다면 얼마나 좋을까! 헤어턴은 천해질 대로 천해졌지만, 나는 하루에도 열두 번씩 헤어턴이 내 자식이라면 얼마나 좋을까 하는 생각을 한다네. 힌들리 아닌 다른 사람의 자식이었다면 나는 틀림없이 그 녀석을 사랑했을 걸세. 그러나 헤어턴이 저 계집애 마음에 들리는 없겠지. 린턴이 힘을 내서 덤벼들지 않으면 헤어턴하고 싸움을 붙여야지. 아무래도 린턴은 열여덟 살 때까지도 살기 힘들 것 같아. 에이, 못난 놈 같으니! 발을 말리는 데만 정신이 팔려서 계집애는 쳐다보지도 않는군. 애, 린턴!"

"네, 아버지."

소년이 화들짝 놀라며 대답했습니다.

"네 사촌에게 보여줄 것이 없을까? 하다못해 토끼나 족제비 집이라도 보여주렴. 마구간에 가서 말이라도 보여주라고."

"여기 있는 게 더 좋지 않니?"

린턴 도련님이 아가씨에게 물었습니다. 다시 나가고 싶지 않은 듯한 말투였습니다.

"글쎄."

아가씨가 서운한 표정으로 문 쪽을 바라보며 대답했습니다. 분명 돌아다니고 싶은 눈치였습니다. 린턴 도련님은 자리에 앉은 채 불 쪽으로 더 가까이 다가갔습니다. 히드클리프는 일어나서 부엌으로 들어가더니, 다시 뒷마당으로 나가 헤어턴을 불렀습니다. 헤어턴이 대답하는 소리가 들리더니 이내 두 사람이 다시 들어왔습니다. 헤어턴은 세수를 했는지 뺨과 머리카락에 물이 묻어 있었습니다.

"참, 여쭤볼 말이 있어요."

캐시 아가씨가 히드클리프를 향해 큰 소리로 말했습니다.

"저 사람은 제 사촌이 아니지요?"

"저 애도 네 사촌이란다. 네 엄마의 조카지. 왜 싫으냐?"

캐서린 아가씨는 이상한 표정을 지었습니다.

"잘생겼지?"

히드클리프가 계속 물었습니다. 그러자 버릇없는 아가씨는 발돋움을 하고는 히드클리프의 귀에 대고 뭐라고 속삭였습니다. 이어 히드클리프가 웃자 헤어턴의 표정은 금방 어두워졌습니다. 저는 그 젊은이가 자기를 업신여기는 데 민감하고, 자기가 부족하다는 것을 어렴풋이 깨닫고 있다는 것을 알아차렸습니다. 그러나 그의 주인이자 보호자인 히드클리프는 다음과 같은 말로 그의 찡그린 이맛살을 펴주었습니다.

"헤어턴, 네가 우리들 중 가장 인기가 있구나! 캐시 말이 네가, 뭐라고 하더라? 어쨌든 칭찬하는 말이었어. 자아, 캐시와 같이 농장을 한 바퀴 돌고 오너라. 그리고 점잖게 행동해야 한다! 나쁜 말은 절대 쓰지 말고, 아가씨가 너를 보지 않을 때 자꾸 쳐다보지도 말고, 아가씨가 너를 볼 땐 얼른 외면하도록 해라. 그리고 천천히 또박또박 말하고, 호주머니에 손을 넣지 말거라. 그럼 나가서 성의껏 잘 대해 주거라."

캐시 아가씨와 헤어턴이 나가자 히드클리프는 두 사람이 걸어가는 모습을 쳐다보았습니다. 헤어턴 언쇼는 캐서린 아가씨를 외면한 채 마치 나그네나 화가처럼 낯익은 경치를 뚫어져라 쳐다보고 있었습니다. 캐서린 아가씨는 그를 살짝 쳐다보며 다소 감탄하는 표정을 지었습니다. 그러나 곧 주의를 돌려 자기 나름대로 재미있는 것을 찾아보기도 하고, 어색한 분위기를 바꿔보려고 노래를 부르면서 경쾌하게 걸었습니다.

"내가 저 녀석의 입을 막아놓았지."

히드클리프가 말했습니다.

"저 녀석 아마 내내 말 한 마디 못할걸! 넬리, 자네는 내가 저만한 나이 때의 일을 기억하겠지? 아니, 좀더 어렸을 거야. 나도 저렇게 멍청해 보였던가? 조지프의 말대로 '밥통' 같아 보였었냔 말이야."

"더했어요. 더군다나 심술까지 있었지요."

"나는 저놈을 보면 흐뭇해!"

히드클리프는 큰 소리로 자기 생각을 말했습니다.

"내 기대에 어긋나지 않았거든. 만약 저 녀석이 타고난 바보였다면 나는 이렇게 큰 즐거움을 느끼지 못했을 걸세. 그러나 저 녀석은 바보가 아니야. 나 자신이 경험했기 때문에 저 녀석의 감정을 모두 공감할 수 있다네. 예를 들면, 지금 저 녀석의 괴로움이 무엇인지 난 정확하게 알고 있지. 하지만 그것은 앞으로 그가 겪을 괴로움의 시작에 불과해. 저 녀석은 자기가 빠져 있는 야비함과 무지의 밑바닥에서 결코 벗어나지 못할 걸세. 나는 저 녀석의 아비가 나를 억압한 것보다 더욱더 저 녀석을 억압하고 있을 뿐 아니라, 더 천하게 다루고 있지. 저 녀석은 야비한 것을 자랑으로 알고 있거든. 짐승 같은 짓 이외에 조금이라도 문명적인 것은 모조리 어리석고 나약한 것이라고 경멸하도록 내가 가르쳤지. 만약 힌들리가 살아서 자기 아들을 본다면, 내가 내 아들을 대견하게 생각하지 않는 것처럼 저 녀석을 대견하게 생각하진 않을 거야. 그러나 이런 차이가 있다네. 한 놈은 길에 까는 돌로 쓰인 금이라 치면, 다른 한 놈은 은처럼 보이기 위해서 닦아놓은 주석이야. 내 아들놈은 도무지 쓸 데라곤 한 군데도 없는 녀석이지만, 그런 놈일망정 쓸 수 있는 데까지는 써볼 작정일세. 힌들리의 아들놈은 타고난 소질은 뛰어나지만 다 잃어버렸지. 쓸모 없는 게 아니라 그보다 더 나빠진 거야. 나야 뭐 후회할 건 없네만, 그 녀석이 억울한 것은 누구보다도 내가 잘 알지. 그런데 무엇보다도 유감스러운 것은 헤어턴이 나를 좋아한다는 사실일세! 그 점에 있어서 내가 힌들리 녀석을 이겼다는 걸 자네도 인정하겠지. 만약 죽은 그 악당놈이 무덤에서 살아나 자기 자식을 학대했다고 나를 욕한다 해도, 나는 그 자식놈이 이 세상에서 둘도 없는 자기 친구인 나에게 욕하는 데 분개하여 오히려 그 아비를 도로 쫓아버리는 재미있는 광경을 볼 걸세!"

히드클리프는 그런 광경을 상상하는지 악마처럼 낄낄거렸습니다. 저는 아무 대꾸도 하지 않았습니다. 그가 대답을 바라고 있지 않다는 걸 알았으니까요.

그러는 동안, 우리의 말소리가 들리지 않을 정도로 떨어져 앉아 있던 린턴 도련님이 초조한 기색을 보이기 시작했습니다. 아마 약간의 피로를 못 참아 캐서린 아가씨와 어울리는 재미를 스스로 포기한 것을 후회하고 있는 듯했습니다. 그가 불안해하면서 창 밖을 내다보며 손을 어정쩡하게 모자 쪽으로 뻗은 것을 본 그의 아버지가 제법 정답게 소리쳤습니다.

"일어나, 이 게으름뱅이야! 어서 두 사람을 쫓아가 봐! 아직 모퉁이의 벌통까지밖에 가지 못했을 거야."

린턴 도련님은 기운을 차려 두 사람을 뒤쫓아갔습니다. 그가 나가자, 캐시 아가씨가 무뚝뚝한 동행에게 문 위에 새겨진 글씨가 뭐냐고 묻는 소리가 열린 창문을 통해 들려왔습니다.

"뭔가 시답잖은 소리가 씌어 있기는 한데, 읽을 수가 있어야지."

"못 읽는다고?"

아가씨가 놀랍다는 듯이 외쳤습니다.

"나는 읽을 수 있어. 그런데 내가 알고 싶은 건 왜 이런 말이 여기 씌어 있냐는 거야."

그러자 린턴 도련님이 낄낄거리며 즐거운 표정을 지었습니다.

"헤어턴은 글을 읽을 줄 몰라. 저런 멍청이가 있다는 건 몰랐지?"

"저래도 사람 노릇을 할 수 있을까? 바보나 천치는 아닌지 몰라."

아가씨는 심각하게 말했습니다.

"지금까지 두 가지를 물었는데, 그때마다 멍청한 표정을 짓는 걸 보면 내 말을 못 알아듣는 것 같아. 나도 저 사람 말을 못 알아듣겠지만."

린턴 도련님은 다시 낄낄거리더니, 멸시하듯 헤어턴을 보았습니다. 그때까지도 헤어턴은 말귀를 못 알아듣는 것 같더군요.

"그저 게으르다는 것뿐이지. 그렇지, 헤어턴?"

린턴 도련님이 말했습니다.

"내 사촌은 네가 바보라고 생각하고 있어. 네 말을 빌리자면 '글공부'를 비웃는 벌을 받는 거야. 캐서린, 저 애의 고약한 요크셔 사투리 들었지?"

"제기랄, 빌어먹을 공부 따위가 무슨 소용이야?"

헤어턴은 같이 사는 린턴은 좀더 대하기가 쉬운지 으르렁대며 말했습니다. 그는 좀더 말하려 했지만, 두 사람이 재미있다는 듯 요란스럽게 웃음을 터뜨리는 바람에 그만 말문이 막혔습니다. 경박스러운 캐시 아가씨는 헤어턴의 이상한 말투를 웃음거리로 삼을 수 있다는 것을 알고 즐거웠던 것입니다.

"그 말을 하는데 '빌어먹을'이란 말이 왜 들어가지?"

린턴 도련님이 킥킥거렸습니다.

"아버지가 나쁜 말을 하지 말라고 했는데, 너는 입만 열었다 하면 욕이구나. 자, 신사답게 좀 굴어봐!"

"네 놈이 계집애 같지만 않았다면 당장 때려눕히겠다, 이 불쌍하도록 앙상한 말라깽이 녀석아!"

그 무지한 젊은이는 화를 내며 물러갔습니다. 그의 얼굴은 노여움과 분노로 벌겋게 달아올랐습니다. 자기가 모욕을 받았다는 것은 알겠는데, 어떻게 분풀이를 해야 할지 알 수 없었기 때문이지요.

히드클리프도 저와 함께 세 사람의 대화를 엿듣고 있다가, 헤어턴이 가버리는 것을 보고 미소 지었습니다. 그러나 곧 남아 있는 경솔한 한 쌍에게 묘하게도 역겨운 눈길을 던졌습니다. 그들은 문간에 서서 지껄이고 있었는데, 린턴 도련님은 헤어턴의 실수와 단점을 파헤치고 그의 이상한 행동에 대해 이야기하느라고 신이 나 있었고, 아가씨는 그 말 속에 담겨 있는 악의 같은 것은 생각지도 않고 그의 건방지고 짓궂은 험담을 즐기고 있었습니다. 저는 린턴 도련님이 불쌍하기보다 싫어졌고, 아들을 하찮게 여기는 아버지의 심정에 어느 정도 공감이 갔습니다.

우리는 오후까지 워더링 하이츠에 머물렀습니다. 그전에는 아가씨를 데리고 나올 수 없었기 때문이지요. 그러나 다행히도 서방님은 서재에서 나오지 않았으므로, 우리가 오래 집은 비운 것을 모르고 있었습니다.

돌아오는 길에 저는 우리가 만난 사람들의 성격에 대해서 아가씨에게 알려주고 싶었으나, 아가씨는 제가 그들에 대해 편견을 가지고 있다고 생각했습니다.

"그렇구나! 넬리는 아빠 편이구나. 넬리가 공평치 못하다는 것은 나도 알고 있어. 그렇지 않고서야 어떻게 나를 속여서 린턴이 먼 곳에 사는 것처럼 생각하게 만들었겠어. 나는 정말로 화가 났지만, 너무 기뻐서 참았을 뿐이야. 하지만 우리 고모부에 대해서는 아무 말 말아주었으면 좋겠어. 하여튼 내 고모부라는 점을 기억해 둬. 알았지? 그리고 그분과 싸운 데 대해서 아빠에게 충고해야겠어."

아가씨는 그런 식으로 계속 떠들어댔으므로, 저는 아가씨의 생각이 잘 못됐다고 납득시키려는 노력을 포기했습니다. 아가씨는 워더링 하이츠에 다녀온 사실을 그날 밤에는 서방님에게 말하지 않았습니다. 서방님을 만나지 못했거든요. 그러나 이튿날 모든 것이 탄로났을 때 저는 분하고 섭섭했지만, 전적으로 잘못되었다고 여기지는 않았습니다. 앞으로 아가씨를 지도하고 경계하는 일은 저보다도 서방님이 하는 편이 더 효과적이라는 생각에서였지요. 그러나 서방님은 너무 마음이 약해서 따님이 워더링 하이츠 사람들과 왜 상종하지 말아야 하는지에 대해 충분한 이유를 대지 못했고, 아가씨는 아가씨대로 자기 뜻을 방해하는 모든 속박에 대해서 충분한 이유를 듣고 싶어했습니다.

"아빠!"

캐서린 아가씨는 아침 인사를 끝낸 뒤 큰 소리로 말했습니다.

"어제 제가 들판으로 산책 나갔다가 누구를 만났는지 알아맞혀 보세요. 아이, 아빠, 놀라시는군요! 그런데 아빠가 잘못한 일이 있지요? 전 알았어요. 제 말을 들어보세요. 제가 어떻게 알아냈나 말씀드릴 테니. 그리고 넬리도 아빠와 한편이 되어 내가 린턴이 돌아오기를 바라다가 끝내 돌아오지 않자 실망했을 때 나를 동정하는 척했지요!"

아가씨는 어제 있었던 일을 있는 그대로 다 이야기했습니다. 서방님은 몇 번 나무라는 눈초리를 저에게 던졌으나 끝까지 아무 말도 안 했습니다. 그러고는 따님을 끌어안고 린턴이 가까이 산다는 것을 숨긴 이유를 아느냐고 물었습니다.

"그건 아빠가 히드클리프 씨를 싫어하시기 때문이겠지요."

"그렇다면 캐시, 아빠가 너보다는 내 기분을 더 중히 여긴다고 생각하는 거냐? 그렇지 않아. 그건 아빠가 히드클리프 씨를 싫어해서가 아니라 그가 나를 싫어하기 때문이야. 그리고 그 사람은 대단히 악한 사람이라서, 기회만 있으면 자기가 미워하는 사람을 괴롭히고 파멸시키는 걸 재미있게 생각한단다. 네가 린턴과 교제하려면 히드클리프 씨와 접촉하지 않을 수 없는데, 그는 나 때문에 너까지도 미워할 거라고 생각한 거야. 그러니 네가 다시는 린턴을 만나지 못하도록 경계한 것은 오로지 너를 위해 한 일이란다. 네가 좀더 크면 언제고 이 사정을 이야기하려 했다만, 이제 와서 생각하니 미룬 것이 잘못이었구나."

"하지만 히드클리프 씨는 제게 매우 친절했어요, 아빠."

아가씨는 아버지의 말이 믿어지지 않는 듯 말했습니다.

"그분은 우리가 만나는 것을 반대하지 않았어요. 나보고 아무때나 마음 내킬 때면 방문해도 좋다고 했어요. 다만 아빠와 싸운 일이 있고, 또 고모와 결혼한 것을 아빠가 용서하려고 하지 않으니까, 아빠에게 말씀드리지는 말라고 했어요. 그러고 보면 잘못한 사람은 아빠예요. 그분은 적어도 우리 두 사람, 린턴과 내가 친하게 지내기를 바라는데, 아빠는 안 그렇잖아요."

서방님은 따님이 히드클리프의 사악한 성질에 대해 믿으려 하지 않는 것을 알고, 이사벨라 아씨에 대한 그의 처사와 워더링 하이츠가 그의 소유가 된 경위를 대충 설명해 주었습니다. 그분은 이 문제에 대해서 이야기를 계속할 수가 없었습니다. 왜냐하면 거기에 대해 말한 적은 없지만, 아씨가 돌아가신 후로 숙적에 대한 공포와 증오가 줄곧 마음속 깊이 자리잡고 있었기 때문이지요. 그가 아니었다면 아내는 아직 살아 있었을 텐데 하는 아쉬움이 늘 마음속 깊은 곳에 남아 있었으므로, 서방님의 눈에는 히드클리프가 살인자로 비쳤던 것입니다.

캐서린 아가씨는 성질이 격하고 분별력이 없어서 하지 말라는 짓을 하거나, 억지를 쓰거나, 발끈 성질을 부리고 그날로 그것을 후회하는 정도의 조그만 잘못 이상의 나쁜 짓이 있다고는 생각할 수도 없었으므로 오랫동안 마음속에 복수를 다짐하면서도 그것을 감추고, 아무런 양심의 가책도 없이 그 계획을 착실히 수행해 나가는 흉악한 심보에 무척 놀란 것 같았습니다. 아가씨가 그러한 인간이 있을 수 있다는 데 놀라고 충격을 받을 것 같아―지금까지 그러한 인간은 책에서도 못 보고 상상조차 해본 적이 없을 테니까요―서방님은 그 이야기를 더 이상 계속할 필요가 없다고 생각하고, 이런 말로 끝을 맺었습니다.

"이제 아빠가 왜 워더링 하이츠에 가는 것과 그 가족을 꺼리는지 알겠지? 자, 다시 전처럼 공부도 하고 놀이도 하면서 그 사람들에 대해선 더 이상 생각하지 말아라."

캐서린 아가씨는 아버지에게 키스하고 조용히 앉아 일과대로 두어 시간 공부를 했습니다. 그런 다음, 아버지를 따라 뜰로 나가 여느 때처럼 그날 하루를 보냈습니다. 그러나 밤에 침실로 돌아간 후에 제가 갈아입을 옷을 가지고 올라갔더니, 침대 옆에 무릎을 꿇고 앉아 울고 있더군요.

"원 이런, 바보 같으니!"

저는 야단을 쳤습니다.

"아가씨께 정말 슬픈 일이 생긴다면 이런 하찮은 일에 눈물 흘린 것을 부끄럽게 여길 거예요. 아가씨에겐 진짜 슬픔은 그림자도 얼씬거리지 않았어요. 아버님과 내가 죽고 아가씨가 혼자 남았을 때를 생각해 보세요. 그 기분이 어떻겠어요? 지금의 경우를 그와 같은 재난과 비교해 보시고, 지금 아버님과 제가 곁에 있는 것만도 감사하게 여기셔야 해요."

"나 때문에 우는 것이 아니라, 린턴이 가엾어서 그래. 그 앤 내게 내일 다시 만나자고 했었는데, 매우 실망할 거야. 난 갈 수가 없으니!"

"바보 같은 소리 말아요. 아가씨가 도련님을 생각하는 만큼 그도 아가씨를 생각할 줄 아세요? 그분에게는 헤어턴이라는 친구가 있어요. 겨우 두 번, 그것도 오후에 잠깐 만난 친척을 못 만나게 됐다고 우는 사람은 백에 한 명도 없어요. 린턴 도련님도 대강 사정을 짐작하고, 더 이상 아가씨 때문에 신경 쓰지는 않을 거예요."

"하지만 내가 갈 수 없는 이유를 알리는 편지라도 쓰면 안 될까?"

아가씨가 일어서면서 물었습니다.

"그리고 내가 빌려준다고 약속한 이 책을 보내는 정도는 괜찮지 않을까? 그가 가진 책은 내 책만큼 재미있지 않아. 그래서 내 책이 얼마나 재미있는지 이야기해 주었더니 꼭 보여달라잖아. 안 될까, 넬리?”

"안 돼요. 절대로 안 돼요!"

저는 딱 잘라 말했습니다.

"그렇게 되면 도련님은 아가씨에게 답장을 쓸 테고, 그러다 보면 끝이 없어요. 안 돼요. 아버님도 그러기를 원하시고……."

"하지만 짧은 편지 한 장쯤……."

아가씨가 애원하는 표정으로 졸랐습니다.

"그만둬요! 그 이야기는 이제 그만 하고 잠이나 자요."

아가씨는 매우 심통 맞은 눈초리를 저에게 던졌습니다. 어찌나 밉살스러운지 처음에는 키스도 해줄 마음이 나질 않더군요. 그래서 몹시 언짢은 얼굴로 이불을 덮어준 다음 문을 닫고 나왔는데, 도중에 안됐다 싶어 살며시 다시 들어갔습니다. 그랬더니 이게 웬일입니까! 아가씨는 백지 한 장을 앞에 놓고 손에는 펜을 쥔 채 탁자 앞에 앉았다가 제가 들어오는 것을 보고는 죄라도 지은 듯이 그것들을 감추는 게 아니겠어요.

"아가씨, 편지를 쓴다 해도 전해 줄 사람이 없을 테니, 이제 촛불을 끄겠어요."

제가 촛불 위에 덮개를 씌우려 하자, 아가씨는 제 손을 찰싹 때리며 토라져서는 "심술쟁이!" 하고 소리쳤습니다. 불을 끄고 제가 다시 방에서 나오니까, 아가씨는 몹시 화를 내면서 문을 걸었습니다.

결국 그 편지는 우유 배달부의 손을 통해 수신인에게 전달되었는데, 저는 한참 뒤에야 그 사실을 알았습니다. 몇 주일이 지나자 아가씨의 기분도 풀렸습니다. 그러나 아가씨는 혼자서 살그머니 구석을 찾아가는 것을 몹시 즐기게 되었고, 독서를 하고 있을 때 제가 갑자기 다가가면 깜짝 놀라면서 분명 무엇인가 감추려고 책 위에 엎드리기 일쑤였는데, 그때 종이쪽지가 책장 사이로 삐죽 보이곤 했습니다. 또한 아침 일찍 내려와서 무엇인가를 기다리는 것처럼 부엌에서 서성거리는 버릇이 생겼습니다. 아가씨는 서재에 있는 장롱의 작은 서랍을 쓰고 있었는데, 그 속을 몇 시간이고 들여다보다가 자리를 뜰 때면 각별히 조심해서 자물쇠를 잠그는 것이었습니다.

하루는 아가씨가 그 서랍을 뒤적거리고 있는 것을 슬쩍 보니까, 지금까지 그 속에 들어 있던 장난감과 장신구 등이 없어지고 대신 차곡차곡 접은 종이쪽지가 들어 있었습니다. 부쩍 호기심과 의심이 일어나, 저는 아가씨의 비장의 보물을 훔쳐보기로 결심했습니다. 그래서 밤에 아가씨와 서방님이 침실로 올라간 후, 열쇠 꾸러미 속에서 서랍의 자물쇠에 맞는 열쇠를 찾아냈습니다. 서랍을 열고 그 속에 있는 것을 전부 앞치마에 쏟은 다음, 제 방에서 자세하게 살펴보려고 가지고 나왔습니다.

이미 짐작은 하고 있었으나, 그것이 린턴 도련님에게서 온 편지 뭉치라는 것을 알고 저는 몹시 놀랐습니다. 거의 매일같이 온 것이 틀림없었습니다. 캐서린 아가씨가 보낸 편지에 대한 답장이었지요. 처음 것들은 서투르고 짤막했지만, 점차 장문의 연애 편지로 바뀌었습니다. 물론 쓴 사람의 나이에 걸맞게 유치하기는 했으나, 여기저기 경험 있는 사람의 손을 빌린 듯한 부분도 있었습니다. 그중에는 열정과 평범이 묘하게 섞인 것도 있었는데, 열렬하게 시작되어 청년이 공상 속의 애인에게나 씀직한 과장된 미사여구로 끝을 맺었습니다. 아가씨는 그것들을 만족스럽게 생각했는지 모르겠지만, 저에게는 쓸모없는 휴지로밖에 보이지 않았습니다. 충분하다고 생각될 만큼 여러 번 뒤적여본 뒤, 저는 그것들을 손수건에 싸서 치워버리고 빈 서랍을 다시 잠가놓았습니다.

여느 때와 마찬가지로 아가씨는 아침 일찍 내려와서 부엌으로 들어왔습니다. 어떤 소년이 오자, 아가씨는 문께로 갔습니다. 젖 짜는 하녀가 그 소년이 가져온 통에 우유를 붓고 있는 동안, 아가씨는 그의 웃옷 호주머니에 무엇인가 쑤셔 넣고, 또 무엇인가를 꺼냈습니다.

저는 마당으로 돌아가서 그 배달꾼을 기다렸습니다. 소년은 맡은 편지를 안 빼앗기려고 용감히 싸우는 바람에 우유를 엎질렀지만, 저는 편지를 뺏는 데 성공했습니다. 그러고는 빨리 돌아가지 않으면 큰일날 거라고 협박해 돌려보내고는, 저 혼자 담 밑에 서서 아가씨의 열렬한 편지를 읽었습니다. 그것은 사촌의 편지보다 훨씬 더 간결하고 뜻이 잘 나타나 있었으며, 대단히 귀엽고도 순진한 내용이었습니다.

저는 고개를 저으며 생각에 잠겨 집으로 들어갔습니다. 그날은 비가 와서 뜰을 산책하며 기분 전환을 할 수 없었으므로, 아침 공부가 끝나자 아가씨는 서랍 쪽으로 갔습니다. 서방님은 탁자 앞에 앉아 책을 읽고 있었고, 저는 일부러 창문의 커튼 가장자리에 술을 다는 일을 찾아 그 일을 하면서 아가씨의 행동을 눈여겨보고 있었습니다. 그런데 둥지 가득 짹짹거리는 새끼를 두고 나갔다 돌아와, 둥지째 약탈당한 것을 알고 슬피 울부짖으며 푸드덕거리는 어미 새라 할지라도 "어머나!" 하는 외마디 소리와 함께 즐겁던 표정이 싹 가신 캐서린 아가씨만큼 완전한 절망을 나타낼 수는 없을 것입니다.

"애야, 무슨 일이냐? 어디 다치기라도 했니?"

서방님이 아가씨를 쳐다보며 물었습니다. 그 음성이나 표정으로 보아 아가씨는 감추어둔 편지를 가져간 사람이 아버지가 아니라는 것을 알아차렸을 것입니다.

"아무것도 아니에요, 아빠."

아가씨는 숨을 헐떡이면서 말했습니다.

"넬리! 넬리! 나를 2층으로 좀 데려다줘. 갑자기 기분이 안 좋아!"

저는 아가씨가 하자는 대로 아가씨를 따라 2층으로 올라갔습니다.

"넬리! 넬리가 꺼냈지?"

아가씨는 침실에 들어서자마자 대뜸 물었습니다. 그러고는 문을 닫은 다음 무릎을 꿇고 제게 애원했습니다.

"편지는 돌려줘. 그러면 다시는 그런 짓 안 할게! 아빠에겐 말하지 말고, 넬리. 아빠에게 말하지 않았지? 그렇지? 하지 않았다고 말해 줘. 내가 정말 잘못했어. 이제 다시는 그런 짓 안 할게!"

저는 대단히 엄격한 태도로 아가씨에게 일어서라고 말했습니다.

"그런데 아가씨는 꽤 깊이 빠진 것 같군요. 부끄러운 줄 아셔야지요! 정말 심심할 때 읽기 좋은 휴지뭉치더군요. 그걸 아버님께 보여드리면 어떻게 생각하실 것 같아요? 아직 보여드리지는 않았지만, 내가 아가씨의 어리석은 비밀을 지켜주리라 생각하시면 곤란해요. 창피하기도 해라! 그런 우스꽝스러운 짓은 아가씨가 먼저 시작하셨을 게 뻔해요."

"내가 먼저 한 게 아니야! 아니라니까!"

그러고는 흐느껴 울기 시작했습니다.

"처음엔 그를 사랑한다는 생각을 한 적이 없었는데, 결국⋯⋯."

"사랑이라고요?"

저는 그 말을 듣고 경멸하듯 소리쳤습니다.

"사랑이라니! 그런 소리를 곧이곧대로 들을 사람이 어디 있을까? 그런

게 사랑이라면, 저는 일년에 한 번씩 곡식을 사러 오는 방앗간 주인을 이미 사랑했겠네요. 정말 굉장한 사랑이군요! 평생 린턴 도련님을 만난 시간이라고 해봤자 두 번 다 합해서 네 시간 정도밖에 안 돼요! 그런데 이렇게 유치한 편지 나부랭이를 주고받다니! 이걸 아버님께 보여드리겠어요. 아버님께서 그런 사랑에 대해서 뭐라고 하실는지 한번 들어보죠."

아가씨는 그 소중한 편지를 뺏기 위해 제게 달려들었습니다. 저는 그것을 머리 위로 쳐들었습니다. 그러자 아가씨는 편지를 태워도 좋고 무슨 짓을 해도 괜찮지만, 아버지께 보이지만 말아달라고 애처롭게 애원했습니다. 저는 혼내주고 싶은 생각 못지않게 우습기도 해서—그 모두가 소녀다운 허영심이라고 생각했기 때문이지요—어느 정도 마음이 누그러져 이렇게 물었습니다.

"만약 내가 편지를 태우기로 하면 아가씨도 약속을 반드시 지키시겠어요? 다시는 편지를 보내지도 않고 받지도 않겠다고요. 책도, 머리카락도, 반지도, 장난감도 아무것도 보내면 안 돼요."

"우린 장난감 따위는 주고받지 않아!"

아가씨는 자존심 때문에 수치심도 잊은 듯 외쳤습니다.

"하여튼 아무것도 안 돼요. 아시겠어요, 아가씨? 약속하지 않으면 아버님께 얘기하겠어요."

"약속할게, 넬리!"

아가씨가 저의 옷자락을 붙잡고 외쳤습니다.

"편지를 태워버려. 어서, 어서!"

그러나 제가 부지깽이로 난로 안에 태울 자리를 마련하고 있으려니, 아가씨는 견디기 어렵도록 고통스러웠는지 그중 한두 통만 남겨달라고 애원했습니다.

"넬리, 린턴을 위해서 제발 한두 통만 남겨줘!"

그러나 저는 그 말에 아랑곳하지 않고 편지를 불 속에 집어넣기 시작
했습니다. 이윽고 불꽃이 굴뚝으로 솟구쳤습니다.

"난 한 통이라도 꺼낼 거야, 이 못된 것 같으니!"

아가씨는 날카로운 비명을 지르더니, 불 속으로 손을 넣어 손가락을
데기까지 하면서 반쯤 타다 남은 편지 몇 장을 끄집어냈습니다.

"좋아요. 그럼 나도 아버님께 보여드릴 것을 조금 남겨두겠어요."

저는 대꾸하면서 나머지를 한데 묶어 다시 문 쪽으로 걸어갔습니다.

아가씨는 집어들었던 타다 남은 편지를 불 속에 던지고, 나머지도 마
저 넣으라는 손짓을 했습니다. 편지를 다 태우고 난 저는 재를 긁어모으
고 그 위에 석탄을 한 삽 얹어놓았습니다. 아가씨는 몹시 상심하여 힘없
이 자기 방으로 들어가 버렸습니다. 저는 아래층으로 내려와, 아가씨의
언짢은 기분은 좋아졌으나 잠시 누워 있는 편이 나을 것 같다고 서방님
께 말씀드렸습니다.

아가씨는 식사를 거르고 차 마시는 시간에 다시 나타났는데, 얼굴이
창백하고 눈언저리가 붉어졌으나 겉으로 보기에는 매우 침착했습니다.

다음날 아침, 저는 종이쪽지에 다음과 같이 편지를 썼습니다.

아가씨께서는 편지를 받지 않을 것이니, 앞으로 린턴 도련님께서는 아
가씨께 편지를 보내지 마시기 바랍니다.

그 후로 우유를 가져오는 어린 소년은 빈 주머니로 왔습니다.

22

여름이 지나고 가을이 되었습니다. 그 해에는 추수가 늦어져서, 우리 밭 중에는 미카엘 제(祭)가 끝날 때까지 곡식을 거둬들이지 못한 곳이 몇 군데 남아 있었습니다.

서방님과 아가씨는 추수하는 사람들 사이에 끼어 산책을 하곤 했는데, 마지막 단을 거두어들이던 날은 해가 질 때까지 밭에 나가 있었습니다. 그날따라 공기가 차고 습하여 서방님은 독감에 걸렸는데, 그것이 그만 고질적인 폐병이 되어 겨우내 거의 문 밖 출입을 못하고 집안에만 있었습니다.

불쌍한 캐시 아가씨는 그 보잘것없는 로맨스 사건 이후 기가 죽어 말이 적어지고 몹시 우울해 보였습니다. 아가씨가 측은해 보였던지 서방님은 너무 책만 읽지 말고 운동을 많이 하라고 일렀습니다. 그 무렵 서방님은 병 때문에 아가씨의 말동무가 되어주지 못해 제가 서방님의 역할을 대신 해드려야 했지만, 전 그 역할에 충실할 수 없었습니다. 왜냐하면 그 날그날 할 일이 많아서 두어 시간밖에 아가씨를 따라다닐 수 없었을 뿐더러, 저는 서방님만큼 흡족한 상대가 못 되는 것이 확실했으니까요.

10월 말인가 11월 초의 어느 날 오후였습니다. 그날은 비가 내리고 서

326

늘해서 잔디밭과 오솔길에는 젖은 가랑잎이 뒹굴고, 파랗고 차가운 하늘을 반쯤 가리며 서쪽에서 큰비를 알리는 검은 구름이 밀려오고 있었으므로 저는 아가씨에게 그날의 산책을 그만두라고 했습니다. 그러나 아가씨는 막무가내로 제 말을 듣지 않았습니다. 저는 어쩔 수 없이 외투를 입고 우산을 들고 숲 끝까지 아가씨를 따라 산책을 나갔습니다. 아가씨는 기분이 언짢을 때 흔히 그렇게 산책을 하곤 했습니다. 서방님의 병환이 심해지면 어김없이 아가씨의 기분도 우울하게 가라앉곤 했습니다. 서방님이 말을 안 해도 점점 말이 없어지고 표정이 어두워지는 것을 아가씨와 제가 미루어 짐작할 수 있었습니다.

아가씨는 우울한 표정으로 걷고만 있었습니다. 쌀쌀한 바람 속을 달리고 싶은 마음이 생길 듯도 했지만 그러지 않았습니다. 아가씨가 가끔 손을 들어 뺨에 흐르는 눈물을 훔치는 것을 곁눈으로 본 저는, 아가씨의 기분을 바꿔줄 만한 것이 없는지 살펴보았습니다. 길 한쪽은 높고 험한 언덕이었는데, 거기엔 개암나무와 제대로 자라지 못한 참나무가 뿌리를 반쯤 드러낸 채 불안하게 서 있었습니다. 참나무가 뿌리를 뻗기에는 땅이 너무 무른데다 바람이 세어서, 어떤 것은 거의 땅 위에 드러눕다시피 하고 있었습니다.

여름이면 아가씨는 그런 나무줄기를 타고 올라가 20피트 높이의 나뭇가지에 앉아 흔들거리기를 좋아했고, 저도 아가씨의 날랜 동작과 쾌활하고 어린애다운 행동에 즐거워하면서도 한편으로는 아가씨가 높은 곳에 오르는 것을 꾸짖어야겠다고 생각하곤 했습니다. 아가씨도 저의 그런 마음을 알고 있었으므로 굳이 내려오려고 하지 않았습니다. 식후부터 차 마시는 시간까지 아가씨는 미풍에 흔들리는 요람에 누워, 어렸을 적에 제가 불러주었던 노래를 혼자 흥얼거리거나, 높은 나뭇가지에 앉은 어미 새가 새끼들에게 먹이를 주거나 나는 법을 가르쳐주는 모습을 바라보거나, 아니면 두 눈을 감고 생각에 잠겨 꿈속을 헤매며 말할 수 없는 행복감에 젖어 있곤 했습니다.

"저쪽을 보세요, 아가씨!"

저는 소리치며 어느 뒤틀린 나무의 뿌리 아래를 가리켰습니다.

"여기는 아직 겨울이 멀었군요. 저건 7월에 저 잔디 덮인 계단에 보랏빛 안개처럼 피었던 초롱꽃이 다 시든 후 마지막으로 핀 거예요. 올라가서 꺾어다가 아버님께 보여드리지 않을래요?"

캐시 아가씨는 땅 속의 피난처에서 떨고 있는 외로운 꽃을 오랫동안 바라보더니 마침내 이렇게 말했습니다.

"아니야, 꺾지 않을래. 저 꽃이 슬퍼 보이지, 넬리?"

"그래요. 꼭 아가씨처럼 생기 없고 기운도 없어 보여요. 아가씨 뺨에는 핏기가 하나도 없어요. 우리 손을 잡고 뛰어가요. 아가씨가 기운이 없으니까 나도 아가씨를 따라 뛸 수 있을 거예요."

"싫어."

고개를 저으며 아가씨는 계속 걷기만 했습니다. 그렇게 걷다가 이따금 멈추어 서서 이끼나 하얗게 바랜 풀잎, 또는 쌓인 낙엽 사이에 돋아난 밝은 주황색 독버섯을 바라보며 생각에 잠겼습니다. 그리고 가끔 얼굴을 돌리고 눈물을 닦는 것 같았습니다.

"아가씨, 왜 울어요?"

저는 다가가서 아가씨의 어깨에 팔을 얹으며 물었습니다.

"아버님은 감기에 걸리셨을 뿐인데, 우시면 안 돼요. 그보다 더한 병이 아닌 걸 다행으로 생각하세요."

그러자 아가씨는 더 이상 참지 못하고 울음을 터뜨렸습니다. 그러고는 숨이 막힐 지경으로 흐느껴 울면서 말했습니다.

"하지만 병환이 악화되실는지 누가 알아. 아빠와 넬리가 없어지고 나 혼자 남으면 어쩌지? 넬리, 나는 넬리의 말을 잊을 수가 없어. 그 말이 항상 내 귓가에 울려. 아빠와 넬리가 곁에 없으면 내 인생이 어떻게 변할까? 세상이 얼마나 삭막할까?"

"불길한 생각을 미리 하는 것은 좋지 않아요. 우리는 모두가 오래오래 살기를 원해요. 아버님은 아직 젊으시고, 나도 이렇게 튼튼하고요. 전 이제 겨우 마흔다섯이에요. 우리 어머니는 여든까지 사셨는데, 돌아가시는 날까지 정정했지요. 그리고 아버님께서 예순까지만 사신대도 아가씨가 지금까지 살아온 세월보다 더 긴 세월이 남아 있어요. 그러니 20여 년 후에 올 재난을 미리부터 걱정하는 것은 바보 같은 짓 아니겠어요?"

"하지만 이사벨라 고모는 아빠보다 더 젊었잖아?"

아가씨는 이렇게 말하고 위로의 말을 좀더 듣고 싶다는 듯 조심스럽게 저를 쳐다보았습니다.

"이사벨라 고모님은 아가씨나 저처럼 간호해 줄 사람이 없었거든요. 그리고 고모님은 아버님처럼 행복하지 못했어요. 살아갈 보람도 없으셨고요. 아가씨가 할 일은 오직 하나, 아버님을 잘 간호해 드리고 아버님께 항상 활달한 모습을 보여서 기분을 밝게 해드리고, 아버님께 걱정 끼치는 일은 하지 않는 거예요. 아가씨, 솔직하게 말씀드리지만, 만약 아가씨가 아버님이 돌아가시기를 간절히 바라는 사람의 아들에게 어리석고도 터무니없는 연정을 품고 무모한 짓을 하거나, 두 사람을 갈라놓으신 데 대해 아가씨가 못마땅해한다는 것을 눈치채시는 날엔, 아가씨가 아버님을 돌아가시게 하는 결과를 초래할 거예요."

"나는 아빠의 병환 이외에는 걱정하는 일이 없어."

아가씨가 대꾸했습니다.

"이 세상에서 아빠만큼 소중한 사람은 없어. 그리고 나는 절대로, 그 야말로 미치기 전에는 아빠를 괴롭히는 말이나 행동은 하지 않겠어. 넬리, 나는 아빠를 나 자신보다 더 사랑해. 나는 밤마다 아빠가 오래 살게 해달라고 기도하고 있어. 왜냐하면 아빠를 슬프게 하기보다는 차라리 내가 슬퍼하는 편이 낫기 때문이야."

"좋은 생각이에요. 아버님께서 완쾌하신 후에도 지금의 그 결심을 명심하도록 하세요."

이런 이야기를 나누면서 우리는 길 쪽으로 향한 문 근처에 이르렀습니다. 다시 명랑해진 아가씨는 담 꼭대기로 올라가 앉아 한길 쪽으로 그늘을 드리우고 있는 덩굴 끝에 달려 있는 빨간 열매를 따려고 손을 뻗었습니다. 아래쪽 가지에 열린 열매는 없어졌으나, 위쪽 가지의 열매는 캐시 아가씨가 있는 곳에서가 아니면 나는 새만이 쫄 수 있는 위치였습니다. 열매를 따려고 손을 뻗다가 아가씨의 모자가 떨어졌습니다. 문이 닫혀 있었으므로 아가씨는 모자를 주우러 담을 넘어야겠다고 했습니다. 떨어지지 않도록 조심하라고 이르는 순간, 아가씨는 재빠르게 담 밑으로 뛰어내렸습니다. 그러나 다시 올라오기란 쉬운 일이 아니었습니다. 돌은 미끄러운데다가 보기 좋게 석회칠이 되어 있었고, 장미 덩굴과 검은 딸기 가지가 올라오는 길을 방해하고 있었으니까요. 저는 바보같이 아가씨가 웃으면서 이렇게 소리치기까지는 그런 생각을 못하고 있었습니다.

"넬리, 가서 열쇠를 가져와야겠어. 안 그러면 내가 문지기의 집까지 뛰어갔다 와야 해. 이쪽에서는 돌담을 기어오를 수가 없거든."

"거기 그대로 계세요. 여기 열쇠 꾸러미가 있으니까 어떻게든 열어보도록 하지요. 안 되면 다녀올게요."

캐서린 아가씨가 문 앞에서 왔다갔다하며 춤을 추고 노는 동안, 저는 커다란 열쇠를 차례로 모두 시험해 보았지만 맞는 것이 없었습니다. 그래서 아가씨에게 그자리에 있으라고 신신당부하고 서둘러 집으로 달려가려는데, 무엇인지 가까이 다가오는 소리가 들렸습니다. 그것은 말발굽 소리였습니다.

"거기 누구예요?"

저는 가만히 물었습니다.

"넬리, 문이 빨리 열렸으면 좋겠는데."

아가씨도 불안스럽게 속삭였습니다.

"허어, 이게 누구신가?"

말을 탄 사람의 굵은 목소리가 들려왔습니다.

"만나서 반갑군. 서둘러 들어가려고 하지 마. 내가 좀 물어볼 말이 있으니까."

"히드클리프 씨, 나는 당신과 말을 하지 않겠어요. 아빠 말씀이 당신은 나쁜 사람이래요. 그리고 당신은 아빠와 나를 미워한대요. 넬리도 그렇게 말했어요."

"지금은 그런 게 문제가 아니야."

그 사람은 다름 아닌 히드클리프였습니다.

"넌 내 아들은 미워하지 않는다고 생각하는데……. 그 애에 대해서 너에게 물어볼 말이 있어. 그렇지, 너는 얼굴을 붉힐 만한 이유가 있지. 두세 달 전, 너는 장난 삼아 린턴에게 연애 편지를 매일 보내지 않았니? 그런 짓을 하다니, 두 사람 다 혼이 날 만하지! 네 편지를 내가 가지고 있으니 내게 버릇없이 굴면 그 편지를 네 아버지에게 보낼 생각이다. 그런데 이젠 그런 장난은 그만둔 모양이지? 그 덕택에 린턴은 절망의 늪에 빠져버렸다. 그 녀석은 진심이었어. 그야말로 사랑에 빠진 거지. 그냥 하는 말이 아니라, 문자 그대로 내 아들은 너의 변심에 가슴이 찢어질 지경이란 말이다. 지난 6주 동안 헤어턴은 줄곧 그 애를 놀려대고, 나도 엄한 방법으로 어리석은 꿈을 깨워주려고 했지만, 날로 심해 가기만 하는군. 네가 살려주지 않으면 그 아이는 여름이 되기 전에 죽고 말 거야!"

"어쩌면 가엾은 아가씨에게 그렇게 뻔뻔스러운 거짓말을 하지요? 아가씨, 지금 돌로 자물쇠를 부수고 있으니까 조금만 기다려요."

제가 담 안쪽에서 소리쳤습니다.

"제발 가주세요! 어쩌면 그렇게도 시시한 거짓말을 꾸며대느냔 말이에요! 아가씨, 저 따위 몹쓸 거짓말은 믿지 마세요. 잘 알지도 못하는 사람을 그리워하다 죽는 사람이 있을 리 없다는 것은 아가씨도 아시잖아요."

"남의 말을 엿듣는 사람이 있다는 건 몰랐군." 하고 거짓말을 하다 들킨 그 악당이 중얼거리더니 큰 소리로 덧붙였습니다.

"훌륭한 넬리, 나는 당신을 좋아하지만 그 표리부동한 점은 좋지 않아. 자네야말로 어째서 그렇게 새빨간 거짓말을 해서 내가 이 가엾은 아가씨를 미워한다고 믿게 하고, 터무니없는 이야기를 꾸며내어 아가씨가 겁을 먹고 우리 집에 얼씬도 안 하게 만드는 건가? 캐서린 린턴 — 이 이름만 들어도 나는 마음이 훈훈해지는데 — 귀여운 아가씨, 나는 이번 주일 내

내 집에 없을 거야. 그러니 내 말이 거짓말인지 아닌지 직접 확인해 봐. 꼭! 너의 아버지가 내 입장이 되고, 린턴이 네 입장이라고 생각해 봐. 그런 경우, 너의 아버지가 몸소 린턴에게 너를 위로해 달라고 간청해도 그가 한 발짝도 안 움직인다면, 너는 그 매정한 애인을 어떻게 생각하겠니? 넌 어리석게 그런 과오를 범하지 마. 맹세코 말하지만, 녀석은 정말 다 죽게 생겼고, 그를 살릴 사람은 너밖에 없어!"

그때 마침 자물쇠가 부서져 저는 밖으로 뛰어나갔습니다.

"정말로 린턴은 죽어가고 있어."

히드클리프가 나를 쏘아보며 되풀이하여 말했습니다.

"슬픔과 절망이 그 녀석의 죽음을 재촉하고 있네. 넬리, 캐시를 보내고 싶지 않거든 자네가 직접 가보게. 그런데 나는 다음주 이맘때까지는 돌아오지 않을 거야. 아마 자네 주인도 딸이 사촌을 방문하는 걸 굳이 반대하지는 않을 걸세."

"아가씨, 이제 그만 들어오세요."

저는 히드클리프의 말을 무시한 채 아가씨의 팔을 잡고 억지로 끌어들였습니다. 왜냐하면 아가씨가 마음속의 거짓을 드러내기에는 너무도 엄숙한 히드클리프의 얼굴을 당황한 눈으로 바라보면서 꾸물거리고 있었기 때문입니다.

그는 말을 아가씨 가까이 몰고 와서 허리를 구부리고 말했습니다.

"캐서린, 솔직히 말해서 나는 린턴에게 별로 너그럽지 못해. 헤어턴과 조지프는 나보다 더하지. 사실 그 아이는 매정한 사람들 속에서 살고 있는 셈이야. 그는 친절과 사랑을 갈망하고 있어. 너의 다정한 말 한마디가 더할 나위 없이 좋은 약이 될 거야. 넬리의 잔인한 충고 따위는 상관하지 말고 녀석을 만나보도록 해. 그 앤 밤낮으로 네 생각만 하고 있단다. 네가 그 녀석을 싫어해서 그러는 게 아니라고 아무리 얘기해도 곧이듣지 않아."

저는 문을 닫고 커다란 돌을 굴려 자물쇠가 망가져 닫히지 않는 문에 기대놓았습니다. 그리고 우산을 펴고 캐시 아가씨를 우산 밑으로 끌어들였습니다. 바람에 소리 내어 우는 나뭇가지 사이로 빗방울이 떨어지기 시작해서 더 이상 지체할 수가 없었으니까요.

집으로 오는 동안 급히 걷느라고 히드클리프를 만난 일에 대해 이야기할 틈이 없었지만, 저는 직감적으로 캐서린 아가씨의 마음이 갈등하고 있다는 것을 알았습니다. 표정이 어찌나 어두운지 아가씨의 얼굴 같지가 않았습니다. 아가씨는 틀림없이 히드클리프의 말이 사실이라고 믿고 있는 눈치였습니다. 서방님은 우리가 돌아오기 전에 이미 침실에 드셨더군요. 캐시 아가씨는 아버님의 상태를 살펴보기 위해 침실로 살그머니 올라갔으나, 벌써 잠이 드셨다면서 이내 내려왔습니다. 아가씨는 저에게 서재에 함께 있어달라고 했습니다.

저는 책을 읽는 척했습니다. 제가 독서에 열중하고 있다고 생각한 아가씨는 소리 없이 울기 시작했습니다. 우는 일만이 그녀의 마음을 풀어주는 유일한 방법인 것 같았습니다. 저는 한동안 실컷 울게 내버려두었다가, 아가씨가 제 말에 동의하리라 확신하고, 히드클리프가 자기 아들에 대해서 늘어놓은 말을 모두 비웃고 조롱했습니다. 그러나 슬프게도 저에게는 그의 말이 아가씨에게 끼친 영향을 없앨 힘이 없었습니다. 일은 그가 의도한 대로 되어버렸더군요.

"넬리 말이 맞을지도 몰라. 하지만 사실을 확인하기 전에는 내 마음이 편치 않을 것 같아. 그리고 린턴에게 편지를 쓰지 않는 것이 내 탓이 아님을 밝히고 내 마음이 변하지 않을 거라는 것을 믿게 해줘야겠어."

어리석게도 그렇게 믿어버린 아가씨에게 화를 내고 반대한들 무슨 소용이 있겠습니까? 우리는 그날 밤 다투고 헤어졌습니다. 그러나 다음날 저는 고집쟁이 아가씨의 망아지를 따라 워더링 하이츠로 향하고 있었습니다. 슬퍼하는 아가씨의 모습을 차마 옆에서 보고만 있을 수 없었고, 창백하고 기죽은 얼굴과 우울한 눈을 마주 볼 수가 없어 그 고집에 지고 말았던 것입니다. 그러나 저는 린턴 도련님이 우리를 맞아들일 때 히드클리프의 이야기가 얼마나 근거 없는 것인가를 증명해 줄지도 모른다는 한 가닥 희망을 품고 있었습니다.

23

밤에 비가 내리더니 아침에는 자욱한 안개—서리 반, 가랑비 반—가
끼었습니다. 비로 인해 생긴 여울이 높은 곳에서 쏟아져 내리며 길을 가
로막고 흘렀습니다. 저는 발이 흠뻑 젖어 짜증스럽고 우울해서, 불쾌한
일들이 극도로 작용한 그런 기분에 휩싸였습니다.

우리는 히드클리프가 정말로 집에 없는지 알아보기 위해 부엌문으로
들어갔습니다. 저는 그의 말을 그다지 신뢰하는 편이 아니니까요.

조지프는 혼자 난롯가에 앉아 있었습니다. 식탁에 한 쿼트의 맥주와
커다랗게 구운 오트 케이크 조각을 수북이 놓고, 자주 사용하는 시커멓
고 짧은 파이프를 입에 문 채 입가에 엷은 미소를 짓고 있었습니다. 저
는 주인이 집에 계시냐고 물었습니다. 그런데 한참 동안 대답이 없기에
저는 그동안 귀가 먹었나 싶어 큰 소리로 다시 물었습니다.

"아, 안 계신데!"

조지프가 이상한 콧소리를 내면서 말했습니다.

"아, 안 계셔! 바로 되돌아가야겠군."

"조지프!"

그때 안쪽에서 신경질적인 목소리가 들려왔습니다.

"도대체 몇 번을 불러야겠냐? 불이 다 꺼져간단 말이야, 영감! 빨리 이리 좀 와."

푹푹 담배 연기를 거세게 뿜어대며 난로 속을 노려보고 있는 품이 그런 부탁 따위는 무시하는 태도였습니다. 가정부와 헤어턴의 모습은 보이지 않았는데, 아마 가정부는 심부름을 가고 헤어턴은 밭에 일을 하러 갔을 것입니다. 우리는 그 목소리의 주인이 린턴이라는 것을 알았으므로, 소리가 나는 방으로 갔습니다.

"너 같은 영감은 제발 다락방에서 뒈져버렸으면 시원하겠다!"

소년은 우리의 발소리를 게으른 하인의 것으로 착각하고 욕을 퍼부었습니다. 그러나 자기가 잘못 알았다는 것을 깨닫고는 입을 다물지 못했습니다.

"캐시였구나!"

캐시 아가씨가 그의 품으로 뛰어들자 린턴 도련님은 큰 의자의 팔걸이에 기대고 있던 머리를 들었습니다.

"그러지 마……. 키스하지 말라고. 숨이 차서 그래. 진짜였구나! 네가 올 거라고 아버지가 그랬는데."

캐시 아가씨의 격렬한 포옹이 멈추자 도련님이 말했습니다. 한편, 아가씨는 너무 지나치게 포옹을 했다 싶었는지 멋쩍은 듯 서 있었습니다.

"문을 열어놓은 채로 들어왔군. 미안하지만 문 좀 닫아줄래? 그런데 저 망할 것들이 난로에 석탄을 넣지 않아. 이렇게 추운데 말야!"

저는 난로 속의 석탄재를 긁어모으고 석탄을 한 통 들고 왔습니다. 도련님은 재가 날린다고 투덜거렸지만, 기침을 하며 앓는 것 같았기에 그가 짜증을 부려도 화내지 않았습니다.

"그런데 린턴."

도련님이 찌푸린 이맛살을 펴자 캐서린 아가씨가 낮은 목소리로 물었습니다.

"내가 와서 좋으니? 내가 무슨 도움이 되겠어?"

"왜 진작 오지 않았어! 편지를 쓰지 말고 올 것이지. 긴 편지를 쓰다 보면 지치거든. 말로 하는 편이 훨씬 나아. 이젠 얘기할 기운도 없고 아무것도 하기가 싫어. 질라는 또 어딜 간 거야?"

그러더니 도련님은 저를 향해 말했습니다.

"부엌에 좀 가봐 주겠어?"

저는 난로에 석탄을 넣어준 데 대해서도 고맙다는 인사를 못 들은 터라, 그의 명령에 이리저리 뛰어다닐 생각이 없어서 "조지프밖에 없어요" 하고 대답했습니다.

"물을 좀 마시고 싶은데."

도련님이 짜증스럽게 말했습니다.

"아버지가 안 계시면 질라는 노상 기머튼에 가서 산다니까. 너무해! 그래서 난 아래층에 내려와 있는 거야. 2층에서 부르면 절대로 대답 안하기로 약속들을 한 모양이야."

"도련님, 아버님께서는 잘 돌봐주시나요?"

"잘 돌봐주느냐고? 적어도 하인놈들이 좀더 잘해 주도록 만들어주긴 하지."

도련님은 퉁명스럽게 말했습니다.

"망할 것들! 캐시, 저 짐승 같은 헤어턴 녀석이 나를 놀린다니까! 그 녀석도 싫고, 정말이지 모두 싫어. 이 집에는 다 싫은 놈뿐이야."

캐시 아가씨가 식기장 위에 있는 주전자에서 물을 한 컵 따라 가져오자 도련님은 식탁 위에 있는 술병의 포도주를 물에 한 숟가락 타 달래서 마시더니, 좀 진정된 듯 아가씨에게 매우 고맙다고 말했습니다.

"그래, 내가 와서 좋으니?"

아가씨는 아까 물었던 말을 되풀이하고는 도련님의 얼굴에 엷은 미소가 떠오르는 것을 보자 기뻐했습니다.

"그럼, 좋고말고. 네 다정한 목소리를 들으니, 기분이 무척 좋아졌어! 하지만 그동안 네가 오지 않아서 괴로웠단 말이야. 아버지는 그것이 내 탓이라고 야단쳤지. 나더러 불쌍하고 멋없고 쓸모없는 놈이라면서 네가 나를 멸시하고 있을 거래. 아버지가 내 입장이면 지금쯤은 너의 아버지보다도 더 멋지게 드러시크로스 저택의 주인 노릇을 하고 있을 거라면서. 하지만 너는 나를 경멸하지 않겠지?"

"너를 경멸한다고? 천만에! 아빠와 넬리 다음으로 그 누구보다도 너를 좋아해. 하지만 네 아빠는 싫어. 그분이 돌아오면 나는 못 올 거야. 여러 날 나가 계실 건가?"

"여러 날은 아니야. 하지만 사냥철이 되었기 때문에 들에 자주 나가시거든. 그러니 아버지가 안 계실 때 한두 시간은 나와 같이 지낼 수 있을 거야. 그러겠다고 말해 줘. 너와 같이 있으면 짜증도 안 날 것 같아. 너는 나를 화나게 하지 않고 나를 도와주려고 하니까. 그럴 수 있겠지?"

"그럼."

캐서린 아가씨는 그의 길고 부드러운 머리카락을 쓰다듬으며 대답했습니다.

"아빠가 허락만 하신다면 매일 반나절씩이라도 너와 같이 보내겠어.

귀여운 린턴, 네가 내 친동생이라면 좋겠어."

"그럼 네 아빠만큼 나를 좋아할 수 있겠니?"

도련님은 더욱 기분이 좋아져서 물었습니다.

"아버지가 그러시는데, 만약 네가 내 아내가 된다면 네 아빠보다도, 그리고 이 세상의 누구보다도 나를 사랑할 거라고 했어. 그러니 그렇게 되었으면 좋겠어!"

"안 돼. 나는 이 세상 그 어느 누구도 아빠보다 더 사랑할 수는 없어." 아가씨는 심각한 표정으로 대꾸했습니다.

"그리고 남자들은 때로 아내를 미워하기도 하지만, 남매간이라면 그런 일이 없거든. 그러니 네가 내 동생이라면 너는 우리와 함께 살게 되고, 아빠도 나를 사랑하는 것만큼 너를 사랑하실 거야."

린턴 도련님은 아내를 미워하는 남자란 없다고 말했습니다. 그러나 캐시 아가씨는 있다고 우기면서, 히드클리프 씨가 이사벨라 고모를 미워하던 일을 예로 들었습니다. 저는 아가씨의 철없는 말을 막으려고 애썼지만, 결국 아가씨는 자기가 알고 있는 것을 전부 털어놓고 말았습니다. 린턴 도련님은 몹시 흥분해서, 아가씨가 거짓말을 하는 거라고 우겼습니다.

"아빠가 그러셨어. 그리고 우리 아빠는 절대로 거짓말은 안 하셔."

아가씨가 화난 얼굴로 대꾸했습니다.

"우리 아빠는 네 아빠를 경멸해!"

린턴 도련님도 지지 않고 고함을 질렀습니다.

"네 아빠는 비겁하대."

"네 아빠는 나쁜 사람이야! 그리고 네 아빠가 한 말을 그대로 옮기다니, 너도 어지간히 못됐다. 이사벨라 고모를 그렇게 도망치게 한 걸 보면 네 아빠 분명히 나쁜 사람이야."

"엄마는 도망간 게 아니야. 내 말이 맞아."

"도망갔어."

"그럼 나도 네게 할말이 있어! 네 엄마는 네 아빠를 미워했대."

린턴 도련님의 말에 아가씨는 무척 놀라며 "어머!" 하고 소리치고는 너무 화가 나서 말을 잇지 못했습니다.

"그리고 네 엄마는 우리 아버지를 사랑했었대."

"이 거짓말쟁이! 이젠 너 같은 건 보기도 싫어!"

아가씨는 화가 나서 얼굴이 벌겋게 달아올라 씩씩대며 말했습니다. 그러자 린턴 도련님은 장단을 맞추어가며 "사랑했대! 사랑했대!"라고 말하고는 의자에 파묻히듯 깊숙이 앉아서 뒤에 서 있는 상대방의 화난 모습을 보려고 머리를 뒤로 젖혔습니다.

"그만두세요, 도련님! 그건 도련님 아버님이 꾸며낸 얘기일 거예요."

두 사람의 실랑이가 끝날 것 같지 않아 제가 끼어들며 말렸습니다.

"그렇지 않아. 당신은 가만히 있어!"

그러고는 계속 캐시 아가씨를 놀렸습니다.

"사랑했대, 사랑했대, 캐서린! 사랑했대, 사랑했대!"

캐시 아가씨는 화가 난 나머지 이성을 잃고 의자를 힘껏 밀어버렸습니다. 그 바람에 소년은 한 손을 바닥에 짚으며 나가떨어졌습니다. 도련님은 숨이 넘어갈 듯이 거칠게 기침을 해댔습니다. 의기양양한 기세도 꺾였지요. 기침이 어찌나 오래 계속되는지 저도 겁이 날 정도였습니다. 아가씨는 말은 하지 않았으나 자기가 저지른 실수에 놀라서 울음을 터트렸습니다.

저는 기침이 멎을 때까지 도련님을 부축해 주었습니다. 기침이 멎자, 그는 저를 밀쳐내고 묵묵히 고개를 떨구었습니다. 캐서린 아가씨도 울음을 그치고 맞은편에 심각한 표정으로 앉아 있었습니다.

"이제 좀 괜찮으세요, 도련님?"

"이런 고통을 캐서린도 당했으면 좋겠어. 잔인한 심술쟁이 같으니라고! 헤어턴도 나를 때린 적은 없어. 오늘은 기분이 좀 좋았었는데 그만……."

드디어 그의 음성은 훌쩍이는 울음소리로 변했습니다.

"난 너를 때리지는 않았어!"

캐시 아가씨는 중얼거리면서 또다시 폭발하려는 감정을 억누르느라 입술을 깨물었습니다. 도련님은 몹시 아픈지 한동안 신음 소리를 냈습니다. 분명히 캐시 아가씨를 괴롭히려고 일부러 그러는 것 같았습니다. 왜냐하면 아가씨가 흐느낌을 멈출 때마다 한층 더 비통하고 괴로운 소리를 내뱉었기 때문입니다.

"아프게 해서 미안해, 린턴."

결국 캐시 아가씨가 괴로움을 참지 못하고 말했습니다.

"하지만 나 같으면 그 정도로 밀어도 아무렇지 않기 때문에 네가 그렇게 아파하리라고는 생각지 못했어. 많이 아프진 않지? 집으로 돌아가면서 너를 아프게 했다는 생각으로 괴로워하지 않게 해줘. 대답해 봐, 괜찮은 거지?"

"난 괜찮다고 말할 수 없어."

도련님이 대꾸했습니다.

"네가 나를 아프게 했기 때문에 나는 오늘 밤 기침에 시달려 한숨도

342

못 잘 거야. 너도 기침을 해보면 얼마나 괴로운지 알 거야. 아무도 없는 방에서 나 혼자 괴로워하는 동안 너는 편안히 잠자겠지. 너 같으면 그렇게 괴로운 밤을 어떻게 편안히 보낼 수 있겠니!"

그러고는 제 설움에 못 이겨 엉엉 울기 시작했습니다.

"도련님은 언제나 그렇게 괴로운 밤을 보내잖아요. 도련님을 괴롭히는 것은 아가씨가 아닐 거예요. 아가씨가 오지 않았다 해도 마찬가지였을 테니까요. 어쨌든 아가씨는 다시는 도련님을 괴롭히지 않을 거예요. 우리가 떠나고 나면 좀 진정되겠지요."

"내가 가야만 하겠니?"

캐서린 아가씨는 서글픈 표정으로 린턴 도련님을 내려다보면서 물었습니다.

"내가 정말 가면 좋겠어, 린턴?"

"한번 저지른 일은 어떻게 할 수 없어."

도련님은 아가씨를 외면하며 토라져서 말했습니다.

"그럼 나는 돌아가야겠지?"

아가씨가 다시 물었습니다.

"나를 혼자 있게 내버려둬. 네가 지껄여대는 소리를 견딜 수가 없어."

아가씨는 지루할 만큼 오랫동안 돌아가자는 제 말을 듣지 않고 망설였습니다. 그러나 소년이 쳐다보지도 않고 입도 열지 않자, 결국 문 쪽으로 발길을 옮겼습니다. 저도 뒤를 따랐습니다. 그러나 찢어지는 듯한 비명 소리에 우리는 다시 방안으로 뛰어 들어갔습니다. 린턴 도련님이 의자에서 난롯가로 미끄러져 내려와 될 수 있는 한 남을 괴롭히고 못살게 굴기로 결심한 못된 응석받이 어린아이처럼 심술 맞게 몸부림치고 있었습니다. 저는 그의 행동에서 그 성질을 완전히 파악했으므로 비위를 맞추려고 하는 것은 어리석은 짓이라는 것을 곧 알아차렸습니다. 그러나 아가씨는 깜짝 놀라 달려가서는 무릎을 꿇고 앉아 함께 울면서 도련님을 달랬습니다. 잠시 후 도련님은 조용해졌는데, 보채느라 숨이 차서였지 결코 아가씨를 괴롭힌 것이 미안해서가 아니었습니다.

"도련님을 소파 위에 올려놓는 게 좋겠어요. 그러면 마음대로 뒹굴며 누워 있겠지요. 우리가 계속 돌봐드릴 수는 없어요. 아가씨가 도련님에게 도움이 되는 존재도 못 되고, 또 도련님의 병이 아가씨에 대한 그리움 때문에 생긴 것이 아니라는 것도 이젠 아셨죠? 자, 빨리 가요. 누구도 응석을 받아주지 않는다는 것을 알게 되면 가만히 누워 있겠지요."

아가씨는 도련님의 머리에 쿠션을 괴어주고 물을 갖다주었습니다. 도련님은 물은 안 마시겠다면서 마치 쿠션이 돌이나 나무토막이나 되는 것처럼 거북하게 몸을 비틀었습니다. 그래서 아가씨는 쿠션을 좀더 편안하게 놓아주려고 했습니다.

"이건 싫어. 너무 낮단 말이야."

아가씨는 쿠션을 또 하나 갖다가 포개놓았습니다.

"이건 너무 높아."

이번에도 도련님이 짜증스럽게 투덜댔습니다.

"그럼 어떡하면 좋겠니?"

아가씨가 속상한 듯 물었습니다. 그리고 소파 옆에 무릎을 반쯤 꿇고 앉자, 린턴은 몸을 일으켜 아가씨의 어깨에 머리를 기댔습니다.

"안 돼요, 이러시면 안 돼요."

저는 아가씨를 말렸습니다.

"쿠션을 베고 누우세요, 도련님. 아가씨는 도련님 때문에 이미 너무 많은 시간을 보내셨어요. 이제는 5분도 더 지체할 수 없어요."

"아니, 괜찮아!"

캐시 아가씨가 제 말을 가로막고 나섰습니다.

"이제는 린턴도 조용하고 얌전해졌어. 나 때문에 린턴의 병이 더 악화됐다고 생각하면 오늘 밤 린턴보다도 내가 더 많이 괴로울 거야. 린턴은 내가 다시는 오지 않으리라 생각한 모양이야. 린턴, 사실대로 말해 봐. 내가 너를 괴롭혔다면 다시 올 필요는 없으니까."

"너는 나를 몹시 아프게 만들었어! 아까 네가 왔을 때만 해도 나는 이렇게 아프지는 않았어. 안 그래?"

"하지만 네가 울고불고 성질을 부려서 더 안 좋아진 거야. 전부 내 탓만은 아니야. 하여튼 이제는 화해하자. 그리고 너는 내가 오는 것이 좋지? 사실은 이따금 나를 만나고 싶지?"

"그렇다고 말했잖아."

린턴 도련님이 짜증스럽게 대꾸했습니다.

"소파에 앉아서 네 무릎에 기대게 해줘. 엄마는 항상 오후에는 내내 그렇게 해주셨지. 가만 앉아서 아무 말도 하지 마. 하지만 노래할 줄 알면 노래를 불러도 좋고, 내게 가르쳐주겠다고 약속한 재미있는 민요를 들려줘도 좋겠다. 그런데 나는 민요가 더 좋아. 빨리 시작해."

캐서린 아가씨는 자기가 아는 것 중에서 가장 긴 민요를 들려주었습니다. 이제 두 사람은 한결 기분이 나아졌습니다. 노래가 끝나자, 제가 시간이 없다고 말했음에도 불구하고 린턴 도련님은 또 하나 불러달라고 조르는 것이었습니다. 시계가 정오를 알릴 때까지 두 사람은 그렇게 있었습니다. 그때 마당에서 점심을 먹으러 돌아오는 헤어턴의 발소리가 들렸습니다.

"캐서린, 그럼 내일도 올 거지?"

린턴 도련님은 마지못해 일어서는 아가씨의 옷자락을 붙잡고 애처롭게 물었습니다.

"안 돼요."

아가씨 대신 제가 대답했습니다.

"그 다음날도 안 되고요."

그러나 아가씨는 확실히 저와는 다른 대답을 했던가 봅니다. 왜냐하면 아가씨가 허리를 굽혀 그의 귀에 대고 뭐라고 속삭이자, 도련님의 표정이 금세 환해졌기 때문입니다.

"아가씨, 내일 또 오시면 안 돼요. 명심하세요!"

워더링 하이츠에서 나오면서 제가 말했습니다.

"안 그러실 거죠?"

제 물음에 아가씨는 미소를 지을 뿐이었습니다.

"단단히 조심해서 단속해야겠군요. 그리고 망가진 자물쇠를 고쳐야겠어요. 그래야 아가씨가 빠져나가지 못할 테니까요."

"담을 뛰어넘을 수도 있어."

캐시 아가씨가 웃으며 말했습니다.

"넬리, 우리 집은 감옥이 아니고, 넬리는 나를 감시하는 간수가 아니야. 그뿐 아니라 나도 이젠 열일곱 살이야. 어엿한 숙녀란 말이야. 그리고 내가 도와주면 린턴은 틀림없이 빨리 회복할 수 있을 거야. 나는 그 애보다 분별력도 더 있고, 좀더 어른 같지. 조금만 달래면 얼마 안 가서 그는 내가 하자는 대로 하게 될 거야. 얌전할 땐 정말 귀엽잖아. 그가 내 친동생이라면 진짜 귀여워해 줄 텐데. 자주 만나 친해지면 우리는 사이 좋게 지낼 거야. 넬리는 린턴을 좋아하지 않아?"

"그를 좋아하느냐고요?"

저는 소름 끼친다는 듯 소리를 질렀습니다.

"그렇게 고약한 성미에다 병약한 몸으로도 지금까지 용케 잘 견뎠더군요. 정말 내년 봄까지나 살 수 있을지 모르겠어요. 그의 아버지가 그를 데려간 것이 우리에게는 잘된 일인지도 몰라요. 친절하게 대하면 대할수록 그는 더 기가 살아서 심통을 부린다니까요. 그런 도련님을 남편으로 맞이하지 않아도 되게 생겼으니 참으로 다행입니다, 아가씨."

제 말에 아가씨는 심각한 표정을 지었습니다. 도련님의 죽음에 대해서 아무렇지도 않게 지껄인 것이 마음을 상하게 한 것 같았습니다. 아가씨는 오랫동안 생각에 잠겨 있다가 말했습니다.

"그 앤 나보다 더 오래 살 거야. 그래, 나보다 더 오래 살아야지. 지금은 그 애가 처음 이 고장으로 왔을 때보다 더 건강해졌어. 분명해. 지금 그가 앓고 있는 병은 아빠처럼 단순한 감기일 뿐이야. 넬리는 아빠가 금방 나으실 거라고 했지? 그러니 린턴도 분명히 나을 거야."

"그만둬요! 하여튼 우리가 신경 쓸 일이 아니니까요……. 저와 함께든 혼자든 아가씨가 또다시 워더링 하이츠에 가시려고 하면 그땐 정말 아버님께 모두 말씀드리겠어요. 그리고 아버님께서 허락하시기 전엔 린턴 도련님과 만나서는 절대로 안 돼요."

"벌써 만난걸."

캐시 아가씨가 불만스러운 목소리로 투덜거렸습니다.

"앞으로 만나시면 안 된다는 얘기예요."

"생각해 볼게."

대답과 함께 아가씨는 말을 몰고 달아났습니다. 저는 그 뒤를 쫓아가느라 무척 고생했습니다.

아가씨와 저는 점심 식사 전에 집에 도착했습니다. 서방님은 우리가 숲을 산책하고 온 줄 아는지 어디 갔었느냐고 묻지도 않았습니다. 집에 들어서자 저는 곧 젖은 신발과 양말을 갈아 신었지만, 젖은 채로 오래도록 워더링 하이츠에 앉아 있었던 것이 탈이었습니다. 이튿날 아침, 저는 자리에서 일어날 수가 없었습니다. 그것은 일찍이 겪어보지 못한 변이었으나, 다행히 그 후로는 그렇게 앓는 일이 없었습니다.

우리 귀여운 아가씨는 천사처럼 간호하며 저의 외로움을 달래주었습니다. 방에 누워만 있으려니까 기분이 몹시 우울했기 때문입니다. 항상 바쁘게 움직이던 저로선 누워 있는 것이 무척 지루한 일이기는 했지만, 불편한 일은 별로 없었습니다. 캐서린 아가씨의 하루를 서방님과 제가 반씩 나누어 가진 셈이었으므로, 아가씨는 잠시도 쉴 사이가 없었습니다. 그러다 보니 아가씨는 공부도 놀이도 못하게 되었습니다. 그렇게 훌륭한 간병인은 세상에 다시없을 듯싶었습니다. 아버님을 그처럼 사랑하면서 저에게도 친절을 베푸는 것으로 보아 아가씨는 무척이나 마음이 다감한 사람이었습니다.

아가씨의 하루를 두 사람이 나누어 가졌다고 말씀드렸지만, 서방님은 일찍 잠자리에 들고 저도 대개 6시 이후로는 돌봐주지 않아도 되었으므로 저녁 시간은 자유였습니다. 불행히도! 저는 차 마시는 시간 이후로 그녀가 뭘 하며 지내는지 생각조차 하지 않았습니다. 그리고 잘 자라는 인

348

사를 하러 제 방에 들를 때, 이따금 아가씨의 뺨에 생기가 돌고 가냘픈 손가락이 분홍빛을 띠는 것을 보았지만, 그것이 추운 벌판을 말을 타고 달려왔기 때문이라는 것은 상상도 못하고 그저 서재의 뜨거운 난롯가에 있었기 때문이려니 생각했습니다.

24

3주일이 지나서야 저는 방에서 나와 몸을 움직일 수 있게 되었습니다. 겨우 일어나 앉을 수 있게 된 날 저녁에, 저는 눈이 나빠졌기 때문에 아가씨에게 책을 읽어달라고 부탁했습니다. 서방님은 잠자리에 들고, 아가씨와 저는 서재에 앉아 있었습니다. 아가씨는 그러겠다고 했지만 그다지 내키지는 않는 것 같았습니다. 제가 보는 책 정도는 아가씨의 마음에 들지 않을 것 같아 저는 무엇이든 아가씨가 읽는 책 중에서 적당한 것을 골라서 읽어달라고 했습니다.

아가씨는 자기가 즐겨 읽는 책 중에서 골라 읽어주더니, 한 시간 가량 지나자 자꾸만 이렇게 묻는 것이었습니다.

"넬리, 피곤하지 않아? 이제 그만 쉬는 게 좋지 않겠어? 너무 늦게까지 앉아 있으면 병이 악화될지도 모르잖아."

"아니 괜찮아요, 아가씨. 아직 피곤하지 않아요."라고 저는 계속 대꾸했습니다. 그런 말로는 제가 끄떡도 하지 않음을 알고, 아가씨는 그 일이 하기 싫다는 것을 보여주기 위해 다른 방법을 썼습니다. 그 방법이란 하품을 하고 기지개를 켜는 것이었습니다.

"넬리, 난 피곤해."

"그럼 그만 읽고 얘기나 하세요." 하고 저는 대답했습니다.

아가씨는 8시까지 한숨을 내쉬고 시계를 보곤 하더니, 마침내 자기 방으로 가버렸습니다. 아가씨가 토라진 표정으로 연신 눈을 비벼대는 것으로 미루어 저는 잠이 쏟아져서 그런 모양이라고 생각했습니다.

아가씨는 다음날 밤엔 더욱더 불안해하는 것 같더니, 사흘째 되던 날은 머리가 아프다면서 저를 두고 나가버렸습니다. 아가씨의 행동이 아무래도 이상했습니다. 한참을 혼자 앉아 있던 저는 올라가서 아가씨가 두통이 좀 나아졌는지 알아보고, 어두운 2층에 있지 말고 아래층으로 내려와 소파에 누우라고 말을 하리라 마음먹었습니다. 그러나 캐서린 아가씨는 2층에도 없었고 아래층에도 없었습니다. 하인들 중에도 그녀를 본 사람이 없었습니다. 서방님의 방문에 귀를 대고 들어보았지만 조용했습니다. 저는 다시 아가씨 방으로 가서 촛불을 끄고 창가에 앉았습니다.

달빛은 환했고, 땅엔 하얀 눈이 덮여 있었습니다. 그래서 저는 아가씨가 아마 바람을 쐬러 뜰에 나간 거라고 생각했습니다. 그때 담 안쪽으로 사람 그림자 하나가 걸어가는 것이 보였습니다. 달빛에 비친 모습을 보니, 아가씨가 아니라 마부 소년이었습니다. 그는 한동안 뜰 한가운데로 난 길을 바라보고 서 있더니, 무엇을 발견한 듯 서둘러 걸어갔다가 곧 아가씨의 망아지를 데리고 나타났습니다. 그 옆에는 방금 말에서 내린 아가씨가 있었습니다.

마부는 망아지를 끌고 잔디밭을 가로질러 살며시 마구간으로 갔습니다. 캐시 아가씨는 응접실의 창문으로 해서 제가 기다리고 있는 방으로 조용히 올라왔습니다. 아가씨는 살며시 문을 닫고, 눈이 묻은 신발과 모자를 벗었습니다. 그리고 제가 있는 줄도 모르고 외투를 벗었습니다. 그 순간 제가 갑자기 일어났습니다. 아가씨는 깜짝 놀라 뭐라고 알아듣지 못할 소리를 지르더니 그냥 우두커니 서 있었습니다.

"아가씨." 하고 불렀으나, 최근 그녀가 아파 누워 있는 제게 베푼 호의가 너무나 고마웠던 터였으므로 차마 화를 낼 수가 없었습니다.

"이렇게 늦은 시간에 말을 몰고 어딜 갔다 오세요? 그리고 어째서 저를 속이려 드시죠? 어딜 갔다 오셨어요? 얘기해 보세요."

"숲에…… 갔었어."

아가씨는 더듬거렸습니다.

"거짓말 아니야."

"다른 곳엔 안 가셨어요?"

저는 다그쳤습니다.

"아니."

아가씨는 우물쭈물 대답했습니다.

"오오, 캐서린 아가씨!"

저는 서글픈 마음으로 외쳤습니다.

"나쁜 짓을 했다고 생각하시지요? 아니면 제게 거짓말을 할 이유가 없지요. 나는 그 점이 슬퍼요. 아가씨가 꾸며대는 거짓말을 듣느니 차라리 석 달을 더 앓아 눕는 편이 낫겠어요."

아가씨는 달려와서 눈물을 흘리며 제 목을 껴안았습니다.

"넬리, 나는 넬리가 화낼까 봐 무서웠어. 제발 화내지 말아. 그러면 숨김없이 전부 얘기할게. 나도 거짓말하는 건 싫어."

우리는 창가에 앉았습니다. 아가씨가 무슨 말을 하든 화내지 않겠다고 말했더니, 아가씨는 이야기를 시작했습니다. 저는 물론 그 비밀이 무엇인지 대강은 알고 있었죠.

넬리, 사실 나는 워더링 하이츠에 다녀왔어. 넬리가 몸져누운 후, 완쾌하기 전 사흘과 그 후 이틀을 빼고는 거의 매일 갔었어. 나는 마부 마이클에게 책이랑 그림을 주면서 저녁마다 미니를 준비해 두고, 돌아오면 마구간에 다시 넣어두게 했지. 내가 잘못한 거니까 마이클은 혼내지 마. 대개 6시 반에 워더링 하이츠에 도착해서 8시 반까지 있다가 말을 달려 집으로 돌아왔어. 내가 매일 그곳에 간 것은 재미있어서가 아니야. 괴로울 때가 더 많았어. 하지만 가끔 즐거운 때도 있었지. 일주일에 한 번쯤은. 우리가 그 애를 만나고 온 이튿날, 린턴에게 다시 찾아가겠다고 약속을 했으니 꼭 가야겠는데, 그와의 약속을 지키게 해달라고 넬리를 설득하기가 쉽지 않을 것 같았어. 이튿날 아침, 넬리가 아파서 일어날 수 없게 되자 설득할 필요가 없었지. 그날 오후 정원 문을 여는 마이클에게 열쇠를 얻었어. 사촌이 몸이 아파서 집에 올 수 없기 때문에 내가 찾아가야 하는데, 아빠는 내가 그곳에 가는 것을 원치 않으시기 때문이라고 말했어. 그러고는 망아지에 대해서 그와 상의했어. 그는 책 읽는 것을 좋아하는데, 만약 서재의 책을 빌려주면 내가 원하는 대로 해주겠다고 했어. 하지만 내 책을 주는 편이 나을 것 같아 그렇게 했어.

워더링 하이츠에 두 번째 방문했을 때 린턴은 매우 명랑해 보였어. 그리고 가정부 질라는 우리를 위해서 방을 깨끗이 치워주고 불도 따뜻하게 지펴주면서, 조지프는 기도회에 가고 헤어턴은 개를 데리고 나가고 없으니―나중에 들은 바로는 우리 숲으로 꿩을 훔치러 갔다는 거야―우리 마음대로 놀아도 된다고 했어. 그녀는 포도주랑 생강빵을 내오는 등 매우 상냥하게 대해 주었어. 린턴과 나는 난롯가에 있는 작은 흔들의자에 앉아서 웃으며 얘기했어. 할 얘기가 왜 그리도 많은지. 여름에 어디를 갈 것인지, 그리고 무엇을 할 것인지 계획을 세웠어. 그 이야기는 되풀이하지 않겠어. 넬리가 들으면 어리석은 짓이라고 할 테니까.

그러다가 한번은 다툴 뻔했어. 그는 더운 한여름을 보내는 제일 좋은 방법은, 아침부터 저녁까지 히스가 우거진 언덕에 누워서 벌이 꽃 사이로 윙윙거리며 이리저리 날아다니는 소리를 듣고, 종달새가 머리 위에 높이 떠서 지저귀는 소리를 들으며 구름 한 점 없이 맑고 푸른 하늘을 쳐다보는 거라나. 린턴은 그게 가장 완전한 행복이래. 그렇지만 내 생각은 달라. 서풍을 받아 눈부시게 흰 구름이 머리 위로 지나가고, 종달새뿐 아니라 개똥지빠귀 · 굴뚝새 · 방울새 · 뻐꾸기 등 온갖 새들이 여기저기서 지저귀고, 아득한 초원 끝은 시원하게 그늘진 계곡으로 이어지고, 가까운 초원에는 긴 풀잎이 부드러운 바람에 물결치듯 흔들리는 높은 언덕의 나무에 앉아 숲 사이를 졸졸 흐르는 물소리를 들으며 온 세상이 잠에서 깨어 기쁨에 젖어 있는 모습을 보는 것이 제일 좋다고 했지. 그는 만물이 평화에 도취하여 잠들기를 바랐고, 나는 만물이 환희에 젖어 눈부시게 빛나며 춤추기를 바랐지.

내가 그의 천국은 반은 죽어 있는 것과 마찬가지라고 말하면 그는 나의 천국이야말로 술에 취해 있는 것과 다름없다고 말했고, 내가 그의 천국에서는 잠이 들어버릴 거라고 하면, 그는 내 천국에서는 제대로 숨도 쉴 수가 없을 거라면서 화를 냈어. 그러다가 결국 우리는 계절이 바뀌는 대로 두 가지를 다 경험해 보기로 합의하고는 서로 키스하고 화해했어.

한 시간쯤 조용히 앉아 있다가 카펫을 깔지 않아 바닥이 깨끗한 그 큰 방을 보니까 탁자만 없으면 참 놀기가 좋겠구나 하는 생각이 들더군. 그래서 린턴에게 질라를 불러 도와달라고 해서 장님놀이를 하자고 했어. 넬리가 항상 그랬던 것처럼 질라더러 술래가 되어달라고 할 참이었어. 그런데 린턴은 그건 재미없다며 싫다는 거야. 하지만 공놀이는 하겠대. 여러 가지 오래된 장난감이 들어 있는 그릇 속에서 공을 두 개 꺼냈어. 하나는 C, 또 하나는 H라고 표시가 되어 있는 공이었지. 캐서린의 첫 글자가 C니까 나는 C라고 쓴 공을 가졌고 H는 히드클리프의 첫 글자니까 그에게 주었지.

그런데 린턴은 H라고 쓴 공에서 겨가 나온다고 투덜거렸어. 자기가 계속 지기만 하니까 린턴은 다시 토라져서 기침을 하며 제자리로 가버렸어. 하지만 곧 화가 풀렸지. 넬리가 가르쳐준 노래를 두어 가지 불러주었더니 마음에 들었나 봐.

내가 돌아가야 할 때가 되자 그는 다음날도 와달라고 하는 거야. 나는 그러겠다고 약속한 다음, 미니를 타고 바람처럼 집으로 돌아왔지. 그리고 다음날 아침까지 워더링 하이츠와 귀여운 사촌동생의 꿈을 꾸었어.

아침이 되자 왠지 슬펐어. 병이 나 누워 있는 넬리가 불쌍한 생각도 들고, 또 아빠가 나의 외출을 승낙해 주시면 얼마나 좋을까 하는 생각 때문이었지. 그러나 저녁때 아름다운 달빛 속을 말을 타고 달리자, 하루 종일 무겁던 마음이 가벼워졌어. 그날도 재미있는 시간을 보내야겠다는 생각을 하며 갔지. 나의 사랑스러운 린턴이 기뻐할 것을 생각하니 더욱 신이 났어.

워더링 하이츠 정원에 도착해서 뒤쪽으로 돌아가려는데, 헤어턴이 미니의 고삐를 잡으며 앞문으로 들어가라고 하더군. 미니의 목덜미를 토닥거리면서 좋은 말이라고 하는 품이 내가 말을 걸어주었으면 하는 눈치였어. 나는 내 말을 건드리지 말고 그냥 두어야지 안 그러면 말이 그를 걸어찰 거라고 말했어. 그랬더니 그는 격한 말투로 '걷어차 봤자 별것 아닐 거야.'라고 미소를 지으며 미니의 다리를 훑어보는 거였어. 그 순간 정말로 미니가 그를 걸어차버렸으면 하는 생각이 들었어. 그런데 그는 문을 열기 위해 뛰어가서 빗장을 올리며 문 위에 새겨진 글씨를 바라보더니, 어색하기도 하고 자랑스럽기도 한 듯한 묘한 표정으로 이렇게 말하는 거였어.

"캐서린, 이제 나도 글을 읽을 줄 알아."

"어머, 그래? 어디 이걸 읽어봐. 공부를 많이 했나 보네."

내 말에 그는 '헤어턴 언쇼'라는 이름을 한 자 한 자 더듬거리며 읽어 내려갔어.

"그럼 저 숫자는?"

나는 그가 더 이상 읽지 못하는 것을 보고 재촉하듯 물었어.

"그건 아직 몰라."

"이런 멍청이!"

나는 그의 무지함을 마음껏 비웃었어. 그는 나를 따라 웃어야 할지 말아야 할지 모르겠다는 듯 입가에 쓴웃음을 지으며 눈에 힘을 준 채 나를 노려보았어. 내 웃음이 허물없는 친근함인지, 아니면 멸시인지—사실 멸시였지만—알 수 없다는 표정이었어.

나는 그 점을 확실하게 밝혀주려고 갑자기 진지한 태도로 돌아가, 린턴을 만나러 왔지 너를 만나러 온 것이 아니니까 길을 비켜달라고 말했어. 그러자 그는 얼굴이 빨개지며—달빛으로 그것을 알았지—빗장에서 손을 떼더니 자존심이 상했는지 뒷걸음쳐 가버렸어. 자기 이름 정도 읽을 수 있다고 해서 린턴만큼 유식해진 것으로 착각한 모양인데, 내가 그걸 일깨워주니까 몹시 당황스러웠나 봐.

"잠깐만요, 아가씨."

저는 아가씨의 말을 가로막았습니다.

"나무라는 것은 아니지만, 그때 아가씨가 취한 행동은 옳지 않아요. 헤어턴이 린턴 도련님과 마찬가지로 아가씨의 사촌이라는 것을 생각하신다면, 그런 행동이 얼마나 옳지 못한 건지 알 수 있을 거예요. 적어도 그가 린턴만큼 유식해지려고 노력하는 건 칭찬할 만한 일이에요. 그리고 아마 그는 공부한 것을 자랑하고 싶어서 그런 건 아니었을 거예요. 전에 아가씨가 그의 무지함을 비웃은 적이 있죠? 분명히 그는 무지를 면해서 아가씨를 기쁘게 해주고 싶었을 거예요. 그런데 그의 노력이 충분치 못하다고 해서 비웃었으니 얼마나 나쁜 짓이에요. 아가씨가 만약 그와 같은 환경에서 자라났다면 그보다 나았을 것 같아요? 헤어턴도 어렸을 적에는 아가씨처럼 영리한 아이였어요. 그런데 비열한 히드클리프 씨가 아무렇게나 키웠기 때문에 그렇게 된 건데 멸시를 하다니, 나는 몹시 화가 나요."

"넬리, 설마 그렇다고 화내지는 않겠지?"

아가씨는 내가 정색하는 바람에 놀라서 말했습니다.

"하지만 좀더 들어봐. 그러면 그가 정말 나를 흐뭇하게 해주려고 알파벳을 공부했는지, 그리고 그런 짐승 같은 사람에게 친절하게 대해 줄 가치가 있는지 알게 될 거야."

아가씨의 이야기는 계속되었습니다.

집안으로 들어갔더니 린턴은 소파에 누워 있다가 나를 맞으려고 몸을 반쯤 일으켰어.

"캐서린, 오늘 밤은 몸이 더 아파. 그러니 네가 하는 말을 듣기만 할게. 이리 와서 가까이 앉아. 난 네가 꼭 약속을 지킬 거라고 생각했어."

나는 몸이 아픈 린턴을 불편하게 하지 말아야겠다고 생각했어. 그래서 말도 상냥하게 하고, 질문도 하지 않고, 조금이라도 그를 피곤하게 만드는 일은 하지 않았어. 그날 나는 내 책 중에서 제일 재미있는 책을 몇 권 가지고 갔었어. 그중 한 권을 읽어달라기에 막 읽으려고 하는데, 헤어턴이 문을 박차고 들어왔어. 생각할수록 울화가 치밀었나 봐. 그는 곧장 우리 쪽으로 다가오더니 린턴의 팔을 잡고 자리에서 일으켜 세웠어.

"네 방으로 가!"

그는 흥분해서 알아들을 수도 없는 소리를 내뱉었는데, 얼굴은 부은 것 같고 아주 험상궂어 보였어.

"이 계집애도 너를 만나러 왔다면 데리고 나가. 너희 때문에 내가 이 방에서 쫓겨날 수는 없어. 둘 다 썩 꺼져!"

그는 우리에게 욕설을 퍼부으면서, 린턴에겐 대답할 틈도 주지 않고 그를 부엌으로 쫓아내다시피 했어. 내가 따라가니까 주먹을 불끈 쥐는 것이, 나를 때려눕히고 싶은 눈치였어. 너무나 놀란 내가 책 한 권을 떨어뜨렸더니, 그는 그것을 나를 향해 차버리고는 문을 닫아버렸어. 순간 난롯가에서 심술궂게 낄낄거리는 웃음소리가 들리기에 돌아보니, 그 흉측한 조지프가 앙상한 두 손을 마주 비비며 몸을 흔들거리고 서 있더군.

"분명히 혼날 줄 알았지! 멋진 젊은이야! 정신이 올바로 박혔거든! 그도 알고 있지. 암, 나처럼 누가 이 집 주인인지 알고 있단 말이야. 히히히! 헤어턴 도련님이 너희들을 내쫓는 것은 당연하지! 히히히!"

"어디로 가면 좋지?"

나는 그 못된 영감의 조롱 따위는 못 들은 체하고 린턴에게 물었어. 린턴은 창백한 얼굴로 부들부들 떨고 있었어. 야윈 얼굴과 커다란 눈에는 광기가 어렸지만, 결국 무력한 분노로 끝나고 말았어. 그는 손잡이를 붙잡고 흔들었지만, 안에서 벌써 잠근 뒤였어.

"문을 열지 않으면 죽여버리겠어! 악마! 악마 같으니라고! 죽여버릴 테야! 죽여버릴 테야!'"

린턴의 말은 거의 울부짖음에 가까웠어. 조지프는 계속 키득거렸어.

"그 아비에 그 자식이로군! 하긴 사람들은 모두 부모를 닮는 게 당연하지만. 헤어턴, 들은 체도 하지 말아. 무서워할 것 없어. 어차피 덤벼들지도 못할 테니까."

나는 린턴의 손을 잡아끌었지만, 얼마나 사납게 소리를 지르는지 그만 손을 놓아버렸어. 결국 심한 기침이 터져나오는 바람에 비명 소리가 막혀버렸어. 린턴은 입에서 피를 토하며 마룻바닥에 쓰러졌지. 나는 겁이 나서 뒷마당으로 뛰어나가 소리쳐 질라를 불렀어. 헛간에서 젖을 짜고 있던 질라는 내 목소리를 듣고 일손을 멈추고 급히 달려와 왜 그러느냐고 물었어. 나는 공포에 질려 말을 할 수가 없었어. 내가 질라를 끌고 집으로 들어갔을 땐 언쇼가 자기가 저지른 행패의 결과가 어떻게 되었나 보러 나왔다가 환자를 떠메고 2층으로 옮기는 중이었어. 질라와 나도 같이 올라갔어. 그런데 헤어턴이 계단 꼭대기에서 나를 가로막으면서 하는 말이 그만 집으로 돌아가라는 거야. 나는 그가 린턴을 죽였다면서, 누가 뭐래도 들어가고 말겠다고 고함을 질렀지. 조지프가 문을 닫아걸더니 이렇게 말하는 거였어.

"그 따위 바보 같은 짓은 하지 마. 캐서린 너도 린턴처럼 광기를 타고 났나?"

나는 울면서 질라가 올 때까지 서 있었지. 환자는 곧 나아질 텐데, 그렇게 울며 소란을 피우면 싫어할 거라면서 질라는 나를 껴안다시피 하여 아래층의 거실로 끌고 갔어.

넬리, 나는 내 머리카락을 쥐어뜯으려고 했어. 얼마나 울고불고했던지 거의 앞이 보이지 않을 지경이었어. 그런데 넬리가 그렇게 동정하는 그 악당은 건너편에 서서 가끔 나를 보고는 조용히 하라면서 자기 잘못이 아니라는 거야. 나는 아빠에게 말해 그를 감옥에 집어넣겠다고 위협했어. 그는 겁을 먹고 울기 시작하더니, 창피하게 우는 꼴을 감추고 싶었는지 서둘러 나가버렸어. 그러나 그가 완전히 내 앞에서 사라진 건 아니었어. 결국 모두의 권유에 못 이겨 집으로 돌아오는데, 워더링 하이츠에서 꽤 멀리 떨어진 길가의 으슥한 곳에서 갑자기 헤어턴이 나타났어 그러고는 미니를 막고 나를 붙잡지 뭐야.

"캐서린, 난 정말 슬퍼. 그렇지만 캐서린 너도 너무했어……."

나는 그가 나를 해치려는 게 아닌가 싶어 채찍으로 한 대 갈겼어. 그러자 그는 섬뜩한 욕지거리를 퍼부으면서 고삐를 놓았어. 그 사이 난 정신없이 말을 달려 집으로 돌아왔지.

그날 밤, 나는 넬리에게 잘 자라는 인사조차 못했어. 그리고 이튿날은 워더링 하이츠에 가지 않았지. 몹시 가고 싶었지만, 이상하게 흥분이 되어서 말이야. 린턴이 죽었다는 소식이 들릴까 봐 두렵기도 하고, 헤어턴 만날 생각을 하니 몸서리가 쳐지기도 했어.

사흘째 되던 날은 용기를 냈지. 도저히 더 이상 마음을 죄고 있을 수가 없어서 다시 한 번 살며시 집을 나섰어. 5시에 갔는데, 아무도 모르게 린턴의 방으로 들어갈 수 있을지도 모른다고 생각했지. 그러나 개들이 짖는 바람에 그만 들키고 말았어. 질라가 나를 맞아주면서 작지만 깨끗하고 카펫이 깔려 있는 방으로 나를 안내했어. 린턴은 작은 소파에 누워서 내가 갖다준 책을 읽었어. 난 그 모습을 보고 말할 수 없이 기뻤어. 하지만 그 앤 한 시간 동안 말 한 마디 없이 나를 쳐다보지도 않는 거였어. 그러다가 이윽고 입을 열어 한다는 말이, 소란을 피운 건 나지 헤어턴에게는 책임이 없다는 거야.

대꾸를 하면 화를 낼 것 같아 나는 얼른 일어나 나와버렸어. 뒤에서 들릴 듯 말 듯한 목소리로 린턴이 나를 부르더군. 내가 그런 식으로 가버릴 줄은 몰랐었나 봐. 나는 돌아서지 않았어.

그 다음날은 내가 집에서 보낸 두 번째 날로 다시는 그 앨 찾아가지 않으려고 결심했지. 하지만 그의 소식을 전혀 듣지 못하니까 얼마나 괴로운지 모처럼의 결심이 채 여물기도 전에 녹아 없어졌어. 전에는 그곳을 찾아가는 것이 잘못으로 생각되었는데, 이제는 찾아가지 않는 것이 잘못으로 여겨졌지.

마이클이 나와 미니의 안장을 준비해야 하느냐고 물었을 때, 나는 그만 "그래."라고 대답하고야 말았어. 말을 타고 언덕을 넘어가면서 맡은 바 의무를 다하고 있는 듯한 생각이 들었어. 안마당으로 가려면 정면의 창 앞을 지나가야 하기 때문에 내가 찾아간 사실을 숨기려고 해도 소용이 없었어.

"도련님은 거실에 계세요."

응접실로 가려는 나를 보고 질라가 말했어. 거실로 들어가니 헤어턴도 같이 있었는데, 그는 금방 나가버리더군. 린턴은 큰 안락의자에 앉아서 졸고 있었어. 나는 난롯가로 가서 진지한 어조로 말을 꺼냈어. 그 말은 어느 정도는 진심이었어.

"린턴, 너는 나를 좋아하지도 않고 내가 일부러 네 마음을 아프게 하는 것처럼 생각하고, 또 번번이 네 마음을 아프게 했다고 하니 우리가 만나는 것도 오늘로 끝이야. 네 아빠에겐 이젠 나를 만날 생각이 없다고 말씀드려 줘. 다시는 이 문제에 대해 거짓말을 꾸며대지 못하게 말이야."

"모자나 벗어, 캐서린. 너는 나보다 훨씬 행복하니까 당연히 나보다 더 착해야 해. 아버지는 항상 내 결점만 들추고 또 야단만 치니까 나도 자연히 자신감을 잃게 된단 말이야. 내가 정말 아버지 말대로 한 푼의 값어치도 없는 인간이 아닌가 싶어지면, 우울하고 짜증이 나서 모든 사람이 싫어져! 나는 진짜 아무 가치도 없고 성질도 고약하고 기운도 없으니까, 네가 원한다면 내 곁을 떠나도 좋아. 그렇게 되면 너는 귀찮은 짐을 벗는 셈이 되지. 하지만 캐서린, 이 점만은 오해하지 말았으면 좋겠어. 만약 나도 너처럼 상냥하고 친절하고 착해질 수만 있다면 그러고 싶어. 너만큼, 아니, 너 이상으로 행복하고 건강해지고 싶단 말이야. 그리고 네가 친절하게 대해 주었기 때문에 나는 네가 나를 사랑하는 것 이상으로 너를 사랑하게 됐어. 너에게는 내 고약한 성질을 드러내지 않을 수도 있었는데. 지금도 그렇고……. 나는 그 점에 대해 후회하고 반성하고 있어. 앞으로도 죽는 날까지 후회하고 뉘우칠 것이라는 사실을 믿어줘!"

나는 그 애의 말이 진심이라고 믿었어. 그래서 용서해 주어야 한다고 생각했어. 우리는 화해했지만, 우리 두 사람은 계속 울었어. 물론 그 때문만은 아니지만, 난 린턴의 성질이 그토록 비뚤어졌다는 사실이 슬퍼서 울었어. 그는 주위 사람들의 마음을 편하게 해주지 못하고, 자기 자신의 마음도 편치 않은 사람이야! 이튿날 히드클리프 씨가 돌아왔기 때문에 그날 밤 이후로는 늘 그의 작은 거실로 찾아갔지.

처음 찾아갔던 날 밤만큼 즐겁고 희망에 찼던 건 한 세 번쯤이나 될까, 그 나머지 다른 날은 몹시 지루하고 고통스러웠어. 때로는 이기적이고 심술궂은 그의 성격 때문이기도 하고, 때로는 그의 병 때문이기도 했지. 하지만 나는 그의 고약한 성미도 병 때문이라고 생각하며 탓하지 않고 이해해 주기로 했지.

히드클리프 씨는 일부러 나를 피하는 눈치였어. 그렇게 드나들면서도 통 만나지 못했으니까. 지난 일요일인가, 그날은 여느 때보다 좀 일찍 갔는데, 전날 밤의 행동에 대해 그가 린턴을 혹독하게 나무라는 소리가 들렸어. 엿듣지 않고서야 그런 것까지 알 리가 없지. 사실 린턴이 좀 화나게 하기는 했지만, 그것은 내 일이지 다른 사람이 상관할 일은 아니잖아. 그 후로 나는 린턴에게 짜증을 낼 땐 목소리를 낮추라고 말했어. 자, 넬리. 내 얘기는 끝났어. 나는 워더링 하이츠에 가지 않을 수 없어. 그러면 두 사람 다 불행해지니까 말이야. 넬리만 아빠에게 말하지 않는다면, 내가 거기 가는 것은 그 누구의 평화도 깨뜨리는 일이 아니잖아. 말하지 않겠지, 넬리? 만약 아빠에게 말씀드린다면 넬리는 정말 나쁜 사람이야!

"아가씨, 그 일에 관해서는 내일까지 결정을 내리겠어요. 좀 생각해

볼 필요가 있는 문제니까요. 그러니 아가씨는 쉬세요. 저는 제 방에 가서 다시 생각해 봐야겠어요."

저는 아가씨의 방에서 나오는 길로 서방님에게 가서, 아가씨와 린턴과의 대화와 헤어턴에 관한 얘기만 빼고 내가 들은 바를 자세하게 전했습니다. 서방님은 무척 놀라시며 매우 불안해했습니다.

아침이 되자 캐서린 아가씨는 제가 신의를 저버린 것을 알았고, 비밀스런 외출도 끝장이 났다는 것을 깨달았습니다. 아가씨는 울며불며 금지령에 항의하면서 린턴을 가엾게 생각해야 한다고 간청했지만 소용없었습니다. 겨우 얻은 위안이라고는, 린턴 도련님이 원한다면 드러시크로스 저택에 와도 좋다고 허락하는 편지를 띄우겠다는 약속이었습니다. 그러나 더 이상 워더링 하이츠에서 아가씨를 만날 생각은 하지 말라는 말도 함께 적어 보내겠다고 했습니다. 만약 서방님이 조카의 기질과 건강 상태를 알았다면, 그 작은 배려조차도 허락하지 말아야 한다는 것을 알았을 텐데 말입니다.

25

"작년 겨울에 일어난 일이었습니다. 겨우 일년도 안 되었죠. 열두 달 후에 내가 그 집안 식구와 아무런 상관도 없는 분에게 이런 얘기를 하게 될 줄은 꿈에도 생각 못했죠! 하기야 록우드 씨라고 언제까지나 관계없 는 분으로 계시라는 법은 없지요. 아직 젊으시니까 독신 생활에 싫증이 날 때도 있으실 겁니다. 그리고 어쩐지 저는 캐서린 아가씨를 본 사람이 라면 누구든지 그녀를 사랑하지 않고는 배길 수 없으리라는 생각이 든답 니다. 웃으시는군요. 하지만 록우드 씨도 제가 아가씨 이야기를 하면 금 세 생기가 돌고 두 눈이 빛나는 것 같던데요. 그리고 벽난로 위에 아가 씨의 초상화를 걸어놓으라고 하신 이유는 뭐죠? 그리고 또……."

"잠깐!"

나는 넬리의 말을 가로막으며 외쳤다.

"내가 그녀를 사랑할 수는 있는 일이지만 과연 그녀가 나를 사랑할까 요? 그 점이 자신 없기 때문에 내 안락한 생활을 버리고 그런 유혹에 뛰 어들 수가 없소. 또 여긴 내 고향이 아니오. 나는 이곳과는 전혀 다른 바 쁜 세상에서 살고 있는 사람으로, 곧 또 그곳으로 가야만 하오. 어서 이 야기를 계속해 봐요. 그래서 캐서린은 아버님 말씀에 순종했나요?"

"그럼요."

넬리는 이야기를 계속했다.

역시 아가씨의 마음에서 가장 강한 것은 아버지를 향한 애정이었어요. 그리고 서방님도 화내지 않고 말했거든요. 자신의 소중한 보물을 위험한 원수의 손에 남기고 떠나면, 따님을 인도하고 위로해 줄 수 있는 유일한 도움은 자신이 남긴 말뿐이라고 생각한 듯, 지극히 자애롭게 말했습니다.

서방님은 며칠이 지난 후 저에게 이렇게 말했습니다.

"넬리, 조카 녀석이 편지를 보내든지 찾아오든지 했으면 좋겠는데. 자네는 그 아이를 어떻게 생각하나? 한번 솔직하게 말해 보게. 전보다 나아졌나? 커가면서 나아질 것 같던가?"

"현재 도련님은 무척 허약하세요. 안타깝게도 얼마 살지 못할 듯해요. 그러나 도련님이 아버지를 닮지 않았다는 것만은 분명히 말씀드릴 수 있어요. 만약 아가씨가 불행하게도 린턴 도련님과 맺어진다 해도, 아가씨가 무분별한 애정에 빠지지만 않는다면 다루지 못할 정도는 아닐 것 같습니다. 하지만 서방님, 아직 시간이 많으니까 도련님이 아가씨와 맞는 짝인지 아닌지 천천히 두고 보시지요. 도련님이 성인이 되려면 4, 5년은 있어야 하니까요."

서방님은 한숨을 쉬며 창가로 가서 기머튼 교회 쪽을 쳐다보았습니다. 안개 긴 오후였지만 2월의 햇살이 희미하게나마 빛나, 교회 묘지에 서 있는 전나무 두 그루와 여기저기 널려 있는 무덤을 겨우 알아볼 수 있었습니다.

"난 가끔 기도했어."

서방님이 혼잣말처럼 말했습니다.

"이왕 닥쳐올 운명이라면 빨리 와달라고 말이야. 그런데 이제는 두려 워서 피하게 되는군. 나는 새신랑으로서 저 계곡을 내려오던 날의 추억 보다는 몇 달 후, 아니 어쩌면 몇 주일 후면 저 언덕으로 운반되어 쓸쓸 한 골짜기에 묻힐 날을 생각하는 것이 더 즐겁다고 생각했지. 넬리, 나는 어린 캐시가 있어서 매우 행복하게 살아왔어. 겨울밤이나 여름날이나 그 애는 나에게 소중한 희망이었어. 그러나 저 낡은 교회 아래의 비석 사이 에서 혼자 생각에 잠기는 것도 또한 행복한 순간이었지. 기나긴 6월의 저녁 시간을 그 애 어머니의 푸른 무덤 위에 누워서, 나도 그 밑에 눕게 될 날이 오기를 간절히 바라면서 말이야. 내가 캐시를 위해 할 수 있는 것이 뭘까? 어떻게 그 애를 두고 떠나지? 나는 린턴이 히드클리프의 아 들이라는 점은 전혀 개의치 않네. 또 내가 죽은 후 캐시를 위로해 줄 수 만 있다면, 그가 나에게서 캐시를 빼앗아간다고 해도 상관하지 않겠네. 히드클리프가 목적을 이루어 나의 마지막 축복마저 앗아가고 개가를 올 린다고 해도 상관 않겠어! 하지만 린턴이 보잘것없는 인물이라면 — 그의 아버지의 나약한 꼭두각시에 불과하다면 — 나는 캐시를 그에게 맡길 수 없네! 캐시의 부푼 마음에 찬물을 끼얹는 일은 괴롭지만, 내가 살아 있는 동안은 그 애를 슬프게 하고, 죽은 후에는 혼자 외로이 놓아둘 수밖에 없네. 사랑스러운 것! 차라리 그것을 하느님께 맡기고, 내가 죽기 전에 땅에 묻어주고 싶네."

"지금 그대로의 아가씨를 하느님께 맡기세요, 서방님. 그리고 하느님 의 섭리로 혹시 서방님께서 먼저 가실 경우 — 그런 일이 없도록 기원합 니다만 — 제가 아가씨의 편이 되어 끝까지 돌봐드리겠어요. 아가씨는 착하니까, 일부러 잘못된 길을 가진 않을 거예요. 자기 할 일을 다하는 사람은 결국 보상받게 마련입니다."

봄은 무르익어 갔습니다. 서방님은 다시 따님과 함께 뜰을 산책할 정도는 되었지만, 건강을 완전히 회복하지는 못했습니다. 그러나 아가씨의 미숙한 생각으로는 그것이 바로 회복하신 징조라고 여겼습니다. 게다가 때때로 서방님의 뺨이 불그스름해지고 눈이 빛났으므로, 아가씨는 서방님이 건강을 회복하셨다고 확신했습니다.

아가씨의 열일곱 번째 생일날, 서방님은 묘지를 찾지 않았습니다. 그날은 비가 내렸습니다.

서방님은 린턴 도련님에게 꼭 만나고 싶다는 내용의 편지를 다시 보냈습니다. 몸이 약한 도련님이 움직일 수만 있었다면 그의 아버지는 분명 아들의 방문을 허락했을 겁니다. 그런데 사실은 히드클리프의 지시를 받아서 쓴 듯한 답장에는, 자기가 드러시크로스 저택을 방문하는 것을 아버지가 반대한다는 것, 하지만 외삼촌이 자기를 기억해 주니 기쁘다는 것 그리고 때때로 산책하는 길에 외삼촌을 만나 사촌끼리 이렇게 오랫동안 헤어져 살지 않아도 되게 해달라고 직접 간청하고 싶다는 내용이 씌어 있었습니다.

거기까지는 단순한 것으로 보아 도련님 자신의 의지대로 쓴 듯했습니다. 히드클리프는 아들이 캐서린 아가씨를 만나고 싶다는 말을 할 때엔 웅변조차 토할 수 있다는 것을 알고 있었으니까요. 그런데 다음의 내용은 어딘가 좀 이상했습니다.

저도 캐서린이 이곳을 방문해 주기를 바라진 않습니다. 그러나 아버지는 제가 그 댁에 가는 것을 금하고 외삼촌께서는 캐서린이 저희 집으로 오는 것을 금하신다고 해서 제가 영원히 캐서린을 만나지 못할까요? 제발 가끔 캐서린을 데리고 워더링 하이츠 쪽으로 말을 몰아주십시오. 그래서 외삼촌이 보시는 데서 우리가 몇 마디 말이라도 나누게 해주십시오! 우리는 이렇게 헤어져 있어야 할 만한 죄를 짓지 않았습니다. 그리고 외삼촌께서는 저에게 화내고 계신 것도 아니고, 또 저를 싫어하실 이유도 없잖습니까.

그리운 외삼촌! 내일 편지를 보내주셔서, 드러시크로스 저택 이외의 곳이라면 어디고 원하시는 곳에서 만나뵙고 싶습니다. 만나보시면 저의 성격이 아버지와 다르다는 것을 아시게 되리라 믿습니다. 아버지는 제가 아버지의 아들이라기보다는 오히려 외삼촌의 조카라고 말씀하십니다. 제게는 캐서린과 어울리지 못할 여러 가지 문제가 있지만 캐서린은 모두 이해했습니다. 그러니 캐서린을 위해서라도 외삼촌께서 너그러이 용서해 주시기 바랍니다.

저의 건강이 어떠냐고 하셨는데, 많이 좋아졌습니다. 그러나 모든 희망이 끊긴 채 고독에 묻혀 전에도 그랬고 또한 앞으로도 저를 좋아할 리없는 사람들과 함께 살면서 제가 어떻게 명랑해지고 건강해질 수 있겠습니까?

서방님은 린턴 도련님을 가엾게 생각했지만, 그 요구를 들어줄 수는 없었습니다. 서방님의 건강이 좋지 않아 캐서린 아가씨를 데리고 나설수 없었으니까요.

여름이 되면 만날 수 있을 것이라며, 서방님은 그동안 가끔 편지를 통해 충고와 위로의 말을 전하겠다고 약속했습니다. 그 집에서 조카가 처해 있는 어려운 입장을 잘 알고 있었거든요. 린턴 도련님은 서방님의 말씀에 순종했습니다. 만약 제멋대로 놔두었더라면, 그는 편지에 온통 불평과 우는 소리로 도배해 모든 일을 망쳐버렸을 겁니다. 그러나 히드클리프가 철저하게 감시하면서 서방님이 보낸 편지는 한 줄도 빠뜨리지 않고 모조리 보여주도록 일러두었던 것입니다. 그래서 린턴 도련님은 언제나 그의 마음을 차지하고 있는 자기 자신의 특별한 고통과 걱정거리를 펜으로 옮기는 대신, 친구이자 애인이기도 한 캐서린과 헤어져 있어야 하는 괴로운 처지에 대한 이야기를 되풀이해서 써 보낼 뿐이었습니다. 그리고 외삼촌이 곧 만나주셔야지, 그렇지 않으면 헛된 약속으로 자기를 속였다고 생각할지도 모른다고 적었습니다.

한편, 우리 집에서는 캐시 아가씨가 그의 유력한 협력자였습니다. 두 사람이 힘을 합해 서방님을 설득한 결과, 드디어 일주일에 한 번쯤 제 감시하에 드러시크로스 저택 가까운 벌판에서 함께 말을 타거나 산책해도 좋다는 허락을 받아냈습니다. 6월이 되었지만 서방님의 병환은 더욱 악화되기만 했으므로, 서방님으로서는 어쩔 수 없이 허락한 셈이었죠.

매년 자신의 수입 중 일부를 따님 몫으로 떼어놓았지만, 서방님은 대대로 내려오는 드러시크로스 저택을 아가씨가 소유하기를 원했습니다. 혹 출가를 한다 해도 적어도 얼마 후에는 돌아와 살기를 바랐습니다. 그리고 그렇게 할 수 있는 유일한 방법은 자신의 상속자와 결혼시키는 것이라고 생각했습니다. 그 무렵 린턴 도련님이 본인과 마찬가지로 급속하게 쇠약해지고 있다는 사실은 꿈에도 알지 못했으니까요. 아니, 그걸 아는 사람은 아무도 없었습니다. 의사는 한 번도 워더링 하이츠에 가 보지 않았고, 누구도 린턴 도련님을 만나보고 와서 그 상태를 이야기해 준 사람이 없었으니까요.

저로 말하면, 당초의 제 생각이 단지 기우에 지나지 않을 거라는 생각이 들기 시작했습니다. 벌판에서 말을 타자느니, 산책을 하자느니 하면서 그토록 열심히 목적을 달성하려는 것을 보니, 정말로 건강이 회복되어 가고 있는 모양이라고 생각했던 것입니다.

26

서방님이 어쩔 수 없이 두 사람의 간청을 받아들여 처음으로 캐서린 아가씨와 제가 린턴 도련님을 만나기 위해 말을 몰고 나선 것은 무더위도 한고비 지났을 때였습니다. 하늘에는 구름이 끼어 햇빛이 내리쬐지는 않았으나 아지랑이가 어른거리는, 찌는 듯 무더운 날씨였습니다. 비가 올 것 같지는 않았습니다. 우리가 만나기로 한 곳은 사거리의 이정표 앞이었습니다. 그러나 그곳에 도착해 보니, 도련님은 보이지 않고 심부름 나온 어린 목동이 이렇게 말했습니다.

"린턴 도련님은 워더링 하이츠 부근에 계신데, 조금만 더 그쪽으로 와 주시면 대단히 고맙겠다고 하십니다."

"그렇다면 도련님은 외삼촌이 첫 번째로 주의시킨 것을 잊으셨군요. 그분은 드러시크로스 저택의 영지를 벗어나지 말라고 저에게 말씀하셨는데, 여기서 한 발짝만 움직여도 경계를 벗어나게 되지요."

"그러면 린턴이 있는 곳까지 갔다가 말머리를 돌리면 어떨까? 우리 집 쪽으로 산책하면 되잖아."

그러나 린턴 도련님이 있는 곳에 도착해 보니, 그곳은 워더링 하이츠에서 불과 4분의 1마일 정도 떨어진 곳이었습니다. 그런데 도련님은 말을 타고 나오지 않았기 때문에 우리는 어쩔 수 없이 말에서 내리고, 말은 풀을 뜯도록 놓아두었습니다.

린턴 도련님은 히스가 우거진 풀밭에 누워 우리가 도착하기를 기다리고 있었는데, 바로 몇 야드 떨어지지 않은 가까운 곳까지 다가가도 일어나지 않았습니다. 그러다가 겨우 일어서서 걷는 모습이 어찌나 불안하고 안색이 창백해 보이는지 저는 대뜸 소리쳤습니다.

"저런, 도련님! 오늘은 산책하시면 안 되겠어요. 안색이 매우 나빠요!"

캐서린 아가씨는 놀란 표정으로 사촌을 쳐다보았습니다. 입 밖으로 나오려던 기쁨의 환성이 한숨으로 변하고, 오랜만의 재회를 기뻐하는 말이 건강이 전보다 더 나빠진 것 같다는 위로의 말로 바뀌었습니다.

"아니, 괜찮아. 좋아졌어!"

린턴 도련님은 떨면서 캐시 아가씨의 손을 붙잡고는 숨을 가쁘게 내쉬며 말했습니다. 그리고 그 크고 푸른 눈으로 아가씨를 물끄러미 바라보았습니다. 눈언저리가 움푹 패어, 전에는 맥없이 보이던 표정이 오히려 날카롭고 사나워 보였습니다.

"넌 저번에 만났을 때보다 더 나빠졌어. 더 마르고……."

"나는 피곤해."

그는 재빨리 아가씨의 말을 막았습니다.

"날씨가 너무 더워서 걷기가 힘들어. 여기서 쉬자. 그리고 아침에는 속이 좋지 않을 때가 많아. 아버지는 내가 너무 빨리 커서 그런 거래."

아무래도 납득이 가지 않는다는 표정을 지으며 캐시 아가씨가 앉자, 도련님은 그 옆에 누웠습니다.

"그러고 보니 여긴 네가 말하는 천국 같구나."

아가씨가 애써 명랑한 척 밝게 말했습니다.

"우리 각자가 천국이라고 생각하는 곳에서 가장 즐거운 방법으로 하루씩 지내기로 약속한 일 생각나지? 오늘은 네 천국에서 보내는 거야. 비록 구름이 끼었지만, 아주 부드럽고 보기가 좋아. 해가 난 것보다 훨씬 더 좋구나. 다음주에는 네가 갈 수 있다면 우리 집 근처의 숲으로 말을 타고 가서 내가 말한 천국을 보자."

린턴 도련님은 아가씨가 말하는 것을 기억하지 못하는 것 같았습니다. 도련님은 말하는 것조차 힘들어 보였습니다. 자기가 꺼낸 말에 도련님이 흥미를 보이지 않고 또한 함께 즐길 힘도 없어 보였으므로, 아가씨는 실망의 빛을 감추지 못했습니다.

도련님은 몸도 마음도 온통 변해 있었습니다. 귀엽다고 쓰다듬어줄 수도 있는 잘 토라지던 성미가 매사에 흥미 없는 무관심으로 변했고, 응석을 부리느라 일부러 짜증을 내고 못되게 굴던 어린아이 같은 괴팍한 성질이 없어지고 대신 고질 환자의 자기 본위의 우울증이 심해져서, 위로의 말도 거부하고 다른 사람이 명랑하고 쾌활한 태도를 보이면 그것을 곧 자신에 대한 모욕이라고 오해하는 것이었습니다.

우리와 함께 있는 것이 린턴 도련님에게는 즐거움이 아니라 오히려 형벌이라는 것을 저뿐 아니라 캐서린 아가씨 역시 깨달았으므로, 얼마 안 가서 아가씨가 먼저 돌아가자고 말했습니다. 뜻밖의 그 말에 도련님은 멍한 상태에서 깨어나 무척 당황스러워했습니다. 그는 겁먹은 듯이 워더링 하이츠 쪽을 바라보면서, 반시간이라도 좋으니 조금만 더 있어달라고 간청했습니다.

"하지만 너는 여기 앉아 있는 것보다 집에 가서 쉬는 편이 훨씬 더 편할 것 같아. 오늘은 내 이야기나 노래로는 너를 재미있게 해줄 수가 없겠어. 지난 여섯 달 동안 너는 나보다 더 영악해졌어. 이제 넌 내가 즐기는 오락 따위엔 흥미가 없어진 것 같거든. 만약 그렇지 않고 내가 너를 즐겁게 해줄 수만 있다면, 나는 기꺼이 더 있다 가겠어."

"여기서 좀 쉬었다 가. 그리고 내 건강이 매우 나쁘다고 생각하지 말았으면 좋겠어. 내가 기운이 없는 것은 찌는 듯한 날씨 때문이야. 나는 오늘 너무 많이 걸었어. 외삼촌께는 내 건강이 좋아졌더라고 전해 줘."

"그렇게 전할게. 하지만 네 말대로 건강한 것 같아 보이지는 않아."

아가씨는 분명한 거짓말을 도련님이 완강하게 고집하는 것을 이상하게 생각하면서 말했습니다.

"우리 다음주 목요일에 여기에서 또 만나자."

도련님은 의아해하는 아가씨의 눈길을 피하면서 말을 이었습니다.

"그리고 네가 여기 올 수 있도록 허락해 주신 데 대해서 내가 감사하고 있더라고도 전해 줘. 무척 감사해하더라고 말이야. 그리고…… 그리고 만약 우리 아버지를 만나 아버지가 나에 대해서 묻거든, 내가 말 한마디 없이 멍청하게 있었다고 생각하지 않게 해줘. 지금처럼 그렇게 슬픈 얼굴로 풀이 죽어 있으면 안 돼. 아버지는 화를 내실 거야."

"화를 내신다고 해도 나는 두렵지 않아!"

캐시 아가씨가 자기한테 화를 낼 경우를 상상하면서 소리쳤습니다.

"하지만 난 두려워."

도련님은 벌벌 떨면서 말했습니다.

"캐서린, 우리 아버지가 내게 화를 내지 않도록 잘 해줘. 아버지는 매우 엄하시거든."

"린턴 도련님, 아버님이 그렇게 심하게 대하시나요? 응석을 받아주시는 것도 싫증이 나서 소극적이던 미움이 적극적인 것으로 변하셨나요?"

저의 물음에 린턴 도련님은 저를 말없이 쳐다보았습니다. 캐시 아가씨는 10분쯤 더 도련님 옆에 앉아 있었으나, 그는 고개를 푹 숙인 채 지쳐서인지 아파서인지 신음 소리만 내고 있었습니다. 아가씨는 심심풀이로 월귤나무 열매를 주워다가 저에게 나누어주었습니다. 그러나 린턴 도련님에게는 주지 않았습니다. 더 이상 상대하면 그를 피곤하게 하고 괴롭힐 뿐이라는 것을 알고 있었기 때문입니다.

"이제 반시간이 지났을까, 넬리?"

캐시 아가씨가 제 귀에 대고 속삭였습니다.

"우리가 왜 여기 있어야 하는지 이유를 알 수 없어. 린턴은 자고 있고, 아빠는 우리가 돌아오기를 기다리고 계실 텐데 말이야."

"그렇지만 자는 사람을 두고 갈 수는 없잖아요. 도련님이 깰 때까지 조금만 기다려요. 그렇게 오고 싶어하시더니, 가엾은 도련님을 만나고 싶어하던 마음이 벌써 식었군요."

"저 앤 왜 나를 만나고 싶어했을까?"

캐서린 아가씨가 고개를 갸우뚱했습니다.

"지금처럼 묘한 기분에 빠져 있는 것보다는 차라리 그전에 몹시 까다롭게 굴 때가 더 좋았어. 이렇게 만나는 것도 히드클리프 씨가 야단칠까 봐 무서워서 억지로 하는 일 같아. 무슨 이유로 히드클리프 씨가 린턴에게 이런 고생을 시키는지 알 수 없지만, 나는 히드클리프 씨를 즐겁게 해주기 위해 린턴을 만날 생각은 조금도 없어. 그리고 린턴의 건강이 좋아진 것은 반가운 일이지만, 그전보다 덜 즐거워하고 나에 대한 애정도 훨씬 줄어든 것 같아 섭섭해."

"그럼 아가씨는 도련님의 건강이 좋아졌다고 생각하시나요?"

"그럼. 전에는 늘 아프다고 짜증을 부렸거든. 아빠에게 말씀드려 달라고 할 만큼 좋아진 것 같지는 않지만, 전보다는 많이 좋아진 것 같아."

"그건 제 생각과 다르군요, 아가씨."

저는 이의를 달았습니다.

"제 생각에 도련님은 전보다 훨씬 나빠진 것 같아요."

그때 린턴 도련님이 잠에서 깨어, 겁에 질린 얼굴로 누가 자기 이름을 부르지 않았느냐고 물었습니다.

"아니. 아마 꿈을 꾼 모양이야. 그런데 어떻게 이런 아침 시간에 밖에서 잠이 들 수 있니?"

"난 또 아버지가 부르는 줄 알았지."

그는 우리 머리 위로 위압하듯 솟아 있는 히스 숲을 쳐다보며 숨이 가쁜 듯 말했습니다.

"정말 아무도 부르지 않았어?"

"정말이고말고. 넬리와 둘이서 네 건강에 대해서 이야기하고 있었을 뿐이야. 린턴, 너는 정말로 지난 겨울 우리가 헤어질 때보다 더 건강해졌니? 건강은 그렇다 치더라도 한 가지 안 좋아진 것이 있어. 나에 대한 네 마음이야. 그렇지?"

"아니, 아니, 그렇지 않아!"

아가씨의 말에 완강하게 부정하는 린턴 도련님의 눈에서 눈물이 흘렀습니다. 그러면서도 여전히 무슨 소리가 들리는 듯 목소리의 주인공을 찾아 두리번거리는 것이었습니다.

"오늘은 이만 헤어져야겠어. 그리고 솔직히 말해서 나는 오늘 너에게 몹시 실망했어. 너 이외의 아무에게도 그런 말은 하지 않겠지만. 그렇다고 내가 히드클리프 씨를 두려워하는 것은 아니야."

"조용히 해." 하고 린턴 도련님이 작은 소리로 말했습니다.

"제발 조용히 해줘. 아버지가 오고 있어."

그러면서 도련님은 일어서는 캐서린 아가씨의 팔에 매달려 붙잡으려고 했습니다. 그러나 아가씨는 그 말을 듣자 급히 도련님을 뿌리치고 휘파람으로 미니를 불렀습니다.

"다음주 목요일에 다시 올게! 잘 있어, 린턴."

아가씨가 말안장에 오르며 말했습니다.

"넬리, 빨리 가!"

이렇게 해서 우리는, 아버지가 온다는 생각에 사로잡혀 우리가 떠나는 것도 모르는 린턴을 남겨두고 드러시크로스 저택으로 돌아왔습니다.

우리가 도착하기도 전에 캐서린 아가씨의 언짢은 마음은 현재 린턴이 처해 있는 신체적, 정신적인 환경에 대한 막연하고 불안한 생각에 얽혀 불쌍하게 여기는 마음으로 바뀌었습니다. 다음에 만나보면 더 잘 알게 될 테니 너무 말을 많이 하지 말라고 충고했지만, 사실은 제 생각도 마찬가지였습니다.

우리는 서방님에게 우리의 외출에 대해서 말했습니다. 감사하다는 조카의 인사는 그대로 전달하고 그 나머지는 아가씨가 적당히 말했습니다. 저 역시 무엇을 감추고 무엇을 말해야 할지 몰랐으므로, 묻는 말에만 간단히 대답했습니다.

27

그로부터 일주일이 지났습니다. 그동안 서방님의 병세는 눈에 띄게 나빠졌습니다. 여태까지 몇 달에 걸쳐 나빠졌던 건강이 이제는 몇 시간 단위로 눈에 띄게 안 좋아졌습니다. 우리는 되도록 캐서린 아가씨에게 숨기려 했지만, 눈치 빠른 아가씨는 속지 않았습니다.

목요일이 되어도 아가씨는 차마 말을 타고 산책하러 나가자는 말을 꺼낼 용기가 없어 보였습니다. 그래서 제가 대신 서방님에게 부탁을 드려 아가씨가 외출할 수 있도록 허락을 받았습니다. 왜냐하면 매일 서방님이 잠깐씩 머무르는—그나마 잠깐 앉아 있기도 힘들어했지만—서재와 그분의 침실만이 아가씨의 유일한 세계가 되다시피 했기 때문입니다. 아가씨는 잠시도 서방님 곁을 떠나지 않고 병상을 지켰습니다. 간병과 슬픔에 지쳐 따님의 얼굴이 점점 핼쑥해졌으므로, 서방님은 밖에 나가 사촌을 만나 바람이라도 쐬면 기분 전환이 될 거라고 생각하고 따님을 쾌히 보내주셨습니다. 이제 당신이 돌아가신 후에도 아가씨가 완전히 외톨이가 되지는 않으리라는 희망을 위안으로 삼고 말입니다.

서방님이 하는 말로 미루어 짐작할 수 있었지만, 그분은 조카의 외모가 당신을 닮았으니 마음 역시 당신을 닮았으리라고 믿고 있는 듯했습니다. 린턴 도련님의 편지에는 그의 비뚤어진 성격이 거의 드러나 있지 않았으니 당연한 일이었지요. 그리고 저도 마음이 약해져서 오해를 풀어드리지 못했습니다. 사실을 알려드려 봤자 어떤 다른 방도를 취할 만한 힘도 기회도 없는 분의 마지막 가는 길에 마음만 어지럽힐 뿐이라고 여겼기 때문입니다.

우리는 산책을 오후로 미루었습니다. 화창한 여름날의 오후였습니다. 언덕에서 불어오는 바람이 얼마나 상쾌한지 그것을 마시면 설령 죽어가던 사람이라도 되살아날 것 같았습니다. 캐서린 아가씨의 얼굴도 주변 경치와 흡사했습니다. 그늘과 양지가 번갈아 아가씨의 얼굴을 스쳐갔습니다. 그러나 그늘은 오래 머무는 데 비해 양지는 금방 지나갔습니다. 그리고 불쌍한 어린 마음은 잠시 시름을 잊는 그 순간조차도 가책을 느끼는 것 같았습니다.

린턴 도련님은 지난번의 그 장소에서 기다리고 있었습니다. 아가씨는 말에서 내리더니, 잠깐 만나고 갈 거니까 저더러는 말에서 내리지 말고 망아지를 붙들고 있으라고 했습니다. 그러나 저는 제가 보호해야 할 아가씨에게서 잠시라도 한눈을 팔 수 없었으므로 아가씨를 따라 말에서 내렸습니다. 그래서 우리는 나란히 히스가 우거진 언덕을 올라갔습니다.

히드클리프 도련님은 이번에는 전보다 더욱 활기 있게 우리를 맞았지만, 정말 기운이 나서 그런 것도 아니요, 그렇다고 반가워서 그런 것은 더욱 아닌 것 같았습니다. 그보다는 뭔지 모를 두려움에 휩싸여 있었습니다.

"늦었군!"

도련님이 짧지만 힘들게 말했습니다.

"외삼촌이 몹시 아프다고 들었어. 그래서 네가 못 오는 줄 알았지."

"왜 넌 솔직하지 못하니?"

캐서린 아가씨가 대뜸 외쳤습니다.

"왜 너는 나를 원하지 않는다고 말하지 못하니? 린턴, 너는 네 맘대로 나를 두 번씩이나 이곳까지 오게 만들었는데, 아무리 생각해도 이렇게 만나는 게 두 사람을 괴롭히는 것뿐 다른 이유는 없는 것 같으니 이상하 잖아!"

린턴 도련님은 부들부들 떨면서 애원하듯, 부끄러운 듯 아가씨를 바라 보았습니다. 그러나 아가씨는 이 알 수 없는 사촌의 태도를 받아줄 만큼 마음의 여유가 없었습니다.

"우리 아빠가 매우 편찮으셔. 왜 내가 아빠의 병상을 지키지 못하고 너를 만나러 와야 하는지 잘 모르겠어. 자! 빨리 말해 봐. 이제 장난 삼아 이 시시한 짓을 할 마음이 조금도 없단 말이야. 앞으론 너의 장단에 맞 춰 춤출 수는 없어!"

"내 장단이라니! 그게 무슨 말이야? 캐서린, 제발 그런 화난 표정 짓지 마! 맘대로 나를 멸시해. 나는 하찮고 비겁한 놈이니까. 아무리 욕을 먹 어도 싸단 말이야. 하지만 난 네가 화낼 상대도 못 돼. 미워하려면 우리 아버지를 미워하고, 내겐 멸시하는 정도로 해줘."

"무슨 바보 같은 말이야!"

캐서린 아가씨가 화가 나서 외쳤습니다.

"이 바보 멍텅구리야! 넌 지금 내가 때리기라도 할 것처럼 떨고 있어! 멸시해 달라고 애원할 필요도 없어, 린턴. 너의 그런 꼴을 보면 간청하지 않더라도 널 멸시하지 않을 사람은 없을 테니까. 빨리 가! 나는 집으로 돌아갈 테야. 너를 난롯가에서 끌어내어 심각한 척하다니, 바보 같은 짓이야. 왜 우리가 심각한 척하는 거지? 네가 그토록 울면서 겁에 질려 있다고 해서 내가 너를 가엾게 여긴다면, 너는 당연히 그런 동정은 저버려야 해. 넬리, 이런 행동이 얼마나 수치스러운 일인지 말해 줘. 그렇게 비굴하고 천한 흉내 내지 말고 일어나. 어서!"

린턴 도련님은 온통 눈물에 젖은 비참한 얼굴로 그 힘없는 몸을 땅 위에 내던졌습니다. 공포 때문에 그의 몸은 오그라든 것처럼 보였습니다.

"아아, 나는 더 이상 견딜 수가 없어, 캐서린. 나는 배반자야. 그런데 무서워서 네게는 말할 수가 없어! 하지만 네가 나를 버리고 가면 나는 죽을 거야! 캐서린, 내 목숨은 네게 달렸어. 나를 사랑한다고 말한 적이 있지? 나를 두고 가지 마. 친절하고 상냥하고 착한 캐서린! 너는 승낙해 줄 거야. 그럼 아버지도 네 곁에서 죽게 해줄 거야!"

못 견디게 괴로워하는 그의 모습을 보다못해 아가씨는 그를 일으켜주려고 허리를 굽혔습니다. 예전의 너그러운 애정이 노여움을 다소 가라앉혀 아가씨는 그를 불쌍하게 생각하며 걱정하기 시작했습니다,

"뭘 승낙한다는 거지? 여기 있겠다는 것 말이야? 네가 말한 뜻을 설명해 줘. 그러면 여기 있을게. 네 말은 앞뒤가 안 맞아서 무슨 말인지 도통 모르겠어! 진정하고 네 가슴을 짓누르고 있는 불안감을 이 자리에서 있는 그대로 말해 봐. 린턴, 너는 나를 해칠 마음이 없지? 네가 막을 수만 있다면 나를 해치려는 적이 그 누구일지라도 가만 안 둘 거지?"

"하지만 아버지가 나를 위협하는걸."

소년은 가냘픈 손가락을 움켜쥐고 부들부들 떨면서 말했습니다.

"나는 아버지가 무서워, 무섭단 말이야! 그러니까 말할 수가 없어."

"그럼 좋아. 네 비밀을 지키려무나. 나는 겁쟁이가 아니야. 너나 조심해. 나는 두려울 게 없으니까 말이야."

아가씨의 너그러운 태도가 린턴 도련님의 눈물샘을 자극했습니다. 그는 큰 소리로 울면서 부축해 주는 아가씨의 손에 키스했습니다. 그러면서도 속마음을 털어놓을 용기는 없었던가 봅니다.

저는 비밀이라는 것이 뭘까 생각해 보았지만, 결국 제 호의로 말미암아 린턴 도련님이나 그 누구를 이롭게 하기 위해 아가씨가 고통받는 일이 있어서는 안 된다고 생각했습니다. 그때 히스 숲이 흔들리는 소리가 나서 바라보았더니, 히드클리프가 우리 쪽으로 다가오고 있었습니다. 그는 린턴 도련님의 흐느낌이 들릴 정도로 가까운 곳에 있었지만, 그들은 거들떠보지도 않고 매우 상냥한 말투로 제게 인사를 했는데, 저는 그 진의를 의심하지 않을 수 없었습니다.

"넬리, 이렇게 우리 집 가까이에서 자네를 만나니 반갑군. 드러시크로스 저택 사람들은 모두 잘 계신가? 소문에 의하면 에드거 린턴의 임종이 가까웠다면서? 아마 병세가 과장되어서 퍼진 소문이겠지?"

그는 목소리를 낮추고는 음흉스런 표정으로 물었습니다.

"아니, 서방님께서는 얼마 못 사실 것 같아요. 남은 사람들에게는 안 된 일이지만, 그분을 위해서는 축복이지요."

"얼마나 살 것 같은가?"

히드클리프는 자신의 출현으로 인해 굳어 있는 두 젊은이를 번갈아 쳐다보며 말을 이었습니다. 린턴 도련님은 고개를 숙인 채 꼼짝 못하고 있었고, 그 바람에 캐서린 아가씨도 움직이지 못하고 있었습니다.

"왜냐하면 저기 저 녀석이 내 계획을 망칠 것 같아서 말이지. 그러니 에드거 린턴이 저 녀석보다 앞서 죽어주었으면 고맙겠단 말일세. 이봐! 저 녀석이 내내 저런 꼴을 하고 있었나? 징징 짜지 말라고 단단히 일러 두었는데."

"도련님은 지금 굉장히 힘겨운 모양이에요. 도련님을 보고 있으면 언덕을 산책할 것이 아니라 병상에 누워서 의사의 간호를 받아야 할 사람이라는 생각이 들어요."

"하루나 이틀 후에는 그렇게 해야지. 하지만 우선은 일어서야 해, 린턴! 일어서라고! 그렇게 땅바닥에서 기지 말고 일어서란 말이야!"

린턴 도련님은 또다시 꼼짝할 수 없는 공포에 사로잡혀 그자리에 주저앉고 말았습니다. 아마 아버지가 노려보았기 때문이었겠지요. 그것 외에는 그토록 겁을 먹을 이유가 달리 없었으니까요. 도련님은 몇 번 일어서려고 애썼지만, 얼마 없는 힘마저 다 빠져버려서 신음 소리를 내며 다시 주저앉고 말았습니다. 히드클리프는 다가가서 아들을 일으켜 경사진 풀밭에 앉혔습니다. 그러고는 폭발하려는 감정을 억누르는 듯한 어조로 말했습니다.

"화가 나기 시작하는군. 그 못된 근성을 버리지 않으면…… 빌어먹을 녀석! 냉큼 일어서!"

"일어설게요, 아버지. 그렇지만 잠시만 이대로 있게 내버려두세요. 안 그러면 기절할 것 같아요. 아버지가 하라는 대로 했어요. 내가, 내가 명랑하다는 것은 캐서린이 알아요. 아아! 캐서린, 내 곁에 있어줘. 너의 손을 잡게 해줘."

"그러지 말고 내 손을 잡아. 발을 딛고 서봐. 자, 됐어…… 캐서린이 팔을 잡으라고 하는군. 됐어, 캐서린을 쳐다봐. 캐서린, 내가 이렇게 무섭게 구니까 나를 악마라고 생각하겠지? 저 녀석을 데리고 집까지 걸어가 주지 않겠니? 내 손이 닿기만 해도 이 녀석은 벌벌 떠니까 말이야."

"린턴! 난 워더링 하이츠에 갈 수 없어. 아빠가 가지 말라고 하셨거든. 괜찮을 거야. 왜 너는 그렇게 아버지를 무서워하니?"

"나는 다시는 저 집에 돌아갈 수 없어. 너랑 함께가 아니면 나는 집으로 돌아갈 수 없단 말이야!"

"닥쳐!"

히드클리프가 버럭 소리를 지르며 끼어들었습니다.

"캐서린의 효심에 감복하겠네. 넬리, 그 녀석을 좀 데리고 가주게. 그러면 자네 말대로 서둘러 의사에게 보이겠네."

"그러시는 게 좋을 거예요. 하지만 저는 아가씨와 같이 있어야 해요. 린턴 도련님을 돌보는 일은 제가 할 일이 아니니까요."

"나도 그건 알아. 하지만 자네가 너그러운 마음을 베풀지 않는다면 마음이 움직일 때까지 이 녀석을 꼬집어서 울릴 수밖에 없군."

그는 다시 한 번 가까이 가서 도련님을 붙잡으려 했습니다. 그러나 린턴 도련님은 흠칫 놀라 물러나며 아가씨에게 매달려 함께 가자고 애걸했습니다. 도저히 거절하지 못할 만큼 미친 듯이 물고늘어졌습니다.

제가 아무리 반대해도 아가씨를 막을 수는 없었습니다. 사실 그 상황에서 어떻게 아가씨가 거절할 수 있었겠습니까? 무엇이 린턴 도련님을 공포에 사로잡히게 하는지 모르겠지만 그가 공포에 짓눌려 꼼짝도 할 수 없는 형편인 것은 사실이었고, 거기다 조금만 더 겁을 주면 그는 충격을 받아 미쳐버릴 것 같았습니다.

드디어 우리는 워더링 하이츠 앞에 이르렀습니다. 캐서린 아가씨가 안으로 들어가자, 저는 아가씨가 도련님을 의자에 앉히고 얼른 나오려니 생각하고 기다렸습니다. 그런데 히드클리프가 저를 집안으로 밀어넣으며 소리쳤습니다.

"넬리, 우리 집에 전염병이라도 퍼진 줄 아나? 오늘은 잘 대접하고 싶으니 앉게. 문을 닫아도 괜찮겠지?"

그러고는 문을 닫고 자물쇠를 채워버렸습니다. 저는 깜짝 놀랐습니다.

"차라도 한잔 하고 가게. 헤어턴은 가축을 몰고 목장으로 나가고, 질라와 조지프는 놀러 나가고 없다네. 혼자 있는 데 익숙하기는 하지만, 그래도 재미있는 말상대가 있는 편이 좋겠지. 캐서린, 린턴 옆에 앉아라. 네게 줄 것이 있으니까. 받을 만한 가치도 없는 것이긴 하지만 달리 줄 것이 없구나. 그건 다름 아닌 린턴이야. 나는 묘하게도 나를 두려워하는 사람에 대해서는 더욱 포악한 감정이 일어나거든! 내가 만약 법이 엄격하지 않고, 취미가 고상하지 않은 나라에 태어났더라면 하루 저녁 심심풀이로 저것들을 산 채로 찢어 죽였을 텐데."

그는 숨을 한 번 돌리고 탁자를 치며 혼잣말로 욕설을 내뱉었습니다.

"제기랄! 밉살스러운 것들!"

"난 당신 같은 사람 절대 무섭지 않아요!"

캐서린 아가씨가 외쳤습니다. 아가씨는 히드클리프가 마지막에 한 욕설은 듣지 못한 듯했습니다. 아가씨는 분노와 결의로 검은 두 눈을 번뜩이며 그에게 바짝 다가섰습니다.

"그 열쇠 이리 주세요. 내가 그걸 갖고 있겠어요! 나는 굶어 죽는다 해도 이 집에서는 먹지도 마시지도 않겠어요."

히드클리프는 탁자 위에 있던 열쇠를 집어들었습니다. 그는 아가씨의 대담한 태도에 놀란 듯 멍하니 바라보았습니다. 아마 그 목소리와 눈빛에서 돌아가신 캐서린 아씨를 떠올렸는지도 모르지요.

아가씨는 그의 느슨해진 손에서 열쇠를 빼앗는 데 성공했으나, 순간 정신을 차린 히드클리프가 다시 열쇠를 빼앗았습니다.

"자, 캐서린 린턴. 저쪽으로 가 있어. 말 안 들으면 가만 안 두겠어. 그러면 넬리가 미친 듯이 화를 내겠지만."

그의 경고에도 아랑곳하지 않고 아가씨는 있는 힘을 다해서 무쇠 같은 손을 펴려고 애썼습니다. 손톱으로 할퀴어도 끄떡도 하지 않는다는 사실을 안 아가씨는 이빨로 세게 물어뜯었습니다. 그러자 그는 갑자기 손가락을 펴서 열쇠를 떨어뜨렸습니다. 그러나 아가씨가 미처 그것을 줍기 전에 자유로워진 손으로 아가씨를 붙잡아 무릎 위로 잡아당기고는 다른 손으로 아가씨의 뺨을 힘껏 후려갈겼습니다. 아가씨를 붙잡고 있지 않았다면 나가떨어질 만큼 위협적인 매질이었습니다.

이렇게 악마적인 폭행을 보고 저는 정신없이 그에게 덤벼들었습니다.

"이 악당! 이 악마 같은 놈아!"

그러나 가슴을 한 대 얻어맞는 바람에 저는 더 이상 소리를 지를 수도, 그에게 대항할 수도 없었습니다.

소동은 2분쯤 지나 끝났습니다. 캐서린 아가씨는 그가 놓아주자 두 손을 관자놀이에 대면서, 귀가 떨어져 나갔는지 붙어 있는지 모르겠다는 표정을 지었습니다. 가엾게도 아가씨는 갈대처럼 온몸을 떨면서 어찌할 바를 모르고 탁자에 기댔습니다.

"나는 아이들 다스리는 법을 잘 알지. 어때?"

히드클리프는 마룻바닥에 있는 열쇠를 집으려고 허리를 굽히면서 차갑게 말했습니다.

"자, 내 말대로 린턴에게 가서 마음껏 울어봐! 내일이면 난 네 아버지가 될 테고—조금 있으면 하나밖에 없는 네 아버지가 될 거야—그렇게 되면 실컷 패줄 테다. 넌 약질이 아니니까 잘 참아낼 거야. 만약 또 한 번 내 앞에서 고약한 성질을 부리면 매일 따끔한 맛을 보여줄 테다."

아가씨는 린턴에게로 가지 않고 저에게 달려와서 무릎을 꿇고 앉아 화끈거리는 뺨을 제 무릎에 대고는 큰 소리로 울었습니다. 린턴 도련님은 소파 한쪽에 생쥐처럼 가만히 웅크리고 앉아 있었는데, 얻어맞은 것이 자기가 아니라 다른 사람인 것을 다행으로 여기고 있는 듯했습니다.

히드클리프는 우리 모두가 멍하니 정신이 나간 것을 보고 일어나서 서둘러 차를 준비했습니다. 그는 찻잔에 차를 따라 제게 건네주며 말했습니다.

"화를 풀고 저 말썽꾸러기 아가씨와 우리 아들에게 차를 따라주게. 내가 만든 차지만 독약을 타진 않았네. 나는 나가서 자네들의 말을 찾아봐야겠네."

그가 나가자 우리는 무엇보다도 먼저 어떻게 해서든 그곳을 빠져나가야겠다는 생각을 했습니다. 부엌문을 밀어보았지만 밖으로 잠겨 있었습니다. 창문은 너무 작아 아가씨의 작은 몸도 빠져나가기가 힘들었습니다.

"린턴 도련님."

저는 우리가 완전히 갇혀버린 것을 알고 외쳤습니다.

"도련님은 악마 같은 아버지가 어떻게 하려는지 아실 테니까, 우리에게 말씀해 주셔야 해요. 그렇지 않으면 도련님의 아버지가 우리 아가씨에게 했듯이 도련님의 뺨을 때리겠어요."

"그래, 린턴. 말해 줘. 내가 이곳에 온 것은 너 때문이었으니까. 말할수 없다면 너는 은혜를 모르는 나쁜 애야."

"차를 좀 줘. 목이 탄단 말이야. 그러면 말해 줄게."

그러고는 저를 향해 말을 이었습니다.

"넬리, 저리 가요. 나는 당신이 내려다보고 서 있는 것이 싫어. 저런 캐서린, 너 내 찻잔에 눈물을 떨어뜨리는구나. 그건 안 마실 테야. 다른 걸 줘."

아가씨는 다시 차를 한 잔 따라서 도련님에게 건네주고 눈물을 닦았습니다. 저는 도련님이 위험이 사라진 것을 알고 차분해진 데 대해 불쾌한 생각마저 들었습니다. 벌판에서는 그토록 무서워하더니, 워더링 하이츠에 들어서자마자 말짱해졌던 것입니다. 그래서 저는 그가 우리를 꾀어 집으로 데려오지 못하면 혼내준다는 협박을 받지 않았을까 하고 짐작했습니다. 계획대로 일이 잘되었으니 우선은 두려움이 사라졌겠지요.

"아버지는 우리가 결혼하기를 원하고 있어."

도련님이 차를 몇 모금 마시고 말을 이었습니다.

"하지만 외삼촌이 우리를 결혼시키지 않으리라는 것을 아버지는 알고 있어. 기다리다 보면 내가 먼저 죽어버릴 것 같기 때문에 내일 아침 우리를 결혼시키려는 거야. 그러니까 너는 오늘 밤 여기 있어야 해. 네가 아버지가 원하는 대로 해준다면, 내일은 집으로 돌아갈 수 있을 거야. 나와 함께 말이야."

"도련님도 함께 간다고요?"

저는 말도 안 된다는 듯이 외쳤습니다.

"도련님이 결혼을 해요? 저런, 그 사람 돌았군! 아니면 우리 모두를 바보로 아나 봐. 그래, 저렇게 아름답고 건강하고 쾌활한 아가씨가 도련님한테 시집을 갈 것 같아요? 캐서린 린턴 아가씨는 제쳐놓고라도 도련님을 남편으로 삼으려는 여자가 있으리라고 여기세요? 비겁하게 우는 소리를 해서 이곳으로 끌고 왔으니, 도련님은 혼이 나야 해요. 이젠 멍청한 표정일랑 집어치워요! 도련님에게 속은 것을 생각하면 실컷 패주었으면 좋겠어요."

제가 먹살을 쥐고 조금 흔들었더니, 그는 여느 때처럼 기침을 하고 신음 소리를 내며 훌쩍거렸습니다. 그러자 아가씨는 그만 하라며 저를 나무랐습니다.

"오늘 밤 집에 못 간다고? 안 돼! 넬리, 난 저 문에 불을 질러서라도 나가고 말 테야."

그러고는 그 위협적인 말을 곧 실행에 옮기려고 했습니다. 린턴 도련님은 그런 일이 있으면 자기 신상에 이롭지 않으리라는 것을 알고 깜짝 놀라 가냘픈 두 팔로 아가씨를 껴안고는 훌쩍거렸습니다.

"나랑 결혼해서 나를 살려주지 않을래? 나를 드러시크로스 저택으로 데려가줘. 사랑하는 캐서린! 제발 나를 버리고 가지 마. 우리 아버지 말대로 해야 해. 꼭 그래야만 된다고!"

"나는 우리 아빠 말씀에 따라야 해. 그리고 이런 일로 걱정을 끼쳐드려서는 안 돼. 오늘 밤 집에 갈 수 없다니! 아빠는 벌써부터 걱정하고 계실 거야. 문을 부수든지 불을 지르든지 해서 이 집에서 나가고 말 테야. 하지만 만약 네가 나를 방해한다면…… 너를 용서하지 않을 거야. 린턴, 나는 너보다 아빠를 더 사랑하거든!"

히드클리프의 노여움에 대한 지독한 공포심 때문에 이 겁쟁이 소년은 다시 비겁한 변명을 늘어놓았습니다.

아가씨는 마음이 혼란스러워 거의 미칠 지경이었습니다. 그래도 아가씨는 집으로 돌아가야 한다고 우기면서, 그렇게 자기 괴로운 것만 생각하지 말라고 이번에는 아가씨 쪽에서 도련님에게 간청했습니다.

그러는 동안 히드클리프가 돌아왔습니다.

"말은 달아나버렸더군. 그런데 린턴, 넌 또 짜는 거냐? 캐서린이 너를 때리기라도 했니? 자, 그만 하고 가서 자거라. 한두 달이 지나면 네가 지금 받은 모욕에 대한 대가를 되돌려줄 수 있을 거다. 너는 순결한 사랑을 갈망하지? 그 외에는 어떤 것도 원하는 것이 없다니까, 너를 캐서린과 꼭 결혼시키고 말겠다! 자, 가서 자! 일단 네 방에 들어가면 나는 네 근처에 얼씬도 하지 않을 테니 걱정 말아라. 이번엔 너도 제법 잘했다. 나머지 일은 내가 알아서 처리하지."

아들이 나갈 수 있도록 문을 열고 그 문을 붙잡은 채 히드클리프가 말했습니다. 린턴 도련님은 세 사람의 눈치를 살피며 강아지처럼 슬그머니 나갔습니다.

자물쇠는 다시 채워졌습니다. 히드클리프는 저와 아가씨가 묵묵히 서 있는 난롯가로 다가왔습니다. 아가씨는 본능적으로 손을 뺨에 가져갔습니다. 히드클리프에게 맞았던 느낌이 되살아났던 모양입니다. 다른 사람 같으면 그 누구라도 이런 어린애다운 행동을 나무라지 않았을 테지만, 그는 얼굴을 찡그리며 투덜거렸습니다.

"참! 너는 내가 안 무섭다고 했지? 그런데 그 용기는 어디로 숨어버린 게냐? 이젠 무서워하는 것 같은데!"

"지금은…… 무서워요. 오늘 밤 제가 돌아가지 않으면 아빠가 걱정하실 거예요. 아빠에게 걱정을 끼쳐드릴 수는 없어요. 아빠는, 아빠는……
히드클리프 씨, 저희를 보내주세요! 린턴과 결혼할게요. 약속해요. 아빠
도 승낙하실 테고, 저는 그를 사랑하니까요. 가만히 있어도 제가 자진해
서 할 일을 왜 강요하시는 거죠?"

아가씨의 말에 저는 가만있으면 안 되겠다 싶어 끼어들었습니다.

"말도 안 돼요. 강제로 결혼을 시키다니요. 이보세요, 히드클리프 씨.
비록 우리가 이런 시골구석에 살고 있지만 고맙게도 이 나라에는 법이라
는 것이 있어요. 내 아들이라도 그런 짓을 하면 가만 안 있을 거예요. 목
사님의 승인 없이 강제로 결혼을 시키는 것은 중죄예요."

"닥쳐! 입 좀 닥치라고! 자네의 생각 따위는 필요없어. 캐서린, 네 아
버지가 걱정할 생각을 하니 매우 기분이 좋아지는구나. 너무 좋아서 잠
도 올 것 같지 않아. 그런 사실을 알려주다니, 앞으로 스물네 시간 동안
너를 우리 집에 가둬두기에 더할 수 없이 좋은 정보야. 린턴과 결혼하기
로 약속한다고 했는데, 그 약속을 꼭 지킬 수 있도록 내가 도와주지. 약
속을 이행할 때까지는 이 집에서 절대 나갈 수 없을 테니까."

"그럼 넬리를 보내서 내가 무사하다는 것을 아빠께 전하게 해주세요."
캐서린 아가씨가 울면서 소리쳤습니다.

"그것도 안 된다면 차라리 지금 당장 결혼시켜 주세요. 가엾은 아빠!
넬리, 아빠는 분명 우리에게 무슨 일이 있어났을 거라고 여기실 거야. 어
쩌지?"

"안 그럴 거야! 아마 간호하는 데 짜증이 나서 바람 쐬러 나간 줄 알
거야. 너만한 나이에 놀고 싶은 것은 지극히 당연한 일이지. 그리고 환자
를 간호하는 데 지치는 것도 당연해. 캐서린, 네가 태어났을 때 네 아버

지의 행복한 시절은 이미 끝장난 거야. 그는 아마 네가 태어난 것을 저주했을 거야. 적어도 나는 그랬지. 실컷 울어라. 내가 알기로는 지금부터 너는 우는 것에서 위안을 찾을 거다. 린턴이 네 아버지 역할을 대신해 주기 전에는 말이야. 그런데 선견지명이 있는 네 아버지는 린턴이 그럴 수 있으리라 믿는 모양이야. 충고와 위안이 넘치는 네 아버지의 편지는 무척 흥미롭더구나. 마지막 편지에는 우리 아들더러 자기의 소중한 딸을 잘 돌봐달라고 했더군. 너와 결혼을 하거든 친절하게 대해 주라고 말이야. 잘 돌봐주고 잘 대해 주라니, 아버지다운 말이지. 하지만 린턴은 자기 자신을 추스르기에도 바쁘거든. 그 아이는 작은 폭군 노릇을 제법 잘하지. 너는 집에 돌아가면 분명히 린턴의 멋진 친절에 대한 얘기를 네 아빠에게 들려줄 수 있을 거야."

"히드클리프 씨, 아가씨에게 당신 아들의 성격에 대해 얘기해 줘요. 당신과 닮은 점을 말해 주라고요. 그러면 아가씨도 저런 지독한 남편을 얻기 전에 다시 한 번 생각해 보겠지요!"

"이제 와서 린턴의 상냥한 성격에 대해서 왈가왈부할 마음은 없네. 캐서린은 린턴과 결혼하든지, 아니면 자네 주인이 죽을 때까지 자네와 같이 이 집에 갇혀 있는 길밖에 없으니까. 나는 아무도 모르게 자네들을 가둬둘 수가 있지. 믿을 수 없다면 캐서린에게 약속을 취소하라고 해보게. 그럼 내 말이 맞나 틀리나 곧 알게 될 테니!"

"저는 약속을 지킬 거예요. 지금 당장이라도 린턴과 결혼하겠어요. 드러시크로스 저택으로 돌아갈 수만 있다면 말이에요. 히드클리프 씨, 당신은 잔인하기는 해도 악마는 아니지요? 복수심만으로 나의 행복을 돌이킬 수 없이 모조리 망가뜨리지는 않겠지요? 만약 내가 계획적으로 아빠를 버리고 달아났다고 생각한 채 아빠가 돌아가신다면 앞으로 난 제정신으로 살아갈 수 없을 거예요. 나는 울지 않겠어요. 그리고 당신 발 아래 무릎을 꿇고 일어나지 않겠어요. 나는 당신을 미워하지 않아요. 당신은 지금까지 한 번도 누군가를 사랑해 본 적이 없으셨나요? 저는 지금 슬퍼서 견딜 수가 없어요."

아가씨가 통사정을 했지만 히드클리프는 꿈쩍도 하지 않았습니다. 오히려 울며 매달리는 아가씨를 사납게 밀어젖혔습니다. 저는 참다못해 그에게 마구 욕지거리를 퍼부어댔습니다. 그러나 곧 입을 다물어야 했습니다. 제가 입을 열기가 무섭게 저만 다른 방에 가두겠다고 위협했기 때문입니다.

점점 날이 어두워졌습니다. 정원에서 사람들의 목소리가 들려왔습니다. 히드클리프는 서둘러 밖으로 나갔습니다. 그는 눈치가 빨랐지만 우리는 그렇지 못했습니다. 2, 3분 후에 그는 혼자 돌아왔습니다.

"난 헤어턴 도련님인 줄 알았어요. 그라도 왔으면 좋겠어요! 그가 우리를 도와줄지 누가 알아요?"

"자네들을 찾으러 드러시크로스 저택에서 하인들을 보냈더군."

저의 말을 엿들은 히드클리프가 말했습니다.

"창문을 열고 소리를 칠 걸 그랬지? 하지만 저 계집애는 자네가 그렇게 안 한 것을 다행으로 생각하고 있을 걸세. 이 집에 머무르지 않으면 안 되게 된 것을 분명 기뻐하고 있을 걸세."

좋은 기회를 놓친 것을 알고 우리는 한없이 울었습니다. 그는 우리가 계속 울도록 내버려두었다가, 9시가 되자 부엌을 통해 질라의 방으로 우리를 올려보냈습니다. 저는 아가씨에게 히드클리프가 시키는 대로 하라고 눈짓을 했습니다. 올라가서 보면 창문을 통해 빠져나갈 수 있을지도 모르고, 지붕 아래 다락방의 채광용 들창을 통해 밖으로 나갈 수 있을지도 모른다고 생각했기 때문입니다.

그러나 창문은 아래층과 똑같이 좁고, 다락으로 통하는 문도 밀어보았으나 잠겨 있었습니다. 우리는 완전히 갇혀버렸습니다.

아가씨와 저는 둘 다 눕지 않았습니다. 아가씨는 창가에 서서 초조하게 아침을 기다리고 있었습니다. 저는 잠을 자보라고 여러 번 달랬으나, 아가씨는 땅이 꺼져라 한숨만 내쉴 뿐이었습니다. 저는 의자에 앉아 몸을 흔들면서 여러 가지로 제 의무를 다하지 못한 데 대해 자책했습니다. 저로 인해 모든 불행이 일어난 거라는 생각이 들었습니다. 사실은 그렇지 않다는 것을 알고 있지만, 비참했던 그날 밤에는 그런 생각이 들었고, 히드클리프조차도 저보다는 죄가 가벼울 거라고 생각되었습니다.

다음날 아침 7시가 되자 그가 와서는 아가씨가 일어났느냐고 물었습니다. 아가씨는 얼른 문으로 달려가서 대답했습니다.

"그럼 이리 나와."

히드클리프는 문을 열고 아가씨를 끌어냈습니다. 저도 함께 따라가려고 했지만 그는 아가씨만 끌어내고는 얼른 문을 잠가버렸습니다. 저는 내보내달라고 문을 두드리며 소리쳤습니다.

"조금만 참고 있게. 잠시 후에 아침을 올려보내겠네."

그는 제가 한두 시간은 더 참고 있어야 한다면서 아가씨와 함께 가버렸습니다. 그로부터 두어 시간 후 드디어 발소리가 들려왔는데, 히드클리프는 아니었습니다.

"먹을 걸 갖고 왔으니 문 좀 열어!"

얼른 문을 열고 보니, 헤어턴이 제가 하루 종일 먹고도 남을 만한 음식을 들고 서 있었습니다.

"받아."

그가 음식을 내게 건네주며 말했습니다.

"잠시만 기다려요."

그러나 그는 제 말은 들은 척도 하지 않고 가버렸습니다.

그리하여 저는 하루 종일 다락방에 갇혀 있었습니다. 다음날도, 그 다음날도, 또 그 다음날도…… 저는 닷새 동안 매일 아침 한 번씩 헤어턴 외에는 아무도 만나지 못했습니다.

그는 대단히 모범적인 간수였습니다. 저는 정의감이나 동정심을 불러일으키려고 갖은 애를 다 써보았지만, 그는 언제나 무뚝뚝하게 입을 다물고 있을 뿐이었습니다.

28

닷새째 되던 날 오전, 아니 오후에 귀에 익지 않은 발소리가 들렸습니다. 매우 경쾌한 발소리였는데, 그 소리의 주인공은 질라였습니다. 그녀는 새빨간 숄을 두르고, 머리에는 까만 비단 모자를 쓰고 버들가지로 엮은 광주리를 손에 들고 있었습니다.

"아니, 이런, 넬리!"

그녀가 깜짝 놀라 외쳤습니다.

"당신에 대한 소문이 기머튼에 쫙 퍼졌어요. 넬리와 캐서린 아가씨가 워더링 하이츠에 머물고 있다는 말씀을 주인님이 하시기 전까지는 블랙호스 늪에 빠져버린 줄 알았어요! 어쩌면! 도대체 얼마 동안이나 늪에 빠져 있었던 거예요? 그런데 별로 다친 데는 없는 것 같군요."

저는 질라의 얘기로 모든 정황을 눈치 챌 수 있었습니다.

"당신네 주인은 진짜 악마야! 그 벌은 반드시 받게 될 거야. 그런 얘기를 꾸미지 않아도 모두 밝혀지게 될 텐데."

"넬리, 그게 무슨 말이에요?"

질라가 의아한 표정으로 물었습니다.

"주인님이 그런 게 아니라 마을 사람들이 그러던데요? 당신과 아가씨가 늪에 빠졌다고요. 그래서 난 집에 돌아와서 헤어턴 도련님에게 이렇게 말했지요. '제가 없는 사이에 이상한 일이 일어났더군요. 그 예쁜 아가씨와 활달한 넬리가 정말 불쌍해요.' 그랬더니 그는 어리둥절한 얼굴로 쳐다보더군요. 저는 그가 아무 소리도 듣지 못했나 싶어서 기머튼에서 들은 얘기를 들려줬지요. 그러자 옆에서 듣고 있던 주인님이 듣고 빙긋 웃으며, '그들은 지금 이곳에 있네, 질라. 넬리는 자네 방에서 쉬고 있지. 올라가서 빨리 돌아가라고 전하게. 열쇠는 여기 있네. 흙탕물을 뒤집어쓴 채 미친 듯이 날뛰면서 드러시크로스 저택으로 달려가려고 하기에 제정신을 차릴 때까지 내가 가둬두었다네. 갈 수 있으면 곧 드러시크로스 저택으로 돌아가서, 내가 아가씨를 그 댁 어른의 장례식에 늦지 않게 돌려보내겠다더라고 전하게.' 그러시더라고요."

"아니, 그럼 우리 서방님이 돌아가셨단 말이에요? 오오! 질라, 질라!"
저는 숨을 가쁘게 몰아쉬면서 울부짖었습니다.

"아니, 안 돌아가셨어요. 진정하시고 앉으세요, 넬리."
그녀가 대답했습니다.

"부인은 아직 완전히 회복되지 않은 것 같군요. 그분은 아직 돌아가시지 않았어요. 케네스 선생님 말씀이 하루 정도는 더 사실 수 있대요. 내가 길에서 만나 물어보았거든요."

저는 앉기는커녕 제 물건을 챙겨 들고 서둘러 아래로 내려갔습니다. 거실로 들어선 저는 캐서린 아가씨의 소식을 알려줄 사람이 없나 하고 둘러보았습니다. 방안 가득 햇빛이 비치고 문은 활짝 열려 있었으나, 주위엔 아무도 없는 것 같았습니다. 빨리 집으로 갈까, 아니면 아가씨를 찾아볼까 망설이고 있는데 난롯가에서 가벼운 기침 소리가 들렸습니다. 린턴 도련님이 혼자 소파에 앉아서 사탕을 빨며 멍한 눈으로 저의 거동을 지켜보고 있더군요.

"아가씨는 어디에 있죠?"

저는 대뜸 물었습니다. 도련님은 어린애처럼 계속 사탕만 먹고 있었습니다.

"드러시크로스 저택으로 돌아가셨나요?"

"아니, 2층에 있어. 캐시는 못 가. 우리가 안 보낼 테니까."

"안 보낼 거라니, 그게 무슨 말이에요? 이 바보 멍텅구리야!"

저는 고함을 질렀습니다.

"당장 아가씨가 계신 방으로 데려다줘요. 안 그러면 비명을 지를 만큼 혼내줄 테니까."

"아마 그 방에 가려고 하면 비명을 지를 만큼 아빠가 넬리를 혼내줄걸. 아빠는 내가 캐서린에게 친절하게 대하면 안 된대. 캐서린은 내 아내거든. 아내가 되어가지고 남편을 버리려 하다니, 그건 말도 안 된대. 그리고 캐서린은 나를 미워하고 내가 죽기를 바란다는 거야. 내 재산을 몽땅 뺏으려고 말이야. 하지만 그렇게는 안 될걸. 그리고 집에도 못 가게 할 거야. 절대로 못 가지! 울고불고해도 소용없어."

그는 다시 사탕을 빨며 졸리는지 눈을 감았습니다.

"린턴 도련님."

저는 부드러운 목소리로 달래듯 말했습니다.

"지난 겨울, 아가씨가 도련님에게 베푼 친절을 전부 잊으셨어요? 그때 도련님은 아가씨를 사랑한다고 말했고, 아가씨는 책도 갖다드리고, 노래도 불러드리고, 눈보라가 휘몰아치는데도 여러 번 도련님을 만나러 왔었지요. 아가씨가 친절하다는 것은 도련님도 잘 아시잖아요. 그런데 지금은 히드클리프 씨가 도련님과 아가씨를 모두 미워하는 것을 알면서도 그분의 거짓말을 믿으시는군요. 그리고 그분과 한패가 되어 아가씨를 괴롭히는군요. 그게 도련님에게 친절을 베푼 보답이라고 생각하세요?"

제 말에 린턴 도련님은 입을 삐죽거리더니, 입에서 사탕을 뺐습니다.

"아가씨가 도련님을 미워했다면 워더링 하이츠에 오셨겠어요? 잘 생각해 보세요! 재산에 대해서 말했지만, 아가씨는 도련님에게 재산이 있다는 것조차 모르고 계세요. 아가씨가 아프다면서요? 그런데도 도련님은 아가씨를 낯선 집 2층에 저렇게 혼자 내버려둘 건가요? 외로움이 어떤 건지 누구보다도 잘 아는 도련님이 말이에요. 자신의 고통을 가슴 아파하셨지요? 아가씨는 도련님의 고통에 대해서 동정하셨어요. 그런데 도련님은 아가씨의 고통에 관심조차 없으시군요! 린턴 도련님, 아가씨를 너무나 사랑한 나머지 숭배한다고까지 하시던 도련님이 눈물 한 방울 흘리지 않고 이렇게 편안히 계시다니, 도련님은 무정한 이기주의자군요!"

"캐서린과 함께 있을 수가 있어야지."

그는 무뚝뚝하게 대답했습니다.

"나와 캐서린 단둘이 있는 건 싫어. 어찌나 우는지 듣고 있을 수가 없단 말이야. 내가 아버지를 불러온다고 해도 그치려 하지 않아. 한번은 내가 정말 아버지를 불렀지. 아버지는 울음을 그치지 않으면 목을 비틀어버린다고 위협했지만, 아버지가 방에서 나가는 순간 다시 우는 거야. 내가 잠을 잘 수 없다고 투덜거렸지만 캐서린은 아랑곳하지 않고 밤새도록 울고불고했단 말이야."

"히드클리프 씨는 나가고 안 계신가요?"

저는 화제를 돌려 물었습니다. 이 보잘것없는 소년에게는 사촌누이의 정신적인 고통에 동정할 힘이 없다는 것을 알았기 때문입니다.

"안뜰에서 케네스 선생님과 얘기하고 계셔. 그런데 선생님 말씀이 외삼촌이 이젠 정말 돌아가시게 되었대. 잘됐지 뭐야. 내가 뒤를 이어 드러시크로스 저택의 주인이 될 테니까 말이야. 캐서린이 항상 '우리 집'이라고 했었는데, 이제 그 저택은 내 거야. 캐서린 것은 모두 내 것이라고 아버지가 그랬어. 그 재미있는 책도 전부 내 거야. 캐서린은 자기를 내보내주면 책이랑 예쁜 새랑, 망아지 미니를 주겠다고 했지만 나는 그것들이 전부 다 내 건데 내게 줄 것이 어디 있느냐고 말해 주었지. 그랬더니 캐서린은 울면서 목걸이 속에서 작은 초상화를 하나 꺼내서 나에게 주는 거야. 금으로 만든 케이스에 초상화가 두 장 들어 있었는데, 한쪽에는 자기 엄마, 다른 쪽엔 자기 아버지의 젊었을 때 사진이 들어 있더군. 그게 어제 일이야. 나는 그것도 내 거라면서 뺏으려고 했어. 그런데 그 망할 것이 안 주려고 나를 밀어젖혀 다쳤지 뭐야. 내가 소리를 질렀더니 캐서린은 겁을 먹었어. 아버지가 오시는 소리가 들렸거든. 캐서린은 케이스를 둘로 나누어 자기 엄마 사진을 내게 주고 아버지 사진은 숨기려고 했어. 그때 아버지가 들어오셔서 왜 그러느냐고 물었어. 그래서 내가 사정을 설명했지. 아버지는 내가 가진 사진을 뺏고 캐서린이 가진 것을 내게 주라고 명령했어. 캐서린이 말을 안 들으니까 아버지는…… 캐서린을 때리고는 그 케이스를 목걸이에서 떼어내 발로 짓밟아버렸어."

"그래, 아가씨가 맞으니까 기분이 좋던가요?"

저는 린턴 도련님에게 말을 더 시킬 생각으로 물었습니다.

"나는 못 본 체했어. 아버지가 개나 말을 때릴 때도 나는 못 본 체해.

차마 볼 수 없을 정도록 심하게 때리거든. 하지만 처음에는 고소했지. 나를 밀었으니까 맞을 만하지 뭐야. 그런데 아버지가 나가버리자 캐서린은 나를 창가로 끌고 가서 입 안쪽이 찢어져 입 안에 피가 괸 걸 보여주었어. 그러고는 벽을 향해 돌아앉더니, 그때부터 내게 한 마디도 하지 않았어. 아파서 말을 할 수가 없나 보다 하는 생각이 들기도 했어. 그렇게 생각하고 싶지는 않지만, 계속 울어대니 시끄러워 죽겠는데다, 얼굴이 하얗게 질려서 미친 것 같아. 난 캐서린이 무서워."

"도련님은 2층 열쇠를 손에 넣을 수 있나요?"

"응, 내가 2층에 있으면 말이야. 하지만 나는 지금 2층으로 올라갈 수가 없어."

"어느 방에 있어요?"

저는 다시 물었습니다.

"안 돼! 말해 줄 수 없어! 비밀이야. 그건 아무도 몰라. 헤어턴도, 질라도. 나 이젠 피곤해……. 넬리, 이만 돌아가. 어서 가라니까!"

도련님은 팔을 얼굴에 얹고 다시 눈을 감았습니다.

저는 히드클리프를 만나지 않고 드러시크로스 저택으로 돌아가서 사람들을 데려오는 것이 나으리라고 생각했습니다.

제가 집에 도착하자, 하인들의 놀라움과 기쁨은 굉장했습니다. 그리고 아가씨가 무사하다는 말을 듣고 두어 사람이 서방님의 방으로 뛰어 올라가려는 것을 제지한 다음 제가 직접 소식을 전하기로 했습니다.

서방님은 며칠 사이에 너무나도 많이 변해 있었습니다. 슬픔과 체념의 화신이 되어 죽음을 눈앞에 두고 누워 있었습니다. 그분은 무척 젊어 보였습니다. 실제 나이는 서른아홉이었으나 적어도 열 살은 젊어 보였습니다. 아가씨 생각을 하고 있었는지 제가 방으로 들어갔을 때 서방님은 아가씨 이름을 중얼거리고 있었습니다. 저는 그분의 손을 잡고 말했습니다.

"서방님, 아가씨는 곧 돌아오실 거예요! 아가씨는 무사하세요. 아마 오늘 밤에는 돌아오실 겁니다."

저는 이 소식이 미친 최초의 영향에 그만 몸을 떨었습니다. 서방님은 반쯤 몸을 일으키고 방안을 두리번거리더니, 그만 뒤로 넘어지며 정신을 잃고 만 것입니다.

서방님이 의식을 회복한 후에 저는 강제로 끌려가서 워더링 하이츠에 머무르게 되었던 사연을 말했습니다. 꼭 그렇다고 말할 수는 없지만, 저는 히드클리프에게 강제로 끌려갔다고 말했습니다. 린턴 도련님에 대한 험담은 되도록 하지 않고 히드클리프의 야만적인 행동도 적당히 덮어두었습니다. 서방님이 너무 힘들어했으므로 가능하면 더 이상 괴로움을 드리지 않기 위해서였습니다.

서방님은 자신의 적인 히드클리프의 목적 중 하나가 서방님의 부동산은 물론 동산까지도 자기 아들의 것으로, 결국은 자기 자신의 것으로 확보하려는 것임을 이미 알고 있었습니다. 그러나 왜 자신이 숨을 거둘 때까지 기다리지 못하는지 의아해했습니다. 자신의 조카가 자신과 거의 때를 같이하여 세상을 떠나게 되리라는 것을 몰랐으니까요.

하여튼 서방님은 유언장을 다시 쓰는 게 좋겠다고 생각했습니다. 즉, 캐서린 아가씨의 재산을 아가씨 마음대로 처분하지 못하도록 관리인의 손에 맡겨놓고 아가씨가 살아 있는 동안은 아가씨를 위해서, 그리고 아가씨가 죽고 나면 아이가 있을 경우 그 아이를 위해서 쓰도록 만들어놓을 계획이었습니다. 그렇게 하면 린턴 도련님이 잘못되더라도 서방님의 재산이 히드클리프의 손에 넘어가지는 않을 테니까요.

서방님의 분부를 받고 저는 하인 한 사람은 변호사를 부르러 보내고, 다른 하인 네 사람에겐 쓸 만한 무기를 들려 아가씨를 그 집에서 구해 오라고 보냈습니다.

밤이 늦어서야 변호사를 부르러 갔던 하인이 먼저 돌아왔습니다. 변호사 그린 씨 댁에 가보니 마침 출타 중이어서 돌아올 때까지 두 시간이나 기다려야 했고, 그린 씨 말이 마을에 급한 일이 있어서 지금은 갈 수 없으니 내일 아침에 방문하겠다는 거였습니다. 워더링 하이츠에 갔던 네 사람도 역시 그냥 돌아왔습니다. 캐서린 아가씨가 너무 아파서 방에서 나올 수도 없더라는 겁니다. 히드클리프는 하인들을 아가씨와 만나게 해주지도 않았던 것입니다.

저는 그 따위 거짓말에 넘어간 하인들을 호되게 야단치고는, 서방님에게는 이 사실을 말하지 않았습니다. 그리고 날이 밝으면 하인을 모두 워더링 하이츠로 데리고 가서 아가씨를 순순히 안 보내주면 한바탕 소동을 일으키기로 마음먹었습니다. 만약 그 악마 같은 놈이 방해를 한다면, 그 집 문간에서 그놈을 죽이고서라도 꼭 서방님 앞에 아가씨를 데려다놓겠다고 저는 몇 번이고 다짐했습니다.

그런데 다행스럽게도 그럴 필요가 없었습니다. 새벽 3시쯤 저는 물주전자를 가지러 아래층으로 내려갔습니다. 주전자를 들고 거실을 지나는데, 갑자기 누가 현관 문을 두드리는 것이었습니다.

"아, 그린 씨로구나."

저는 마음을 가라앉히고 중얼거렸습니다.

"그린 씨가 틀림없어."

저는 다른 사람을 시켜 문을 열게 하려고 그냥 지나쳤습니다. 그러나 노크 소리는 계속되었습니다. 요란하지는 않으나 다급하게 두드리는 것이었습니다.

저는 물주전자를 난간에 놓고 뛰어가서 서둘러 문을 열었습니다. 밖에는 보름달이 훤히 비치고 있었습니다. 그런데 집안으로 들어선 사람은 변호사가 아니었습니다. 귀여운 나의 아가씨가 울면서 제 품으로 뛰어들었던 것입니다.

"넬리, 넬리! 아빠는 살아 계셔?"

"아가씨, 무사히 돌아오셨군요!"

"아빠는 안 돌아가신 거지?"

"그럼요, 살아 계시고말고요."

아가씨는 숨이 차서 헐떡거리면서도 서방님 방으로 뛰어 올라가려고 했습니다. 저는 아가씨를 일단 의자에 앉혀 진정시킨 다음 두 손으로 창백한 얼굴을 비벼서 어느 정도 혈색이 돌게 했습니다. 그러고는 제가 먼저 올라가서 아가씨가 온 사실을 알려야 된다고 말하고는, 린턴 도련님과 행복하게 살 거라고 말씀드리도록 타일렀습니다. 아가씨는 처음에는 놀란 눈으로 바라보았으나, 그런 거짓말을 시킨 이유를 곧 알아차리고는 그러겠다고 약속했습니다.

저는 도저히 부녀가 재회하는 모습을 바라볼 수가 없어 한참 동안 서방님의 방문 밖에 서 있었습니다. 두 분은 무척 침착했습니다. 캐서린 아가씨의 절망도 서방님의 기쁨도 모두 고요했습니다. 아가씨는 겉으로 보기에는 침착하게 아버님을 부축하고 있었습니다. 서방님은 환희에 찬 눈을 들어 따님의 얼굴을 지그시 쳐다보고 있었습니다.

록우드 씨, 그분은 평화롭게 돌아가셨습니다. 행복한 최후였습니다. 그분은 따님의 뺨에 키스하며 이렇게 말했습니다.

"나는 네 엄마에게로 간다. 사랑하는 캐서린, 나중에 너도 우리에게로 오너라!"

그러고는 다시는 꼼짝도 하지 않고 말도 없었으나, 맥박이 멎고 영혼이 떠나기까지 그 기쁨에 취한 듯한 눈길을 따님의 얼굴에서 떼지 않았습니다. 고통이라고는 없는 평화로운 최후를 맞이한 것입니다.

캐서린 아가씨는 너무 울어서 눈물이 말라버렸는지, 아니면 너무나 슬퍼서 눈물조차 흐르지 않는지 해가 뜨도록 눈물 한 방울 흘리지 않은 채 꼼짝하지 않고 그자리에 앉아 있었습니다. 정오 무렵까지 시신 옆에 꼼짝하지 않고 앉아 있는 아가씨에게 저는 좀 쉬어야 한다며 아가씨를 방으로 보냈습니다.

아가씨를 다른 방으로 가도록 한 것은 다행이었습니다. 점심때 변호사가 찾아왔기 때문입니다. 그는 워더링 하이츠에 들러 히드클리프의 지시를 받고 오는 길이었습니다. 히드클리프에게 매수되었던 겁니다. 그래서 지난밤 서방님이 부르는데도 오지 않았던 거죠.

그나마 다행스러운 것은 서방님이 따님의 얼굴을 보고 세상일에 대한 걱정을 벗어버린 채 평화롭게 돌아가셨다는 겁니다.

그린 씨는 집안의 모든 물건과 사람에 대한 처리를 도맡아 자기 마음대로 지시했습니다. 그는 저를 제외한 하인 모두를 해고시켰습니다. 그리고 그는 위임받은 권한을 내세워, 서방님을 캐서린 아씨 옆에 묻지 말고 교회의 가족 묘지에 묻어야 한다고 주장했습니다. 그러나 유언장에는 그렇게 씌어 있지 않았고, 서방님의 유언에 위배되는 일에 대해서는 제가 강력하게 항의했습니다.

장례식은 급히 치러졌습니다. 이제는 린턴 히드클리프의 부인이 된 캐서린 아가씨는 아버님의 장례가 끝날 때까지 드러시크로스 저택에 머무를 수 있도록 허락을 받았습니다.

아가씨의 말에 의하면, 아가씨가 슬퍼하는 것을 보다못한 린턴 도련님이 위험을 무릅쓰고 아가씨를 도와주었다는 겁니다. 아가씨는 제가 보낸 하인들이 현관에서 옥신각신하는 소리를 듣고는 어떻게 해서라도 빠져나갈 궁리를 했답니다.

린턴 도련님은 제가 떠나자 2층의 작은 방으로 거처를 옮겼는데, 울기만 하는 아가씨의 모습에 겁이 나서 히드클리프가 올라오기 전에 열쇠를 가져왔답니다. 도련님은 자물쇠를 열고 문을 닫지 않은 채 다시 잠그는 척만 했답니다.

캐서린 아가씨는 날이 새기 전 워더링 하이츠를 살며시 빠져나왔습니다. 개들이 짖을까 봐 현관으로 나오지 않고 빈방을 돌며 창문을 열어보았답니다. 그러다가 다행히도 돌아가신 어머니가 처녀 때 쓰던 방의 창문을 통해 쉽게 밖으로 빠져나와, 가까이 있는 전나무를 타고 땅으로 내려왔다는 것입니다.

나중에 들으니, 아가씨의 공모자 린턴 도련님은 세심하게 꾀를 부린 보람도 없이 아가씨가 도망치는 것을 도와주었다는 죄로 히드클리프에게 호되게 꾸중을 들었다고 했습니다.

29

  장례를 치른 날 저녁, 저는 아가씨와 같이 서재에 앉아서 서방님의 죽음을 슬프게─특히 아가씨는 절망적으로─회상하면서 어두운 앞날에 대해서 이런저런 상상을 해보았습니다.

  린턴 도련님이 살아 있는 동안만이라도 아가씨가 계속해서 드러시크로스 저택에 사는 것이 허락된다면, 그것이 아가씨를 위해서 가장 좋은 방법이라는 데 우리의 의견이 일치했습니다. 린턴 도련님이 이곳으로 와서 같이 살고, 저도 가정부로 남는 겁니다. 그것은 지나치게 희망적인 생각이긴 했으나, 저는 진심으로 그렇게 되기를 바랐습니다. 내가 살던 집, 내가 하던 일 그리고 무엇보다도 사랑하는 아가씨와 헤어지지 않고 같이 살 것이라는 생각으로 힘을 냈습니다. 그때 한 하인이─해고된 하인 중의 하나인데, 그때까지 남아 있었습니다─급히 뛰어 들어와 악마 같은 히드클리프가 마당으로 들어오고 있는데 들어오지 못하게 문을 잠가도 괜찮을지 물었습니다.

  우리가 격한 마음에 그렇게 하라고 일렀다 해도 이미 그럴 시간이 없었습니다. 그는 노크도 없이 벌컥 문을 열고 들어왔습니다. 그는 이 집 주인이니까, 말을 안 해도 곧장 안으로 들어올 수 있는 특권을 행사한 겁니다. 그는 서재로 들어오더니, 손짓으로 하인에게 나가라고 하고 문을 닫았습니다.

그곳은 십수 년 전 그가 처음 손님으로 안내되었던 바로 그 방이었습니다. 창문으로 비쳐드는 달도 그때와 같았고, 창 밖에도 그때와 같은 풍경이 펼쳐져 있었습니다. 아직 촛불을 켜지는 않았지만 방안은 훤해서, 캐서린 린턴 부인의 아름다운 얼굴이며 그녀의 남편의 우아한 모습 등 벽에 걸린 초상화까지도 잘 보였습니다.

히드클리프는 난로 옆으로 다가왔습니다. 세월이 흘러도 그의 모습은 그다지 변함이 없었습니다. 시커먼 얼굴이 다소 누레지고 더 침착해졌으며, 체중이 20파운드쯤 는 것처럼 보였을 뿐입니다.

그를 보자 아가씨는 뛰쳐나가고 싶은 충동에 몸을 일으켰습니다.

"그냥 있어!"

그가 아가씨의 팔을 잡으며 말했습니다.

"이제는 도망쳐도 소용없어! 어디로 가려는 거냐? 나는 너를 데리러 왔다. 이제부터는 착한 며느리가 되거라. 앞으로는 내 아들을 꾀어 내 말을 거슬러서는 안 된다. 그 녀석이 이 일에 공모한 것을 알고 나는 어떻게 혼내줄까 궁리했지. 형편없는 약골이라 한 대만 쥐어박아도 숨이 끊어질 것 같은 놈이니까. 하여튼 그 녀석 얼굴을 보면 큰 벌을 받았다는 것을 알게 될 거다! 그저께 밤, 그 녀석을 아래층으로 데리고 내려와서 의자에 앉혀놓았지. 난 손가락 하나 건드리지 않았어. 헤어턴을 밖으로 내보내고 단둘이 방에 남았지. 그런데 그 후로는 나만 보면 유령이라도 만난 것처럼 부들부들 떤단 말이야. 내가 옆에 있지 않을 때도 그 녀석은 내 허깨비를 수시로 보는 모양이더군. 헤어턴 말이, 밤에도 깨어서 몇 시간 동안 줄곧 고함을 치면서 너를 부르며 도와달라고 한다는 거야. 그러니 그 잘난 남편을 위해 좋든 싫든 가주어야겠다. 이제 놈은 네가 책임지는 거다. 녀석에 대한 일은 모두 너에게 일임할 테니까."

"왜 아가씨를 이곳에서 살도록 가만두지 않는 거죠? 도련님을 이곳으로 보내면 되잖아요. 당신은 두 분 모두 싫어하니까, 떨어져 산다 해도 그다지 섭섭하지 않을 텐데요."

"나는 이 집에 세들 사람을 찾고 있다네. 그리고 사실은 나도 애들을 곁에 두고 싶어. 그뿐 아니라 저 애도 제 밥값은 해야지. 린턴이 죽은 다음에도 저 애를 빈둥빈둥 놀릴 생각은 없네. 자, 캐서린. 어서 갈 준비를 하거라. 억지로 끌고 가게 하지 말고."

"알았어요. 린턴은 이 세상에서 내가 사랑해야 할 오직 한 사람이에요. 당신은 그가 나를 미워하고 내가 그를 미워하게 만들려고 애쓰지만, 아무리 그래도 우리 둘은 서로 미워하지 않을 거예요. 그리고 그에게 손찌검을 하거나, 나를 때리기만 해보세요! 가만있지 않을 테니."

"제법 큰소리치는구나. 하지만 난 그 녀석에게 손을 댈 만큼 너를 사랑하지 않아. 너는 그 고통을 실컷 맛보게 될 거다. 네가 그 녀석을 싫어하게 만드는 것은 내가 아니라, 바로 그 녀석 자신의 여린 마음 때문이란 말이다. 네가 도망친 일과 그 후에 일어난 일 때문에 그 녀석이 얼마나 널 원망하는지 아니? 너의 봉사에 대해 그 녀석이 고맙게 여기리라고 기대하지 않는 게 좋을 거다. '만약 내가 아버지만큼 힘이 세다면 캐서린을 단번에 해치울 텐데.'라고 질라에게 말하는 것을 들은 적이 있지. 그 앤 그런 생각을 하는 녀석이야. 허약한 몸 때문에 힘 대신 꾀만 늘지."

"그의 성질이 고약하다는 것은 나도 알아요."

캐서린 아가씨가 말했습니다.

"하지만 나는 그런 것쯤 용서할 만한 아량이 있으니 다행이에요. 그가 나를 사랑한다는 것을 알고 나도 그를 사랑해요. 히드클리프 씨, 당신을 사랑하는 사람은 아무도 없어요. 당신이 우리를 아무리 비참하게 만든다 해도, 그 잔인한 행동은 바로 당신 자신이 우리보다 훨씬 비참하기 때문 이라고 생각해요. 내 말이 맞죠? 악마처럼 외롭고, 그래서 남을 시기해 요. 누구도 당신을 사랑하지 않고, 당신이 죽은 후엔 어느 누구도 눈물을 흘리지 않을 거예요. 나는 당신처럼 되진 않을 거예요!"

캐서린 아가씨는 침울하긴 하지만 의연한 태도로 말했습니다. 아가씨 는 히드클리프 가족의 일원이 되는 데 동조하기로 작정하고 원수의 슬픔 에서 만족을 느끼려는 것 같았습니다.

"너야말로 얼마 안 있어 너 자신을 불쌍하게 여기게 될 거다. 어쨌든 더 이상 지체하지 말고 가서 짐을 꾸리거라."

아가씨는 비웃으며 물러갔습니다. 아가씨가 나간 후, 저는 질라에게 제 자리를 물려주고 그녀 대신 제가 워더링 하이츠에서 일하도록 해달라 고 간청해 보았지만 히드클리프는 들어주지 않았습니다. 그는 제게 조용 히 하라고 하더니, 그제야 유심히 방안을 살펴보다가 벽에 걸린 초상화 에 눈길이 멎었습니다. 한참 동안 캐서린 린턴 부인의 초상화를 자세히 보고 나서 그가 말했습니다.

"저건 내가 가져가야겠군. 필요해서는 아니지만……."

그는 난로 쪽으로 몸을 휙 돌리더니 — 달리 적절한 말이 없으니 미소 라고 표현할 수밖에 없군요 — 미소를 지으며 말을 이었습니다.

"내가 어제 어떤 짓을 했는지 말해 주지! 에드거 린턴의 무덤을 파던 묘지기에게 캐서린의 관 뚜껑 위의 흙을 파내게 하고 관을 열어보았지. 나도 거기 나란히 누웠으면 싶더군. 아직도 옛날 그대로였어. 나를 끌어내는 데 묘지기가 무척 애를 먹었지. 하지만 관 속에 공기가 들어가면 썩는다기에 관 한쪽은 느슨하게 터놓고 뚜껑을 덮었지. 느슨하게 터놓은 쪽은 린턴이 누워 있는 쪽이 아니야. 나쁜 놈 같으니! 그런 놈은 납으로 만든 관 속에 넣고 땜질을 했어야 하는 건데. 그런 다음, 묘지기에게 돈을 집어주고 내가 거기에 묻히거든 내 관도 캐서린의 관처럼 한쪽을 좀 느슨하게 해달라고 부탁했지."

"당신은 정말 무서운 사람이군요, 히드클리프 씨! 죽은 사람까지 괴롭히다니, 부끄럽지도 않나요?"

"넬리, 난 아무도 괴롭히지 않았네. 난 나 자신에게 안정을 주었을 뿐이지. 앞으로 나는 훨씬 더 마음이 편해질 거야. 그리고 죽더라도 땅 속에 조용히 묻혀 있게 될 걸세. 그녀를 괴롭혔다고? 천만에! 그녀야말로 18년 동안이나 밤낮 가리지 않고 무자비하게 나를 괴롭혔지. 마침내 어젯밤 나는 안정을 찾았네. 심장이 멎은 채 싸늘한 내 볼을 그녀의 볼에 맞대고 그녀 곁에서 마지막으로 자는 꿈을 꾸었다네."

"만약 아씨가 흙이 되거나 더 흉측한 무언가가 된다면, 그땐 무슨 꿈을 꾸실 건가요?"

제 물음에 히드클리프는 꿈을 꾸듯 이렇게 말하는 것이었습니다.

"그녀와 같이 흙이 되어 더욱 행복해지는 꿈을 꾸겠지. 내가 그런 걸 두려워할 줄 아나? 관 뚜껑을 열 때만 해도 그런 변화를 기대했지만, 이제는 내가 관 속에 들어갈 때까지는 그런 변화가 일어나지 않길 바라네. 번뇌를 벗어난 그녀의 얼굴에서 강렬한 인상을 받지 않았더라면 그 묘한 기분은 사라지지 않았을 걸세. 그것은 이상하게 시작되었다네. 그녀가 죽자 나는 미치광이처럼 밤낮으로 영혼이라도 내게로 돌아와달라고 빌었네. 나는 유령의 존재를 믿어. 유령이 이 세상에 존재할 수 있고, 또 사실 존재한다는 것을 믿고 있다네! 그녀가 묻히던 날은 눈이 내렸지. 밤이 되어 나는 묘지로 갔다네. 겨울처럼 찬바람이 몰아치고 사방은 고요하더군. 바보 같은 에드거 린턴 녀석이 그처럼 늦은 시간에 무덤으로 기어올라올 걱정은 없었고, 그를 빼고는 아무도 그곳에 올 사람은 없었지. 나 혼자였어. 우리 둘 사이를 막고 있는 것은 1야드 깊이의 부드러운 흙뿐이라는 것을 알고 나는 이렇게 중얼거렸지.

'다시 한 번 캐서린을 안아보아야지! 체온이 식어 몸이 차가우면 이 북풍 탓이라고 생각하고, 안 움직이면 잠들어 있는 거라고 생각해야지!'

나는 연장을 둔 광에서 삽을 꺼내다가 있는 힘을 다해 무덤을 파기 시작했네. 삽 끝이 관에 닿자 나는 엎드려 두 손으로 후벼팠다네. 관 뚜껑의 나사못 박은 자리가 삐걱거리기 시작하고 곧 목적이 달성되려는 순간, 누군가 무덤 가장자리에서 들여다보며 한숨 짓는 소리가 들려오는 듯했네.

'이 뚜껑을 열 수만 있다면, 우리 두 사람을 같이 묻고 흙을 덮었으면 좋겠는데.' 나는 속으로 그렇게 중얼거리면서 더욱더 미친 것처럼 뚜껑을 열려고 했지. 그랬더니 또다시 한숨 소리가 내 귓가에 들려왔네. 내게는 그 소리가 진눈깨비를 몰고 오는 바람을 물리치는 따스한 입김 같은 느낌이 들었다네. 어둠 속이라 눈에 보이지는 않더라도 사람이 가까이 다가오는 느낌은 알아차릴 수 있듯이, 나는 캐시가 분명 땅 밑이 아니라 땅 위에 있다고 느꼈네.

갑자기 심장에서 비롯된 안도감이 전신에 퍼지더군. 나는 힘든 작업을 중지하고 곧 위로를 받았네. 말로 형용할 수 없는 위로를 말일세. 그녀는 나와 같이 있었거든. 그녀는 무덤을 다시 덮을 때까지 기다렸다가 나를 집까지 데려다주었네. 웃을 테면 웃어도 좋아. 그러나 나는 분명히 거기서 그녀를 보았네. 틀림없이 그녀가 나와 같이 있었으므로, 그녀에게 말을 건네지 않을 수가 없었네.

워더링 하이츠로 돌아와서 나는 곧장 문으로 달려갔네. 문은 잠겨 있더군. 그 망할 힌들리와 이사벨라가 나를 못 들어오게 막았어. 그놈을 숨이 막혀버릴 만큼 걷어차고는 단숨에 2층으로 뛰어 올라가 내 방과 그녀의 방을 둘러보았지. 나는 초조하게 사방을 살펴보았어. 그리고 그녀가 내 곁에 있음을 느꼈어. 그녀는 눈에 보일 듯 보일 듯하면서도 결국 보이지 않더군! 아마 그때 나는 그리움에 몸을 떨면서 단 한 번만이라도 보고 싶다는 불타는 듯한 욕망 때문에 피땀을 흘리고 있었을 걸세. 그러나 보이지 않더군. 살아 있을 때와 마찬가지로 그녀는 내게 있어서는 악마야! 그 후로 때로는 심하고 때로는 좀 덜하지만, 나는 참을 수 없는 고통의 제물이 되어왔다네! 지독하기도 하지. 내 신경을 그처럼 날카롭게 긴장시키다니 말이야. 내 신경이 힘줄처럼 질기지 않았더라면 나는 이미 오래전에 린턴처럼 맥없이 쓰러지고 말았을 걸세.

헤어턴과 같이 거실에 앉아 있노라면 밖으로 나가서 그녀를 만나보아야 할 것 같단 말이야. 나는 밖에 나갔다가도 서둘러 집으로 돌아왔네. 분명히 그 여자가 워더링 하이츠의 어딘가에 있을 것 같아서 말이야! 그녀의 방에서 잠을 자는 날이면 나는 항상 쫓겨나곤 했지. 그 방에서는 도저히 누워 있을 수가 없었다네. 눈을 붙이는 순간 그녀는 창 밖에 나타나거나, 문을 밀어젖히거나, 방으로 들어오거나, 어떤 때는 어렸을 때 누웠던 그 베개 위에 아름다운 머리를 기대기도 하거든. 그러면 나는 감았던 눈을 뜨고 보지 않을 수 없었지. 그렇게 하룻밤에도 몇 번을 눈을 떴다 감았다 해도 늘 실망뿐이었네. 그것은 고문이었네! 그래서 내가 이따금 크게 신음 소리를 내면, 악당 같은 조지프 영감은 내 마음속에서 양심이 악귀 노릇을 하고 있다고 말하곤 하지.

이제 그녀를 보고 나니 마음이 가라앉았네. 조금은 말일세. 그것은 살인치고는 묘한 것이지. 18년 동안이나 희망이라는 허깨비로 나를 놀리다니, 그것도 한 치 두 치씩이 아니라 머리카락 두께만큼 아주 조금씩 죄어 죽이는 거야!"

히드클리프는 말을 끝내고 이마의 땀을 닦았습니다. 머리카락이 땀에 젖어 이마에 달라붙어 있었습니다. 두 눈은 난로의 빨간 불을 바라보고 있었는데, 눈썹을 찌푸리지 않고 관자놀이께까지 치켜올리고 있어서 무서운 표정은 사라졌습니다. 하지만 묘하게 수심에 찬 것이, 마치 긴장하여 한 가지 일에만 빠져 있는 듯한 모습이었습니다. 그가 저를 꼭 말상대로 여기고 있는 것 같지는 않기에 저는 가만히 있었습니다.

잠시 후 그는 다시 초상화를 쳐다보더니, 그것을 떼어 좀더 잘 보이는 곳에 놓고 들여다보려는 듯 소파 위에 기대놓았습니다. 그때 캐서린 아가씨가 들어와서, 망아지에 안장만 얹으면 준비가 다 된다고 알렸습니다.

"저것은 내일 보내주게."

히드클리프는 제게 이르고는 아가씨를 바라보며 덧붙였습니다.

"망아지는 놔둬도 돼. 오늘 저녁은 이렇게 날씨도 좋고 또 워더링 하이츠에 가면 망아지는 필요없을 거야. 어디를 가든 걸어서 다니면 되지.

가자."

"잘 있어, 넬리!"

나의 사랑스러운 아가씨가 속삭였습니다. 저에게 키스하는 아가씨의
입술은 얼음같이 차가웠습니다.

"놀러 와, 넬리. 잊지 말고."

"그런 일은 되도록 없었으면 좋겠네. 자네에게 할말이 있으면 내가 이
리로 오겠네. 자네가 워더링 하이츠에 얼씬거리는 것은 원치 않네!"

그는 아가씨더러 앞정서라고 손짓했습니다. 아가씨는 제 가슴을 찢는
듯한 표정을 지으며 그의 말에 순종했습니다. 저는 창문에서 그들이 뜰
을 걸어 내려가는 것을 지켜보았습니다. 히드클리프는 빠른 걸음으로 아
가씨를 끌고 오솔길로 들어섰습니다. 두 사람의 모습은 이내 나무 사이
로 사라져 보이지 않았습니다.

30

그 후 저는 워더링 하이츠에 한 번 간 적이 있었지만, 아씨를 만나지는 못했습니다. 아씨의 안부가 궁금해서 찾아갔었는데, 조지프가 문을 가로막고 서서 캐서린 아씨는 바쁘시고 주인님은 안 계시다면서 들여보내 주지 않았습니다. 질라가 그 집안 사정을 조금이라도 일러주지 않았더라면, 누가 죽었는지 살았는지조차 모를 뻔했습니다.

말하는 품으로 보아 질라는 캐서린 아씨를 그다지 좋아하지 않는 것 같았습니다. 아마 건방지다고 생각했겠지요. 그 댁에 처음 갔을 때 아씨가 질라에게 심부름을 시켰는데, 히드클리프가 못하게 막았답니다. 히드클리프는 질라에게 맡은 일이나 하라고 하면서, 아씨에게 자기 일은 자기가 하라고 일렀다는 것입니다. 질라는 얼씨구나 하고 히드클리프의 말대로 했답니다. 인정은 많지만 본래 소견머리가 없는 여자였으니까요. 캐서린 아씨는 이런 냉대를 받고는 아이처럼 토라져서, 그녀가 무슨 큰 잘못이라도 저지른 것처럼 자기 원수 중의 하나로 여기면서 그녀를 무시했답니다.

6주일 전쯤, 그러니까 록우드 씨가 이곳에 오시기 얼마 전이었죠. 들에서 질라를 만나 오랫동안 이야기를 나누었는데, 그날 질라는 이런 이야기를 들려주었습니다.

아씨가 워더링 하이츠에 도착해서 맨 처음 한 일은 나와 조지프에게 잘 자라는 말도 없이 2층으로 뛰어 올라간 것이었어요. 린턴 서방님의 방으로 들어가더니 아침까지 꼼짝도 안 하시더군요. 주인님과 헤어턴 도련님이 아침 식사를 하고 있는데, 아씨가 거실로 들어와서 몸을 떨면서 의사를 불러올 수 없겠냐고 하더군요. 서방님이 몹시 아프다면서요.

"알고 있어!"

주인님이 태연하게 대답하셨어요.

"하지만 녀석의 목숨은 한 푼의 가치도 없어. 그 녀석을 위해서는 동전 한 푼 쓰고 싶지 않아."

"하지만 전 어떻게 해야 할지 모르겠어요. 아무도 도와주지 않으면 린턴은 죽고 말 거예요!"

"나가! 그리고 내 앞에서 다시는 그 녀석 얘기를 꺼내지 마! 그 녀석이 어떻게 되든 여기 있는 사람들은 아무도 관심도 없어. 그러니 걱정이 되면 너나 간호해 주렴. 간호할 마음이 없으면 가만 놔두든지."

그러자 아씨는 나를 졸라대기 시작했어요. 그래서 나는 그 귀찮은 환자는 지긋지긋하다고 했지요. 그리고 우리는 각자 할 일이 있는데 아씨의 일은 린턴 서방님을 간호하는 것이니 그 일은 아씨께 맡기라고 주인님이 분부하셨다고 말했지요.

그분들이 어떻게 지냈는지 나는 알 수 없어요. 아마 서방님은 몹시 짜증을 내면서 밤낮으로 신음 소리를 내고, 그래서 아씨는 잠을 제대로 못 잤겠지요. 아씨의 창백한 얼굴과 벌겋게 충혈된 눈을 보면 알 수 있었어요. 넬리, 내가 어떻게 주인님의 명을 거역할 수가 있겠어요. 나도 케네스 선생을 불러오지 않는 것은 잘못이라고 여겼지만, 이런저런 참견을 하거나 불평하는 것은 내가 할 일이 아니어서 그냥 가만히 있었지요.

모두 잠자리에 든 뒤 한두 번 방문을 열고 내다본 적이 있었는데, 아씨가 계단 꼭대기에 앉아 울고 있더군요. 나는 마음이 약해져서 재빨리 문을 닫고 말았지요. 그때는 참으로 불쌍한 생각이 들었지만, 나는 쫓겨나는 건 싫었거든요.

그러던 어느 날 밤, 아씨가 갑자기 내 방으로 들어와서 이런 말을 해서 나를 당황하게 했지요.

"히드클리프 씨더러 린턴이 곧 죽을 것 같다고 알려줘요. 이번에는 분명히 죽을 것 같아. 빨리 일어나! 가서 그렇게 말하란 말이야."

아씨는 이렇게 말하고는 다시 사라졌어요. 나는 겁이 나서 한참 동안 떨면서 귀를 기울이고 누워 있었지요. 집안은 쥐 죽은 듯 조용했어요.

'아씨가 잘못 안 거야.'

나는 혼자 생각했지요.

'서방님은 고비를 잘 넘길 거야. 여러 사람을 깨울 것까진 없지.'

그리고 나는 다시 잠이 들었어요. 그런데 이번에는 종소리가 요란하게 울려 잠이 깨고 말았지요. 그것은 린턴 서방님을 위해서 마련한 집안에 하나밖에 없는 종이었어요. 그래서 주인님은 나에게 무슨 일인지 알아보고 다시는 그런 소리를 내지 않도록 주의를 주라고 말했어요.

나는 조금 전 아씨의 말을 주인님께 전했어요. 주인님은 뭐라고 혼자 중얼거리더니 잠시 후 촛불을 들고 서방님의 방으로 갔어요. 나도 함께 갔지요. 아씨는 두 손을 무릎 위에 얹은 채 침대 옆에 앉아 있더군요. 주인님은 다가가서 서방님의 얼굴에 촛불을 비춰보고 손을 가슴에 대보더니 아씨에게 말씀하셨어요.

"자, 캐서린. 기분이 어떠냐?"

아씨는 아무 말이 없었어요.

"캐서린, 기분이 어떠냔 말이다."

주인님이 다시 물으셨지요.

"린턴은 편안한 곳으로 가고 난 자유로워졌어요. 그러니 당연히 기분이 좋아야 할 텐데……."

아씨는 슬픔을 감추지 못하고 말을 잇더군요.

"당신은 나 홀로 죽음과 싸우도록 내버려두었기 때문에 마치 나도 죽은 것 같아요!"

정말 아씨도 죽은 사람 같았어요. 잠시 후 종소리와 발소리에 잠이 깬 헤어턴과 조지프가 들어왔어요. 조지프는 서방님의 죽음을 기뻐하는 눈치였고, 헤어턴은 다소 염려스러워하는 것 같더군요. 그는 아씨를 쳐다보는 데 더 정신이 팔려 있었지만 말이에요. 그러나 주인님은 헤어턴에게 침실로 돌아가라고 일렀어요. 그의 도움은 필요없었기 때문이죠. 그런 다음 조지프에게 서방님의 시신을 자기 방으로 옮기라고 하고, 저더러는 방으로 돌아가라고 하셨어요. 결국 아씨만 혼자 그 방에 남게 되었지요.

이튿날 아침, 주인님은 아씨에게 내려와서 아침 식사를 하라고 이르라고 저를 시키셨죠. 아씨는 옷을 벗고 잠을 자려던 참이었는데, 몸이 아프다고 하더군요. 나는 당연한 일이라고 생각했지요.

주인님께 그대로 전했더니 이렇게 말씀하시더군요.

"그럼 장례식이 끝날 때까지 가만히 내버려두고 이따금 올라가서 필요한 것을 갖다주도록 해. 그리고 좀 나아진 것 같으면 곧 내게 알려."

질라의 말에 의하면, 캐시 아씨는 열나흘을 2층에만 계셨답니다. 질라는 하루에 두 번씩 올라가 좀더 다정하게 대하려 했으나, 캐시 아씨는 도도하게 거절했답니다.

한번은 히드클리프가 아들의 유언장을 보여주기 위해 아씨를 만나러 갔답니다. 린턴 서방님은 자기 몫과 캐서린 아씨의 몫이었던 동산 모두를 자기 아버지에게 양도했다더군요. 그 가엾은 서방님은 외삼촌이 돌아가셔서 캐시 아씨가 일주일쯤 집을 비운 사이에 아버지가 위협하고 달래는 바람에 그렇게 할 수밖에 없었던 겁니다. 미성년자이기 때문에 토지 소유권에는 손을 대지 못했지만, 히드클리프는 아내와 자신의 권리를 주장하여 토지의 소유권도 합법적으로 획득했던 모양입니다. 어쨌든 캐서린 아씨는 돈도 없고 도와줄 사람도 없었으므로 시아버지의 그런 처사를 제지할 수가 없었습니다.

질라의 이야기는 계속되었습니다.

그 후로 나 이외엔 아무도 아씨 방에 얼씬거리지 않았고 안부도 묻지 않았지요. 아씨가 처음 거실로 내려온 것은 어느 일요일 오후였습니다. 내가 점심을 가지고 올라갔더니, 아씨가 추운 방에서 더 이상 견딜 수 없다고 소리를 지르더군요. 그래서 내가 주인님은 드러시크로스 저택에 가실 예정이고, 헤어턴 도련님과 나는 아씨가 아래층에 내려와 계셔도 상관없다고 말했지요. 그랬더니 아씨는 주인님이 나가시자마자 곧 상복을 입고 아래층으로 내려오셨는데, 노란 곱슬머리를 퀘이커 교도처럼 볼품없이 귀 뒤로 빗어 넘겼더군요. 곱슬머리를 깔끔하게 빗질하기가 어려웠던 거죠.

나는 원래 일요일엔 조지프와 함께 교회에 가지만 그날은 조지프만 보냈습니다. 헤어턴과 아씨만 집에 두고 갈 수가 없었습니다. 젊은이들은 어른이 감독하면 항상 조심하니까요. 그리고 헤어턴 도련님은 몹시 수줍은 성격이지만 행실은 좋은 편이 아니었기 때문이죠. 나는 아씨가 우리와 같이 앉아 있게 되리라는 사실을 그에게 알리고, 아씨는 언제나 안식일을 지키는 것만 보아왔기 때문에 아씨가 내려와 있을 때는 총도 치워놓고 집안일도 쉬는 게 좋겠다고 말했지요.

내 말에 헤어턴 도련님은 얼굴을 붉히더니, 자신의 손과 옷으로 눈길을 돌리더군요. 그리고 순식간에 고래 기름과 화약을 얼른 보이지 않는 곳에 치워버렸지요. 나는 도련님이 하는 짓으로 보아 몸단장을 하고 싶어한다는 것을 알았어요. 그래서 나는 웃으면서―주인님이 계시면 소리 내어 웃는 일이 없었지만―원한다면 도와주겠다고 하면서 난처해하는 도련님을 놀렸지요. 그러자 그는 얼굴을 찡그리면서 제게 욕설을 퍼붓기 시작했어요.

그런데 넬리, 당신은 아마 아씨가 헤어턴 도련님에게는 분에 넘친다고 생각하겠지요. 당신의 생각이 옳을지도 몰라요. 그러나 솔직히 말씀드려 나는 아씨의 콧대를 조금 꺾어놓고 싶기도 했어요. 지금 아씨 처지에 학문과 미모가 무슨 소용 있겠어요? 아씨는 당신이나 나와 다름없는 가난뱅이예요. 아니, 더 가난할지도 몰라요. 당신은 돈을 저축하고, 나도 돈을 모으기 위해 조금씩이나마 노력하고 있으니까요.

혜어턴은 나에게 깨끗한 옷을 달라고 했습니다. 그래서 나는 그가 모양 내는 걸 도와주고 칭찬을 했죠. 기분이 좋아진 그는 캐서린 아씨가 내려오자 전에 모욕받은 일도 잊고 그녀의 비위를 맞추려고 애쓰더군요.

아씨는 고드름처럼 차디차고 공주님만큼이나 도도하게 걸어 들어왔어요. 나는 일어나서 내가 앉았던 안락의자를 내드렸지요. 그런데 웬걸, 아씨는 나의 호의를 거들떠보지도 않았답니다. 도련님도 일어나서 소파에 앉으라고 권했어요. 추위로 인해 고드름이 되었을 거라고 생각한 거지요.

"나는 고드름이 된 지 한 달이 지났어요."

아씨는 아주 무시하는 투로 고드름이라는 단어에 힘을 주어 말했어요. 그러고는 손수 의자를 들어 우리 두 사람과 떨어진 곳에 놓더군요.

몸이 녹자 아씨는 방안을 살펴보기 시작했어요. 책장 위에 책들이 있는 것을 본 그녀는 벌떡 일어나 책을 꺼내려고 팔을 뻗었지만, 너무 높아서 손이 닿지 않더군요. 도련님은 한참 동안 아씨가 애쓰는 모습을 쳐다보고 있더니, 드디어 용기를 내어 거들어주었지요. 아씨가 펼쳐든 치마에 도련님은 손에 잡히는 대로 책을 가득 담아주었어요.

그것은 헤어턴 도련님에게 있어서는 큰 진전이었지요. 아씨는 고맙다는 인사조차 하지 않았지만, 그는 아씨가 자기의 도움을 받아들였다는 것으로 알고 책을 보고 있는 아씨 뒤에서 허리 굽혀 같이 들여다보며 책 속에서 재미있다고 생각되는 그림이 나오면 손가락으로 가리키기도 했어요. 아씨가 쌀쌀맞게 대해도 그는 기죽지 않고 조금 뒤로 물러서서 책 대신 아씨를 쳐다보는 것으로 만족했지요.

도련님은 아씨 뒤에 서 있었고, 그래서 도련님에게는 아씨의 얼굴이 보이지 않고 아씨에게도 도련님의 모습이 보이지 않았지요. 차츰 도련님

의 관심은 숱이 많고 비단결 같은 아씨의 곱슬머리에 쏠렸어요. 그러다
가 무의식중에, 마치 어린아이가 촛불에 이끌리듯 바라보는 데 만족하지
못하고 만져보고 싶었던 모양이에요. 헤어턴 도련님은 손을 내밀어 마치
새라도 다루듯 조심스럽게 아씨의 머리카락 한 올을 만졌어요. 그러자
아씨는 목에 칼이라도 꽂힌 듯 깜짝 놀라며 뒤를 돌아보더군요.

"당장 저리 가요! 왜 함부로 내 머리를 만지는 거야? 왜 그러고 서 있
어요?"

아씨가 불쾌한 표정을 지으며 고함을 쳤어요.

"보기 싫어요! 앞으로 내 옆에 가까이 오면 난 2층으로 올라가 버릴
거예요."

헤어턴 도련님은 정말 바보 같은 얼굴로 물러서서 풀이 죽은 채 소파
에 앉고, 아씨는 반시간 정도 책에서 눈을 떼지 않았지요. 한참 후에 도
련님이 제게로 와 귓속말로 속삭였어요.

"질라, 아씨에게 책을 읽어달라고 부탁해 주지 않을래? 아무것도 안
하고 있으니 너무 심심해서 그래. 책을 읽어주면 정말 좋겠는데! 내가 그
런다고 하지 말고 질라가 원하는 것처럼 부탁해 봐."

나는 고개를 끄덕이고는 곧 도련님의 청을 전했지요.

"책을 좀 읽어주십사 하고 도련님이 부탁하시는데요, 아씨. 그렇게 해
주시면 매우 고맙겠대요."

그러자 아씨는 얼굴을 찡그리고 나를 보며 대답했습니다.

"헤어턴, 그리고 당신네들 모두 잘 들어둬요. 나는 당신들이 베푸는
척하는 위선적인 친절 따위는 받아들이지 않겠어요! 내가 친절한 말 한
마디만 들어도, 아니 당신들 중 누구든 얼굴이라도 한번 보았으면 죽어

도 여한이 없겠다고 생각했을 땐 아무도 내 앞에 나타나지 않았어요. 그렇지만 당신네들에게 불평하고 싶은 생각은 없어요! 나는 단지 추워서 할 수 없이 여기 내려온 것이지, 당신들과 재미있게 어울리기 위해 내려온 것이 아니란 말이에요."

"내가 어쨌다는 거야?"

그때까지 잠자코 있던 도련님이 벌컥 화를 내며 말했습니다.

"도대체 내가 뭘 잘못했다는 거야?"

"아아, 당신은 빼고요. 당신 같은 사람이 날 안 찾아주었다고 섭섭한 적은 한번도 없었으니까요."

"난 당신 대신 밤을 새우겠다고 히드클리프 씨에게 여러 번 부탁했단 말이야."

"닥쳐요! 불쾌한 그 목소리를 듣고 있느니 차라리 문 밖이나 다른 데로 나가버리겠어요."

아씨의 무례한 태도에 도련님은 지옥으로 가든지 마음대로 하라고 투덜대면서 내 부탁의 말은 까마득하게 잊었는지 한쪽으로 치워놓았던 총을 꺼내어 멋대로 굴었지요. 말도 함부로 했고요. 그러니 아씨도 자기 방으로 돌아가는 것이 나으리라는 생각은 들었겠지만, 추위 때문에 자존심을 꺾고 아래층으로 내려와 우리와 같이 지내는 날이 많아졌지요.

그러나 나는 다시는 내 호의를 무시당하지 않도록, 그 일이 있은 후로는 아씨 못지않게 무뚝뚝하게 굴었지요. 누구도 아씨를 사랑하거나 좋아하지 않았어요. 사실 사랑을 받을 만한 자격도 없지만. 왜냐하면 누구든 뭐라고 한마디만 하면 사정없이 쏘아댔으니까요. 아씨는 주인님에게조차 대들어서 매까지 맞았어요. 혼이 나면 날수록 아씨의 성격은 더욱 포악해지더군요.

　처음 질라에게 이런 말을 들었을 때, 저는 이 집에서 나가서 오두막이라도 얻어 아씨와 함께 살려고 작정을 했습니다. 그러나 히드클리프는 그럴 바에야 차라리 헤어턴에게 집을 주어 따로 나가게 했을 겁니다. 현재로서는 아씨가 재혼하는 길밖에 다른 방법이 없는데, 그런 일은 제 힘으로 어떻게 할 수 있는 일이 못 되지요.

　넬리의 이야기는 끝났다. 의사가 예측한 것과는 달리 나의 건강은 빠르게 회복되었다. 아직 1월의 두 번째 주지만, 하루나 이틀 뒤에 나는 말을 타고 워더링 하이츠로 가서 집주인에게 앞으로 여섯 달 정도는 런던에서 보낼 계획이라고 말하고, 만약 그가 원한다면 10월 이후에 세들 사람을 다른 데서 물색해도 좋다고 할 작정이다. 누가 뭐래도 나는 이곳에서 또다시 겨울을 보낼 생각은 추호도 없다.

31

어제는 맑고 바람도 불지 않는 차가운 날씨였다. 넬리가 워더링 하이츠의 캐서린에게 전해 달라고 부탁한 쪽지를 가지고 나는 계획했던 대로 워더링 하이츠로 갔다. 후덕한 넬리는 그런 부탁을 하는 것을 별로 이상하게 여기지 않았으므로 나도 거절하지 않았다.

지난번에 왔을 때와 다름없이 대문은 잠겨 있었지만 현관 문은 열려 있었다. 문을 두드리자 정원에 나와 있던 헤어턴이 대문을 열어주었다. 그는 시골 청년치고는 상당한 미남이었다. 그러나 그는 자신의 그러한 장점을 전혀 뽐낼 생각이 없는 것 같았다.

내가 히드클리프 씨가 집에 있느냐고 묻자, 그는 안 계시지만 점심 시간에 돌아올 것이라고 대답했다. 그때가 11시였으므로 나는 집안으로 들어가서 돌아올 때까지 기다리겠다고 했다. 그랬더니 그는 즉시 연장을 내던지고 내 뒤를 따랐는데, 주인 노릇을 하려는 것이 아니라 순전히 나를 감시하기 위해서인 것 같았다.

나와 헤어턴이 들어갔을 때 캐서린은 점심 식탁에 올릴 야채 요리를 만들고 있었는데, 처음 보았을 때보다 더욱더 우울하고 힘이 없어 보였다. 그녀는 나를 무시하고 전과 다름없이 일반적인 예의 같은 것은 모조리 잊은 듯 하던 일을 계속했다. 내가 머리 숙여 인사를 해도 그녀는 외면했다.

'저 여자는 넬리가 말하는 것보다 사랑스럽지는 않군.' 하고 나는 생각했다. '미인인 것은 분명하지만 천사는 아냐.'

헤어턴은 캐서린에게 요리 기구를 부엌으로 가져가라고 무뚝뚝하게 말했다.

"당신이 갖고 가요."

캐서린은 일이 끝나자마자 요리 기구를 한쪽으로 밀어내며 말했다. 그리고 창가의 의자에 앉아서 쓰다 남은 무에 새와 짐승의 형태를 새기기 시작했다.

나는 정원을 내다보는 척하며 그녀 곁으로 가서, 넬리가 준 쪽지를 헤어턴이 눈치채지 못하도록 재빨리 그녀의 무릎 위에 떨어뜨렸다. 그런데 그녀가 그만 큰 소리로 "이게 뭐죠?" 하고 묻는 것이 아닌가.

"부인의 옛 친구인 드러시크로스 저택의 가정부가 보낸 편지요."

모처럼 은밀히 전하려던 나의 친절이 폭로되자 당황스럽기도 했고, 또 내가 쓴 편지라고 오해받을까 봐 두렵기도 해서 나는 일부러 장황하게 설명했다. 내 말을 듣고 캐서린이 반가워하며 쪽지를 집어들려고 했지만, 헤어턴이 먼저 그것을 집어 조끼 주머니에 쑤셔 넣었다. 히드클리프 씨에게 먼저 보여주어야 한다는 것이었다.

그러자 캐서린은 말없이 얼굴을 돌리더니, 호주머니에서 손수건을 꺼내 눈가로 가져갔다. 그녀의 사촌은 동정심을 억누르느라 한참 동안 애를 쓰더니, 편지를 도로 꺼내 아주 사납게 그녀 앞에 내던졌다.

캐서린은 그것을 얼른 집어서 읽더니, 내게 넬리에 대해 정신없이 몇 마디 묻고는 먼 산을 바라보며 혼잣말처럼 중얼거렸다.

"미니를 타고 저쪽으로 가보았으면! 저 언덕을 올라가 보았으면 좋겠어. 헤어턴, 난 숨이 막혀 죽을 것 같아!"

그리고 그녀는 아름다운 머리를 창틀에 기대고 우리가 보건 말건 상관하지 않고 멍하니 슬픔에 잠겼다.

"히드클리프 부인."

나는 한동안 가만히 있다가 입을 열었다.

"내가 부인에 대해 잘 안다는 것을 모르시는가 보군요. 얼마나 가깝게 느끼는지 부인이 내게 말을 걸어주지 않는 것이 이상하게 느껴질 정도지요. 넬리는 부인 얘기나 부인 칭찬이라면 지칠 줄을 모른답니다. 그러니 만약 내가 부인에게 아무 소식도 못 듣고 또 답장도 안 가지고 돌아가서, 부인이 편지를 받고도 아무 말씀이 없더라고 전한다면 넬리는 아마 무척 서운해할 겁니다!"

내 말에 그녀는 의아해하는 표정을 짓더니 이렇게 물었다.

"넬리가 당신을 좋아하나요?"

"네, 무척 좋아합니다."

나는 서슴지 않고 대답했다.

"그럼 이렇게 전해 주세요. 답장을 쓰고 싶지만 쓸 말이 전혀 없다고. 책장이라도 뜯었으면 좋겠는데, 그럴 책조차도 갖고 있지 않다고요."

"책이 한 권도 없다니! 이런 곳에서 책도 없이 어떻게 지내십니까? 실례의 말씀인지는 몰라도 나는 서재에 책이 많이 있는 드러시크로스 저택에서도 심심할 때가 많은데…… 만약 내게 책이 없다면 나는 미쳐버릴 거요!"

"나도 책이 있을 때는 항상 읽었지요. 그런데 히드클리프 씨는 책이라 곤 전혀 보지 않거든요. 그래서 내 책을 모조리 치워버려야겠다는 생각이 든 거예요. 벌써 몇 주일째 책이라고는 그림자도 못 보았어요. 그리고 한번은 헤어턴, 당신이 방에 몰래 감춰둔 책들을 우연히 찾아냈었어요. 라틴어와 그리스어 책이 몇 권, 이야기책과 시집 몇 권이 있었는데 모두 제겐 눈에 익은 것이었지요. 나는 그중에서 시집을 이곳으로 가져왔어요. 헤어턴은 마치 까치가 은수저를 모으듯 단지 훔치는 재미로 책을 모았던 거예요. 헤어턴에게는 책이 필요없었으니까요. 아니면 자기가 읽지 못하니까 다른 사람도 읽지 못하게 하려는 못된 마음에 책들을 감추었을 거예요. 내 보물을 내게서 몰수해 버리라고 히드클리프 씨를 꾄 것도 당신이지요? 하지만 나는 그것들을 내 머릿속에 적어두고 내 가슴속에 새겨 두었으니, 누구도 내게서 그것을 지울 수는 없어요!"

자신이 비밀리에 책을 모아둔 사실을 사촌이 폭로하자, 헤어턴은 얼굴이 달아올라 분개하며 그녀의 비난에 대해 더듬거리며 부정했다.

"헤어턴 군은 지식을 넓히고 싶어진 겁니다. 그는 부인의 학식을 질투하는 게 아니라 부인에게 지지 않으려고 노력하는 겁니다. 몇 해 안에 뛰어난 학자가 될 수도 있겠지요."

"그리고 자기가 발전하는 사이에 나는 바보가 되기를 바라겠지요."

캐서린이 내 말을 받아 대꾸했다.

"그래요. 저 사람이 혼자서 한 자 한 자 더듬거리며 읽어보려고 애쓰는 소리를 들은 적이 있는데, 형편없더군요! 어제 읽은 것처럼 다시 한 번 『체비 체이스』를 읽어봐요. 정말 우습더라니까요. 나는 모두 엿듣고 있었어요. 그리고 사전을 뒤적거리며 어려운 낱말을 찾다가 그 설명을 읽을 수 없으니까 투덜거리는 소리도 들었어요!"

헤어턴은 무식하다고 놀림을 당하다가 이제는 무식을 면하려 한다고 놀림을 당하자 너무 심하다고 여기는 것이 분명했다. 나도 동감이었다. 그리고 지금껏 무식하게 자라온 그가 글을 배우기 위해 행한 최초의 노력에 대해서 넬리에게 들은 이야기가 생각나서 이렇게 말했다.

"하지만 히드클리프 부인, 우리는 누구든지 시작하는 때가 있소. 그런 경우 누구나 비틀거리고 넘어지는 게 당연해요. 그럴 때 스승이 깨우쳐 주지 않고 비웃기만 한다면, 우리는 항상 똑같은 상태에서 헤어나지 못할 겁니다."

"어머! 나는 이 사람이 공부하는 것을 훼방 놓을 생각은 추호도 없어요. 단지 내 것을 차지하고 앉아서 엉망인 발음으로 그것을 우습게 만들 권리가 없다는 것뿐이에요! 산문이든 시든 간에 그 책들은 전부 나에게는 수많은 추억이 깃든 소중한 것들이에요. 그것이 저 사람의 입에 올라 천해지고 더럽혀지는 것이 싫어요. 더군다나 저 사람은 내게 앙심을 품은 듯이 하필이면 내가 자주 읽고 가장 아끼는 책만을 빼돌렸단 말이에요."

헤어턴의 가슴은 잠시 조용히 들먹였다. 그는 치밀어오르는 울화와 분노로 괴로워했는데, 그것을 참기가 매우 힘겨운 듯했다. 나는 그의 수치심을 덜어주려는 신사다운 생각으로 자리를 문 쪽으로 옮겨 선 채로 밖을 내다보았다.

잠시 후 헤어턴이 밖으로 나가더니 양손에 대여섯 권의 책을 들고 다시 나타나 그것들을 캐서린 쪽으로 내던지며 말했다.

"가져가! 다시는 그 따위 것을 읽고 싶지도, 생각하고 싶지도 않아!"

"이젠 그런 것 필요없어요. 그걸 보면 당신 생각이 날 테니까."

그녀는 자주 뒤적인 듯한 책을 한 권 펼쳐 들고 처음 글을 배우는 사람처럼 더듬거리며 한 구절을 읽더니, 웃으면서 책을 내던졌다.

"더 들어봐요."

그녀는 약을 올리듯 옛 민요 하나를 조금 전과 같은 식으로 읽기 시작했다. 그러나 그 이상의 모욕을 견뎌내기에는 헤어턴의 인내와 자존심에 한계가 있었다. 나는 그녀가 입을 건방지게 놀린다고 한 대 얻어맞는 소리를 들었는데, 그건 당연한 대가라는 생각이 들었다. 그 딱한 여인이 거칠기는 하지만 예민한 사촌의 감정을 상하게 하려고 전력을 다하는 마당에 헤어턴이 가해자에게 보복하고 공평하게 비기는 방법은 완력뿐이었던 것이다.

잠시 후, 헤어턴은 책을 한데 모아 불 속으로 내던졌다. 나는 화풀이를 하기 위해서 그런 희생을 감수한다는 것이 얼마나 고통스러운 일인가를 그의 얼굴에서 읽을 수가 있었다. 책들이 타서 없어지는 동안 그는 책에서 이미 얻은 즐거움, 그 책에서 얻기를 바랐던 승리감 그리고 나날이 늘어나는 즐거움을 회상했을 것으로 생각되었다. 그리고 또한 그가 아무도 모르게 공부하고 싶었던 이유도 알 것 같았다. 그는 캐서린을 만나기 전에는 매일 매일 반복되는 노동과 거칠고 야만스러운 즐거움에 만족하고 있었을 것이다. 그녀의 멸시를 받고서야 수치심이 생기기 시작하고, 그녀의 칭찬을 받고 싶은 마음에서 공부하고 싶은 생각이 들었을 것이다. 그런데 칭찬을 받기는커녕 그의 노력은 정반대의 결과를 초래했던 것이다.

"그래요. 당신처럼 짐승 같은 사람이 책에서 배울 것이라고는 고작 그런 짓뿐일 거야!"

캐서린은 얻어맞은 입술을 빨면서 분노로 이글거리는 눈으로 타오르는 불꽃을 쳐다보았다.

"그만 닥치는 게 좋을 거야!"

헤어턴이 난폭하게 말했다. 그는 흥분한 나머지 더 이상 말을 못하고 서둘러 문 쪽으로 다가왔다. 나는 재빨리 길을 비켜주었다. 그러나 그는 섬돌을 내려서기도 전에 자갈길을 올라오던 히드클리프와 마주쳤다. 히드클리프가 헤어턴의 어깨를 잡고 물었다.

"왜 그래?"

"아니, 아무것도 아니에요."

헤어턴은 슬픔과 분노를 혼자서 삭이려는 듯 피해 버렸다. 히드클리프는 그의 뒷모습을 우두커니 바라보다가 한숨을 내쉬었다.

"내 일을 나 스스로 망치려 들다니, 알 수 없는 노릇이지."

그는 내가 뒤에 있는 것도 모르고 중얼거렸다.

"저 녀석의 얼굴에서 제 아비의 모습을 찾으려고 하지만 날이 갈수록 그녀의 모습만 떠오르거든! 어쩌면 저토록 제 고모를 닮았단 말인가! 이젠 저 녀석의 얼굴도 보기 싫군."

그는 눈길을 아래로 떨구고 우울한 표정으로 걸어 들어왔다. 그의 얼굴에는 전에 볼 수 없었던 불안과 근심이 어려 있었고, 몸도 수척해 보였다. 그의 며느리는 창 밖으로 그가 오는 것을 보고 얼른 부엌으로 피해 버렸기 때문에 거실에는 나만 혼자 남게 되었다.

"록우드 씨, 다시 바깥출입을 하게 되었으니 다행이군요."

그는 내가 인사를 건네자 그렇게 말하고는 말을 이었다.

"제 이기심에서 드리는 말씀이기는 합니다만, 이렇게 쓸쓸한 고장이고 보면 당신이 나간 다음 세들 사람을 좀체 구하기 힘들 것 같소. 사실 당신이 무슨 일로 이곳에 오셨는지 궁금할 때가 한두 번이 아니었소."

"괜한 변덕 때문이겠지요. 이번엔 그 부질없는 변덕 때문에 이곳을 떠날 예정입니다. 나는 내주 런던으로 떠납니다. 그래서 처음 계약한 대로 드러시크로스 저택에는 12개월 이상 머물 수 없다는 것을 미리 말씀드려야겠습니다. 이젠 더 이상 그곳에서 머물지 않을 겁니다."

"아, 그래요? 속세를 떠나 사는 데도 신물이 나는가 보군요. 하지만 이제 거기 머물지 않는다고 집세를 깎아달라고 오신 거라면 헛걸음하셨소. 나는 누구에게나 받아야 할 돈을 받아내는 데는 철저한 사람이니까요."

"집세를 깎아달라고 온 것이 아닙니다."

나는 몹시 기분이 상해서 큰 소리로 말했다.

"원하신다면 지금 당장 계산해 드리겠소."

이렇게 말하며 나는 호주머니에서 지갑을 꺼냈다.

"아니, 천만에."

그는 냉담하게 대꾸했다.

"혹 돌아오지 못하게 되면 집세로 충당하기에 마땅한 물건을 남기고 가실 테죠. 나는 별로 급하지 않으니 점심이나 같이 합시다. 두 번 다시 찾아올 것 같지 않은 손님은 대체로 환영받는 법이랍니다. 캐서린, 상을 차려라."

캐서린은 나이프와 포크를 쟁반에 받쳐들고 다시 나타났다.

"너는 조지프와 같이 먹도록 해라."

히드클리프가 조그만 소리로 말했다.

"그리고 손님이 가실 때까지 부엌에 있거라."

그녀는 시아버지의 말에 순순히 복종했다. 아마 명령을 거역하고 싶은 유혹조차 느끼지 않는 것 같았다. 시골뜨기와 염세주의자들 속에서 살다 보니, 이제는 좀 나은 계층의 사람들을 만나도 알아보지 못하는 모양이었다.

한쪽에는 침울하고 무뚝뚝한 히드클리프, 다른 한쪽에는 전혀 말이 없는 헤어턴과 같이 나는 별로 유쾌하지 못한 식사를 하고 일찌감치 작별을 고했다. 마지막으로 캐서린을 한 번 더 보고 조지프 영감도 괴롭힐 겸 뒷문으로 나가고 싶었으나, 주인이 헤어턴에게 내 말을 끌고 오라고 한 다음 직접 문까지 배웅해 주는 바람에 뜻대로 할 수가 없었다.

'저런 곳에서 살면 얼마나 삭막할까!' 하고 나는 말을 타고 돌아오면서 생각했다. '만약 착한 넬리가 바라는 것처럼 린턴 히드클리프의 미망인과 내가 우연히 사랑에 빠져서 손을 맞잡고 도시의 복잡한 분위기 속으로 옮겨가 산다면, 그녀에게는 동화보다도 더 낭만적인 꿈이 이루어지는 셈이겠지!'

32

1802년 9월, 나는 북부 지방에 사는 친구로부터 사냥을 하면서 벌판을 한번 휩쓸어보지 않겠느냐는 초대를 받았다. 그래서 그 친구의 저택으로 가는 길에 우연히 기머튼에서 15마일 떨어진 곳을 지나게 되었다. 길가 선술집의 마부가 내 말에게 먹일 물을 통에 받아 들고 오다가, 갓 베어 들인 새파란 귀리를 실은 마차가 지나가는 것을 보더니 이렇게 외쳤다.

"저건 기머튼에서 온 겁니다. 분명해요! 거긴 항상 다른 곳보다 추수가 3주일 정도는 늦으니까요."

"기머튼이라고요?" 하고 나는 되물었다. 그 지방에 머물렀던 것이 아주 먼 옛날 일 같았기 때문이다.

"아아! 그렇지. 여기서 얼마나 가면 되나요?"

"저 고개를 넘어가면 14마일쯤 될 겁니다. 험한 길이지요."

나는 불현듯 드러시크로스 저택을 방문해 보고 싶었다. 겨우 정오가 되었을까 말까 한 때였으므로, 오늘 밤 여관에서 자느니 세든 집이긴 하지만 차라리 내 집에서 보내는 것이 나으리라는 생각이 들었다. 뿐만 아니라 주인을 만나 집 문제를 처리하려면 하루는 걸릴 텐데, 그때 다시 이곳까지 와야 하는 수고를 덜 수도 있었다.

잠깐 휴식을 취한 후, 나는 하인을 시켜서 그 마을로 가는 길을 자세히 알아보았다. 그래서 우리는 말들에겐 몹시 애를 먹였지만 그럭저럭 세 시간쯤 걸려서 그곳에 도착했다.

나는 하인을 마을에 남겨두고 혼자 골짜기를 내려갔다. 회색의 교회 건물은 더욱 짙은 회색이 되었고, 삭막한 교회 묘지는 더욱더 삭막해 보였다. 염소 한 마리가 무덤 위의 짧은 풀을 뜯고 있었다. 날씨가 따뜻해서 기분이 좋았다. 여행하기에는 좀 더웠지만, 아름다운 경치를 감상하는 데는 상관없었다. 그 경치를 8월경에 보았더라면, 나는 분명히 삭막하고 외딴 곳에서 한 달쯤 머물고 싶은 생각이 들었을 것이다. 주위가 산으로 둘러싸인 이 계곡과, 히스가 우거지고 굴곡이 심한 들판은 겨울에는 더할 수 없이 황량하고 여름에는 더할 수 없이 아름다웠다.

나는 해가 지기 전에 드러시크로스 저택에 이르러 문을 두드렸다. 그러나 부엌 굴뚝에서 한 줄기 파란 연기가 가늘게 피어오르는 것으로 보아 식구들이 모두 뒤채에 있는지 나오는 사람이 없었다.

나는 안뜰로 말을 몰고 들어갔다. 문간에서는 아홉 살이나 열 살쯤 되어 보이는 여자 아이가 뜨개질을 하고 있었고, 한 노파가 댓돌에 기댄 채 생각에 빠져 담뱃대를 빨고 있었다.

"넬리는 안에 계신가요?" 하고 나는 노파에게 물었다.

"넬리? 안 계신데. 그분은 이 집에 살지 않고 워더링 하이츠에서 사신다오."

"그럼 할머니가 이 집을 지키고 계신가요?"

나는 다시 물었다.

"네, 내가 이 집을 지키고 있다오."

"그래요? 나는 이 집 주인 록우드라고 합니다. 오늘 밤 여기서 쉬어야 겠는데, 내가 묵어도 좋을지 모르겠군요."

"주인님이시라고요!"

노파는 깜짝 놀라 소리쳤다.

"저런, 주인님께서 오실 줄 누가 알았겠소. 미리 연락을 하고 오시지 않고. 어디 쉬실 만한 방이 있어야지요. 깨끗한 방이 하나도 없어요."

노파는 담뱃대를 내던지고 분주하게 안으로 들어갔다. 소녀가 그 뒤를 따르고, 나도 따라 들어갔다. 들어가서 보니 과연 노파의 말 그대로였다. 뿐만 아니라 뜻하지 않은 나의 출현으로 노파는 거의 혼이 빠진 상태였으므로 나는 진정하라고 일렀다. 그리고 잠시 산책을 나갔다 올 테니, 그 동안 거실 한쪽을 치워서 저녁 먹을 자리를 만들고, 침실 하나를 마련해놓으라고 당부했다. 또한 쓸고 닦을 필요는 없으니 그저 불이나 따뜻하게 피워놓고 눅눅하지 않은 홑이불만 있으면 된다고 덧붙였다.

노파는 최선을 다해 분주히 움직이려는 것 같았으나, 난로 닦는 솔을 부지깽이로 잘못 알고 난로의 받침쇠 속으로 쑤셔넣기도 하고, 그 밖에도 몇 가지 작업 도구를 계속 들었다 놓았다 했다. 그러나 내가 돌아올 때까지는 쉴 만한 장소를 마련하겠거니 하고 나는 노파의 성의를 믿고 집을 나섰다.

내가 계획한 산책의 목적지는 워더링 하이츠였다. 안뜰을 지나다가 갑자기 생각이 나서 나는 다시 안으로 들어가 노파에게 물었다.

"워더링 하이츠 분들은 모두 안녕하신가요?"

"네, 아마 잘들 계실 겁니다."

노파는 불씨가 담긴 그릇을 들고 뛰어가다 말고 대답했다. 넬리가 드러시크로스 저택을 떠난 까닭을 묻고 싶었지만, 그렇게 급히 서두르는 노파를 붙들고 이야기하자고 할 수도 없는 일이어서 그냥 나왔다.

나는 붉게 물든 석양을 뒤로하고 떠오르는 달의 은은한 빛을 마주한 채 숲을 지나 워더링 하이츠로 뻗어 있는 자갈 깔린 사잇길을 천천히 걸어갔다.

워더링 하이츠가 보이는 곳까지 이르기도 전에 서쪽 하늘만 호박색으로 물들었을 뿐 날은 벌써 어두워졌다. 그러나 달빛으로 인해 길 위에 깔린 자갈 한 개, 풀잎 하나까지 선명하게 보였다.

나는 대문을 타고 넘어가거나 두드릴 필요가 없었다. 문을 손으로 밀자 금방 열렸기 때문이다.

'달라졌군.' 하고 나는 생각했다. 그리고 또 하나 변한 것을 코로 느낄 수 있었다. 흔한 과일나무 사이로 스톡꽃과 계란풀 향기가 바람결에 풍겼던 것이다.

출입문도 창문도 전부 열려 있었으나, 탄광 지대에서는 으레 그렇듯이 난로에는 빨간 불이 타오르고 있었다. 그것을 바라볼 때 느끼는 상쾌한 기분이 더운 난롯불도 견딜 만하게 해주었다. 그러나 워더링 하이츠의 거실은 무척 넓기 때문에 식구들이 열기를 피해 앉을 만한 자리가 얼마든지 있었다.

그날도 워더링 하이츠 식구들은 창가에서 별로 떨어지지 않은 곳에 앉아 있었다. 그래서 나는 집안에 들어가기도 전에 그들을 볼 수 있었고 이야기 소리를 들을 수도 있었으므로, 자연스럽게 보게 되고 귀를 기울이게 되었다. 그렇게 서 있는 동안, 나는 호기심과 질투심이 교차된 감정에 휩싸였다.

"콘트레어리라니!"

은구슬이 굴러가는 듯한 고운 목소리가 말했다.

"벌써 세 번째라고요. 바보 같으니라고! 다시는 가르쳐주지 않을 거예요. 맞히지 못하면 머리카락을 뽑아버릴 거야!"

"그럼 컨트러리."

상대방이 굵고도 상냥한 목소리로 대답했다.

"자, 이렇게 잘 맞혔으니까 키스해 줘."

"안 돼요. 우선 그걸 잘 읽어봐요. 하나도 틀리지 말고."

남자가 책을 읽기 시작했다. 깔끔한 차림의 젊은이가 탁자에 책을 펴놓고 앉아 있었다. 잘생긴 얼굴에는 기쁨이 넘쳐흐르고, 눈길은 자주 책장을 떠나 그의 어깨를 짚고 있는 희고 조그마한 손으로 쏠렸다. 그런데 그런 부주의의 징조가 보이기만 하면 그 손의 임자는 사정없이 그의 뺨을 찰싹 때려서 주의를 주곤 했다.

그 하얗고 조그만 손의 임자는 남자 뒤에 서 있었다. 그녀가 청년에게 공부를 가르쳐주느라고 허리를 굽힐 때면 윤기 나는 여자의 곱슬머리가 가끔 청년의 갈색 머리카락과 뒤섞이곤 했다. 그래서 그녀의 얼굴을…… 젊은이가 그녀의 얼굴을 못 보는 게 다행이었다. 안 그러면 도저히 그런 식으로 침착하게 공부를 하지 못했을 것이다. 그런데 나는 그녀의 얼굴을 바라볼 수 있었다. 그리고 나는 매력적인 그 아름다운 얼굴을 쳐다보기만 할 게 아니라 달리 어떤 방법을 취할 수 있었던 기회를 놓쳐버린 것이 안타까워 입술을 깨물었다.

그 후에도 틀린 적이 없지는 않았지만 잠시 후 공부는 끝이 났다. 학생이 상을 달라고 보채서 이마에 다섯 번쯤 키스를 받았으나, 이에 대해서는 학생 자신도 충분히 보답을 했다. 그러고 나서 그들은 문 쪽으로 나왔는데, 그들의 대화로 짐작하건대 두 사람은 벌판으로 산책하러 나가려는 것 같았다. 그런 때에 유감스럽게도 내가 그자리에 나타나기라도 한다면, 헤어턴 언쇼는 말은 하지 않더라도 마음속으로 지옥의 밑바닥으로 떨어져버리라고 나에게 저주를 퍼부을 것 같았다. 그래서 매우 비열하고 못된 짓이라도 저지른 듯한 기분으로 숨을 곳을 찾아 나는 살며시 부엌으로 돌아 들어갔다.

그 문 역시 손쉽게 열렸다. 그리고 문 가까이에는 나의 옛 친구 넬리 딘이 앉아서 바느질을 하면서 노래를 부르고 있었다. 그런데 그녀의 노랫소리는 안쪽에서 들려오는, 노랫소리와는 전혀 상관없는 거친 욕설로 인하여 이따금씩 끊기곤 했다.

"임자 노랫소리를 듣기보다는 차라리 욕지거리를 듣는 편이 낫겠네!" 안쪽에 있던 사람이, 내게는 잘 들리지는 않았으나 넬리가 뭐라고 하는 소리에 대꾸했다.

"내가 거룩한 성경을 펴기만 하면 으레 임자는 악마와 이 세상에서 제일 사악한 것들을 칭송하기 시작해서 훼방을 놓으니 수치스럽기 짝이 없는 노릇이군! 임자는 쓸모없는 인간이야. 저 여자도 똑같아. 임자들 등쌀에 저 불쌍한 도련님만 망치겠군. 도련님도 불쌍하게 됐어!"

그러고는 신음하듯 덧붙였다.

"도련님은 마녀에게 홀렸어. 틀림없어! 오오, 주여, 저들을 심판하소서. 우리를 지배하는 자들에게는 법도 없고 정의도 없나이다!"

"암, 당연해요! 만약 있다면 우리는 화형대 위에 앉아 있어야 할 거예요." 하고 노래하던 넬리가 톡 쏘아붙였다.

"하지만 입 좀 다물어요, 이 노인네야. 그리고 내겐 참견 말고 그리스도 교인답게 성경이나 읽어요. 이것은 「요정 애니의 결혼」이라는 노래예요. 춤추기에 적당한 곡이지요."

넬리는 다시 노래를 부르려다가 내가 들어서자, 곧 나를 알아보고 벌떡 일어나서 외쳤다.

"어머나, 록우드 씨! 어떻게 이렇게 불쑥 돌아오십니까? 드러시크로스 저택은 잠시 다른 사람이 지키고 있는데요. 미리 연락을 해주시지 않고!"

"내가 머무르는 동안만 지낼 수 있도록 준비하라고 일러놓고 오는 길이오. 나는 다시 떠날 테니까. 그런데 넬리, 어떻게 해서 워더링 하이츠에서 살게 되었소? 그 얘기를 해봐요."

"질라가 나간 후 히드클리프 씨가 저를 부르셨지요. 록우드 씨가 런던으로 떠나시고 얼마 안 되어서였는데, 당신이 다시 오실 때까지만 이곳에 있어달라는 거예요. 어쨌든 들어오세요! 지금 기머튼에서 오시는 길인가요?"

"드러시크로스 저택에서 오는 거요. 내가 잘 방을 준비하는 동안, 이 댁 주인과 집 문제를 상의하려고 들렀소. 또다시 여기에 올 기회가 있을 것 같지 않아서 말이오."

"무슨 일인데요?"

넬리는 나를 거실로 인도하면서 물었다.

"이 댁 주인은 지금 외출하고 안 계신데…… 금방 돌아오시지는 않을 거예요."

"집세에 대한 얘긴데……."

"아, 그럼 아씨와 의논해 보세요. 아니면 저하고 얘기하시든지요. 아씨는 아직 그런 일을 처리하지 못하니까, 제가 대신 처리하고 있죠. 달리 누가 있어야지요."

내가 놀란 표정을 짓자, 그녀는 "아, 히드클리프 씨가 돌아가신 것을 모르고 계셨군요." 하고 덧붙였다.

"히드클리프 씨가 죽다니!"

나는 깜짝 놀라서 소리를 질렀다.

"언제 그랬소?"

"석 달 전에요. 하여튼 좀 앉으시고 모자를 제게 주세요. 전부 말씀드리죠. 그런데 뭘 좀 드셨나요?"

"아무것도 먹고 싶지 않소. 집에다 저녁을 준비하라고 일러놓았어요. 넬리도 좀 앉아요. 그가 죽다니, 정말 놀랐는걸! 도대체 어찌 된 일인지 들어봅시다. 젊은 사람들은 곧 돌아오지 않을 거라고 했지요?"

"네. 그래서 밤늦도록 돌아다닌다고 매일 밤 혼을 내야 한답니다. 어쨌든 우리 집의 오래된 맥주나 한잔 드시지요. 몸에 좋을 겁니다. 상당히 피곤해 보이시는군요."

내가 거절할 사이도 없이 그녀는 재빨리 술을 가지러 갔는데, 조지프가 투덜거리는 소리가 들려왔다.

"나잇살이나 먹어서 사내가 생기다니, 굉장한 추문인걸. 더군다나 주인님의 광에서 술을 꺼내 대접하다니! 오래 살아서 저런 몹쓸 꼴을 다 보고……. 정말 창피한 노릇이야."

넬리는 그의 말을 무시하고 나가더니, 잠시 후 은잔에 맥주를 철철 넘치게 부어가지고 돌아왔다. 나는 그 호의에 답해서 열심히 술맛을 칭찬했다. 그런 후에 넬리는 히드클리프의 후일담을 들려주었다. 그녀의 말을 빌리자면, 그는 '기이한' 최후를 맞았다고 했다.

저는 록우드 씨가 떠난 지 2주일도 안 되어 워더링 하이츠로 불려왔어요. 캐서린 아씨를 위해서 기꺼이 옮겨왔지요.

처음 아씨를 만났을 땐 서럽기도 하고 놀랍기도 했습니다. 우리가 헤어진 후 아씨는 상당히 변해 있었습니다. 히드클리프 씨는 워더링 하이츠로 새삼 저를 불러들일 마음을 먹게 된 까닭을 말하지 않고, 단지 제가 필요하고 캐서린 아씨를 보는 게 지겨워서라고만 했습니다. 조그만 응접실을 제 방으로 삼아 캐서린 아씨를 데리고 있으라고 하더군요. 자기는 부득이한 경우 하루에 한두 번 정도만 보면 된다는 것이었어요.

그렇게 되자 캐서린 아씨는 기쁜 모양이었습니다. 그래서 저도 드러시크로스 저택에서 아씨가 즐겨 읽던 책이며 물건들을 몰래 많이 가져다 놓고는 이 정도면 따분하지 않게 살겠거니 하고 속으로 좋아했지만, 그런 환상은 결코 오래가지 않았습니다.

처음에는 좋아하던 캐서린 아씨가 얼마 지나지 않아 곧 짜증을 내며 불안해하기 시작했습니다. 첫째로 아씨는 정원 밖으로 나가지 못하게 되어 있었는데, 봄이 되면서 그런 좁은 울타리 안에 갇혀 사는 것이 매우 불편해졌던 거죠. 둘째로는 집안일을 돌보느라 제가 자주 아씨를 혼자 두고 나가야 했는데, 그럴 때면 아씨는 혼자 있기 싫다고 불평을 늘어놓았습니다. 그래서 혼자 멍청히 앉아 있느니 차라리 부엌에서 조지프와 다투는 쪽을 택했습니다.

두 사람의 싸움이야 큰일이 아니지만, 주인님이 거실을 혼자 독차지하고 싶어하면 헤어턴 도련님도 하는 수 없이 부엌으로 쫓겨 들어오는 일이 있었는데, 그게 문제였어요. 처음엔 헤어턴 도련님이 들어오면, 아씨는 나가버리거나 아니면 묵묵히 제가 하는 일을 거들거나 할 뿐 그를 쳐다보거나 말을 거는 것조차 피했습니다. 그리고 헤어턴 도련님 역시 항상 무뚝뚝하고 말이 없었는데, 아씨는 얼마 후부터 태도를 바꿔 그를 그냥 내버려두지 않게 되었어요. 그에게 말을 걸어 냉정하고 게으르다고 비난하기도 하고, 어떻게 그런 생활을 참고 지내는지, 어떻게 저녁 내내 난롯불만 바라보며 졸기만 하는 건지 이상한 일이라며 놀려댔습니다.

"넬리, 헤어턴은 꼭 개나 짐마차 끄는 말 같지 않아? 매일 똑같이 일하고 먹고 잠만 자니 말이야. 저 사람 마음은 얼마나 허전하고 따분할까! 헤어턴, 꿈을 꾸어본 적 있어요? 있다면 무슨 꿈이에요? 하지만 내게 말을 하진 못할 거야!"

그러고 나서 아씨는 도련님을 바라보았지요. 그러나 그는 입을 열려고도 하지 않고 아씨를 쳐다보지도 않았습니다.

"저 사람은 아마 지금 꿈을 꾸고 있나 봐. 마치 우리 집 암캐 주노처럼 어깨를 들썩거리는군. 넬리, 한번 물어봐!"

"그렇게 점잖지 못하게 굴면 헤어턴 도련님이 주인님께 일러서 아씨를 2층으로 쫓아버릴 거예요!"

저는 아씨를 나무랐습니다. 헤어턴이 어깨를 들썩거렸을 뿐 아니라 때리려고 주먹까지 불끈 쥐었으니까요. 또 언젠가 아씨는 이런 말을 한 적이 있습니다.

"내가 부엌에 있으면 헤어턴이 왜 한 마디도 안 하는지 나는 알아. 내가 또 자기를 비웃을까 봐 그러는 거야. 넬리는 어떻게 생각해? 저 사람, 언젠가 읽기 공부를 혼자 시작했다가 내가 비웃는 바람에 책을 전부 태워버리고 걷어치운 적이 있지. 진짜 어리석은 짓이야.”

"아씨는 본인이 심하게 행동했다고 생각하지 않아요? 어디 한번 말해 보세요!"

"그럴지도 모르지. 하지만 나는 헤어턴이 그렇게 바보 같은 짓을 할 줄은 상상도 못했거든. 헤어턴, 만약 지금 책을 준다면 받겠어요? 어디 시험해 봐야지!"

아씨는 읽고 있던 책을 헤어턴 도련님에게 내밀었습니다. 그러나 그는 책을 내던지고는 가만히 있지 않으면 목을 부러뜨리겠다고 윽박질렀습니다.

"그럼 이걸 여기 서랍에다 넣어두겠어요. 나는 이제 자러 가야지."

그러고 나서 아씨는 그가 책을 가져가는지 안 가져가는지 감시하라고 제게 귓속말로 이르고 부엌에서 나갔습니다. 그러나 헤어턴 도련님은 책을 거들떠보지도 않았습니다. 그래서 다음날 아침 아씨에게 그대로 말했더니 아씨는 매우 실망하는 것 같았습니다.

아씨는 도련님이 늘 우울하고 의욕이 없는 것을 불쌍하게 여기는 것 같았습니다. 그를 놀려대어 모처럼 공부해 보려던 의욕을 꺾어버린 것이 몹시 미안했던가 봅니다. 사실 아씨가 심하긴 했지요.

그러나 영리한 아씨는 자신이 입힌 상처를 치유해 주려고 갖은 지혜를 다 짜내고 있었습니다. 제가 다리미질을 하거나 그 밖에·제 방에서는 할 수 없는 일들을 할 때면 아씨는 재미있는 책을 들고 와서 제게 큰 소리로 읽어주었습니다. 헤어턴 도련님이 그자리에 있을 때는 대개 재미나는 대목에서 읽기를 그만두고 책을 아무렇게나 내버려둔 채 나가버리곤 했습니다. 그러기를 여러 번 반복했지만, 도련님은 얼마나 고집이 센지 아씨의 유혹에 빠지지 않고, 비 오는 날이면 조지프와 같이 담배를 피우면서 난로 옆에 그대로 앉아 있었습니다. 노인네는 다행히 귀가 먹어서 — 그의 말을 빌리자면 — 아씨의 허튼소리를 들을 수 없었고, 젊은이는 애써 못 들은 척했습니다.

날씨가 좋은 날 저녁이면 도련님은 사냥하러 나가고, 아씨는 집안에서 한숨만 쉬다가 저에게 얘기나 해달라고 조르고, 막상 이야기를 시작하려고 하면 안뜰이나 정원으로 나가버리곤 했습니다. 그러다 결국에는 울면서 사는 데 지쳤다느니, 사는 것이 무의미하다느니 하며 신세 한탄을 늘어놓았습니다.

히드클리프 씨는 점점 더 사람들과 어울리는 것을 싫어해서 도련님을 거실에서 내쫓다시피 했습니다. 그런데다가 3월 초에는 사고가 나서, 도련님은 한동안 부엌에서만 지내게 되었습니다. 혼자 산에 사냥하러 나갔다가 엽총을 오발하는 바람에 팔에 상처를 입어, 집에 돌아오는 동안 피를 많이 흘렸습니다. 그 결과 하는 수 없이 상처가 나을 때까지 집안에서 조용히 지내지 않을 수 없었습니다.

캐서린 아씨는 헤어턴 도련님이 부엌에서 지내게 된 것이 싫지는 않았던가 봅니다. 어쨌든 아씨는 전보다 더 2층의 자기 방을 싫어하게 되었고, 저를 따라 아래층에 내려오려고 억지로라도 제가 아래층에서 일하게 만들었습니다.

부활절 다음 월요일, 조지프는 소를 몰고 기머튼에서 열리는 장에 가고, 저는 부엌에서 열심히 빨래를 손질하고 있었습니다. 헤어턴 도련님은 여느 때와 다름없이 시무룩하니 난롯가에 앉아 있었습니다. 캐서린 아씨는 심심풀이로 유리창에다 그림을 그리며 시간을 보내다가, 낮은 목소리로 노래를 불러보기도 하고 무어라고 조그만 소리로 중얼대기도 하다가는 답답하고 안타까운 듯이 도련님 쪽을 힐끔거렸습니다. 그러나 도련님은 움직이지도 않고 줄곧 담배만 피우면서 난롯불을 들여다볼 뿐이었습니다. 그렇게 창가에서 햇빛을 가리고 서 있으니까 어두워서 일을 할 수 없다고 제가 주의를 주자, 아씨는 난롯가로 자리를 옮겼습니다. 아씨가 무슨 일을 하든 저는 별로 신경을 쓰지 않았지만, 아씨가 말하는 소리는 분명하게 들렸습니다.

"헤어턴, 나는 이제 알았어요. 당신이 나에게 그처럼 심술궂고 포악하게 굴지만 않았다면 내 사촌이 되기를 원하고 있다는 것을 말이에요."

헤어턴 도련님은 아무 대꾸도 하지 않았습니다.

"이봐요, 헤어턴. 내 말 안 들려요?"

"저리 가!"

아씨의 물음에 헤어턴 도련님은 타협의 여지도 없이 무뚝뚝하게 말했습니다.

"그 담뱃대 이리 줘요."

아씨는 조심스럽게 손을 내밀어 도련님의 입에서 그것을 빼앗았습니다. 그리고 도련님이 미처 담뱃대를 다시 빼앗을 사이도 없이 그것은 부러져서 난로 속으로 들어가고 말았습니다. 그러자 도련님은 아씨에게 욕설을 퍼부으며 다른 담뱃대를 집었습니다.

"잠깐! 제발 내 말 좀 들어봐요. 그런데 이렇게 담배 연기가 얼굴을 가리니 말을 할 수가 있어야지요."

"시끄러워. 악마에게나 가버려! 제발 나를 가만히 내버려두란 말이야!"

도련님이 거칠게 외쳤습니다.

"싫어요."

아씨도 지지 않고 대꾸했습니다.

"그냥 내버려둘 수가 없어요. 내가 어떻게 해야 당신이 말을 할지 모르겠어요. 당신은 내 말을 듣지 않기로 작정했군요. 내가 당신에게 바보라고 한 것은 당신을 멸시한다는 뜻이 아니에요. 자, 내 말을 좀 들어봐요. 헤어턴, 당신은 내 사촌이에요. 그러니까 당신도 나를 사촌으로 인정해야 해요."

"너 같은 건 상대하지 않겠어. 건방지게 뻐기고 사람을 우습게 알고 덤비기나 하고. 너 따위에게 곁눈질을 하느니 차라리 지옥에 가는 게 나아. 어서 썩 꺼지지 못해!"

도련님의 악담에 캐서린 아씨는 얼굴을 찡그리며 창가의 자기 자리로 돌아갔습니다. 그러고는 터져나오는 울음을 감추느라고 콧노래를 부르기 시작했습니다.

"헤어턴 도련님, 사촌끼리 다정하게 지내셔야죠."

아씨가 안쓰러워 제가 끼어들었습니다.

"아씨가 자기 잘못을 빌고 계시잖아요. 아씨와 친구가 되면 도련님에게 많은 도움이 될 거예요. 전혀 다른 사람이 되실 겁니다."

"친구가 된다고? 저게 나를 싫어하고 또 나 같은 건 자기 신발을 닦을 자격도 없다고 무시하는데도 말인가! 천만에, 임금님이 되게 해준다고 해도 저것의 호의를 받기 위해서 더 이상 모욕당하고 싶진 않아!"

"내가 당신을 싫어하는 것이 아니라 당신이 나를 싫어하는 거잖아요!"

캐시 아씨는 더 이상 서러움을 감추지 못하고 울음을 터뜨리고 말았습니다.

"당신은 히드클리프 씨가 나를 미워하듯이, 아니 그보다 더 나를 미워하고 있어요."

"거짓말하지 마. 내가 너를 싫어한다면 왜 네 편을 들어서 히드클리프와 그렇게 다투었겠니? 네가 나를 비웃고 업신여기는데도 난……."

"당신이 내 편을 들어준 줄은 몰랐어요."

아씨는 눈물을 닦으며 말을 이었습니다.

"나는 나 자신이 초라한 생각이 들어서 누구에게나 냉정하게 굴었던 거예요. 하지만 이제는 당신을 고맙게 생각해요. 그러니 용서해 주시면 좋겠어요."

아씨는 난롯가로 다시 와서 도련님에게 손을 내밀었습니다. 도련님은 먹구름처럼 어두워진 얼굴을 찌푸리더니 두 주먹을 꽉 쥐고 바닥을 노려보았습니다. 캐서린 아씨는 도련님이 그토록 완강한 태도를 취하는 건 괴팍한 고집 때문이지 자기가 싫어서가 아니라는 것을 본능적으로 느꼈나 봅니다. 왜냐하면 잠시 망설인 끝에 허리를 굽혀 도련님의 뺨에 얼른 키스를 했으니까요.

장난꾸러기 아씨는 제가 그것을 못 본 줄 알고 아무 일도 없었던 것처럼 창가로 돌아와 전에 앉았던 자리에 조용히 앉았습니다. 저는 나무라듯 고개를 저었습니다. 그랬더니 아씨는 얼굴을 붉히며 속삭였습니다.

"넬리, 하는 수 없잖아! 헤어턴은 악수도 하지 않고 나를 쳐다보려고도 하지 않으니 말이야. 어떻게든 내가 자기를 좋아하며 친구가 되고 싶어한다는 걸 알려야 했거든."

그 키스 때문에 헤어턴 도련님이 아씨를 믿게 되었는지는 알 수 없습니다. 그는 한동안 얼굴을 보이지 않으려고 매우 조심스럽게 행동하더니,

나중에 얼굴을 쳐들었을 때도 어디에 눈길을 두어야 할지 몰라 아주 난처해했습니다.

어느 날 캐서린 아씨는 예쁜 책을 한 권 하얀 종이에 싸서 리본으로 묶고 '헤어턴 언쇼 씨께'라고 쓴 다음, 저더러 그것을 헤어턴에게 전해 달라고 부탁했습니다.

"만약 이걸 받으면, 내가 쓰고 읽는 법을 가르쳐주겠다고 전해 줘. 그리고 받지 않으면, 나는 2층으로 올라가서 다시는 그를 괴롭히지 않을 생각이라고 전해 줘."

저는 그것을 도련님에게 드리면서 아씨의 말을 그대로 전했습니다. 아씨는 염려스러운 표정으로 바라보고 있었습니다. 헤어턴 도련님은 손가락 하나 움직이지 않았으므로, 저는 책을 그의 무릎 위에 놓았습니다. 다행히 그는 책을 팽개쳐버리지는 않았습니다. 저는 제자리로 가서 일을 계속했습니다. 캐서린 아씨는 탁자 위에 머리와 두 팔을 얹고 있었는데, 책을 싼 포장지를 뜯는 소리가 나자 살며시 일어나 사촌 곁으로 가서 가만히 앉았습니다. 헤어턴 도련님은 얼굴을 붉히며 몸을 떨었습니다. 평소의 거칠고 무뚝뚝하고 난폭하던 태도는 온데간데없었습니다. 도련님은 캐서린 아씨의 무엇인가를 묻는 듯한 눈길이라든지 속삭이는 듯한 호소에 입을 열 용기가 나지 않는 것 같았습니다.

"헤어턴, 나를 용서한다고 말해 줘요. 그 말만 해준다면 나는 정말 행복해질 거예요."

도련님은 무엇인가 알아듣지 못할 소리를 중얼거렸습니다.

"그리고 친구가 되어줄 거죠?"

캐서린 아씨가 다시 물었습니다.

"그건 안 돼. 너는 죽을 때까지 항상 나를 부끄럽게 여길 테니까. 그리고 나를 알면 알수록 더욱더 부끄러워할 거야. 나는 그것을 견딜 수가 없어."

"그래서 친구가 될 수 없다는 말인가요?"

아씨가 꿀처럼 달콤한 미소를 지으며 말하고는 도련님 곁으로 더 가까이 다가갔습니다.

그 후로는 두 사람의 말소리가 잘 들리지 않았습니다. 그러나 잠시 후에 보니 함께 책을 보고 있는 두 사람의 표정이 어찌나 밝은지, 저는 어제의 적이 아주 절친한 친구가 되었음을 알 수 있었습니다.

그들이 보던 책에는 아름다운 그림이 많았습니다. 다정한 자세로 앉아서 그림 보는 데 열중하여 그들은 조지프가 돌아오는 것도 몰랐습니다. 그 불쌍한 노인은 캐서린 아씨가 헤어턴 도련님과 다정하게 앉아 있는 광경을 보고 기가 질려버렸습니다. 자기가 좋아하는 도련님이 아씨가 접근하도록 가만히 있었다는 것에 놀랐던 것입니다.

너무나 큰 충격을 받았는지 조지프는 그날 밤 그 일에 대해 한 마디도 꺼내지 않았습니다. 다만 땅이 꺼져라 내쉬는 한숨으로 그 기분을 짐작할 수 있었을 뿐입니다. 그는 커다란 성경을 탁자 위에 펴놓고, 그날의 거래에서 얻은 지저분한 지폐를 지갑에서 꺼내어 그 위에 얹고는 헤어턴 도련님을 불렀습니다.

"이걸 주인님께 갖다드리고 그 방에 있어. 나도 곧 갈 테니까. 이 방은 점잖지 못해서 우리 같은 사람에겐 맞지가 않아."

"자, 아씨." 하고 저는 아씨에게 말했습니다.

"우리도 나가야지요. 난 다리미질을 끝냈는데, 아씨는 어때요?"

"아직 8시밖에 안 됐는데!"

아씨가 마지못해 일어서면서 말했습니다.

"헤어턴, 이 책은 벽난로 위에 놓아둘게요. 내일 다른 책을 몇 권 더 가져오죠."

"무슨 책이든 갖다놓기만 하면 내가 거실로 가져갈 테니 그리 아슈. 그리고 두 번 다시 그것들을 볼 수 없을 거요."

캐서린 아씨는 자기 책을 없애면 영감의 책도 없애버릴 거라고 위협했습니다. 그리고 헤어턴 곁을 지나가면서 생긋 웃더니, 콧노래를 부르며 2층으로 올라갔습니다. 아마 처음 린턴 도련님을 찾아왔을 때 이후로 워더링 하이츠에서 아씨가 그처럼 명랑한 적은 없었던 것 같습니다.

이렇게 해서 싹트기 시작한 두 사람의 애정은 급속도로 깊어만 갔습니다. 그러나 이따금씩 일시적인 문제가 없었던 것은 아닙니다. 헤어턴 도련님의 공부는 좀처럼 늘지 않았지요. 아씨는 철학자도 아니고, 인내심이 강한 사람도 아니었으니까요. 그렇지만 두 사람의 마음은 같은 목표를 향하고 있어서, 한 사람은 사랑하며 존경하려고 하고, 다른 한 사람은 사랑하며 존경받으려고 했으므로 결국 그들은 목적을 이룬 셈이었습니다.

록우드 씨, 당신이 캐서린 아씨의 마음을 사로잡기는 퍽 쉬운 일이었습니다. 하지만 지금 와서 생각하면, 록우드 씨가 안 그러신 것이 다행이라고 생각됩니다. 이제 무엇보다도 저의 큰 소망은 그 두 사람이 결혼하는 것입니다. 그들의 결혼식 날, 저는 이 세상에 부러울 게 없을 것입니다. 영국 천지에서 저보다 더 행복한 사람은 없을 테니까요.

33

이튿날 아침에도 헤어턴 도련님은 아직 전과 같이 힘든 일을 할 수 없었기 때문에 집에 남아 있었습니다. 그래서 저는 이전처럼 아씨를 제 옆에 있게 할 수 없으리라는 것을 얼른 알아차렸습니다. 아씨는 저보다 일찍 일어나 정원으로 나가 도련님이 일을 하고 있는 것을 보고 있었습니다. 제가 아침 준비가 다 되었다고 두 사람을 부르러 갔더니, 아씨는 도련님을 졸라서 까치밥나무와 구스베리가 무성하게 덤불진 곳을 쳐내어 널따란 화단을 만들어놓고는 드러시크로스 저택에 있는 화초를 옮겨 심을 계획을 세우고 있었습니다.

저는 겨우 반시간 만에 그들이 저지른 일을 보곤 무척 놀랐습니다. 검은 까치밥나무는 조지프가 가장 소중히 여기는 나무였는데, 아씨는 하필 그 가운데에다 화단을 만들었던 겁니다.

"저런! 조지프가 이걸 보면 모두 주인님께 일러바칠 텐데!"

저는 걱정이 되어 말했습니다.

"그리고 정원을 이렇게 마음대로 망가뜨린 데 대해 뭐라고 변명하실 건가요? 이 일로 인해서 한바탕 벼락이 떨어질 테니 두고 보세요! 헤어턴 도련님, 아씨가 조른다고 이런 실수를 저지르시다니, 그토록 분별이 안 되세요?"

"저 나무가 조지프 영감 것이란 사실을 깜빡 잊었어."

헤어턴 도련님이 다소 난처한 표정으로 대답했습니다.

"하지만 영감에게는 내가 했다고 말할게."

우리는 항상 히드클리프 씨와 같이 식사를 했습니다. 저는 안주인을 대신해서 차도 따르고 고기도 자르곤 했으므로, 식사할 땐 없어선 안 될 존재였지요. 캐서린 아씨는 언제나 제 곁에 앉곤 했는데, 그날은 어느새 헤어턴 도련님 곁에 가 앉았습니다. 그래서 저는 아씨가 적의를 나타낼 때와 똑같이 호의를 나타낼 때에도 주저하지 않는다는 것을 알았습니다.

"아씨, 헤어턴 도련님과 너무 말을 많이 하거나 그쪽만 보지 않도록 주의하세요."

저는 식사하러 가면서 아씨에게 귓속말로 주의를 주었습니다.

"그러면 분명 히드클리프 씨가 화를 내며 두 분을 혼내실 테니까요."

"알았어, 안 그럴게."

그러나 아씨는 대답과 달리 방에 들어가자마자 헤어턴 도련님에게 살며시 다가가서 죽 그릇에 앵초꽃을 꽂아주었습니다.

헤어턴 도련님은 그자리에서 감히 캐서린 아씨에게 말을 걸지도 못하고 제대로 쳐다보지도 못했습니다. 그러나 아씨가 계속 장난을 걸었으므로, 그는 두어 번 웃음을 터뜨릴 뻔했습니다. 제가 눈살을 찌푸렸더니 캐서린 아씨는 히드클리프 씨 쪽을 힐끔 쳐다보았습니다. 그러나 그는 식탁에 앉아 있는 우리들과는 전혀 상관없는 생각에 빠져 있는 듯한 얼굴이었습니다.

아씨는 잠시 심각하고 진지한 표정으로 히드클리프 씨를 바라보았으나, 이내 다시 돌아앉아 장난을 치기 시작했습니다. 마침내 헤어턴 도련님은 참았던 웃음을 터뜨리고 말았습니다.

히드클리프 씨는 놀란 표정으로 우리의 얼굴을 얼른 훑어보았습니다. 캐서린 아씨는 히드클리프 씨가 제일 싫어하는 날카롭고 도전적인 눈길로 그를 마주 쳐다보았습니다.

"내 손이 닿지 않는 곳에 앉아 있는 걸 다행으로 생각해라! 도대체 무슨 악마가 씌었기에 늘 고약한 눈빛으로 나를 노려보는 거냐? 눈을 내리뜨지 못해! 그리고 다시는 웃지 마. 그 웃는 버릇은 고쳐준 걸로 아는데."

"웃은 것은 저예요."

헤어턴 도련님이 조그맣게 말했습니다.

"뭐라고?"

히드클리프 씨의 말에 헤어턴 도련님은 죽 그릇을 내려다볼 뿐, 그 말을 되풀이하지는 않았습니다. 히드클리프 씨는 잠시 도련님을 쳐다보더니 식사를 계속하면서 다시 생각에 빠졌습니다.

식사가 거의 끝나고 두 젊은이는 조심스럽게 서로 떨어져 앉았습니다. 그래서 저는 그곳에서만은 더 이상 문제가 생기지 않으리라고 생각했습니다. 그때 조지프가 입술을 떨며 사나운 눈초리로 문 앞에 나타났는데, 그가 아끼는 나무들을 쳐낸 사실을 알고 화가 난 게 분명했습니다. 그는 틀림없이 파헤쳐진 정원을 살피기 전에 이미 캐시 아씨와 헤어턴 도련님이 그 근처에 있는 것을 보았을 겁니다. 왜냐하면 그의 턱이 마치 암소가 되새김질하듯 움직이며, 무슨 말인지 정확하게 알아들을 수는 없었지만 이렇게 말했으니까요.

"받을 돈이나 받고 이 집을 떠나야겠습니다. 60년을 살아온 이 댁에서 생을 마감할 생각이었죠. 그래서 내 책이랑 내 물건을 전부 지붕 밑 다락방으로 옮기고, 부엌을 저 사람들에게 내줄 작정이었습니다. 집안이 조용해지도록 말입니다. 정든 난롯가를 떠나기란 괴로운 일이지만, 나는 그렇게 하려고 했습니다. 그런데 저 여자는 정원까지 내게서 빼앗아갔으니, 정말이지 이제는 더 이상 참을 수 없습니다. 주인님! 당신은 이런 일에 익숙하신지 모르겠습니다만, 나는 도무지 그렇지가 못답니다. 늙은 사람은 새 보금자리에 쉽게 익숙해지기가 힘겨운 법이죠. 차라리 길거리에서 망치질이라도 해서 입에 풀칠을 하는 편이 낫겠습니다!"

"그만 그만, 이 바보 같은 영감!"

히드클리프 씨가 조지프의 말을 막았습니다.

"그쯤 해둬! 도대체 뭐가 그렇게 서운하다는 거야? 영감과 넬리의 싸움이라면 나는 간섭하지 않겠네. 넬리가 영감을 석탄 창고에 처넣는다 해도 내 알 바 아니란 말이야."

"넬리 때문에 이 집을 떠나겠다는 것이 아닙니다. 넬리도 고약한 여자이기는 하지만, 다행히도 사람의 혼을 빼놓지는 않습니다. 저렇게 못생겼으니 거들떠볼 사내도 없단 말이외다. 그런데 저 표독하고 천한 여왕님께서는 그 도도한 눈과 건방진 태도로 우리 도련님을 홀렸답니다. 세상에 이럴 수가 있습니까! 나는 지금 가슴이 미어질 것만 같습니다. 도련님은 내가 위하고 보살펴드린 은공도 잊고 정원에서 제일 좋은 까치밥나무를 모조리 파헤쳐버렸답니다."

여기까지 말하고 영감은 소리 내어 울었습니다. 억울한 일을 당했다는 생각과, 헤어턴 도련님의 배은망덕과, 자신의 불안한 처지를 생각하고 마음이 약해졌던 겁니다.

"이 바보 같은 영감이 취했나? 헤어턴, 영감이 너 때문에 저 야단이냐?"

히드클리프 씨가 도련님에게 물었습니다.

"제가 까치밥나무를 두어 그루 뽑았더니…… 곧 다시 심어놓을게요."

"그런데 왜 그걸 뽑았지?"

그때 캐서린 아씨가 재빠르게 끼어들었습니다.

"우리는 그자리에다 화초를 심으려고 했어요. 모두 내 잘못이에요. 헤어턴에게 그렇게 해달라고 조른 것은 나니까요."

"도대체 누가 너더러 정원에 있는 막대기 하나라도 건드리라고 허락했느냐?"

히드클리프 씨는 화가 나서 이렇게 묻더니, 헤어턴 도련님을 돌아보며 덧붙였습니다.

"그리고 누가 너더러 저 계집애 말을 들으라고 했지?"

도련님은 아무 말도 하지 못했습니다. 그러자 캐서린 아씨가 대신 대답했습니다.

"당신은 내 땅을 전부 빼앗고도 기껏 2, 3야드의 땅에 화단을 꾸미겠다는데 그것이 아까워 투덜대다니, 말이 돼요?"

"네 땅이라니, 건방진 것 같으니! 네 땅이 어디 있었단 말이냐?"

"게다가 내 재산도 빼앗았지요."

아씨는 상대방의 성난 눈초리를 마주 노려보며 말을 이었습니다. 그러고는 아침 식사로 먹다 남은 빵 조각을 한입 베어물었습니다.

"입 닥쳐! 빨리 처먹고 나가버려!"

히드클리프 씨는 소리를 질렀습니다.

"그리고 헤어턴의 땅과 돈도 다 빼앗았죠."

아씨는 무모한 언쟁을 계속했습니다.

"이제 헤어턴과 나는 친구가 되었어요. 그러니 당신에 대한 얘기를 전부 헤어턴에게 해주겠어요!"

히드클리프 씨는 잠시 어이없다는 듯한 표정을 짓더니, 이윽고 창백해진 얼굴로 일어나 이루 형용할 수 없는 증오의 눈빛으로 며느리를 노려보았습니다.

"만약 당신이 나를 때린다면 헤어턴이 가만있지 않을 거예요."

"헤어턴이 너를 이 방에서 내쫓지 않는다면 내가 저 녀석을 지옥으로 보내버릴 테다!"

히드클리프 씨는 고래고래 소리를 질렀습니다.

"이 지긋지긋한 원수야! 네가 뭔데 감히 저 녀석을 꾀어 내게 대항하게 만드는 거냐? 저것을 끌어내! 저것을 부엌으로 쫓아내란 말이야! 넬리, 앞으로 저것이 내 눈에 띄는 날엔 죽여버리고 말 테니 그리 알게!"

히드클리프 씨의 서슬에 주눅이 든 도련님이 낮은 목소리로 아씨더러 나가라고 타일렀습니다.

"어서 끌고 나가지 못해! 왜 아직도 어물어물하고 있는 거냐."

히드클리프 씨가 으르렁거리며 소리쳤습니다. 그러더니 자기가 직접 끌어내려고 아씨에게 다가왔습니다.

"이제 헤어턴은 당신 말 따위는 듣지 않을 거야, 이 악당아! 그리고 헤어턴도 나만큼 당신을 미워하게 될걸."

"그만둬! 그만두라고! 캐서린, 그런 말 하면 못써. 그만둬."

헤어턴 도련님이 아씨를 나무랐습니다.

"하지만 당신은 저 사람이 나를 때리는 것을 그냥 보고만 있지는 않을 테지요?"

헤어턴 도련님은 대답하지 않고 "이제 그만 나가자!"며 열심히 아씨를 설득했습니다. 그러나 이미 때는 늦었습니다. 히드클리프 씨가 아씨를 붙잡았던 겁니다.

"자, 넌 이제 저리 가!"

히드클리프 씨가 헤어턴 도련님에게 말했습니다.

"몹쓸 것 같으니! 이번에는 도저히 참을 수 없을 만큼 내 속을 뒤집어 놓았어. 두고두고 후회하도록 혼을 내주어야겠다!"

그러고는 아씨의 머리채를 휘어잡았습니다. 마치 아씨를 찢어 죽일 것 같은 기세였습니다. 헤어턴은 한 번만 용서해 주라고 간청하면서 히드클리프 씨를 말렸습니다. 발을 동동 구르며 어쩔 줄 몰라하던 제가 위험을 무릅쓰고 아씨를 구해야겠다고 마음먹은 순간, 돌연 히드클리프 씨의 손가락이 풀렸습니다. 그는 머리채 대신 팔을 붙잡고 아씨의 얼굴을 자세히 들여다보았습니다. 그러고 나서 마음을 진정시키려는 듯 잠시 서 있더니, 다시 아씨를 향해 애써 흥분을 가라앉히는 듯한 목소리로 말했습니다.

"내 화를 돋우지 않도록 조심해라. 안 그러면 언젠가 너를 정말 죽이게 될 테니까. 넬리와 같이 나가 있어. 그리고 그 건방진 짓거리는 넬리에게나 하도록 해. 그리고 만약 헤어턴 저 녀석이 네 말을 듣는다면 이집에서 쫓아내고 말겠다! 네 사랑이 그 녀석을 집 없는 거지 신세로 만들어버릴 거야. 넬리, 어서 이 계집애를 데리고 나가게. 모두 나가버려! 나가버리라고!"

저는 서둘러 아씨를 데리고 나왔습니다. 아씨는 안전하게 빠져나오게 된 것만도 기뻐서 순순히 따라나왔습니다. 헤어턴 도련님도 히드클리프 씨를 남겨둔 채 쫓아왔습니다.

히드클리프 씨는 누구와도 말 한 마디 건네지 않고 식사도 대충 끝내고는 저녁때까지는 돌아오지 않을 거라면서 나갔습니다.

새로 친구가 된 두 분은 히드클리프 씨가 나가고 없는 사이에 거실에 있었습니다. 그때 아씨는 히드클리프 씨가 돌아가신 도련님의 아버님에게 저지른 행패를 알려주려 했는데, 도련님은 단호하게 아씨의 말을 듣지 않으려고 했습니다. 도련님은 히드클리프 씨에 대한 험담은 단 한 마디라도 참고 들을 수 없다고 했습니다. 또한 그가 악마라 해도 상관없으며, 자기는 그의 편이니까 아씨가 히드클리프 씨에 대해서 욕을 하려면 오히려 전처럼 자기를 욕하는 것이 더 낫다고도 했습니다.

아씨는 도련님의 말에 토라졌지만, 그는 만약 자기가 아씨의 아버지를 나쁘게 말한다면 좋겠느냐며 아씨의 말을 막았습니다. 그래서 아씨는 도련님이 히드클리프 씨의 명예를 자기 것처럼 소중하게 여긴다는 사실을 알았습니다. 두 사람은 이성으로는 끊을 수 없는 강한 유대감, 즉 습관으로 형성된 사슬로 묶여 있어서 그들 사이를 떼어놓으려고 하는 것은 잔인한 짓이라는 것도 깨달았습니다.

그 후로 아씨는 도련님 앞에서 히드클리프 씨에 대한 불평이나 반감을 삼가는 정도의 호의를 보였습니다. 그리고 히드클리프 씨와 헤어턴 사이를 갈라놓으려고 노력하던 일을 후회한다고 저에게 고백했습니다. 정말 그 후로 아씨는 헤어턴 도련님이 듣는 데서 히드클리프 씨를 나쁘게 말한 적이 없었습니다.

이런 사소한 불화가 사라지자, 두 사람은 다시 사이가 좋아지면서 선생과 학생으로서 서로 최선을 다했습니다. 두 사람을 쳐다보고 있으면 마음이 편하고 즐거워져서 시간 가는 줄을 몰랐습니다. 아시다시피 어떻게 보면 두 사람 다 제 친자식 같았으니까요. 오랫동안 저는 아씨를 대견하게 생각해 왔는데, 헤어턴 도련님 또한 그런 만족을 주리라고 믿었습니다. 차츰 정직해지고 온화해지고 총명해져 가는 그의 성품은 이제까지 그를 덮고 있던 무지와 타락의 구름을 걷어버렸습니다. 게다가 캐서린 아씨의 진심 어린 칭찬이 그의 노력에 한층 박차를 가했습니다.

마음이 밝아지니 성격도 밝아져서 도련님의 얼굴에는 생기가 돌고 기품이 어리게 되어, 바위산에 올라갔던 아씨를 찾아 위더링 하이츠에 왔을 때 제가 만났던 젊은이와 지금의 도련님이 같은 인물이라고는 도저히 믿기지 않을 정도였습니다.

저는 흐뭇하게 바라보고 두 사람은 열심히 공부하는 사이에 해가 저물고 어둠과 함께 히드클리프 씨가 돌아왔습니다. 현관 문을 슬그머니 열고 들어왔기 때문에 우리는 그가 돌아온 것을 눈치채지 못했으며, 고개를 들었을 때 그는 우리 세 사람을 우두커니 내려다보고 있었습니다.

그렇습니다. 제 생각에는 그보다 더 즐겁고 더 보기 좋은 광경은 없었을 겁니다. 그런 두 사람을 나무란다는 것은 참으로 수치스러운 노릇일 겁니다. 빨갛게 타오르는 난로의 불빛이 두 사람의 사랑스러운 머리를 비추고, 공부에 열심인 그들의 얼굴은 어린아이들처럼 상기되어 있었습니다. 그도 그럴 것이 젊은 두 사람은 느끼는 것, 배우는 것이 너무 신기해서 흥분한 나머지 어른들의 멋없고 무감각한 기분은 도저히 느낄 수가 없었던 것입니다.

462

두 사람은 동시에 고개를 들어 히드클리프 씨를 바라보았습니다. 아마 록우드 씨는 두 사람의 눈이 똑같이 돌아가신 아씨의 어머님, 즉 캐서린 린턴의 눈을 닮았다는 것을 아마 알지 못하셨을 겁니다. 지금의 아씨는 눈과 널찍한 이마와 오뚝 솟은 콧날 그리고 본심이야 어떻든 다소 거만해 보인다는 것 이외엔 별로 어머니를 닮지 않았습니다. 그런데 헤어턴은 조카이긴 하지만 닮은 데가 훨씬 더 많아 볼 때마다 이상하게 여겼는데, 그날 밤은 한층 그런 느낌이 강했습니다. 감각이 예민해지고, 하지 않던 공부를 하느라고 긴장했던 탓이겠죠.

　돌아가신 캐서린 아씨를 닮은 헤어턴 도련님의 모습이 히드클리프 씨의 마음을 변화시켰던 것 같습니다. 그는 흥분된 표정으로 난로 가까이 걸어갔는데, 헤어턴을 바라보는 사이에 그런 기색은 곧 사라졌습니다. 아니, 사라졌다기보다는 오히려 달라졌다고 해야겠죠. 왜냐하면 그 기색이 완전히 가신 것은 아니었으니까요.

　그는 도련님의 손에 든 책을 빼앗아 펼쳐진 책장을 훑어보더니 그냥 돌려주고는 캐서린 아씨에게 나가라는 손짓을 했습니다. 도련님은 금방 아씨의 뒤를 따라 나가고, 저도 나가려고 하는데 히드클리프 씨가 그냥 앉아 있으라고 하더군요.

　"비참한 결과로군."

　그는 방금 보았던 광경을 잠깐 떠올리는 듯하더니 말을 이었습니다.

　"긴 세월 동안 애써 노력한 결과가 이렇게 우습게 되었으니 말이야. 나는 지뢰와 곡괭이를 들고 두 집안을 쑥대밭으로 만들려고 했고, 헤라클레스처럼 그 일을 해낼 수 있도록 나 자신을 다독거려 왔는데, 막상 완벽하게 준비가 되고 내 마음대로 할 수 있게 되자 어느 쪽 집에서도 기와 한 장 들어낼 마음이 없어졌으니 말일세. 내 원수들은 나를 쓰러뜨리지 못했네. 이때야말로 원수의 자식들에게 복수를 하기 좋은 때지. 복수를 하려면 할 수도 있어. 아무것도 나를 방해하는 것이라곤 없으니까. 하지만 그게 무슨 소용인가? 나는 사람을 해칠 생각도 없어지고 손찌검하는 것조차 귀찮아졌다네! 그러고 보면 마치 내가 지금까지 관용의 미덕을 베풀기 위해 노력해 왔다는 얘기가 되는군. 그러나 사실은 그게 아니야. 나는 파멸에 쾌감을 느낄 만한 힘도 없어지고, 쓸데없이 남을 파멸시킬 생각도 없어졌단 말일세. 넬리, 내게는 묘한 변화가 일어나고 있어. 나는 그 변화의 그늘 밑에 서 있는 셈이지. 나는 매일 계속되는 생활에 통 흥미가 없어져서 먹고 마시는 것조차 거의 잊을 정도라네. 지금 방에서 나간 두 사람만이 내 눈에 명확한 물질적 형태를 지니고 있을 뿐인데, 그들이 몸서리가 쳐질 정도로 내게 고통을 안겨준단 말일세. 캐서린에 대해서는 아무 말도 하지 않겠네. 떠올리는 것조차 싫으니까. 그 애가 내 눈앞에 보이지 않았으면 정말 좋겠네. 얼굴만 봐도 미칠 것 같으니 말일세. 그런데 헤어턴에게서 느끼는 기분은 좀 다른 거라네. 그래도 내가 미치광이처럼 보이지 않고 그럴 수만 있다면 다신 그 녀석의 꼴을 보지 않고 지내고 싶네! 자네는 내가 미치광이가 되어가고 있다고 여기겠지?"

그는 애써 미소를 지으면서 덧붙였습니다.

"만약 내가 저 녀석이 불러일으키거나 지니고 있는 무수한 과거의 연상과 관념 같은 것을 이야기한다면 말일세. 하지만 자네는 내가 하는 말을 소문낼 사람도 아니고, 나도 마음을 항상 닫아놓기만 했더니 이제는 누구에게라도 좀 털어놓지 않고는 견딜 수 없을 것 같다네. 5분 전에 본 헤어턴은 내 젊은 시절의 화신 같았지. 그 녀석을 보면 심경이 착잡해져

464

서 도대체 이치에 합당한 말이 나오지 않네. 우선 첫째로는 그 녀석이 어찌나 제 고모를 닮았는지, 무섭도록 캐서린을 연상시킨단 말일세. 자네는 그 점이 내 마음을 가장 강하게 붙들 것이라 생각할지 모르나, 사실은 전혀 그렇지 않다네. 어느 것 하나 그녀를 떠오르게 하지 않는 것이 있어야 말이지. 이 밑을 내려다보기만 해도 바닥에 깔린 돌마다 그녀의 모습이 어른거린다네. 구름마다, 나무마다, 밤이면 온통 하늘에, 낮이면 눈에 보이는 모든 물건에 어른거리는 그녀의 모습에 휩싸여 지낸다네. 흔하디흔한 남녀의 모습, 심지어 나 자신의 얼굴조차도 그녀와 닮아 보이니 어쩌겠나. 이 세상 전체가 무서운 기억의 진열장이어서 그녀가 살았었다는 것, 그리고 내가 그녀를 잃었다는 것을 다시금 깨우쳐준다네! 그렇지. 헤어턴의 모습은 나의 불멸의 사랑의 망령이며, 내 권리를 지탱하려는 억센 나의 노력의 그림자이며, 나의 타락, 나의 긍지, 나의 행복, 나의 고통의 그림자이기도 했지…… 이런 말을 자네에게 하다니, 내가 돌았군. 하지만 내 말을 듣고 보면, 내가 왜 헤어턴을 옆에 두고 싶어하는지 그 까닭을 알게 될 걸세. 그 녀석이 캐서린과 어울려 다니는 것을 모르는 체하는 것도 어느 정도는 그런 이유 때문이지. 이제는 그들에게 더 이상 신경을 쓸 수가 없다네. 변화가 일어나는 느낌이야."

"변화가 일어난다니, 그게 무슨 말이죠?"

저는 그의 넋이 나간 듯한 태도에 놀라서 물었습니다. 그러나 그는 매우 튼튼하고 건강했기 때문에 미칠 것 같지도 않고 죽을 것 같지도 않았습니다. 그의 근본적인 기질로 말하더라도, 어두운 일만 생각하고 공상에 잠기기를 즐기는 버릇은 어릴 때부터 갖고 있던 것이었습니다. 먼저 죽은 애인의 일에 지나치게 집착하는 경향은 있지만, 그 밖에 다른 면에서는 저와 다름없이 이상한 점이라고는 발견할 수 없었습니다.

"변화가 일어날 때까지는 나도 모르지. 지금으로선 그저 변화가 일어나리라는 것을 느낄 뿐이야."

"어디 아프지는 않으세요?"

걱정스러운 표정을 지으며 제가 물어보았습니다.

"아니, 아픈 데는 없네."

"그럼 죽게 될까 봐 두려우세요?"

"죽음이 두려우냐고? 천만에! 나는 죽음을 두려워하지도 않거니와, 죽을 것 같다는 생각도 없고, 또 죽고 싶지도 않아. 내가 왜 죽는단 말인가? 검은 머리가 파뿌리가 되도록 살아야지. 꼭 그렇게 될 걸세. 하지만 이런 상태로 계속 살아갈 수는 없어! 나는 숨을 쉬는 것조차 나 자신이 잊지 않도록 일깨워야 되는 형편이며, 심장조차도 깨우쳐주어야만 겨우 고동칠 정도라네! 강한 용수철을 뒤로 젖혀놓은 것과 같아서, 어떤 한 가지 생각에 의해서 유발되지 않으면 아무리 사소한 행동이라도 억지로 하지 않을 수 없고, 어떤 한 가지 보편적인 관념과 관계가 없는 것이면 산 것이건 죽은 것이건 애써 주의하지 않으면 알아볼 수도 없는 형편이라네. 내 소원은 단 한 가지뿐인데, 내 온몸과 능력을 다 바쳐 그 소원이 성취되기를 갈망하고 있다네. 얼마나 오랫동안 간절히 열망해 왔던지, 나는 머잖아 그것이 꼭 달성되리라 믿고 있다네. 그 소원이 내 생명을 좀먹고 있으니 말일세. 이렇게 고백한다고 내 마음이 후련해지는 것은 아니네만, 달리 표현할 수 없는 내 기분에 대한 설명은 될 걸세. 이젠 지겹구먼. 오랜 싸움이었지. 이제 그만 끝이 났으면 좋으련만!"

말을 마친 그는 방안을 서성거리기 시작했습니다.

조지프가 생각하듯 저도 그의 양심이 그의 마음을 지옥으로 만들었다고 믿고 싶어졌습니다. 저는 어떻게 결말이 지어질 것인지 몹시 궁금했습니다. 그는 전에는 그런 마음을 실토한 적이 한 번도 없고 또 얼굴에 나타낸 적도 없었지만, 그것이 평소 그의 마음이었던 것은 확실합니다. 그 자신이 그렇다고 단언했으니까요. 그러나 평소의 태도로 보아 누가 그런 그의 속마음을 알았겠습니까? 록우드 씨, 당신도 그를 보았을 때 그의 속마음을 알아차리진 못하셨죠? 그런데 그는 제가 지금 말씀드리고 있는 그때도 록우드 씨가 만났을 때와 똑같았습니다. 단지 좀더 고독을 즐기게 되고, 사람들 앞에서 좀더 말수가 적어졌을 뿐입니다.

34

그날 이후로 며칠 동안 히드클리프 씨는 식사 때 우리와 만나는 것을 피했습니다. 그러나 헤어턴 도련님과 캐시 아씨를 호되게 몰아내지는 않았습니다. 그렇게 완전히 자기 감정을 드러내기보다는 차라리 처음부터 식사를 같이 하지 않는 쪽을 택했습니다. 그리고 하루 한끼만 먹었을 뿐입니다.

어느 날 밤, 저는 식구들이 모두 잠든 후 그가 밖으로 나가는 소리를 들었습니다. 그러나 다시 들어오는 소리는 듣지 못했지요. 아침에 일어나 보니 그때까지 들어오지 않았더군요.

때는 4월이어서 날씨는 맑고 따뜻했으며, 들은 비와 햇빛으로 마음껏 푸르르고, 남쪽 담장 근처에 있는 키 작은 두 그루의 사과나무에는 꽃이 활짝 피었습니다.

아침 식사가 끝나자 캐서린 아씨는 저에게 의자를 가지고 나가서 집 모퉁이에 있는 전나무 밑에 앉아서 일을 하라고 졸랐습니다. 그러고는 상처가 완전히 아문 헤어턴 도련님을 꾀어 자기의 꽃밭을 손질하도록 했습니다. 조지프가 투덜대는 바람에 꽃밭을 모퉁이로 옮겼던 것입니다.

상쾌하고 푸른 하늘 아래 앉아 사방에서 풍겨오는 봄 향기를 만끽하고 있는데, 꽃밭 가장자리에 심을 앵초 뿌리를 가지러 대문께로 뛰어갔던 아씨가 몇 뿌리 캐지도 못한 채 돌아와서는 히드클리프 씨가 돌아온다고 알렸습니다.

"그런데 내게 말을 걸었어."

아씨는 무척 놀란 표정으로 말했습니다.

"뭐라고 했는데?"

헤어턴 도련님이 물었습니다.

"나더러 빨리 비키라고 했어요. 그런데 얼굴이 보통 때하고는 전혀 달라서, 나는 잠시 우두커니 서서 바라보았어."

"어땠는데?"

도련님이 의아한 표정으로 다시 물었습니다.

"글쎄, 명랑하고 기분이 좋아 보였어요. 아니, 그 정도가 아니라 매우 들떠서 미칠 듯이 기뻐하는 것 같았어!"

"아마도 밤의 산책이 즐거웠던 모양이군요."

저는 대수롭지 않은 듯이 말했습니다. 그러나 속으로는 아씨 못지않게 놀라서, 아씨의 말이 사실인지 확인해 보고 싶었습니다. 왜냐하면 히드클리프 씨가 기쁜 표정을 짓는다는 것은 무척 드문 일이었으니까요. 저는 구실을 만들어 집안으로 들어가 보았습니다.

히드클리프 씨는 문 옆에 서 있었는데, 얼굴이 창백해진 채 몸을 부들부들 떨고 있었습니다. 그런데 정말 두 눈은 묘한 기쁨으로 반짝거렸고, 그래서인지 얼굴이 전혀 다른 사람처럼 보였습니다.

"아침 식사 하셔야지요. 밤새도록 돌아다녔으니 시장하실 거예요."

저는 그가 어딜 갔다왔는지 궁금했지만 직접 묻지는 않았습니다.

"아니, 배고프지 않아."

그는 저를 외면하며 얼굴을 돌린 채 대답했습니다. 자기가 기분이 좋은 이유를 알고 싶어하는 제 마음을 눈치채기라도 한 것처럼 말입니다. 저는 잠시 주저했습니다. 충고를 하기에 적당한 기회인지 아닌지 알 수가 없었거든요.

"밤에 주무시지 않고 돌아다니시는 것은 좋지 않아요."

저는 조심스럽게 말을 이었습니다.

"이런 습한 계절에는 몸에 안 좋거든요. 잘못하면 감기에 걸리거나 열병을 앓게 돼요. 혹시 무슨 일이 있으신가요?"

"뭐, 아무것도 아닐세. 자네가 가만히 내버려두면 더할 수 없이 좋은 일이기도 하니까 자넨 들어가서 일이나 하게. 귀찮게 하지 말고."

저는 그가 원하는 대로 안으로 들어갔습니다. 그의 곁을 지나치면서 저는 그가 고양이처럼 거칠게 숨쉬고 있다는 것을 느낄 수 있었습니다.

'그래! 병이 난 거야. 도대체 무슨 짓을 하고 돌아다녔는지 모르겠네.' 하고 저는 속으로 생각했습니다.

그날 점심 때 그는 우리와 함께 식탁에 앉았는데, 마치 그동안 굶은 것을 모두 보충이라도 하려는 듯 음식이 가득 담긴 접시를 제게서 받아 갔습니다.

"넬리, 난 감기에 걸린 것도 아니고 열병이 난 것도 아냐."

히드클리프 씨는 그날 아침 제가 한 말을 빗대어 말했습니다.

"자네가 준 음식을 실컷 먹을 생각이야."

그는 음식을 먹기 시작했으나, 갑자기 식욕이 싹 가셔버린 듯 나이프와 포크를 식탁에 내려놓고 뚫어질 듯 창문 쪽을 바라보더니, 일어나서 나가버렸습니다. 그는 우리가 식사를 끝낼 때까지 마당을 이리저리 서성거렸습니다.

헤어턴 도련님은 그가 왜 식사를 하지 않는지 가서 물어보겠다고 했습니다. 아마 우리들 때문에 마음이 상했을 거라는 생각이 들었던가 봅니다.

"그래, 들어오신대요?"

잠시 후 헤어턴이 돌아오자 캐서린 아씨가 물었습니다.

"아니. 그런데 분명히 화난 것은 아니야. 정말 묘하게도 즐거워하시는 것 같아. 단지 내가 두 번이나 같은 말을 했더니 짜증을 냈을 뿐이야. 그리고 나더러 너에게 가보라고 하면서, 어째서 내가 다른 사람과 함께 있고 싶어하는지 모르겠다고 중얼거리셨어."

저는 그의 음식이 식지 않도록 화덕 위에 그릇째 올려놓았습니다. 그는 한두 시간 후 방이 깨끗하게 치워졌을 때 다시 들어왔는데, 그때까지도 흥분한 기색이 조금도 가시지 않았습니다. 여전히 어색한―그건 정말 어색한 표정이었지요―표정이 까만 눈썹 밑에 어른거리고, 여전히 창백한 얼굴에 가끔 흰 이를 드러내고 미소를 지었습니다. 몸은 떨고 있었는데, 그것은 추워서나 쇠약해져서가 아니라 팽팽하게 당겨진 줄이 떨듯, 오싹한 전율이 이는 것 같았습니다.

저는 도대체 무슨 일인지 물어보기로 마음먹었습니다.

"무슨 좋은 소식이라도 들으셨나요, 히드클리프 씨? 무척 생기가 있어 보이시네요."

"나 같은 사람에게 좋은 소식이 있을 리 있겠나? 그저 굶으니까 기운이 나는 걸세. 아무래도 나는 아무것도 먹지 않는 게 몸에 좋은가 봐."

"점심을 준비했어요. 왜 식사를 안 하세요?"

"지금은 먹고 싶지 않네."

그러고는 재빨리 중얼거렸습니다.

"저녁이나 먹지. 그런데 넬리, 헤어턴과 캐서린에게 내 앞에서 얼씬거리지 말라고 좀 일러주게나. 아무에게도 방해받고 싶지 않아. 혼자 있고 싶네."

"히드클리프 씨, 당신은 변했어요. 왜 그렇게 이상해졌는지 말씀 좀 해보세요. 어젯밤에는 어딜 가셨죠? 쓸데없는 호기심에서 묻는 게 아니라……."

"그거야말로 쓸데없는 호기심이군."

그는 웃으며 제 말을 가로막고는 무슨 말인지 모를 소리만 했습니다.

"하지만 말해 주지. 어젯밤 나는 지옥의 문턱까지 갔었네. 그런데 지금은 천국이 보이는 곳에 와 있어. 천국이 눈에 보인단 말일세. 3피트도 채 안 되는 곳에 말이야! 자, 이젠 자네도 그만 나가는 게 좋겠어! 쓸데없는 참견만 하지 않는다면 무서운 꼴을 보지 않아도 되고 무서운 말을 듣지도 않을 테니까."

난롯가를 쓸고 식탁을 닦은 후, 저는 전보다 더욱더 착잡한 마음으로 방을 나왔습니다.

그는 그날 오후에는 밖으로 나가지 않았고, 아무도 그의 고독을 방해하지 않았습니다. 그러나 8시가 되자, 저는 그가 부르지는 않았지만 촛불과 저녁 식사를 가지고 들여다보는 것이 좋겠다는 생각이 들었습니다.

그는 열려 있는 창가에 기대어 서 있었는데, 밖을 내다보는 것이 아니라 캄캄한 방 쪽을 향해 서 있더군요. 난로의 장작은 다 타서 재가 되어버리고, 방안에는 흐린 날 밤의 습하고 후텁지근한 공기로 가득 차 있었습니다. 어찌나 조용한지 기머튼 골짜기를 흐르는 물소리가 아주 또렷하게 들렸는데, 자갈이나 커다란 바위에 부딪쳐 콸콸 흐르는 소리까지 정확하게 구별할 수 있었습니다.

저는 불이 꺼진 난로를 보고 투덜거리며 창문을 하나하나 닫다가, 드디어 그가 서 있는 창문 앞에 이르렀습니다.

"이 문도 닫을까요?"

저는 정신이 들게 할 생각으로 물었습니다. 그는 꼼짝도 하지 않고 서 있었으니까요. 그런데 그 순간, 갑자기 촛불에 그의 얼굴이 드러났습니다. 아아, 록우드 씨. 그 얼굴을 훔쳐본 순간 저는 얼마나 놀랐는지 모릅니다! 움푹 팬 까만 두 눈, 싸늘한 미소와 소름이 오싹 끼칠 만큼 창백한 얼굴! 그건 히드클리프 씨가 아니라 악마였습니다. 저는 너무 무서워서 그만 촛불을 벽 쪽으로 기울였습니다. 그 바람에 불이 꺼져 사방이 캄캄해졌습니다.

"그래, 닫게."

그는 귀에 익은 목소리로 대답했습니다.

"그런데 바보처럼 왜 촛불을 옆으로 기울이고 야단이야? 빨리 다른 것을 가져오게."

저는 정말 바보같이 놀라 밖으로 뛰어나가 조지프에게 이렇게 말했습니다. 다시 그 방에 들어갈 용기가 없었기 때문입니다.

"히드클리프 씨가 영감더러 촛불을 갖고 와서 난로에 불을 지피라고 하셨어요."

조지프는 덜컹거리며 삽에 불씨를 담아가지고 나가더니 곧 그것을 가지고 돌아왔는데, 다른 손에는 저녁상까지 들고 있었습니다. 히드클리프 씨는 잠자리에 들려는 중이며 이튿날 아침까지는 아무것도 먹고 싶지 않다는 것이었습니다.

얼마 지나지 않아 히드클리프 씨가 계단을 올라가는 소리가 들렸습니다. 그는 평소 사용하던 침실로 들어가지 않고 판자 문이 달린 침대가 있는 방으로 들어갔습니다. 전에 제가 말씀드린 것처럼 그 방의 창문은 누구나 출입할 수 있을 정도로 넓습니다. 그래서 저는 우리가 알아차리지 못하게 또 한밤중의 산책을 준비하고 있구나 하고 생각했습니다.

'혹시 시체를 파먹는 귀신인가? 아니면 흡혈귀인가?'라는 말도 안 되는 생각까지 들었습니다. 그러다 어느 순간 저는 어렸을 때 그를 키우던 일, 그가 청년이 될 때까지 돌보던 일, 그의 전생애를 통해 일어난 일들을 다시금 되새겨보았습니다. 그리고 그런 끔찍스러운 생각을 한다는 것이 얼마나 어처구니없는 일인가 하는 생각도 했습니다.

저는 꿈을 꾸듯, 그에게 어울리는 부모의 모습을 상상해 보기 시작했습니다. 그러다가 문득 정신을 차리고 그의 생애를 여러 가지로 음침하게 채색해 가며 또 한 번 되짚어보았습니다. 결국 그의 죽음과 장례식까지 상상해 보았는데, 그중에서 지금까지 잊혀지지 않는 것은 그의 비석에 새길 비문 때문에 매우 고심한 끝에 그 문제에 대해 묘지기와 상의한 일입니다. 그는 성도 없고 정확한 나이도 모르기 때문에 우리는 '히드클리프'라고 새길 수밖에 없었습니다. 제 상상이 현실이 된 후에도 우리는 정말 그렇게 할 수밖에 없었습니다. 혹 교회 묘지에 가시게 되면 그의 묘비에는 '히드클리프'라는 이름과 사망 일자만 새겨진 것을 보실 수 있을 겁니다.

날이 새자 저도 정신이 났습니다. 저는 일어나 뜰로 내려가서 그의 방 창문 아래 발자국이 있는지 확인해 보았습니다만, 아무 흔적도 없더군요.

'집에 있었군. 그럼 오늘은 아무 일도 없겠구나.' 하고 저는 생각했습니다.

저는 평소와 다름없이 식구들의 아침 식사를 준비하고 도련님과 아씨에게 히드클리프 씨는 늦게 일어나실 테니 내려오시기 전에 먼저 아침 식사를 하라고 일렀습니다. 그들은 뜰의 나무 밑에서 아침 식사를 하고 싶어했으므로, 저는 작은 탁자 하나를 내다주었습니다.

그러고 나서 집안에 들어가 보니 히드클리프 씨가 내려와 있었습니다. 조지프와 농장 일에 관해 의논하고 있었는데, 그는 거론된 문제에 대해서 확실하고 세세하게 지시를 내렸습니다. 그러나 말이 빠르고 고개를 줄곧 옆으로 돌리고 있는 것이 여전히 흥분된 표정이었습니다. 아니, 한층 더 심해 보였습니다.

조지프가 방에서 나가자 그는 항상 앉는 자리에 가서 앉았고, 저는 식탁 위에 찻잔을 내려놓았습니다. 그는 찻잔을 가까이 당기더니 두 팔을 탁자에 괴고—제 생각에는 맞은편 벽을 쳐다보는 것 같았는데—번쩍이는 초조한 눈빛으로 거의 30초 동안 숨을 죽인 채 열심히 어느 한 곳을 뚫어지게 쳐다보았습니다.

"제발 그만 하세요."

저는 빵을 그의 손이 닿을 만큼 가까운 곳에 밀어주며 말했습니다.

"식기 전에 드세요. 식탁을 차린 지 한 시간이 지났어요."

그러나 그는 저를 보지도 않고 미소를 지을 뿐 아무 대답도 하지 않았습니다. 저는 그가 그렇게 미소 짓는 것보다는 차라리 화를 내는 것이 더 나을 것 같았습니다.

"히드클리프 씨!"

참다못해 저는 소리를 질렀습니다.

"제발 유령이라도 본 것처럼 그렇게 노려보지 마세요."

"자네야말로 제발 그렇게 큰 소리로 떠들지 말게."

그가 대꾸했습니다.

"주위를 둘러보고 말해 주게. 이 방에 우리 둘만 있나?"

"그럼요. 당연히 우리 두 사람뿐이지요."

대답은 그렇게 하면서도 혹시나 해서 저도 모르게 주변을 살펴보았습니다. 그는 식탁 위의 그릇들을 한쪽으로 밀어놓고는 좀더 편안히 바라보려고 몸을 앞으로 굽혔습니다.

그제야 저는 그가 벽을 바라보고 있는 게 아니라는 것을 알아차렸습니다. 분명히 그는 2야드 거리 이내에 있는 무엇인가를 쳐다보고 있었습니다. 그것이 무엇인지는 모르겠지만, 그것은 분명히 기쁨과 괴로움을 동시에 주는 것 같았습니다. 고통스러워하면서도 황홀한 듯한 그의 표정으로 보아 짐작할 수 있었습니다. 그리고 그 환영은 한 곳에 정지해 있는 것이 아니었던 모양입니다. 그의 두 눈은 지칠 줄 모르고 부지런히 그것을 뒤쫓고 있었으며, 저와 말을 하면서도 시선을 결코 그곳에서 떼지 않았습니다.

그토록 오랫동안 음식을 먹지 않으면 어떻게 하느냐고 제가 말했지만 소용없었습니다. 제 간청에 못 이겨 음식에 손을 대려고 하면―가령 빵한 조각을 집으려고 손을 내밀면―채 그것을 집기도 전에 손가락이 굳어지며 무엇을 하려 했는지도 잊고 식탁 위에 그대로 멈춰버렸습니다.

저는 인내의 표본처럼 꾹 참고 앉아서, 골똘하게 몰두한 한 가지 생각에서 그를 벗어나게 하려고 애썼습니다. 결국 그는 화를 버럭 내며 일어서더니, 왜 자기가 원하는 시간에 식사를 하게 내버려두지 않느냐고 하면서 저더러 다음부터는 시중도 들 것 없으니 상만 차려놓고 나가도 좋다고 했습니다. 그러고 나서 그는 천천히 정원 길로 내려가서 대문 밖으로 나가버렸습니다.

불안한 가운데 시간이 흘러 다시 밤이 되었습니다. 저는 늦도록 잠자리에 들지 않고 있었는데, 침대에 누운 후에도 잠을 이룰 수가 없었습니다. 그는 자정이 지나서야 돌아왔습니다. 그런데 침실로 가지 않고 아래층 방으로 들어갔습니다. 저는 아래층에서 나는 소리에 귀를 기울이다가, 결국에는 옷을 주워 입고 아래로 내려갔습니다. 온갖 쓸데없는 걱정으로 머리가 아파서 자리에 누워 있자니 도저히 견딜 수가 없었던 것입니다.

초조하게 방안을 서성거리는 히드클리프 씨의 발소리가 들렸습니다. 그리고 신음 소리와 같은 한숨이 한밤의 적막을 깨뜨렸습니다. 그는 또 드문드문 무슨 말을 중얼거렸는데, 그중에서 제가 알아들을 수 있는 말은 단지 캐서린이라는 이름뿐이었습니다. 그는 그리움과 괴로움이 뒤섞인 거친 어조로, 마치 눈앞에 있는 사람에게 말을 하듯이 낮고 간절하게, 영혼 깊숙한 곳에서 우러나오는 듯한 어조로 그 이름을 불렀습니다.

저는 방으로 들어갈 용기가 없었습니다. 그러나 그를 환상에서 벗어나게 해주고 싶었으므로, 부엌 화덕의 불을 들쑤시며 타다 남은 숯을 시끄럽게 긁어냈습니다. 그랬더니 생각했던 것보다 빨리 효과가 나타나서, 그가 문을 열더니 이렇게 말했습니다.

"넬리, 이리 좀 오게. 벌써 아침이 됐나? 촛불을 들고 이리 들어오게."

"아직 새벽 4시예요."

저는 반가운 마음에 얼른 대답했습니다.

"촛불을 들고 2층으로 올라가실 거죠? 이 화덕에서 불을 붙이면 되겠군요."

"아니, 2층에는 올라가지 않을 거야. 이 방에 불을 지펴주게. 그리고 무슨 일을 해도 좋으니 여기에서 일을 하게나."

"그 방으로 가져가려면 우선 석탄부터 빨갛게 달궈야겠어요."라고 대답하고 저는 의자와 풀무를 가져왔습니다.

그 사이에도 그는 거의 정신나간 사람처럼 서성거렸습니다. 무거운 한숨이 연달아 나오는 바람에 제대로 숨쉬는 것조차 힘겨워 보였습니다.

"날이 새면 그린 씨를 불러와야겠네."

그가 대뜸 말했습니다.

"내가 아직 법률상의 문제에 대해서 생각할 수 있고 또 차분하게 정리할 수 있을 때 의논하고 싶어서 말일세. 아직 유언장은 쓰지 않았지만, 내 재산을 어떻게 하면 좋을지 결정하지 못했거든. 그런 건 이 지상에서 모두 없애버렸으면 좋겠지만."

"전 그런 이야기는 하고 싶지 않아요, 히드클리프 씨."

저는 유언장이니, 재산이니 하는 말이 듣기 거북스러워 그의 말을 가로챘습니다.

"유언장일랑 잠시 덮어두세요. 당신이 저지른 많은 과오를 뉘우치실 동안은 살아 계셔야 하니까요! 당신의 정신에 이상이 생기리라고는 생각 안 하지만, 요즘 와서는 매우 이상해지신 것만은 분명해요. 지난 사흘처럼 계속 이렇게 지내신다면 거인이라도 쓰러지고 말 거예요. 음식도 좀 드시고 잠도 푹 주무셔야지요. 거울을 좀 들여다보세요. 그러면 그 두 가지가 얼마나 중요한지 아시게 될 거예요. 볼이 움푹 패고 눈이 빨갛게 충혈된 것이, 마치 굶주려 죽어가거나 잠을 못 자서 장님이 되어버릴 사람 같아요."

"먹지 못하고 자지 못하는 것은 내 잘못이 아니야. 내가 일부러 그러는 것이 아니라네. 그럴 수만 있다면 먹기도 하고 잠도 자고 싶어. 하지만 자네 말은 마치 물에 빠져 허우적거리다가 이제 곧 기슭에 손이 닿으려는 사람에게 그만 쉬라고 하는 것과 다름없어. 난 우선 기슭에 닿은 이후에 쉬겠네. 그런데도 아직 충분히 행복하진 않아. 내 영혼의 행복은 내 육체가 죽어가는데도 만족할 줄을 모른다네."

"행복하다고요, 히드클리프 씨?"

저는 그의 말에 기가 막혔습니다.

"괴상한 행복도 다 있군요! 만약 화를 내지 않고 제 이야기를 들어주신다면, 더욱 행복해지시도록 충고를 해드리고 싶군요."

"그게 뭔지 말해 보게."

"히드클리프 씨, 당신도 알다시피 당신은 열세 살 때부터 이기적이고 그리스도 교인답지 않은 생활을 해왔어요. 아마 그동안 한 번도 성경책을 손에 들어보신 적이 없으셨을 거예요. 성경 말씀도 다 잊으셨을 테고, 이제는 성경책 뒤적거릴 여유도 없으실 겁니다. 그러니 목사님을 한 분 모셔다―어떤 교파의 목사님이건 상관없습니다―성경 말씀을 들으시고, 당신이 성경의 가르침에서 얼마나 어긋났으며, 돌아가시기 전에 회개하지 않으면 천당에 가기가 얼마나 힘든지 깨우치시는 게 어떨까요?"

"충고 고맙네, 넬리."

욕설이 터져나오리라 생각했던 히드클리프 씨 입에서 의외의 말이 흘러나왔습니다.

"그 말을 듣고 보니 내가 원하는 장례 절차에 대해서 말해 두어야겠네. 내 시체는 저녁 때 교회 묘지로 운구해 주기 바라네. 원한다면 자네와 헤어턴은 따라와도 괜찮아. 특히 주의할 점은, 두 개의 관에 대해서 내가 내린 지시를 묘지기가 잘 이행하는지 꼭 확인해 주기 바라네! 목사는 올 필요가 없고, 나를 위해 기도해 줄 필요도 없네. 사실 나는 내가 원하는 천국에 거의 와 있으니까. 그리고 다른 사람들이 바라는 천국은 내겐 아무 가치도 없고, 가고 싶지도 않네."

"하지만 만약 당신이 끝내 단식을 고집하시다 그 때문에 돌아가시게 되고, 그런 이유로 교회 묘지에 못 묻히게 된다면 어떡하시겠어요?"

"그런 일은 없을 걸세. 만약 그런 일이 생긴다면 자네가 나를 몰래 이장해 주어야 하네. 만약 그렇게 해주지 않으면, 사람은 죽어도 아주 없어지지 않는다는 것을 자네에게 실제로 증명해 보이겠네!"

다른 식구들이 일어나 움직이는 소리가 들리자 그는 곧 자기 방으로 들어갔고, 저는 그제야 마음이 놓였습니다.

그러나 그날 오후 조지프와 헤어턴 도련님이 일하러 나가고 없는 틈에 그가 다시 부엌으로 와서는 험악한 얼굴로 저에게 거실로 와보라고 말했습니다. 누군가 함께 있어줄 사람이 필요하다는 것이었습니다. 저는 그의 이상한 행동이 무서워서 혼자서는 그의 말벗이 될 용기가 없거니와, 또 그럴 생각도 없다고 거절했습니다.

"자네는 내가 악마라고 생각하는가 보군."

그는 음산한 미소를 머금고 말했습니다.

"너무나 무서워서 점잖은 집에서는 살 수 없는 존재란 말이지."

그러더니 우연히 부엌에 들어왔다가 그가 가까이 다가오자 제 뒤에 숨어버린 캐서린 아씨를 보고 비웃듯이 말했습니다.

"아가, 이리 오렴. 잡아먹지 않을 테니. 아니지, 너에게는 내가 악마보다 더 심하게 굴었지. 그런데 한 사람만은 내 곁에서 도망치려 하지 않는다니까! 정말 그녀는 무자비해. 원, 세상에! 인간의 몸으로는, 아니 나처럼 단단한 몸으로도 도저히 당해 낼 수가 없단 말이야."

그는 더 이상 누구에게도 같이 있어달라고 부탁하지 않았습니다. 어두워지자 그는 자기 방으로 들어갔습니다. 밤새도록, 그리고 이튿날 아침 늦도록 그가 신음 소리를 내며 혼자 중얼거리는 소리가 들려왔습니다. 헤어턴 도련님은 몹시 들어가 보고 싶어했지만, 저는 케네스 선생에게 이 사실을 알려야 한다고 말했습니다.

얼마 후 케네스 선생이 오셨습니다. 케네스 선생이 들어가도 좋으냐고 하면서 문을 열려고 했으나, 문은 열리지 않았습니다. 히드클리프 씨는 우리에게 꺼져버리라고 고래고래 소리를 질렀습니다. 이제 나았으니 혼자 있게 내버려두라는 것이었습니다. 결국 케네스 선생은 히드클리프 씨를 만나보지도 못한 채 돌아가야 했습니다.

이튿날 저녁에는 비가 많이 내렸습니다. 날이 샐 무렵까지 퍼부었으니까요. 제가 아침 산책을 하며 집 주위를 둘러보니, 히드클리프 씨 방의 창문이 열린 채 비가 마구 들이치고 있었습니다.

'저래가지고는 비에 흠뻑 젖을 텐데…… 아직 잠자리에 누워 있는 건 아닐 거야. 이제는 더 이상 소동을 피우지 말고 내가 용기를 내어 들어가 봐야지.' 하고 저는 생각했습니다.

다른 열쇠로 겨우 방문을 열고 들어가 보니, 방엔 아무도 없었습니다. 그래서 저는 침대에 달린 판자 문을 열고 그 안을 들여다보았습니다. 히드클리프 씨는 천장을 보고 반듯이 누워 있었습니다. 그의 눈이 어찌나 날카롭고 사나운지 순간 소름이 끼치더군요. 그러나 입가에는 미소가 어려 있었습니다.

저는 그가 죽었다고는 생각되지 않았습니다. 그러나 그는 얼굴과 목이 비에 씻기고 이불이 흠뻑 젖어버렸는데도 움직이지 않고 가만히 있었습니다. 창문이 덜컹거리는 바람에 창틀 위에 놓인 한쪽 손의 껍질이 벗겨졌으나, 상처에서는 피 한 방울 나지 않았습니다. 그 손을 만져보니 의심의 여지가 없었습니다. 그는 이미 죽어서 빳빳하게 굳어 있더군요!

저는 창문을 닫아걸고 그의 이마에 늘어진 검고 긴 머리카락을 쓸어올려 준 다음, 두 눈을 감겨주려고 했습니다. 되도록이면 다른 사람들이 보기 전에 그 무섭고 살아 있는 듯한 환희의 눈빛을 감추려 했습니다. 그러나 저의 수고를 비웃듯 눈은 좀처럼 감기지 않았습니다. 벌어져 있는 입술과 그 사이로 보이는 날카롭고 하얀 이 또한 비웃는 것처럼 보였습니다. 저는 다시 더럭 겁이 나서 소리쳐 조지프를 불렀습니다. 영감은 곧 달려와 한바탕 소란을 떨었으나, 시체에 손을 대는 일은 단호하게 거부했습니다.

"악마가 그의 혼을 앗아가 버렸군. 흥! 죽어서까지 음흉하게 웃다니, 흉측해서 볼 수가 없구먼!"

그 죄받을 영감은 침대 주변을 돌며 춤이라도 출 것 같았습니다. 그러다 문득 제정신이 들었는지 영감은 무릎을 꿇고 두 손을 치켜든 채 이 집의 진짜 주인과 오랜 가문이 그 권리를 되찾게 된 데 대해 하느님께 감사를 드렸습니다.

저는 이 무서운 사건으로 인해 거의 넋이 나가 있었습니다. 안타깝게도 그의 죽음을 진정으로 슬퍼하는 사람은 히드클리프 씨에게 가장 심한 학대를 받은 헤어턴 한 사람뿐이었습니다. 그는 밤새도록 시체 옆에 앉아서 북받치는 슬픔을 참지 못하고 서럽게 울었습니다. 그는 싸늘하게 식은 히드클리프 씨의 손을 잡고, 모두가 보기조차 꺼리는 비웃는 것 같은 험악한 얼굴에 키스하면서 그의 죽음을 슬퍼했는데, 그야말로 불로 달군 강철보다 더 단단하면서도 너그러운 마음에서 우러나오는 침통한 슬픔이었습니다.

케네스 선생은 히드클리프 씨가 무슨 병으로 돌아가셨는지 진단을 내리는 데 애를 먹었습니다. 저는 그가 나흘 동안 물 한 모금 입에 대지 않았다는 사실을 말하지 않았습니다. 그로 인해 귀찮은 일이라도 일어날까봐 두렵기도 했지만, 그가 일부러 단식한 것이 아니며, 단식은 이상한 병의 원인이 아니라 결과였을 뿐이라는 생각이 들었기 때문입니다.

온 마을 사람들이 수군거렸지만, 우리는 생전에 그가 바라는 대로 장례를 치렀습니다. 헤어턴 도련님과 저 그리고 묘지기와 관을 운구하는 여섯 사람이 장례식에 참석한 전부였습니다. 여섯 사람의 인부는 구덩이에 관을 내려놓고 가버리고, 우리만 남아서 관 위에 흙을 덮는 것을 지켜보았습니다. 헤어턴 도련님은 하염없이 눈물을 흘리며 손수 푸른 떼를 떠다가 무덤 위에 덮었습니다. 그래서 지금은 아씨 내외분의 무덤과 똑같이 그의 무덤에도 부드러운 잔디가 파랗게 덮여 있습니다.

그런데 이 고장 사람들이 히드클리프 씨의 유령을 봤다고 하더군요. 교회 근처에서 그의 유령을 만났다는 사람도 있고, 들판에서 보았다는 사람, 심지어는 이 집에서조차 보았다는 사람이 있습니다. 그런데 부엌의 화덕 옆에 앉은 저 영감은 그가 죽은 후로 늘 비 오는 날 밤마다 그가 기거하던 침실 문으로 두 유령이 내다보는 것을 보았다고 우긴답니다.

그리고 한 달쯤 전에는 저도 이상한 일을 겪었습니다. 어느 날 밤 드러시크로스 저택으로 가는 길에—당장 천둥이라도 칠 것처럼 어두운 밤이었죠—이 집 모퉁이에서 어미 양 한 마리와 새끼 양 두 마리를 몰고 오던 사내 아이 하나를 만났습니다. 그 아이는 소리 내어 울고 있었습니다. 그래서 저는 새끼 양이 말을 잘 안 들어 끌고 오기가 힘겨워서 그러는 모양이라고 생각했습니다.

"얘야, 왜 우니?" 하고 저는 물었습니다.

"저기 저 산기슭에 히드클리프 씨와 어떤 여자가 있어요. 그래서 무서워서 지나갈 수가 없어요."

제 눈에는 아무것도 보이지 않았지만, 양도 사내 아이도 앞으로 가려 하지 않았습니다. 그래서 저는 아래쪽 길로 돌아가라고 일러주었습니다.

그 애는 아마 벌판을 혼자 지나가면서 부모와 친구들이 이야기하던 실없는 소리를 생각하고 허깨비를 본 게 분명합니다. 하지만 저 역시 지금은 어두워지기만 하면 밖에 나가기가 무섭습니다. 그리고 이 음산한 집안에 혼자 남아 있는 것도 싫고요. 어서 드러시크로스 저택으로 옮겨 갔으면 좋겠어요.

"그럼 두 젊은이도 그리로 이사 갈 작정인가요?"

"네. 두 분이 결혼하면 곧 이사 갈 예정이에요. 아마 정월 초하루가 될 겁니다."

"그러면 이 집에는 누가 살죠?"

"그야 조지프가 남아 있겠지요. 벗삼아 젊은이도 하나쯤 있어야겠지요. 아마 그들도 부엌에서 지내고 나머지 방들은 사용하지 않을 겁니다."

"그 방에서 살고 싶은 유령들이나 쓰라는 거군요."

"아닙니다, 록우드 씨."

넬리는 고개를 저으며 말을 이었다.

"돌아가신 분들은 고이 잠드셨을 거예요. 그분들에 대해서 경솔하게 말하는 것은 옳지 못하다고 생각하는데요."

"제가 실언을 했군요. 미안합니다."

바로 그때 문이 열리고 산책하러 나갔던 헤어턴과 캐서린이 들어왔다.

"저 두 사람은 무서울 게 없겠군."

나는 두 사람이 다가오는 것을 창문 너머로 바라보면서 말했다.

그들이 문 앞 디딤돌 위에 올라서서 마지막으로 달을 보기 위해 섰을 때—아니, 솔직히 말하면 달빛에 서로의 얼굴을 다시 한 번 보려고 섰을 때—나는 이곳에 올 때와 마찬가지로 다시 그들의 눈에 띄지 않게 피해 가야겠다고 생각했다. 넬리의 손에 돈 몇 푼을 정표로 쥐어주고는, 나의 그런 실례를 나무라는 그녀의 말을 못 들은 척하고 젊은이들이 거실 문을 여는 것과 동시에 부엌으로 해서 빠져나왔다.

그래서 내가 조지프 영감의 발밑에 던져준 1파운드짜리 금화가 쨍그랑 하고 떨어지는 유쾌한 소리 덕택에 다행히 나를 점잖은 사내로 보아주지 않았다면, 조지프는 분명 넬리가 정부(情婦)라도 끌어들인 것으로 여겼을 것이다.

드러시크로스 저택으로 돌아오는 길은 교회 쪽으로 돌아왔기 때문에 시간이 무척 많이 걸렸다. 담장 아래서 보니 교회는 불과 7개월 동안에 더욱 황폐해져 있었다. 유리가 깨져 휑하니 구멍이 뚫린 창문이 많았고, 지붕의 기와도 여기저기 제자리에서 밀려나, 다가올 태풍에 떨어져 나갈 것 같았다.

무덤을 찾아보니 벌판으로 통하는 언덕배기에 있는 세 개의 묘석이 눈에 들어왔다. 가운데 있는 것은 잿빛으로 히스 덤불에 반은 덮여 있고, 에드거 린턴의 묘석만이 돌 밑의 잔디와 이끼가 조화를 이뤄 보기 좋았을 뿐 히드클리프의 것은 무척 적막해 보였다.

나는 해맑은 하늘 밑의 무덤 주위를 서성거렸다. 히스와 초롱꽃 사이를 날아다니는 나방들을 쳐다보고 풀잎을 스치고 지나가는 잔잔한 바람 소리에 귀를 기울이면서, 나는 '이렇게 고요한 대지에 묻히고도 편히 잠들지 못한 사람이 있을 거라고 어느 누가 상상이나 하겠는가.'라고 생각했다.

작가와 작품 해설

에밀리 브론테의 생애와 작품 세계

『폭풍의 언덕』의 작가로 잘 알려져 있는 에밀리 브론테는 1818년 7월 30일에 영국 요크셔 주의 한촌(寒村) 손턴에서 태어났다. 그녀의 아버지인 패트릭 브론테는 아일랜드의 농가에서 태어나 각고의 노력 끝에 케임브리지 대학을 나와 목사가 되었다. 그는 문학에 조예가 깊은 마리아 브란웰과 결혼하여 1남 5녀를 낳았다. 그러나 에밀리의 두 언니들은 어려서 폐병으로 죽고 어머니 마리아도 막내 앤이 태어난 다음해에 암으로 세상을 떠났다. 그 후 그녀의 아버지는 재혼하지 않고 홀로 지냈으므로 이들 남매들은 이모의 도움 아래 어머니 없이 쓸쓸하게 자라게 된다.

이들이 살았던 곳은 북쪽 지방이어서 추위로 인해 쓸쓸함은 배가되었으나, 이 지방의 강인하고 야성적인 특성은 그들의 인격 형성에 많은 영향을 끼치게 된다. 에밀리의 소설에서 야성적인 폭풍의 풍경이 등장하는 것은 이 지방의 자연적인 특성에 힘입은 듯하다.

1824년 에밀리가 여섯 살이 되었을 때 그녀는 세 언니와 함께 기숙 학교에 입학하게 되는데, 그 학교는 가난한 목사의 자녀 교육을 표방하고 있었던 만큼 학비가 매우 쌌다. 그러나 환경이 깨끗하지 못했고 시설도 빈약하여서 건강을 해치는 학생들이 속출하는 형편이었다. 교육 환경이 좋지 못한 까닭에 에밀리의 두 언니가 폐병으로 죽게 되자 그녀의 아버지는 샬럿과 에밀리를 황급히 집으로 데려온다.

에밀리가 여덟 살이 되던 해 어느 여름날, 그녀의 아버지는 나무로 된 병정인형을 사가지고 왔는데, 이들 남매들은 이 병정에 이름을 붙여가며 자신들만의 공상의 세계를 펼친다. 1831년에 샬럿이 로헤드에 있는 기숙 학교에 들어가게 되자, 에밀리와 앤은 더욱 각별한 사이가 되어 그들만의 새로운 공상의 세계를 만들어낸다. 에밀리의 상상력은 이때부터 형성되었으며 그 진가는 『폭풍의 언덕』에서 유감없이 발휘된다.

샬럿이 1년 반 만에 학교 과정을 마치고 돌아오자, 에밀리는 앤과 함께 언니의 지도하에 다시 공부를 시작하게 된다. 1835년 여름에 언니인 샬럿이 울러 여학교에 교사로 초빙되자, 17세였던 에밀리는 언니의 도움으로 그 학교의 학생이 된다. 당시에는 여성이 독립해서 생계를 꾸려나가려면 가정 교사나 학교 교사가 되는 길밖에 없었던 것이다. 그러나 에밀리는 고향의 황야를 그리워한 나머지 향수병에 걸려 불과 석 달만에 고향으로 내려오게 된다.

에밀리가 고향의 집을 떠난 것은 그로부터 약 2년 후의 일이다. 19세가 되던 해인 1837년에 그녀는 학교 교사가 되어 로힐로 떠나지만 그곳에서도 오래 머무르지 못한다. 그러나 그녀는 그곳에서 근무했던 약 6개월 동안 무려 40편 가까이 되는 시를 남긴다.

가족 모두가 제각기 직업을 얻어 집을 떠나 있었던 일이 많았지만 에밀리만은 다시 고향으로 돌아와 그곳에 머물면서 집안 살림을 꾸려나갔다. 무성한 황야를 거닐면서 그녀는 홀로 고독을 즐겼던 것이다. 그녀는 193편의 시 가운데 절반 정도를 이 기간에 썼는데, 이 기간이 아마도 그녀에게 가장 행복한 나날이었던 듯싶다.

에밀리가 24세 되던 해인 1842년에 샬럿과 에밀리는 학교를 열 계획으로 벨기에의 브뤼셀로 유학을 떠난다. 만약 고향에 학교를 연다면 집안 식구들이 흩어져서 살지 않아도 되었기 때문이었다. 브뤼셀에 도착한 자매는 에제 부부가 경영하는 여학교의 기숙생이 된다. 이들 자매는 거의 고립된 학교 생활을 보내게 되는데, 특히 에밀리는 말이 없어 다른 사람의 반감을 사기도 했다. 그녀는 프랑스어·독일어·음악·그림 등을 배우게 되는데, 그녀의 눈부신 발전에 주목한 에제 씨는 개인 지도까지 하게 된다. 그러나 에밀리는 에제 씨의 그러한 태도에 특별한 관심을 보이지 않았다.

유학 기간이 끝나고 이모의 죽음으로 인해 집으로 돌아온 에밀리는 고향에서 자유로운 나날을 보내게 된다. 그 무렵 언니인 샬럿이 1844년에 귀국하여, 학교를 열 계획을 구체적으로 세우지만 에밀리는 학교 개설에 대한 구상에 그다지 열의를 보이지 않았던 것 같다. 가족 회의 끝에 학교를 열었으나 학생이 단 한 명도 모이지 않아 모든 것이 수포로 돌아가게 된다.

에밀리가 27세 되던 1845년에는 온 가족이 모여 살 수 있었는데, 그때 샬럿이 에밀리의 시를 읽게 되었고, 에밀리를 설득한 끝에 세 자매는 자신들의 시를 모아 자비 형식으로 시집을 출판하게 된다. 이것이 1846년의 일이다. 이 시집은 혹평을 받았고, 1년 동안의 판매 성적은 겨우 두 권뿐이었다. 하지만 세 자매는 이러한 실패에 굴복하지 않았으며, 이들의 문학적 노력은 샬럿의 『교수』, 에밀리의 『폭풍의 언덕』, 앤의 『아그네스 그레이』로 탄생하게 된다.

에밀리나 앤의 작품이 출판되기 이전, 샬럿의 『제인 에어』가 출판되어 굉장한 성공을 거두게 된다. 그러나 에밀리의 『폭풍의 언덕』은 당시의 독자에게 이해받지 못했을 뿐 아니라 도덕적인 반발까지 불러일으켰다. 그녀는 이후 다른 작품을 쓴 듯하지만 뚜렷한 증거는 없고, 『폭풍의 언덕』이 소설로는 유일하게 오늘날까지 전해진다.

1948년에 술과 아편으로 몸이 망가진 오빠가 사망하게 되는데, 그녀는 오빠의 장례식 때 걸린 감기로 인해 몸져눕게 되고, 결국 병이 악화되어 그 해 12월 19일에 30세의 나이로 숨을 거두고 만다.

이처럼 에밀리는 30세라는 짧은 나이에 장편소설 『폭풍의 언덕』 단한 작품만을 남겼을 뿐이다. 많은 작가가 수많은 작품들을 남기면서 이름도 없이 사라져갔던 반면, 그녀는 『폭풍의 언덕』 단 한 작품으로 오늘날까지 작가로서의 독특한 위치를 확보하고 있다. 그것은 그녀의 문학적 성과 때문이다. 즉 '산문시'라고 불릴 정도의 밀도 있는 문체와 흥미진진한 이야기 전개는 '극적인 소설'에 가까우며, 거기에다 탁월한 시적 상상력과 인간에 대한 깊은 통찰은 읽는 이로 하여금 전율을 느끼게 한다. 이것이 당대에 제대로 이해받지 못했던 그녀의 작품이 훗날 제대로 평가받게 된 이유인 것이다.

작품 줄거리 및 해설

'워더링 하이츠'라는 저택의 주인인 언쇼는 히드클리프라는 부랑아를 데려다 키운다. 이 히드클리프의 출현으로 말미암아 평온을 유지하던 언쇼 가와 린턴 가는 극심한 몰락의 길을 걷게 된다.

평온의 조화를 깨는 폭풍은 인간의 증오와 사랑으로부터 시작된다. 언쇼의 친아들 힌들리는 아버지가 히드클리프를 유난히 사랑하는 것에 심한 반감을 갖는다. 히드클리프는 힌들리의 병적인 학대 속에서 사납고 거친 청년으로 성장하게 된다. 한편 힌들리의 여동생인 캐서린은 히드클리프에게 연정을 느껴 서로 사랑하게 되지만, 결국 린턴 가의 아들인 에드거에게 마음을 돌린다. 배신감을 느낀 히드클리프는 격분하여 가출하고, 그 사이 캐서린은 에드거와 결혼한다. 3년 만에 히드클리프는 부유하고 의젓한 신사가 되어 워더링 하이츠로 돌아온다. 그러나 그의 마음은 증오와 복수심으로 불타고 있었다. 두 집안을 파멸시키기로 작정한 히드클리프는 먼저 힌들리의 아들 헤어턴에게 자기가 받았던 만큼의 학대를 가하기 시작한다. 또한 에드거의 여동생 이사벨라와 결혼하여 그녀를 교묘하게 학대한다. 히드클리프의 학대를 견디다 못해 런던으로 도망친 이사벨라는 객지를 헤매다가 히드클리프의 아들 린턴을 낳고 죽는다.

한편 캐서린도 옛 애인인 히드클리프와 남편인 에드거 사이에서 심한 정신적 갈등을 겪어 정신 착란까지 일으키게 된다. 결국 그녀 또한 딸을 낳은 후 죽고, 에드거는 딸의 이름을 엄마와 같은 캐서린으로 짓는다. 히드클리프는 마지막 복수심으로 병약한 자기 아들 린턴을 에드거의 딸 캐서린과 강제로 결혼시킴으로써 린턴 가의 재산마저 손에 넣으려 한다.

그러나 그의 계획이 완성될 즈음에 그의 복수는 끝나고 만다. 아들 린턴이 죽고 캐서린과 헤어턴이 사랑하는 사이가 되었을 뿐만 아니라 히드클리프 자신도 원수의 아들인 헤어턴에게 애정을 느끼기 시작했기 때문이다. 그리하여 히드클리프는 무덤에서 자기를 부르는 캐서린의 환영에 시달리다가 세상을 떠나게 된다. 그리고 히드클리프가 사라짐과 동시에 워더링 하이츠에는 마치 폭풍우가 지나간 후에 찾아오는 평온처럼 다시 조화와 질서를 되찾는다.

이 작품은 사랑과 사랑의 실패에서 인간이 맛보게 되는 증오, 복수심, 분노와 같은 감정들이 에밀리 브론테 특유의 독특한 문체로 격렬하게 묘사되어 있다. 세속적 조건을 무시하고 영혼에 바탕을 둔 순수한 사랑이 얼마나 강렬한지를, 또 물질적 조건에 기초를 둔 사랑이 얼마나 허무한 결과를 초래하는지를 잘 보여주고 있다. 하지만 사랑의 유형에 초점을 맞추었다기보다 인간의 내면 심리를 잘 파헤쳤다고 할 수 있다.

에밀리는 진실로 사랑한다면 사랑의 대상이 끝까지 행복하기를 바라야 하지만 인간의 이면에 도사리고 있는 복수심과 분노를 사실적으로 그리고자 했던 것이다. 즉 사랑의 한쪽 끝에 행복이 있다면 다른 쪽 끝에는 분노와 질투가 있다는 사실, 그리고 이 둘은 끊임없이 줄다리기를 하고 있다는 사실을 에밀리는 간파하고 있었던 것이다. 그리하여 히드클리프의 행위를 숨김없이 사실적으로 그려냄으로써 그의 행동은 죄악이 아니라 인간이면 누구나 갖고 있는 심리임을 보여주고 있다. 따라서 이 작품은 에밀리의 끝없는 인간애의 동정이며 포용력의 결과물인 것이다.

어머니를 일찍 여읜 고독한 환경 속에서 자라난 에밀리가 외부 세계보다 인간의 내면 세계에 시선을 돌린 것은 어쩌면 당연한 일이다. 『폭풍의 언덕』에는 이러한 에밀리의 깊은 사유의 세계가 잘 드러나 있는데, 당시의 작품치고는 그다지 교훈적인 것도 없는 인간의 내면 세계를 그리고 있어서 그 어느 작품보다도 현대적인 감각을 소유하고 있다고 할 수 있다. 바로 이러한 점이 세월이 흐를수록 『폭풍의 언덕』이 사랑받는 이유인 듯하다.

작가 연보

1818년　　　　　7월 30일에 태어남.

1820년(2세)　　아버지가 요크셔 주 하워스의 목사가 되어 가족 모두가 그곳
　　　　　　　으로 이사함. 에밀리는 생애의 대부분을 이곳에서 보냄.

1821년(3세)　　어머니가 암에 걸려 이해 9월에 세상을 떠남. 이후부터 이모
　　　　　　　가 집안 살림을 맡음.

1824년(6세)　　가난한 목사의 자녀들을 교육하기 위해 설립된 기숙 학교에
　　　　　　　에밀리는 세 언니와 함께 입학함.

1825년(7세)　　기숙 학교의 악조건 때문에 두 언니가 병에 걸려 사망하고
　　　　　　　샬럿과 에밀리는 집으로 돌아옴.

1826년(8세)　　아버지가 외아들인 에밀리의 오빠에게 사준 목각 병정인형을
　　　　　　　가지고 놀면서 상상력을 키웠으며, 이 공상의 세계를 그린
　　　　　　　것이 『앵그리아 이야기』임.

1827년(9세)　　『우리들의 한패』가 『이솝 이야기』를 바탕으로 완성됨. 『섬
　　　　　　　사람들』도 완성됨. 『섬 사람들』은 『곤덜 이야기』를 창조해
　　　　　　　내는 계기가 됨.

1835년(17세)　언니 샬럿이 교사로 있던 울러 여학교에 입학하지만, 몸이
　　　　　　　쇠약해져 3개월 만에 집으로 돌아옴. 이 무렵 오빠는 술집에
　　　　　　　드나들며 방탕한 생활을 함.

1837년(19세) 이해의 작품으로 추정되는 시작(詩作)은 40편에 가까움.

1839년(21세) 이해의 에밀리의 시편들 역시 40편에 가까움.

1840년(22세) 이해의 시작 약 10편 정도가 현존함.

1842년(24세) 에밀리와 샬럿은 에제 부부가 운영하는 여학교의 기숙생이 됨. 10월 말, 이모가 병을 앓아 귀국을 결심하지만, 한 달 후에 사망하게 됨. 이모의 장례식에 참석하기 위해 귀국함.

1843년(25세) 샬럿은 다시 학교로 떠나고, 에밀리는 집안의 살림을 맡고 아버지를 돌봄.

1844년(26세) 다시 귀국한 샬럿과 동생 앤과 함께 집에서 학교를 열기로 하지만 지망생이 없어 실패로 끝남.

1846년(28세) 샬럿, 에밀리, 앤의 시편들을 한데 묶어 자비 출판 형식으로 시집 『커러, 엘리스, 액턴의 시집』을 출판함.

1847년(29세) 샬럿의 『제인 에어』가 성공하자, 에밀리의 『폭풍의 언덕』과 앤의 『아그네스 그레이』가 간행됨.

1848년(30세) 오빠는 술과 아편으로 몸이 쇠약해져 이해에 사망함. 오빠의 장례식 때 에밀리는 감기에 걸리게 되는데, 이것이 폐결핵으로 악화되어 폐결핵으로 고생하다가 이해 12월 19일에 생을 마감함.

사랑손님과 어머니

주요섭 지음

사회 현실 문제에 남다른 관심을 보여주었던 주요섭의 대표적인 단편 작품이다. 어린 소녀의 눈에 비친 성인 남녀의 사랑이 주된 내용이지만 그 이면에 풍속적 한계를 인식한 젊은 과부의 애욕의 고뇌와 체념이 읽혀진다. 「아네모네의 마담」, 「인력거꾼」 등 11편이 수록되었다.
···192쪽 값 4,000원

베스트셀러한국문학선 15

소나기 (외)

황순원 (외) 지음

서정성이 높고 절제된 문장미와 소설 구성의 세련된 기교로 인해 미적 감동을 유발시키는 황순원의 대표적인
작품이다. 누구에게나 한 번쯤 있었음직한 어린 날의 그리운 추억을 느낄 수 있는 따뜻한 이야기이다.
계용묵의 「백치 아다다」, 정비석의 「성황당」 등 14편이 수록되었다.
···264쪽 값 4,500원

베스트셀러한국문학선 26

삼대 염상섭 지음

조부 조의관, 아버지 조상훈, 아들 조덕기의 삼대에 걸친 가계의 인생 전개를 통해 식민지 사회의 현실을 제시함으
로써 당대의 사회적 변천과 정신사의 이면을 함께 묘사한 1930년대 가계소설의 대표작으로 손꼽히는 작품이다.
…540쪽 값 6,000원

백범일지

김구 지음

민족사상을 고취하는 한민족의 필독서로, 세월이 지나도 그 가르침이 퇴색되지 않는 고전이 된 「백범일지」는 변치
않는 김구의 애국심이 그대로 나타나는 작품이다.
…244쪽 값 5,500원

나도향·유진오 단편집

나도향 · 유진오 지음

낭만적이면서도 객관적 사실주의 경향의 작품을 쓴 나도향과 사실적인 현실 표현으로 세태 풍자적인 작품을 쓴
유진오의 단편집.

〈수록작품〉 나도향 「별을 안거든 울지나 말걸」 「젊은이의 시절」, 유진오 「여직공」 「행로」 「나비」 「봄」
…272쪽 값 5,500원

김유정·채만식·이효석 단편집

김유정 · 채만식 · 이효석 지음

우리 민족의 '한'을 웃음과 울음이라는 상반된 감정으로 표현한 김유정, 풍자문학을 통해서 왜곡된 사회적 부조리를
꼬집은 채만식, 그리고 자연의 서정성과 반문명적인 아름다움을 내포하는 작품을 쓴 이효석의 단편들을 모았다.
··· 304쪽 값 6,000원